Jasmyn

My hartjie, my liefie

Toe Alet Fourie vroegoggend by Walvisbaai se treinstasie afklim, kan sy haar teleurstelling skaars verberg. Wat het haar besiel om 'n onderwyspos op so 'n afgeleë dorpie te aanvaar?

Boonop het die skoolhoof, mnr. Erlank, skynbaar 'n veel ouer dame verwag. As dit nie vir die dierbare leerlinge was nie, het sy haar goedjies in 'n japtrap gepak en teruggekeer huis toe . . . na Pieter toe.

Die voorskootbataljon

Karlien Joubert se jare lange droom om te boer spat aan skerwe toe die prokureur haar oupa se testament aan haar en haar ma verduidelik. Wie is die vreemdeling wat die grootste gedeelte van haar oupa se plaas, Standersfontein, besit? En waarvan, dink hy, moet sy, haar vier susters en haar ma en tante dan oorleef as hulle nie in die ou plaas-opstal welkom is nie?

Fort van die kappiedraers

Stieneke Kitshoff het nooit kon dink haar lewe sou oornag so handomkeer verander nie. Skaars 'n week gelede het sy nog geglo Teuns het haar lief . . . dat hy sy buurman, Piet Coetzee, doelbewus oorreed het om haar as goewernante vir sy vier spruite aan te stel, daar op hul verafgeleë plaas in Suidwes.

En nou, sewe dae later, is sy saam met die Coetzees op vlug . . . op pad na 'n beskutte fort op Ovikokorero, met Teuns nêrens in sig nie. En die enigste man wat bereid is om haar teen die gewapende vyand te beskerm, is die arrogante lummel Jaap Venter!

Sarah du Pisanie

Omnibus 7

My hartjie, my liefie
Die voorskootbataljon • Fort van die kappiedraers

Jasmyn

EERSTE UITGAWE VAN:
My hartjie, my liefie: J.P. van der Walt, 1984
Die voorskootbataljon: J.P. van der Walt, 1984
Fort van die kappiedraers: President-Uitgewers, 1985

Tweede uitgawe in 2013 deur Jasmyn,
'n druknaam van NB-Uitgewers,
'n afdeling van Media24 Boeke (Edms) Beperk,
Heerengracht 40, Kaapstad 8001
© Sarah du Pisanie 2012
Alle regte voorbehou
Omslagfoto deur Gallo Images
Geset in 11.5 op 13 pt Jason
Gedruk in Suid-Afrika deur
Paarl Media, Jan van Riebeeck-rylaan 15,
Paarl, Suid-Afrika

Eerste uitgawe 2002

ISBN 978-0-624-05782-6
ISBN 978-0-624-05756-7 (epub)
ISBN 978-0-624-06360-5 (mobi)

Inhoud

My hartjie, my liefie

1

Die geskommel van die trein het ure gelede al opgehou. Alet draai vir die soveelste keer om om 'n gemakliker lêplekkie te probeer kry. Vyf dae in versengende hitte op die trein het haar vuil, moeg en moedeloos hier laat aankom.

Later staan sy stram op en skuif die venster oop. 'n Sout, nat reuk slaan teen haar vas. Ná die ondraaglike hitte die afgelope dae is dit onverwags koud en nat. Sy ril, soek in die donkerte na haar kamerjas en trek dit bo-oor haar dun nagklere aan.

Sy loer by die venster uit; iewers daar voor maak 'n paar ligte skewe, spookagtige kolle in die digte mis.

Moedeloos sak sy op die treinbank terug. Die kondukteur het haar gelukkig gisteraand al gewaarsku dat hulle vroegnag op Walvisbaai aankom. Sy sien hom nou nog daar in die deur staan. Hy het sy lang, maer lyf gemaklik teen die kosyn van die kompartement gedrapeer. Sy snor het belangrik gebewe.

"Jy moet maar slaap totdat dit lig is, juffroutjie. Niemand kom daardie tyd van die nag stasie toe nie. Die trein staan op die stasie tot omtrent so . . . agtuur, of partykeer 'n bietjie later."

Die slaap het heeltemal van haar gewyk. Stil staar sy deur die oop venster. Geleidelik word meer buitelyne van voorwerpe buite sigbaar, want die son probeer sukkelend om die misgordyn oop te skuif. Die besef dring stadig tot haar deur dat dit al later moet wees as wat sy aanvanklik gedink het. Die mis is verwarrend en laat haar alle besef van tyd verloor.

Sy wens die grys mistigheid weg, sodat sy kan sien hoe lyk haar nuwe tuiste. Wat gaan hierdie uithoek van die land vir haar inhou? Gaan sy hier weer rus en vrede in haar ge-

11

moed kry, of gaan die seer en verlange, waarvan sy probeer wegvlug, hier ook nog 'n houvas op haar hê?

Sy byt haar kieste vas. Sy moet net nie vanoggend weer al die ou geraamtes uit die kas haal nie. Hierdie dorpie met sy vaal misgordyn is triestig genoeg.

Vinnig was sy haar gesig in die wasbakkie. Sy trek 'n somerrokkie aan wat sy gisteraand al uitgehang het. Dan soek sy eers in haar tas vir 'n truitjie voordat sy dit toeknip en netjies eenkant neersit.

Sy gaan staan in die nou gangetjie van die trein sodat sy die perron kan sien. Die venster is stram van die klammigheid en sy sukkel om dit oop te kry. Haar oë fynkam die verlate perron.

Meneer Erlank, die hoof van hierdie tweemanskooltjie, is die enigste mens op hierdie moedverlore dorpie wat weet dat sy vandag aankom. Die Departement van Onderwys het haar laat weet dat meneer Erlank alle verdere reëlings in verband met haar verblyf sou tref.

Die stasie is egter stil en verlate. Die moedeloosheid sak, soos die mis buite, om haar toe. Hierdie pos was vir haar 'n ware uitkoms. Sy het geprobeer om soveel kilometers moontlik tussen haar en Pieter te kry. Sy sug. Maar . . . op hierdie oomblik voel dit vir haar of sy dit darem té goed reggekry het.

Die mis verloor stadigaan sy stryd teen die son, want die vuil houtgeboutjie op die stasie is nou duidelik sigbaar. 'n Man in 'n swart uniform kom gaap-gaap om die hoek – 'n groot bos sleutels al swaaiend in sy hand.

Angstig tuur sy in die rigting skuins agter die stasiegebou toe sy die gerammel van 'n voertuig hoor. 'n Ou vragmotor met 'n ruwe houtbak kom hou omtrent bo-op die perron stil.

Alet knip haar oë . . . alles lyk so vreemd, so . . . asof iemand die horlosie vier of vyf dekades teruggeskuif het. Die vragmotor het geen dak nie en die voorste sitplekke is ook, soos die bak, net 'n ruwe houtkonstruksie. Die oorspronklike toebehore het blykbaar lankal plek gemaak vir minder gerieflike plaasvervangers.

'n Kort, dikkerige oubasie spring rats van die saamge-flanste vragmotor af en drafstap na die stasiegeboutjie. 'n Fris werker rek hom lui uit en klim traag en stram van die vragmotor af.

Alet voel asof sy die misgordyn kan oopskuif. Sy hoop regtig nie meneer Erlank laat haar te lank wag nie. Sy is moeg en honger en vuil.

Die swart roet klou aan alles vas en daar is fyn stukkies steenkool in haar klere en hare.

Sy pak haar bagasie in die gang, knyp haar handsak on-der haar arm vas en spring dan op die lae perron uit.

Die stasiemeester beskou haar nuuskierig deur sy vuil venstertjie. Hy beduie iets aan die oubaas van die vragmo-tor en stap dan uit na haar toe.

"Goeiemôre, juffrou!" Hy steek 'n slap hand na haar uit.

"Goeiemôre, meneer!" Alet glimlag hom dankbaar toe.

"U is seker die nuwe skooljuffrou?"

"Ja, ek is. Meneer Erlank . . . hy sou my hier kom kry . . . ek weet nie waarheen om te gaan nie."

"Meneer Erlank!" Die stasiemeester beskou haar skep-ties. "Dit is vandag Vrydag, juffrou, en die skole begin eers Maandag."

Alet staar hom onnosel aan, sy kan glad nie die kloutjie by die oor bring nie.

"Maar . . . ek verstaan nie . . . dit is die enigste trein waar-mee ek kon kom . . . die volgende trein kom eers Dinsdag en . . . aarde, ek sal darem graag eers my dinge agtermekaar wil kry voordat die skole begin!"

'n Stadige glimlag van begrip trek oor die stasiemeester se gesig.

"Ag, ekskuus tog, juffrou! Hoe sal jy ook nou weet . . . meneer Erlank is nie vakansietye in Walvisbaai nie . . . hy . . . hy boer naby Usakos se wêreld." Die stasiemeester raak baie belangrik, hy weet mos darem nou dinge wat hierdie nuwe juffroutjie nie weet nie.

"Nou sien . . . vakansies en naweke, dan gaan hy gewoon-lik na sy plaas toe. Hy sal beslis nie hier wees voor Son-dagaand nie."

13

Alet staar hom verslae aan.

"Meneer . . . u weet nie dalk wie my dan sal kan help nie
. . . as ek net weet waarheen om te gaan of waar om my
huisie se sleutel te kry . . . hier is blykbaar 'n huisie vir my
beskikbaar."

Die verontwaardiging maak haar stram. Meneer Erlank
kon darem maar net die ordentlikheid gehad het om ie-
mand te vra om haar hier te kom ontmoet, of darem net
vroeër iets met haar gereël het.

Alet loer om haar rond. Alles is vuil en nat sand kleef aan
alles denkbaar. Nêrens is 'n groenigheidjie te bespeur nie.
Die stasie is so besig soos wat 'n stasie maar kan wees waar
net een passasier afklim. Daar is darem die oubasie wat die
vrag wat van die trein afgelaai word met die hulp van sy
werker behendig op die vragmotor laai.

"Hm . . . meneer?" Alet keer vinnig dat die stasiemeester
nie moet terugstap na sy kantoortjie nie. "Hier is nie dalk
so iets soos 'n taxi nie?"

Die stasiemeester gaap haar eers aan voordat hy sy kop
agteroor gooi en bulderend lag.

"Nee, juffrou, al is dit 1940 . . . ou Walvisbaai . . ." Hy
lag weer lekker. "Ou Walvisbaai is so vyftig jaar ná die tyd
. . . ek is jammer, maar wag so 'n bietjie, miskien kan hulle
jou help."

Hy draai vinnig om en stap in die rigting van die oubasie.
Sy stem klink hard en skril oor die verlate stasietjie.

"Frau Wolf! Kan julle die juffrou saamvat? Jy kan haar
sommer by Grieta Visser aflaai. Sy sal weet wat om met
haar te maak."

Alet staar verbaas na die oubaas van die vragmotor wat
vinnig nader kom en sy hand na haar uitsteek.

"Guten Morgen! Ek is Frau Wolf . . . jy kan met die
grootste graagte saamry . . . as jy nie omgee om op die ou
oop vragmotor te ry nie."

Stomme ongeloof maak dat Alet die histeriese giggel
met moeite onderdruk. Die kort, dikkerige oubasie is toe
'n kort, dikkerige Duitse tannie.

Alet knik net; sy vertrou haar stem glad nie. Haar hu-

14

morsin verdryf al haar gebelgdheid teenoor die onbekende meneer Erlank. Vinnig draai sy om en klim terug in die trein. As die ou tannie die vrag van die trein op haar vragmotor kan oorlaai, kan sy wat Alet is seker haar eie bagasie aangee en dra.

Behendig, asof sy dit al jare self doen, gee sy haar bagasie aan en spring weer van die trein af.

Frau Wolf het reeds die tasse op die vragmotor gelaai voordat Alet nog kan help.

"Is hier nog van jou goed in die pakwa?"

"Ja, daar is drie kiste. My boeke, breekgoed en linne."

Alet draai onseker rond terwyl die vragmotor gelaai word. Sy sal glad nie verbaas wees as sy dalk nog agterop die vragmotor moet ry nie.

Dit word haar darem gespaar. Haar nousluitende rokkie besorg haar egter baie meer verleentheid. Die trap is hoog en sy probeer twee, drie keer. Met 'n vinnige blik oor haar skouer trek sy vererg die rokkie tot bo haar knieë en met 'n trap, wat die reus met die sewemylstewels sy oë sou laat knip, beland sy bo-op die vragmotor.

'n Dowwe, rooi gloed styg stadig na haar wange toe sy die geamuseerde blik van die stasiemeester onderskep.

Frau Wolf praat nie veel nie en Alet kan ook nie eintlik 'n geselsie aanknoop nie. Sy het al haar krag nodig om vas te hou en bo te bly. Frau Wolf vat die stuurwiel vas, trap die brandstofpedaal onder in die hoek vas en die vragmotortjie kletter en kraak soos dit sukkel om by te hou.

Die mis lig skielik en die sonnetjie skyn vrolik en vriendelik. Maar selfs nie eens die sonnetjie kan die barheid van die snaakse, ouwêreldse dorpie verbloem nie.

Die geboue wat sy tot dusver gesien het, is van hout en op pale gebou, seker goed 'n meter van die grond af. Nêrens is 'n enkele boom of grassprietjie te sien nie . . . net sand . . . vaal, bruin sand wat plek-plek duine in die dorpie vorm en die hele natuurtoneel oorheers.

Die meester van die huisies lyk eenders, party is 'n bietjie groter as ander. Hulle het egter almal een ding gemeen . . . almal is aan die buitekant oordek met vaal sand. Selfs

15

die huise se vensters is vuil en wek 'n onbewoonde indruk. Hier en daar blink 'n venster in die oggendson en dit verander die hele voorkoms van die huisie.

Frau Wolf ry deur die hoofstraat om 'n paar artikels by verskillende winkels af te lewer.

Die dorpie bestaan uit 'n hotel, twee algemene handelaars en 'n verskepingsmaatskappy. 'n Groot steengebou staan omtrent in die middel van die dorpie. Frau Wolf verduidelik bo die geraas van die vragmotor dat dit die ontspanningsklub is, en dié, sou sy later agterkom, is die hartklop van die gemeenskap.

Nuuskierig staar die mense haar aan sover hulle ry. Haar rug is egter styf en regop en sy maak asof sy glad nie bewus is van die nuuskierige blikke nie.

Voor 'n blinkvenster-huisie hou Frau Wolf stil.

"Wel, hier moet jy afklim, Fräulein!"

Sy wip van die vragmotor af en sonder om te klop, draai sy die voordeur oop en roep met haar vrolike, harde stem na binne: "Grieta! Ek het die nuwe juffrou vir jou saamgebring!"

'n Vriendelike, gesette vroutjie van so ongeveer vyf-envyftig of sestig jaar skarrel vinnig by die deur uit.

Sy steek albei haar hande na Alet uit en hou hare styf vas.

"Haai! Kindjie, en jy kom so onverwags hier aan sonder om vir iemand te laat weet . . ."

"Meneer Erlank het geweet ek kom vandag, mevrou . . . eh . . . ek het gedink hy sou my op die stasie kom ontmoet."

"Gmpf! Daardie Louis! Eendag gaan ek my nog bloedig vir hom vererg!"

Sy druk Alet voor haar uit, die huisie in.

"Kom, kindjie, kom ek gaan maak vir jou 'n lekker koppie koffie."

Sy praat-beduie vir Frau Wolf sommerso oor haar skouer om die bagasie eers net op haar stoepie neer te sit.

Die huisie is blinkskoon binne. Alles lyk so vrolik en huislik. Die Duitse atmosfeer het hier baie diep ingekruip.

16

Die kombuisie spog met vrolike, rooi geruite gordyntjies en kussinkies van dieselfde materiaal op die stoele. In die vensterbank pryk die eerste groenigheidjie wat Alet nog gesien het vandat sy hier afgeklim het – 'n langwerpige bak waarin Usambara-viooltjies welig groei.

Die heerlike geur van varsgemaakte koffie verhoog die huislikheid van die skatlike sprokieshuisie. Die gryskop-vroutjie gesels aanmekaar, asof hulle mekaar al jare ken.

Alet drink twee koppies koffie en eet van die heerlike varsgebakte brood. Sy voel weer mens toe sy klaar is en sien sommer weer kans vir die lewe.

"As mevrou tog net vir my kan verduidelik waar ek my woonplekkie se sleutel kan kry, dan kan ek solank my goedjies begin uitpak."

Die onvergenoegdheid van die oggend kom sit weer dwars op haar bors.

"Ek was onder die indruk dat meneer Erlank al hierdie dinge sou reël, anders sou ek sommer self die mense by die Departement gebel het . . . om die waarheid te sê, ek het dit as vanselfsprekend aanvaar dat hy my darem op die stasie sou kom ontmoet."

"My kindjie, met Louis Erlank weet 'n mens nooit nie." Sy sug effens. "Ek is vir hom so jammer, maar party dae het ek lus en skud hom . . . Hy . . . hy kan party dae vreeslik moedswillig wees."

Alet se moed sak stadig tot in haar skoene. Dit is al wat sy nou nodig het . . . 'n moedswillige skoolhoof, wat geskud moet word! Net asof sy nie probeer om sover moontlik van probleme af weg te kom nie, wil dit mos nou al vir haar lyk of sy kop eerste in 'n ander turksvybos beland het.

"Ons sal moet spring as ons nog jou huisie 'n bietjie wil skoonmaak en jou goedjies uitpak. Die wind gaan vanmiddag waai en dan is dit baie onsmaaklik."

Alet sluk swaar en staan gelate op. Sy kan haar goed voorstel hoe hierdie dorpie lyk as die wind in stofvlae uit die woestyn aankom.

Tannie Grieta kry die sleutel van Alet se huisie op die een

17

of ander manier in die hande en al Alet se teenkanting dat sy self kan gaan skoonmaak, maak geen indruk op tannie Grieta nie.

Die huisie verskil nie veel van tannie Grieta s'n nie. Dit is net twee huise daarvandaan en direk langs die skool.

Die skool is net 'n langer weergawe van die bestaande vorm van al die huise. Dit is ook van hout. Twee lang vertrekke en 'n kantoortjie maak die hele opset uit.

Soos die res van die geboue staan haar huisie en die skoolgebou ook kersregop op pale en bespied die wêreld uit die hoogte. Daar is geen omheinings om die verskillende geboue nie. Blykbaar stel niemand belang om sy eie erf afgebaken te hê nie, want oral is in elk geval net sand. Of dit nou my sand of jou sand of die wind se sand is, daarin stel niemand belang nie.

Die sand lê sentimeters dik op haar stoep. Dit is darem te verstane, want daar het maande lank niemand in hierdie huisie gewoon nie.

Tannie Grieta neem egter baie gou beheer oor. Sy laat kom die man wat in haar huis werk, en keer nog twee aan wat daar verbyslenter. In 'n ommesientjie is die plek omskep tot 'n slagveld van bedrywighede.

Die vensters en mure word gewas. Die meubels word uitgedra en buite skoon geskrop en daar gelaat sodat hulle 'n bietjie lug kan kry. Teen middagete is alles silwerskoon en netjies.

Die ou huisie is maar baie klein en bestaan net uit 'n slaapkamer, sitkamer, kombuisie en badkamer. Alles lyk maar kaal en oninteressant in vergelyking met tannie Grieta se pophuisie. Alet het haar voorgeneem om die volgende dag 'n paar matjies en ander mooi goed te gaan koop om die ou plekkie 'n bietjie op te vrolik.

Tannie Grieta nooi haar vir middagete. Sy eet heerlik en stilweg wonder sy hoe sy sake kan reël sodat sy darem smiddae 'n gesonde bord kos kan kry. In die huisie is 'n koolstofie wat maar tydrowend is en op die primus kan sy tog nie 'n hele ete kook nie.

Tannie Grieta is baie tegemoetkomend toe sy hierdie sakie

18

met haar bespreek en teen 'n baie billike tarief is sy bereid om smiddae genoeg kos te kook sodat sy ook daar kan eet.

Die middag is lank en vervelig. Tannie Grieta gaan 'n bietjie rus en Alet is opgeskeep met haarself.

Die huisie is aan die kant en al die goedjies wat sy saamgebring het, is uitgepak en op hul plekke reggesit. Buite waai die wind met reëlmatige eentonigheid al om die huis se hoeke. Die hele wêreld is vaal van die stof. Sy kry weer eens daardie beklemmende gevoel soos vanoggend in die mis. 'n Mens kry die gevoel dat Walvisbaai altyd in die een of ander sluier gehul is, want as die missluiers weg is, dan kom neem die stof oor.

Tannie Grieta het meneer Erlank se huisie aan haar uitgewys; dit is net aan die ander kant van die skool. Die huisie is effens groter as hare. Alles is egter ook toe onder die stof en sand, die onmiskenbare teken van onbewoonheid, al is dit net ses weke lank.

Skielik is sy nuuskierig omtrent meneer Erlank. Hy moet seker al naby aftree-ouderdom wees. Soos wat sy verstaan, is onderwysers geweldig skaars in hierdie deel van die land. Dit is ook blykbaar die rede hoekom meneer Erlank, wat dus eintlik 'n boer is, nog sy gewig hier ingooi. Sy wonder of sy vrou nog leef en of sy dalk op die plaas bly gedurende die kwartaal. Niemand het nog iets van haar gepraat nie. Sy twyfel darem of 'n man sy vrou alleen op die plaas sal laat agterbly terwyl hy skoolhou . . . maar met hierdie Suidwesters weet 'n mens ook nooit nie . . . hulle doen die snaaksste dinge.

Alet durf die volgende oggend die sanderige paadjie na die winkels aan. Die sand kruip in haar skoene en kouse en is skurf tussen haar tone. Sy is vies en iesegrimmig toe sy terugkom.

Die huisie lyk darem heelwat beter met die paar goedjies wat sy gekoop het.

Sy maak haar koskaste vol en bestel steenkool vir die ou swart stofie wat blink en pronkerig in die popkombuisie staan.

19

Sy besluit ook om naweke vir haarself te kook. Die winkel kom alles aflewer en bied ook aan om soggens hul afleweringsbode te stuur met 'n boekie waarin sy haar bestelling kan plaas vir enigiets wat sy nodig het. Hulle sal sommer soggens die bestelling by die skool kom neem en dan kan hulle dit in die namiddag aflewer. Alet is baie dankbaar oor hierdie behulpsaamheid, want die ent se stap in die sagte sand is nie baie aangenaam nie.

Sy is bedruk en hartseer en wens die res van die naweek om. As dit tog net Maandag wil word sodat sy iets konstruktiefs kan doen.

Tannie Grieta kom haal haar vir etes en tee en so hier en daar ontmoet sy iemand, maar dit is meestal mense van tannie Grieta se ouderdom.

Hier naby die skool is net 'n paar huise, die res lê verder op in 'n kol. Sy wens sy kan met die kinders en hul ouers kennis maak. Dit is vir haar vreemd dat niemand uit hul eie kom kennis maak nie. Die hele dorpie weet tog al dat sy hier is.

Sy sien omtrent geen kinders nie. Toe sy tannie Grieta hieromtrent uitvra, lag sy net en sê sy sal maar moet wag totdat die skool begin. Hier is darem sewe-en-dertig kinders in die skool.

"Hier is die heerlikste speelplek vir die kinders, juffrou ... jy moet darem weet hier is 'n see ... en daar onder by die see is nog ou ammunisieforte van vroeër jare. Die kinders speel so lekker dat 'n mens hulle moet gaan soek."

Alet dink met hartseer verlange terug aan haar eie kinderdae. Hoe kon hulle nie ook speel tot lank ná sononder nie ... Soms moes hulle lelik bontstaan om by haar ma verby te kom as hulle hul tyd so verspeel het.

Die wind waai Saterdag- en Sondagmiddag. Soggens is dit nogal lekker buite, maar van ongeveer twaalfuur af waai die wind met 'n woeste felheid. Die inwoners skuil maar stil-stil agter toe deure en deur Alet se sitkamervenstertjie lyk die dorpie vaal en verlate.

Die verlatenheid kom diep binne-in haar skuil. Sy probeer hard om al die verlangens en deurmekaar gedagtes op die agtergrond te druk. Moedswillig kry hulle egter kort-kort 'n deurkruipplek. Die trane kom sommerso vanself; as sy weer sien, is hulle maar daar.

Snikkend gee sy haar oor aan die diep seer hier binne-in haar.

Ure later fluister sy verlore vir die houtmure: "Pieter Combrinck, daar is baie dinge wat ek jou moet vergewe, maar vir hierdie eensaamheid op hierdie verlate spookagtige sanddorpie . . . Ek weet nie . . . ou matie . . . daar sal eers baie water in die see moet loop, baie meer as die trane wat ek al gestort het, voordat ek jou hiervoor sal vergewe."

2

Die son skyn helder en vrolik op hierdie eerste dag van die eerste kwartaal van 'n splinternuwe jaar.

Alet is vroeg op. Sy sal graag die hoof wil ontmoet en eers 'n bietjie vertroud raak met haar klaskamer en die skooltjie voordat die kinders opdaag.

Sy sluit haar voordeur oop en met 'n ligte hart, opgewonde en vol energie vir die taak wat vir haar voorlê, stap sy na die skooltjie. Vergete is die naweek se eensaamheid en verlange. Dié het sy diep in die donkerste kamertjie onder in haar hart gebêre.

"Tant Grieta, moenie vir my kom preek nie! Ek het niks met die ou fossiel te doen nie . . . Moes ek nou hier sit en wag sodat ek haar op die stasie kon gaan haal? Gmpf . . . Seker nog die rooi tapyt vir haar ooprol en haar huis ook skoonmaak!"

Die verergde manstem trek deur die oop venster en skok Alet tot stilstand. Sy besef dadelik dat dit van haar is wat daar so kwaai gepraat word.

"Nee, Louis, maar jy kon darem net die ordentlikheid gehad het om vir my te vra om dit te doen, en buitendien . . ."

Die besef dring stadig tot Alet deur dat sy onbeskaamd onder die venster staan en afluister.

21

"Ag! Tant Grieta! Ek het nou regtig nie lus vir hierdie ou storie nie. Ek het destyds vir die Departement gesê ek wil nie weer 'n vroumens in my personeel hê nie. Die jong goedjies . . . hulle trou in elk geval met die eerste beste mansmens wat verbykom, en die oues . . . ag! Hulle is so verstok dat hulle nie eens met hulself kan klaarkom nie, wat nog te sê met die kinders . . . Hulle is versuur en hulle dink almal skuld hulle iets."

"Louis . . . eendag . . . eendag gaan ek my liederlik vir jou vererg en daardie dag . . ."

'n Helder skaterlag bring Alet tot die werklikheid terug. Die rooi gloed wat stadig van haar nek af opstyg, kom skop nes hier hoog bo-op haar wangbene.

Wel! Geagte meneer Erlank . . . ek is nie oud of verstok nie en ek het baie beslis nie trouplanne nie . . . nie nou nie en beslis ook nie binne die eerste kwartaal nie. Haar gedagtes vorm 'n verwoede warboel – alles kook binne-in haar.

Soos 'n Nemesis staan sy in die kantoortjie se deur. Die netjiese rokkie met die fyn blou blompatroon hang sag en vroulik om die skraal figuurtjie. Haar digte blonde hare is in 'n netjiese rol agter haar kop vasgemaak. Sy lyk netjies en heeltemal bekwaam vir haar taak as opvoeder van die jeug.

Sonder om op 'n uitnodiging te wag, stap sy binne. Haar hande omklem die boektassie sodat haar kneukels wit deurskyn.

"Goeiemôre, meneer Erlank, ek is Alet Fourie."

Louis Erlank kom stadig orent. Hy is lank, baie langer as sy, breedgeskouer en onmiskenbaar baie blootgestel aan die son. Sy vel is sonbruin en sy donker hare streep-streep verbleik deur die son. 'n Mens kry die indruk dat die son nog steeds daarin vasgevang is en kort-kort ligstraaltjies uitstuur.

Alet kyk hom waterpas in die oë. Haar ingehoue woede maak haar waarnemingsvermoë stadig. Dit duur etlike sekondes voordat sy besef dat meneer Erlank allesbehalwe 'n ou man naby aftree-ouderdom is. Hy is nog jonk, seker nie ouer as dertig nie, maar sy gesig is soos sy oë, hard en sinies.

Tant Grieta staan stil geskok. Haar ogies beweeg vinnig van die een na die ander. Sy besef dat Alet hul gesprek moes gehoor het. Sy sien die onderdrukte woede in haar oë en sonder om in Louis se rigting te kyk, skuifel sy vinnig by Alet verby en drafstap na haar huisie.

Louis Erlank stap om die lessenaar en steek sy hand na haar uit.

"Goeiemôre, juffrou!" Sy stem is styf en onvriendelik.

Die stilte rek tussen hulle. Koppig weier Alet om enigiets verder te sê. Van mans en veral ongeskikte mans het sy nou net mooi genoeg gehad.

Louis beskou haar op en af. Dit het hy darem nie verwag nie; hy was werklik onder die indruk dat sy 'n oujongnooi moet wees. Wie anders sal bereid wees om van die Kaap af hier, aan die uithoek van die land, te kom skoolhou?

"Hmm . . ." Hy maak ongemaklik keel skoon.

"Kom ek wys jou waar jou klaskamer is . . ." Hy haak 'n sleutel agter die deur af, staan effens opsy sodat sy kan verbykom en stap dan met lang treë voor haar uit na haar klaskamer.

Dit is die vertrek verste van die kantoor af. Die kantoor is met 'n middeldeur aan die ander vertrek verbind, waar 'n skoonmaker besig is om uit te vee en af te stof.

Louis sluit die klaskamer oop en stap na die venster om dit vir haar op te maak.

"Die skool begin eers om agtuur, juffrou, die skoonmaker sal nou-nou hier kom uitvee en afstof."

"Baie dankie . . ." Alet klink styf en onvriendelik. "Ek weet ek is vroeg, maar ek wou net graag met die omgewing bekend raak voordat die ouers en kinders opdaag."

Louis draai ongemaklik rond. Hy besef dat sy hulle gehoor het. Hy wil graag 'n bietjie vriendeliker wees en haar laat tuis voel, maar die ongemak maak hom stug.

"Hm . . . ek . . . ek gaan maar eers terug kantoor toe, daar is 'n paar dingetjies wat dringende aandag nodig het . . . Indien jy iets nodig het . . . kom spreek my maar . . ."

Alet kners op haar tande. Onbeskofte buffel! Sy verwerdig haar nie eers om hom te antwoord nie. Hy mag nou wel

23

die hoof wees, maar dit gee hom nog geen reg om te veroordeel en etikette op mense te plak nog voordat hy hulle ontmoet het nie. Sy sal haar werk doen, en hy sal haar nooit oor enigiets hoef aan te spreek nie, maar dit is ook al . . . sy sal nie een tree beweeg om in sy guns te probeer kom nie.

Driftig stap sy na die klaskamer langsaan, kry 'n stoflap by die skoonmaker en begin self haar klaskamer skoonmaak. Sy keer die laaie om en stof dit uit voordat sy haar persoonlike goedjies daarin pak.

Die kinders kom streep-streep aan. Hulle lag en gesels en speel buite op die oop vlakte asof dit die heerlikste speelterrein is. Drie ma's met nuwelingetjies wat vanjaar hul skoolloopbaan gaan begin, kom geselsend agter die kinders aangestap.

Die nuwelinge bestaan uit twee meisietjies en 'n ernstige donkerkopseuntjie wat sommer dadelik diep in Alet se hart kruip.

Ansie en Johani is die twee meisietjies. Ansie is 'n stil, skaam kind, maar Johani, 'n pragtige kind met lang blonde haartjies en diepblou ogies, is 'n regte klein kekkelbekkie. Alet kan haar lag nie hou vir al die oumensstorietjies waarmee die kleinding so spontaan vorendag kom nie. Haar ma is nie meer jonk nie, seker al een of twee jaar aan die verkeerde kant van veertig, maar Johani het beslis haar vrolike geaardheid geërf.

"Juffrou, dit is my laatlam . . . my ander twee kinders is al groot, my oudste dogter is verlede jaar al getroud . . . Sy gaan vir jou grys hare gee . . . hierdie witte!" Sy lag terwyl sy liefdevol oor die witblonde haartjies vryf. "Jy sal haar moet kortvat . . ." Sy buk oor na Alet se kant toe en fluister saggies agter haar hand sodat net Alet kan hoor: "Net nie te erg nie . . . hoor! Sy is darem nog my baba . . ." Met 'n vrolike knipoog laat sy die klein laatlam, wat al klaar heerlik aan die stry is met Ansie, in haar sorg.

Alet se spannetjie bestaan uit twintig van die sewe-endertig kinders. Sy het al die kinders van sub A tot standerd twee. Die res is in meneer Erlank se klas.

Vir die opening van die nuwe kwartaal kom al die kinders

24

in een klaskamer bymekaar. Die kleintjies sit sommer op die vloer. Behalwe die drie ma's wat die nuwelinge gebring het, is daar geen ander ouers nie.

Alet is dankbaar toe die opening verby is.

Sy is maar taamlik senuweeagtig, want dit is die eerste keer dat sy so 'n verskeidenheid klasse het; dit gaan 'n geweldige aanpassing vir haar wees, en met 'n ongeskikte, onvriendelike skoolhoof, by wie sy beslis nie sal gaan aanklop om hulp nie, gaan dit glad nie kinderspeletjies wees nie.

Die kinders is nog vol vakansiegees en dit gaan bitter moeilik om hulle stil te hou. Hulle is propvol gesels oor die heerlikhede wat die vakansie gebeur het en dit borrel sommer oor.

Alet lees hul name uit die register voor en doen haar bes om elkeen dadelik te onthou. Die kleingoed voel egter met hul fyn waarnemingsvermoë dadelik haar vreemdheid aan en buit dit ook terdeë uit.

"Juffrou, Johani slaan vir Ansie!" Dit is ook al wat Ansie nodig het en sy huil dat jy haar kleintongetjie kan sien.

Alet probeer vinnig troos. Die dun plankmure is nie juis 'n beskerming teen so 'n basuingeskal nie.

Dirkie, die ander nuweling, het ook nie aanmoediging nodig nie en sit 'n duet saam met Ansie in.

Johani verdedig haar standpunt luidkeels.

"Ansie het my potlood gevat . . . en dit is my nuwe potlood, Ma het dit net gister vir my gekoop . . . en . . ."

Alet raak verbouereerd. Sy druk Dirkie se koppie teen haar vas terwyl sy vir Ansie met die ander hand vashou. Die res van die klas kies kant en dit is 'n Babelse lawaai.

"Wat gaan hier aan?" Alet skrik groter as die kinders.

Louis staan in die deur met 'n gesig soos 'n donderwolk.

"Stil! Almal van julle! Elkeen op sy plek." Jy kan 'n speld hoor val, selfs Ansie en Dirkie vergeet om te snik.

Louis maak die twee kleintjies, wat nog steeds aan Alet vasklou, beslis los.

"Julle twee ook." Sy stem is nie meer so streng nie, maar dit dra genoeg gesag om hulle stil op hulle plekke te kry.

25

"Juffrou, ek sal jou graag vir 'n oomblik in my kantoor wil spreek." Hy draai na die klas. "Julle sit doodstil . . . nie 'n woord van julle nie. Verstaan?"

"Maar, oom Louis . . . Ansie het my potlood . . . my nuwe potlood . . ."

Alet voel die histerie in haar opstoot. Die klein Johani het geen respek vir die gelaaide atmosfeer nie. Die groter kinders staar haar verskrik aan. Alet stap voor Louis uit, te bang om om te kyk.

"Johani!" Alet kan sweer dat sy stem vol lag is, maar sy sal nou nie haar maand se salaris daarop verwed nie.

"Jy moet net soet wees . . . jy is nou groot, en as 'n mens eers in die skool is en juffrou of ek sê vir jou iets, dan luister jy en jy praat nie teë nie."

"Ja, oom Louis, maar . . ."

"Dit is nou genoeg, almal doodstil totdat ek terugkom."

Alet staan stil en regop in die kantoor vir hom en wag.

"Juffrou!" Louis se stem is kil en onvriendelik. "Hoe lank gee jy al onderwys . . ."

"Dit is my tweede jaar, meneer Erlank; ek het verlede jaar 'n standerd twee-klas gehad."

"Jy het dus nog geen ondervinding van kindertuinklasse nie?"

"Nee, meneer."

"Juffrou!" Louis se stem drup van sarkasme. "Mag ek jou vra hoekom jy hiernatoe gekom het?"

Alet se hele houding raak geslote, sy kyk hom vas in die oë sonder om 'n woord te sê.

"Dit is nie so 'n onbillike vraag as wat jy dink nie, juffrou! Geen regdenkende jong meisie sal haar sonder rede hier op die uithoek van die aarde onder die stof en sand kom begrawe nie." Louis skuif 'n paar papiere op die lessenaar netjies reg. "Ek het verwag dat jy al met pensioen moes gewees het, en dus nêrens anders 'n pos kon kry nie . . . daarom dat jy hiernatoe gekom het . . . Ek was blykbaar verkeerd."

"Blykbaar, meneer Erlank." Alet klink heel onskuldig.

"Wel! Daar moet 'n rede voor wees . . ." Louis slaan driftig op die lessenaar. "Ek laat my nie vertel dat 'n mens so iets onbesonne sal aanvang sonder 'n baie goeie rede nie."

Alet antwoord nie . . . staar net stil voor haar uit, en dit maak hom woedend.

"As jy wil teruggaan, juffrou . . . as jy besef jy het 'n fout begaan, dan moet jy my nou sê sodat ek vandag nog met die Departement in verbinding kan tree en hulle dadelik iemand anders kan stuur. Ons kan nie wag tot die middel van die jaar en dan die kinders in die steek laat nie."

Sy lig haar kop beslis op, maar vou ongemerk haar arms om haar maag om die bewing te probeer keer.

"Ek is nie van plan om die kinders in die steek te laat nie, meneer Erlank."

"Juffrou!" Louis se stem is sarkasties geduldig. "Ek hoop jy verstaan my reg . . . dit is nie dat ek dink jy sal dit doen omdat jy van swak inbors is nie, maar Walvisbaai is nie 'n plek vir 'n jongmeisie nie. Hier is feitlik geen ongetroude jong mense nie . . . Hier . . . hier is niks wat 'n mens kan doen om die tyd vir jouself interessant te maak nie . . ." Louis buk oor die lessenaar, sy stem sissend sag. "Hier is geen . . . wel, omtrent geen hubare mans nie . . ."

"Ek verstaan, meneer Erlank . . . Ek is egter steeds nie van plan om halfpad tou op te gooi nie."

"Goed . . . juffrou! Jy is baie slim en baie koppig . . . Jy wil hier bly . . . mooi! Maar . . . jy gaan jou kant bring, dit belowe ek jou . . . moenie dink ek gaan jou verskoon omdat jy 'n vrou is nie."

Alet sê nie 'n woord nie, maar wat sy in haar hart dink, is onheilspellend bitter en swart.

"Dit is al, juffrou, en gaan probéér asseblief om jou klas te beheer! Ek kan nie werk met so 'n chaos langs my nie."

Alet sluk swaar aan die krapperigheid in haar keel. Sy haal 'n paar keer diep asem voordat sy weer by haar klaskamer ingaan. Die kinders is stil en beskou haar ondersoekend. Hulle is vir haar jammer, want dit is seker nie eens vir 'n juffrou lekker om kantoor toe te gaan nie.

"Nou ja, ek dink ons het nou almal kennis gemaak. En weet julle wat dink ek nog . . . ek dink nie ons gaan vandag

op hierdie eerste dag van die kwartaal al met lesse begin nie
... ek gaan vir julle een van die mooiste stories lees."

Haar soet stem hou die kinders asemloos gevange en
hulle sug van genoegdoening toe Aspoestertjie met die
prins wegry en die stiefsusters die gelukkige paartjie jaloers
agterna moes staan en kyk.

Onseker draai Alet in haar klas rond toe die kinders uit is
vir pouse. Sy weet nie of sy veronderstel is om iewers te
gaan tee drink nie. Sy sal in elk geval liewer sterf van die
dors as om self te gaan ondersoek instel.

"Juffrou ... meneer sê juffrou moet kom tee drink in die
kantoor."

"Dankie, Elias, ek kom." Sy draai onnodig in die klas-
kamer rond sodat die teedrinktyd tot die minimum beperk
is.

Die tee is onsmaaklik en die gebarste koppies en nerf-
af pierings doen niks om dit aangenamer te maak nie. In
doodse stilte drink sy haar tee. Louis is besig om vorms
in te vul en sy sit styf en regop aan die ander kant van die
lessenaar.

Stilweg neem Alet haar voor om van môre af self die tee
te maak. As sy dan die tee in so 'n gelaaide atmosfeer moet
inwurg, dan kan dit darem 'n aantrekliker en smaakliker
koppie tee wees.

"Dankie, meneer Erlank ... As jy my sal verskoon, ek het
nog 'n paar dingetjies wat ek in my klaskamer moet gaan
doen."

Louis kyk half gesteurd op.

"Dit is reg, juffrou. Ek sal bly wees as ek jou ná skool 'n
paar oomblikke kan spreek. Daar is 'n paar dingetjies wat
ons moet bespreek."

Die dag verloop sonder verdere voorvalle. Alet laat die
kinders verf en dit hou hulle die res van die dag stil en ge-
lukkig. Sy gebruik die tyd om die kinders onderlangs dop
te hou en op te som.

Die grootste gedeelte van die klas is doodnormale, ge-
sonde, lewenslustige kinders wat sy, as sy 'n opsomming

moet maak, beslis sal klassifiseer onder kinders wat uit goeie, gemiddelde huise kom. Daar is 'n paar wat armoedig lyk, hul kleertjies is dun gewas maar skoon en netjies. Hierdie kinders is bleek en maer. Ongemerk gaan Alet hul name weer in die register na en merk verbaas op dat al vier dieselfde van het.

Alleen in 'n bank sit 'n mooi donkerkoppie. Sy is netjies en haar klere is van 'n goeie gehalte en baie smaakvol. Welvarendheid staan in hoofletters oor die meisietjie geskryf. Marinda Steenkamp. Alet wonder wie haar ouers is. Sy is blykbaar nie juis gewoond om met die ander kinders te meng nie. Die kinders behandel haar met baie respek, maar min warmte.

Diep in haar hart verwens sy die ongeskikte Louis Erlank. Sy sou so graag die kinders met hom wou bespreek sodat sy elkeen se agtergrond kan leer ken. Sy neem haar egter voor om vanmiddag vir tant Grieta uit te vra oor die kinders.

Louis is 'n bietjie minder stug toe sy hom die middag ná skool gaan spreek. Hy verduidelik haar verpligtinge, bespreek die werk kort en saaklik met haar en stel voor dat sy haar probleme asseblief met hom sal kom bespreek.

Gmpf! Alet snork innerlik. Sy háár probleme met hóm bespreek . . . sy bespreek dit liewer met Elias, die skoonmaker!

Tannie Grieta is baie meer behulpsaam.

"Marinda Steenkamp? Foei tog! Dit is eintlik 'n tragiese geval. Haar ma is so twee jaar gelede dood in 'n ongeluk. Haar ouma bly nou hier by hulle . . . Hulle is skatryk mense, hoor! Gerhard het die skeepsredery hier . . . maar die arme kind . . . sy is eensaam."

Tannie Grieta gooi eers nog koffie in voordat sy haar gesprek hervat.

"Hulle bly so half buite die dorp . . . Hulle besit die enigste steenhuis in die dorp, met die gevolg dat die kind nooit juis ander maats het nie . . . en die ergste van alles . . . die ou ouma! Ag, nou ja, ek skinder nou nie . . . dit is net . . . Sy is so half . . . jy weet, so . . . dink ons is te agterlik vir haar!"

29

"En die Venters, tannie Grieta? Daar is vier in my klas. Een in sub B, een in standerd een en 'n tweeling in standerd twee . . . Is hulle almal broers en susters?"

"Ja, hartjie, en dit is nog nie al nie; in Louis se klas is nog twee en daar is 'n kleintjie by die huis ook."

"Hulle . . ." Alet weet amper nie hoe om dit te stel nie. "Hulle lyk so armoedig, tannie . . . so anders as die ander kinders . . . Is . . . is hulle maar net arm of is daar ander probleme ook . . .? Die kinders is so sku, kan 'n mens nie juis in die oë kyk nie . . . Ag, tannie weet mos wat ek bedoel . . . so . . . so asof hulle baie blootgestel kan wees aan die een of ander skande . . ."

Tannie Grieta beskou haar skewekop.

"Jy weet, kind, jy is baie wyser en meer volwasse as wat 'n mens van 'n jong mens van jou jare verwag . . . om te dink dat jy in een oggend soveel kon raaksien." Sy stryk ingedagte die lappie op die tafeltjie gelyk.

"Ja . . . hartjie . . . daardie arme vrou en kinders ly vreeslik swaar. Hul ou pa . . . hy is sommer 'n swakkeling . . . verdien 'n karige salarissie as spoorwegwerker en dié drink hy omtrent alles uit. Die arme vrou leef altyd in 'n doodse vrees as sy weet hy het geld. Hy het haar en die kinders al so geslaan dat die bure moes gaan help."

Alet sug. Sy voel die magtelose woede in haar kriewel. Sy kan dit nie verdra om kinders te sien ly onder ouers wat nie die naam ouer werd is nie. Sy het self in 'n goeie huis vol vreugde en vrede grootgeword, met 'n oorvloed liefde en aardse skatte. Haar ouers het egter hul nederigheid behou en soos hul aardse rykdom toegeneem het, het hul lof teenoor hul Skepper net meer en meer geword.

Alet durf die middag maar weer die sanderige paadjie na die winkels aan. Sy koop koppies, 'n teepotjie en al die ander benodigdhede om van die volgende dag af 'n aantreklike koppie tee by die skool te geniet. 'n Skinkbordjie en 'n netjiese lappie voltooi die aankope.

Met die intrapslag die volgende oggend, gee sy vir Elias opdrag om net die primus aan te steek en water te kook, sy sal self die tee kom maak.

Louis sê niks daaroor nie. Daar is net 'n blink liggie van waardering in sy oë toe sy die netjiese skinkbordjie tussen hulle op die lessenaar neersit.

Hy skuif sy papiere opsy en drink rustig saam met haar tee. Hy probeer selfs om 'n gesprekkie met haar aan te knoop. "Is jy oorspronklik van die Paarl, juffrou?"

"Ja, meneer."

"Boer jou ouers daar . . . of . . ."

"Ja, my ouers boer daar, meneer Erlank."

Alet beantwoord sy beleefde vrae styf en kortaf. Die gesprek droog sommerso saam met die laaste bietjie tee op.

Alet som die kinders vinnig op en laat sit die "probleempies" maar voor in die klas sodat sy 'n ogie oor hulle kan hou en sy nie 'n herhaling van die eerste oggend sal hê nie. Klein Johani moet eintlik op Alet se skoot sit, as dit 'n maatstaf is.

Sy kan egter nooit regtig vir die blondekop-duiweltjie kwaad word nie. Sy is so spontaan en kan die koddigste stories op haar oumensmaniertjies opdis. Sy is voor op die wa en kan vreeslik koppig raak, maar net so vinnig van front verander, opspring en haar arms om Alet se nek slaan en haar met 'n taai druksoentjie beloon . . . party dae sommer net "omdat dit die mooiste storie is wat ek nog ooit gehoor het".

Alet maak 'n punt daarvan om die Ventertjies nooit te laat voel dat hulle anders is as die ander kinders nie. Hulle ontdooi stadig maar seker. Dit is vir haar 'n groot geskenk elke keer wanneer een van hulle die hand spontaan opsteek om 'n vraag te beantwoord. Sy moedig hulle aan om ook spontaan te gesels. Sy voel dat sy stadig besig is om hul eie identiteit aan hulle terug te gee.

Marinda Steenkamp draai graag in die klas rond wanneer die ander kinders al huis toe is. Sodra sy en Alet alleen is, kan die pragtige kind spontaan en lekker gesels. Alet voel die kind se eensaamheid aan en nooi haar om smiddae vir haar te kom kuier en van haar pragtige prenteboeke te kom deurkyk.

Groot is haar verbasing toe Marinda omtrent twee weke

later een middag aan haar deur klop. Sy het nie gedink dat die kind se ouma dit sou toelaat nie.

Marinda kuier die hele middag. Sy kwetter soos 'n voëltjie en Alet kan nie glo dat dit dieselfde ingetoë kind is wat bedags so stil soos 'n muis alleen in haar bank sit nie.

"Juffrou weet . . . my ouma sê ek moet tog nie naby die Venters sit nie . . . Sy sê hulle het dalk goggas op hul koppe en dan klim dit op my ook."

Alet gooi eers vir hulle koeldrank in en gaan dan weer langs haar sit.

"'n Mens kan nie sulke dinge sê nie, Marinda. Die Venters is net arm, maar hul kleertjies is baie skoon en hul haartjies altyd skoon gewas."

Marinda kyk met groot bruin oë na Alet, vasgevang in die erns van haar stem.

"Liewe Jesus het al die mense gemaak en Hy is vir hulle net so lief soos vir jou . . . en as 'n mens van iemand anders iets sê wat nie mooi is nie, maak jy Liewe Jesus se hartjie baie, baie seer."

"My ouma vertel ook vir my van Liewe Jesus, maar sy het nog nie gesê dat sy hartjie sal seer word oor die Venters nie."

"Vra vanaand vir jou ouma, sy sal vir jou vertel . . . alle mense is eenders in Liewe Jesus, vir Hom maak dit nie saak of ons arm of ryk is nie."

Marinda blaai deur die pragtige prenteboeke, maar kom kort-kort Alet se geselskap opsoek. Alet kan sien dat die arme kind geweldig behoefte het aan geselskap. 'n Diep jammerte vir die pragtige meisietjie wat so sonder 'n ma moet grootword, wel in haar op.

Dit is knap ná vyfuur toe Marinda se pa aan die deur klop. Hy is nog jonk, seker nie veel ouer as Louis Erlank nie. 'n Netjiese, baie aantreklike jong wewenaar.

"Goeiemiddag, ek is Gerhard Steenkamp." Hy steek sy hand na haar uit en kyk diep in haar oë.

"Aangename kennis, ek is Alet Fourie . . ." Alet probeer skaam haar hand uit syne trek, maar hy is baie onwillig om dit te los.

Alet het nie die moed om Gerhard Steenkamp te nooi vir koffie nie, al is sy omtrent negentig persent seker dat hy so 'n uitnodiging sou aanvaar het. Hier in die vreemde dorp, met 'n baie onsimpatieke skoolhoof, is sy te bang om enigiets te waag . . .

Sy sien hulle op die stoepie weg. Gerhard help sy dogter in die motor en wuif liggies vir haar tot siens. Ingedagte kyk sy hulle agterna. Gerhard se motor is die modernste en weelderigste een wat sy nog hier op Walvisbaai gesien het. Louis het 'n ou bakkie waarmee hy seker baie op die plaas rondry, want dit is vol krapmerke en het so hier en daar 'n duik.

Met 'n diep frons op sy voorkop het Louis Gerhard se motor voor Alet se huisie sien stilhou. Sonder enige gewetenswroeging gaan hy voor sy venster staan om die afskeid dop te hou. Hy sien hoe Alet met 'n vriendelike glimlag die aantreklike Gerhard toewuif. Sy gesig trek in 'n siniese plooi terwyl hy sag met homself praat.

"Ja, juffroutjie . . . as dit nie binne die eerste kwartaal is nie, dan beslis nog voor die einde van die jaar."

3

Alet beskou haarself in die spieël. Haar hare glim sag in die lamplig. Sy skud die wye, liggroen rokkie effens sodat dit sag en vol om haar skraal figuurtjie vou.

'n Fyn kantsakdoekie word saam met 'n kam in haar handsakkie gedruk voordat sy die lamp doodblaas en na die sitkamertjie stap om daar op Gerhard te wag. Hierdie afgelope twee weke wat sy elke aand op haar eie geselskap aangewys was, het haar uitgehonger vir die geselskap van ander jong mense. Sy het al vroeg begin bad en haar aangetrek, gretig dat die tyd tog moet omgaan.

Daar is vanaand 'n rolprentvertoning by die ontspanningsklub en soos wat sy van tannie Grieta verstaan, is dit maar op 'n Vrydag- en Saterdagaand die algemene bymekaarkomplek van 'n ieder en 'n elk.

Verlede Saterdagaand het sy maar stoksielalleen hier in haar huisie die tyd probeer omkry. Sy het gemerk dat Louis se sitkamerlig ook heelaand gebrand het en dit het haar vreemd gerusgestel dat sy nie die enigste een is wat alleen en eensaam is nie.

Gerhard se enkele tikkie aan die deur laat haar vinnig opstaan om dit vir hom oop te maak.

"Mensig, maar die meisiekind lyk eetbaar!"

Alet is dankbaar vir die halfskemerte van die lamplig so-dat hy nie die verraderlike rooi blos op haar wange kan sien nie.

"Goeienaand, meneer Steenkamp. Kom binne."

Gerhard hou nog steeds haar hand vas, en sy oë gaan goedkeurend oor haar netjiese figuurtjie.

"Nie meneer nie . . . sommer net Gerhard. En ek weet al teen hierdie tyd dat jou naam Alet is . . . en ek hoop nie jy gee om nie, maar ek gaan jou so noem."

"Nou goed, kom dan maar binne, Gerhard, of is jy haas-tig?"

"Ja, ek dink ons moet maar gaan."

Gerhard blaas die lamp dood en sluit die deur agter hulle. Hy steek die huisie se sleutel in sy sak en hierdie eenvoudige eiegeregtige gebaar krap die fyn lagie oor Alet se hartseer en verlange met een haal oop.

Sy voel die branderigheid van trane agter haar oë en proe die sout smaak daarvan in haar mond.

Vasberade dwing sy die onwelkome gedagtes terug in die donker hoekie waar hulle hoort. Sy lig haar gesiggie op na Gerhard en glimlag vriendelik en spontaan na hom, baie toegeefliker as wat sy onder normale omstandighede met 'n eerste afspraak sou gewees het.

Gerhard sit sy hand onder haar elmboog, kyk verras af in die glimlaggende gesiggie. Die donker steek die seer en hartseer in haar oë egter goed weg. Besitlik druk Gerhard haar arm.

Die ontspanningsklub is groter en geriefliker as wat Alet aanvanklik gedink het. Die groot saal wat diens doen vir enige funksie waar 'n klomp mense bymekaar moet wees,

34

is aan die linkerkant van die gebou. 'n Klein biblioteek is aan die regterkant, met kleedkamers en 'n lang gang wat agter twee swaaideure verdwyn. Te oordeel na die geraas en growwe manstemme wat uit daardie rigting kom, het Alet 'n goeie idee watter vertrek agter die twee swaaideure is.

Aan die voorkant van die ontspanningsklub is die algemene bymekaarkomplek. Dis 'n heerlike groot, toegeboude stoep met heelwat tafeltjies en stoele waar 'n mens rustig kan ontspan.

Gerhard sorg dat sy gemaklik sit voordat hy verskoning vra om vir haar 'n koeldrank te gaan haal. Alet ken nie veel van die mense nie en die flouerige liggies teen die mure vergemaklik ook nie juis haar taak om hulle te sien nie.

Die ontspanningsklub spog met sy eie kragopwekker, daarom dat daar 'n rolprent vertoon kan word.

Niemand skyn haastig te wees nie. Rustig drink hulle eers koeldrank en stap dan in saal toe om die vertoning te gaan geniet.

Die stoele in die saal is hard en ongemaklik, maar Alet is uitgehonger vir geselskap, al is dit net vir die geraas en gepraat van die ander mense om haar.

'n Middeljarige vrou met netjiese donkerbruin hare, wat sy in 'n groot bolla agter haar nek vasgebind het, speel die klavier in die hoek van die verhoog, terwyl die rolprentvertoning aan die gang is. Die mense gil en skree hul pret uit, terwyl Charlie Chaplin met sy skewe voetjies allerhande manewales op die doek uithaal.

Alet geniet die mense om haar meer as die vertoning, wat vir haar maar taamlik verspot is. In Kaapstad kon sy na die pragtigste opvoerings en toneelstukke gaan kyk . . . en . . . wel, hierdie komediantjie met sy groot broek is nie juis haar nommer-een-held nie.

Sy lag egter vrolik saam en Gerhard kan sy oë nie van haar afhou nie. Sy is sag en vroulik en die blou oë glim vriendelik in die dowwe lig.

Gerhard se hand druk saggies agter haar rug toe hy haar pousetyd tussen die mense deur vergesel na die stoep, sodat hulle nog 'n koeldrank kan gaan drink.

Alet kyk skielik op, vas in Louis Erlank se oë waar hy by die punt van 'n ry banke wag sodat sy kan verbykom. Sy wenkbroue is sinies gelig terwyl hy na Gerhard agter haar kyk en dan weer terug na haar. Hy knik styf en formeel in haar rigting voordat hy 'n pragtige meisie met vlasblonde hare voor hom laat verbykom. Die lang meisie glimlag besitlik op na hom en haar hand soek agter haar rug totdat sy syne raakvat.

Alet neem alles in een oogopslag waar. Sy wonder wie die meisie kan wees; sy het haar nog nie hier rond gesien nie.

Gerhard groet joviaal toe hy vir Louis en sy metgesel opmerk.

"Kom sit by ons. Ek gaan kry net gou vir ons koeldrank . . . of . . . wil jy liewer 'n bier drink, Louis?"

"Ja, dankie. Ek sal 'n bier drink." Louis klink styf en onvriendelik.

Dit is Gerhard wat eerste daaraan dink dat sy nog nie die blonde meisie ontmoet het nie.

Die luggie is heerlik vars en koel op die stoep ná die bedompige saal.

"Alet, jy ken seker nie vir Ilze Friedelingsdorf nie?" Gerhard staan effens opsy sodat sy kan verbykom.

"Alet Fourie en Ilze," stel Gerhard hulle gemaklik aan mekaar voor.

Alet hou van die vriendelike, spontane Ilze, maar sy kan tog aanvoel dat Ilze nie so ingenome is met die gedagte dat sy en Louis heeldag in mekaar se geselskap is nie.

Uit die gesprek kan Alet aflei dat Ilze se ouers Louis se bure op die plaas is en dat Ilze blykbaar kort-kort hier by haar oom op Walvisbaai kom kuier. In haar enigheid wonder Alet of dit nie maar is om naby Louis te wees nie.

Dit krap aan Alet dat Louis nooit direk met haar praat nie. Hulle was die afgelope twee weke nooit juis haaks nie, maar hulle is nou ook nie juis groot vriende nie. Alet voel darem dat hy in die openbaar nie so ooglopend sy afkeer moet wys nie.

Ilze vra verskoning om na die kleedkamer te gaan en

36

Gerhard is in 'n druk gesprek met 'n Duitse oubaas met 'n weglê-snor.

Alet en Louis is alleen by die tafeltjie. Die stilte rek tussen hulle. Alet voel hoe die ongemak in rooi kolle op haar uitslaan. Sy sit haar koeldrank vinnig neer, neem haar handsakkie en met 'n gemompelde verskoning staan sy vinnig op – net om haar 'n tree verder trompop te loop teen 'n skraal, slordige man wat taamlik onvas op sy voete is.

Hy gryp na haar, sy hande omklem haar skouers. Alet probeer vinnig loskom, maar sy greep verslap nie. Sy rooi, wellustige oë gaan soekend oor haar.

"Wel! Wel! Dit is mos die nuwe skoolmies!"

Alet is baie na aan trane. Die walglike mansmens is dronk en sy warm asem is hier naby haar gesig.

Sy rem agtertoe, vas teen 'n breë bors. Twee groot hande met netjiese, kortgeknipte naels kom van agter af en maak die maer, seningrige vingers om haar skouers beslis los.

"Dit is genoeg, Venter!" Louis se stem klap soos 'n sweep hier by Alet se oor. "Ek dink jy moet liewer gaan!"

Alet ril. Louis se hande druk 'n oomblik lank gerusstellend op haar skouers voordat hy sy hand tussen haar blaaie druk en haar liggies in die rigting van die kleedkamer stoot.

Alet was haar gesig met die koel water. Sy druk die fyn kantsakdoekie teen haar wange en voorkop om dit af te droog. Sy draai onnodig lank om vir Louis en Ilze kans te gee om reeds in die saal te wees voordat sy uitkom.

Gerhard is duidelik verlig toe sy haar by hom aansluit.

"Skort daar iets?" Hy klink opreg bekommerd.

"Nee ... ek ... ek was net 'n bietjie duiselig ... Ek dink dit is maar 'n bietjie bedompig in die saal."

Die tweede deel van die vertoning verskil nie veel van die eerste nie en Alet is half bly toe dit verby is.

Sy nooi Gerhard vir koffie. Sy speel 'n paar mooi plate op haar grammofoon en geleidelik verlaat die onstuimigheid en skrik van vroeër die aand haar. Sy wil hom graag uitvra oor die nare mansmens, maar sy sien nie kans om die hele episode aan hom te vertel nie.

37

Dit is al ná middernag toe Gerhard traag opstaan om huis toe te gaan.

Lank lê en kyk Alet nog na die flou skynsel van die maan. Sy wonder wat maak Pieter vanaand. Sou hy soms na haar ook verlang . . . of dink hy nooit meer aan haar nie? Is hy te besig met sy eie dinge? Sou Marie hom gelukkig maak . . . of was dit maar net 'n obsessie om hom te besit wat gemaak het dat sy hom in 'n oomblik van swakheid oor-rompel het?

Die warm trane loop stadig oor haar wange. 'n Mens kan nie iemand se ring ses maande lank dra en dan ongeskonde uit so 'n verkleinerende situasie tree nie.

As hulle tog maar net eerste vir haar kom sê het! Maar sy was die heel laaste wat daarvan gehoor het . . . eers toe hulle al klaar getroud is . . . en sy . . . arme gek! Sy het nog steeds sy ring aangehad toe hy met die skoknuus daar aan-gekom het.

Die pyn in sy oë . . . die selfveragting . . . Alet druk haar hande voor haar oë om die beeld te probeer uitwis. As sy net nie daardie oë onthou nie . . . dan sou sy hom kon haat en dit sou die pyn en vernedering draagliker maak. Maar daardie groot, bruin kalfie-oë het baie meer gesê as sy woorde. Dit het haar hart gekneus en saggemaak, baie meer as sy wurgende: "Alet . . . Lettatjie . . . ag, my liefling . . . ek was 'n swakkeling. . . Ag, Let, ek moes met haar trou, ek kon nie anders nie . . . die baba . . ." Sy droë, harde snik klink nog helder in haar ore. Sy het haar ore toegedruk en gehardloop, net gehardloop. Sy wou tot verby die einde van die aarde hardloop.

Die volgende dag het sy die skoolhoof laat weet dat sy siek is. Die dierbare, verstandige ou man wat vir hulle almal soos 'n pa was, het gekom sodat sy die hele storie, wat hy reeds geken het, teen sy skouer kon uitsnik. Hy het gereël dat sy nie die laaste paar dae van die kwartaal hoef terug te kom skool toe nie. Dit was ook hy wat gereël het dat sy dié pos kry; hierdie pionierspos aan die uithoek van hierdie barre land met sy sandgolwe.

38

Die son skyn vrolik toe Alet wakker word. Die ou spinne-rakke is weg . . . vir eers weer diep gebêre.

Sy haal 'n netjiese ligroos rokkie met 'n bypassende hoedjie uit die kas en sprei dit op die bed oop. Sy bad en trek die pragtige rokkie, wit skoene en fyn kouse aan voor-dat sy die hoedjie versigtig op haar blonde hare sit.

Die kerk begin om negeuur en Alet sal nog die entjie na die ontspanningsklub, wat ook as kerk dien, moet stap. Hier is nie gereeld 'n predikant nie. Vanoggend sal daar egter een wees wat van Omaruru af kom. Verder hou die ouderlinge maar kerk.

Sy maak gou klaar, want sy wil stadig stap. Sy wil die rus-tigheid van die Sondag in haar siel opvang en bêre, bêre vir die dae wanneer sy voel dat alles weer vir haar te veel word . . . sodat sy dan reserwekrag kan hê om op te teer.

Stadig stap sy aan kerk toe, half skeef trappend teen die sand sodat dit nie in haar skoene moet kom nie.

Die saaltjie is nie naastenby so vol soos gisteraand tydens die rolprentvertoning nie. Die mense sit naby mekaar in die voorste paar rye banke. Op die verhoog is 'n tafel en 'n stoel reggesit en aan albei kante van die verhogie is vier stoele in 'n ry. Alet veronderstel dat dit vir die diakens en ouderlinge bedoel is.

Dieselfde vrou wat gisteraand die klavier tydens die ver-toning gespeel het, het weer haar plek ingeneem.

Verbaas kyk Alet op toe Louis langs haar inskuif. Hy is styf en gespanne en Alet verbaas haar dat 'n mens met so-veel bitterheid en opstandigheid soos wat sy in Louis kan aanvoel, nog na die huis van die Here kom. Nuuskierig wonder sy of hy altyd so was en of daar iets in sy lewe ge-beur het wat sy vertroue in die mensdom 'n knou gegee het.

Alet se mooi, soet stem klink helder bo dié van die an-der gemeentelede uit. Sy sing met volle oorgawe en al haar dankbaarheid teenoor haar Skepper laat haar stem lewe van emosie.

Verras loer Louis na haar kant toe hy die helder stem hoor. Sy interesseer hom. Hoekom sou sy uit die pragtige

39

Boland hierheen gevlug het? Iets moet haar gedwing het
. . . Maar 'n mens wat so ontspanne en met oorgawe kan
luister na die Woord en met soveel oorgawe kan sing, het
niks waaroor hy of sy God kan verwyt nie. Hy gee die stryd
gewonne. Hy kan nie glo dat dit is omdat sy self seergekry
het nie . . . of sy moet 'n groot huigelaar wees, want geen
mens kan iets soos wat met hom gebeur het, sommer net
aanvaar nie . . . Die opstandigheid vroetel en woel in hom
en maak hom kriewelrig. Die rooi duiweltjie fluister hard
hier by sy oor. Of . . . was dit dalk . . . is sy nie dalk die party
wat die pyn uitdeel, soos wat Elsa was nie . . .?

Die Sabbatsvrede omvou Alet se hele wese. Stadig stap
sy terug huis toe, diep ingedagte, die mooi boodskap wat
die predikant met soveel oortuiging gebring het, nog vas-
gevang in haar gedagtes.

"Juffrou Fourie!" Louis se stem klink hier kort agter
haar. So ingedagte is sy dat sy hom glad nie hoor aankom
het nie.

"Mag ek maar saamstap?"

"Seker." Alet is effens senuweeagtig. Sy moet nog eers
hierdie sy van sy geaardheid probeer verstaan. Gisteraand
het hy haar so onverwags te hulp gekom en vanoggend is
hy in die kerk . . . teësinnig miskien . . . meer uit gewoonte
dalk, maar dit is en bly 'n goeie gewoonte. Sy het dit in elk
geval nie van die siniese Louis Erlank verwag nie.

"Dit lyk vir my ons ergste wind is darem nou eers verby."
Louis is beslis van plan om geselliger te wees.

"Hoe weet julle dit?" Alet is opreg nuuskierig. "Tannie
Grieta voorspel ook altyd wanneer die wind gaan waai en
wanneer nie, en sy is omtrent altyd reg."

Louis lag.

"Dit is maar iets wat 'n mens by die ou Walvisbaaiers
leer." Hy krimp sy treë om by hare aan te pas. "Hulle sê
gewoonlik as die son in die oggend skyn, dan waai die wind
in die middag en as dit soggens mistig is, dan waai hy nie
. . . maar dit werk nie altyd so nie, hoor! Soms is dit in
die oggend mistig en namiddae waai die wind die duiwel
uit sy nes uit. Maar ons windmaande is darem eintlik hier

van Julie tot November. Verder het ons lekker weer; dit word nooit juis vreeslik warm nie, behalwe as die ooste-wind waai."

Die stilte is rustig tussen hulle terwyl hulle aanstap.

Alet probeer die geselskap weer aan die gang kry.

"Die preek was mooi vanoggend . . ."

"Hmm . . ." Louis lewer geen kommentaar daarop nie.

"Wil jy nie 'n koppie tee kom drink nie . . .?" Alet klink half onseker.

"Ja, dankie. Ek het gehoop jy sal my nooi. Ek kan tog nie tee maak nie en Elias is ook vandag kerk toe."

Alet sluit die huisie oop. Louis gaan sit in die sitkamer terwyl sy water op die stofie kook.

Sy haal haar hoed af en skud eers haar hare los voordat sy dit handig in 'n rol agter haar kop draai en vassteek.

Louis sit rustig agteroor in die diep gemakstoel toe sy inkom met die tee. Die digbundel wat Pieter vir haar met haar laaste verjaardag gegee het, lê oop op sy skoot. Stilweg wonder Alet of hy die woorde voor in die boe-kie gelees het. Die ironie daarvan draai soos 'n fisieke seer binne-in haar.

Pieter het sy onsterflike liefde in 'n paar sinne voor in hierdie digbundel aan haar verklaar, 'n liefde wat hy self in daardie stadium geglo het alle aanslae van buite sou weer-staan. Dit het net ses maande gehou . . . en nou sit hierdie siniese man daarmee in sy hande.

Louis staan vinnig op en neem die skinkbord by haar. Met waardering kyk hy na die netjiese skinkbord. Die tee-koppies is van fyn porselein en die silwerteegerei dateer seker van 'n vorige geslag. Selfs die bakkie waarin 'n paar fyn teekoekies pronkerig lê, pas by die silwerstel.

Met meer respek beskou hy haar onderlangs. Sy pas by haar huisie. Alles is netjies en smaakvol en die eenvoudige ou houthuisie met sy gewone Administrasie-meubels ver-toon anders met netjies gehekelde lappies, kleurvolle kus-sings, nuwe gordyne en los matte. 'n Paar pragtige beeldjies en ou koperlampe voltooi die smaakvolle prentjie en hang 'n rustige etiket aan die binnekant van hierdie vertrek.

Sy behoort uit 'n gegoede huis te kom, alles getuig daarvan. Hy wonder wie die Pieter is wat met soveel liefde voor in die bundeltjie geskryf het.

"Jy sê jou ouers boer naby die Paarl? Is dit 'n groot plaas?"

Louis klink gesellig en belangstellend.

"Ja, dit is nogal, gemeet aan die ander plase daar in die omgewing en . . . dit is eintlik 'n erfplaas, dit dateer nog van die negentiende eeu."

"Is jy die enigste kind of het jy nog broers en susters?"

"Ek het nog 'n broer. Hy is ouer as ek. Hy is eintlik die boer. My pa se gesondheid laat maar veel te wense oor . . ."

"Nou hoekom . . .?" Louis bly ongemaklik stil. Hy wil nie graag die goeie verhouding wat daar vanoggend tussen hulle heers weer bederf nie, maar hy sal darem graag wil weet wat haar laat besluit het om daar weg te gaan, veral as haar pa nog siek is ook . . . Sy is ooglopend lief vir hulle; trots en eerbied straal uit elke word wat sy van hulle sê.

Alet wag gespanne vir die res van die vraag. Hy moet nou net nie weer kom torring aan haar nie . . .

Hy merk die stywe trek van die skouers en met verbasing sien hy die hartseer liggie dof agter in haar oë. 'n Vreemde jammerte neem van hom besit. Dit moet darem iets groots wees wat 'n mooi jong meisie so ver van haar geliefdes af sal laat weggaan.

Hy verander behendig die gesprek.

"Ek sien jy is ook 'n liefhebber van Beethoven!"

"Hou jy ook van sy musiek?"

Die gesprek raak algemeen. Louis aanvaar 'n tweede koppie tee en maak kort daarna verskoning.

Alet is rusteloos nadat Louis weg is. Sy het nie lus om vir haarself te kook nie en is maar te dankbaar toe tannie Grieta haar kom nooi vir ete.

Die middag is lank en vol verlange. Sy skryf briewe aan haar ouers en vriende, lang geselsbriewe oor al die snaakse en vreemde dinge, maar die eensaamheid en verlange laat sy glad nie deurskemer nie.

42

Sy neem haar voor om van Maandag af elke middag een of twee van haar skoolkroos se ouers by hul huise te gaan besoek. Sy sal briefies uitstuur sodat die ouers haar te wagte kan wees. So sal sy dan met die mense kennis maak en kan sy die lang, vervelige Sondagmiddae vir hulle gaan kuier.

Die wind waai baie liggies en net ná vieruur bind Alet 'n doekie om haar hare en gaan stap in die rigting van die see.

Die water is spieëlglad en groot swerms flaminke kleur die lug ligroos. Lomp pelikane hobbel in die vlak water rond op soek na kossies wat hulle met een gulsige sluk in hul sakbakke laat verdwyn.

Moeg maar meer tevrede met haarself, die ou deurmekaar gedagtes meer georden en rustiger, stap sy later terug huis toe.

Sy bad en trek 'n skoon rokkie aan. Met 'n koppie tee en 'n toebroodjie maak sy haar heel gemaklik in die sitkamer. Sy is net besig om die eerste plaat om te draai, toe sy Gerhard se ligte tikkie aan die voordeur hoor. Dankbaar vir die afleiding nooi sy hom glimlaggend en verwelkomend in.

4

"Johani, wat is dit met jou en Dirkie vandag?"

"Maar, juffrou . . ." Johani se stemmetjie tril van erns. "Dis Martie . . . sy huil! En ek weet nie hoekom sy so huil nie . . . sy huil al die hele dag . . . en . . . en sy wil nie eens my appel hê nie . . . sy wil net huil . . . en . . . en ons het haar nie eens seergemaak nie . . . ek het haar nie geklap nie . . . ook nie eens haar hare . . ."

Alet knip die oumensbetoog kort.

"Wat is dit, Martie?"

Klein Martie Venter antwoord nie, druk net haar koppie dieper in haar arms en huil geluidloos. Die rukkende skouertjies is al wat van haar diep hartseer getuig.

Alet stap nader en lig die kleinding van haar arms af op. Die trane het vuil spoortjies op die bleek gesiggie gelaat. Die kinders drom nuuskierig saam.

"Gaan sit julle almal nou op jul plekke en gaan aan met jul werk."

Sy trek vir Martie aan haar arms op en lei haar na die tafel. Sy tel die kleinding op haar skoot en druk die skraal, rukkende lyfie styf teen haar vas.

Geleidelik bedaar die snikke en lê sy net moeg teen juffrou se sagte skouer wat so lekker ruik. Sy vryf ongemerk die skurwe wangetjie teen die sagte materiaal wat koel en glad teen haar vel voel.

"Susan, wanneer die klok vir pouse lui, moet jy asseblief net so 'n oomblikkie agterbly."

Susan Venter, die oudste van die vier Venter-kinders in haar klas, kom kop onderstebo nader toe al die kinders uit die klaskamer is.

"Waaroor huil Martie so?"

"Dit is . . . dit is my ma . . . juffrou."

"Jou ma?" Alet voel die kommer in haar binneste. "Wat makeer jou ma, Susan?"

Susan snuif en vee met die agterkant van haar hand die nattigheid in haar oë.

"Sy is siek . . . juffrou . . . baie siek . . . Sy . . . sy lê net so . . . juffrou . . ."

Alet byt haar lip ingedagte vas.

"Luister, Susan . . . jy weet mos waar tannie Grieta Visser bly . . ."

"Ja, juffrou."

"Vat gou-gou vir juffrou hierdie briefie na haar toe en dan kom jy terug."

Alet skryf vinnig 'n paar reëls op 'n stukkie papier wat sy sommer uit 'n skryfboek skeur.

Susan draf haastig by die deur uit, dankbaar om iets te doen en weg te kom van die snikkende Martie.

Alet vra die Ventertjies om vir haar te wag ná skool. Sy sit net haar tas by haar huisie neer en gaan toe saam met die kinders eers by tannie Grieta aan om die heerlike emmer-

44

tjie sop en dik snye vars brood te kry, voordat hulle aanstap na die Venters se huis.

Die huisie is netjies en baie skoon, maar erg armoedig. Die groter kinders wat by Louis in die klas is, staan verleë rond toe sy daar aankom. Die kleintjie, 'n pragtige ou meisietjie van so ongeveer drie jaar oud, klou-hang aan Truia, die oudste een.

Skynbaar is daar geen kos in die huis nie, want die kinders hou die sop en brood hongerig dop.

"Eet julle solank, Truia. Wys net vir my waar jul mammie se kamer is, dan gaan kyk ek solank na haar."

Alet staar geskok na die siek vrou. Martha Venter is nog jonk, seker so vyf-en-dertig. Sy is afgesloof en baie, baie siek. Sy is maer en uitgeteer. Die mens onder die dungewaste kombers maak skaars 'n hobbeltjie op die bed.

"Mevrou Venter . . . ek is Alet Fourie . . . die kleintjies se . . . se juffrou."

Die siek vrou maak haar oë moeisaam oop.

Alet stap nader en neem die maer hand in hare.

"Is daar nie iets wat ek vir jou kan doen voordat ek die dokter laat kom nie?"

Die vrou probeer verskrik regop sit.

"Nee! Juffrou . . . dit kan jy nie doen nie . . . dit . . . dit is maar net my bors . . . dis sommer bronkaaitjies . . . ek kry dit elke jaar . . . dit sal een van die dae beter wees."

"Maar . . . mevrou, die dokter sal vir jou baie goeie medisyne gee, dan word jy soveel gouer gesond . . ."

"Ons . . . ons het nie geld nie . . . juffrou . . . Die kinders . . . hulle moet nog eet . . . Hulle . . ."

"Ek het vir hulle lekker sop en brood gebring, mevrou . . . en vanaand sal ek weer kos bring. Moenie bekommerd wees nie, ek sal na hulle omsien totdat jy gesond is."

Alet stap terug na die kombuis. Die kinders eet gulsig aan die heerlike sop. Eenkant het Truia egter 'n bordjie sop uitgeskep en 'n snytjie brood gehou, sodat daar vir Mamma ook iets oorbly, want die seuns se eetlus kan baie ver strek.

Alet neem die sop en brood na Martha Venter. Sy help haar regop en voer haar soos 'n kind.

"Juffrou . . . die kinders . . . hulle het nie gisteraand of vanoggend kos gehad nie . . . hulle is seker dood van die honger . . . laat hulle maar hierdie ook neem . . ." Twee blink trane loop oor die maer wange.

"Hulle het almal genoeg geëet, mevrou, daar is baie kos. Rus nou, môre voel jy sommer baie beter."

Alet knip haar oë vinnig om die trane te keer. Die maer, afgesloofde vrou wat nog bereid is om haar bietjie ook vir die kinders te gee, en die pragtige klompie kinders wat eers Mamma se kos uitskep voordat hulle eet . . . Liefde is nie iets wat 'n mens kan koop of dwing nie . . . dit is sommer net daar.

Saggies verlaat sy die vertrek toe Martha onrustig insluimer. Alet maan die kinders om nie te raas nie en help eers om die kombuisie weer netjies te kry voordat sy terugstap.

Tannie Grieta is hewig ontsteld omdat sy nog niks te ete gehad het nie. Sy haal al kloekende haar kos uit die lou-oond en sien toe dat sy elke krieseltjie opeet voordat sy luister na Alet se storie.

"Tannie Grieta, ek wil asseblief vir jou betaal vir die sop en die brood."

Die verontwaardiging slaan rooi kolle op tannie Grieta se wangbene uit.

"Oor my dooie liggaam!"

"Maar, ta' Grieta, ek het jou dan gevra om dit vir my te kook. Ek kan mos nie nou dat tannie dit self . . . ek bedoel dat tannie die bestanddele self koop nie."

"Ek het net nie geweet van die siekte nie . . . anders sou ek nie gewag het totdat iemand my gevra het nie . . ." Alet sug gelate.

"Nou goed. Maar tannie moet asseblief vir my help om vir hulle 'n ordentlike bord kos te kook vir vanaand . . . maar ek gaan alles self koop en kook . . . Tannie moet net asseblief vir my sê hoeveel van alles."

"Nou goed . . ." Tannie Grieta is baie onwillig met hierdie reëling. "Maar ons kook hier by my huis . . . verstaan?"

"Goed, tannie . . ." Alet gee haar 'n stywe drukkie en 'n soentjie op haar grys kop.

"Kan tannie net vir my sê waar kan ek 'n dokter in die hande kry om haar te gaan ondersoek?"

"Ons stuur sommer die huishulp met 'n briefie."

Alet het vir Truia en Willem gevra om so omstreeks sesuur te kom sodat hulle haar kan help dra aan die kos.

Hulle het ook skaars gegroet of hulle vertel met baie gebare dat die dokter by hul ma was. Ou dokter Voges het met sy swart motor reg voor hul deur kom stilhou . . .

"En weet juffrou wat? Hy het vir Mamma 'n hele hand vol pille gegee . . . en toe sê Mamma maar sy wil nie die pille hê nie . . . want ons het nie geld om daarvoor te betaal nie . . ."

Willem haal 'n slag asem en voordat hy die storie kan hervat, steel Truia sy storie uit sy mond.

"En weet juffrou wat sê oom dokter toe? Hy sê hy het haar nie gevra vir geld nie . . . Dink juffrou sy sal nou heeltemal gesond word van al daardie pille . . . en nie weer so siek word soos altyd nie?"

Alet vryf teer oor Truia se lang bruin hare.

"Ek dink sy sal . . . veral as sy nou nog al haar kos ook eet, en as julle vir haar so 'n bietjie in die huis help, sodat sy nie so hard moet werk nie."

Martha Venter is heeltemal bewoë toe Alet daar inkom met die kos.

"Ag! Juffrou . . . jy doen so baie vir ons . . . en wat kan ek tog doen om jou terug te betaal vir al jou moeite?"

Sy hou Alet se hande styf vas met haar maer, vereelte vingers. "Die Here sal jou seën, juffrou . . . jy sal sien."

Alet maak haar hande glimlaggend los.

"Dit is juis omdat die Here my so seën, mevrou, dat ek graag vir Hom of vir sy kinders iets uit dankbaarheid wil doen."

Alet was die siek vrou en maak die bed netjies terwyl die kinders eet. Sy gee vir haar kos en maak daarna 'n lekker koppie tee, met melk en suiker wat sy saamgebring het.

Die winkel kom lewer 'n klompie kruideniersware daar af, goedjies wat Alet sommer met 'n briefie bestel het. Dié pak sy in die kassies weg en help gou die kinders om alles weer skoon en netjies te kry.

Angstig wonder sy wanneer die pa huis toe kom. Die kinders noem nooit sy naam of sê iets van hom nie.

"Truia, is jou pa ook by die huis . . . ek bedoel, is hy op die dorp . . . moet ons nie vir hom ook kos bêre nie?"

Onmiddellik raak die kinders gespanne en aan die geslote gesigte besef Alet dadelik dat dit nie juis 'n onderwerp is wat aangeroer moet word nie.

"Juffrou kan . . . as juffrou wil . . . maar . . . dit was gister die end van die maand . . ."

Alet snap dadelik wat dit beteken. Die einde van die maand beteken betaaldag . . . en as hy geld het, dan kom hy blykbaar nie vroeg huis toe nie.

Angstig bekommerd loer sy na Martha se kamer toe. Wat sal van haar word . . . sy is so siek?

"Truia . . . ek dink . . . ek dink jy moet vir jou pappie by Willem-hulle bed opmaak, dan slaap jy vannag by jou mammie op die dubbelbed . . . miskien kry sy jou vannag nodig."

"Goed, juffrou." Die uitdrukking op die mooi, jong gesiggie spreek van intense verligting, want nou kan sy mos vir haar pa sê dat die juffrou en die dokter dit aanbeveel het.

Dit is donker voordat Alet kan huis toe gaan. Willem bied aan om saam te stap, maar buite waai 'n geniepsige windjie en Alet sien nie kans dat hy met sy dun truitjie nou moet uitgaan nie.

"Ag, nee dankie, Willem. Julle moet nog huiswerk doen en dit is mos net hier anderkant . . . ek stap sommer vinnig . . . Die spoke sal my nie vang nie . . . een ou spook vang nie 'n ander een nie."

Alet stap vinnig, haar kop gebuig teen die wind wat van voor af waai. Sy is haastig, want sy het nog 'n klomp nasienwerk. Haar en Louis se verhouding is meer ontspanne, maar sy sal geen kanse waag nie.

Sy kom verskrik tot stilstand. 'n Donker figuur kom van voor af . . . skaars vier tree van haar af.

"My . . . my . . . dis dan die skoolmies!" Daan Venter swaai soos 'n riet in die wind. "As jy my soek . . . poppie, dan het jy my gekry."

Alet staan vasgenael. Die skok klop benoud in haar bors. Gehipnotiseer staar sy na die wiegende figuur van die maer, walglike mansmens wat al nader kom.

"Ek is lus vir jou, my poppie . . . ek het nog nooit so 'n mooi vrou in my hele lewe gesien nie."

Alet besef dat hy net genoeg gedrink het om gevaarlik te kan wees. Sy sal hom nie kan uitoorlê of vir hom weghardloop nie, daarvoor is hy nie besope genoeg nie.

Sy beweeg stadig agteruit. Daan Venter is bedag op so iets en hy spring skielik vorentoe. Sy hande gryp na haar skouers. Sy gil, maar besef terselfdertyd dat die wind haar stem heeltemal wegwaai. Niemand sal haar hoor nie. Sy ruk en probeer uit sy hande wegkom. Die klouende vingers skeur haar rok en die mou val slap op haar arm. Sy gil, slaan, skop en spartel, maar die besef dring geleidelik tot haar deur dat die benewelde man te sterk is vir haar.

Met 'n desperate poging sak haar tande weg in die sagte vleis van sy boarm. Hy vloek en gryp na die seerplek. Alet spring vinnig om en hardloop.

Die sand is sag en sy struikel en val. 'n Drankasem sak soos 'n roofdier van agter op haar neer en sy gil lank en deurdringend. Sy druk haar kop teen haar arms en bid hardop.

Sy voel die drukking skielik van haar bene af verlig word. Sy krul haar in 'n bondel op terwyl die warm trane oor haar wange stroom en sy gespanne wag.

'n Gevloek en geskree van meer as een stem dring stadig tot haar deur. Sy neem haar arms stadig van haar ore af weg om te kan hoor wat aangaan, maar dan word sy hardhandig orent geruk.

Sy kyk vas in Louis se woedende oë.

"Is jy . . . is jy nou heeltemal van jou sinne berowe . . .?" Sy stem is gelaai van woede terwyl hy die woorde uitsis. "Wat soek jy hier alleen in die nag . . . het jy dan geen verstand nie . . . of . . .?"

Hy gryp haar aan haar skouers en skud haar heen en weer. Sy hande is koud op haar vel waar die rok geskeur het. "Of . . . soek jy dit dalk?"

49

Die woede maak hom onredelik en hy sien nie haar be-
wende, verskrikte mond of die trane wat weer vinnig oor
haar wange vloei nie.

"Antwoord my . . . wat wil jy hê? As jy aan geklou en ge-
druk wil word . . . my magtag, vroumens! Dan kan jy mos
darem beter kry . . ."

Alet ruk haar skouers uit sy wrede greep los. Sy probeer
die afgeskeurde mou weer optrek tot bo. Haar trui het sy
iewers langs die pad verloor en die wind waai koud teen
haar gloeiende vel.

Snikkend storm sy voor hom uit huis toe. 'n Woedende
Louis is met twee treë weer langs haar.

Sy vingers omklem haar boarms soos staal toe hy haar tot
stilstand ruk.

"Julle is almal eenders . . . enige man is goed genoeg . . ."

Hy voel die bewing van haar skraal liggaam daar waar sy
hande met haar kontak maak. Sy staan met geboë hoof voor
hom terwyl harde, droë snikke haar hele liggaam ruk.

Stadig trek hy sy baadjie uit en hang dit om die rukkende
skouertjies. Sy arm gaan stewig om haar skouers en sonder
om 'n woord verder te sê, stap hy met haar aan huis toe.

Sy probeer buk om die sleutel onder die matjie uit te haal,
maar hy hou haar teë met sy arm wat nog om haar skouers
is. Hy buk, haal die sleutel uit en sluit die deur oop.

Hy stoot haar voor hom by die deur in en sonder om op
'n uitnodiging te wag, stap hy agter haar aan om vir haar
die lamp aan te steek.

Sy haal stil sy baadjie van haar skouers af en hou dit na
hom uit. Haar oë ontwyk syne.

"Baie dankie . . ." 'n Verlate snik ontsnap onverwags diep
uit haar binneste.

Louis draai ongemaklik rond. Hy besef dat hier êrens
groot fout is. Maar in sy ontsteltenis het hy dinge gesê . . .
vreeslike dinge wat hy nie maklik vergewe gaan word nie.

"Is jy seker jy sal nou regkom . . .? Kan ek nie vir jou iets
gee vir die skok nie . . . 'n bietjie tee maak dalk . . .?"

Alet antwoord nie, skud net haar kop stadig, terwyl sy die
fyn kantsakdoekie in 'n bondeltjie draai.

"Wil . . . wil jy nie maar by tannie Grieta gaan slaap nie?"
Alet skud net haar kop.

Louis kom 'n tree nader, maar Alet deins verskrik agteruit.

"Ek . . . ek . . . dan sê ek maar eers goeienag . . ."

Alet staar stil na die vloer. Louis draai ongemaklik rond; hy wil haar nie graag in hierdie geskokte toestand alleen laat nie, maar hy weet nie wat om te doen nie.

Hy draai om en stap vinnig by die deur uit. Alet sluit die deur agter hom toe.

Dan druk sy haar kop teen die skurwe houtdeur. Rou snikke skeur uit haar binneste.

Louis stap kop onderstebo na sy huis. Op die stoep staan hy 'n paar oomblikke stil voordat hy omdraai en weer met die trappie afklim en na tannie Grieta se huisie toe stap.

"My aarde, Louis, as jy nou vanaand kom kuier? Jy is mos nie 'n mens wat in die middel van die week rondloop nie."

"Ek kom soek sommer 'n bietjie koffie, tannie Grieta."

"Kom in, kind. Verskoon tog dat die kombuis nog nie heeltemal aan die kant is nie, maar ek en Aletjie het heelmiddag gestaan en kook vir die Venters. Ek het toe sommer nadat sy weg is met die kos nog 'n pot sop opgesit vir môremiddag vir die arme Venters."

Sy krap in die stoof voordat sy die ketel op die oop plaat trek.

"Daai Alet-kind! Sy sal haar hele maand se salaris op die arm mense uitgee as ek nie oppas nie. Sowaar vanmiddag 'n yslike klomp kruideniersware ook nog gaan koop, die dokter betaal, kos gekoop om te kook . . . en dan moet jy weet sy is vol geite omdat ek nie wil hê sy moet vir die sop ook betaal nie . . ."

"Tant Grieta . . ." Louis knip haar gesels kort. "Hoekom maak julle vir die Venters kos . . . skort daar iets?"

"Nou kan jy meer!" Tant Grieta beskou hom skewekop met haar hande stewig op haar ronde heupe. "Dan is jy 'n mannetjie wat nie 'n vroumens op jou personeel wou hê nie . . . Maar sy het darem al vanoggend nog voor

51

pouse uitgevind wat by daardie huis aangaan . . . en . . . sy het net die kleintjies in haar klas . . ."

"Tant Grieta!"

"Ja, Louis. Die ma, Martha Venter, is baie siek. Alet hê vanoggend die kinders hiernatoe gestuur met 'n briefie en gevra ek moet vir hulle 'n pot sop kook. Dit het sy vanmiddag daar gaan afgee, en toe ook sommer die dokter gevra om na die siek vrou te gaan kyk. Sy is so omstreeks sesuur weer hier weg met aandkos vir die mense . . . Ek is juis al half bekommerd . . . ek het nog nie gesien dat sy terug is nie . . ."

"Sy is, tant Grieta, ek het nou net gesien daar brand lig in haar huis."

"Dis snaaks . . ." Tant Grieta frons. "Sy kon mos maar net hier aangekom het en vir my kom sê het hoe gaan dit met die arme mens."

Louis sit diep ingedagte. Tant Grieta het al 'n paar keer onderlangs na hom geloer, maar toe daar geen reaksie van sy kant af is nie, hervat sy weer haar alleenspraak.

"Nog 'n koppie koffie, Louis?"

"Nee dankie, tant Grieta, ek moet nou gaan."

Alet is bleek maar uiterlik kalm toe sy die volgende oggend by die skool aankom. Die koel blou rokkie en die blonde haartjies, wat agter haar kop vasgebind is, laat haar netjies en minder bleek lyk.

Sy stap direk na haar klaskamer toe. Sy het nie vanoggend die moed of krag vir 'n konfrontasie met Louis nie. Die diep kommer oor die Venter-kinders en hul ma verdryf alle ander onaangename gedagtes.

Gespanne wonder sy hoe dit gisteraand daar gegaan het, want sy weet teen hierdie tyd al dat die walglike mansmens wat haar gisteraand wou molesteer Daan Venter is.

Die Ventertjies is egter vrolik en opgewek. Daar is selfs 'n kleurtjie in klein Martie se wange. Alet hou hulle onderlangs dop, maar hulle reageer doodnormaal en stadig ontknoop die stywe kol op haar maag.

Om nie onnodig aandag te trek nie, stap sy pouse na die

kantoor om te gaan tee maak. As sy soos 'n moedswillige kind in haar klaskamer bly, sal sy net vir Louis die genoegdoening laat smaak dat hy haar wel seergemaak het. Sy trek gelate haar skouers op. Hy moet maar van haar dink wat hy wil, dit kan haar tog nie skeel nie.

Met haar rug na die deur, staar sy diep ingedagte. Die water val in 'n blink, stomende straaltjie in die teepot en Alet verwonder haar dat daar in 'n straal water nog soveel helderheid kan wees, terwyl alles binne-in haar so dof en leweloos is.

Louis kom stil by die kantoor in en kom staan direk agter haar. Hy is bang dat sy gaan omdraai. Hy wil nie haar oë vanoggend sien nie . . . bang vir wat hy dalk daarin sal lees. Miskien veragting . . . omdat hy hom soos 'n buffel gedra het . . . woede, omdat hy sy seer op haar wou uithaal . . . Waarvoor hy egter die bangste is, is daardie seergemaakte mistigheid wat hy al tevore in onbewaakte oomblikke in haar oë gesien het.

"Alet . . ." Louis se stem is baie sag.

Alet voel 'n ligte rilling deur haar gaan toe sy haar naam vir die eerste keer uit sy mond hoor, en dit nog op só 'n manier.

Alles in haar verstil – die teepot bewegingloos in haar hand. Louis sien net die stywe trek van haar skouers.

"Ek . . . ek is jammer, Alet . . . Tannie Grieta . . . sy het . . . sy het my vertel dat jy vir die Venters kos geneem het . . . Ek . . . ek het nie die reg gehad om vir jou sulke seer dinge te sê nie . . . Ek . . ."

Alet draai stadig om. 'n Lam gevoel kom skop stadig 'n lêplekkie oop op die krop van haar maag toe sy in die verleë bruin oë kyk.

"Dit . . ." Sy laat sak haar oë vinnig en kyk voor haar op die tafel. "As 'n mens skrik . . . dan sê mens gewoonlik wat jy dink . . ."

Die seer in haar hart maak dat sy nie weer die moed het om op te kyk nie, anders sou sy baie verbaas gewees het oor die sagte lig wat skielik in die bruin oë weerkaats.

"Sal jy my vergewe?"

53

Sy draai vinnig om en skink die koppies vol. "Ag! Kom ons vergeet dit."

In stilte drink hulle hul tee.

Alet sit haar koppie neer en staan vinnig op.

"Sal jy my asseblief verskoon, meneer Erlank . . .? Ek het nog 'n paar dingetjies om te doen."

"Alet, my naam is Louis."

Sy knik net en draai vinnig om sodat Louis nie die trane wat besig is om op te dam, kan sien nie.

Louis kyk die skraal figuurtjie agterna terwyl hy inge-dagte met die teelepel roer en roer.

5

Die volgende middag daag Louis onverwags by die Venters se huis op.

Alet is besig om vir Martha Venter gerieflik te maak toe sy die kinders se vrolike, opgewonde groet hoor.

'n Botheid het in haar kom vasslaan. Wat kom soek hy hier? Kom hy kyk of sy nie dalk regtig agter die walglike, dronk Daan Venter aanloop nie? Sy ril liggies. Haar jammerte vir die arme oorwerkte, siek vrou is egter groter as haar vrees vir haar man.

"Kan meneer maar inkom, juffrou? Hy wil net gou vir Mamma kom dagsê."

Martha is baie verleë oor die vername man wat haar in haar armoedige huisie besoek. Louis kom sit ewe tuis op die voetenent van die bed. Alet draai onseker rond en weet nie wat om te sê nie.

Louis maak egter of hy nie een van die twee se ongemak raaksien nie en gesels rustig, bedel selfs 'n koppie koffie by Truia.

Alet het kos saamgebring wat die kinders self vir aandete kan voorberei. Nadat sy verduidelik het wat hulle alles moet doen, groet sy gou vir Martha en belowe om weer die volgende dag te kom inloer.

"Jy kan sommer saam met my ry, Alet, ek moet ook nou gaan."

Hy steek sy hand na Martha uit.

"Mevrou, belowe nou dat jy ons sal laat weet as jy hulp nodig het."

Martha trek verleë haar hand uit syne.

"Dankie, meneer . . . Juffrou is so goed vir ons . . ." Die trane stroom vinnig oor die maer wange.

Louis maak 'n punt daarvan om te kom inloer wanneer hy weet Alet is daar. Daar kom nog kruideniersware en vleis aan en Alet vermoed maar dat hy daarvoor betaal.

Martha Venter sterk stadig maar seker aan. Alet neem vroegaand die kos oor of sien toe dat die groter kinders iets regmaak vir ete, maar sy sorg dat sy nie weer ná donker die sanderige paadjie tussen die duine deur aandurf na haar huisie toe nie.

Vir Daan Venter loop sy ook nie een keer by die huis raak nie. Sy vra nooit uit na hom nie en niemand praat ooit van hom nie.

Die eerste kwartaal snel vinnig ten einde. Alet weet nie wat om die kort vakansietjie met haarself aan te vang nie. Sy het darem al 'n hele paar van die ouers en selfs 'n paar van die ander jong mense op die dorp ontmoet, danksy Gerhard Steenkamp wat haar gereeld oor naweke kom uitneem.

Sy het die mooi Ilze Friedelingsdorf nog net die een keer saam met Louis by die ontspanningsklub gesien en toe ook nie weer nie. Sy vermoed maar dat sy terug is plaas toe.

Sy voel nog seer oor die lelike aantygings wat Louis gemaak het die nag toe Daan Venter haar langs die pad gekry het. Dit is net ondenkbaar dat hy ooit aan so 'n onregverdige aantyging plek in sy gedagtes kon gee. Dit krap aan haar. Selfs sy vriendelikheid van die afgelope tyd kan nie die seerplek heeltemal genees nie.

Wat dink hy regtig van haar? Sou hy glo sy is 'n meisie met losse sedes wat wegvlug van 'n verlede af . . . 'n onaangename verlede . . . of wat?

Vandag is 'n heerlike dag. Alet beleef haar eerste dag van oosteweer.

In die vroeë oggendure het sy wakker geword van die geloei van die wind om die huisie se hoeke. Verbaas het sy gelê en luister; dit was die eerste keer dat die wind in die nag begin waai het. Sy het later opgestaan om die venster toe te maak, want die wind het die gordyne gegryp en wild heen en weer gepluk.

Verbaas het sy 'n paar oomblikke by die oop venster gestaan. Die wind wat daar ingewaai het, was warm en nie koud soos wat sy gewoond is nie. Dit moet die oostewind wees waarvan tannie Grieta haar vertel het . . . die wind wat direk vanaf die woestyn waai.

Toe sy skool toe gaan, waai die wind nog met woeste geweld en alles is vuil en vol sand. Die klaskamer is drukkend warm en sy kan dit nie waag om 'n venster oop te maak nie. Die fyn stof wat deur elke gleufie en krakie sypel, vererger net die bedompigheid in die vertrek.

Twaalfuur gaan die wind skielik lê asof 'n reusehand dit meteens tot stilstand dwing.

Die kinders is vrolik en opgewek en skoene en kouse verdwyn baie vinnig in hul tasse.

Alet maak al die vensters oop en met verbasing besef sy dat daar nie eens 'n briesie oorgebly het van die kwaai windstorm van die oggend nie. Dit is stil en heerlik warm.

Die ou inwoners straal. Matte en kussings word buite uitgeskud en 'n bietjie in die son gelaat sodat hulle weer 'n slag kan droog word en lug kry.

Hulle vertel haar dat die wind weer vannag sal begin waai tot môremiddag twaalfuur toe. Dit hinder egter niemand nie. Die twaalf uur stilte en hitte is blykbaar vir hulle meer werd as die ongerief van die wind en die sand.

Alet luister elke dag met skaamte en verbasing na hierdie mense se lewensfilosofie. Hulle is met so min tevrede, so dankbaar vir klein dingetjies . . . dingetjies wat ander mense as hul reg beskou, en nie eens agterkom dat dit 'n gawe is nie.

In 'n koel somerrokkie, die goudblonde hare skoon gewas, gaan sy met 'n heerlike koue koeldrank op haar stoepie sit.

Die kort vakansie breek aan. Dit is Vrydag en die skole sluit vandag vroeër. Gerhard stuur vroegoggend 'n briefie skool toe. Hulle moet die heerlike dag benut en sy moet haar reghou – hulle gaan vanaand vleis braai in die duine. Hy sal haar ongeveer sesuur kom haal.

Louis gaan weer plaas toe. Hy het nog nie kom groet nie. Sy wonder of hy sal; sy het hom darem so omstreeks vieruur nog by sy huis gesien.

Gerhard kan sy oë nie van Alet afhou toe hy haar kom haal nie. Die wit rokkie met die fyn pienk rosiepatroon klok sag en vroulik om haar uit. Sy het wit sandale aange-trek, want as die vleisbraaiery in die duine is, sal kouse baie onprakties wees. 'n Pienk doekie, wat sy soos 'n band ge-vou het, is om haar hare gebind sodat die fyn haartjies om haar gesig, wat sag en krullerig is ná die was, in bedwang gehou kan word. Haar blonde hare glim soos goud in die laat middagson en hang soos 'n waterval agter haar rug tot ver onder haar skouers.

Gerhard se motor is vol laggende en skertsende jong mense toe hy haar kom oplaai. Rita en De Wet, 'n verloof-de paartjie, en Ella en Flip wat al 'n jaar of twee getroud is, sit soos sardientjies agterin die groot motor ingedruk.

Gerhard hou galant vir haar die voorste deur oop sodat sy kan inklim. Sy kyk verbaas na die laggende klomp jong mense – wat sy al vroeër ontmoet het – wat so styf teen mekaar sit.

"Een van julle kan mos voor kom sit." Die vier agter loer na mekaar en lag.

"Nou wie dink jy nou sal voor kom sit . . . Jy sien, as een voor sit, moet daar twee voor sit."

Alet staar hulle eers onbegrypend aan. Toe sy egter hul tergende blikke na mekaar raaksien, raak sy aan die lag.

"Natuurlik, dat ek nou so dom kan wees."

"Slim kind!" Flip sit sy arm beskermend om Ella se skou-ers.

"Ja, as 'n mens eers 'n paar is, dan druk al twee maar in waar voorheen net een kon ingaan."

Gerhard skakel die motor aan.

"Ons moet net hoor of Louis met sy eie motor kom en of hy sommer saam met ons wil ry. Hier kan mos nog een voor inkom."

Alles binne-in Alet word stil. Sy het nie verwag dat hy sou saamkom nie. Sy het gedink hy is haastig plaas toe.

Gerhard tik liggies aan Louis se deur en sonder om op 'n antwoord te wag, draai hy oop en stap in.

'n Paar minute later kom hulle geselsend by die deur uit. Louis het 'n ligblou oopnekhemp aan en 'n trui in dieselfde kleur swaai liggies in sy hand. Hy sluit sy deur toe en kom klim voor langs Alet in.

Alet is dankbaar vir die raserige klomp hier agter in die motor, sodat niemand haar ongemak sien nie. Die twee mans is groot en sy sit styf tussen hulle ingedruk. Louis se arm druk warm en intiem teen haar. Wanneer hy hom effens draai om die ander agterin die motor beter te kan sien, kan sy sy gespierde been teen hare voel.

Alet staar ademloos na die pragtige, bruin-pienk duine, die grootsheid daarvan roer diep in haar. Alles is so abstrak en eindeloos dat sy net in stille bewondering daarna kan staar.

Die pad is sleg en vol los sand. Twee keer moet die mans uitklim en die motor deur die los sand stoot. Die stotery is blykbaar deel van die pret, want dit word onder luide gelag en geraas gedoen. Sodra die motor deur die sand is, spring hulle soos veterane in en is baie trots op hul prestasie.

Nog vier ander jong mense is reeds by die vleisbraaiplek in die droë loop van die Kuisebrivier. 'n Paar soutbosse verbreek die kaalheid van die woestyn deur in 'n lang, vaal, groen ry al met die loop van die rivier langs te groei.

Die sand is heerlik sag en koel en Alet is dankbaar dat sy nie kouse aangetrek het nie. Almal se skoene en kouse word dadelik uitgetrek en uitgelate jaag hulle mekaar.

Hulle klouter teen die groot duine uit, net om uitgeput bo te lê en rus en dan met 'n paar lang treë teen die duine af te hardloop.

Die vuur is vroeg al opgemaak en heerlike gemmerbier, wat Gerhard se ma ingepak het, word baie vinnig verslind deur die vroue. Die mans drink bier en die heerlike hopsreuk gee aan hierdie woestyn-vleisbraaiery sy eie bekoring.

Gerhard gryp Alet se hand en klim met haar teen die duin uit. Halfpad teen die duin op gaan sy uitgeput lê. Die los sand maak dat sy omtrent niks vorder nie, en vir elke tree wat sy gee, gly sy twee terug.

"Kom, ou groot sleg!" Gerhard sleepdra haar teen die duin op. "Jy is al drie maande op Walvisbaai en jy kan nog nie eens duinklim nie . . . Swak, juffrou!"

"Sjoe! Ek dink nie duine is gemaak om uit te klim nie," kerm sy.

"Nou waarvoor is die woestyn dan gemaak . . . hm . . . ou juffrou slim?"

"Seker net vir kamele . . . maar baie beslis nie vir my nie."

Bo-op die duin trek Alet haar asem diep in. Die wye panorama van die Namibwoestyn in die laaste strale van die son laat haar 'n paar oomblikke absoluut sprakeloos. So ver as wat die oog kan sien, vou die een duin in die ander en wissel die kleure nie veel nie . . . nie veel meer as twee skakerings nie.

"O, Gerhard! Maar dit is mooi! Hiervoor sal ek weer en weer hierdie marteltog teen die duin uit verduur."

Gerhard sit sy arm besitlik om haar dun middeltjie en druk haar teen hom vas.

Waar Louis onder lui teen die omgevalle houtstomp leun, sien hy die intieme gebaar.

Die ondergaande son blink op haar lang hare, sy beduie met 'n skraal arm iets . . . hy sien die wit van haar bene en voete toe sy en Gerhard vinnig teen die duin af hardloop. Hy hoor haar vrolike lag en toe hulle nader kom, sien hy die besitlike lig in Gerhard se oë.

Hy kom vinnig orent en hou hom doenig by die vuur. 'n Vreemde, verlate gevoel neem skielik van hom besit en hy kan dit met die beste wil ter wêreld nie nou ontleed nie.

Dit is al ses jaar dat Elsa dood is. Elsa, sy blonde meisietjie, wat so baie na Alet gelyk het. Hulle was nog bloedjonk. Hy het al twee jaar onderwys gegee toe sy op Usakos kom skoolhou het. Van die eerste dag af het hy niemand anders meer raakgesien nie. Hulle was so gelukkig . . . ongeduldig dat die jaar moes omgaan sodat hulle kon trou. Die lewe is in ure gemeet . . . hulle kon beplan, stry, liefhê . . . alles in die bestek van minute.

Louis stap weg van die laggende, geselsende mense om hom.

Soveel jare al bêre hy sy hartseer en verlange. En net deur haar daar bo op die duin te sien staan . . . iets in haar houding, die blink lig op haar hare . . . het meteens al die skanse afgebreek.

Die stokkie knak tussen sy vingers. Dit was ook so teen die laat skemerte wat hulle hom kom sê het . . . dat sy dood is.

Sy was op pad . . . weg van hom af, saam met Dawid Brand . . . Dawid Brand van alle mense. Louis skud sy kop asof hy dit nou, ná ses jaar, nog nie kan glo nie.

Hul goed was ingepak. Die tasse klere en selfs van haar bruidsuitset . . . het gestrooi oor die stowwerige sandpad gelê.

Louis gaan sit teen die skuinste van 'n duin en laat die sand ingedagte deur sy vingers gly.

Die brief wat hy eers die volgende dag in die posbus gekry het, het verduidelik van hul onsterflike liefde . . . hare en Dawid s'n.

As dit iemand anders was, kon hy dit nog verwerk het . . . maar Dawid, Dawid het meestal nie 'n vaste werk gehad nie, net rugby gespeel en gedrink . . . Sjarmant, 'n regte losbol, maar . . . elke meisie kon tog darem seker deur hom sien: 'n swakkeling, niks anders nie.

Louis staar verlate voor hom uit. Hy roep weer die ou hartseer en verlange op. Hy probeer haar gesig voor hom sien, haar groot, blou oë met die lang wimpers, die fyn sproetjies oor die brug van haar neus . . . maar dit is twee hartseer blou oë en lang hare wat soos goud in die sonlig blink wat voor sy eie, bekende prentjie inskuif.

60

Hy staan stadig op. Hy probeer weer die verlatenheid ervaar wat hy nog al die jare voel wanneer hy aan Elsa dink, maar dit bly hom ontwyk. Dit is soos 'n dowwe foto waarna jy kyk en kyk en dit eers naby en dan ver hou, maar niks wil die beeld duideliker maak nie.

Met 'n skok besef hy dat die verlange lankal verdwyn het en net 'n wantroue oorgebly het, 'n wantroue in veral jong meisies met blou oë en goudblonde hare.

Diep ingedagte stap hy terug na die vuurtjie. Die son is heeltemal onder en die skemerte daal vinnig oor die stil woestyn.

Die klomp om die vuur lag vrolik en opgewek. Gerhard het sy ghitaar waarop hy allerhande lawwe liedjies tokkel terwyl die mans met oorgawe saamsing.

"Kom, Louis, jy is 'n bier agter." 'n Botteltjie bier word in sy hand gedruk.

Louis skud die bedruktheid van hom af en lag vrolik saam met die ander.

Alet hou hom onderlangs dop. Hy lyk so anders, soveel jonger wanneer hy so sorgloos en gelukkig is. Sy wonder of hy sy laste afgeskud het vir hierdie aand . . . dalk daar agter die duin gaan begrawe het. Miskien is dit die feit dat hy vir die vakansie weer plaas toe gaan wat hom so vrolik maak, want dan sien hy mos weer vir Ilze.

Die skaapribbetjie lê sissend op die kole. Lang stukke wors krul gesellig op en bak goudbruin met sissende geluidjies wat almal watertand daarna laat staar.

Piet Lategan en Theo Burger het hulself amptelik aangestel as die vleisbraaiers. Met 'n gespog en grootpratery word die ander van die roosters af weggekeer.

"Julle kan solank gaan ellierous speel sodat ons die vleis in vrede kan braai." Piet kap wild met sy vurk na Gerhard wat vir die soveelste keer probeer om 'n stukkie wors in die hande te kry.

"Ai, man! Ons is honger; geen mens kan op so 'n honger maag rondhardloop nie."

"Nou wil jy altemit op 'n vol maag rondhardloop? Moenie stuitig wees nie. Jy weet baie goed, ou Gerhard, as jou maag vol is, dan is jy net soos 'n luislang, dan wil jy net slaap."

Gerhard lag en trek vir Alet aan haar hand op.

"Nou toe, kom ons gaan speel soos soet seuntjies en meisietjies."

Alet ken nie eintlik die speletjie nie. Sy word egter gou ingelig. Almal verduidelik tegelyk sodat sy in elk geval nie juis veel kan verstaan nie. Al wat vir haar duidelik is, is dat sy in die een of ander stadium moet weghardloop en dan sal die man wat voor staan haar probeer vang.

Die speletjie ontaard tot 'n lawwe spul en Alet weet nie wanneer laas sy iets so intens geniet het nie.

Die mans het hul broekspype opgerol sodat hulle vinniger kan beweeg.

Dit is donker en niemand kan sien as die vroue dalk hul rokke 'n bietjie hoër lig om vinniger weg te kom as wat kuisheid voorskrywe nie. Kort-kort flits 'n wit knie in die maanskyn, maar daar is nie tyd vir loer nie, want die mans se eer is op die spel en die meisie moet so gou moontlik aangekeer word.

Alet is gereed vir hulle. Sy was van kleindag af so rats en so vinnig soos 'n vlakhaas. Toe sy besef sy moet hardloop, toe hardloop sy . . .

Haar rug trek hol toe sy die vinnige voetval agter haar hoor, maar sy bly voor. Die vroue gil en juig en die mans skreeu dreigemente en moedig hul geslagsgenoot aan. Om die duin se punt en al teen die voet van die buurduin langs bly sy voor.

Twee sterk hande kry haar eindelik om haar middel beet en hulle rol oor die sand.

Sy lag en hyg na asem. Om en om rol hulle teen die voet van die duin af. Die twee sterk hande bly egter stewig om haar middel, te bang sy kom los en dan begin die stryd weer van voor af.

Uitasem kom hulle tot stilstand. Louis se laggende gesig is omtrent 'n handbreedte van haar af. Sy lag op in sy gesig, vol pret en terglus.

"Jy het nie geweet . . . ek kan . . . kan vir jou weghardloop nie, nè?" Haar asem kom hortend tussen die lagbuie deur. Sy staar op na hom waar sy op haar rug lê, sy arms nog steeds om haar.

Louis kyk af in haar laggende gesiggie so naby aan syne. Hy sê niks . . . om die eenvoudige rede dat hy aan niks kan dink om te sê nie. Hy sien net die blink oë in die maanskyn, die vol mond, en hy voel die sagte, warm liggaampie onder sy arm.

Die glimlag verdwyn stadig van haar gesig af. Sy kyk hom met groot oë aan en probeer deur die donkerte die uitdrukking in sy oë peil. Sy probeer die stil, geslote gesig wat hier oor haar buig, in haar gedagtes vaslê. Sy wil weet wat hy dink . . . wat hy voel . . . of sy hart ook so wild klop soos hare.

Sy kop sak laer af totdat sy lippe sag en warm op hare rus.

"Waar is julle?" Die ander klomp kom laggend om die duin gehardloop om die res van die wedloop dop te hou.

Louis staan stadig op en trek haar aan haar hand op. Hy hou haar hand vas terwyl hulle stadig in die rigting van die ander begin stap.

Sy stem klink heeltemal normaal toe hy die ander vrolik toeroep: "Sy het nie ver gekom nie. Ek is net 'n bietjie oud, anders het ek haar gouer in die hande gekry."

Alet wens sy kan aan iets dink om te sê, maar soos 'n moedswillige kind ontwyk alle spitsvondige antwoorde haar.

Die vroue is in elk geval baie trots op haar, omdat sy so ver kon wegkom, en hulle juig haar luidkeels toe. Die vleisbraaiers roep hard na hulle en beveel hul kos onbeskeie aan.

Nog steeds met haar hand styf in syne toegevou, stap hulle aan vuur toe. Stadig en tydsaam los hy haar hand toe hulle in die ligkring van die vuur kom.

"Ek voel . . . en dit is my eerlike mening . . ." begin Louis belangrik 'n toespraak lewer, ". . . dat dit die juffrou se plig is om vir my kos aan te gee en my te bedien, soos wat dit 'n verloorder betaam. En in elk geval het ons die braaiwerk gedoen – ons verdien dit om agteroor te sit!"

'n Luide protes van die vroue word gou oorheers deur die mans se toejuiging. Volgens hulle het hulle almal as wenners uit die stryd getree.

Die mans soek vir hulle gemaklike plekke uit, en die vroue het geen ander keuse nie as om vir hulle kos in te skep en aan te dra.

Aangesien daar meer mans as vroue is, moet Alet vir Gerhard én Louis bedien.

Met groot vertoon dra sy vir hulle borde vleis en toebroodjies aan. Sy gaan staan gemaak beskeie en wag om te hoor of haar here en meesters nie nog iets benodig nie.

Die twee groot lummels skaam hulle nie in die minste nie en bestel nog vleis met meer vet en selfs nog toebroodjies.

Alet neem haar bord kos en gaan sit tussen Louis en Gerhard waar hulle vir haar plek gemaak het.

Die vleis is heerlik en die braaiers straal toe Alet hulle met die heuningkwas bykom.

Almal is lui en versadig nadat hulle die ete afsluit het met heerlike koffie wat hulle op die vuurtjie gemaak het.

Arme Gerhard word egter geen genade betoon nie. Die ghitaar word in sy hande gedruk en hy moet maar eenvoudig speel.

"Kom ons sing." Ella se voorstel word sonder enige teenvoorstel aanvaar en Gerhard kry van alle kante versoeke.

Die ander skuif nader en kom in 'n kringetjie om Gerhard sit.

Vrolik klink hul stemme oor die stil, verlate woestyn. Die liedjies wat vrolik en lig begin, word meer en meer nostalgies. Alet se mooi stem klink soet en helder bo die ander uit.

"Jy sing so mooi, Alet . . . het jy sanglesse geneem?" Ella se belangstelling is so opreg dat Alet maar net skaam kan antwoord.

"Ja, van my laerskooldae af . . . Ek het ook klavierlesse geneem. Dit was eintlik my groot liefde."

"Wel, dan is jy mos die een wat ons nodig het om so af en toe op troues en goed te sing."

64

Luide gelag begroet De Wet se woorde.

"Troues en goed is natuurlik hul troue oor twee maande," spel Flip met groot gebare uit.

"Toe, Alet, dit is jou beurt om te sê wat ons moet sing." Gerhard se oë is sag en bewonderend op haar. Hy wens dat hier iemand anders was wat ghitaar kan speel, sodat hy nader aan haar kan sit. Hy hou niks daarvan dat Louis so naby haar sit nie . . . veral nie hier in die donker nie.

"Ai, meisiekind, ons het mos nie sulke goed soos moerbeibome hier nie . . . hoe kan 'n mens dan nou jou nooientjie daar gaan soek?" kla Flip.

"Toe maar, ou Flippeman, dan sing ons sommer *My nooientjie lief in die soutbos*," doen Piet aan die hand.

Alet voel 'n sterk hand van agter sag om haar middel kruip en haar liggies agtertoe trek, totdat sy styf teen 'n breë skouer rus. Haar hart fladder onstuimig toe sy afkyk en die breë, plat vingers met die netjiese, kortgeknipte naels herken. Haar stem weifel 'n oomblik op die hoë noot. Ongeërg sing sy die liedjie klaar, bang dat die ander die wilde bonsing van haar hart in haar keel sal sien.

Sy ontspan sag teen hom, veilig in die wete dat die ander niks sal merk in die donker nie.

Die vuurtjie is haas uitgebrand en die kole gloei dofrooi in die flou skynsel van die maan.

Alet voel die moegheid, hartseer en frustrasie van die afgelope kwartaal stadig uit haar wegsypel. Net die wete dat hy nog hier is, dat hy haar liggies teen hom vashou, dat sy oë haar al heelaand volg, maak haar rustig. Sy is bang sy word wakker en dit is net 'n droom . . . miskien was dit netnou daar op die duin ook 'n droom, toe sy lippe 'n oomblik lank sag en baie teer op hare gerus het.

Sy arm span 'n bietjie stywer om haar middel en sy stem word sagter hier by haar oor toe hulle die mooi ou liefdesliedjie se laaste note sing.

Die ander lag en skerts en stel nog liedjies voor, maar Alet is stil, bang dat hierdie oomblik sal verbygaan; bang dat hulle moet teruggaan, want dan gaan hy plaas toe . . . na Ilze toe.

Sy voel sy wang teen haar hare en 'n gevoel wat sy nog nooit ondervind het of op hierdie oomblik kan verklaar nie, vloei stadig en behaaglik deur haar.

Gerhard sit die ghitaar neer.

"Ons moet huis kry, ouens . . . Ek is nie 'n onderwyser nie; môre is vir my 'n werksdag."

Die ander staan traag op en begin die vleisrooster en ander goed in die motors laai.

Hulle gaan sit weer styf teen mekaar in die beknopte ruimte van die motor.

Alet en Louis is albei vreemd stil. Die vier agter in die motor is egter uitgelate en glad nie lus vir gaan slaap nie. Hulle lag en gesels aanmekaar. Gerhard is sy joviale self en korswel saam en niemand merk op dat hulle twee nie juis baie spraaksaam is nie.

Louis se arm rus gemaklik agterop die leuning van die sitplek. Alet voel hoe sy vingers liggies oor 'n paar los haartjies streel voordat hy dieper in haar hare vroetel en die syagtigheid stadig deur sy vingers laat gly.

Met 'n ligte suggie leun sy baie effentjies teen hom aan. Sy kan die hitte van sy liggaam deur sy hemp voel en dit maak 'n ligte, onrustige bewing in haar binneste wakker.

"Wanneer ry jy, Louis?" Gerhard kyk nie na hom nie, maar hou sy oë op die pad.

"Môreoggend baie vroeg. Ek het my mos laat ompraat om vanaand eers vleis te braai. Ek sal die dag daar naby die plaas moet groet . . . die vakansie is kort en daar is so baie om te doen."

'n Vreemde verlatenheid spoel oor Alet. Louis se hand het onder haar hare sag teen haar nek kom rus. Sy moet die begeerte om haar wang vir 'n oomblik op sy hand te laat rus, met mag en mening onderdruk.

Alet nooi almal vir 'n laaste koppie koffie. Almal is maar te gretig om die aandjie nog 'n bietjie te rek. Gerhard kan ongelukkig nie bly nie, aangesien hy nog die een en ander te doen het voordat hy kan gaan slaap.

Die ander vertoef nie lank nie. Hul koppies is nog nie behoorlik koud nie, toe stap hulle terug na hul onderskeie woonplekke toe. Met die arms styf om mekaar en vol skerts, verdwyn hulle in die donkerte.

Alet en Louis bly alleen op die stoep agter.

"Ek moet ook sommer tot siens sê; ek ry môre baie vroeg." Alet steek haar hand na hom uit.

"Tot siens, Louis. Ek hoop jy geniet jou vakansie . . . en dat . . ."

"Dit sal nie veel van 'n vakansie wees nie. Ek moet draad span en dit is 'n rugbreker . . . glo my!"

Hy hou nog steeds haar hand styf in syne toegevou. Sy probeer verleë om sy greep te breek, maar hy trek haar stadig nader.

"Jy kan my darem seker beter tot siens sê as dit?"

Sy lippe rus sag en warm op hare. Haar gesig is warm, en trane brand agter haar ooglede.

Sy wens sy kon hom plaas . . . hierdie moedswillige mansmens, wat haar skoolhoof is. Een oomblik kan hy sulke kwetsende dinge sê en dan kan hy weer sag en dierbaar wees . . .

Sy stem is ongewoon grof en hees toe hy weer praat.

"Jy moet mooi na jouself kyk." Hy buk vooroor en soen haar liggies op die punt van haar neus voordat hy haar hande los en ligvoets die trappies af draf, terwyl die donkerte hom vinnig insluk.

6

Louis is bruin, maar maer en moeg ná die vakansie. Hy is stiller as gewoonlik en baie bekommerd oor die plaas.

Die plaas kort meer werksmense. Dit is droog en die vee moet gevoer word. Die reëntyd lê nog ver, maar hulle sal kan uithou as die reën net vanjaar kom en dit sommer goed reën.

Sy kommer oor sy ma wat so alleen op die plaas bly met net die voorman en sy vrou, kry voorrang op sy prioriteitslys. Die werk op die plaas is ook gans te veel vir Jan Vermeulen, die voorman – veral nou met die knellende droogte.

Hy wens dat hy alles net so kan los en teruggaan plaas toe. Hy voel onvergenoeg en in twee geskeur. Die kinders hier, so sonder die nodige leerkragte, het al sy simpatie, maar van volgende jaar af sal die Departement van Onderwys maar net eenvoudig 'n ander plan moet maak. Hy bly nie 'n dag langer as die einde van die jaar nie. Hierdie keer sal niks hom oortuig om weer sy bedanking, wat hy gereeld indien, terug te trek nie.

Alet se gevoelens is 'n absolute deurmekaarspul. Sy betrap haarself soms dat sy gretig uitsien dat die vakansie moet verbygaan. Gedagtig aan die seer wat Pieter haar aangedoen het, sien sy nie kans om haar gevoelens vrye teuels te gee nie. Sy onderdruk alle gevoelens met mag en mening en dwing haar gedagtes in heeltemal ander kanale.

Nadat Louis terug is, is sy bly dat sy geen waarde geheg het aan sy vreemde optrede die aand voordat hy weg is nie, want hy is weer die stil, bot Louis wat sy van die begin van die jaar af geken het.

Die kinders is egter uitgelate en onhanteerbaar ná die vakansie.

Die Ventertjies is vrolik en opgewek en volgens hulle is hul ma weer op die been en volstoom aan die gang. Die kinders lyk almal baie beter en Alet wonder of die kos wat sy gereeld elke week daar laat aflewer, nie baie daartoe bydra nie.

Louis is baie besig. Die rugbyseisoen is in volle gang en wanneer hy nie besig is met skoolwerk nie, gooi hy sy volle gewig by die rugbyklub in. Alet wonder of hy kaptein, bestuurder én sekretaris van die klub is, want alle reëlings gaan deur sy hande.

Die dorp se gesellighede neem ook geleidelik af. Saterdae speel die mans rugby en met die geweldige afstande tussen die dorpe is dit gewoonlik 'n hele naweek wat daardeur in beslag geneem word.

Selfs die paar keer wat hulle wel op Walvisbaai speel, gaan die mans maar alleen na die ontspanningsklub toe.

Ilze kuier ook weer op Walvisbaai. Sy het saam met Louis gekom ná die vakansie, en sy kuier nou al langer as 'n maand hier. Sy daag 'n paar keer tydens pouse by die skool op en drink dan saam met hulle tee.

Sy is nog steeds vriendelik, maar deesdae kan Alet iets anders in haar houding aanvoel wat sy nie mooi kan verklaar nie . . . iets waaksaams. Sy is ook baie besitlik teenoor Louis, veral wanneer Alet in die nabyheid is.

Alet se bloed kook elke keer wanneer Ilze haar so doelbewus uit die geselskap sluit deur van mense en voorvalle te praat waarvan Alet geen kop of stert kan uitmaak nie, veral as sy by haar "onthou jy nogs" kom. Dit is sulke tye wanneer sy haarself verskoon en na haar klaskamer teruggaan.

Vandag is weer een van daardie dae. Die inspekteur is hier en toe Ilze ook nog pouse opdaag en haar uitsluit met haar eksklusiewe storietjies, maak Alet vinnig verskoning en soek haar klaskamer op.

Sy voel die dowwe geklop van 'n volbloedhoofpyn agter haar oë. Die kinders is vandag weer onmoontlik . . . en juis vandag dat sy so graag 'n goeie indruk op die inspekteur wil maak. Die warm oosteweer help ook geensins om haar beter te laat voel nie.

Johani en Dirkie vlieg mekaar vroegmôre in die hare. Dit is 'n ernstige geveg. Johani tree natuurlik as oorwinnaar uit die stryd, maar met 'n mooi, duidelike tandemerk-horlosie op haar arm wat baie vinnig van kleur verander.

Die inspekteur is gelukkig eers na Louis se klas. Sy voel die senuweeagtige plukkies hier diep onder in haar maag. Van hierdie klomp vabonde in haar klas kan sy enigiets verwag. En veral vandag . . . die kinders het lankal haar senuweeagtigheid aangevoel en buit dit terdeë uit.

Alet besef dat sy vandag niks verder met hierdie spannetjie uitgerig sal kry nie.

"Ek dink ons bêre nou eers al die boeke en dan lees ek vir julle 'n mooi storie, maar dan moet julle baie stil en soet wees."

Die kinders laat hulle ook nie twee keer nooi nie. Dit is iets waarvoor hulle altyd te vinde is. Juffrou kan reeds so mooi lees en die stories lewe en kry 'n heel ander betekenis wanneer sy dit vertel.

Alet het reeds al die boekies wat sy saamgebring het, vir hulle gelees. Sy wens sy het iets nuuts om vir hulle te lees sodat sy hul onverdeelde aandag kan hê.

Sy krap in die kas en kry dan 'n Kinderbybel in die hande. Sy blaai 'n bietjie daarin rond, maak dan die Bybel toe en vertel vir hulle met baie gebare die mooi storie van Jesus se eerste wonderwerk, toe Hy water in wyn verander het.

Die kinders luister aandagtig. Dirkie en Johani drink elke woord in en die mooi verhaal hou hulle twee stil en rustig totdat die klok vir die tweede pouse lui.

Die inspekteur is 'n joviale oubaas met 'n taamlik breë middel. Sy grys hare en vriendelike glimlag stel die kleinspan dadelik op hul gemak. Die handjies gaan fluks op om vrae oor hul broers en susters, oumas en oupas te beantwoord.

Alet wonder beangs of hierdie informele vrae om die kinders op hul gemak te stel, nie dalk die verkeerde benadering is vir haar spannetjie nie.

Met 'n sinkende gevoel sien sy hoe Johani se handjie in die lug opgaan en daar bly. Vir haar vertrou sy geen oomblik nie; sy sal met die onheiligste dinge vorendag kom.

Dit is egter Dirkie wat haar wind heeltemal uit haar seile neem en nie Johani nie: sy wou sommer net vir die inspekteur sê dat hy soos haar oupa lyk . . . haar oupa is net nie so vet nie. Die inspekteur lag saggies en sy magie wip op en af en met sy grondige kennis van kinders besluit hy wyslik om nie vir Johani verder vrae te vra nie. Hy draai eerder na Dirkie se kant toe.

"Toe ek netnou hier langsaan by meneer Erlank se klas was, het ek deur die dun plankmuur gehoor hoe juffrou vir julle 'n storie vertel . . . Ja, julle dink ek het nie gehoor nie, maar ek het net hier agter die muur gestaan."

Die inspekteur leun effens teen die tafel.

"Ek wonder of julle goed geluister het?" Hy kyk die klas gemaak ernstig deur.

Die kinders se handjies gaan almal in die lug op.

Die inspekteur sonder met sy oë vir Dirkie uit.

70

"Nou toe, ou grootman . . . maar sê eers vir my, wat is jou naam?"

"Dirkie, meneer."

"Dirkie . . . hm . . . En sê vir my, wat is jou van?"

"Dirkie Burger, meneer, en my pa is Schalk Burger . . . en hy speel rugby ook."

"So! Maar dan weet ek presies wie jou pa is. Hulle het verlede week in Windhoek kom speel, en ek het gaan kyk . . . Hy speel mos slot?"

"Ja, meneer." Dirkie straal. Hy is baie trots op sy groot pa en die feit dat hy rugby speel, verhef hom in sy oë tot een van die gode.

"Nou toe, Dirkie, vertel jy nou vir ons die storie wat juf-frou netnou vir julle vertel het."

Alet is nie bang dat Dirkie die helfte van die storie sal vergeet nie, daarvoor is hy en Johani te lief vir stories. Hul-le drink letterlik elke woord in.

Sy sug liggies van verligting dat dit vir Dirkie en nie Jo-hani is wat die inspekteur oproep tot aksie nie . . . tot haar groot ontnugtering!

Die storie verloop mooi vlot tot op die punt waar Jesus die manne aangesê het om die kanne vol water te maak.

"En . . ." Dirkie se stem lewe saam met die vertelling. "En . . . Jesus sê vir die boys: 'Jis, boys, maak vol daai kanne.'"

Alet smeek woordeloos dat die aarde moet oopgaan en haar insluk. Dirkie se pa se rugbytaal is so onvanpas in dié vertelling soos 'n vark in 'n sinagoge.

Die bloed stoot teen haar nek op en kleur haar wange 'n karmosynrooi. Sy staar geskok van Dirkie na die inspekteur.

Sy sien met verbasing hoe die inspekteur se nekhare swel en hoe hy sy kieste vasbyt, maar op sy gesig is nie eens 'n teken van lag nie. Sy blaas haar asem stadig uit. Sy skuif vinnig agter hom in, sodat hul oë nie per ongeluk ontmoet nie, want sy is baie seker daarvan as hierdie vaderlike in-spekteur, wat seker al sy eie kleinkinders het, nou in haar oë moet kyk, dan lag hy kliphard.

Die inspeksie verloop verder sonder voorvalle en dank-baar sien sy die inspekteur by die deur weg.

Uitgeput, en met 'n kloppende hoofpyn, sak Alet sommer met klere en al op die bed neer toe sy by die huis kom. Haar bed is sag soos 'n oase in die dorre woestyn en haar oë gaan sommer vanself toe in 'n diep, rustige slaap . . .

"Juffrou!" Die dringende kinderstem kom van ver af na haar toe. Eers toe sy hard aan haar skouer geskud word, dring die werklikheid van die stem tot haar deur.

Sy vryf haar oë en staar vir Truia Venter met onbegrip aan. "Juffrou, kom tog gou . . . dit is my pa!" Alet sit regop en stadig begin dinge in perspektief kom.

"Jou pa?"

"Juffrou, my pa het ver . . . het seergekry . . . 'n trein . . . Ek weet nie mooi wat gebeur het nie . . . maar . . . hy is in die hospitaal, my ma is ook daar . . . Kan juffrou nie gou saamkom nie?"

Sy rem aan Alet se hand. Alet is die enigste mens wat nou in kinderverstand uitstaan, die enigste een wat nog ooit probeer en daarin geslaag het om haar ma volkome gesond te kry. Miskien . . . miskien kan sy iets vir haar pa doen.

Alet staan vinnig op, trek 'n kam deur haar hare en draf-stap agter Truia aan. "Waar is jou ma?"

"By die hospitaal, juffrou."

"O ja, jy het so gesê!"

Alet staan 'n oomblik op die stoep stil.

"Wag . . . Dit is ver . . . ons sal moet hospitaal toe gaan."

Alet trek vir Truia aan die arm en draf na Louis se huis toe. Sy hamer aan die deur wat omtrent onmiddellik oop-gaan. "Louis . . . kan jy ons nie asseblief hospitaal toe neem met die motor nie? Dit is die Venter-kinders se pa . . . ek weet nie mooi wat gebeur het nie, skynbaar 'n ongeluk."

Net een kyk na die verskrikte Truia laat Louis geen ver-dere vrae vra nie. Hy gryp sy sleutels en help Alet en Truia vinnig in die bakkie in.

Martha Venter staan handewringend in die voorportaal van die klein hospitaal.

"Martha . . ." Alet sit haar arm om die skraal vroutjie. "Waar is jou man nou?"

"Dokter Voges is nou besig met hom in die operasie-saal . . ." Sy sluk aan die droë knop in haar keel.

"Wat het dan gebeur?" Louis staan nader en fluister-praat in die stilte wat drukkend om hulle hang.

"Hy het die trein gerangeer en . . . ek weet nie . . . daar was 'n ongeluk . . . hy het blykbaar onder die trein beland."

Niemand vra die vraag wat in almal se gedagtes is nie. Dit was weer betaaldag gister . . . was hy heeltemal nugter?

'n Diep jammerte vir hierdie arme, versukkelde vrou oorweldig Alet. Sy druk haar 'n oomblik lank styf teen haar vas.

"Toe maar, Martha, ek is seker dokter Voges sal vir hom doen wat hy kan."

Alet wonder stilweg of daar 'n tyd was wat Martha vir hom lief was . . . vreeslik lief . . . so lief dat sy bereid was om haar lewe met hom te deel. Moet seker wees. Hoeveel drome en ideale moes sy nie al langs die pad opoffer nie? Sy sug saggies. Wie van ons kan vir 'n ander een sê: "Moenie lief wees vir hom nie, hy is dit nie werd nie?" Seker nie-mand nie. Liefde is soos die wind, hy waai waar hy wil.

Dit voel soos ure voordat dokter Voges in die deur ver-skyn, moeg en terneergedruk, en 'n mens kan sy werklike ouderdom in die hang van sy skouers sien.

"Ek is jammer . . . mevrou Venter . . . ons . . . ons kon hom nie deurhaal nie." Hy sit sy lang, maer arm om haar skouers en druk haar 'n oomblik teen hom vas.

Martha Venter begin saggies snik. Louis druk haar lig-gies by die deur uit en lei haar na sy bakkie.

Truia is lankal terug huis toe na die ander kinders. Alet sit voor tussen Martha en Louis met Martha se maer hand styf in hare.

"Mevrou Venter . . . ek sal alles verder reël. Moet asse-blief oor niks bekommerd wees nie." Alet sien die verlig-ting wat hierdie gerusstellende woorde van Louis op haar gesig bring.

Alet slaap dié nag by die Venters. Die kinders is stil oor hul ma se hartseer. Alet besef dat dit vir hulle geen per-soonlike verlies is nie. Daan Venter was nooit vir hulle 'n pa in die ware sin van die woord nie. Hulle ken hom net as dié een wat gevrees moet word, wat hul ma, vir wie hulle baie lief is, mishandel en gereeld skande oor hul huis bring. Maar nou is dit alles verby.

Louis tref al die reëlings vir die begrafnis. Die predikant kom Saterdag van Omaruru af om die begrafnis te kom waarneem.

Louis reël ook dat Martha in die spoorweghuisie kan aanbly. Die Spoorweë is meer as tegemoetkomend; hulle verleen toestemming dat Martha daar kan bly so lank as wat sy wil en as sy graag wil, kan sy later die huisie by hulle koop. Louis is bly dat die probleme van behuising vir eers op die lange baan geskuif kan word.

Daar is nie veel mense by die begrafnis nie en Alet is dankbaar toe dit verby is.

Martha is kinderlik dankbaar vir al haar en Louis se hulp en bedank hulle oor en oor.

Alet wil die gedagte nooit loslaat nie, maar kort-kort wil dit net kop uitsteek: die Venters sal nou dalk beter daaraan toe wees as toe Daan nog gelewe het. Die pensioen wat hulle kry, is nie vreeslik baie nie, maar dit is darem alles beskikbaar vir die huishouding.

Die aand ná die begrafnis gaan kuier Alet lank by tannie Grieta. Ná die dae lange morbiede atmosfeer in die Venters se huis is sy nie vanaand nog lus vir haar eie geselskap nie.

In die een of ander stadium wyk die geselskap heeltemal van koers af en toe Alet haar kom kry, gesels hulle oor Louis.

"Ag, kindjie, weet jy, dit was vir my so goed om weer vir Louis só te sien . . . so, soos hy altyd was!"

"Hoe bedoel tannie nou?"

"Hy was tog altyd so 'n opgewekte en gemoedelike soort mens. Altyd so 'n oog gehad vir mense wat swaarkry. En sy regterhand het nooit geweet wat sy linkerhand doen nie . . . gehelp waar hy kon . . ." Tannie Grieta sug swaar. "Maar toe verongeluk die ou meisietjie mos . . . en dit nog saam met so 'n losbol."

"Was dit sy meisie, tannie?" Alet voel skuldig om so blatant uit te vra, maar haar nuuskierigheid oor Louis se verlede verdring alle ander gevoelens.

"Ja, kindjie, hulle was verloof . . . sou oor drie maande trou." Sy sug weer diep. " 'n Pragtige kind. Lig soos jy; haar haartjies was net korter en haar oë . . . dit was die mooiste oë wat ek nog gesien het . . . sulke pragtige blou-groen oë."

Sy skink eers vir hulle nog koffie, klaarblyklik half onwillig om die hele storie te vertel. Alet verander moedswillig nie die gesprek nie, kyk haar net stil aan sodat sy half ongemaklik voortgaan.

"Sy het weggeloop met 'n ander man . . . sommerso 'n losbol wat nooit eens 'n werk kon behou nie. Sy het vir Louis 'n brief geskryf wat hy die volgende dag deur die pos gekry het . . . nadat sy reeds verongeluk het."

"Het tannie hulle destyds geken, of het tannie ook maar later eers die storie gehoor?"

"Nee, ons was bure daar op Usakos. Die oom se bors het hom net vreeslik opgekeil en toe het ons maar verkoop en hier na die seeklimaat toe getrek . . ." Dankbaar dat sy die gesprek kan verander, borduur sy sommer voort. "Ja, dit was nie vir lank nie . . . net 'n jaar, toe het die asma hom tog maar onder die grond."

Alet luister nie meer nie. 'n Jammerte vir Louis kring stadig wyer en wyer uit. Dit is seker die rede hoekom hy so bot is. Die ses jaar wat sy al dood is, het nog glad nie die wonde geheel en berusting gebring nie.

"En Ilze, tannie Grieta . . . wat is sy van hom? Ek bedoel, is hulle net vriende of is daar 'n verhouding tussen hulle?"

"Ek weet nie, kindjie. Louis praat mos nie. Ilze is natuurlik baie erg oor hom. Sy is ook nie meer 'n kind nie, seker al goed ses-en-twintig, en sy wag nog al die jare vir hom . . . Hoekom hulle twee nog nie getroud is nie, weet ek nie."

Alet kyk verleë af. Sy besef dat hulle geen reg het om so in Louis se privaat lewe rond te krap nie, maar dit is skielik vir haar baie belangrik.

"Ilze . . . hm . . ." Alet maak ongemaklik keel skoon. "Sy

kuier nog steeds hier op Walvisbaai . . . en . . . sy kom drink gereeld daar by die skool tee. Sy . . . sy sê sy verjaar glo in Oktober, dan gaan hulle 'n groot partytjie op die plaas hou . . . Hulle . . . sy sê dit nie in soveel woorde nie, maar dit klink asof hulle dan gaan verloof raak."

"Nee, ek weet nie, kind. Ek en Ilze is nie vreeslik lief vir mekaar nie; sy sal nie haar geheimpies met my kom deel nie."

Tannie Grieta vee die suikerkorreltjies op die tafeldoek ingedagte bymekaar.

"Ek sal in elk geval nie verbaas wees nie, want hy is dees-dae meer op die plaas as hier."

"Louis sê dit is vreeslik droog op die plaas en dan is daar glo meer werk as gewoonlik." Dit is skielik vir Alet baie belangrik dat daar 'n ander rede vir Louis se plaastoeganery moet wees.

"Ja, dit is so! Ek weet nie wat hulle gaan doen as dit nie vanjaar vroeg begin reën en sommer ordentlik reën nie. Kindjie, daardie wêreld kan lelik word wanneer dit regtig droog word."

Alet kuier onbeskaamd tot amper elfuur. Tannie Grieta probeer om die gape skelmpies agter haar hand weg te steek.

Alet lag.

"Ek dink ek moet liewer gaan slaap, want tannie gaap my nou uit die huis uit."

Tannie Grieta beduie verleë: "Nou toe, loop slaap . . ."

"O, nou word ek weggejaag! Ja, toe maar, ek sal maar al-leen en eensaam in my ou huisie gaan sit."

"Nee, jy hoef glad nie te gaan sit nie . . . gaan slaap lie-wer, dan kan jy môre in die dag kom kuier soos 'n ordent-like mens en nie in die nag soos 'n uil nie."

Alet trek haar gesig op 'n martelaarsplooi.

"Nee, dit is reg so, as ek weer hier nodig is, dan sal ek ook nie kom nie. Nee, dan sal ek alleen daar in my huis sit . . ."

Tannie Grieta steur haar min aan die tergery.

"Ek is 'n ou vrou en glad nie opgeskeep met myself soos

76

jy nie. Loop slaap nou, dalk lyk jy môre nie meer soos 'n spook nie."

Alet druk 'n soentjie op die grys hare.

"Nag, tannie Grieta, lekker slaap en baie dankie vir jou ou skouertjie waarop ek maar altyd kom huil en kla. Jy is so . . . so 'n regte ou moedertjie."

"Nag, my kind." Sy stap saam deur toe. "Gaan jy die vakansie huis toe?"

"Ek wil probeer, tannie. My pa is nog steeds siek en my ma sê hy kerm deesdae vreeslik omdat ek so ver is; hy verlang glo vreeslik."

"Ek is bly. Dit is nou wel ver, maar al is dit net vir 'n paar dae, sal julle dit almal geniet."

Die wintervakansie is ook sommer net om die draai. Voordat Alet besef, is dit daar.

Louis reël dat sy 'n dag vroeër kan weggaan sodat sy nie nodig het om vir die volgende trein te wag nie en sodoende die naweek kan benut. Alet is so opgewonde soos 'n kind om haar ouers weer te sien. 'n Week voor die vakansie is sy reeds koorsagtig opgewonde.

Louis hou haar bekommerd dop. Sal dit werklik net wees om haar ouers te sien, of is die onbekende Pieter die rede vir die kleur in haar wange?

Louis bied aan om haar stasie toe te neem. Met al die kinders en vriende wat saamgekom het om te groet, is daar nooit 'n geleentheid om haar 'n oomblikkie alleen te sien nie. Sy wonder skaam of hy haar sal soengroet soos hy verlede vakansie gedoen het, maar die geleentheid doen hom nie voor nie en hy hou maar net haar hand 'n oomblik langer vas as wat nodig is.

Die rit is nie so warm soos die vorige keer nie en Alet geniet dit nogal. Die vakansie is een groot bederf. Haar ma kloek soos 'n hen om haar en dit is salig om sommer net by haar pa te sit en sy harde hande kort-kort op haar hare te voel.

Met verbasing besef sy dat die plekke en mense wat sy met Pieter verbind, glad nie meer die seer verlange in haar binneste bring nie. Selfs toe haar ma sy naam pertinent noem, voel sy geen onstuimige hartklop soos vroeër nie . . .

Hulle twee is alleen aan die ontbyttafel. Die wintersonnetjie skyn helder by die venster in en 'n heerlike, behaaglike gevoel omvou Alet.

"Is Pieter nog in die omtrek, Mamma?"

"Nee, kindjie . . ." Haar ma loer vinnig na haar, maar gerusgestel deur haar kalm houding en stil hande om die teekoppie, gaan sy vrymoediger voort. "Hulle is net kort ná jou hier weg. Ek wou niks in my briewe sê nie, ek was bang dit ontstel jou."

"Waarheen is hulle?"

"Pretoria toe."

"En die baba, Mamma? Is die baba al daar? Wat is dit toe?"

"Die baba is so tien dae voordat jy gekom het, gebore . . . 'n dogtertjie. Tannie Breggie praat nie veel oor hulle nie . . . Sy is baie lief vir jou, my kind, en sy kan vir Pieter en veral vir Marie nie maklik vergewe nie."

"Ag, Mamma, sy moenie . . . sy moet vir hulle lief wees . . . Ek . . . ek is regtig oor die hele ding . . . en ek besef elke dag meer en meer dat dit dalk . . . dalk deur 'n Hoër hand so beslis is . . . Ek . . . ek en Pieter, ek dink nie ons sou reg gewees het vir mekaar nie . . ."

Met hierdie groot versperring uit die weg geruim, gesels Alet en haar ma land en sand aanmekaar.

"Word julle twee nooit moeg vir gesels nie?" terg Braam, haar ouboet, later.

"Ai, boeta, as jy net weet hoe baie ek na julle verlang, veral wanneer ek so eensaam en alleen in my houthuisie sit, sal jy my al die gesels in die lewe gun."

"Hoekom kom jy nie terug nie . . . jy hoef mos nie daar in daardie woestyndorp te bly nie?"

"Miskien kom ek volgende jaar terug. Ek kan in elk geval nie weggaan voor die einde van die jaar nie."

Braam is baie bekommerd toe sy hulle van Gerhard vertel. Hy sien nie kans dat sy suster, sy enigste suster, met 'n wewenaar trou wat reeds 'n kind in die skool het nie.

Sy lag net sy kommer weg. Van Louis praat sy so min moontlik. Haar ma is baie fyn ingestel op elke nuanse in haar stem en sy sal sommer raai wat sy nog vir haarself wegsteek.

Te gou is die vakansie verby en moet sy die lang rit terug aanpak. Die omgewing is meer bekend en die reis is vir haar glad nie so lank soos die eerste keer nie.

Hoe nader hulle aan Walvisbaai kom, hoe onstuimiger klop haar hart. Moedswillig ontleed sy dit nie, maar maan haar verraderlike hart tot kalmte. Sy lees en staar soms sommer net deur die venster na die stil, droë veld. Sy is glad nie van plan om hierdie wilde opgewondenheid wat van haar besit neem, 'n naam te gee nie.

Sy kom eers die Dinsdagoggend op Walvisbaai aan. Die skool het al die vorige dag heropen.

Anders as die eerste keer, is Louis Dinsdagoggend vroeg op die stasie om haar te kom ontmoet.

Hy hou haar hande in syne vas en Alet wonder of hy, indien die kloekende stasiemeester en Frau Wolf nie al om hulle was nie, haar met 'n soen sou verwelkom het.

7

'n Warm gevoel van tuis wees vou soos 'n sagte, wollerige kombers om Alet.

Die dorp is nog maar sy sanderige oninteressante self, met sy wind en sy houthuisies, maar iets het sommerso sonder toestemming diep in haar siel kom kruip.

Dit is vir haar heerlik om terug te wees. Die kinders hang soos vinke aan haar by die skool. Van skoolwerk daardie eerste oggend kan sy maar vergeet.

Louis is vriendelik en bedagsaam en kort-kort betrap sy sy oë peinsend op haar, wat haar hart wild aan die bons sit.

Sy is die oggend sommer van die stasie af skool toe, hulle het net haar tasse by die huis gaan besorg.

Die middag is sy nog besig om haar eerste tas uit te pak,

toe die Venters kom kuier. Martha groet skaam, maar die bly liggie om Alet weer te sien, kan sy nie uit haar oë hou nie.

"Ai, juffrou, ons het so na juffrou verlang!"

"Ek het na julle ook verlang, Martha . . . en ek dink regtig jy kan maar vir my Alet sê . . . ons ken mekaar mos nou al lank genoeg."

"Nee, ek kan darem nie sommer vir juffrou so op juffrou se naam noem nie . . ." Sy lyk verleë. Die kinders drom almal om haar saam, opgewonde dat sy die geskenk aan Alet moet oorhandig.

"Ons het vir juffrou 'n ietsie gebring . . ." Sy hou huiwerig 'n koekblik na Alet uit.

Alet neem die blik by haar en loer gemaak nuuskierig binne-in.

'n Groot pienk koek glimlag met sy kersie-oë vir haar.

"Ag, Martha, hoe pragtig! Het jy dit self gebak?"

"Ja, juffrou."

Alet sit die blik neer en soen haar liggies op die wang.

"Baie, baie dankie, maar dit is so 'n groot koek, ek sal dit nooit alleen opgeëet kry nie. Ek gaan nou vir ons lekker tee maak en dan kan julle my help eet."

Die kleintjies kom sit soet op die vloer by Martha se stoel.

"Hoe gaan dit verder met julle, Martha? Julle lyk almal so goed en gesond."

"Juffrou, ons het nuwe klere . . ." Klein Martie draai pronkerig rond in haar nuwe bont rokkie.

"Maar dit is pragtig, Martie!" Nou eers merk Alet dat elkeen van die sewe kinders iets nuuts aanhet, al is dit net nuwe strikke in die hare. Weer eens bewonder sy die skynbaar ongeletterde Martha se insig.

Martha, wat nie veel boekgeleerdheid het nie, maak haar kinders met soveel begrip groot dat enige sielkundige verstom sal wees. Hierdie eenvoudige gebaar om aan elkeen iets nuuts te gee, ongeag die gehalte of geldwaarde daarvan – net sodat die kind weet hy of sy is nie vergeet nie – is nie iets wat geleerdheid 'n mens kan gee nie. Dis 'n stukkie insig uit die hart.

"En jy, Martha . . . wat het jy vir jouself gekoop?" Alet beskou haar belangstellend. Martha vang die liefde en opregte belangstelling wat die jong meisie na haar uitstraal soos 'n wintersonnetjie se strale op. Dit gloei deur haar en laat haar ontdooi soos nog nooit tevore nie.

"My beurt kom een van die dae, juffrou . . . die kinders het so baie nodig gehad. Maar juffrou weet mos seker dat meneer Erlank vir my 'n werkie by die ontspanningsklub gekry het. Ek gaan werk net soggens . . . ek gaan net kyk dat die skoonmakers netjies werk en dat alles reg is . . . etenstyd is ek weer by die huis. En die ekstra geld is baie welkom."

"Nee, ek het nie geweet nie, Martha, maar dit is wonderlike nuus."

Martha glimlag breed. "Ja, juffrou, dit is baie welkom. Saam met die pensioen wat ons kry, is dit genoeg en kan ek vir my en die kinders 'n slag iets nuuts koop."

Die jammerte vir hierdie moedige vrou wel in Alet op. Met hoe min is sy tog nie tevrede nie! Vir die eerste keer in haar lewe het sy ook geld waarmee sy haar en die kinders kan bederf.

Alet skink vir die kleintjies koeldrank en sny vir hulle dik snye van die pienk koek.

'n Ligte kloppie aan die voordeur laat die vrolike gesels skielik opdroog.

Alet maan haar onstuimige hart tot stilte toe sy Louis in die oop deur sien.

Ongeërg nooi sy hom in . . . asof dit gereeld gebeur dat hy sommer ongenooid by haar kom tee drink.

"Middag, Martha." Louis steek sy hand na haar uit.

"Goeiemiddag, meneer Erlank . . ." Martha stryk verleë haar rok glad oor haar maer bene.

"Hoe gaan dit met die werk? Is dit nie baie harde werk vir jou nie?"

Martha lag spontaan. "Te swaar? Ai, meneer Erlank, ek het nog nooit in my lewe so min gewerk soos daar nie!"

"En julle?" Louis sluit die kinders almal by hierdie benaming in. "Is julle bly die skool het weer begin?"

"Ja, meneer!" Dit is Truia wat spontaan antwoord. "Ons is bly, want nou is juffrou terug . . . ons het verlang."

"Ek dink ons moenie vir juffrou weer toelaat om met vakansie te gaan nie . . . of wat sê julle?"

Alet gee vir Louis sy tee aan en hou die suiker na hom uit. "Wil jy ook 'n stukkie van die heerlike koek hê? Martha het my so bederf."

Louis kyk skepties na die helderkleurige koek, maar toe hy Martha se benoude oë sien, dring hy joviaal daarop aan.

"Maar natuurlik! Dit is dan waarvoor ek gekom het . . . Ek het vir Martha met die koekblik hier sien inkom, en dit is toe dat ek vir myself sê: Kyk, Louis, in daardie blik is koek. Jy beter sorg dat jy daar kom, anders kry jy niks nie . . . dan eet daardie juffrou van jou alles alleen op en . . ." Sy oë vonkel ondeund. "Sy is reeds so vet . . ."

Martha bloos van lekkerkry, en Alet lag ongelowig terwyl sy oor haar skraal heupe vryf.

"Ek sal nie stry nie, want my ma het my hierdie vakansie so bederf. Dit was net melk en vrugte, koekies en room en . . . ag, alles wat lekker is."

"O, ek wens ons kan ook eendag met vakansie gaan!" Die versugting kom diep uit Truia se kinderhart.

Alet voel die trane agter haar oë brand. As dit net nie so ver was nie, kon sy vir Truia en Willem een vakansie saamgeneem het na haar ouers se plaas toe.

Sy druk Truia se hand saggies waar sy langs haar op die rusbank sit.

"Jong, 'n mens weet nooit . . . Voordat jy dit besef, gaan julle dalk eendag met vakansie."

Louis beskou hulle peinsend.

"Ek sal julle sê wat . . . Met die komende kort vakansie gaan julle almal saam met my plaas toe. Ons het 'n enorme huis op die plaas en my ma sal verskriklik bly wees om weer 'n slag 'n huis vol mense te hê."

Die kinders staar hom oopmond aan en Martha laat haar kop sak terwyl sy senuweeagtig met haar sakdoekie speel.

"Ek . . . ek weet darem nie, meneer . . . Ons . . . ons is so 'n klomp en ek . . ."

"Ag, Maaaa . . ." Soos 'n koor protesteer die kinders.

"Ek . . ." Martha raak verbouereerd. "Ek ken nie eens meneer se ma nie en die kinders . . . hulle kan maar 'n handvol wees."

"My ma is regtig lief vir kinders. Ek is haar enigste en sy wou altyd so graag 'n huis vol kinders hê. Buitendien neem ons mos vir juffrou ook saam. Sy kan jou help om die kinders op te pas as jy bang is hulle raak weg daar op die plaas."

Alet staar hom verbaas aan. Sy het nie gedink dat sy ingesluit is by hierdie uitnodiging nie.

Martha glimlag deur die trane wat stadig in haar oë opdam.

"As juffrou saamgaan . . . dan sal ek baie graag wil gaan, want dan . . . dan sal dit nie so vreemd wees nie. Ek . . . ek is maar skaam . . . en bang vir vreemde mense."

"Jippie!" Truia en Willem vlieg op en gryp hul ma om die nek terwyl hulle haar heen en weer sus.

"O, Mamma, kan ons regtig gaan? Almal! Mamma gaan mos saam?"

"O, meneer!" Truia sak op sy stoel se leuning neer en druk 'n soen teen sy kop.

Alet staar die kinders verstom aan. Kan dit die skaam, skugter Ventertjies wees wat sowaar hul meneer soen van pure opgewondenheid? Sy wil nog protesteer en sê sy kan nie saamgaan nie, maar op hierdie oomblik sien sy nie kans om 'n druppel water op hierdie opgewonde vuurtjie te gooi nie.

Martha loer versigtig na haar.

"Juffrou? Juffrou gaan mos saam?"

Alet vermy Louis se oë. Sy staan op om die koppies bymekaar te maak. Kop onderstebo antwoord sy.

"Ek sal maar saamgaan . . . netnou laat raak julle een van my kinders weg." Sy knyp vir Martie aan die wang. "En sê nou net dit is ou Mart . . . dan gaan ek mos baie, baie kwaad wees."

Martie kraai van plesier. Die kinders lag en praat tegelyk. Hulle drom om hul ma saam en vra die onsinnigste vrae oor die plaas.

Alet kyk stadig op, vas in Louis se bruin oë, wat haar stil dophou. Dan glimlag hy stadig.

"Jy sal dit geniet. My ma is 'n regte ou bederwer."

Sy glimlag terug. "Dit is 'n verligting, want as sy so 'n ou brombeer moes wees soos haar seun, dan sou ek nie graag wou gaan nie."

Die kinders eis hul aandag en Louis moet sy storie ken om almal se vrae te beantwoord.

Martha staan stil-stil op en begin die koppies in die kombuis was. Alet neem die vadoek en droog af, terwyl Louis die kinders besig hou.

"Juffrou, ons het mos nou vir juffrou in 'n ding ingedwing . . ."

Sy kyk nie na Alet nie, maar Alet kan die kommer in haar stem hoor.

"Ag, nooit, Martha. Ek dink dit sal heerlik wees op die plaas. Ek weet reeds nie wat om die kort vakansies te doen nie, want ek kan mos nie huis toe gaan nie." Sy hou haar baie besig met die wegpak van die koppies sodat Martha nie die onsekerheid in haar oë moet sien en dalk van besluit verander nie.

Martha sug van verligting en Alet besluit gelate dat sy baie meer as dit kan opoffer om vir die Ventertjies 'n lekker vakansie te verseker.

As sy baie eerlik met haarself wil wees, moet sy erken dat sy self baie graag sal wil gaan. Maar die opgewondenheid hier binne-in haar maak haar bang . . . bang dat sy weer gaan seerkry.

Die Venters is kort daarna weg, opgewonde en uitgelate. Alet glimlag toe sy hulle agterna kyk.

"Foei tog! Hulle sal dit nooit kan hou tot die einde van die kwartaal nie."

"Ek is vreeslik dankbaar dat jy ingestem het om saam te kom, anders sou Martha nooit ingestem het om te gaan nie."

"Dit sal jou leer om nie dinge op die ingewing van die oomblik te besluit nie . . . As jy my vroegtydig gewaarsku het, kon ek vir Martha voor die tyd so 'n bietjie bearbei het, dan het jy nie nodig gehad om my ook saam te sleep nie."

Louis lag heerlik, sy bruin oë vol terglus.

"Miskien is dit net andersom. Dalk het ek die Venters genooi om jóú op die plaas te kry."

Hy wag nie op 'n antwoord nie, maar draf die treetjies twee-twee af en met 'n vrolike wuif verdwyn hy om die hoek.

Ingedagte kyk Alet hom agterna. Hy het soveel verander. Hy is vriendeliker en meer genaakbaar. Sy wonder of hy darem al sy vooroordeel teenoor haar afgeskud het. Sy haal haar skouers onwillekeurig op. As hy maar net weet dat sy 'n soortgelyke ervaring as hy gehad het . . . Maar sy het nie haar vertroue in die mensdom verloor net omdat een man haar sleg behandel het nie.

Gerhard kom die aand kuier. Netjies uitgevat, sy donker hare blink en krullerig. Hy is opreg bly om haar te sien.

"Mensig, meisiekind! Ek het darem nie geweet 'n maand kan so lank wees nie." Hy druk haar 'n oomblik styf teen hom vas en soen haar onverwags vol op die mond. "Jy gaan nie weer één vakansie weg nie!"

"Ek dink nie my ouers sal vreeslik baie van so 'n reëling hou nie."

"Het jy toe lekker gekuier?"

Hy gaan sit op die rusbank en trek haar langs hom neer.

"Kom sit hier langs my en vergeet van koffie of tee; ek wil net vir jou hier naby my hê."

Die erns in sy stem maak Alet bang. Sy wil hom nie seermaak nie, want sy weet hoe seer 'n mens kan kry. Sy sal hierdie gevoel wat hy blykbaar besig is om vir haar te ontwikkel, baie gou in die kiem moet smoor.

Sy skuif op en begin lig en alledaags gesels. Sy vertel van die plaas en die wingerde wat nou net bruin stokkies is en dat 'n mens nie kan glo dat daar oor ses maande al druiwe aan kan wees nie. Sy vertel van haar ouers en haar broer, van die berge en die pragtige natuurtonele, van die opvoerings . . . en sommer allerhande onsinnighede. Bang vir die stiltes wanneer sy oë smagtend op haar rus, praat sy meer as wat sy normaalweg sou.

"Ek gaan vir ons 'n bietjie tee maak. Dis al amper tienuur en ek het my keel nou kurkdroog gesels."

Gerhard is stiller en diep ingedagte terwyl hulle tee drink. Hy staan ook sommer kort daarna op om te loop. By die deur neem hy haar onverwags in sy arms.

"Meisiekind! Ek het vreeslik na jou verlang." Sy lippe skuif warm en besitlik oor hare. Sy is kragteloos in sy greep en staan stil in sy arms.

"Het jy darem so 'n bietjie na my ook verlang?" Sy stem is teer terwyl hy die hare liggies uit haar gesig vee.

"Ek . . . ek het na jou verlang, Gerhard. Ek het na julle almal verlang, maar . . . ek wil nie hê jy moet seerkry nie. Ek . . ."

"Is ek te haastig vir jou?" Hy los haar teësinnig. "Ons sal weer gesels. Intussen sal ek so baie vir jou kom kuier dat jy later glad nie sonder my sal kan klaarkom nie."

Hy lê sy vinger liggies op haar lippe toe sy wil praat en fluister: "Nag, mooiste!"

Hy trek die deur saggies agter hom toe.

Lank staan Alet in die stil, donker gang. Sy druk haar kop liggies teen die houtmuur.

Hoekom is die lewe so onverstaanbaar? Pieter wou haar nie hê nie . . . sy wil nie vir Gerhard hê nie, maar Gerhard wil haar hê en sy . . .? Sy weet nie wat sy wil hê nie!

8

Die ontspanningsklub lewe soos 'n miernes wat omgekeer is. Dit is vanaand die jaarlikse polisiedans en almal, letterlik almal op Walvisbaai, is vanaand hier.

Alet kyk nuuskierig om haar rond. Die saal is pragtig getooi. Palmtakke versier die mure en op een plek is ou lakens kunstig geverf en tussen die takke gedrapeer. 'n Pragtige woestyntoneel is op die lakens geverf. 'n Yslike kameel bekyk hulle uit die hoogte deur die palmtakke.

Tafels en stoele is teen die mure van die saal gerangskik

met oorgenoeg ruimte in die middel vir die paartjies om te dans.

Alet lyk pragtig. Haar vollengte rok van spierwit organza vou wolkerig om haar en laat Gerhard, wat self baie deftig en aantreklik lyk, soos 'n hen om haar kloek.

Ongemerk hou sy die deur dop. Sy wonder of Louis ook vanaand sal kom.

Hul vriendskap het so mooi gevlot tot . . . tot verlede week. Soos opregte vriende kon hulle oor alles en nog wat gesels.

Hulle was besig om tee te drink een pouse, toe hy ongeerg sy koppie neersit.

"Sal jy volgende Vrydag saam met my na die polisie-dansparty gaan?"

Sy het verras opgekyk, die teleurstelling stadig besig om haar te oormeester. Sy sou so graag wou, maar Gerhard het haar reeds gevra. Ag, hoekom het hy nie al eerder gevra nie?

"Ek het reeds vir Gerhard belowe om saam met hom te gaan . . ."

"Hm . . ." Louis het sy lepel soos 'n pen tussen sy vingers gevat en die patroontjie op die skinkbordlappie afgetrek. "Is daar 'n verhouding tussen julle?" Hy het stadig opgekyk in haar helderblou oë.

"Ek . . . sal nie sê daar is 'n verhouding nie. Dit is . . ."

Hy het haar ongeskik in die rede geval.

"Hoekom kan 'n vroumens nooit 'n direkte antwoord gee nie? Sê ja, of nee!"

Die bloed het vinnig in Alet se wange opgestoot.

"Moet ek verantwoording doen oor my privaat lewe ook?"

"Nee, juffrou, jy hoef nie." Louis se stem was koud en sarkasties. "Dit is net . . . Jy kan ander mense baie hartseer en ongeluk bespaar deur eerlik te wees."

Hy het woedend met sy vuis op die lessenaar geslaan dat die koppies in die pierings gerinkel het. "As jy die man wil hê . . . vat hom. Maar moenie skaam wees daaroor nie. Hoekom . . ." Hy het sy hande magteloos opgelig en toe by die deur uitgestorm, terwyl hy oor sy skouer gesis het: "Dit maak my woedend!"

Alet ken sy geskiedenis en het simpatie met hom; sy verstaan hoekom hy so optree. Maar dit gee hom darem ook nie die reg om ander mense links en regs te veroordeel en almal oor sy Elsa se kam te skeer nie . . .

Met 'n sinkende gevoel in haar binneste sien sy hoe Gerhard nou met Louis en Ilze aan die arm by die deur inkom. Hy lei hulle vriendelik en gasvry na hul tafel.

Louis groet styf en trek die stoel vir Ilze uit.

Die orkes het reeds begin speel en dit is dus nie vir Alet nodig om 'n geselsie te probeer aanknoop nie.

Die orkeslede is sommer plaaslike musikante. Die vrou met die bolla het weer haar plek agter die klavier ingeneem en daar het nog ander instrumente bygekom. Hulle kwyt hulle egter heel goed van hul taak en die paartjies dans heerlik.

Gerhard dans lig en lekker en Alet voel hoe al die ongemak en styfheid uit haar sypel. Gerhard hou haar besitlik vas en laat haar nie 'n oomblik uit sy gesigsveld nie.

Alet rem ongemaklik terug toe sy Louis se oë op hulle voel. Gerhard trek haar weer styf in sy arms vas en sy wang rus sag op haar hare. Sy sien Louis se siniese glimlag en spottende oë op haar. Sy is lus en dans nader en skop hom op sy skeen.

Louis bestee ongewoon baie aandag aan Ilze, en sy straal. Sy hang aan hom en Alet kry seer toe sy die liefde en aanbidding in die lang meisie se oë sien.

Alet en Ilze sit 'n rukkie later alleen by die tafeltjie. Die mans het verskoning gemaak om die aandlug op te soek. Alet leun moeg agteroor; hulle dans al amper 'n uur lank sonder 'n ruskansie.

"Is jy moeg?" Ilze lag. "Ek kan dans tot môreoggend toe . . . veral met Louis, hy dans so lig."

Alet vee liggies met haar sakdoek oor haar voorkop.

"Ken julle mekaar al lank . . . jy en Louis?"

Ilze skuif vorentoe. "O, ja, seker al tien jaar. Ek was nog op skool toe ons daar langs hulle ingetrek het. Ek het hom

88

nie baie gesien toe hy op universiteit was nie, maar ná Elsa se dood . . . Dit was 'n hele opskudding!" Sy kyk Alet verleë aan. "Ek praat te veel. Jy ken nie die storie nie . . . Louis praat nooit daaroor nie."

"Ek ken die storie." Alet sit haar sakdoekie weer in haar handsak.

Ilze lig haar wenkbroue. Die verbasing lê oop op haar gesig.

"In elk geval, ons gaan al omtrent vyf jaar lank uit en . . ." Sy bloos liggies. "Ek . . . ons wil juis nou op my verjaars-dag . . ." Sy lag half skuldig. "Ag, ek is so 'n ou kekkelbek. Ek het jou seker al vertel . . . en Louis gaan kwaad wees."

'n Seer roering kriewel diep in Alet. Hy beskuldig haar van agterbaksheid, dat sy met ander mense se gevoelens speel, dat sy nie weet wat sy wil hê nie. Maar hoekom maak Ilze se woorde dan nou seerder as al sy beskuldigings?

Verlig sien Alet die mans aankom; sy sien nie kans vir nog meer van Ilze se ontboesemings nie.

Gerhard eis haar ook sommer dadelik op vir die volgende dans. Hy hou haar styf vas en fluister allerhande onsin in haar oor. Sy neem haar stilweg voor om ernstig met hom te gesels. Sy kan nie toelaat dat hy vir haar 'n ernstige gevoel ontwikkel wat nie wederkerig is nie.

Sy rem 'n bietjie los uit sy greep. As dit moet, sal sy dan maar liewer nie weer saam met hom uitgaan nie . . . dalk verwar dit hom en reken hy dat sy ook besig is om op hom verlief te raak.

Gerhard trek haar maar weer nader en gelate ontspan sy. Vanaand sal sy hom maar laat begaan. Hy geniet die aand soveel dat sy nie die moed het om hom te demp nie.

Sy pleit ná 'n rukkie om 'n bietjie te gaan rus. Laggend, met sy arm styf om haar, stap hulle terug na die tafel waar Louis en Ilze sit.

Gerhard skuif haar stoel in en hou dan sy hand na Ilze uit.

"Ilze, ons tweetjies het nog nie gedans nie. Louis kan solank my meisie oppas, want hulle onderwysers het geen stamina nie, ons dans hulle van hul voete af."

Gerhard slaan vir Louis joviaal op die skouer en skater vir sy eie grappie.

"Jy moet mooi kyk na my meisie, en jy hou nie haar hand onder die tafel vas nie."

Louis staar nors voor hom op die tafel. Alet kyk na die dansers en maak asof hy glad nie in die nabyheid is nie. Haar hele liggaam is egter gespanne, fyn ingestel op elke beweging van sy kant af.

Ná die eerste dans hou Gerhard vir Ilze op die baan en hulle dans laggend by hulle verby.

"Komaan, julle twee, julle het nou genoeg gerus!" Gerhard swaai vir Ilze hier voor hulle verby en verdwyn weer tussen die dansers in.

Louis staan op, hou sy hand na Alet uit. "Wil jy dans?"

Alet besef om te weier gaan net die ander twee nuuskierig maak. Sonder 'n woord staan sy op en skuif gespanne in sy arms in.

Sy maak foute en trap op sy tone. Sy voel hoe haar wange warm word en sy siniese laggie maak haar voete net nog meer dom en lomp.

"Geniet jy die aand?" Louis probeer gesellig wees, maar klink stroef en onvriendelik.

"O, ja, en jy?" Sy kyk nie na hom nie, bang dat hy die waarheid in haar oë sal sien en sal weet dat sy elke oomblik haat, want om hom so koud en onvriendelik hier by haar te hê maak haar oneindig seer. Selfs wanneer sy met Gerhard dans, wonder sy wat hy dink en waarvan hy haar gaan beskuldig as Gerhard haar styf vashou en in haar oor praat.

"Jy kan maar ontspan, ek byt nie."

Sy kyk vinnig op na hom. Haar hart klop onstuimig en stuur die bloed vinnig deur haar are, sodat haar brein die verkeerde boodskap na haar voete stuur en sy effens struikel.

Louis trek haar stywer teen hom vas. Sy leun liggies teen hom aan. Haar verstand weier om verdere hartseergedagtes te formuleer. 'n Heerlike gevoel van nabyheid en die wete dat dit in sy arms en teen sy bors is dat sy aanleun, gee vlerkies aan haar voete en hulle dans in stille harmonie verder.

Die tyd gaan staan vir haar stil. Hulle praat nie verder nie, dans net gemaklik saam op die maat van die stadige, slepende wals.

Die musiek kom tot 'n einde, maar hy laat haar nie gaan nie, hou haar net liggies om haar lyf vas en wag dat die orkes weer moet begin speel.

Laer af in die saal is Gerhard besig om 'n deuntjie te fluit terwyl hy en Ilze op sy musiek dans terwyl hulle vir die orkes wag om te begin speel. Die ander gaste geniet hierdie stukkie gekkespel terdeë en hou saam met Gerhard maat deur ritmies hande te klap. Ilze geniet die gekskeerdery. Sy lag en haar tande glim wit in die flou lig.

Louis sê niks hieroor nie, maar hy hou hulle met 'n ligte frons dop. Alet wens dat sy op hierdie oomblik sy gedagtes kan lees.

Sou dit hom irriteer dat Ilze so spontaan en opgewek in Gerhard se geselskap is? Meteens kry sy vir Ilze diep in haar hart jammer. Sy is van nature 'n spontane mens en hoeveel moes sy nie al inboet deur so geduldig al die jare vir Louis te wag nie? 'n Louis wat elke vrou verdink van ontrouheid. 'n Louis wat lank gelede opgehou het om oor nietighede te lag, wat nie meer die mooi in die klein dingetjies raaksien nie. Ilze pas baie beter by die joviale, vriendelike Gerhard wat die lewe glad nie so ernstig opneem nie.

Die musiek is nou 'n vinnige jakkalsdraf. Louis dans meesterlik en vandat sy meer ontspanne is, volg Alet hom perfek. Louis probeer nie weer om 'n geselsie aan te knoop nie.

Gerhard bring vir Ilze terug ná dié nommertjie en eis sommer dadelik weer vir Alet op.

Die moegheid bekruip Alet stadig en sy wens dat hulle nou maar kan huis toe gaan sodat sy in die bed kan kom.

Gerhard is egter uitgelate en glad nie lus vir huis toe gaan nie. Hy is ook die eerste om Ilze se uitnodiging vir koffie by haar oom se huis geesdriftig aan te neem.

'n Digte mis het buite toegesak en dit is koud en nat toe hulle uit die saal kom.

"Ag, Gerhard, kan jy my nie maar huis toe neem nie? Ek is regtig nou moeg en vaak."

91

Gerhard hou galant vir haar die deur oop en soen haar liggies op die punt van haar neus toe sy wil inklim.

"Mooiste, jy gaan dit nie regtig aan my doen nie! Die nag is nog jonk. Ons sal nie lank draai nie, dan neem ek jou huis toe. Reg so?" Alet lag. Gerhard het 'n bietjie meer gedrink as wat seker nodig was en dit sal nie help om nou met hom te redeneer nie.

Louis beskou die intieme toneeltjie fronsend waar hy by sy voertuig staan.

Sy sê daar is nie juis 'n verhouding tussen hulle nie, maar hoekom laat sy hom toe om haar te druk en te soen? Watter soort vrou is sy dan?

Ilze se oom en tante is vir die naweek Swakopmund toe en sy het die hele huis tot haar beskikking. Sy trek haar skoene uit en beweeg op haar kouse deur die huis. Sy is vrolik en opgewek. Alet voel soos 'n ou vrou terwyl sy Ilze se onuitputlike energie beskou.

Louis maak vir Ilze by hom op die bank plek. Sy skuif behaaglik langs hom in en lê 'n oomblik lank haar kop speels op sy skouer.

Alet drink haar koffie in stilte. Gerhard sit vir hulle 'n plaat op die grammofoon en hy neurie lustig saam, onbewus van die stilte tussen Louis en Alet.

Gerhard neem later Alet se leë koppie by haar en kom sit op haar stoel se leuning.

"Wil jy gaan slaap, ou blommetjie?"

Alet knik en soek na haar handsakkie.

"Nou toe, kom dat ek jou in die bed gaan sit."

Alet kyk vererg na hom terwyl die bloed warm in haar wange opstoot.

"Ai, Gerhard . . ." Sy vang Louis se donker blik, vol sinisme, op haar.

Gerhard lag heerlik. Die baie bier wat hy vanaand gedrink het, maak dat hy nie so sensitief is vir die atmosfeer nie.

"My apie! Pappa is gewoond daaraan om klein, moeë meisietjies in die bed te sit. Ek doen dit al jare . . ." Hy druk haar skouer en soen haar op haar hare. "Kom ek gaan wys vir jou hoe goed ek dit kan doen . . . As jy mooi soet is, vertel ek nog vir jou 'n storie ook."

Alet staan vinnig op voordat Gerhard nog onsinnighede kwytraak, want Louis se frons verdiep nou onheilspellend.

"Jy praat darem 'n klomp bog, Gerhard. Kom ons gaan slaap."

"Dit is wat ek wil hoor, my poppie! Kom . . ." Hy knipoog breed vir 'n woedende Louis. "Toe, kom ons gaan slaap."

Alet voel asof sy in die aarde kan wegsink. Gerhard, wat vroeër getroud was, beskou dit as 'n heel onskuldige grappie, maar op hierdie oomblik val dit heeltemal plat.

Louis en Ilze se geskokte gesigte maak dat sy bloos en oor haar woorde struikel toe sy hulle 'n goeie nag toewens.

"Nee, Gerhard, ek gaan jou baie beslis nie nou innooi vir nog koffie nie. Baie dankie vir die aand, maar nou is ek moeg en vaak."

Gerhard druk teleurgesteld 'n soentjie op haar voorkop. Hy is nog glad nie lus om te gaan slaap nie en die feit dat hy haar heelaand terwyl hulle gedans het, in sy arms gehou het, maak hom onwillig om haar sommer te laat gaan.

Alet sien egter nie vanaand kans om nog met hom te redeneer nie. Sy glip vinnig by die deur in en druk dit in 'n verbaasde Gerhard se gesig toe.

Gerhard se sagte laggie is hoorbaar deur die toe deur. "Nag, mooiste! Ek sien jou môre."

Verlig hoor sy sy motor vertrek. As Louis darem nog sy motor hier moes sien wanneer hy huis toe kom, sal hy haar verdink van allerhande boosheid.

Dit help nie juis dat sy so vinnig van Gerhard ontslae geraak het nie, want Louis verdink haar in elk geval van allerhande onkuisheid. Sy gesig is soos 'n donderwolk toe sy Maandagoggend by die skool kom.

Hy groet haar styf en formeel en gaan direk na sy klaskamer.

Alet is hartseer en miserabel. Sy wil nie hê dat hy sulke dinge van haar moet dink nie. Skielik is dit baie belangrik dat hy 'n goeie dunk van haar moet hê. Die lawwe Gerhard met sy verspotte praatjies! Hy sou dit nooit gesê het as hy nie so baie bier agter die blad gehad het nie.

Sy sug liggies. Vir Gerhard kan 'n mens ook nie kwaad word nie. Hy het so 'n spontane geaardheid. Hy sien in min dinge kwaad en verwag dieselfde van ander. Sy is seker daarvan dat hy nie eens agtergekom het dat die ander sy dubbelsinnige ou grappie vir iets anders as 'n grap opgeneem het nie . . .

Die kinders is lui ná die naweek en Alet sukkel om hulle aan die gang te kry.

"Ja, Martie, wat is dit? Verstaan jy nie die somme nie?"

"Nee, juffrou, dit is nie die somme nie, ek wil sommer vir juffrou iets vertel."

Alet sug. Sy weet uit ondervinding dat dit die beste is om hulle maar te laat vertel en klaarkry.

"Nou goed, Martie, wat is dit?"

"Juffrou, my ma het gister vir ons 'n tas gekoop . . . 'n grote! Ons gaan ons klere daarin pak wanneer ons plaas toe gaan . . . en, juffrou, Mamma sê dit is nog net soveel slapies soos wat ek vingers het . . ."

'n Lam gevoel styg stadig tot op die krop van Alet se maag. Sy het skoon vergeet . . . Sou Louis nog van die uitnodiging onthou? As dit sommer 'n belofte op die ingewing van die oomblik was en Louis dit nie meer onthou nie, gaan die kinders bitter teleurgesteld wees.

"Regtig, Martie? Watter kleur is dit?"

"'n Bruine, juffrou . . . en, juffrou, Mamma het vir ons nuwe rokke gemaak . . . elkeen twee . . . en . . ." Die blink kinderogies straal van verwagting.

Alet knip die trane vinnig weg. Louis Erlank, praat sy saggies met haarself, al kan ek en jy nie een oomblik lank in vrede saamleef nie, sal jy hierdie kinders nie kan teleurstel nie.

Sy besef dat sy met hom sal moet praat, hom daaraan sal moet herinner dat hy die Venters plaas toe genooi het. Maar hoe? Sal hy nie dalk dink sy wil haarself op hom afdwing nie?

Sy sal in elk geval 'n verskoning op die laaste oomblik

94

aan Martha moet opdis, want sy sien nie kans om nou meer saam te gaan nie; sy sal wag totdat Martha nie meer kan kop uittrek nie. Maar vir Louis sal sy nou al die versekering gee dat sy nie meer gaan nie.

Honderde sinne word die volgende paar minute geformuleer en weer verwerp. Sy sal die saak pouse met hom moet bespreek.

Die kantoor is leeg toe sy ingaan om tee te maak. Sy vee die koppies uit en staan en wag, met haar rug na die deur, vir die water om te kook.

Die skrik spring in haar toe twee sterk hande haar van agter beetkry en 'n warm soen in haar nek druk.

Haar eerste gedagte is aan Louis. Wat sal hom nou makeer? Dit is egter in Gerhard se laggende gesig wat sy vaskyk.

"Gerhard! Wat maak jy hier?" Sy probeer loskom uit sy arms, maar hy draai om en druk 'n besitlike soen op haar lippe.

"Ek sal bly wees as julle 'n ander plek sal soek vir jul . . . jul vryery." Louis blits die woorde uit.

Alet is lam van die skok. Gerhard het haar heeltemal onverhoeds betrap. Sy weet nie wat hom makeer nie . . . is hy dan nou heeltemal gek? Sy rem agtertoe.

"Los my, asseblief, Gerhard. Wat het jy hier kom soek?"

"Ek het net kom groet, mooiste! Ek moet onverwags vir 'n week weggaan. Jy moenie te veel verlang nie."

Hy los haar en steek sy hand na Louis uit, heeltemal onaangeraak deur Louis se woedende oë en houding.

"Tot siens, Louis. Ek gaan vir 'n week of tien dae Windhoek toe. Jy moet mooi kyk na my meisie. Moenie haar te hard laat werk nie. Wanneer ek terugkom, moet sy fiks en vol energie wees, want dan wil ek haar 'n spesiale . . . 'n baie spesiale vraag vra waaroor sy baie goed sal moet nadink."

Hy buk skielik af en soen haar weer vol op die mond.

"Tot siens, meisiekind, en jy mag maar na my verlang."

Alles het so vinnig gebeur dat Alet net geskok na die deur kan staar waardeur hy vinnig verdwyn het.

"Juffrou Fourie!" Louis se stem sny soos 'n mes.

Alet se kop hang. Sy sien nie kans om Louis in die oë te kyk nie. Sy het lus en draai die moedswillige Gerhard se nek vir hom om.

"As ek met jou praat, juffrou, kan jy gerus die moeite doen om my in die oë te kyk."

Stadig lig Alet haar oë. Sy bruines blits woedend in die verdwaasde bloues.

"Ek sal nie duld dat julle van die skool, van alle plekke, jul vryplek maak nie." Hy staan met een beweging reg voor haar. "As jy geen skaamte het nie, wel, ek het! Ek ag my skool se naam hoog, baie hoog!"

Alet sê geen woord ter verdediging nie en dit maak Louis net meer woedend.

"Watter soort mens is jy? Ek het in 'n stadium gedink . . . dat jy anders is." Hy wurg die woorde uit.

Alet het lus en sit haar arms om sy lyf en druk hom teen haar vas, styf vas . . . totdat al die haat en vooroordeel en wantroue uit hom gesypel het. Arme, ongelukkige mens! Hy treiter homself met sy haat.

Louis gryp haar aan haar boarms en skud haar.

"Ek sal dit nie toelaat nie . . . verstaan my mooi! Ek sal nie toelaat dat jy jou sleg gedra voor hierdie kinders en vir hulle 'n swak voorbeeld stel nie."

Trane sypel stadig onder Alet se toegeknypte ooglede deur.

Louis staak sy geskud en los haar arms. Sy sak willoos in die stoel neer en druk haar gesig in haar hande.

Die woede in Louis wil nie bedaar nie; nie eens by die aanskoue van die blink trane wat op die lessenaar drup nie.

Hoekom moet die vroue in sy lewe altyd met 'n losbol deurmekaar raak? Hoekom kan hulle nie ook sterkte van karakter openbaar en hulle nie deur so 'n persoon laat mee-sleep nie?

"Jy moes lankal gehuil het. Nou is dit te laat! Jy moes al gehuil het toe jy daardie outjie in die Kaap, wat so lief vir jou was, in die steek gelaat het . . ."

Alet staar hom verbaas aan. Wat weet hy van 'n "outjie

in die Kaap"? Sy het nog nooit van Pieter gepraat nie. Dit is seker maar . . . Sy gee die stryd gewonne, want sy woede bars weer oor haar los.

"As jy en Gerhard mekaar wil hê, om liefdeswil, vat mekaar dan, maar onthou net: Walvisbaai is 'n klein plekkie; dit is nie Kaapstad op Paarl of watter ander plek ook al nie. Hier weet almal alles van mekaar af. Moenie dink dat julle julle sleg kan gedra en niemand gaan daarvan weet nie." Hy soek na woorde, want die woede maak hom stomp. "Kry julle nie snags genoeg van 'n geklouery aan mekaar nie? Moet julle dit nog hier in die skool voor die kinders ook kom doen?"

Alet staan stadig op en probeer verby hom druk om na haar klaskamer te gaan.

Hy versper egter haar weg.

"Verstaan ons mekaar baie mooi, juffrou Fourie? Nie hier nie en ook nie in die openbaar waar jy jouself belaglik maak voor hierdie kinders se ouers nie, want dan sal ek genoodsaak wees om die Departement hiervan in kennis te stel."

Die blou oë, nog mistig van die trane, blits na hom.

"O, jy maak my siek . . . met jou sieklike brein en jou . . . jou haat in die mensdom . . . net omdat . . ." Sy stik in haar woede.

"Omdat wat, juffrou Fourie?"

"Net omdat 'n ou meisietjie jou in die steek gelaat het. Nou verdink jy al wat vrou is van slegtheid en onkuisheid. Jy . . . jy kan gerus 'n slag voor jou eie deur vee. Jy wat 'n mooi, vriendelike meisie nou al ses jaar lank aan 'n lyntjie hou – seker om haar op te voed, te leer om saam met so 'n suurknol . . . haatvervulde mens soos jy te lewe. Maar jy dink nie daaraan dat haar beste jare verbygaan nie!"

Louis druk die kantoor se deur toe, stap dan beslis op haar af en druk haar terug in die stoel.

"Sit! Ek nou wil ek weet by wie jy hierdie stories hoor!"

"Dit traak jou nie. Jy vorm jou eie opinie omtrent my. Jy verdink my van alles wat sleg en onstabiel is . . . en dit traak jou nie waar ek dit gehoor het nie of wie dit vir my vertel het nie. Ek . . ." 'n Snik glip onverhoeds uit.

"Ek dink nog steeds jy moet jou kop laat ondersoek, want jy is geestelik siek!"

Sy staan beslis op. Vergete is al haar noukeurige woorde en sinne van vroeër die oggend.

"Daar is iets anders wat ek met jou moet bespreek." Haar rug is styf en regop en sy staar hom onbevrees aan. "Die Venters het jou swak grappie van 'n vakansie op die plaas ernstig opgeneem. Hulle het nuwe klere en 'n tas gekry . . ." 'n Skraal wit vingertjie beduie onder sy neus. "Jy gaan hulle nie teleurstel nie, meneer die godjie wat alles en almal hiet en gebied! Jy gaan hulle plaas toe neem en jy gaan sorg dat Martha Venter gaan . . . sonder my!"

Sy draai vinnig om, net om hom weer voor haar te kry.

"O nee, juffrou! Jy het vir Martha Venter belowe om saam te gaan en jy gaan saam! Al moet ek jou vasbind en self op die bakkie laai." Sy woedende oë maan haar tot swye. "Ek is nie van jou stoffasie gemaak nie, juffrou Fourie. Ek vlug nie weg van my beloftes af nie en ek verbreek hulle ook nie . . . nooit nie!"

"Wat presies bedoel jy?"

"Net dat dit darem baie snaaks is dat 'n jong meisie Walvisbaai toe vlug. Hoekom? Iemand wat so 'n liefdesbetuiging voor in 'n boek vir jou kon skryf, wat vir jou waaragtig lief was . . . was hy skielik nie meer goed genoeg nie . . . nadat jy hom eers so laat verstaan het? Het hy dalk moeg geword vir jou kat-en-muisspeletjie, of het sake dalk te warm geword vir jou daar, jou kaperjolle dalk . . ."

Die klap klink soos 'n geweerskoot in die kantoortjie.

"Hoe durf jy? Jou sieklike . . . wantrouige . . ."

Louis vryf sy wang. Sy gesig is spierwit en sy bruin oë lewe soos vuur.

Sy stap beslis by hom verby, klap die deur hard agter haar toe en loop bewend na haar klaskamer toe.

Sy vertrou haar eie stem nie, want haar hele liggaam ruk. Sy sit die kinders aan die werk en staar lank stil voor haar uit.

Ná 'n ruk soek sy in haar laai na 'n stukkie skryfpapier en tel haar pen op om haar bedanking vir die einde van die jaar in te dien. Haar gedagtes is net gedeeltelik by wat sy doen, haar verstand werk koorsagtig aan die groot probleem van die kort vakansie wat net tien dae ver is.

9

Die kinders lyk soos vaal spokies toe hulle op die plaas aankom. Hulle het agter op die bakkie gery en die seilwande van die kappie bied nie veel beskerming teen die droë stof wat in 'n digte wolk agter die wiele uitborrel nie.

Alet het voor tussen Louis en Martha gesit. Daar was toe op die ou end vir haar geen ander genade nie: sy moes maar net saamkom.

Die kinders kom nie eens die stof of die hitte agter nie. Hulle is heeltemal te uitgelate en die paar keer wat Louis stilgehou het, het hulle baldadig in die veld rondgehardloop.

Die sweet het in twee dun straaltjies teen Alet se slape afgeloop. Martha het ook kort-kort sweet afgevee, maar dit was van senuweeagtigheid.

Sy het tientalle kere vir Louis gevra of dit heeltemal reg is, of sy ma weet dat sy so baie kinders het, of hy baie seker is dat hulle nie in die pad sal wees nie . . .

Louis het vriendelik met Martha gesels en haar besware geduldig die een ná die ander uitgewis. Hy het met die kinders gekorswel en niemand het juis opgemerk dat hy nie veel met Alet gesels nie . . .

Hester Erlank is 'n ronde, mollige, moederlike mensie. Sy sien die motor aankom en kom op 'n drafstappie nader.

Sy moet op haar tone staan om haar arms om Louis se nek te kry. Hy druk haar vas en gee haar 'n klapsoen op haar mond.

Hester verwelkom almal met 'n soen wat hulle sommer dadelik laat tuis voel.

"Boeta, dra die kinders se goedjies na die twee stoepkamers en dan kan Martha in die spaarkamer naaste aan hulle slaap. Alet se goedjies kom in die kamer langs myne."

Twee rooi kolle slaan hoog op Martha se wangbene uit van opgewondenheid.

Die kinders is in 'n ommesientjie nêrens te sien nie. Louis roep laggend agter hulle aan: "Julle moet net nie te ver weggaan nie. Ek sal nou-nou vir julle die plaas gaan wys."

"Kom binne, mense . . . ai, dit gaan lekker wees om die plaas weer te voel lewe! Ek wag al van twaalfuur af vir julle; julle is seker al dood van die honger."

"Ons wil net gou die ergste stof afwas, Ma, en iets koels drink, dan sal ons kom eet."

Hester neem die twee vroue al geselsend na hul kamers en wys hulle waar die badkamers is.

Alet staar verstom na die pragtige groot vertrekke met hul waardevolle oudhede. Alles is netjies en baie smaakvol en 'n stempel van welvaart is baie duidelik op alles afgedruk.

Die kos is heerlik en veral die kinders lê behoorlik weg. Hester straal en kloek soos 'n hen om al die kinders.

Die jongste Ventertjie, 'n pragtige meisietjie van vier met die groot naam van Hester Magrieta – wat deur almal sommer Kleintjie genoem word – is natuurlik tannie Hester se gunsteling.

"Wat van nog 'n bietjie melk vir julle kleingoed?" Hester tel die beker op en maak weer die kinders se glase vol.

"Ag, tannie Hester, kyk net hoe sak die ou ogies toe. Kom, Ouma se poppie, dan gaan sit Ouma jou gou in die bed . . ."

Sonder om haar aan enige van die ander te steur, tel Hester die kind op en gaan lê haar op die groot hemelbed met die spierwit deken neer.

In haar hart verwens Alet die selfsugtige, eiegeregtige, verwaande Louis omdat hy nie sy ma se hartewens bewaarheid deur vir haar haar eie kleinkinders te gee nie. Hy is mos veronreg. Hy kry mos alleen seer . . . Sy gee hom so 'n vuil kyk dat hy verskrik wonder wat hy nou skielik weer gesondig het.

Alet en Martha wil nie ná ete 'n bietjie gaan rus nie. Vir Alet, wat aan 'n wingerdplaas gewoond is, is hierdie Suid-wes-plaas omtrent net so vreemd soos vir die Venters.

"Mamma, kom kyk net gou die groot hoenders met hul lang nekke."

Alet en Martha stap saam met die kinders om na die "groot hoenders" te gaan kyk.

"Dit is nie hoenders nie, Martie; dit is ganse." Martha draai laggend na Alet. "Sies tog, juffrou! Hulle is almal, behalwe die drie oudstes, wat ook maar baie klein was, op Walvisbaai gebore en . . . hulle was nog nooit weg met va-kansie nie."

Alet vryf oor Martie se blink haartjies. Sy verstaan baie goed wat Martha vir haar probeer sê. Iemand wat nog nie op Walvisbaai was nie, sal nie verstaan dat dit 'n woestyn-dorp is nie. 'n Mens kan jou nie indink aan 'n dorp sonder plantegroei of diere nie, met nie eens 'n distrik met plase waarheen die kinders in vakansietye kan gaan nie. Alle-daagse dinge, soos hoenders, koeie, groot bome en gras, is iets wat hierdie kinders nie ken nie.

"Ja, Martha, ek sou dit nie verstaan het as ek nie self op Walvisbaai was nie. Hierdie alledaagse dinge is vir hulle 'n hele belewenis."

Hester wag hulle op die stoep in met koffie.

"Kan ons nie so 'n entjie met die pad af stap nie?" Mar-tha lyk verbaas oor haar eie vrypostigheid, maar sy glimlag breed vir hulle.

"Dit is dan nog so warm, Martha . . ." Hester gooi 'n bietjie wal. "Sodra die son sak, kan ons almal gaan stap. Ek wil nie hê julle moet alleen gaan nie, want dan het ek niemand om mee te gesels nie en hierdie vakansie gaan ek vreeslik selfsugtig wees. Ek is uitgehonger vir geselskap."

Hulle drie kuier rustig op die stoep. Die kinders kom kort-kort inloer om van nuwe ontdekkings te vertel.

Louis het ná die ete verdwyn en hulle het hom nog nie weer gesien nie. Hester het maar net gesug; haar hart gaan uit na haar kind wat elke vakansie so hard werk.

"Ek is so bekommerd oor my kind . . . Ek is nou haastig

101

dat hy moet terugkom plaas toe. Hy kan nie die twee loopbane behartig nie." Sy kyk ver oor die veld heen. "Die arme kind kan nie so aangaan nie. Hy werk hom morsdood hier op die plaas. Hy het so gehoop dat hulle 'n manspersoon sou stuur wat volgende jaar by hom kon oorneem sodat hy kan terugkom plaas toe."

Sy kyk vinnig na Alet. "Ag, ek bedoel niks daarby nie, hartjie! Dit is mos maar . . . jy weet tog hoe Louis is. Hy sal meer gerus wees as hy weet hy gee die werk oor vir 'n ander man wat weet wat aangaan . . . hy is altyd so bekommerd oor die kinders."

"Wil hy dan die onderwys heeltemal los, tannie Hester?"

"Ja, hy kan nie so aangaan nie. Hy het kennis gegee vir die einde van hierdie jaar. Dit is hoekom hy so graag 'n man daar wou hê, sodat hy hom kon touwys maak en . . . en dan met 'n geruste hart die werk kon afgee." Sy sit haar koppie versigtig neer. "Hier is te veel werk, my kind. Die plaas is groot. Om die waarheid te sê, dit is eintlik twee plase wat aan mekaar grens. Hy kan nie al die werk vakansietye doen nie. Die voorman is nou wel hier, maar hy wil graag self 'n ogie oor alles hou."

"Mamma!" Klein Martie en Andries is skoon uitasem. "Kom kyk tog gou die hondjies!"

Martha stap gewillig saam met die kinders.

Alet verstom haar aan die stil, skaam Martha wat so ontdooi hier op die plaas onder Hester se vrolike, vriendelike gees. Sy lyk jare jonger, gesond en vol lewenslus.

Hester staar hulle ook agterna. Dan glimlag sy vir Alet.

"Dit is darem 'n pragtige klompie kleingoed. Louis het my hul omstandighede net so kortliks vertel, maar ek was aangenaam verras vandag. Die kinders is pragtig opgevoed, ten spyte van die pa se swakheid. En Martha, sy is 'n wonderlike vrou . . . om in sulke omstandighede so 'n wonderwerk te kon verrig."

"Ja, sy is, tannie Hester, en sy het net liefde nodig om tot 'n pragtige mens te ontluik. Sy is vreeslik onderdruk en sy moes haar so baie vir haar man skaam dat sy geen vrymoedigheid meer het nie."

"Is hier nog 'n bietjie koffie vir 'n dors en moeë man?" Louis sak op die stoel neer. Hy lyk groot en sterk in sy plaasklere. Die stof en sweet verhoog sy manlikheid en Alet probeer oral kyk behalwe na hom.

"My arme kind! Dit is vir my vreeslik swaar dat jy elke vakansie so hard moet kom werk. Ek wens die jaar is al om."

Louis leun met sy kop teen die muur.

"Ek wens ook so, ou Mams! Ek wens regtig so!"

"Ek gaan net gou vir jou warm koffie haal, hierdie koppie is al koud." Hester verdwyn met die koffiekan die huis in.

Alet staar ver oor die veld heen. Die stilte tussen hulle raak ongemaklik.

"Jy kan nie dalk probeer om 'n bietjie vriendeliker te wees wanneer my ma in die nabyheid is nie? Sy is geweldig sensitief en sal dadelik agterkom dat daar iets skort. Buitendien, die kinders en Martha geniet dit so . . . dit behoort genoeg beloning vir jou opoffering te wees."

Alet word 'n antwoord gespaar toe Hester vinnig by die deur uitkom met warm koffie.

"Wat van jou, Alet? Nog 'n bietjie?"

"Asseblief, tannie." Sy sal nou 'n hele kan koffie uitdrink net om haar hande besig te hou, want die woede kook binne-in haar. Sy het lus en gooi hom met die warm koffie. Hy is die een wat allerhande etikette aan haar vasspeld . . . sy het hom nog nooit te na gekom nie. Nou kom maak hy asof sy die een is wat . . . wat ongemanierd is.

Louis verslind rustig twee koppies koffie en 'n berg beskuit. Hy sit 'n rukkie net rustig agteroor toe hy klaar is. Daarna tel hy sy hoed op en druk gemaak kranklik sy hand op sy kruis toe hy opstaan.

"Wag, dat ek my maar gaan afsloof vir volk en vaderland." Hy draai na Alet. "Kom stap saam kraal toe, dan wys ek vir jou die kalfies."

Alet se oë blits op hom. Gebelg sien sy die flikkering in die bruin oë. Hy geniet dit! Die judas!

Sy het geen ander keuse nie as om op te staan en saam te stap. "Wil tannie Hester nie ook saamstap nie?"

"Ag nee, dankie, hartjie. Ek wil gou iets gaan maak vir

aandete. Vanaand, as dit koeler is, kan ons 'n entjie met die pad langs stap."

Alet sorg dat hulle goed buite hoorafstand is voordat sy hom takel. "Was dit nou nodig?"

Louis hou hom heeltemal ongeërg.

"Ek dink so! Wat dink jy sal my ma sê as sy moet weet jy is hier teen jou sin en dat jy my nie kan verdra nie, en dat jy my in jou hart verag?"

Die seer roer diep in Alet.

"Hoekom sê jy nie liewer dat jy my verag nie? Dit sal die hele waarheid wees."

Alet byt haar kieste vas. Sy wonder wat hy sal sê as sy hom hier moet vertel dat haar onbetroubare, agterbakse hart haar lankal in die steek gelaat het, dat hy hom aan die kant van die vyand geskaar het. Want al wat met hom in hierdie stadium verkeerd is, is dat hy siek is . . . siek van die liefde! 'n Ongevraagde, voor-op-die-wa liefde vir hierdie egoïstiese, verwaande, foutsoekerige man.

"En buitendien, jy het haar tog seker vertel van jou kollega se swak reputasie . . . Dat sy al die mans binne trefafstand verlei . . . en wanneer sy die saak nie meer kan hanteer nie . . . wanneer dit vir haar te warm word, dan vlug sy." Die sarkasme drup uit haar stem.

"Nee, ek het nie! Ek dra nie stories aan nie en ek luister nie na skinderstories omtrent ander mense nie."

"Foei tog! Hoe edel! Wel, ék luister daarna en as ek nie genoeg weet nie, dan trék ek dit uit hulle uit. Ek verplig hulle om my die laaste krieseltjie sappige skindernuus te vertel. Ek dreig hulle, ek pers hulle af en ek skep 'n sadistiese behae daarin . . ." Sy krom haar vingers soos 'n roofdier en sper haar oë oop terwyl sy probeer om die genot wat sy veronderstel is om daaruit te put, na hom uit te straal.

Louis gooi sy kop agteroor en skater dit uit van die lag.

"Baie goed, juffrou Fourie. Ek dink jy moes liewer drama op universiteit gestudeer het."

"Dit is nie nodig nie, meneer Erlank. Al wat ek op hierdie oomblik nodig het, is 'n blitskursus in 'Hoe om jou skoolhoof te vermoor'."

Weer eens klink Louis se skaterlag oor die stil werf.

Hester loer by die agterdeur uit en 'n stil, beterweterige laggie kom lê om haar lippe. Sy neurie 'n vrolike deuntjie terwyl sy die meel van die rak afhaal om vir die kinders pannekoek vir aandete te bak . . .

Die paadjie na die kraal word nouer en Louis vat haar liggies aan die elmboog om haar voor hom uit te stuur. Sy ruk haar arm vererg los.

"Ek laat nie enige man toe om aan my te klóú nie, meneer Erlank . . . Dit is mos die woord wat jy so graag gebruik."

Louis haal gelate sy skouers op.

"Maak soos jy wil. Ek wou maar net manierlik wees. Ek het geen begeerte om aan jou te . . . klou nie. Ek is nogal kieskeurig aan wie ek vat en aan wie nie."

Alet voel soos 'n drakie; sy is seker daarvan die stoom trek by haar neus en ore uit so kwaad is sy.

Die pragtige kalfies met hul slap oortjies laat Alet egter gou haar gramskap teenoor hul baas vergeet. Hulle kom vriendelik nader en probeer om aan haar vingers te suig.

Louis laat haar 'n rukkie alleen by die kalfies. Die kinders het hulle egter gesien en die vier ouer kinders kom soos warrelwinde aangehardloop.

"Ag, juffrou, is hulle nie te pragtig nie?"

"Juffrou moet dat hulle aan juffrou se vinger suig."

"Wanneer gaan hulle na hul mammas toe, juffrou?"

Alet lag en trek Truia se arm deur hare.

"Julle praat almal gelyk. Ek dink meneer is nou besig met die koeie. Hulle melk nou en dan los hulle so 'n bietjie melk vir die kalfies. Sodra hulle die koeie uitkeer, dan gaan drink die kalfies."

Dit is ook nie lank nie of die eerste koeie kom in die kraal in. Hulle gaan staan rustig en herkou en bulk 'n paar keer. Die kalfies ken dadelik hul eie ma's en storm op hulle af, die kort stertjies soos waaiertjies agter hulle.

Die ou Afrikanerkalfies word met groot liefde deur hul ma's gelek, maar kalf se kind is baie meer geïnteresseerd in sy kos as in sy bad.

Die kinders hou vir Alet by die kraal besig met hul honderd-en-een vrae. Die skemerte het al sag oor die stil, pragtige plaas gedaal, toe staan hulle nog daar.

Die kinders is behoorlik onder hul voete toe hulle terugstap huis toe. Alet sorg dat daar minstens twee van die kinders tussen haar en Louis is, sodat hy nie weer aan haar hoef te raak nie.

Die kinders kan hul oë nie glo toe hulle aansit vir aandete nie. Die ete bestaan uit 'n berg pannekoek en 'n yslike beker melk. Daar is nog koue vleis en brood ook, maar daarna kyk die kinders nie eens nie.

Ná die ete gaan haal Hester die groot Familiebybel van die rak af en gee dit vir Louis aan. Hy kyk fronsend na haar, maak die Bybel oop en lees 'n kort stukkie. Nadat hy die Bybel toegemaak het, sit hy 'n paar oomblikke met sy hande stil daarop, voordat hy sy kop buig en 'n kort gebed doen.

Hester se oë is onnatuurlik blink en Alet wonder stilweg of dit ook dalk een van die dinge is wat Louis langs die pad verleer het . . . toe hy so besig was om homself te vind.

Louis kyk skielik in Alet se oë wat nog peinsend op hom rus. "Toe, Alet, speel jy vir ons op die klavier, dan sing ons 'n paar liedjies."

Alet staan sonder teëstribbeling op en maak die klavier oop. Haar vingers gly liggies oor die klawers. Die klavier se klank is helder en suiwer, asof dit gereeld bespeel word. Nuuskierig wonder sy of dit Hester of Louis is wat dit gebruik.

Hulle sing 'n paar hallelujaliedere, maar die kinders is doodmoeg en word ook sommer ná die derde liedjie deur Hester bed toe gestuur.

"Gaan help jy eers die kinders om gebad te kom, Martha. Ek en Alet sal afdek." Hester organiseer almal.

Hulle neem net die skottelgoed kombuis toe en Hester wil niks hoor van skottelgoed was nie. Daar is oorgenoeg hulp op die plaas en dit is iets wat maar tot môreoggend kan wag.

Alet is self moeg, maar etiket vereis darem dat sy 'n rukkie by haar gasvrou op die stoep moet gaan sit en gesels.

Dit is heerlik koel op die stoep. Die veld is stil en rustig met net die krieke se geskril om die nagstilte te versteur. Veraf blaf 'n hond.

"Die veld is droog, nè, Ma? Dit sal vanjaar vroeg moet reën en baie reën, anders gaan ons swaarkry. Die beeste lewe omtrent net van voer."

"Daar steek die afgelope paar weke kort-kort wolkies op. Dit is mos darem 'n goeie teken. Ons hou maar duim vas dat die gaste vir ons reën gebring het."

"Ja, ons hoop maar so. As dit net reën, sal daar nie so baie werk wees nie."

Hester sug.

"Ja, my kind. Ek weet die werk is baie . . . en ek hou nie daarvan dat jy elke vakansie so hard moet werk nie. 'n Mens moet die een of ander tyd rus."

Louis lag saggies.

"Ma se ou seuntjie is darem nog groot en sterk. Hy kan nog hou tot die end van die jaar toe." Hy loer in die donker na Alet. "Die probleme daar in Walvisbaai is egter baie meer aftakelend vir die gees as die droogte hier op die plaas."

"Ai, my kind, dit was so onnodig dat jy ooit hier moes weggaan. Dit was onnodig dat jy gaan onderwys gee het. Jou pa het maar net op 'n universiteitsloopbaan aangedring sodat jy altyd iets kon hê om op terug te val as die boerdery die dag nie meer betalend is nie." Sy sug diep. "Maar jy weet dit tog . . . destyds toe jy die eerste keer hier op Usakos gaan onderwys gee het, toe het Pappa nog gelewe en toe al het julle besluit dit sou net vir een jaar wees. Ek het destyds vir jou gesê weghardloop sal nie help nie."

Sy bly verskrik stil toe sy besef dat hulle 'n gas in die geselskap het.

"Ekskuus tog, Alet! Jy is ook so stil. Ek wil darem nie ons familiegeraamtes nou uit die kas haal nie."

"Ma kan maar praat. Sy ken die storie."

"Werklik!" Hester klink bly verras. "Dit is die eerste mens vir wie jy die storie vertel het . . . nè, boeta!"

Alet sit geskok op haar stoel. Die donkerte maak dat sy nie die uitdrukking op Louis se gesig kan sien nie.

107

Louis steek sy pyp op en suig kalm en rustig daaraan voordat hy antwoord: "Ja . . . die eerste een."

Alet weet nie wat om van sy vreemde antwoord te dink nie. Sy skud haar kop effens om van haar magteloosheid ontslae te raak. Louis is in elk geval bo haar vuurmaakplek, sy sal hom nooit verstaan nie. Sy is seker sy verstand werk andersom as ander mense s'n.

Alet probeer 'n gaap agter haar hand wegsteek. Martha het lankal gaan inkruip. Die verandering van lug het hulle behoorlik gevang.

"Ek dink ek moet ook gaan slaap. Dit was 'n lang dag."

Hester glimlag sag op na haar, en hou haar hand na Alet uit.

"Nag, hartjie. Alles wat jy nodig het, is in jou kamer. Lekker slaap!"

"Nag, tannie Hester." Alet buig vooroor en soen haar liggies op haar voorkop. "Lekker slaap."

"Goeienag, Louis . . ."

Louis vang haar hand toe sy by hom verbykom. "Nag, hartjie!" Hy hou haar teë. "Sê jy nie vir my ook ordentlik nag nie?"

Alet voel asof sy in die aarde kan wegsink toe sy tannie Hester se ingenome glimlag in die flou skynsel van die maan opmerk. "Nag, Louis."

Sy buk vooroor en draai haar lyf sodat tannie Hester nie kan sien wat gebeur nie, en byt hom geniepsig op sy wang.

Louis se sagte laggie bly in haar ore lank nadat sy haar lamp doodgeblaas het.

10

Met haar hand as skerm teen die skerp sonlig, bespied Hester die lug.

"Die wind waai reg, boeta! As dit net so wil aanhou, sal die ou wolkies binnekort opsteek."

"Ai, Ma, dit sal darem heerlik wees as die eerste ou buitjie reën wil val voordat ons teruggaan."

Louis en Hester staan op die stoep met Louis se arm styf om haar skouers.

"Kom ons gaan drink eers tee voordat jy weer verdwyn."

Sy stap haastig na binne om ná 'n paar minute weer uit te kom met 'n gelaaide skinkbord in haar hande, gevolg deur Alet en Martha.

Louis neem die skinkbord by haar en sit dit op die tafeltjie neer voordat hy behaaglik in die diep leunstoel op die stoep neersak. Hy leun agteroor en stoot sy bene lank voor hom uit.

"Waar is die groter kinders? Ek sien dan net die drie kleintjies hier onder die boom speel." Louis vra die vraag sommer in die algemeen, maar dit is Martha wat antwoord.

"Ek het so baie kinders . . . ek moet hulle altyd tel." Sy lag gelukkig. "Truia, Willem en die tweeling is dam toe. Hester het gesê hulle kan maar daar in die modderwatertjies speel, dit is nie diep nie."

Louis sug. "Ja, die dam is ook al amper droog. As dit tog net vanjaar vroeg wil begin reën sodat ons 'n ordentlike reënseisoen het . . . en as dit vanjaar wéér nie reën nie, dan weet ek nie so mooi nie." Hy staan op en stap na die punt van die stoep waarvandaan hy weer die horison bespied. "Hoe sê hulle? Die reëntyd is reg en die reënwinde is reg, nou moet ons nog net die reën kry."

Alet en Martha bekyk die horison met ongeoefende oë, maar die yl wit wolkies daar in die verte wek geen hoop in hul harte nie.

Hester roep die huishulp om 'n skinkbord met koekies en koeldrank vir die kleingoed onder die boom te gaan gee.

"Ai, tannie Hester, jy bederf die kinders tot in die afgrond."

Martha lyk verleë, maar sy gaan moedig voort. "Julle weet nie hoe baie ons hierdie vakansie waardeer nie. Ons . . . ons sal dit nooit vergeet nie."

Hester vee onverwags 'n traan uit haar oog.

"My liewe mens, dit is ék wat moet dankie sê. Julle weet nie hoe stil en eensaam is my dae hier so alleen op die plaas nie. Dit is net Jan en Annie Vermeulen bedags en saans gaan hulle vroeg slaap."

"Waar is jul voorman en sy vrou? Ek het hulle nog nie gesien nie."

"Hulle is vir die vakansie na hul kinders toe. Hulle sal volgende week terug wees." Hester lag. "Jy sou hulle beslis gehoor het as hulle hier was. Annie kekkel aanmekaar, maar hulle is dierbare mense en ek is vreeslik lief vir hulle."

Alet wonder stilweg of daar iemand is vir wie Hester nie lief is nie. Sy is een van daardie mense wat 'n groot voorraad liefde het wat sy op 'n ieder en 'n elk wil uitstort.

Die dae op die plaas het letterlik verbygevlieg. Hulle is reeds vier dae hier; vier lieflike, rustige dae . . .

Louis sit skielik vorentoe, luisterend. Dan hoor Alet dit ook: die veraf dreuning van 'n motor.

Dit was al vir haar vreemd dat hulle nog nie een van die bure gesien het nie. In die Boland sou daar reeds 'n toeloop van bure en vriende gewees het wat die gaste kom groet. Sy wou nie uitvra nie, want die Suidwesters doen nie dinge op dieselfde manier nie. Sy is egter nuuskierig om te weet of Ilze op die plaas is. Selfs sy was nog nie hier nie.

Hester staan op en sap na die voorkant van die stoep van waar sy die pad kan sien.

"Dit klink na die Friedelingsdorfe se motor." Sy maak die koppies bymekaar en stap dan met die skinkbord na binne.

Louis staan op en stap die kuiergaste tegemoet. 'n Bakkie, dieselfde soort as Louis s'n, hou onder die boom stil.

Dit is net Ilze wat uitklim: 'n pragtige Ilze, koel en vroulik te midde van die drukkende hitte. Haar ligblou rokkie beklemtoon haar blondheid. Haar hare is in 'n dik vlegsel agter haar kop vasgemaak en hang agter haar rug tot amper by haar middel.

Sy soengroet vir Louis en slaan haar arms besitlik om tannie Hester toe sy haar ook met 'n soen groet.

110

Sy steek haar hand na Alet en Martha uit. Vir Martha ken sy glad nie en moet eers aan haar voorgestel word. Alet voel die verbasing oor haar spoel. Walvisbaai is so 'n klein plekkie, hoe is dit moontlik dat sy nog nooit vir Martha daar gesien het nie?

Hester is meteens geslote. Sy gesels en dra tee aan, maar dit is net asof die sprankel wat so 'n deel van haar is, nou nie teenwoordig is nie.

Alet beskou vir Hester en Ilze onderlangs. Hier skort be-slis iets, iets waarop sy nie 'n vinger kan lê nie. Dit is nie in Hester se geaardheid om so stroef te wees nie.

"Ek het net kom seker maak of alles nog reg is vir Sater-dagaand, Louis." Sy sit haar hand op sy arm wat gemaklik op die leuning van die stoel rus.

"Ek het jou mos gister al gesê dat alles in orde is. Moet nou nie jou pragtige koppie breek oor sulke onbenullig-hede nie."

"Haai, Louis, dit is vir my baie belangrik." Sy pruil kin-deragtig.

Alet sien aan die ruk van Hester se skouers toe sy haar daaroor vererg. Sy wonder waar Louis haar gister gesien het, want aan Hester se gesig kan Alet sien dat dit vir haar ook nuus is.

"Julle is almal baie welkom, hoor!" Ilze sluit vir Alet en Martha ook by die uitnodiging in. "Ek verjaar Saterdag en dan hou ek 'n grooooot partytjie."

Alet skaam haar vir die katterigheid wat skielik in haar opkom, want ewe skielik is sy lus om te sê dat as 'n mens der-tig se kant toe staan, dan hou jy nie meer sulke "grooooot" partytjies nie.

Sy glimlag egter vriendelik en bedank hartlik, maar neem haar voor om wel hieruit 'n uitkomkans te kry, kom wat wil!

Martha is weer stil en in haar dop gekruip. Hester maak verskoning om na die kos te gaan kyk. Martha sit nog 'n paar minute en vra toe ook verskoning en verdwyn stil ag-ter Hester aan.

Alet kan vir Hester en Martha vermorsel met haar ge-

111

dagtes, want nou sit sy alleen met die twee "duifies" en sy kan darem nie ook dadelik verdwyn nie.

Louis gesels egter rustig voort, onbewus van haar wraakgedagtes.

"Nee, Ilze, môre kan ek ongelukkig nie kom nie. Ek het nog 'n paar dingetjies wat ek dringend moet doen. Vrydag wil ek graag ons gaste Spitskoppe toe neem en as ek dit so kan regkry, wil ek sommer vir hulle die Witvrou ook gaan wys."

"Ag, Louis, jy kan hulle mos maar volgende week ook neem!"

"Ongelukkig nie, Ilze. Die skool begin weer Woensdag en ons sal Dinsdag moet ry." Hy sug onwillekeurig. Alet kan aanvoel dat dit vir hom geen aangename gedagte is nie.

Sy bekyk hom openlik. Sy wens sy kan party van sy probleme op haar neem om dit sodoende vir hom ligter te maak, maar terselfdertyd glo sy sy is die wortel van die kwaad.

"Jy moet nou plaas toe kom, Louis. Ons het jou hier baie, baie meer nodig as die Departement van Onderwys."

Louis beskou Ilze aandagtig. Skielik is Alet se woorde, die oggend toe sy so kwaad was vir hom, voor in sy gedagtes: "Jy wat 'n mooi, vriendelike meisie nou al ses jaar lank aan 'n lyntjie hou . . ."

Verward kyk hy van Ilze na Alet. Dit is mos van Ilze wat sy gepraat het. Genugtig, dat hy so onnosel kon wees! Is dit wat Ilze ook dink? Hy het haar altyd uitgeneem wanneer sy op Walvisbaai kom kuier, maar hy het haar nog nooit in die rol van 'n toekomstige vrou gesien nie.

Louis rem aan sy oopnekhemp om meer lug te kry. Skielik druk die gedagte hom vas. Hy staan op en kyk verwilderd na Alet. Toe hul oë mekaar ontmoet, toe weet hy. Sy sit op hierdie oomblik met presies dieselfde gedagtes wat hom skielik so benoud maak.

Dit is asof iemand sy verstand soos 'n boek oopslaan, daardeur blaai en by een besondere hoofstuk weifel. Hy kry die gevoel dat Alet die inhoud met sadistiese genot sit en lees. Ongemaklik kyk hy weg, onredelik kwaad vir haar

112

dat sy – 'n vreemdeling – haar vinger op 'n ding moet kom lê waaroor hy nog nie een nag slapeloos gelê het nie.

"Kom, stap saam, dan gaan wys ek vir jou my nuwe trekker."

"Wanneer het dit toe gekom, Louis?"

"Verlede maand al, maar ek is mos 'n vakansieboer. Ek het dit ook maar hierdie vakansie die eerste keer gesien."

Alet maak die vuil koppies bymekaar. "Verskoon my, asseblief, ek wil net gou hierdie inneem en vir tannie Hester gaan help."

Louis maak sy mond oop om haar te keer. Hy frons en haal dan gelate sy skouers op. Met Ilze se elmboog liggies in sy hand stap hulle in die rigting van die skuur.

"Tannie Hester, waar is die Spitskoppe en wie is die Witvrou?"

Hester beskou Alet skewekop, met 'n dom uitdrukking in haar oë. Dan daag begrip stadig in haar oë en sy gooi haar kop agteroor en skater dit uit van die lag.

"Die Spitskoppe is berge omtrent vier uur se ry hier van ons af. Dit is pragtige berge wat sulke spits punte maak, vandaar die naam. En die Witvrou is Boesmantekeninge in die Brandberge. Daar is een tekening wat net soos 'n witvrou lyk. Wat dit so raar maak, is dat die tekening al honderde jare oud is en dat daar in daardie jare geen witmense hier was nie."

Alet gaan sit langs die kombuistafel en luister aandagtig.

"Die ou mensdom het al gewonder of daar dalk in daardie tyd . . . 'n witvrou hier was. Die klere waarin die vrou geklee is, stem ooreen met dié van die Egiptiese atlete in die tyd van Ramses."

"Dit klink vreeslik interessant, ek sal dit graag wil sien. Is dit nie baie moeilik om tot by die tekening te kom nie?"

"Ja, dit is al probleem. Die pad eindig ver van die berge af en dit is 'n stywe stap tot daar en 'n nog stywer klim tot by die tekeninge."

"En die Brandberge, tannie Hester . . . is dit baie verder?"

"Ja, dit is verder as die Spitskoppe. Maar by die Spits-

113

koppe self is pragtige Boesmantekeninge waarna julle ook moet gaan kyk."

"As Louis ons neem, sal tannie dan saamgaan? Louis het nou net vir Ilze gesê dat hy ons Vrydag daarheen wil neem."

Hester frons.

"Gaan sy ook saam?"

"Ek weet regtig nie, tannie Hester. Sy het niks gesê nie, maar ek twyfel amper, want sy moet seker regmaak vir haar partytjie."

"Gmpf," snork Hester onverfynd. Sy lewer egter geen kommentaar nie. Sak net op die stoel neer en begin die aartappels, wat reeds in 'n bak op die tafel staan, skil.

"O, ja! Jy het nog vir my gevra of ek saamgaan. My ou kop kan ook net een probleem op 'n slag hanteer. Ekskuus tog, kindjie! Nee, ek gaan nooit meer saam na sulke plekke toe nie. Ek is darem al te oud en kry te gou warm."

Martha praat niks nie, sit net stil aan die ander kant van die tafel en aartappels skil.

Alet verstom haar weer eens aan die twee vroue wat in werklikheid vreemdelinge vir mekaar is maar wat van die begin af in sulke harmonie saamwerk of sommer net so stil by mekaar kan sit, sonder onnodige verspilling van woorde.

Martha kyk skielik op en laat sak haar oë weer vinnig voor Alet se vraende uitdrukking.

"As ons ook saamgenooi is, sal ek liewer maar bly, ek en die kleingoed. Hulle sal nie die stap kan volhou nie en buitendien . . ." Sy bly verleë stil. "Ek sal liewer hier by Hester wil bly . . . dan kan ons nog 'n bietjie gesels. Die vakansie gaan so vinnig verby."

Hester beskou haar met 'n breë, dankbare glimlag.

"Dankie, Martha, jong. Ek het my nou net self vreeslik gesit en bejammer omdat ek dan die hele dag weer op sy eie geselskap aangewys sou wees."

Ilze wou nie vir middagete bly nie en Louis is vreemd stil aan die eettafel. Dit is Hester wat die saak van die uitstappie eerste aanroer. "Boeta, ek hoor jy wil die gaste ons Boesmantekeninge gaan wys."

114

"Ja, terwyl ons nou so naby is, kan ek hulle gerus maar ons land se mooi besienswaardighede gaan wys." Hy kyk tergend na Alet, draai dan sy oë tydsaam na Hester. "Ek is net bang dit begin reën, want dan sal ons nie kan gaan nie. Die pad en daardie ou droë lopie raak dan absoluut onbegaanbaar."

"Ag, boet, die wêreld is so droog, al reën dit, sal die water binne 'n halfuur wegdroog. Die grond sal dit sommer opslurp. Julle sal dit vreeslik geniet, veral die kinders."

"Meneer, ek en die kinders sal maar liewer bly – dit is te sê, as ons ook by die uitnodiging ingesluit was. Hulle sal te moeg word." Martha bly verleë stil.

Susan en Pieter, die tweeling, wat normaalweg so stil soos twee muise is, loer onderlangs na mekaar.

"Ons sal ook liewer bly . . ." Susan skrik vir haar eie stem en eet vinnig verder.

Alet besef dat hulle in hierdie stadium aan niks interessanters kan dink as die plaas met sy onuitputlike bron van onontdekte hoekies en gaatjies nie.

"Wel, as dit dan net ons en die twee groot kinders is, kan ons baie vinnig beweeg en sal ons sommer 'n klomp dinge op een dag kan sien." Louis loer tergend na sy ma. "Dit moet in elk geval nie vir julle 'n oorweging wees om tuis te bly nie; ek is heeltemal bereid om julle een-een te dra."

Hester snork ongelowig.

"Gmf . . . Jy! Jy is self lui om soos 'n wafferse bobbejaan teen daardie kranse uit te klim. Moenie dink jy beïndruk iemand nie, hoor!"

Louis lag heerlik. "Ag, Ma is ook altyd so lelik met Ma se enigste ou lammetjie. Ek probeer die juffrou beïndruk."

Hester kyk van Louis na Alet en sy het weer daardie selfvoldane glimlag om haar lippe – wat Alet baie, baie bekommerd maak. Sy het 'n baie goeie vermoede wat in daardie grys koppie omgaan, maar sy weet ook presies wat in hierdie groot lummel se gedagtes omgaan!

Ná die heerlike middagete gaan almal 'n bietjie rus.

Alet dommel heerlik weg en skrik met 'n skok wakker. Sy

sit vinnig regop. Die kamer is half skemer, sy moes vreeslik lank geslaap het.

Sy trek vinnig 'n kam deur haar hare en stap uit op die stoep om net Louis daar aan te tref. Met sy voet op die lae stoepmuurtjie, suig hy rustig aan sy pyp terwyl sy oë die lug fynkam.

"Ek . . . ek het gruwelooslik verslaap. Dit is al so laat."

Louis glimlag lui terwyl hy tydsaam na 'n stoel stap en daarin neersak.

"Nee, ek dink nie jy het verslaap nie. Die lug is maar net toegetrek. Die weer lyk belowend . . . As die wind net wil aanhou, behoort ons môre, of dalk nog vannag, 'n ou buitjie reën te kry."

Louis se woorde is so goed soos 'n voorspelling, want 'n heerlike, harde bui reën val die volgende middag. Dit is gou weer verby, maar dit laat darem die aarde heerlik skoon en vars. Soos Hester vroeër voorspel het, sak die water sommer dadelik in die dorstige aarde weg en is daar Vrydagoggend nie veel van die reën te sien toe hulle begin regmaak om te ry nie.

Louis boender hulle Vrydagoggend baie vroeg uit die bed. "Ons moet die son sommer 'n hele entjie van die huis af groet!"

Die rugsakke is die vorige aand al gepak en tannie Hester het heelwat kos ingesit, al gaan hulle net vir die dag weg wees.

Die kinders is vrolik en heeltemal uitgelate. Hulle klim al vier voor in die bakkie. Alet sit styf vasgedruk teen Louis. Sy vermy skaam sy oë, want sy voel sy tergerige blik kort-kort op haar.

"Julle kinders moet sê as julle begin warm kry, dan kan ek agterop die bakkie vir julle plek maak, maar terwyl die oggendluggie nog so koel is, kan julle maar ook hier voor sit."

Die son breek streep-streep en ná die heerlike buitjie reën is alles skoon en blink gewas.

"Die son het ons gevang. Ek wou al ver gewees het, maar dit is julle vroumense wat so draai."

"Skaam jou, Louis! Ons het dadelik opgestaan toe jy geroep het." Alet kyk verontwaardig na hom.

Louis vryf liggies met sy vinger oor haar wang.

"So kwaai, en dit so vroeg in die môre!"

Die vrede van die pragtige dag kom nestel stil en rustig in Alet. Hier diep binne-in haar het sy haar voorgeneem om hierdie dag te geniet. Sy sou alles daaruit neem sodat sy iets kon hê om by haar aandenkings te bêre, iets om uit te haal en te vertroetel wanneer die pyn en hartseer weer soos 'n kim op haar sal groei. Sy sug onwillekeurig. Daardie dag is nie ver nie. Nog net tot môre, want môreaand . . . Sy wil nie eens daaraan dink nie, maar Ilze se fyn skimpe kruip deur en kom treiter haar.

Sy kyk sydelings na Louis. Sou hy en Ilze werklik môreaand verloof raak? Niemand praat daaroor nie, nie hy óf sy ma nie, maar . . . sou hy dit nie dalk as 'n verrassing vir sy ma wou hou nie? Sy skud haar kop effens. Met Louis weet 'n mens ook nooit nie.

"O, meneer! Kyk net daar!" Truia beduie wild hier by Alet se gesig verby. 'n Groot koedoebul staan teen die pad. Sy lang horings pryk pronkerig op sy maer lyf. Sy groot ore beweeg liggies na alle kante om die geluide van die gevaar op te vang.

Louis ry stadiger sodat die kinders beter kan sien.

"Foei tog, kyk net hoe maer is hy!" Die kommer slaan deur in Louis se stem.

"Dit sal darem vir ons 'n blye jaar wees as dit vanjaar 'n slag goed wil reën. Die afgelope drie jaar het ons maar swaargekry."

Die weer is drukkend, selfs hier vroeg in die môre. Donkerwolke begin egter stadig op die horison saampak.

Louis loer half bekommerd maar ook bly in die rigting van die wolke.

"Ek is bly dat ons besluit het om vandag te kom. As die weer moet bly soos nou, gaan ons lekker reën kry en dan is hierdie pad heeltemal onbegaanbaar – eintlik nie hierdie gedeelte waar ons nou ry nie, maar meer anderkant die riviertjie."

"Maar tannie Hester het dan gesê die water sal sommer wegsak."

Truia stel dit as 'n feit en Alet lag, want Truia heg meer waarde aan Hester se woorde as aan enigiets wat Louis mag sê.

"Ja, maar dit is darem net die eerste twee dae. Die grond raak gou versadig en as dit baie hard reën, dan loop die water. Ons gaan nou-nou deur die riviertjie. As dit hoër op hard gereën het, dan loop hy sommer maklik, want hierlangs is die wêreld baie klipperig. En as die ou riviertjie – wat nou so onbeduidend lyk – afkom, kan ons maar vergeet om met hierdie bakkie deur te kom."

Die riviertjie is maar bra onindrukwekkend. Louis kyk na hul ongelowige gesigte.

"Eendag, wanneer dit baie gereën het, sal ek julle spesiaal bring sodat julle kan sien, want ek kan sommer op jul gesigte lees dat julle my nie glo nie."

Aan die ander kant van die riviertjie is die grond baie klipperig. Die grootste gedeelte van die vorige dag se bui reën moes hierlangs geval het, want oral staan poeletjies water. Die vars reuk van die nat grond styg behaaglik in Alet se neusgate op.

Die pad word stamperig as gevolg van die klippe en die kinders klou vir lewe en dood. Louis lag egter heerlik wanneer hul koppe bo teen die kajuit se dak stamp.

"Ja, julle dink mos dit is lekker om 'n boer te wees!"

"Wil meneer dan liewer skoolhou?" Truia het haar skugterheid heeltemal verloor en Alet verstom haar oor die pragtige, vrypostige manier waarop sy deesdae met Louis gesels.

Louis dink kastig diep.

"Hmm . . . Nee, ek dink ek sal maar liewer 'n boer wil wees, al is dit sulke harde werk. Dit is net . . ."

Louis keer met sy arm toe hulle oor 'n baie slegte kol ry. Sy hand kom rus warm en swaar op Alet se hande wat vasgeklem in haar skoot lê.

"Dit is net wat, meneer?"

"Ek dink mos nou sommer net daaraan dat dit party dae nogal vir my lekker is om onderwys te gee, veral . . ." Hy plaas sy hand traag terug op die stuurwiel en loer ondeund na Alet.

"Veral . . . as ek sulke oulike kinders soos julle in my klas het . . . Ek gaan mos vreeslik na julle verlang."

"Ag! Nou jok meneer!" Dit is Willem wat met sy growwe stem 'n stuiwer in die armbeurs gooi. "Meneer sal g'n stuk vir ons verlang nie . . ."

"Ná ons verlang, Willem," help Louis hom werktuiglik reg.

"Orraait . . . ná ons verlang nie. Meneer slaan 'n man glad te seer."

Louis lag heerlik. "Nou goed, dan sal ek maar net na die meisies verlang . . . Ek slaan hulle mos darem nie."

Truia bloos liggies en met verwondering loer Alet na haar. Sou die klein klits dalk 'n skoolmeisie-verliefdheid vir Louis hê?

"Of hoe, juffrou?" Louis se laggende stem ruk haar tot die werklikheid terug. Sy weet nie wat hy bedoel nie en kyk hom onbegrypend aan.

"Ek slaan mos darem nie die meisietjies nie?"

"Nee . . . Jy raas net met hulle en ruk hulle aan hul skouers rond." Alet se stem is stroopsoet.

Die kinders het belang by die storie verloor en iets anders buite raakgesien wat baie interessanter is. Hulle druk hul neuse teen die ruit om beter te kan sien.

"Was ek baie onmoontlik?" Louis se stem is sag hier by haar oor.

"Nie was nie . . . is!" Alet kyk op in sy oë wat skielik sag en warm is, en verleë laat sy hare sak.

Louis bring die motor onder 'n groot boom tot stilstand.

"Wel, hier is ons. Nou is dit met dapper en stapper verder." Louis en Willem gespe die rugsakke aan. Louis dring daarop aan dat hulle hul ligte truitjies sommer om hul heupe bind.

"Dit is altyd beter om gewapen te wees vir enige omstandighede. Daar in die berg kan die windjie soms skraal waai."

Die son is nie so fel nie danksy die betrokke lug. Die atmosfeer is egter drukkend.

"Ons moet maar gou maak sodat ons kan terugkom. Hier is groot weer aan die kom." Louis loer na die wolke wat vinnig opstapel.

Daar is nie 'n voetpaadjie na die berg toe nie. Louis stap voor en hulle volg in 'n ry agter hom.

Die sweet loop later in dun straaltjies van Truia en Alet af. Bekommerd wonder Alet of die mans wat die rugsakke dra, nie al baie moeg is nie.

Die veld is droog, maar vir die dorpskinders, wat nie aan die natuur gewoond is nie, is dit pragtig en hulle sien kort-kort vreemde dinge raak wat niemand anders werklik oplet nie.

Ná ongeveer dertig minute se stap roep Louis halt. Hulle rus onder 'n groot boom terwyl hy koeldrank uit een van die rugsakke haal. Die koeldrank is nog koel en smaak soos nektar van die gode.

"Wel, nou sal ons moet begin klim. Dit is nie juis 'n bergklimmery soos Alet seker al gedoen het nie. Dit is nie Paarlberg of Tafelberg dié nie . . . ."

"Spaar my dit! Die hoogste wat ek al geklim het, was teen die soldertrap op," val Alet hom in die rede.

Louis lag.

"Nou ja! Dan sal ons maar spog met ons klimmery vandag. Dit is nie juis steil rotse waarteen ons moet uit nie; ons kan om die meeste groot rotse beweeg. Dit is net baie klipperig en julle moet baie versigtig wees vir los klippe, want julle kan baie maklik seerkry."

"Hoe ver is dit tot by die tekeninge, meneer?" Willem loer benoud teen die groot rotse op.

"Man, Willem, seker so 'n halfuur se klim. Maar die mooi tekeninge is eintlik in die Brandberge en as ek die weer so bekyk, dan dink ek nie ons moet nog vandag daarheen ook gaan nie."

Hulle sit weer die rugsakke op en trek dit styf om hul skouers vas. Louis neem die voortou met die twee vroue in die middel en Willem moet die agterhoede dek.

120

"Hoekom dra meneer die geweer ook saam?" Willem beduie na die geweer wat dwars oor Louis se rugsak vasgemaak is.

"'n Boer loop nooit sonder sy geweer in die veld nie. Wat dink jy gaan ons doen as ons op 'n leeu of 'n wilde ding afkom?"

"Is hier dan nog sulke goed, meneer?" Truia loer benoud om haar heen.

"Aitsa, meisiekind, hulle is sommer nog volop! Maar julle hoef julle nie daaroor te bekommer nie. Die sterk, dapper man is hier voor julle met geweer en al."

Alet lag spontaan en haar stem eggo in die klowe.

Hulle stap kruis en dwars en 'n geweldige ompad om die steil rotse te vermy. Dit voel later vir Alet asof hulle al ure lank op die berg is.

'n Pragtige toneel begroet hulle kort-kort wanneer hulle agter hoë rotse uitkom. Die veld lê ver en wyd en dit gee aan hulle 'n gevoel van oopte en wydheid wat nog nie een van hulle ooit ervaar het nie.

"Hier moet julle versigtig wees." Louis staan op 'n hoë, gladde rots.

"Gee vir my jou hand, Alet, dat ek julle hier kan ophelp."

Alet steek haar hand na hom uit en soek versigtig met haar voet na 'n vastrapplek. Louis trek haar vinnig op en sy verloor haar balans, sodat sy struikel en styf teen hom aanleun.

"Jy hoef nie so haastig te wees om by my te kom nie . . . ek sal nie wegraak nie."

"Simpel! Dit is jy wat my so vinnig opgeruk het." Sy probeer vererg padgee, maar die lysie is nou en dit genoodsaak haar om stadig en versigtig by hom verby te skuif.

Hy hou haar vas totdat sy gemaklik langs hom staan.

"Hier sal jou astrantheid niks help nie, klein ou juffroutjie met die kwaai ogies."

Truia en Willem is ratser en kom met die minimum hulp tot bo.

Alet verwens haar rok. Truia het een van Willem se kort-

121

broeke aan en sy beweeg gemaklik. Alet sou self graag lie-wer 'n langbroek of selfs 'n kortbroek wou aantrek, maar sy het nie so iets saamgebring nie. Om die waarheid te sê, sy besit nie so iets nie. Sy onderdruk 'n giggel toe sy dink wat Louis dan alles oor haar sedes te sê sal hê indien sy dit sou waag om so iets te dra.

Louis kyk bekommerd na die lug. Die donderwolke sta-pel dik in die verte. Die lug is donkerblou en veraf is 'n dowwe gerammel.

"Ons sal nie vandag verder gaan nie. Ons gaan ook net na die eerste klompie tekeninge kyk, dan moet ons terug sodat ons deur die riviertjie kan kom." Louis praat oor sy skouer en versnel ongemerk sy pas. "Ons sal sommer da-delik teruggaan nadat julle die tekeninge gesien het. Ons kan anderkant die rivier eet . . . Hierdie weer is dreigend en hierdie ou onbeduidende riviertjie is 'n duiwel. Die wêreld hierlangs is klipperig en die geringste water laat dit loop – en sommer kwaai ook."

Alet raak ook nou bekommerd. Die lug het sommer skie-lik heeltemal toegetrek en die dik, blou wolke kom vinnig nader. Hierdie rotse sal baie gevaarlik wees as dit nat moet wees.

"Moet ons nie maar omdraai nie?" vra Alet bekommerd.

"Net om hierdie volgende draai is 'n grot. Ons gaan die rugsakke daar laat en dan is dit net so 'n tien minute se klim, dan is ons by die rots met die tekeninge."

Die grot is nie baie groot nie, maar heeltemal ruim ge-noeg. Eenkant in die hoek is 'n klomp brandhout opgesta-pel.

"Wie het die hout hier gepak?" Alet wonder of Louis-hulle baie gereeld hiernatoe kom.

"Dit is maar 'n onderlinge reëling tussen die boere hier in die omtrek. As jy hout gebruik het, dan pak jy weer ander hier. Dit kom soms baie handig te pas. Veral in die reën-tyd, dan is al die hout buite nat en dié in die grot is heerlik droog."

Hulle laat die rugsakke en truie in die grot en klim vin-nig verder na die boonste grot waar die tekeninge is.

Alet se opgewondenheid by die aanskoue van die tekeninge, wat eeue gelede deur die Boesmans gemaak is, ewenaar die kinders s'n.

Louis jaag hulle 'n bietjie aan.

"Ons moet nou liewer teruggaan. Ons kan in die onderste grot net gou koeldrank drink en dan sal ons moet probeer om so vinnig moontlik van die berg af te kom voordat die reën begin val."

"Meneer?" Truia klink doodbenoud. "Sal ons dit maak . . . ek bedoel, sal ons betyds van die berg af kom?"

"As ons gou maak, ja!"

Haastig maar versigtig is hulle weer in 'n ry teen die berg af, weer in dieselfde volgorde soos hulle gekom het.

"Heeelp!"

Louis en Alet vlieg gelyktydig om. Los klippe spat na alle kante toe. Alet gryp na Truia, wat wild omspring, en druk haar styf teen haar vas.

Wild soek hul oë na Willem, maar die rots waarop hy kort gelede nog gestaan is, is leeg.

"Juffrou! Hy het geval . . . Ag, juffrou!" Truia se stem eindig in 'n snik teen Alet se skouer.

Alet druk die verskrikte kind styf teen haar vas. Louis skuur by hulle verby en klim vinnig op die rots terug.

"Alet . . ." Louis se stem klink ver en dof. "Laat Truia daar sit, dan kom help jy asseblief vir my hier. Willem lê hier onder die rots . . . ons sal hom weer bo moet kry."

Louis hou sy hand na haar uit en trek haar teen die rots op.

Sy klouter op hande en knieë totdat sy oor die rand kan sien. Dit is verder af, aan die ander kant, seker 'n goeie vyf of ses meter tot daar waar Willem lê.

Louis klouter vinnig af na die stil figuurtjie wat onder skeef teen die rots lê.

11

Alet se hart klop wild en verskrik. Sy is te bang om hom te vra hoe ernstig dit is; te bang dat daar dalk nie meer lewe in die slap liggaam is nie.

"Louis . . .?" Haar stem klink skor en droog en die angs slaan yl deur.

Louis druk sy oor teen Willem se bors. Hy slaak 'n sug van verligting toe hy die jong seunshart sterk en reëlmatig hoor klop.

Hy wuif gerusstellend na haar waar sy bo-op die rots leun om beter te kan sien.

"Sy hart klop nog sterk . . . Ek wil net gou vasstel of hy nie dalk bene gebreek het nie."

Louis se hande beweeg vinnig en stelselmatig oor die skraal lyfie. Hy kyk op na Alet en glimlag gerusstellend.

"Dink jy jy sal kan afklim tot hier?"

Sy knik bevestigend en hy gaan staan regop en hou sy hande na haar uit, terwyl sy stadig teen die rots afskuifel.

"Ek wil hê jy moet hier bly. Ek gaan vir Truia na die grot toe neem en dan my rugsak en ander goed haal . . . daar is noodhulpgoedjies in my sak."

Alet sak langs die bewustelose Willem neer. Sy skuif versigtig onder hom in sodat sy kop op haar skoot rus. Hy moet 'n geweldige hou teen sy kop gekry het. Sover Louis kon vasstel, is daar nie bene gebreek nie. Sy enkel is egter besig om vinnig en lelik te swel en sy bid woordeloos dat dit tog net verstuit moet wees.

Daar is geen teken meer van die son nie. Die donker donderwolke is nou reg bokant die berg. Skewe, blink weerligstrale klief deur die swartpers lug en laat Alet vreesbevange om haar kyk.

Sy voel hoe haar keel toetrek van vrees. Hulle sal in elk geval nie meer betyds van die berg af kom nie, nie met die beseerde Willem nie. Wat gaan hulle doen as Willem dalk dringende mediese hulp nodig het?

"Ag, liewe Heer," bid Alet hardop terwyl sy Willem se hare saggies streel, "asseblief, liefdevolle Vader . . . gee tog dat daar niks ernstigs met hom verkeerd is nie. Moet tog asseblief nie dat hy iets oorkom nie. Moenie dat daar groot skade aan hierdie jong liggaampie wees nie."

Dit voel soos 'n ewigheid voordat Louis se swart kop oor die kant van die rots verskyn.

Alet hou hom angstig dop terwyl hy versigtig afklim. Hy het 'n seiltjie en 'n tou by hom.

Van die seiltjie maak hy 'n soort draagbaar waarin hy Willem neerlê. Die punte van die seil word saamgevat en stewig vasgeknoop. 'n Stuk tou word om die seil gedraai en Willem lyk spoedig soos 'n toegespinde papie in die seilgedoente. 'n Lang tou word nou stewig deur die tou om die seil geryg.

Alet hou hom in stilte dop.

"Ek gaan nou met die punt van die tou opklim en dan vir Willem optrek. Jy moet sorg dat hy gelyk hang voordat ek hom probeer optrek."

Louis klim vinnig teen die rots uit. Met beklemming wonder Alet of sy ooit sonder hulp teen die rots sal uitkom . . . Dit is egter later se probleme; hulle moet nou eers vir Willem veilig bo kry.

"Is jy gereed?" Louis staan bo-op die rots en teen die donker, dreigende, donderwolke lyk hy grotesk, maar tog sterk en veilig.

"Ja, jy kan maar trek."

Alet verskuif die tou effens na onder sodat Willem gelyk hang, en versigtig trek Louis die "draagbaar" boontoe.

Haar arms word later te kort om vir Willem te stut en sy staan op haar tone.

Dit gaan stadig en in 'n stadium lyk dit vir Alet asof hulle niks vorder nie. Sy slaak 'n sug van verligting toe Willem se toegedraaide figuurtjie eindelik buite sig raak.

"Alet!"

"Ja?"

"Ek gaan nou vir jou die tou afgooi. Kan jy 'n knoop maak wat nie losgaan nie . . . een wat julle miskien in die Voortrekkers geleer het?"

"Ja, ek kan."

125

"Goed, maak die tou om jou middel vas, en probeer dan om dieselfde paadjie te gebruik waarmee ek opgeklim het. Dink jy jy sal dit kan doen?"

"Ek . . . ek hoop so." Alet se stem klink bang en verlore.

Die tou seil soos 'n slang na haar toe af. Sy bind dit onhandig vas, toets eers die knoop voordat sy weer na Louis roep.

"Ek is gereed, Louis. Ek gaan nou begin klim."

"Mooi so, meisiekind! Versigtig wees." Sy stem klink sterk en vol vertroue en Alet wonder of hy besef hoeveel die paar niksseggende woorde vir haar beteken.

Sy gly en die rots krap lang hale teen haar arms. Haar naels breek in die proses om vashouplek te kry. Die vervlakste rok bly in haar pad.

Die dun katoen is vol skeure en vuil besmeer van die rooi grond.

"Louis!" 'n Snikkie breek onverwags uit haar brandende borskas.

"Wat is dit, Alet?" Die kommer slaan deur in sy stem.

"Ek . . . ek is bang . . . Ek kan nie verder nie . . ."

"Kom nou, meisiekind! Voel nou met jou hand na die linkerkant toe, daar is 'n lekker vashouplek . . . Voel jy dit?"

Alet se vingers omklem die uitstaande rotspunt en sy knik.

"Mooi! Hys jou nou half op daaraan. Ek sal die tou trek, dan trap jy teen die rots vas . . ."

Voetjie vir voetjie beweeg sy. Die afgaan was heelwat makliker. Die pyn in haar bene en arms veroorsaak buitendien dat sy geen krag meer oorhet om haar verder te ondersteun nie.

Nie eens die geluid van skeurende materiaal kan tot Alet deurdring nie. Sy konsentreer met al haar sintuie om sentimeter vir sentimeter na bo te beweeg. Haar longe brand en pyn van al die kneusplekke aan haar liggaam.

"Louis!"

Twee sterk hande gryp hare skielik vas en sy snik hardop.

Louis trek haar vinnig tot bo-op die rots en vou haar warm en veilig in sy arms toe.

126

"Toe maar! Toe maar! Alles is verby . . ." Hy streel oor die deurmekaar hare en die rukkende skouers en sy klou soos 'n drenkeling aan hom vas.

"Ons moet vir Willem in die grot kry voordat dit begin reën."

Alet ruk tot die werklikheid terug. Sy skaam haar vir haarself omdat sy 'n oomblik lank so toegedraai was in haar eie vrees dat sy skoon van Willem vergeet het.

Louis tel vir Willem op. Alet neem die tou en met Louis voor, wat versigtig eers elke tree oorweeg voordat hy stap, volg sy hulle.

Swaar reëndruppels val meteens plonsend in die droë stof en maak groot, donker kolle op die vaal rotse.

Die vrees kom sit soos 'n roofvoël op Alet se skouer. Sy praat egter niks nie, want sy kan nie nou Louis se aandag aftrek van die paadjie voor hom nie.

Die druppels val vinniger en deurweek hul klere. Alet se rok het by die middel geskeur en hang aan die een kant tot amper op haar voete. Sy hou haar oë op die grond en trap direk in Louis se spore.

Skielik is alles droog om hulle. Louis kom tot stilstand en sit Willem neer. Die besef dring nou eers tot Alet deur dat hulle binne-in die grot is.

Truia sit verwese teen die grotwand vasgedruk, haar gesiggie vuil en besmeer van die trane en die stof.

"Is hy . . . is hy dood, meneer?"

Alet druk die rukkende meisietjie teen haar vas.

"Nee, hy is ons groot, sterk seun . . . Hy is sommer nou-nou weer op en wakker."

"Maar, juffrou . . . hy . . . Hoekom lê hy dan so stil?"

"Hy is nog bewusteloos . . ." Omdat sy self nie weet wat hulle nou gaan doen nie, bly sy maar stil.

Die storm bars met woeste geweld los. Die reën val in 'n digte gordyn en versluier die hele wêreld buite die grot.

Alet probeer Willem se gesig afwas met water uit die waterbottel. Hy lê so stil dat sy voel hoe die paniek in haar opstoot. Sy gesig is onnatuurlik bleek, selfs hier in die skemerte van die grot is dit duidelik sigbaar. Louis het hom losgewoel uit die seilkokon en is besig om sy enkel, wat blou en dik geswel is, te bevoel.

"Solank jy vir Willem verder 'n bietjie gemaklik maak, gaan ek gou vir ons 'n vuur aanpak sodat ons klere darem net kan droog word."

Die vuurtjie is heerlik en gesellig en dankbaar besef Alet nou die waarde van die droë hout in die grot.

Vandat Louis en Alet vir Truia die versekering gegee het dat Willem nie dood is nie, is sy ook rustiger.

Die reën val ononderbroke en met 'n beklemming soos 'n staalband om haar hart, wonder Alet wat hulle nou gaan doen. Louis is stil en bekommerd en sy het nie die moed om hom na sy planne uit te vra nie.

"Juffrou!" Truia se stem klink soos 'n noodkreet bo die gedruis van die reën uit.

Alet en Louis spring verskrik om en 'n oomblik later staan hulle langs Willem.

"Hy het geroer, juffrou!"

Alet sak op haar knieë neer. Sy gooi nog water op die lap en vee weer sy gesig af. Hy beweeg sy kop rusteloos en lê dan weer stil.

"Ek dink hy is besig om sy bewussyn te herwin." Louis vryf liggies oor die stowwerige bruin hare.

Willem maak sy oë moeisaam oop en probeer fokus. Die inspanning is egter te veel en hy sluit hulle weer met 'n ligte suggie.

Al drie staar hom gespanne aan. Sou hy dalk ernstiger seergekry het as wat hulle hoop?

Louis staan later stil op en skuif die ketel met water op die vuur sodat hulle darem kan koffie maak.

Die heerlike koffiereuk hang ná 'n rukkie in die grot. Of dit dalk Willem se neus geprikkel het, sal hulle nie weet nie, maar hy maak sy oë stadig oop en hou hulle op Truia gerig.

"Ek . . . ek is dors." Hulle is weer almal gelyk langs hom. Hy probeer skeef glimlag.

"Slaap ek tog nie? Ek . . ."

"Nee, ou willeboer, jy het op jou kop geval . . . van die rots af." Louis glimlag verlig na hom toe.

Alet se trane loop ongehinderd oor haar wange.

"Jong! Ou dorpsjapie! Jy het ons darem groot laat skrik." Sy druk haar arm onder hom in en probeer hom regop hou sodat hy die water wat Louis vir hom aangee, kan drink.

"Ag, nee! Juffrou . . ." Willem klink so gebelg, 'n mens sou dink hulle het hom van die rots afgestamp!

Hulle skater vir Willem se vies gesig omdat hy so 'n onsinnige ding kon oorkom.

Die spanning is sommer verlig.

"Hoe voel jou voet?" Louis vryf liggies oor die beseerde enkel. Willem raak nou eers bewus van die pyn in sy voet.

"Ag nee! Dit ook nog! Hoe gaan ons nou by die motor kom, meneer?"

"Ek sal jou maar moet dra."

"Nooit as te nimmer nie!" Willem is so ontstoke dat hy nie eens besef dat dit met sy onderwyser is wat hy so praat nie. Louis lag maar net.

"Toe maar, meneertjie, jy sal self sien dat jy nie op daardie voet kan trap nie, dan gaan jy soebat dat ons jou moet dra."

Alet pak intussen die rugsakke uit op soek na kos. Die kinders is seker al dood van die honger.

Heerlike toebroodjies, gekookte eiers, koue vleis, vrugte, droëvrugte, asook koekies en koeldrank maak hul verskyning uit die sakke.

Louis kom ongeërg by haar staan en sy stem is skaars meer as 'n fluistering toe hy sê: "Ek dink jy moet maar 'n bietjie spaarsaam werk met die kos. Miskien . . . 'n mens weet nie . . . maar dalk moet ons nog vanaand en môre ook daarvan eet."

Alet verstaan dadelik en pak die helfte van die kos terug. Hulle sal voorlopig niks vir die kinders sê nie; dalk is dit glad nie nodig nie.

Die reën val nou sagter, maar nog onafgebroke. Die water loop in voortjies voor die grot verby.

Alet maak die kinders se koffie lekker soet, want sy besef dat hulle albei baie groot geskrik het. Truia eet goed. Willem kla van hoofpyn en eet dus nie so baie soos gewoonlik

129

nie, maar heeltemal genoeg om die grootmense tevrede te stel.

Louis gee vir hom twee pynstillers uit sy noodhulpkassie en verbind sy enkel stewig met 'n rolletjie verband wat ook daarin was. Stilswyend kyk hy na die toegedraaide enkel en hoop maar net dat die kind nie vannag baie pyn sal verduur nie. Hy is amper seker dat hulle vannag nog hier sal wees. Met die beseerde Willem is dit 'n saak van onmoontlikheid om teen die nat rotse af te klouter.

Die reën het opgehou; die lug is egter nog vaalgrys – 'n teken dat daar nog reën aan die kom is.

"Hoe laat is dit?" verbreek Alet die stilte.

Louis stap na die opening van die grot om beter te kan sien. "Dit is sowaar al vieruur. Ek het nie gedink dat dit so laat is nie." 'n Verdwaalde druppel plons nog neer. Die rotse is amper swart van die nattigheid en alles lyk skoon en fris.

"Ek gaan net gou kyk hoe nat die wêreld is . . . en of ons dit kan waag om terug te gaan."

Alet en Truia gaan staan in die opening van die grot en kyk Louis se verdwynende gestalte agterna, terwyl hy sta-dig met die smal paadjie afsukkel om die weg vorentoe te verken.

Die spanning trek 'n knop op Alet se maag en met 'n skok besef sy dat dit oor Louis se veiligheid is wat sy so bekommerd is. Hy moet tog nie gly en seerkry nie . . . Sy probeer haar gedagtes verskoon en vertel haarself dat sy nie kans sien om alleen met die kinders hier te bly nie, maar sy weet dat dit nie al rede is nie. Sy wil hom hier by haar hê, heel en ongeskonde, al moet sy hom ook môreaand aan Ilze afgee.

Willem het in 'n onrustige slaap weggedommel. Beangs voel Alet aan sy kop. As hy tog net nie koors ook ontwikkel nie!

Sy en Truia gaan was die bekers en borde wat hulle vroeër gebruik het in 'n poeletjie water wat in 'n rotsholte gevorm het.

Louis was ongeveer 'n halfuur weg voordat sy groot ge-stalte die grotopening weer vol staan.

"Ek is jammer, maar ons sal dit nie maak nie . . ."

Alet se hand omklem haar rok se hals. "Is dit baie nat?"

"Ja, en ons sal te stadig moet afdaal; die donkerte sal ons oorval voordat ons onder is." Louis kyk nie na hulle nie, maar hou hom doenig by die vuur. "Ons sal maar vannag hier moet slaap en môre die paadjie aandurf."

Alet loer onderlangs na Willem. Die spanning kruip op en knel haar keel toe.

"Wat gaan gebeur as Willem dalk vannag sieker word?"

Louis sit sy arm beskermend om haar skouer.

"Alles sal reg wees. Ek het genoeg pynpille om hom vannag aan die slaap te hou en ons kan later weer sy enkel styf verbind. Moenie so bekommerd wees nie."

"Maar Martha en jou ma sal mos vreeslik bekommerd wees."

"My ma ken hierdie wêreld; sy sal dink ons is in die motor vasgekeer voor die rivier. Sy sal vir Martha gerusstel."

Hy druk haar liggies teen hom vas en Alet voel hoe die spanning stadig uit haar wegsypel. As hy net hier by hulle is, sien sy vir baie dinge kans. Sy was so bang dat hy dalk sal besluit om te gaan hulp soek en haar en die kinders hier alleen sal los.

Die aandskemerte daal vroeg oor die berg en Alet verloor alle tred met die tyd. Toe die donkerte by die grot inkruip, is dit vir haar nag en aanvaar sy dit gelate, al is dit skaars seweuur.

Louis maak weer 'n vuurtjie en sit koffiewater op. Gelukkig het Hester vir die Kretie en die Pletie kos ingepak en is daar oorgenoeg vir die aand ook.

Willem eet weer eens nie vreeslik baie nie; hy is onrustig en koorsig. Alet drink twee bekers koffie en peusel net aan haar kos. Louis eet ook nie veel nie, maar Alet wonder of dit is nie omdat hy die kos vir die kinders wil hou vir die volgende dag nie.

Die aandluggie is koel in die grot. Dankbaar onthou hulle van die truie wat hulle die oggend saamgebring het. Louis gooi syne oor Willem se bene en Alet gee hare vir Truia om oor haar kaal beentjies te gooi.

131

Louis maak die rugsakke leeg en sit dit onder die kinders se koppe vir kussings.

Willem word later in die aand 'n slag wakker en drink weer koffie. Hulle verbind sy enkel en gee vir hom nog pynpille, wat hom weer omtrent dadelik laat slaap.

Truia se oë val vroegaand toe en sy is nie eens bewus van die harde grond waarop sy lê nie. Sy slaap vas en rustig.

Louis maak homself gemaklik teen die skurwe rotswand. Die vuurtjie maak die grot lekker warm, maar Alet vryf kort-kort oor haar kaal arms asof sy die koelerigheid wil afvee.

Louis hou sy hand uitnodigend na haar uit.

"Kom sit hier by my, dan kan ek jou darem 'n bietjie warm en gemaklik maak."

Alet wil eers weier, maar sy breë skouers lyk so uitnodigend dat sy maar net stil langs hom inskuif.

Hy sit sy arm om haar skouer en trek haar teen hom vas.

"Ontspan maar 'n bietjie hier teen die oujongkêrel se skouer." Hy lag saggies teen haar hare. "Ek sal nie klein meisietjies in donker grotte opeet nie."

"'n Mens weet nooit! Jy is tot enigiets in staat."

"Skaam jou! Ek het dan vandag so hard gesukkel om die groot, vet juffrou teen die rots uitgetrek te kry."

Alet sit verontwaardig regop. Louis lag sag en trek haar weer teen hom vas.

"Gelukkig is ek 'n sterk ou. Ek lig sulke . . . sulke groot gewigte sommer soos 'n veertjie op."

Alet lag en ontspan teen hom.

"Gelukkig, ja! Jy is net so sterk soos wat jy moeilik en onredelik is."

"Is dit dalk van hierdie saggeaarde, onskuldige outjie van wie jy nou praat?" Hy druk met sy ander hand op sy bors en kyk haar geskok aan. Alet lag net en knik met haar kop.

Hy skuif sy hand onder haar hare in en sy vingers streel sag en warm teen haar nek.

Alet wil die lekkerte en rustigheid 'n bietjie vashou. Sy wil nie verder korswel of praat nie; sy wil net moeg en uitgeput, ná al die emosies van die afgelope jaar, teen hom aanleun en sy krag deur haar voel vloei.

Haar hand skuif stadig op en sy speel ingedagte met sy hempsknoop. Louis se hand omvou hare warm en hou dit op sy bors gevange.

"Alet!"

"Hmmm?"

"Was jy baie lief vir hom?"

Alet se gedagtes is op ver paaie en sy sukkel om hulle by die hede vasgepen te kry.

"Wie?"

"Pieter . . . Pieter iemand."

"Wat weet jy van Pieter af?" Haar stem is net 'n fluistering.

"Ek weet niks juis van Pieter af nie; al wat ek weet, is dat jy Walvisbaai toe gevlug het . . ."

Sy probeer verontwaardig regop sit, maar hy keer haar.

"Ek het eendag voor in 'n digbundel van jou van Pieter gelees. Hy was . . . is . . . baie lief vir jou."

Alet antwoord nie. Sy dink aan die ironie van die hele saak. Dat dit juis Pieter was wat sy onsterflike liefde vir haar voor in die digbundeltjie besing het, wat weer alles van haar kom terugeis het.

"'n Man wat soveel mooi en diep dinge met soveel gevoel aan 'n vrou kon sê, sou haar nooit in die steek kon laat nie."

Alet lê doodstil in sy arms, sy vertrou nie haar stem nie.

"Ek het al baie oor jou en die Pieter gedink . . . As . . . as hy dood is, dan sou jy mos naby hom wou bly. 'n Mens vlug net so ver weg as jy seergekry het. Ek kon sien, toe jy die eerste keer in Walvisbaai aangekom het, dat iets skeefgeloop het in jou lewe. Maar as die man vir jou lief was . . . hoekom?"

Alet sug.

"Dit is 'n lang storie, Louis. En . . . jy glo my nie graag nie. Jy luister nooit eens as ek probeer verduidelik nie." Sy roer effens in sy arms, maar sy arm span stywer om haar en hou haar gevange teen sy bors.

"Jy . . . jy glo net altyd wat sleg en lelik is van my. Wat sal jy sê as ek vir jou sê dat ek dieselfde ondervinding as jy gehad het, maar dat ek nie daardeur my geloof in my Skepper en in my medemens verloor het nie? Ek . . . Aarde! Jy of iemand anders kan mos nie help vir wat Pieter aan my gedoen het nie!"

Sy hand skuif op en speel liggies met haar oor en sy stem is sag en hees toe hy sê: "Ek . . . ek weet dit het niks met my te doen nie, maar ek sal nogtans graag wil weet."

"Daar is niks om weg te steek nie. Ons was verloof . . ."

Sy voel hoe Louis se borsspiere styf span onder haar hand.

"Ek het nog sy ring gedra die dag . . . die dag toe hy vir my kom sê . . . kom sê dat hy getroud is . . . móés trou met my vriendin. Ons . . . ons drie het saam gestudeer . . . en saam onderwys gegee . . ."

Warm trane vlek sy kakiehemp en brand sy vel.

Haar stem is net 'n sagte fluistering en Louis moet sy kop oplig en nader bring sodat hy kan hoor.

"Jy kan . . . jy moet tog verstaan . . . ek het nie kans gesien om terug te gaan na daardie skool toe nie, nie daar waar almal geweet het nie. Hulle het almal geweet, net ek nie . . . arme, onnosele, simpel ek! Ek het nog sy ring gedra en was so gelukkig."

Louis druk haar styf, baie styf teen hom vas. Hy streel die deurmekaar blonde hare en sy lippe rus lank op haar kroontjie.

"Alet . . ."

Hy lig die betraande gesiggie na hom toe op. Haar blou oë blink in die flikkerliggie van die vuurtjie.

"En . . . ek . . . ek was so 'n buffel. Ek het gedink omdat 'n ou meisietjie my in die steek gelaat het, moet almal sleg wees. Veral jy, met jou blonde hare en blou oë, net soos Elsa en . . . Gerhard wat so om jou draai . . ."

Ernstig beskou sy hom; die bewende lippe stil en afwagtend. Trane het twee blink spoortjies op haar wange gelaat.

Louis buig met 'n kreun af en sy lippe kom warm en soekend op haar wagtende mond neer.

134

"Meneer!"

Willem se tweede roep maak hulle stadig weer van die wêreld om hulle bewus.

"Hmmm . . ." Louis hou haar nog steeds vas, onwillig om haar uit sy arms los te laat. Alet rem verleë weg en hy soen haar sag en talmend op haar mond.

"Bly . . . hier by my . . ." Sy stem is 'n hees fluistering.

"Louis . . . die kinders het ons nou nodig."

12

Die pynpille is nie sterk genoeg om Willem langer as twee uur te laat slaap nie. Hy is koorsig en die enkel is baie, baie seer.

Louis en Alet is die grootste gedeelte van die nag met hom besig. Alet vee hom voortdurend af met water wat hulle in een van die bekers buite in 'n rotsholte gaan skep.

Hier teen die vroeë oggendure raak Willem vir die eerste keer rustig aan die slaap. Die koors is gebreek en Louis baai sy enkel in koue water en dan weer in warm water voordat hy dit stewig verbind.

Die luggie is nou sommer koud. Louis maak vir hulle nog koffie. Alet kruip weer styf teen Louis in. Die warm koffie en Louis se breë skouer laat haar oë sommer vanself toesak in 'n rustige, diep slaap . . .

Die dag breek bleekblou deur die opening van die grot. Louis is lankal wakker, maar te bang om te roer . . . bang dat hy dalk vir Alet sal steur.

Alet roer effens en baie stadig raak sy van haar omgewing bewus. Die egalige hartklop onder haar wang laat haar skaam regop sit.

"Jy is seker vol krampe? Ek het jou skoon toegerank."

Louis lag lekker vir haar verleë gesig en rek sy arms en bene met luidrugtige genot uit.

"Ek sê jou mos . . . jy is 'n vreeslike gewig."

"Ag, skaam jou." Alet staan verleë op.

"Kom!" Louis vat haar hand. "Kom, ons gaan kyk hoe nat is die wêreld voordat die kinders wakker word."

Die luggie buite is fris en Alet ril liggies. Louis se arm gaan weer beskermend om haar skouers.

Die paadjie teen die berg af is nog nat, maar as hulle baie versigtig is, behoort hulle dit te maak. Hulle sal in elk geval moet probeer, want as dit vandag weer reën, sal hulle nooit hier wegkom nie.

"Ek dink ons gee die ou sonnetjie so 'n kansie tot omtrent elfuur toe om die rotse 'n bietjie droog te bak, dan probeer ons die terugtog aanpak."

In Louis se rugsak kry hulle 'n kam waarmee hulle hulself probeer mooimaak. Dit is nie juis 'n geslaagde poging nie. Alet se rok is vuil, besmeer en vol skeure.

Louis maak die laaste koffie en die kinders eet die res van die kos. Alet en Louis kry van die droëvrugte en koekies vir ontbyt.

Alet en Truia moet die rugsakke dra, wat gelukkig nou taamlik leeg is. Ongelukkig moet Alet die sak met die geweer dra, want Truia se knietjies sal baie beslis daaronder knak.

Louis maak van die seiltjie 'n drasak waarmee hy vir Willem op sy rug vasmaak.

Willem protesteer luidkeels.

"Ag nee! Ag, nee, meneer, ek skaam my morsdood." Niemand steur hulle veel aan hom nie en hy probeer maar weer. "Ek kan mos eenbeentjie hier afspring."

"Gmf . . . Jy sal nog so eenbeentjie spring, dan sukkel ons weer om jou bo-op die rots te kry."

Willem grinnik verleë.

"Kan ons nie 'n ander plan maak nie, meneer?"

"Ou Willem, weet jy waaroor is ek die heel blyste? Dat dit jy en nie juffrou is nie wat ek hier moet afdra."

Louis loer skelm na Alet.

"Sy is 'n vreeslike gewig, jong! Ek het darem gesukkel om haar op die rots te kry . . ."

Willem beskou Alet op en af, sy gesig die ene veront-waardiging.

"Ek wil nou nie sê meneer jok nie, maar as meneer nie eens vir juffrou kan dra nie, dan het meneer maar ook ef-fense ou spiertjies. Juffrou is dan so dun soos 'n plank."

Louis skater dit uit van die lag.

"Dit is wat jy dink, ou matie! Ek sê nou vir jou, ek dra baie liewer vir jou."

Alet beskou hulle neus in die lug.

"Wel, en ek sê ook soos Willem. Ek spring liewer een-beentjie teen die berg af . . . as . . . as om deur jou gedra te word."

Haar sarkasme loop soos water van Louis af. Met 'n "hup" staan hy regop met Willem gemaklik op sy rug, in sy abba-sak. Willem klou soos 'n klein bobbejaantjie en lyk so verspot dat Alet en Truia nie kan help om te lag nie.

Stadig en baie versigtig sukkel die vreemde optoggie teen die berg af.

Alet se geskeurde rok hinder haar. Sy knoop die skeur-plek by haar middel en druk die knoop onder die bolyfie in, wat dit komieklik laat uitbult. Die rok trek voor tot amper by haar knieë op, maar dit gee haar darem baie meer be-weegruimte.

Louis maak eers baie seker van elke tree en die terugtog is senutergend stadig.

Die toue van Willem se drasak sny diep in Louis se skou-ers in. Die sweet slaan donker kolle op sy hemp uit en kort-kort vee hy die sweet van sy voorkop af.

Louis praat oor sy skouer.

"Julle meisies moet tog mooi kyk waar julle trap . . . Ek kan nie julle ook nog dra nie."

Alet giggel.

"Ja, en ek is so swaar."

"Jy kan dit weer sê . . . my arms is nou nog lam."

Alet voel jammer vir Louis met sy swaar vrag. Sy sal hom so graag wil help, maar sy kan aan geen manier dink nie.

Louis wil nie rus nie. Hy sal nie weer die seil waarmee Willem op sy rug vasgemaak is, vaskry nie. Onverpoos sukkel hulle dus voetjie vir voetjie teen die berg af en dit is 'n goeie twee uur later voordat hulle die gelyk grond onder hulle voel.

"Wel! Nou kan ons darem eers 'n bietjie rus."

Louis gaan staan by 'n lae rots sodat hy vir Willem daarop kan laat sak.

Alet sien die pyntrek op sy gesig. Sy sit haar rugsak vinnig neer om hom te gaan help.

Die toue het sy skouers heeltemal stukkend geskaaf en die bloed slaan kol-kol deur sy hemp.

"Kom ons help net eers vir Willem tot onder die boom, Truia, dan kan ek gou na meneer se skouer kyk."

Louis grinnik. Hy tel vir Willem van die rots af en met Alet en Truia se arms om Willem, spring hy tot onder die boom waar hy neersak.

Alet tel die rugsak op en stap terug na Louis toe.

"Trek uit jou hemp sodat ek na jou skouer kan kyk."

"Ag, nee wat! Dit is niks ernstigs nie, net 'n bietjie nerf-af."

"Ai, Louis, moet tog nie altyd moeilik wees nie! As daardie bloed droog word, dan klou die seerplek aan die hemp vas en dan gaan dit baie pynlik wees."

Louis grinnik.

"Vir so 'n klein juffroutjie kan jy 'n man darem uit sy skoene uit organiseer."

"O! Nou is ek klein, netnou was ek vet!"

Louis lag en knoop sy hemp los. Sy skouers is stukkend en die bloed sypel plek-plek deur die vel.

Alet krap in die rugsak vir die noodhulpkissie. Dit lewer ook nie veel op nie. Hulle het al die verbande wat daar was, om Willem se enkel gedraai.

"Is hier dan niks wat ons aan die seerplekke kan smeer nie? Enigiets wat net 'n bietjie olierig is."

Al wat Alet kon kry wat naastenby aan die doel sou beantwoord, is 'n olierige smeermiddel teen muskiete. Sy smeer die goed met die skerp reuk maar vieserig aan die seer skouer.

"As ek net iets gehad het om oor die seerplekke te sit . . ."

Sy dink 'n rukkie voordat sy vinnig agter die rots verdwyn. "Wag net so 'n oomblikkie . . ."

Sy lig haar rok op en skeur 'n lang strook van haar onder-rok, wat glad nie meer so skoon is nie, af.

"Wat maak jy?" Alet is seker Louis klink benoud.

"Ek kry net gou vir jou 'n verband."

"Tog nie van jou rok nie?"

Alet sukkel om die pret wat in haar borrel onder beheer te kry. Die duiweltjie op haar skouer por haar aan. Louis het reeds so 'n lae dunk van haar sedelikheid; hoekom sal sy hom nie 'n bietjie terg nie?

"O nee, meneer Erlank! Ek sal nooit daaraan dink om 'n verband van my rok te maak nie. Dit is van my . . . onder-rok!"

Louis trek sy asem vinnig in toe Alet om die rots verskyn met die ruwe verband in haar hande. Haar gesiggie is die ene onskuld.

Louis staar benoud na die verband asof dit enige oom-blik kan pik. Alet maak of sy glad nie die benoude gesig raaksien nie.

"Jy sal moet buk, ek kan nie lekker bykom nie."

"Jy gaan nie regtig . . ."

"Natuurlik gaan ek. En ek hoop Ilze sien dat dit 'n stuk van my onderrok is wat so lekker snoesig om jou skouer hang . . ." Sy byt haar lip vas terwyl haar oë blink van pret. "Dan kan sy jou lekker voor stok kry!" Alet raak weer me-lodramaties en met sadistiese behae spel sy dit vir hom uit: "En as sy jou met die broodmes jaag om jou in fyn stukkies op te kerf omdat jy sulke onsedelike dinge toelaat, dan . . . dan kruip ek agter die kraalmuur weg en ek lag! O, ek sal lag en lag totdat ek omslaan . . . my tone sal krul van lek-kerkry, net omdat jy my altyd van alles beskuldig het wat naar en gemeen is."

Louis gooi sy kop agteroor en lag dat die klank teen die klowe vasslaan en skaterend na hulle teruggeslinger word.

"Mensig, maar jy is 'n sadistiese skepsel!" Hy gaan sit op die rots sodat sy gemaklik by sy skouer kan bykom.

Sy staan reg voor hom en hul oë is op dieselfde hoogte.

139

Hy sien die fyn lagplooitjies om haar oë, die sagte mond en vuil gesiggie, vol sweet en stof, wat na hom kyk.

'n Diep skaamte oormeester hom. Sy het soveel hartseer in dié skraal liggaampie weggesteek. Sy het 'n baie groter teleurstelling gehad as hy. Hy het darem 'n paar keer vir Elsa onder vier oë gehad . . . wanneer hy gedink het dat sy te veel aandag aan ander mans bestee. Maar sy! Sy was dit glad nie te wagte nie.

Sy laat haar oë verleë sak voor sy warm, intieme blik en hou haar stil besig met die verbind van die seerplekke.

Louis praat ook nie verder nie. Sy gedagtes maal om wat sy hom gisteraand vertel het. Hy wens hy kan die horlosie-wyser terugdraai sodat hy weer voor kan begin en die tydjie vir haar makliker maak; vriendeliker wees, haar troos, tot-dat sy al die hartseer vergeet het.

Sy het alles so dapper gedra. Nooit haar geloof verloor nie, haar perspektief in die lewe behou. En hy? Grote lum-mel wat hy is . . . hy het sy frustrasie en hartseer op almal uitgehaal en dié wat vir hom die liefste is, dié het hy seer-gemaak en fyngemaal met sy bitterheid.

Alet kyk skielik op; sy oë is soekend op haar vuil gesiggie. Sy vee verleë oor haar wang.

"Is my gesig baie vuil? Hoekom kyk jy so?"

"Nee, jy's pragtig!" Alet bloos toe sy groot hande om haar dun middeltjie sluit en haar tot reg voor hom trek. "Alet!"

Alles binne-in haar word stil. Haar oë staar gehipnoti-seer in syne.

"Ek het so baie waaroor ek jou om verskoning moet vra."

"Hoekom?" Sy klink opreg verbaas.

"Ek . . ."

"Louis . . . ek dink die kinders hou ons oopmond dop . . . ons moet liewer maar jou skouer verbind."

Louis loer om haar en sien die kinders se nuuskierige gesiggies. Hy lag en los haar onwillig.

"Ja, maar ons moet weer gesels . . . wanneer ons alleen is."

Alet se hart klop hoog en benoud. Haar hande, wat die verband om sy skouer draai, is lomp van senuweeagtigheid.

"Dit lyk aaklig! Elke liewe verpleegstertjie wat dit sien, sal flou word, maar ek hoop dit help 'n bietjie."

"Dankie . . . hartjie!"

Alet bloos bloedrooi, tel die rugsak vinnig op en stap terug na die kinders.

"Ek dink julle kinders moet maar die bietjie droëvrugte en koekies eet wat nog oor is; dit is nog 'n lang stap tot by die motor."

Die terugtog tot by die bakkie is net so stadig soos die klim teen die berg af.

Willem weier botweg om weer op Louis se rug te klim. Hy haak sy arms om Louis en Alet se nekke en spring so sukkel-sukkel aan.

Die weer steek weer vinnig op. Die wolke wat heeloggend op die horison opgestapel het, pak vinnig saam en kom blou en dreigend nader.

Louis loer bekommerd na die lug. As hulle tog net deur die rivier kan kom voordat daar nog 'n bui reën uitsak!

Alet is honger en moeg. Sy sal op hierdie oomblik 'n hele maand se salaris betaal vir 'n lekker bord kos en 'n bad.

Willem is bleek en verduur blykbaar heelwat pyn van die enkel. Daar is nog net een pynpil oor en dié gee Louis vir hom toe hy sien hoe hy op sy tande kners om nie te kla van pyn nie.

Die weer is dreigend en die hele lug is toegetrek toe hulle by die bakkie kom. Met 'n sug van verligting lê hulle vir Willem agterop die matras neer.

Hy kla van hoofpyn, maar gelukkig is hy nie juis koorsig nie. Die pynpil sal seker 'n bietjie help, veral as hy nou kan ontspan.

Uitgeput sak Truia langs Willem op die matras neer. Louis en Alet gooi weer hul truie oor die kinders. Louis knoop die seilwande van die bakkie stewig toe sodat die kinders beskut agterop sal wees.

141

Die reën sak skielik uit. Louis is nog besig om die kappie se toue vas te maak, toe groot druppels om hulle begin plons.

"Klim gou in, Alet . . . voordat jy nat is. Ek kom."

Alet klim vinnig in en hou die deur vir Louis oop. Sy hemp is vol groot, nat kolle en sy stowwerige, swart hare klou klam teen sy kopvel vas.

Alet snuif fyntjies in die lug en kreukel haar neus.

"Oef! Jy ruik soos 'n nat hond."

Louis snuif hard en onverfynd in haar rigting.

"En jy, juffrou? Jy ruik soos die Witvrou van die Brandberge."

Alet kraai dit uit van die lag.

"Dit sal ek goed glo. Ná twee dae se stof en reën, en slaap langs die hardekoolvuurtjie . . ." Sy ruik aan haar arm.

"Baie lekker, sou ek sê!"

Sy hou haar hand omhoog en druk dit dan onder Louis se neus.

"Hou u van my parfuum, meneer?"

Louis vang haar hand en druk 'n soentjie op die stowwerige palm. Alet ruk verleë haar hand weg. Sy is altyd aan die verloorkant wanneer sy met hom slaags raak.

Louis se tergende blik gly vlugtig oor haar voordat hy die enjin aanskakel en dan al sy aandag aan die modderige pad wy.

Die reën val in grys vlae neer. Die veërs probeer sukkelend om die grys mistigheid voor die vensters weggevee te kry.

Die pad verander nou vinnig in 'n modderige watervoor. Louis konsentreer op die gladde pad en Alet het ook tot op die punt van die bank geskuif om beter te kan sien.

"Louis!"

Alet kyk verskrik na Louis, haar hand styf vasgedruk teen haar mond.

Louis lig sy voet van die petrolpedaal af en draai verskrik na haar.

"Wat is dit?"

"Die partytjie! Ons het van die partytjie vergeet!"

142

Hy sug van verligting.

"Vroumens! Hoe kan jy my so laat skrik?"

"Maar ons sal nooit betyds vir die partytjie wees nie!"

"Wil jy dan so graag gaan?" Louis klink ongeduldig en kortaf.

Alet vererg haar vir die mansmens wat altyd alles wat hom aangaan, so streng geheim hou.

"Nee, ek wil nie graag gaan nie. Ek was glad nie van plan om te gaan nie. Ek . . . ek dink aan jou. Dit . . . dit is . . . mos vir jou 'n belangrike aand."

"Dit is nie ek wat verjaar nie."

"Ag, Louis, jy maak my so kwaad as jy altyd so . . . so moedswillig is."

"Nou verstaan ek jou glad nie." Hy skud sy kop asof hy die gedagtes wil regskud. "Wel, ons sal beslis nie betyds wees nie, al kom ons vanaand nog deur die rivier."

"Maar, Louis! Kan jy nie maar gaan nie? Ek bedoel, al is dit 'n bietjie laat . . . Ilze sal jou mos bitter graag daar wil hê . . . Ek bedoel, sy sal mos vreeslik teleurgesteld wees."

"Sy sal seker wees . . . maar as ek nou nie daar kán wees nie, sal dit mos nou ook nie die dood van Kaatjie wees nie. Daar sal nog partytjies kom. Sy sal weer verjaar . . . ek ook."

"Ag, Louis, jy maak sommer asof jy my verkeerd verstaan. Maar los dit liewer; netnou sê jy weer ek krap in jou privaat lewe rond."

Louis lê sy hand 'n oomblik op die skraal handjie wat slap in haar skoot lê.

"Jy gaan tog nie met my rusie maak en dit oor 'n ou partytjie nie . . . gaan jy, hartjie?"

"Moenie vir my so sê nie." Alet voel die branderigheid van trane in haar keel.

Verby is hierdie twee dae wat hy net aan haar en die kinders behoort het. Al raak hy en Ilze nie vanaand verloof nie, dan sal hulle seker môre of oormôre of . . . oor 'n week of 'n maand verloof raak. Hy sal haar tog sekerlik nie nog 'n jaar aan 'n lyntjie hou nie. Hy kan nie regtig so gemeen wees nie. Sy word ouer en een van die dae is haar beste jare verby. Nee, sy sal hom persoonlik daaroor aanspreek, 'n mens doen dit nie aan 'n meisie nie.

"Hoekom nie?"

Alet skrik. Het sy dalk hardop gepraat? Maar dan besef sy dat Louis nog besig is met hul gesprek.

Louis sien die stywe trek van die skouertjies en iets span styf in hom. Hy het skoon van Gerhard vergeet. Het Gerhard dit dalk reggekry om die seer wat Pieter haar aangedoen het, weg te toor met sy vriendelikheid en liefde? Joviale ou Gerhard wat haar van die eerste dag af oorlaai het met liefde en vriendskap. Terwyl hy wat Louis is, besig was om hom in sy eie selfsug toe te draai, het Gerhard haar al sy "hartjie" of sy "skapie" of selfs sy "apie" genoem.

"Of . . . mag ek jou nie so noem nie omdat dit iemand anders se troetelnaampie vir jou is?"

Twee blou oë beskou hom baie ernstig. Hy kyk vinnig na haar en sien die blink van trane in die helder oë.

"Alet!" Hy sug. "Ek is 'n regte ou buffel, nè? Ek sê altyd die goed wat jou hartseer maak."

"Ag . . ." Alet snuif hard. "Dit is ek wat sommer 'n ou groot baba is. Ek huil deesdae ook oor alles."

"Is dit nog oor Pieter?" Sy stem is sag en simpatiek.

Alet vertrou nie haar eie stem nie en skud net haar kop ontkennend.

"Het . . . uh . . . het iemand anders dit dalk reggekry om . . . om sy plek in te neem?"

Alet se hart bons onstuimig. Sy wonder histeries wat hy sal sê as sy nou baie eerlik moet wees en vir hom sê "Ja, ja . . . jy het sy plek ingeneem. Met al jou vooroordeel en buffelagtigheid het jy nie net sy plek nie, maar my hele hart kom inneem . . . elke hoekie en draaitjie het jy kom vat!"

"Hmmm . . . Alet?"

Sy knik met haar kop en kyk by die venster uit . . . te bang om na hom te kyk, want hy sal haar geheim dadelik in haar oë lees.

Die teleurstelling golf deur Louis. Dan is dit Gerhard! Terwyl hy martelaar gespeel het, sy hartseer en frustrasie

144

vertroetel het, mense links en regs seergemaak en beskuldig het, het Gerhard ingestap en haar hart verower.

In stilte ry hulle voort, elkeen besig met sy of haar eie gedagtes.

Louis voel lus en hou stil en gryp haar aan haar skouers en skud verstand in haar in. Gerhard is nie die man vir haar nie. Hy is nou wel vol grappies en lief vir plesier . . . maar die lewe bestaan nie net uit daardie dinge nie. Daar is geen diepte in die man nie. 'n Mens wil mos nie net heeldag dans en sing nie! Daar kom tog tye wat 'n mens mekaar se siele wil ontdek . . . wil ernstig wees.

Hy kyk onderlangs na haar. Hy kan ook vrolik en vol grappies wees. Hoekom het hy tog nie al eerder sy geleende baadjie uitgetrek en net homself gewees nie? Soos wat hy was voor . . . voor Elsa se dood . . .

Hy sien die wit tandjies wat haar lip styf vasbyt en hy weet dat sy ook nou op ver paaie kuier. Hy wens hy kan so 'n vinnige kykie in haar gedagtes kry.

Miskien . . . miskien, as hy vir haar wys dat hy nie regtig so 'n verstokte oujongkêrel-buffel is nie . . . as hy vir haar wys dat hy ook vrolik en sorgloos kan wees . . . dat tye saam met hom nie net altyd vol hartseer en verwyte is nie.

Hy sien die sagte ronding van haar wang en hy wens hy kan dit saggies met sy vinger streel. Sy het gisteraand so stil en tevrede soos 'n kind in sy arms geslaap. Haar lippe was sag en bewend onder syne toe hy haar gesoen het . . .

Stadig daag 'n besliste trek in sy oë. Hy gaan probeer! Hy gaan baie hard probeer! En hy gaan beslis nie sommer ná die eerste mislukking tou opgooi nie.

"Ou Gerhard," praat hy saggies met homself, "hier kom kompetisie . . . strawwe kompetisie, my ou maat! Want hier is 'n prys op die spel . . . 'n baie, baie groot prys!"

145

13

Die bakkie kom proesend op die rivierwal tot stilstand.

Die reën het intussen opgehou. Die riviertjie het heelwat water ná die kwaai reën van gister, maar dit is nie so erg as wat Louis gevrees het nie.

Alet klim saam met Louis uit. Die rooi modder koek aan hul skoene saam sodat hulle amper nie kan loop nie.

Die kinders is nog heel gemaklik agter in die bakkie. Willem het aan die slaap geraak en slaap rustiger as verlede nag. Truia gaap ook lang gape en kla net dat sy bitter honger is.

"Ek gaan my broekspype oprol en eers deurstap om te kyk hoe diep dit regtig is," sê Louis.

Hy trek sy modderbesmeerde skoene uit, rol sy broekspype tot bokant sy knieë op en stap stadig, voetjie vir voetjie, die koue water in.

Alet hou hom angstig dop.

"Louis . . ."

Hy kyk nie dadelik om nie, staan eers versigtig stil en draai dan stadig om om sy balans te behou.

"Ja?"

"Jy moet versigtig wees . . ." Die vrees maak haar stem hees.

Louis se oë word sag, maar sy stem is vol lag.

"Hartjie, ons Suidwesters ken mos nie juis riviere nie . . . In werklikheid is dit maar net 'n ou spruitjie, maar ons het dit die belangrike naam van 'n rivier gegee."

In die middel van die riviertjie strek die water tot oor sy knieë voordat dit weer geleidelik sak.

"Ek weet nie . . . Alet . . ." Louis draai sy broekspype om van die ergste water ontslae te raak. "Ek is 'n bietjie bang . . . die bakkie sal dit nie maak nie, en netnou gaan staan ons in die middel." Hy kyk bekommerd in die rigting waar die meeste water vanmiddag geval het. "Dit het nou hard gereën en ek is bang daar kom nog water af. Ons sal in elk geval 'n plan moet maak om deur die rivier te kom. Julle is dood van die honger en ons moet julle vanaand in 'n warm bed kry."

"Is hier nie 'n plaas naby waar ons kan gaan hulp soek nie?" Alet weet dat dit 'n onnodige vraag is, anders sou Louis dit reeds voorgestel het.

"Ons moet in elk geval deur die rivier om by die naaste plaas te kom. En dit is ver. Veral as ek moet stap, sal dit baie lank duur en ek wil nie graag vir jou en die kinders alleen hier in die veld los nie . . . Al is julle in die bakkie, 'n mens weet nooit!"

Alet staar behoedsaam na die veld wat nou vinnig deur die donkerte ingesluk word. Dit is nog net hier rondom hulle waar jy voorwerpe kan uitmaak, verder is alles reeds toegedraai in 'n donkergrys kombers wat vinnig swart begin word.

Louis gaan sit op die trappie van die bakkie. Hy lyk so bekommerd dat Alet lus het en druk sy kop 'n oomblik teen haar vas net om die kommer 'n bietjie weg te streel.

"Sjuut!" Louis kom orent. Hy hou sy hand op toe sy iets wil sê. Hy draai sy kop en staan stil, luisterend.

Alet draai haar kop in 'n rigting om beter te kan hoor. Eers hoor sy net gewone veldgeluide, maar baie stadig word 'n veraf gedreun duideliker.

Verskrik kyk sy na die riviertjie. Sou die rivier . . . sou hy dalk besig wees om in woeste geweld af te kom? Dan moet hulle die bakkie terugstoot om dit uit die pad te kry.

Beangs kyk sy na Louis, maar hy tuur in heeltemal 'n ander rigting. Sy staan nader en dan sien sy dit ook . . . 'n flou liggie verskyn elke nou en dan in die pad om dan met rukke weer heeltemal te verdwyn.

Louis lag opgewonde.

"Dierbare ou Moedertjie! Sy het natuurlik, toe dit vanmiddag weer na reën lyk, iemand met die trekker gestuur om ons te kom soek."

Hy gryp Alet om die middel en swaai haar in die rondte. Hulle lag soos twee kinders. Hy sit haar weer neer en trek haar tot voor hom, sy arms warm en sterk om haar.

Die dreuning word duideliker. En sowaar, dit is toe Gieljan wat al stampend met die trekker aan die oorkant van die rivier stilhou.

147

Louis lag uitgelate en stap weer deur die water, baie minder versigtig as die eerste keer. Hy doen nie eens die moeite om weer sy nat broekspype op te rol nie.

Hy bestuur self die trekker deur die water en hulle haak die bakkie met 'n ketting wat Gieljan saamgebring het.

"Gieljan, klim jy in die bakkie, ek sal die trekker deur die water bestuur." Louis hou sy hand na Alet uit. "Kom, ry saam met my. Dit is lekker om die krag so onder jou te voel."

Sy staan styf teen hom op die klein trekker. Die water maak boë aan die kante verby en spat hulle nat. Alet lag helder en vrolik bo die lawaai uit.

"Ek het nog nooit soveel pret op een . . . nee, twee dae gehad nie . . ."

Sy skud haar hare agtertoe. Die trekker stamp en kantel effens, net genoeg om haar van balans af te ruk en haar vas teen Louis te laat aanleun. Sy gryp wild aan sy arm en klou aan hom vas.

"Ek . . . ek bedoel nou nie Willem se seerkry nie, maar al die ander gebeure was groot pret."

Louis soen haar skrams op die wang.

"Dankie, meisiekind! Dit is min vroue wat dit in so 'n lig sal sien. Ek het gedink jy sal kwaad wees ná alles wat jy deurgemaak het."

Verbaas kyk sy na hom. Sy skud haar kop effens en skreeu hier naby sy oor om haar duidelik te maak bo die geraas, terwyl sy steeds styf aan sy arm vashou: "Dit is mos nie jou skuld nie!"

Louis voel die liefde vir die verwaarloosde, modderbesmeerde skepseltjie diep binne-in hom ontspring en net groter en groter word, totdat dit al sy denke oorheers.

Dierbare, onselfsugtige mensie. En hy . . . hy het haar vir alles geblameer. Sy eie onstuimige gemoed en die harde dop om sy hart het skille om sy oë gevorm, sodat hy nie eens die liefde kon herken toe dit so onverwags na hom toe gekom het nie.

Die bakkie spring en sluk aan die water wat sulke emmers vol in sy keel afgegooi word, maar kom tog veilig aan die ander kant uit.

Hester het broodjies en koffie saamgestuur. Die koffie is nie meer baie warm nie, maar dit smaak in elk geval heerlik.

'n Rukkie later is hulle weer op pad. Gieljan kom rustig met die trekker agterna. Niks jaag hom aan nie en hy weet dat Louis hom môre sal laat slaap totdat hy vanself aankom huis toe.

Alet is moeg, maar vreemd opgewek. Sy het skaam gewonder of haar opgewektheid nie dalk iets daarmee te doen het dat Louis nie meer na die partytjie toe sal kan gaan nie. Jaloers hou sy die horlosie dop: dit is nog twee uur se ry huis toe . . . dan . . . dan is hierdie wonderlike twee dae verby.

Louis beskou haar onderlangs. Sy probeer 'n gaap liggies agter haar hand verberg. Louis trek haar aan haar arm nader. "Kom slaap hier teen my skouer."

"Ek is nie vaak nie." Sy vryf haar oë met die rugkant van haar hand.

"Kom sit dan maar net hier by my . . . toe!" Sy rem effe terug.

"Toe . . . ek kry koud."

Sy kyk hom taamlik skepties aan, want dit is allesbehalwe koud. Sy oë terg haar toe hy vinnig in haar rigting loer.

"Toe jy gisteraand koud gekry het, het ek jou warm gehou . . . en . . . my klere is nat. Ek kry regtig koud."

Sy skuif nader sonder om 'n woord te sê en druk haar kop gemaklik teen sy skouer. Sy sug. Nog net 'n bietjie langer as 'n uur, dan sal hierdie droom verby wees . . . dan sal sy hom finaal moet afgee. Louis vat haar hand en trek haar arm om sy lyf.

"Ek het jou darem beter warm gehou . . . Kom, kyk of jy nie beter werk kan doen nie."

Sy antwoord nie, leun net stil en rustig teen hom aan, met haar arm styf om sy lyf.

Louis probeer ook nie weer gesels nie. Toe hy die plaashuis se ligte sien, soen hy haar liggies op haar kroontjie en toe sy opkyk, beduie hy met sy kop na die ligte.

Hester kom soos 'n balletjie by die agterdeur uitgewip.

149

"Ag, my kind, ons was tog so bekommerd!" Sy huil groot, onbeskaamde trane.

Martha druk haar kinders styf teen haar vas en haar skaam laggie sluit vir Louis en Alet in.

"Ek het geweet dit sal niks ernstigs wees nie . . . Meneer en juffrou sal nie dat die kinders iets oorkom nie." Louis sit sy arm om haar skouer.

"Martha . . . dit was amper . . . Ons het nie hierdie dinge in ons hande nie . . . daar bo is 'n Groot Hand wat al hierdie dinge reël en as dit sy wil was dat Willem dalk ernstig moes seerkry, dan sou ons dit so moes aanvaar."

Louis se stem is sag en nederig.

"Boetie! En as Ma se kind nou só praat?" Hester slaan haar mollige armpies styf om Louis se nek en huil hartlik.

"Ou Moeder, en nou?" Louis hou haar styf vas.

"Ag, my kind, die bitterheid het jou ses jaar lank opgevreet en . . . en van jou 'n nare, harde, siniese mens gemaak. En nou, nou praat jy weer soos my kind, my eie kind wat ek self grootgemaak het."

"Mamma!" Louis lag ongelowig terwyl hy haar so 'n armlengte van hom af hou. "Was ek . . . 'n . . . 'n baie onsmaaklike mens?"

Hester snik saggies, maar toe sy na hom opkyk, is haar oë vol liefde en baie teer.

"Ja, my kind! Dit was ses moeilike jare . . . Ek wou so bitter graag my kind teruggehad het . . . my kind soos ek hom geken het." Sy druk haar kop teen sy bors. "Maar ek het altyd geweet dat as daar 'n ander liefde in jou lewe kom, dan . . . dan sal dit die ou harde kors wegsmelt."

Trane loop ongehinderd oor Alet se wange. Die twee mense is van niemand anders om hulle bewus nie.

"En . . . en ek was so bang dat jy en Ilze . . ."

Alet draai stil om en stap agter Martha aan die huis in. Sy is bang vir wat sy dalk nog sal hoor . . .

"Sal ek en Ilze wát, ou Moedertjie?"

"Ek was bang . . ." Hester soek na 'n sakdoek en vee sommer met die agterkant van haar hand die trane en die nattigheid onder haar neus weg. "Ek was bang dat jy som-

150

mer eendag met haar sal trou. Sy was nog altyd so gerieflik byderhand . . . en sy . . . sy pas nie by jou nie, my kind. Sy het dit nog nie reggekry om daardie kors om jou hart te laat smelt nie en daarom . . . daarom het ek geweet dat jy nie regtig vir haar lief is nie. Jy sou die harde, verbitterde mens gebly het en daarvoor het ek nie kans gesien nie . . . Nie so 'n verbitterde mens as pa vir my kleinkinders nie . . . Watter soort opvoeding sou jy hulle kon gee . . . jy wat selfs vir God verwyt het vir jou teëspoed?"

'n Nuwe vlaag snikke ruk die mollige figuurtjie. Louis druk haar styf teen hom vas.

"Ou Moetsie!" Hy soen die nat wangetjies. "Ag, nee, ou Ma . . . ek is jammer dat ek so 'n nare bees van 'n mens was en ek belowe . . ." Hy steek sy vinger in sy mond en hou dit in die lug, soos hulle altyd gemaak het toe hulle nog klein was. "Ek belowe plegtig dat Ma nooit ooit weer 'n traan oor my sal hoef te stort nie . . . al gebeur wat ook al." Hy hou haar 'n entjie van hom af weg. "Reg?"

Sy glimlag deur die trane. "Boet . . . en Ilze?"

"Wat van Ilze, ma? Ek het nog nooit trouplanne met haar gehad nie, as dit is wat Ma bedoel."

"Dan is ek baie bly, my kind. Nie dat ek iets teen Ilze het nie. Dit is net . . . Ag, ek weet nie . . ." Sy snuif onvroulik. "Dit is maar net dat sy nie my nommer-een-skoondogter is nie."

"Ooo! En mag ek vra wie is Ma se nommer-een-skoondogter?"

Sy druk sy arms weg en slaan haar een arm styf om sy lyf toe hulle begin instap huis toe.

"Nee, jy mag nie . . . maar as jy nie opskud nie, dan is sy vir jou neusie verby."

Louis gee haar 'n drukkie. "Ma sal maar moet help. Ek het al skoon verleer om te vry."

Hester lag vrolik en spontaan.

"Goed, ek sal jou sê wat! Wanneer almal slaap, kom gesels jy met my, dan sal ek jou vertel wat jy nie moet doen nie!"

Hester onthou skielik van haar ander gaste en drafstap by die deur in. "Alet, hartjie! Waar is jy?"

151

Sy kry Alet in haar kamer besig om haar toiletgoedjies bymekaar te kry.

"Ja, hartjie! Ek dink ook eers 'n lekker warm bad, en dan kom eet julle. Ek sal persoonlik vir jou 'n slaapdrankie aanmaak voordat jy gaan slaap."

Louis loer oor sy ma se skouer.

"Ag, dit is nie nodig nie, Ma. Sy het gisternag heerlik geslaap . . ." Alet se oë blits na hom toe en sy storm dreigend op hom af met haar haarborsel in haar hand.

Louis is die onskuld self, maar hy gee nietemin vinnig pad.

"Sy . . . sy het soos 'n baba geslaap." Hy lag luidrugtig en stap fluit-fluit die gang af.

Hester beskou hom kopskuddend. Sy kan die verandering in haar kind net nie verwerk nie. Noudat sy daaraan dink, besef sy dat die verandering al daar is vandat hy op die plaas aangekom het.

Sy kyk peinsend na Alet en haar gesig versomber toe sy die hartseer gesiggie sien. Hier is fout! Alet is dan hartseer. Sou daar dalk iemand anders in haar lewe wees? Sy het so gehoop dat iets tussen die twee kinders sou ontwikkel . . . veral daar so alleen in die veld.

"Is my kindjie moeg?" Hester kloek soos 'n hen om haar enigste kuiken.

"Ja, tannie, nogal . . . 'n bad sal nou heerlik wees. Dink tannie Martha sal regkom met Willem?"

"O! My aarde . . . Martha!" Hester spring verskrik om en nael so vinnig as wat haar kort beentjies haar kan dra, die gang af. Sy het sowaar skoon van Martha vergeet . . . Maar sy is ook so behep met haar eie kinders . . . Haar eie kinders . . . Dit klink so mooi. Sy staan 'n oomblik stil en rol die woorde saggies op haar tong. Haar eie, eie kinders . . . haar eie meisiekind . . . dalk nog haar eie kleinkinders!

"Martha, mens . . . kom jy reg?" Sy kom haastig by Martha in die kinders se kamer in.

"Ja wat, dankie, Hester. Willem se enkel is net verstuit. Hy sal maar die laaste paar dae op die plaas hier op die stoep moet deurbring."

"Ag, nee! Ma . . ."

"Nou wie dink jy sal jou kan dra, ouboet?" Martha kyk na haar dun armpies en hulle bars almal uit van die lag.

"Weet Ma . . . meneer het vir my van die berg af gedra op sy rug!" Willem lyk so verleë daaroor dat hulle opnuut uitbars van die lag.

Alet week heerlik in die warm bad. Sy was haar hare en vryf dit met die handdoek droog. Sy bestudeer haar seer vel skepties en vryf toe haar gesig met die gesigroom in totdat sy blink soos 'n katjie wat deur sy ma skoongelek is.

'n Blou rokkie met 'n fyn wit blompatroon hang sag en vroulik om haar. Tannie Hester stel voor dat sy sommer haar kamerjas aantrek, maar daarvoor sien sy darem nie kans nie . . . nie voor Louis nie.

Die hongerkrampe op haar maag laat haar vinnig speel sodat hulle kan aansit vir ete.

Heerlike, stomende borde sop en dik snye vars brood staan al vir hulle en wag toe hulle by die eettafel kom. 'n Bak groenmielies wag stomend in die middel van die tafel, net ingeval iemand nog 'n leë plekkie iewers het.

Alet val, soos die kinders, hongerig weg en niemand mors tyd met gesels voordat die borde leeg is nie.

Die bak groenmielies gluur vir Alet soos 'n bose verleiding aan, want as sy Esau was, sou sy maklik haar geboortereg vir 'n groenmielie verkoop het. Haar maag protesteer dat hy nie meer 'n enkele groenmielie kan inkry nie, maar daaraan steur sy haar min en steek onbeskaamd haar hand uit vir die derde een.

Truia staar haar ongelowig aan en bars uit van die lag.

"Juffrou . . . is juffrou nie bang daardie mielies sal by juffrou se ore uitsteek nie? Ek is seker daar is nie meer plek in juffrou se maag nie."

"Ek weet, Truia, en ek doen nou regtig sonde!" Sy trek haar hand terug en oorweeg eers die saak, maar steek hom toe maar tog uit en neem nog 'n mielie.

"Ek sal nooit vannag 'n oog toemaak as ek weet daar was nog 'n mielie en ek het dit nie geëet nie."

Willem beskou haar ernstig voordat hy ook sy woordjie waag.

153

"Ja, meneer sê reeds juffrou is so swaar. Maar ek dink ná al hierdie mielies sal hy glad nie vir juffrou kan dra nie."

Alet loer verleë na Louis wat skaterend lag.

"Nou, hoekom het jy dan vir Alet gedra?" Die nuuskierigheid maak Hester se ogies blink en lewendig.

Louis moet maar noodgedwonge die hele verhaal vertel. Die uiteinde van die saak is dat Alet almal se simpatie en bewondering het en Louis se spiere weer eens in die gedrang kom.

Met sy oë hunkerend op die skoon, blink gesiggie aan die oorkant van die tafel, lag Louis maar net goedig saam.

Die kleingoed word nie eens wakker van al die rumoer nie. Dit is egter lank ná middernag voordat die huis stil raak en die klompie "drosters" veilig en warm in hul eie beddens lê.

Alet probeer haar Bybel by die flikkerlig van die lamp lees. Sy is egter so moeg dat haar oë nie vanaand die fyn lettertjies kan ontsyfer nie. Sy bêre maar die Bybel en besluit om liewer môreoggend twee stukkies te lees; niks sal tog nou deurdring tot haar moeë verstand nie.

'n Ligte kloppie aan haar kamerdeur laat haar vinnig regop sit.

Dit is seker tannie Hester met die warm melk en slaapdrankie; sy het belowe om dit te bring sodra sy in die bed is.

"Kom maar binne."

Dit is egter Louis se groot gestalte wat dierbaar bekend in die deur verskyn. Verleë trek Alet die laken tot teen haar keel op.

"Ek . . . ek het gedink dit is tannie Hester!"

Hy glimlag af in die verleë gesiggie.

"Ag, dit is net ek . . . en jy is mos nie vir my skaam nie . . . nie nadat jy gisteraand in my arms geslaap het nie."

Alet laat haar kop verleë sak.

"Moenie . . . Louis!" Die trane spring vanself in haar oë. Sy wil nie hê hy moet daarmee spot nie. Dit was vir haar die wonderlikste oomblikke van haar lewe . . . om sommer net so stil by hom te kon wees.

154

"Ek terg net, meisiekind." Hy sit die glas vinnig op die bedkassie neer en gaan sit langs haar op die bed. Met 'n groot vinger lig hy haar gesiggie op.

"Alet, was dit so erg? Dit was dan vir my . . ."

Sy draai haar gesig uit sy hand en druk dit in haar eie hande. Hy trek haar saggies aan haar skouers nader en druk haar kop teen sy skouer vas.

'n Groot opgewondenheid oormeester hom. Sy is skaam! Skaam vir hom! Hy streel die blink, goudblonde hare. Haar liggaam is sag en warm in sy arms.

Hy hoor sy ma en Martha se stemme in die gang en hy wens dat hy haar kan optel en met haar weghardloop . . . ver weg, waar niemand hulle kan hinder nie.

Hy los haar onwillig en druk haar terug teen die kussings sodat sy in sy oë moet kyk.

"Jy is doodmoeg . . . Kom, drink jou melk, dan maak ek jou lekker warm toe."

Hy hou die glas na haar uit en wag totdat sy alles opdrink voordat hy dit weer by haar neem. Hy trek die beddegoed tot onder haar keel en druk dit om haar vas.

Dan buk hy vooroor en soen haar sag en talmend op haar lippe.

"Lekker slaap, my hartjie . . ." Sy oë begin weer vonkel. "My hartjie, my liefie!"

Skaam maak Alet haar oe toe sodat sy hom nie in die oë hoef te kyk nie.

Louis blaas die lamp dood en stap voel-voel by die deur uit.

Alet probeer alles verwerk wat die afgelope twee dae gebeur het, maar dit is te ingewikkeld. Vir Louis kan sy net nie plaas nie. Hy moes vanaand aan Ilze verloof geraak het, maar weens omstandighede kon hy nie daar wees nie . . . Goed! Wat haar die meeste hinder, is dat hy blykbaar nie ontsteld is daaroor nie.

Sy skud haar kussing reg en draai op haar ander sy. Hier is geen telefoon op die plaas nie. Ilze moes vreeslik ontsteld gewees het . . . seker siek van kommer, maar Louis lag en skerts en terg asof daar niks gebeur het nie.

Sy skud haar kop effens. Sy wens sy is nie so moeg nie. As sy net helder kan dink, sal sy dalk al hierdie dinge verstaan. Miskien sal sy verstaan hoe Louis se ratwerk inmekaar gesit is.

Hy noem haar sy hartjie en sy liefie, soen haar tydig en ontydig, en tog . . . Ag, nee wat! Sy gee die saak gewonne. Môre, wanneer die son skyn en sy nie meer so moeg is nie, sal sy alles ontleed . . .

Louis is nog glad nie lus vir slaap nie. Hy stap na sy ma se kamer.

"Ma!"

"Ja, my kind?" Hester lê hoog teen die kussings op die groot hemelbed. Die maan gooi 'n breë streep oor die blink vloer en spierwit deken en omtower die hele vertrek in 'n sprokiesland.

"Slaap Ma al?"

Hester lag. "Ja, boet, ek slaap altyd so met my oë oop."

Louis kom lê skuins oor die voetenent van die bed.

"Dit klink soos die ou dae, nè, Ma? Dieselfde vraag en dieselfde antwoord."

"Ja, dit is lank laas dat jy snags 'n bietjie by my kom sit en gesels het."

"Ek het baie verloor . . . nè, Ma?"

"Nie so baie nie, my kind. Ma het darem nooit moed opgegee nie. Ek het maar net aangehou met bid . . . al was jy party dae absoluut onmoontlik. Ek het geweet die Here sal jou op sy tyd terugbring na die ou paaie."

"Ma!"

"Ja, boet?"

"Dink Ma sy . . .?" Hy maak ongemaklik keel skoon.

"Dink ek sy is 'n bietjie lief vir jou, boet? Is dit wat jy wil vra?"

Louis knik in die donker.

Hester bly 'n lang ruk stil, asof sy eers haar woorde goed oorweeg.

"Huh, Ma?" Louis kan die ongeduld en benoudheid in sy stem nie keer nie.

"Ek weet nie, boeta. Een mens kan nooit die ander se gedagtes lees nie; 'n mens kan ook nie iemand anders se gevoelens raai nie . . . Maar as ek 'n raaiskoot moet waag, dan sal ek sê ek dink sy is. Maar . . ."

Louis trek die patroontjies op die deken met sy vinger na.

"Maar wat, Ma?"

"Die kind het iewers seergekry. Ek . . . ek is so bang dat dit dalk jy is wat haar seergemaak het."

"Ek . . . ek is nie heeltemal onskuldig nie, Ma. Ek het my in die begin baie swak teenoor haar gedra. Nou lyk dit vir my so onsinnig om haar van allerhande dinge te kon verdink."

"Jou moeilikheid was natuurlik dat jy in elke vrouegesiggie, veral een met blonde hare en blou oë, 'n tweede Elsa gesien het, nè, my kind?"

"Dit was so 'n onnodige vertroetelde haat, Ma . . . en sy . . . sy het net so 'n pynlike ervaring beleef en ek . . . ek het nog sout in haar rou wonde gevryf. Ek het my soos 'n opperste buffel gedra."

"Ek dink jy moet voor begin, my kind, en vir my alles vertel."

Louis luister na sy eie stem, en hoe meer hy vertel, hoe skamer kry hy vir sy gedrag . . . hoe groter raak sy respek vir sy "hartjie" wat nooit Pieter se etiket om enige ander man se nek gehang het nie, wat nie terugbaklei het toe hy haar van allerhande gemene dinge beskuldig het nie.

Die stilte rek tussen hulle nadat Louis klaar vertel het. "Ma . . . Ma sê dan niks nie."

Hester sug diep.

"Wat kan ek sê, my kind? Ek het lus en huil, huil omdat jy so 'n pragtige kind so seergemaak het . . . huil omdat jy jare lank saam met soveel haat en bitterheid geleef het dat dit jou afgestomp het vir die nood van jou medemens."

Louis druk sy kop in sy ma se skoot, soos hy altyd gedoen het toe hy nog 'n seuntjie was.

Hester vryf die donker hare.

"Maar dit weet ons mos darem ook, dat ons Hemelse

157

Vader ons ons oortredinge vergewe. Wie is ons dan om onsself te verwyt?"

Louis sit regop en soen die sagte wang wat klam is van die trane.

"Dit sal swaar gaan om myself te vergewe, maar ek sal probeer . . . veral as ek haar heeltemal verloor het met my onsinnige gedrag."

Hester hou sy hand styf in hare vas.

"Alles sal regkom, seun. Jy moet net mooi en sag wees met haar en, ouboetie . . . Ma se kind moet nou huis toe kom . . . jy en sy."

"Ons sal, Ma. As sy my net wil hê, dan trou ons Desember sodra die skole sluit. En . . . Ma . . . ons sal moet Kaap toe gaan om die skoonfamilie te ontmoet . . ."

Hester lag en klap hom speels teen die blad.

"Nee, toe! Loop tel jou kuikens in jou eie kamer, ek wil nou slaap."

Louis soen haar teer op die voorkop.

"Nag, Mams, en baie dankie. Dankie vir die trekker . . . en die moed inpraat vir Martha . . . en . . . en vir al die jare se knieëwerk wat Ma vir my gedoen het. Ek weet dat die holte in die mat hier voor Ma se bed . . ." Hy sluk en vryf haar hare deurmekaar. "Dit . . . dit is as gevolg van my . . . Ma se verlore seun . . . Dankie, Ma! Dankie vir al die gebede!"

14

Die son baljaar baldadig in Alet se blonde hare wat uitgesprei op die kussing lê.

Hester het al 'n paar keer op haar tone kom inloer, maar Alet slaap die slaap van die regverdiges.

Martha maan die kinders, wat al van vroeg af buite speel, kort-kort tot stilte. Selfs Willem en Truia is al op en sit op die voorstoep.

Willem is maar taamlik bekaf omdat hy nie saam met Susan en Pieter kraal toe kan gaan nie.

"Kan jy perdry, Willem?" Louis staan met 'n opgesaalde perd voor die deur.

Die perd was seker saam met Josua en Kaleb in die Beloofde Land. Sy hare val al plek-plek uit. Sy ore hang en sy tande . . . hulle wás seker tande in die een of ander stadium. Hy waai lui met sy stert, min beïndruk deur die bewondering van die twee kinders.

"Nee, meneer." Willem loer skepties na die perd. Oud ofte nie, 'n perd is 'n perd en hy kan dalk byt.

"Wel, kom, dan tel ek jou op Satan se rug."

"Maar, meneer, ek het nog nooit perdgery nie . . . Ek sal afval."

"Jong, die grootste kuns in hierdie stadium is om hom aan die loop te kry." Hy tel vir Willem gemaklik bo-op die perd se rug.

Louis neem die teuels en stap met Willem in die rigting van die kraal. Willem skommel en skud, maar sit trots op die wollerige perd. Truia draf laggend saam en die ander kinders kom vol bewondering vir hul ouboet nader.

"Kan ons ook maar ry, meneer? Ag, asseblief, meneer!" Louis lag maar net.

"Ou Satan is so lui en oud, hy sal stilstaan sodat julle op sy rug kan sit, maar van die ry-storie weet ek nie so mooi nie."

Louis gee die teuels aan een van die werkers sodat hy vir Willem 'n bietjie van die stoep af kan wegkry, want hy is glad nie beïndruk deur die feit dat hy dalk heeldag daar sou moes deurbring nie.

Hester moet later maar noodgedwonge vir Alet gaan wakker maak sodat hulle kan ontbyt eet.

"Hoekom het tannie my nie lankal wakker gemaak nie? Kyk net hoe laat is dit al."

Hester vee teer die hare van die rosige gesiggie af weg.

"Dit het jou goed gedoen, my hartjie."

Die kinders het net een storie aan ontbyttafel en dit is "die perd". Willem is op hierdie oomblik die kleintjies se grootste held. Sy voet is verbind en dan het hy nog op 'n perd ook gery . . . 'n perd met die naam van Satan!

159

"Jy moet vir Satan sien." Louis knipoog skelm vir haar.

"Dit klink na 'n vreeslike kwaai, wilde perd . . ." Alet sien die vonkel in Louis se oog en speel saam.

"Hy wás 'n vreeslike kwaai, wilde perd . . . maar hy is nou al 'n bietjie makker."

Alet kyk vinnig op haar bord, want die kinders sal haar nooit vergewe as sy vir die kwaai, wilde perd moet lag nie. Aan die manier wat Louis tong in die kies praat, kan sy 'n baie goeie beeld van die "wilde Satan" vir haarself op-tower.

"Ek moet ná die ete na die bure toe ry. Wil jy nie saamry nie, Alet?"

Alet voel hoe die spanning skielik op haar maag saampak. Is "die bure" dalk Ilze?

"Ek sal liewer vandag hier by tannie Hester wil bly . . ."

Dit is egter Hester wat tot Louis se redding kom.

"Ag, ry tog maar saam, hartjie. Dit is heerlik buite. Alles is so skoon en fris ná die reën en die gras en bome wat verlede week nog vaal en dor was, het al klaar 'n groen skynsel."

Alet sien regtig nie kans om vir hom en Ilze by mekaar te sien nie . . . nie so gou al nie.

Louis hou haar onderlangs dop. Hy buk effens oor na haar kant en saggies, sodat net sy kan hoor, fluister hy vir haar: "Asseblief . . ."

Sy kyk vinnig op na hom. Sy oë is sag en warm op haar. Haar hart maak allerhande kaperjolle en sy druk haar hand vinnig onder die tafel in om die impuls om hom sag teen sy wang te streel, te onderdruk.

"Goed. Ek hoop net nie ons sit iewers in die nat, klewerige modder vas nie."

"Nee wat! Dit het nie hierlangs so baie gereën nie."

Die veld is regtig mooi en skoon; alles lyk so nuut en vars. Selfs Louis se vrolike fluit pas by die natuur aan . . . so asof die reën ook al die spinnerakke uit sy lewe gewas het.

Alet kyk stil na sy vrolike gesig en wonder heimlik wat dit is wat hom so gelukkig maak dat hy jare jonger lyk.

"En as jy my nou so sit en beskou? Wat is jou bevinding, juffrou?"

Alet bloos, maar sy tergende bui werk aansteeklik op haar in. Sy was in elk geval nog nooit 'n mens wat lank in allerhande terneergedrukte buie kon verkeer nie. Die lewe is mooi en saam met die hartseer of swaarkry, was die uitkoms vir haar nog altyd net so ver as haar binnekamer en haar Bybel.

Sy sug eers liggies. Vir hierdie ongevraagde liefde wat sy ook nou sal moet afstaan, sal daar weer 'n plaasvervanger wees . . . enigiets, al is dit net 'n onderwyspos op 'n ander plek of selfs 'n kind wat haar nodig het.

"My bevinding, meneer? Wel, ek sien 'n oujongkêrel wat begin bles word. Sy haartjies word vinnig grys, sy magie gaan binnekort begin uitstoot, sy onderlip is lank van heeldag met die skoolkinders en onderwyseresse raas . . . hy het so 'n suur plooi tussen sy oë . . ." Sy klap haar tong om verder lekker uit te brei.

Louis skater dit uit van die lag. Hy beskou haar vlugtig voordat hy weer in die pad kyk.

"En raai wat sien ek . . .?" Sy oë begin vonkel. Sonder om op 'n antwoord te wag, begin hy praat. "Ek sien 'n pragtige, fyn mensie. Haar hare skitter soos goud as die son daarop skyn, haar oë is groot en blou soos die Suidwes-hemel ná die reën. Haar hart is sowaar ook van goud. Sy . . ." Die vonkel in sy oë word sagter en die glimlag verdwyn van sy gesig. "Sy is die wonderlikste mensie wat ek nog ooit teëgekom het. Sy . . ."

"Ag nee, Louis, nou raak jy stuitig."

"Ver daarvandaan! Vir die eerste keer in my lewe is ek baie, baie ernstig. Ek . . ."

Die verraderlike rooi gloed sprei oor haar hele gesig.

"Jy weet, ek het gedink dat die wêreld my iets skuld omdat my meisie my in die steek gelaat het voordat sy verongeluk het. Ek het dit op almal uitgehaal, veral op jou . . ." Hy bly lank stil en kyk voor hom in die pad. "En al die tyd is jy deur dieselfde meule . . . net joune, jou wonde, was nog rou en seer. Oor myne het daar al 'n dik roof gegroei."

161

Hy kyk nie na haar nie, sit net 'n oomblik lank sy hand op hare neer. "Groot ou buffel wat ek was . . . Ek het toe al vergeet hoe seer dit is, jou nooit probeer help nie, net seergemaak."

"Ag, Louis, dit was regtig nie so erg nie. Ek het my darem ook party dae baie kinderagtig gedra. Soos die aand wat ek alleen na die Venters toe was en toe so laat terug is huis toe. Ek wou nie hê Willempie moes saamstap nie, dit was so koud. Ek kan jou nie kwalik neem dat jy daardie aand gedink het daar skeel iets met my nie . . ."

"Sien jy? Dit is wat my heeltemal verstom van jou. Jy is altyd bereid om almal te vergewe. Niemand kom jou ooit te na nie . . . jy is maar net 'n slaansak op wie almal hul frustrasies uithaal."

Louis hou voor 'n hek stil. Alet spring uit om dit vir hom oop te maak, dankbaar dat daar iets is om te doen. Die gesprek maak haar verleë en verwar haar heeltemal.

Haar honger hart wil alles indrink wat hy sê; sy wil elke woord vertroetel en haar eie maak, maar haar nugter verstand is 'n rooi lig wat flikker en waarsku: Pas op! Pas op! Jy het vir Pieter vertrou . . . alles geglo, net die beste van hom verwag . . . en toe?

Louis ry deur en sy maak weer die hek versigtig toe. Sy wens dat sy nie nodig het om hierdie gesprek te hervat nie. Sy sal graag eers alleen wil wees waar sy rustig alles kan oordink en ontleed. Sy wil elke woord goed nagaan, die fynskrif lees en herlees en baie seker maak dat sy nie weer haar eie gevolgtrekkings maak nie.

"Hoe ver is dit nog? Is dit na die Friedelingsdorf-hulle toe wat ons gaan?"

"Ja, hulle is ons naaste bure en hul huis is net daar agter die bome; jy sal dit nou sien wanneer ons om die draai gaan."

Die Friedelingsdorf-gesin se huis is ook groot, maar die kunstige smaakvolheid van Louis-hulle s'n ontbreek.

Groot, swaar meubelstukke wat seker nog uit Duitsland gekom het, is volop en pragtig, maar dit staan lomp in die groot vertrekke rond; niks is kunstig gerangskik nie.

162

Ilse ontmoet hulle op die werf, haar blonde hare swaaiend agter haar. Alet verstom haar weer aan die lang, blonde meisie se lenige skoonheid.

"Stouterd!" Ilze slaan haar arms om Louis se nek en soen hom vol op die mond.

Louis loer verleë in Alet se rigting. Alet kyk egter anderpad en maak asof sy hulle nie raaksien nie.

'n Groot knop vorm egter in haar keel en sy moet hard sluk om dit af te kry.

"Ek het gewag en gewag! Ons was so bekommerd, want ons het geweet dat dit iets baie ernstig moet wees wat jou hier weggehou het."

"Ons het 'n bietjie teëspoed gehad. Willem, die seun wat daar by ons kuier, het sy enkel verstuit op die berg en met die gesukkel het die reën ons daar vasgekeer. Jy weet mos hoe lyk dit daar as dit reën."

"Ek het so iets vermoed, maar ek was nogtans rasend van bekommernis. Ek was bang dat jy dalk seergekry het."

"Skaam jou, Ilze. Sou dit nou juis 'n verskil gemaak het as dit ek was in plaas van Willem? Die arme kind het baie pyn gehad en ons het maar 'n kommervolle tydjie deurgemaak."

Ilze haak besitlik by hom in en ignoreer Alet heeltemal.

"Kom ons stap huis toe sodat Mamma jou onder hande kan kry omdat jy ons so in die steek gelaat het. Ek het gedink dit is 'n fout, die skielike geryery Spitskoppe toe."

Alet sien die donker frons op Louis se gesig en sy besef dat Ilze nou op dun ys verkeer. In haar hart bejammer sy die vrolike Ilze wat ook maar baiekeer praat voordat sy dink.

Ilze se ma is egter vriendelik en gasvry. Sy sê nie 'n woord oor die partytjie nie, maar bied net heerlike tee en koek aan. Weer eens verstom Alet haar aan die groot hoeveelhede koek wat die Duitsers saam met hul tee en koffie kan geniet sonder dat hulle enigsins daardeur geraak word wanneer dit etenstyd word.

Hulle kuier nie baie lank nie, toe stel Louis voor dat hulle moet ry.

"Ons sal moet gaan." Louis kyk direk na Ilze. "Ek wou

darem net om verskoning kom vra dat ek gisteraand nie hier uitgekom het nie . . . maar daar sal weer partytjies wees en ek het geweet julle sal verstaan."

Alet wonder in haar enigheid of Ilze wel verstaan, want sy is skielik nors en sonder haar vriendelike glimlag.

Ilze staan vinnig op. "Ek wil net eers gou vir jou iets gaan wys, Louis." Sy kyk in Alet se rigting. "Sal jy ons net 'n oomblikkie verskoon, asseblief?"

"Seker." Alet draai na mevrou Friedelingsdorf en gesels vriendelik asof dit haar nie in die minste kan skeel of sy welkom is of nie.

Louis en Ilze verdwyn deur die voordeur en Alet sien deur die venster hoe Ilze 'n entjie van die huis af tot stilstand kom en na Louis draai. Sy gesels blykbaar alleen en van al die handgebare kan Alet aflei dat sy baie ongelukkig is oor iets.

Hulle verdwyn later uit die gesigsveld en dit voel vir Alet soos ure voordat Louis weer sy verskyning maak. Ilze is nie by hom nie en Alet kyk bekommerd na hom. Sy gesig is egter stil en geslote.

"Ons moet gaan." Hy probeer nie om hul lang afwesigheid te verduidelik nie.

"Dankie vir die tee, tante Renate." Alet hou haar hand na die Duitse vrou uit.

Louis soen haar liggies op die wang. Sy vra nie waar Ilze is nie, lewer ook geen kommentaar omdat sy hulle nie kom wegsien nie. Sy vermoed iets en besluit om nou niks te sê nie.

Louis gee haar skouer 'n ligte drukkie.

"Ek . . . ek is jammer, tante Renate."

Sy kyk hom begrypend aan. "Ek verstaan, Louis. Ek het haar al gewaarsku . . . Moenie jou te veel daaroor bekommer nie."

Alet stap vooruit en klim solank in die bakkie om vir Louis en mevrou Friedelingsdorf 'n kans te gee om alleen te gesels.

Louis kyk die Duitse vrou dankbaar aan. Sy glimlag skeefweg.

"Sy is my kind . . . ons verwerk dinge baie gou en prak-
ties."

"Nogmaals, baie dankie, ook vir wat u nog gáán doen."

Alet staar stil voor haar uit. Die seer hier binne-in haar
maak haar stomp en dom. Dit klop soos 'n sweer en sy sug
diep en verlore.

Daar lê vir haar ook weer 'n tyd van eensaamheid en
hartseer voor. 'n Tyd van huis skoonmaak hier binne-in,
weggooi en aan die kant maak. Die seer van uitskeur wat
dierbaar is, is nog gevoelig vir haar en sy besef met stille in-
sig en berusting dat wat sy reeds beleef het, net 'n gedeelte
is van wat gaan kom.

Sy knip die trane vinnig weg toe sy vir Louis sien aan-
kom. Sy groot gestalte kom vinnig na die bakkie toe aan en
die liefde vir hierdie groot man klop swaar en brandend in
haar. Hoe gaan sy dit ooit verwerk kry? Waarheen gaan sy
nou vlug? Sal daar op hierdie aarde 'n plek ver genoeg wees
waar sy hierdie keer haar wonde, wat duisend maal erger
gaan wees, kan lek?

Hulle ry in stilte terug huis toe, elkeen besig met sy eie
gedagtes.

Louis voel gemeen en kwaad, asook hartseer, dat hy 'n
mooi vriendskap so moes beëindig. Hy kon net nie anders
nie, hy moes vir Ilze die waarheid vertel, vir haar vertel dat
hy nog nooit vir haar lief was nie – lief soos wat 'n mens vir
iemand lief is met wie jy jou lewe wil deel.

Hier diep binne is darem die troos dat Ilze nooit baie
intens voel nie. Sy is 'n vrolike, dartelende mens wat, soos
Gerhard, net altyd in die sonskyn van die lewe wil wees.
Hulle vermy die donker skaduwees van hartseer en vertoef
nie baie lank daar nie.

Tante Renate se woorde is salwend op sy deurmekaar ge-
dagtes. Hy loer sydelings na Alet wat stil in haar hoekie sit.

"Iemand jou kos afgeneem?"

Op die oomblik is Alet kwaad. Hy is stil en nors omdat
sy meisie met hom geraas het omdat hy nie gisteraand by
die partytjie was nie. Nou wat wil hy nou hê moet sy doen?
Lag daaroor?

165

"Gmf!" Sy snork onvroulik.

"Nou wonder ek wat dit beteken?"

"Jy kan wonder! Jy kan wonder totdat die maan pienk opkom."

"Nou wat het ek nou weer gesondig?" Hy kyk haar kamma seergemaak aan.

"Niks nie, meneer Erlank, jou stralekransie blink nog net soos gister en eergister."

Louis se glimlag word breër. As hy darem net met sekerheid kan weet of hierdie skepseltjie nie dalk jaloers is op Ilze nie, dan sal hy bitter graag haar siel nog 'n bietjie wil versondig. Maar sy sake is so deurmekaar dat hy liewer nie sal kanse waag nie. Gerhard is ook nog daar. Hy sal baie seker moet maak of Gerhard nie dalk al die hele prentjie vol staan nie. Hy dink in elk geval sy kanse is maar bitter skraal, skraler as die bergwindjie in Mei.

Louis soek nie weer met Alet skoor nie. Dit duur egter nie vreeslik lank om hom weer in sy vrolike, terglustige luim van die oggend te kry nie. Alet skryf sy luim maar toe aan sy ma se lekker kos en die heerlike ontspanne atmosfeer wat saam met die Sabbatsvrede om die huis hang.

Almal is versadig ná die heerlike ete en niemand maak kapsie toe daar voorgestel word dat hulle 'n bietjie moet gaan rus nie. Alet beskou dit as 'n gulde geleentheid om haar deurmekaar gedagtes te gaan orden. Gewapen met 'n kussing, kombers, sonhoed en boek sluip sy stilletjies weg na die dam toe.

Louis hou haar uit die groot stoel op die stoep dop en ná 'n paar minute slenter hy stadig agterna . . .

Alet leun gemaklik teen die boomstam, haar boek vergete op haar skoot, en staar ver oor die dam.

Die voëltjies kwetter rustig en elke nou en dan kom van die plaasgeluide lui en veraf na haar toe aan.

"Hoekom slaap jy nie?"

Alet ruk soos sy skrik.

"Hoekom slaap jy nie? Ek het gedink julle slaap almal," sê sy. Louis kom sit by haar op die kombers.

"Ek is nie baie lief vir 'n slapie in die middag nie, maar my ma dring nog al die jare daarop aan."

Sy lag.

"En my ma! Ons het ons eerste slae gekry net omdat ons Sondagmiddae nie wou gaan slaap nie."

"Ek wonder darem of jy ooit pak gekry het . . ." Louis se gesig is hier naby hare.

"Wie, ek? Gereeld!"

"Ek dink nie so nie. Ek dink nie iemand sal dit oor sy hart kry om aan jou te slaan nie."

"Gmf . . . aan die begin van die jaar wou jy dit self graag doen."

"Jy gaan my darem nie gou vergewe nie . . . nè, my hart-jie?"

"Jy begin weer met jou lawwigheid!" Sy bly verleë stil toe hy haar hoed afhaal en langs haar neersit terwyl sy bruin oë hare gevange hou.

"Alet, hoekom mag ek nie vir jou so sê? Is dit . . . is dit omdat Gerhard jou so noem?"

"Gerhard?" Alet is opreg verbaas. "Wat het Gerhard daarmee te doen?"

"Hy het destyds gesê hy wil nog vir jou 'n baie belangrike vraag vra . . ."

Alet frons. Dan onthou sy: die dag in die kantoor, toe Louis so verskriklik kwaad was.

"Jy ken tog vir Gerhard. Hy is altyd 'n nar. Hy bedoel nie die helfte van die dinge wat hy sê nie."

Louis maak asof hy nie die lang verduideliking hoor nie.

"Het hy toe die vraag gevra?"

"Nee, Louis . . . ek . . . ek dink nie so nie." Sy dink diep na. "Om die waarheid te sê, ek weet nie. Hy praat soveel bog dat ek hom die helfte van die tyd nie ernstig opneem nie."

'n Diep blydskap spring in Louis op. Dan was dit nie vir haar belangrik nie, dan het hy tog 'n kans!

Al geluk dit hom nie vandag nie, sal hy nie ontmoedig word nie. Hy sal aanhou en haar leer wat liefde is; sy sal vir hom ook so lief moet word soos hy vir haar. Hy wil nie meer verder so alleen lewe nie, ook nie met iemand anders nie . . . net met haar!

Hoekom, wonder Alet, neem hy haar nou onder kruisverhoor? Het hy vandag die groot vraag gevra en wil hy dit op hierdie manier vir haar vertel?

"Het jy toe vanoggend die groot vraag gevra?"

Louis kyk haar onbegrypend aan.

"Ilze het destyds vir my laat verstaan dat julle tydens haar verjaardagpartytjie gaan verloof raak. Dus, ek weet daarvan, jy kan maar jou geheim met my deel."

Sy kyk nie na hom nie, bang dat hy die seer in haar oë sal sien; sal sien hoe swaar en moeisaam haar hart klop; sal sien hoe die trane stadig in haar oë opdam.

"Alet!"

"Hmmm . . ." Sy kyk na haar hande.

"Kyk na my." Sy skud haar kop en bly na haar hande kyk asof haar oë daar vasgegroei het.

"Sou jy . . . sou jy dan omgee . . . as ek verloof geraak het?" Hy lig haar gesiggie met sy vinger op. Blink trane rol stadig oor haar wange tot in sy hand.

Met verwondering kyk hy daarna. Dan buk hy stadig vooroor en soen die trane liggies op albei wange weg. Sy oë is hier by hare, haar mond net 'n asemteug van syne af. Sy lippe bewe op hare.

"Sou jy, my liefling?"

'n Droë snik ruk haar liggaam en sy knik verwese. Sy gee nie meer om nie. Laat hy dan maar weet hoe diep sy seerkry. Dit sal nou nie meer saak maak nie. Sy kan dit tog nie meer wegsteek nie, nie vir hom nie en ook nie vir haarself nie.

Sy snak na asem toe sy wild teen die breë bors vasgetrek word.

Hy soen haar oë en haar nat wange. Sy vingers kruip tussen haar hare in en span om haar agterkop voordat sy lippe warm en besitlik op hare neerkom. Haar arms kruip styf om sy lyf en sy klou aan hom vas.

"Louis! O, Louis . . ." Haar asem is net 'n fluistering hier by sy mond.

Sy is sag en warm in sy arms. Hy wil haar vir altyd en altyd net so vashou. Hy hou haar 'n oomblik 'n entjie van hom weg om te kyk in die groot blou oë waarin 'n hemelse lig aangesteek is, net om haar dan weer wild terug te trek in sy omhelsing.

"Alet . . . ek . . . ek kan dit nie glo nie!" Hy fluister sag hier by haar oor. "Sê dit self vir my, sê vir my dat jy vir my ook lief is . . . so verskriklik baie soos ek vir jou!"

"Baie meer . . . sommer van lankal af. Ek weet nie eens wanneer dit begin het nie. Ek weet net dit was heerlik om ná die vakansie op ou Walvisbaai terug te wees."

Louis soen haar mond terwyl sy probeer praat, maar sy druk hom liggies weg.

"En Ilze dan, Louis?"

"Ilze, my engel, was nog altyd net 'n vriendin van wie ek blykbaar skaamteloos misbruik gemaak het. Ek het nooit besef dat sy dalk 'n ander betekenis aan ons vriendskap sou kon heg nie . . . nie totdat sy my daarvan beskuldig het dat ek haar aan 'n lyntjie hou nie."

'n Uur later sit hulle nog steeds in hul eie droomwêreld onder die boom.

"En ons gaan vir Martha en die kinders ook saambring van Walvisbaai af – wanneer ons getroud is."

Hy soen haar liggies op haar neus toe sy hom onbegrypend aanstaar.

"Hier op Usakos is ook 'n skool waar die kinders kan skoolgaan en hier is baie spoorweghuisies te huur vir Martha en die kinders. Ons kan selfs vir Martha hier 'n werkie in die hande kry, dan kan sy en die kinders naweke en vakansies by ons kom kuier."

"O, dit sal wonderlik wees! Ek sou baie hartseer wees om hulle op Walvisbaai agter te laat. Maar wat van tannie Grieta?" Alet voel skuldig omdat sy hierdie vakansie amper nooit aan haar gedink het nie. Dierbare ou tannie Grieta; sonder haar, weet Alet, sou sy nie die mas opgekom het nie – veral in die begin . . .

"Tannie Grieta?" Louis lag. "Sy is soos my tweede ma, kom amper elke skoolvakansie saam om by Ma te kuier. Sy sal net so bly soos Ma wees oor die skoondogter . . . het jou lankal vir my uitgesoek! Jy weet, my liefie, ek het jou al so deurgekyk. Jy sal almal wat hulp nodig het, om jou versamel. Voordat ek my oë uitvee, het ons 'n weeshuis hier op die plaas."

Hy staan op en trek haar aan haar hande op.

"Kom ons gaan vertel vir Ma. Sy sal verskriklik bly wees." Hy vou haar eers weer styf toe in sy arms en dit duur 'n hele rukkie voordat hulle aanstap huis toe.

Hester sien hulle aankom van waar sy op die stoep sit. Die manier waarop hulle mekaar se hande vashou en Louis telkens 'n soentjie op haar hare of neus plant, laat haar vinnig opstaan en hulle tegemoetloop.

Louis sien haar aankom en lag uitgelate. Hy fluister saggies in Alet se oor: "Kyk vir my ou moedertjie . . . Sy het 'n snuf in die neus gekry en die ou oë is nie meer so goed nie . . . sy moet darem nou kom seker maak."

"Sies, Louis, skaam jou! Ek kon jou gerus vermoor het die eerste aand toe ek sien hoe ingenome sy met die kinders is wat vir haar 'ouma' sê. Ek wou sommer jou skeen onder die tafel nerfaf skop omdat jy net aan jouself dink en nie haar hartewens vir haar wil gee nie."

"En wat is dit?"

Alet trap volspoor in die slagyster.

"Haar eie kleinkinders!"

"Sal ons . . . ek bedoel, kan ons maar vir haar sê ons sal haar hartewens vir haar vervul . . . soos 'n jaar van nou af?"

"Ag, Louis!" Alet is bloedrooi in die gesig.

"Hmmm, my hartjie . . . of mag ek nog nie so sê nie?"

Alet lag, gaan staan op haar tone en slaan haar arms styf om sy lyf. Sy hou haar gesig op na hom en ten aanskoue van almal op die stoep en Hester wat omtrent tien tree van hulle af is, soen sy hom op die mond.

"Nou mag jy maar. Ek kon dit net nie verdra om te dink jy sê sulke dinge en jy bedoel dit nie."

Louis druk haar styf vas. Hester gil uit van plesier terwyl sy met haar kort beentjies op hulle afstorm. Sy slaan haar arms om hulle albei en lag en huil tegelyk.

170

"Ma se ou groot seun . . . Jy kan toe sowaar 'n nooi aan-keer!"

Louis staan trots en wag om gelukgewens te word.

Hester soen hulle en vee onbeskaamd die trane met die agterkant van haar hand weg.

"Is dit toe sy? Ma se nommer-een-skoondogter?"

Hester knik laggend en druk trots tussen hulle twee in sodat sy haar arms om albei kan kry.

Louis lag gelukkig.

"Ek het sommer geweet! Toe ek eers hoor sy is Ma se hartjie, toe het ek geweet sy moet my liefie wees . . . die twee pas by mekaar!"

Die voorskootbataljon

1

"Meneer, ek is bevrees ek verstaan dit nog nie ... Sal u omgee om dit asseblief weer te verduidelik?"

Anna Joubert skuif vorentoe, tot op die punt van die stoel. Haar hele liggaam is gespanne, haar hande geklem om die bruin handsak.

"Mevrou, ek het dit tog reeds in my brief verduidelik. U erf net 'n gedeelte van Standersfontein. Op dié gedeelte is 'n woonhuis en die nuwe eienaar is bereid om met u te onderhandel om u gedeelte by u te huur of te koop."

"Ja, meneer Visser, dit verstaan ek. Maar . . . maar in u brief het u nie gemeld dat ek net tien hektaar grond erf nie. Ek . . ." Anna lek oor haar droë lippe en loer bekommerd na Karlien wat doodsbleek voor haar op die tafel staar.

Jan Visser speel ingedagte met die potlood tussen sy vingers.

"Ek is op Standersfontein gebore . . . ek het daar grootgeword. Ek ken die plaas en ek weet hoe lief my pa vir daardie stukkie grond was. Dit was sy hele lewe!" Haar hande gaan in 'n magtelose gebaar in die lug op, val dan weer hulpeloos in haar skoot terug.

"Ek kan verstaan dat hy dalk 'n verbond sou neem op die gedeelte van Standersfontein wat hy later jare aangekoop het, maar . . . dat hy op die oorspronklike plaas 'n verband sou neem, is nie vir my aanvaarbaar nie. Hy sou eerder een van die ander . . ." Anna kyk hom pleitend aan.

"Ek dink ek verstaan, mevrou. U voel dat hy liewer van die plase wat hy later aangekoop het, sou verkoop in plaas van om 'n verband op Standersfontein te neem," sê Jan Visser geduldig.

"Ja, dit is wat ek bedoel. Dit moes 'n geweldige groot

175

besluit vir hom gewees het . . . hy moes in 'n baie groot finansiële verknorsing gewees het om so iets te doen."

Die prokureur sug. Hy het verwag dat hier 'n uiters plofbare situasie gaan ontwikkel.

"Mevrou, ek dink nie dit alles is nou ter sprake nie. Al wat wel ter sprake is, is dat u net 'n gedeelte van Standersfontein geërf het."

Anna skud haar kop in magtelose ongeloof.

Toe sy die brief van die prokureur ontvang het waarin sy aangewys is as 'n mede-erfgenaam, het sy nie een oomblik daaraan getwyfel dat dit die gedeelte met die woonhuis op die oorspronklike Standersfontein is nie. Nou blyk dit dat dit net die huis en tien hektaar grond is.

Volgens meneer Visser is daar geen kontant in die boedel oor nie. Daar was 'n verband op Standersfontein en die verband is opgeroep drie maande voor haar pa se dood. Toe is 'n koopkontrak geteken en die plaas is vir die bedrag van die verband aan die eienaar verkoop.

"Ek . . ." Anna stotter en lek oor haar lippe. "Standersfontein was altyd 'n pragtige plaas en my pa het nooit finansiële probleme gehad nie . . . Ek weet nie wat om te dink nie."

"Mevrou, u was baie lank gelede hier by u vader, nie waar nie?" vra Jan Visser.

Anna laat haar kop 'n oomblik in skaamte sak. Sy lig haar wimpers stadig op en stoot haar ken verdedigend vorentoe, terwyl sy Jan Visser vierkant in die oë kyk.

"Dit is lank gelede, meneer Visser . . ." Sy dink 'n bietjie na. "Dis seker byna twintig jaar."

Jan Visser kyk op sy hande, want hy wil nie hê hulle moet die verwyt in sy oë sien nie.

"Wel, mevrou, dan is ek bevrees dat ek ook nie graag meneer Stander, wat 'n baie goeie kliënt van my was, se persoonlike sake met u wil bespreek nie. Die beste sal wees om maar te aanvaar dat dit al was wat meneer Stander aan u bemaak het."

"Ons . . . e . . . ons het gereeld gekorrespondeer, veral nadat sy tweede vrou oorlede is. Ek . . . ek het gereeld ge-

176

skryf, maar ek het van hóm net so een of twee briefies per jaar ontvang . . .” sê Anna en knip die trane weg terwyl sy swaar sluk aan die knop in haar keel.

"Ek is jammer, mevrou. Dit sou dalk beter gewees het as u eers met my in aanraking gekom het, voordat u hiernatoe gekom het," antwoord Jan styf.

"Ons is natuurlik nou in 'n groter penarie as wat ons was," sê Anna en probeer die trane wegsluk.

Jan Visser kyk haar net stil aan.

"Ons het met al ons aardse besittings hier aangekom en Karlien het haar werk bedank."

"Wou u dan self kom boer het, mevrou Joubert?" vra hy reguit.

"Nie ek nie, eintlik Karlien . . ." Sy beduie na die stil meisie wat nog nie 'n woord gesê het nie. "Sy . . . sy het die liefde vir diere en plante van haar oupa geërf."

"Maar mevrou, was dit nie 'n bietjie . . . e . . . hoe sal ek nou sê . . . bietjie halsoorkop gewees om sommer alles te verkoop en hiernatoe te kom nie? U het nog nie eens presies geweet wat u erfporsie is nie."

Anna sug swaar en die lyne keep diep langs haar mond in.

"Ja, meneer Visser, dit was seker. Maar . . . maar dinge het vir ons ook in 'n doodloopstraat beland."

"Ek dink ons moet gaan, Ma!" Karlien se stem klink ver en dof soos dié van 'n ou mens.

"Sit nog 'n rukkie, juffrou, dan bestel ek vir ons tee. Ek dink ons sal hierdie sakie eers deeglik moet bespreek. Ek kan julle nie so aan jul lot oorlaat nie. Julle is net die twee vroue . . ."

"Sewe, meneer Visser," antwoord Anna kalm.

"Ekskuus?" vra Jan Visser verbaas.

"Ek sê ons is sewe vroumense, meneer Visser."

Karlien staan op en stap na die venster. Sy gaan staan met haar rug na hulle toe en probeer om nie verder te luister nie.

Jan Visser kyk na Anna met 'n dom uitdrukking op sy gesig. As Anna nie so verslae was nie, sou sy hardop gelag het.

"Ek het vyf dogters, meneer Visser, en my man se suster Maud woon ook by ons."

Jan Visser laat sy kop moedeloos in sy hande sak. Om so iets onbesonne aan te vang is net wat 'n mens van 'n klomp vroumense kan verwag.

"Ek . . . ek dink ons moet maar liewer gaan. Die meubelwa is reeds hier met die meubels. Ons sal maar sorg dat hulle dit gaan aflaai en . . . en dan moet ons maar die huis in orde kry."

Sy staan op en steek haar hand na hom uit.

"Baie dankie vir al die moeite."

"Wag, mevrou, ek tref net gou reëlings met my sekretaresse en dan sal ek vir u gaan wys waar die huis is."

"Dit is nie nodig nie, dankie, meneer Visser. Otavi lyk nog net soos hy twintig jaar gelede gelyk het. Ek weet waar die huis is."

Jan Visser byt sy onderlip ingedagte vas.

"Mevrou, ek . . . die huis op u gedeelte van die grond . . . is nie die ou plaashuis van Standersfontein nie."

Karlien swaai vinnig om voor die venster en staar hom verslae aan.

Anna sak stadig terug in die stoel, haar oë vasgenael op sy skraal gesig.

"Dit . . . dit is nie?"

"Nee, mevrou."

"Maar . . . is daar 'n huis?" Haar stem is 'n skor fluistering.

"Ja, mevrou, daar is 'n huis."

Karlien skuifel stadig om tot agter haar ma se stoel. Haar hande rus warm en stewig op haar ma se skouers.

"Meneer Visser . . ." Karlien klink baie jonk en onseker. "Die huis . . . hoe ver is dit van die dorp af? U sien . . ." Sy vryf onbewustelik haar ma se skouer asof sy die versekering dat alles reg is, daaruit wil put.

"Sien . . . ons het geweet dat die plaashuis van Standersfontein maar omtrent drie of vier kilometer van die dorp af is . . . My twee sussies moet skool toe gaan en . . ."

"Dit is 'n huis wat u oupa later jare vir die voorman laat

178

bou het. Gelukkig het hy ook kinders in die skool gehad en is die huis sommer hier aan die buitewyk van die dorp. Dit is seker nie meer as twee kilometer van die dorp af nie."

Anna sug verlig.

"Dit is gaaf, want ons sal dit nie kan bekostig om hulle in die koshuis te laat inwoon nie."

Anna staan stadig en stram op soos 'n ou vrou. Karlien ondersteun haar en stilletjies verwens sy haar oupa wat hulle in so 'n penarie laat beland het.

Jan Visser stap saam met hulle na buite.

"Waar is die res van die gesin?" vra hy nuuskierig.

"Hulle is daar in die kafeetjie. Hulle het solank 'n koeldrankie gaan drink. Ons sal hulle sommer nou kry en dan kan ons almal uitry plaas toe."

Jan kyk na die afgeleefde kombi en skud sy kop ongelowig. Hy kan beswaarlik glo dat hierdie motor die hele ent pad van Kaapstad af tot hier kon kom.

"Ek sal voor ry, mevrou. Ek wag daar by die kafee sodat u die ander kan kry," sê hy hoflik.

"Baie dankie, meneer Visser."

Karlien sit 'n oomblik lank met haar hande roerloos op die stuurwiel.

"En nou, Ma?"

"Nee, kind, nou weet ek ook nie . . ." sê sy en sug diep.

"Wel, kon ons om, so kom ons om," sê Karlien en probeer glimlag.

"Ons sal maar vir jou 'n werkie op die dorp moet probeer kry, dit is al."

"Ja, Ma!" Karlien sug. "Maar dit sou darem lekker gewees het om 'n plaas te hê met koeie, hoenders en skape . . ."

Anna pink ongemerk 'n traan weg.

"Jy het al meer as jou deel van swaarkry gehad. As ek tog net nie so hardkoppig was nie en ook maar verder gaan studeer het, dan kon ek self uitgespring het om iets te verdien."

"Dit sal ook die dag wees. Ma is 'n ma en 'n ma bly by die huis en kook vir haar dogtertjies lekker kos en maak vir hulle mooi rokke en basta!"

179

"Ai, Karlientjie, jy is vir my meer werd as vyf seuns."

Karlien vryf liggie oor haar ma se wang.

"Dit is nie wat Ma altyd sê nie," lag sy en aap haar ma se stem na en trek haar gesig op 'n plooi. "As ons tog net 'n man in die huis gehad het!"

Anna lag verleë saam. "Ja, toe maar, as ons 'n man in die huis gehad het, kon jy nou agteroor gesit, jou verlustig het in die leliedammetjies in jou ontwerpertuin en jou diepste drome uitgeleef het . . . Dan het jy nie nodig gehad om soos 'n man te wees nie."

Karlien hou voor die deur van die kafee stil en die twee-ling bondel holdersebolder by die deur uit.

"Gaan ons nou, Karlien? Gaan ons sommer vanaand al op die plaas slaap?" Ester en Orpa, die twaalfjarige twee-ling, praat gelyktydig.

Tannie Maud kom waardig en statig met die treetjies af-gestap. Haar kantsambreeltjie, wat al beslis beter dae geken het, is oopgemaak en fyntjies oor haar skouer gedrapeer om haar wit vel teen die fel Suidwes-son te beskerm.

"'n Mens raas nie so in die straat nie," sê sy en tik die twee blondekoppe liggies met die sambreeltjie voordat sy in die motor klim. "Waar is Susan?" vra Anna.

Karlien wag nie op 'n antwoord nie, maar spring die treetjies twee-twee op om haar te gaan haal.

"Kom, ou sussie," sê Karlien en vat haar liefdevol aan die arm.

Susan sit diep ingedagte deur 'n tydskrif en blaai. Sy lyk lusteloos en moeg.

"O, is julle al hier?" vra sy, staan op en stap agter Karlien aan.

Die tweeling babbel nog aanmekaar toe Karlien in die motor klim.

"As julle tweetjies nou net so 'n oomblikkie stilbly, dan kan ek alles verduidelik en kan almal hoor."

Karlien draai skuins in die sitplek om hulle almal te kan sien. Die erns op haar gesig laat die ander verskrik stilbly.

"Daar was iewers 'n misverstand. Ons het nie 'n plaas geërf nie, net 'n plot. Om die waarheid te sê, dit is net tien

hektaar grond. Daar is 'n huis, maar dit is nie die ou plaas-
huis waarvan Mamma ons vertel het nie. Dit is 'n huis wat
later deur Oupa laat bou is vir sy voorman."

Sy maak of sy nie die geskokte uitdrukking op die ander
se gesigte sien nie en gaan gemaak opgewek voort: "Dit is
nog nader aan die dorp as die ou padstal en daaroor is ons
vreeslik bly. Nou moet ons ry en gaan kyk hoe lyk ons nuwe
koninkryk."

Almal is onnatuurlik stil.

Susan begin saggies huil en Maryna staar onvergenoeg
deur die venster.

"Dit is alles my skuld . . . Ek weet Mamma-hulle het alles
daar in die Kaap net so gelos en hiernatoe gekom om my
in 'n droër klimaat te kry. Dit is hierdie ou nare longe . . .
Hoekom het julle my nie gelos dat ek doodgaan nie? Dit
sou vir almal beter gewees het!" snik Susan.

"Stil, Susan! Moenie vir jou kinderagtig hou nie. Jy is
mos groot!" sê tannie Maud en sy klink vererg, maar sy
druk darem 'n kantsakdoekie in Susan se hand om die trane
te keer.

"Wel, of ons nou hier gaan krepeer van ellende of in die
Kaap in 'n beknopte woonstel, is vir my om 't ewe. Ons was
arm en nou is ons nog armer. Geen kaviaar of varkribbetjie
vir die Jouberts nie!" sê Maryna bitter.

Tannie Maud kap Maryna hard oor die kneukels met die
sambreel.

"Jy maak my siek wanneer jy so sinies is. Buitendien, nie-
mand het gesê jy moet saamkom nie. Die keuse was joune.
Jy het self aansoek gedoen vir 'n pos by hierdie skool."

Maryna staar nors deur die venster. Sy is die oudste van
die Joubert-dogters. Die lewe was nog maar min vriende-
lik met haar en dit het haar suur en onvergenoeg gemaak.
Daar was 'n tyd toe alles vir haar mooi en vol sonskyn was,
maar dit is lank gelede.

"Daar is darem ook nie veel om oor te lag nie, tannie
Maud. Ons het tweeduisend kilometer gery net om dit te
kom hoor."

Tannie Maud ignoreer Maryna se laaste aanmerking en

181

vra vir Anna: "Wat het dan nou skeefgeloop? Die brief het tog uitdruklik gesê julle erf die gedeelte van die plaas met die huis op."

Karlien skakel die kombi aan en ry stadig agter Jan Visser aan.

"Ek sal alles verduidelik wanneer ons eers op die . . . op ons plaas is." Karlien sê die laaste gedeelte met soveel klem dat die ander maar gedwonge saamlag.

Die wêreld is 'n lushof. Alles is pragtig groen en groot bome gooi donker skaduwees oor die rooi grondpad.

Jan Visser ry met sy luuksemotor deur 'n motorhek en draai toe skerp regs. Die ou geel kombi spring en huppel oor die grondpad waarop hulle afgedraai het.

'n Groot kol bome verskuil die huis sodat hulle byna daar is voordat hulle dit raaksien.

Die huis is ruim met 'n groot stoep reg rondom. Alles is vuil en stowwerig en lang spinnerakke hang van die dak af. Dit is duidelik dat daar lank niemand gewoon het nie.

Jan Visser staan verleë terug.

"As ons net geweet het u kom, mevrou, dan sou ek en Johan gesorg het dat alles eers skoon kom."

"Ons sal regkom, meneer Visser," sê Karlien kortaf. Iets klink vir haar nie pluis met die hele storie nie. Hier is 'n groot skroef los en al breek sy ook haar nek, sy sal vasstel wat dit is.

Jan Visser sluit die deur oop en oorhandig die res van die sleutels aan Karlien.

Die huis is 'n groter verrassing as wat Karlien aanvanklik verwag het. Ná die groot teleurstelling vanoggend het sy iets baie erger verwag.

Die huis is gerieflik, maar baie vuil en Karlien wens dat hulle tyd gehad het om eers die mure te verf, voordat die meubels uitgepak word.

Daar is drie slaapkamers, 'n groot sitkamer en 'n eet-kamer. Daar is ook 'n ruim kombuis en 'n badkamer. Die toilet is egter bo-op 'n bultjie naby die huis geleë.

Jan Visser beskou die klomp vroumense met nuuskierige bewondering.

Karlien en Anna neem die voortou deur die huis en maak die kaste en deure oop. Die tweeling het nog nie ingekom nie, want hulle het vinnig om die hoek verdwyn om die werf te gaan verken.

Maryna het tot in die sitkamer gevorder en sy staar deur die stowwerige vensters na buite. Jan kan sweer dat hy die spore van trane op haar wange sien toe sy effens beweeg.

Susan is stil en moeg en sy gaan sit sommer op die stoep op die lae muurtjie en speel ingedagte met 'n takkie.

Tannie Maud staan met haar hand op die steel van die sambreeltjie en bespied die omgewing soos 'n generaal die slagveld.

Jan Visser stap reguit op haar af en hou sy hand na haar toe uit.

"Ek is Jan Visser, mevrou. Ons het nog nie ontmoet nie."

Sy stof eers haar hand liggies met die kantsakdoekie af voordat sy dit na hom uithou.

"Ek is Maud Crawford. My man was lord Crawford." Sy beskou hom effe uit die hoogte en Jan verwonder hom elke oomblik meer aan die eienaardige klompie vroumense wat almal hier saam is en so hemelsbreed van mekaar verskil.

Karlien en Anna kom terug van hul inspeksie.

"Wel?" vra tannie Maud, en bekyk hulle van kop tot tone.

"Nee, dit lyk goed. Dit lyk na 'n heel stewige huis," sê Anna en sy sluk swaar aan die trane. Sy kan die teleurstelling nog nie verwerk nie. Sy het die plaashuis in gedagte gehad. Dit is 'n enorme plek . . . 'n regte ou kasteel. Die plek is massief groot en stewig met koepels en 'n torinkie waarvandaan hulle tydens spesiale geleenthede 'n vlag gehys het.

Sy het haar so ingestel daarop dat hulle elkeen hul eie kamer gaan hê, want die ou plaashuis het nie minder as ses slaapkamers nie. Nou sal hulle maar weer twee-twee in 'n kamer moet bly.

Karlien voel haar hartseer aan en plaas haar arm beskermend om haar ma se skouer.

183

"Daar is niks wat 'n bietjie water en seep nie kan regmaak nie." Sy draai na Jan Visser.

"Meneer Visser, mag ons u 'n groot guns vra? Sal u asseblief vir die meubelvervoerders vra om maar die meubels te kom aflaai. Ons sal intussen begin skoonmaak."

"Seker, juffrou Joubert, ek doen dit met graagte."

By die deur draai hy eers weer om.

"Is daar nie nog iets wat ek kan doen nie? Sal julle regkom met middagete of kan ek vir julle iets bring om te eet?" vra hy hoflik.

"Nee, dankie, meneer Visser." Jan voel aan dat Karlien hom glad nie goedgesind is nie en hy kan raai wat in haar gedagtes omgaan. Die hele aangeleentheid klink ook so verdraai dat hy haar nie juis kwalik neem nie. Hy draai dus maar na Anna.

"Ons sal regkom, dankie, meneer Visser. U . . . u was werklik baie vriendelik."

Hulle staar hom almal stilswyend agterna totdat die motor om die draai agter die bome wegraak.

"Wel, komaan! Julle het nie jul handjies die saligheid belowe nie. Hier is baie werk in hierdie vuil huis," sê Karlien en probeer opgewek klink, maar sy is self baie na aan trane.

"Ester! Orpa! Kom, kom, julle twee: dit is skoonmaaktyd!" roep sy.

"Ag! Karlien, kan ons nie maar hier buite speel nie?" vra hulle pleitend.

"Nee," sê sy en skud haar kop beslis, "ons sal hierdie hooi saam moet aandurf, anders slaap ons vannag in ou Betta."

Die tweeling kom skoorvoetend nader. Hulle is baie beslis nie lus vir werk nie, maar vir ou Betta is hulle nog minder lus; nie ná tweeduisend kilometer vasgedruk tussen al die bagasie binne-in die ou kasarm nie.

Karlien gaan haal 'n emmer, besems, stoflappe en allerhande skoonmaakbenodigdhede uit die kombi. Hulle moes nog eers die woonstel skoonmaak nadat die meubels gelaai is en toe het hulle hierdie goed sommer in die kombi ge-

184

laai. Nou is dit gerieflik beskikbaar sodat hulle solank kan begin skoonmaak voordat die meubels kom.

"Ons begin eers by die sitkamer. Hulle kan dan die meeste meubels hier inpak en sodra daar dan 'n ander vertrek skoon is, kan ons die meubels daarheen verskuif," sê Karlien, swaai die besem soos 'n geweer oor haar skouer en stap toe al singende die huis binne.

"Gmf, dit klink vir my meer na die troumars," sê Ester en skop vies na die emmer.

"Dit sal seker vir jou na die troumars klink, want julle twee se koppe is mos vol muisneste!" troef Karlien haar.

Anna en Maryna laai solank die tasse uit die motor en pak dit eenkant op die stoep. Hulle maak van die tasse oop en Anna soek na 'n voorskoot. Sy bind 'n rooi geruite een om haar middel en soek toe verder totdat sy nog een kry.

"Hierso, Maud, sit sommer een van my voorskote aan."

Tannie Maud kyk skepties na die blou geruite voorskootjie.

"Nee dankie, mens. Ek is 'n groot vrou en ek kan nie so 'n flentertjie ding aansit nie, dit sal niks help nie."

Sy haal 'n oorrok uit haar eie tas wat haar van haar kuiltjie tot haar rok se soom bedek.

Susan neem 'n verestoffer en begin lusteloos in die vensterbank vroetel.

"Santjie! Los jy maar, my kind. Gaan sit liewer op die stoep, dan rus Ma se kind 'n bietjie," sê Anna simpatiek.

"Ag, nee wat, Mamma. Ek is nie moeg nie, ek is sommer net sleg," sê sy verskonend en probeer toe 'n bietjie meer entoesiasties afstof.

Maryna en Karlien trek hul skoene uit en rol hul denimbroeke se pype op tot onderkant die knieë. Tannie Maud kry iewers twee doekies en bind dit om hul hare. Hulle vee woes en met mening sodat die stofwolke by die venster en deure uitborrel.

Tannie Maud beskou die klomp meisies, wat so fluks aan die werk is, met trots in haar oë. 'n Skewe hartseertrekkie kom lê om haar mond.

Dit is darem so jammer dat hier nie 'n man in hierdie

huis is nie. Hierdie klomp meisies sou hom tot in die af-grond bederf het. Hulle kan soos 'n goed afgerigte span in volle harmonie saamwerk. Dit kon haar nog altyd verstom hoe hulle elkeen sommer net weet wat om te doen. Daar is geen oormekaarvallery nie.

Sy soek met haar oë tussen die dogters na Anna. Sy het 'n emmer water en is besig om die mure te was. Om hard te werk het hulle by hul ma geleer. Pieter Joubert, haar broer, was 'n ou dromer, 'n idealis. Hy het dit nie baie ver gebring nie. Hy was 'n goeie, godvresende mens en baie lief vir sy vrou en dogter. Hy was egter nie ryk nie en Anna kry swaar vandat daar nie meer 'n vaste inkomste is nie.

Soos sy kan aflei, was Anna se pa destyds baie ongelukkig oor die troue. Hulle was ryk en invloedryke mense en Anna het toe kans gesien om uit die skool te gaan en met Pieter Joubert, 'n bankklerk, te trou.

Haar pa het haar blykbaar later vergewe en hulle het weer versoen geraak, maar ná Anna se ma se dood is haar pa weer met 'n bloedjong vrou getroud. Die vrou het daarby nog 'n seuntjie gehad. Anna kon die vrou nie in haar ma se plek aanvaar nie en dit het haar van haar ouerhuis vervreem.

Tannie Maud sug, tel die emmer op en stap na die kom-buis om vir haar ook te gaan water haal.

Sy gaan staan langs Anna en kyk eers weer 'n slag hoe sy skrop dat die skuimbolle so staan. Dit is 'n vreugde om hierdie vrou te sien werk. Sy is nou wel nie geleerd nie, maar 'n uithalerhuisvrou! Sy doen al die huiswerk met so-veel oorgawe dat 'n mens altyd lus het om haar te help.

Tannie Maud trek haar geel plastiekhandskoene aan en vryf die vingers een-een plat.

Haar man is ook 'n paar jaar gelede oorlede. Sy het nie kinders van haar eie nie en Pieter het gesoebat dat sy by hulle moes kom bly. Sy wou nie terwyl die vyf meisies nog in die huis is nie. Dit was eers ná Pieter se dood dat sy tog maar haar intrek by hulle geneem het. Geleidelik het sy ook maar deel van die huisgesin geword.

Die vroue werk in doodse stilte. Die stof is ook so erg dat niemand lus het om te praat nie.

Die gedreun van die meubelwa laat hulle almal op die stoep uitstap om die werksmense te verwelkom.

"Julle kan net vir ons die groot kaste in die kamers sit. Verder kan julle alles hier in die sitkamer pak, waar ons reeds skoongemaak het," sê Karlien.

"Maar, juffrou, hoe gaan u alles op hul plekke kry? Die goed is swaar en hier is nie eens 'n man om u te help nie."

"Nooit! Raai, ons het dit nog nooit agtergekom nie!" sê Karlien smalend.

Die man haal sy skouers vererg op.

"Dit maak nie aan ons saak nie; ons wou net help," sê hy vies. Karlien voel skaam oor haar onbeskoftheid, maar sy is al so moeg vir die algemene opvatting dat daar altyd 'n man moet wees om alles te doen. Dit is seker hoekom haar oupa die plaas ook deur sy vingers laat glip het: daar is mos nie 'n seun nie! dink sy verbitter.

"Dankie in elk geval, meneer. Ons kom al die afgelope agt jaar so sonder 'n man in die huis klaar. Ons is al ge-woond daaraan."

Die man frons en Karlien verduidelik geduldig verder: "Ons wil net gou die slaapkamers se mure was. En . . . en dan is dit vol as alles daar ingepak is."

Sy glimlag stralend en dit laat hom sy opgerukte houding verander.

"Ons is dit al so gewoond! Ons sit net ons heupe agter 'n kas, dan loop ons met hom!"

Die man beskou haar skraal postuurtjie en dié van haar susters wat nie veel groter is nie en skud net sy kop. Die enigste een wat 'n bietjie gewig agter 'n kas sal kan gooi, is die tannie met die geel plastiekhandskoene, maar sy is so danig sedig dat hy twyfel of een van daardie heupe, waarvan hierdie groenoogkind praat, hare sal wees.

Toe die meubelwa vertrek, draai hulle om en staar moe-deloos na die stapels goed in die sitkamer.

"Ma moet asseblief sê waar ons almal moet slaap, dan kan ons begin uitpak," sê Karlien, maar sy kyk nie na haar ma nie. Sy weet dat dit vir haar die moeilikste moet wees. Anna het so daarna uitgesien dat hulle elkeen hul eie kamer

187

gaan hê. Die woonstel het hulle so ingehok laat voel, veral vir Anna – 'n gebore Suidwester en gewoond aan ruimte om haar.

"Ek en Maud sal maar die kamer aan die punt van die gang neem, dan kan Susan en die tweeling die groot kamer kry. Jy en Maryna kan die een naaste aan die badkamer kry."

"Maaa! Kyk vir Ester! Sy gooi my met die seepskuim!" gil Orpa.

"Issie, Ma! Sy het eerste begin," verdedig Ester.

"Ai, en dit sal nie eens help 'n mens wens die skole moet begin nie, want julle sal saam met my na dieselfde skool toe moet gaan," sê Maryna met 'n sug en gooi die skropborsel op die vloer neer.

"Waarvoor het ek alles opgeoffer? Hiervoor?" vra sy en beduie na die vol sitkamer. " 'n Heerlike pos by een van die topskole om hier . . . hier op hierdie agterlike grama- . . ."

"Maryna!" sê Anna skerp en gaan staan skielik reg voor haar, haar oë blitsend. "Ek verdra werklik baie van jou, my kind. Ek verduur al jou sarkasme en ek is jammer vir jou omdat jy so verbitter is, maar dit moet jy nooit ooit weer sê nie."

Maryna bly vinnig stil en kyk haar ma verbaas aan.

"Dit is my wêreld hierdie . . . Hier is ek gebore en hier het ek grootgeword. As jy hierdie plek beledig, dan kom jy my te na. Hier is nou wel nie diskoteke en teaters nie, maar hierdie mense se siele is nog hul eie."

Almal staar verbaas na Anna. Die stil, skaam Anna is meteens op haar perdjie oor 'n doodgewone aanmerking van Maryna.

Orpa, wat nog nie kans gehad het om Maryna op haar eerste opmerking te antwoord nie, benut die geleentheid toe Anna stilbly.

"O, en wie dink jy nogal wil graag saam met jou in dieselfde skool wees?" vra sy astrant.

"Ja," gooi Ester ook haar stuiwer in die armbeurs, "ek sal te skaam wees om vir die ouens te sê dat hierdie suur oujongnooi my suster is! Ek skaam my mors- . . ."

"Ester, skaam jou!" sê tannie Maud verontwaardig en mik

na haar met die lap. "Maryna is allesbehalwe 'n oujongnooi. Vier-en-twintig is nog bloedjonk."

"Wel, as sy nog nie een is nie, sal sy nog beslis een word. Sy is net te goor . . . geen man sal haar wil hê nie en buitendien . . ."

"Dit is genoeg, julle twee," sê Anna met 'n stemtoon wat die twee brommend laat wegstap.

"Ma sal hulle moet kortvat, die twee juffroutjies raak te groot vir hul skoene," brom Karlien in die verbystap.

Maryna gluur die twee blondekoppe woedend agterna.

"Ek dink dit is tyd dat ék hulle kortvat."

Ester loer weer om die kosyn.

"Sorg jy maar net dat jy 'n man kry sodat hier 'n man in hierdie huis kan kom. Dan sal dit met ons almal beter gaan."

"O, ou meisiekindjie . . . As ek jou gryp!" dreig Maryna woedend en storm met gekromde vingers agter hulle aan.

"Wat is hulle twee deesdae so behep met 'n trouery?" vra Karlien en kyk verbaas na die deur waardeur Maryna vinnig verdwyn.

"Hulle voel seker die gemis van 'n man in die huis aan," sê tannie Maud kop onderstebo terwyl sy op die emmer water in haar hand konsentreer.

"Nee, ek stem saam met Maryna. Dit is regtig tyd dat hul tjank afgetrap word!" sê Karlien so in die verbygaan en stap kombuis toe.

2

"Wat is die skielike haas, oom Jan? Hoekom moes ek jou so dringend kom spreek?" vra Johan Lindeque toe hy Jan Visser se kantoor binnestap.

"Ai, Johan! Ek is dankbaar jy is hier," sê Jan Visser en beduie na 'n stoel terwyl hy self agter sy lessenaar gaan sit.

"Waarvandaan kom jy nou? Ek het oral boodskappe gelaat dat jy hiernatoe moet kom," verwyt hy.

"Ek was by Jaap le Roux se vendusie," antwoord die jong boer en strek sy bene lank voor hom uit.

"Dan was jy nog nie vandag weer op jou plaas nie?" vra Jan Visser.

"Hoekom vra oom Jan so 'n snaakse vraag? Skort daar iets?" vra Johan en frons.

"Nie iets nie, Johan, alles!" kom dit moedeloos van die prokureur.

Johan steek 'n sigaret aan en leun agteroor. "As my plaas net nie afgebrand het nie, kan dit seker nie te erg wees nie," spot hy.

"Johan, die dogter van ou Jaap Stander, wat die stukkie grond geërf het . . ." begin Jan en swyg toe hulpeloos.

"Wat van haar, oom Jan?" vra Johan nuuskierig.

"Wel, sy is hier!"

"Maar dis mos niks nie, oom Jan. Sy kom seker maar kyk hoe groot die grond is en hoeveel dit werd is, voordat sy dit verkoop. Ek bedoel, ek sou dit self gedoen het," kom die rustige antwoord van die jong man.

"Dit is nie so eenvoudig nie. Sy . . . hulle . . . hulle is sak en pak hier. Hulle kom hier bly, in daardie huis!"

Johan staar hom ongelowig aan.

"Maar dit is seker nie moontlik nie, oom Jan? Hulle sal mos nie in so 'n . . . 'n bywonershuisie kom bly nie. Hulle woon dan al twintig of vyf-en-twintig jaar in Kaapstad."

"Wel, ek het ook so gedink, maar . . . hulle is hier!"

"Hoeveel is hulle? Het sy dan meer as een kind?" vra Johan nuuskierig.

"Sy het vyf!" kom die huiwerige antwoord.

"Ekskuus?" vra Johan verbaas en skuif effens vorentoe op sy stoel.

"Ek sê vyf!" bevestig Jan Visser.

"O, ek het gedink dit is wat oom sê, maar . . ."

"Die ergste van alles, jong, daar is sewe vroumense alte-saam!"

Johan blaas sy asem stadig uit en rem aan sy oopnek-hemp se kraag. Hy druk sy sigaret dood, net om ingedagte weer 'n ander een aan te steek.

190

"Wag, ek bestel vir ons tee," sê Jan Visser en lig die ge-
hoorstuk om sy sekretaresse te skakel.

"Dit sal sterk moet wees, oom Jan. Jy sal nou vir my dié
storie baie breedvoerig moet vertel."

Jan sak terug teen die leuning van sy stoel en stadig, asof
hy bang is dat hy iets sal uitlaat, skets hy die oggend se
gebeure.

"Johan, wat my hinder, is die feit dat daar beslis 'n geld-
skaarste is. Jy moet hul ou motor sien! En die een meisie
is beslis nie gesond nie. Ek sal my oogtande verwed dat dit
die rede is hoekom hulle hiernatoe gekom het. Die kind is
bleek en moeg met donker kringe onder haar oë. Die ander
neem al die werk uit haar hande en sorg net altyd dat sy
gemaklik is. Dit versterk my vermoede dat sy baie sieklik
moet wees."

"Maar ek kan dit amper nie glo nie; nie dat daar by Jaap
Stander se dogter 'n geldskaarste is nie. Hy het seker maar
gereeld vir haar geld gestuur," sê Johan fronsend.

"Nie waarvan ek weet nie. Haar oorlede man het maar in
die bank gewerk."

"En nou, oom Jan?" vra Johan moedeloos.

"Nou weet ek nie, Johan. Dit is hoekom ek so naarstig na
jou gesoek het. Ek wil hê jy moet daar op die plaas 'n koei
en 'n paar skape van my gaan haal, en dit daar op die punt
van hul grond gaan aflaai. Hulle sal dink dit is hulle s'n."

"Dit sal nooit werk nie, oom Jan. Hulle sal dink dit is
van die bure se goed wat op hul grond loop," protesteer
Johan.

Johan beskou die ouer man met 'n diep frons en vra toe:
"Maar hoekom kan ons dit nie maar net vir hulle gaan gee
nie?"

Jan skud sy kop. "Hulle sal dit nooit aanneem nie. Ek het
so 'n vae vermoede dat hulle vreeslik fyngevoelig en onaf-
hanklik is. Hulle moet net dink dit is van hul erfgoedjies,
dis al," verduidelik hy.

Johan Lindeque sit diep ingedagte. Die idee van sewe vrou-
mense byna op sy agterstoep, staan hom glad nie aan nie.

"Aarde, oom Jan! Ek is reeds so besig; ek kan nie nog heel-

191

dag en aldag na 'n klomp vroumense ook omsien nie . . ."
sê hy en stap vererg op en af in die kantoor.

"Kan hulle nie maar net oppak en teruggaan nie? Noudat hulle besef hulle het nie 'n ekonomies vatbare plaas geërf nie, maar in werklikheid net 'n baie verwaarloosde huis, kan hulle mos maar net sowel teruggaan," sê Johan.

"My kind, 'n mens kan sien jy het nog nooit regtig swaar-gekry nie. Die feit dat hulle 'n huis het en nie een hoef te gaan huur nie, is al klaar vir hulle baie werd. Die oudste dogter hou skool en sy het 'n pos hier aanvaar. Dit het ou Eben nou net vir my vertel."

"Ek weet nie wat om te sê nie, oom Jan," antwoord Johan ongemaklik.

"Jy moet maar vir Mossie en sy vrou oorstuur, as jy hulle kan spaar. Hulle moet maar daar gaan help waar hulle kan. En Johan, ek sal die helfte van Mossie se salaris betaal."

"Dit is 'n baie goeie plan, oom Jan. Mossie kan dan sommer die koei melk en die ander plaaswerkies doen. Ek weet net nie hoe om aan hulle te verduidelik wie Mossie is nie."

"Ag, sê maar net hy het altyd vroeër daar gewerk," sê Jan met 'n sug en kyk bekommerd na Johan. "Ons sal in elk geval 'n waterdigte storie moet uitwerk. Daardie klomp vroumense is nie dom nie, hulle sal sommer raai ons knoei en dan sal hulle nie die goed wil hê nie. Veral die een meisie sluk swaar aan hierdie storie van die verband."

"Maar hoekom is oom Jan skielik so bekommerd oor die vreemde klomp vroumense? Jy en oom Jaap was nou wel vriende, maar ons weet tog almal dat sy dogter hom bitter-lik afgeskeep het. Sy het nooit kom kuier nie, maar noudat sy kan erf, is . . ."

"Ag, ek weet nie, Johan. Ek het ook so gevoel, maar toe hulle vanoggend hier voor my sit – sy en die een dogter – was ek net skielik onverklaarbaar jammer vir hulle. So sonder sorg en . . . ag, dis moeilik om te verduidelik. Ek het nooit kinders van my eie gehad nie . . . en . . . ek het genoeg om vir hulle almal te sorg. Wat wil ek tog eendag met al my besittings maak? Ek kan dit tog nie saamneem nie!" verduidelik hy onbeholpe.

"Ja, oom Jan, as dit nie vir jou was nie, dan was meer as een mens op hierdie Otavi onderdeur. Jy is die eerste eerlike en goeie prokureur met wie ek nog te doen gekry het," sê Johan en lag.

Jan Visser grinnik ook verleë. "Jy weet, my vrou het altyd gesê: Alle mense is in hul wese goed en wil graag goed wees vir ander, maar om iemand te kry om te ontvang is moeiliker as om te gee. En weet jy, dit is die waarheid. Ek het ook – soos oorlede Essie – al baie ondervind dat mense dink jy het bymotiewe as jy sommer net vir hulle iets wil gee of goed wil wees."

Johan klop hom op die skouer. "Nou ja, ou Kersvader, ek sal dan ook maar 'n klompie van my hoenders neem en vir hulle sê dat ek hulle moes versorg totdat hulle kom."

Jan staan vinnig op en sê ingenome: "Dit is nou 'n uitstekende plan, Johan. Ek sal die koei en skape oorstuur na jou toe, dan neem jy dit sommer alles gelyk oor."

"Die hoenderhokke is heeltemal vervalle en die kraal ook. Ek sal maar net vir hulle gaan sê van die diere en dan eers iemand oorstuur om alles 'n bietjie te gaan regmaak."

"Jy is darem 'n slim seun, dit is seker hoekom ek so lief is vir jou."

Johan lag goedig. "Tot siens, oom Jan. Ek moet maar liewer loop, want soveel komplimente op een dag is nie goed vir my ego nie."

"Johan!"

"Ja, oom Jan?" Johan draai vinnig by die deur om toe Jan hom in 'n ernstige stemtoon terugroep.

"Ek . . . ek is bekommerd oor Bert Landman. Hy is weer hier in die omtrek. Hy gaan moeilikheid maak," sê Jan bekommerd.

Johan stap stadig terug.

"Waar is hy?" vra hy kortaf.

"Op Tsumeb. Mense van die omgewing het hom Saterdag daar gesien," antwoord Jan.

"Ek het gedink hy is landuit met die laaste geld wat hy uit oom Jaap het."

"Ek het ook so gedink. In elk geval, ons sal moet ligloop vir hom. As hy weet dat die Jouberts hier is en wie hulle is, sal hy weer met sy ou streke begin," sê Jan waarskuwend.

Johan kou ingedagte aan sy onderlip. "Arme oom Jaap. Sy tweede troue met die jong vrou het vir hom net hartseer en ongeluk gebring. Om nie van die seuntjie te praat nie!" Johan se stem is hees van ingehoue woede.

"'n Mens kan mevrou Joubert se standpunt eintlik insien. Ek sou daardie vrou ook nie graag in my ma se plek wou sien nie. Dit is in elk geval nie ons probleem nie, oom Jan."

"Dink jy so? Dink jy nie Bert Landman sal dit ons probleem maak nie? Hy haat jou reeds so!"

"Baie dankie vir die moeite om my vroegtydig te waarsku dat ek bure het en dit nogal 'n hele voorskootbataljon! Ek sal moet ligloop. Hoe lyk die dogters?" vra Johan met 'n breë glimlag.

"Ja, meneertjie, jy sál moet ligloop! Hulle is mooi! Al vyf van hulle."

"Jy sukkel reeds so om vir my 'n vrou te kry, oom Jan! Miskien met die nuwe talent op die dorp . . . 'n Mens weet nooit!" terg Johan voordat hy die treetjies afdraf na sy groot bakkie wat nog nuut blink in die laatmiddagson.

Johan ry sonder om te konsentreer, sy gedagtes ver en glad nie by wat hy doen nie.

Hy rem skielik, ry agteruit en draai dan regs met die grondpaadjie af. Daar is nie 'n beter tyd as juis nou nie. Hy kan net sowel sy nuwe bure gaan ontmoet.

Hy kan die gewoel en gewerskaf al van ver af waarneem. Die stadsmense is egter so gewoond aan 'n lawaai dat hulle glad nie die bakkie hoor wat 'n entjie van die huis af tot stilstand kom nie.

Johan stap ingedagte na die stoep. Op die stoep kom hy skielik tot stilstand.

Diep in 'n gemakstoel sit 'n pragtige meisie. Sy slaap. Haar oë is toe en sy haal diep en rustig asem. Sy is besonder bleek met donker kringe onder haar oë. Haar vel is deurskynend wit.

194

Dit moet die sieklike een wees, dink hy. Elke leek kan sien dat sy ernstig siek moet wees.

Binne gesels vrouestemme rustig, maar dan deurklief 'n hoë gil skielik die lug.

Johan hoor 'n geskarrel van hardlopende voete wat almal in die rigting van die kombuis, waar die gil vandaan gekom het, beweeg.

Om nou te klop sal hopeloos wees, want niemand sal hom hoor nie, besef hy en stap met lang treë deur die huis en kom toe geamuseer in die kombuisdeur tot stilstand.

'n Meisie, geklee in 'n T-hemp en denimbroek waarvan die pype opgerol is, staan gebukkend bo-op die tafel en loer beangs na onder. Sy hou 'n besem soos 'n spies in haar hand.

Rondom teen die kombuismure neem die res van die bataljon stelling in met hul wapens.

Daar is 'n tweeling met blonde poniesterte wat naby mekaar staan, elkeen met 'n verestoffer in die hand. In die spensdeur staan 'n middeljarige vrou, wat beslis die ma van die meisies is, want hulle lyk almal na haar. Sy is skraal soos hulle, maar haar hare is vol grys strepe en die plooie om haar mond getuig van swaarkry en vreugde.

Styf teen die wasbak vasgedruk, asof sy elke oomblik daarop wil klouter indien die gevaar te naby kom, staan 'n meisie. Sy is jonger as die een op die tafel. Haar hare is kort en krul sag om haar gesig. Die sproetjies oor haar neus laat haar ondeund lyk.

'n Groot, statige vrou kom versigtig nader.

Johan sukkel om nie uit te bars van die lag nie. Tannie Maud het 'n paar geel plastiekhandskoene aan om haar hande te beskerm, en sy klem 'n stoofyster baie vasberade vas.

Sy druk een van die tweeling opsy.

"Pasop, laat ek sien. Waar is hy?"

Almal se oë is vasgenael op 'n leë kis onder die tafel, waaruit breekgoed blykbaar so pas gepak is. Die gehandskoende vrou kom treetjie vir treetjie nader.

"Julle moet keer! Moenie dat die vuilgoed wegkom nie,

195

anders sit ons een van die dae met 'n hele familie hier!"

Die ander beweeg nie 'n sentimeter nie, hul oë is vasge-
nael op die brawe vrou met die handskoene.

"Karlien," spreek die groot vrou die sproetgesiggie aan,
"kry vir jou 'n slaanding en moenie soos 'n verskrikte haas
teen die wasbak probeer opklim nie!"

Karlien voel agter haar totdat haar hand 'n skropborsel
raakvat, maar sy neem haar oë nie 'n oomblik van die ge-
vaar af weg nie.

Johan wag in spanning vir die uitslag van hierdie drama
wat hy vir geen geld ter wêreld sal wil misloop nie.

Die gehandskoende vrou druk versigtig aan die kis en 'n
vaal veldmuisie spring verskrik uit en pyl reg op die sproet-
gesigmeisie af. Sy gil en gooi hom met die skropborsel wat
hom skrams teen die kop tref en 'n oomblik lank bedwelm
laat rondtol.

"Mooi, Karlien! Slaan, tannie Maud!" lewer die meisie
met die denimbroek aan van die tafel af deurlopend kom-
mentaar.

"Slaan, tannie Maud! Hy is net disnis. Keer, Ester, hy
kom na jou kant toe! Ester!"

Ester spring egter by tannie Maud verby en met nog 'n
tree staan sy by haar ousus bo-op die tafel. Maryna druk
haar styf teen haar vas.

Die ander een van die tweeling hou haar brawer en steek
die verestoffer na die muis toe uit. Sy beur agteroor en haar
nekspiere trek styf soos sy sukkel om nie te naby aan die
muis te kom nie.

Tannie Maud mik 'n hou na die muis met die stoofyster,
maar gril en gil gedemp toe sy langs die booswig slaan.

Johan gee twee treë nader en skop die muis by die agter-
deur uit waar hy doodstil bly lê. Hy stap uit, tel die muis
aan die stert op en gooi hom in die vullisblik. Toe draai
hy met 'n vriendelike glimlag om na die klomp verskrikte,
verdwaasde vroumense.

Die twee bo-op die tafel staan nog steeds met hul arms
om mekaar. Die sproetgesiggie het die wasbak gelos, maar
haar arms hang slap langs haar sye. Die ouer vrou wat soos

die kinders lyk, hou die ander aan van die tweeling nog steeds styf teen haar vas.

Tannie Maud kom eerste tot verhaal. Sy sit die stoofyster versigtig op sy plek neer en trek toe haar een plastiekhandskoen stadig uit. Sy vee eers haar hand versigtig aan haar oorrok af en hou dit toe na hom uit.

"Goeiemiddag, jong man! Ek is Maud Crawford. My man was . . ."

"Goeiemiddag, meneer," praat die meisie met die denimbroek aan vinnig tussenin, terwyl sy van die tafel af spring, "ek is Maryna Joubert en dit is tannie Maud, my ma en my susters."

Sy hou haar hand na hom uit. Hy druk eers haar hand ook voordat hy kans kry om homself aan hulle bekend te stel.

"Aangename kennis! Ek is Johan Lindeque, jul buurman."

Hy steek sy hand na die ander uit en groet hulle elkeen afsonderlik.

"Oom Jan het vir my gesê dat ek nuwe bure gekry het . . . en toe het ek besluit om eers te kom . . ." Hy kom voor Karlien tot stilstand en neem haar hand in syne. Die waaksaamheid in haar oë bring hom heeltemal van stryk en hy stotter verder, ". . . om te . . . hm . . . te . . . kom kennis maak."

"Aangename kennis, meneer Lindeque, en baie dankie vir die hulp met die muis."

Iewers wil daar vir Karlien 'n klokkie lui. Lindeque? Het sy nie die van vandag iewers gehoor nie?

Johan draai na die ander.

"Mevrou Joubert, daar by my op die plaas is 'n melkkoei en omtrent ses skape, asook hoenders wat in my sorg geplaas is. Dit behoort aan u en ek sal dit laat oorstuur."

" 'n Koei! O, maar dis wonderlik! Nou kan ons ons eie melk hê. Dit is vreeslik gaaf van jou om dit vir ons op te pas, meneer Lindeque. Het jy my pa geken?" vra Anna nuuskierig.

"Baie goed, mevrou."

"Karlien, julle sal na die stal en die hoenderhokke moet gaan kyk, dit is seker vreeslik bouvallig."

"Ja, Ma. Ek sal sommer nou gaan voordat dit donker is."

Sy draai na Johan en daar is nou 'n vriendeliker lig in haar oë.

"Baie dankie, meneer Lindeque. Dit is 'n vreeslike verrassing! Ons eie koei, skape en hoenders ook!"

Karlien vee haar hande aan haar denimbroek se sitvlak af. Sy krap in 'n kis en kom met 'n kissie gereedskap te voorskyn waarmee sy vinnig by die agterdeur uitstap.

Johan keer haar toe sy by hom verbykom.

"Juffrou, ek sal gou vir julle na die hoenderhokke gaan kyk. Ek sal van my werkers gaan haal en ons maak dit in 'n japtrap reg."

"Dankie, meneer Lindeque, maar ons kan dit self doen. Ons is so gewoond daaraan om sulke dingetjies self te doen, dit is regtig nie nodig dat jy ons help nie."

Toe sy die hoenderhokke bereik, gaan sy egter moedeloos staan en beskou die drade, plek-plek met groot gate daarin. Van die stutpale het ook omgeval en druk die hokke komieklik skeef.

As sy tog net iets van hoenderhokke af geweet het. As sy net geweet het hoe hulle presies moet lyk wanneer hulle heel is, kon sy immers probeer het.

Sy stap om die hok, maar word niks wyser nie. Sy buk en kruip by die gat in waar die hekkie was. Die hokke binnein is oud en stukkend, maar sy kry darem 'n idee van hoe dit moet lyk en sy sien kans om dit te vervang. Dit is net toe sy by die draad kom dat sy nie weet watter kant toe nou nie.

Sy kruip weer uit die hok, net om 'n paar lang bene in 'n kakiebroek voor haar te sien. Die koedoeleerskoene is vol stof en versper haar weg. Sy bly sommerso hande-viervoet staan en kyk stadig op.

Sy sien hoe die lang bene buig en toe verskyn die bruingebrande gesig met die helderblou oë voor haar.

Johan buk stadig af om by haar posisie aan te pas, sodat hy haar vierkant in die oë kan kyk.

"Luister, juffrou, ons Suidwesters is van 'n ander stoffasie gemaak. Gasvryheid en behulpsaamheid is deugde

198

waarmee ons grootword en spog. Ons sal nooit met ons hande gevou sit terwyl 'n klompie vroue sukkel nie."

"Meneer Lindeque, ons Kapenaars is ongelukkig weer mense wat nie ons verantwoordelikheid op ander mense afskuif nie. As ons vroue kans gesien het om te kom boer, dan behoort ons kans te sien om ons eie hokke te herstel. Moenie dat dit jou 'n slapelose nag besorg nie. Ons kom al jare sonder 'n man in die huis klaar."

"Luister, juffrou, doen en sê julle altyd dinge op die ingewing van die oomblik? Dink julle dan nooit voordat julle iets aanpak nie?" vra hy, die ongeduld hoorbaar in sy stem.

"Presies wat bedoel jy?" vra sy sarkasties.

"Net wat ek sê. Julle het sak en pak hier aangekom, al jul brûe agter julle verbrand, sonder om eens vas te stel presies wat jul erfporsie is.

"Nee," sê hy en hou sy hand op toe sy hom briesend in die rede wil val, "oom Jan het my vertel, omdat ek jul buurman is en hy wil hê ek moet hier 'n ogie hou. En wanneer hy dit van my vra, sal ek dit doen, of julle nou daarvan hou of nie."

"Van al die verregaande vermetelheid! Niemand het jou hulp gevra nie. En . . . as ek so persoonlik mag wees . . . iets hinder my. Waar boer jy?"

"Hier by julle op Standersfontein!"

"Ek het so gedink. Snaaks genoeg, toe ek netnou jou van hoor, toe fluister 'n vaal duiweltjie my dit in die oor!"

"Wat het hy gefluister, juffrou?" vra hy gevaarlik sag.

"Dat jy die verbandhouer is wat 'n plaas so maklik in die hande gekry het. Daar was mos net 'n sieklike, ou man en 'n klomp onnosel vroumense om mee rekening te hou." Die woede en teleurstelling en frustrasie van die afgelope tyd slaan in rooi kolle teen haar nek uit.

"Nou kan ek verstaan hoekom jy so graag hier 'n ogie wil hou! Sê liewer jy wil ons onder oë hou. Dalk grawe ons dinge uit wat liewer 'n geheim moes gebly het."

Johan kyk haar geskok aan. Dan is dit werklik so dat hulle twintig jaar lank byna geen skakeling met Jaap Stander gehad het nie. Hy kan hom goed indink wat het in daardie een

199

of twee jaarlikse briewe van hom af gestaan. Seker net dat dit goed gaan en reën al dan nie. Van al die ander dinge weet hulle natuurlik niks nie.

"Maar dit sê ek vir jou, meneer Lindeque, ek is nie my ma nie. Met my sal julle nie mors nie. Iets is vir my nie pluis nie en ek sal dinge nie sommer net aanvaar nie."

Johan staan stadig op en hou sy hand na haar uit om haar op te help, maar sy ignoreer dit.

Hy stap om na die hokke en dan weer na die koeistal toe waar hy 'n bietjie rondkyk. Sonder om te groet klim hy in sy bakkie en ry weg.

Karlien blaas van woede. So 'n vermetele, voorbarige mansmens! Dan is dit die nuwe eienaar van Standersfontein, die verbandhouer wat die verband opgeroep het toe dinge vir haar oupa op die moeilikste was.

Sy stap woedend huis toe.

"Is hy nie fantasties nie, Karlien? Hy lyk net soos Terence Hill met sy blou oë. O, ek kry eintlik sulke krampies op my maag," sê Orpa in ekstase.

"As jy nie oppas nie, kry jy nou-nou krampies op jou sitvlak; daarvoor sal ek sorg," antwoord Karlien humeurig.

"Jy raak net so goor soos Maryna. Hoewel . . . ek het darem ook gesien hoe blink haar oë toe sy hom groet. Sy dink seker ook hy is fantasties!" tart Orpa haar.

Karlien slaan haar 'n brandhou met die plathand op haar sitvlak.

"Ma sal hierdie twee juffroutjies moet regsien of ek gaan hulle nog vermoor!" sê sy vir Anna.

Anna kyk verbaas na haar. "Nou wat gaan nou met jou aan? Hier kom die aantreklikste buurman aan en hy bied aan om ons te help met die hoenderhokke en jy is . . . is kwaad!"

"Weet Ma wie dit is?" vra Karlien en probeer nie die fyn sarkasme uit haar stem hou nie.

"Ons buurman, meneer Lindeque. Hy het mos so gesê."

"Ons buurman, Ma, die man wat nou op Standersfontein boer. Die verbandhouer . . . die een wat die plaas oorgeneem het toe 'n ou, sieklike man op sy knieë was. Hy het sy tyd baie goed afgewag, want drie maande voor Oupa se dood, toe neem hy oor, toe slaan hy toe! Hy kon nie eens wag dat 'n ou man in vrede op sy eie grond sterf nie!" vaar Karlien woedend uit.

Daar heers 'n swanger stilte in die kombuis. Tannie Maud sak stadig op die stoel neer en waai haar liggies koel met 'n vadoek.

Maryna en Anna staar haar geskok aan. Die tweeling besef nie wat aangaan nie en Orpa probeer een van haar kwinkslae wat heeltemal onvanpas is.

"Wel, Maryna kan maar met hom trou, dan kry ons weer die plaas terug en dan gaan bly ons almal in die groot huis."

Karlien storm woedend op haar af. Orpa probeer weghardloop, maar Karlien kry haar aan die poniestert beet. "Eina! Ma!" gil sy.

Karlien ruk haar om en pen haar op die grond vas. Maryna laat nie op haar wag nie en soek wild na 'n slaanding. Die enigste ding wat gou bekombaar is, is tannie Maud se aanglipskoen wat liggies aan haar voet swaai.

Maryna buk, trek die skoen vinnig van tannie Maud se voet af en streep Orpa twee vinnige houe op haar sitvlak, terwyl Karlien haar nog stewig vasdruk. Toe draai Maryna om en druk die skoen ongeërg terug waar sy dit gekry het.

Tannie Maud knik effens en met 'n sarkastiese "dankie" waai sy haar verder koud asof niks gebeur het nie.

"Ai, kinders, kan julle julle nie net soms soos meisies gedra nie? Kan julle nie net af en toe vroulik en beskaaf wees nie?" Anna klink moeg en moedeloos en stap werktuiglik na die wasbak om die ketel vol water te maak, sodat hulle kan tee maak.

"Geen mens kan vroulik wees met sulke satanskinders in jou midde nie," sê Maryna vies en druk haar hare vinnig in die rekkie wat dit agter haar kop moet vashou.

"Ja," stem Karlien hierdie keer saam met Maryna, "om te dink dat Ma hulle nogal twee Bybelname gegee het." Karlien krap in die kis op soek na 'n groot tang.

"Gmf . . ." sê Maryna en kyk verontwaardig na Ester

en Orpa, wat op 'n veilige afstand vir haar allerhande aaklige gesigte trek. "Terwyl Ma hulle dan nou Bybelname wou gee, kon Ma hulle liewer Sodom en Gomorra gedoop het."

Die tweeling skater dit uit van die lag. "Ek sal Sodom wees, dan kan jy Gomorra wees," sê Ester, maar gee vinnig pad toe dit vir haar lyk of Maryna in hul rigting kom.

"Ugh . . .!" Maryna maak 'n geluid wat enigiets kan beteken. Susan kom lusteloos ingestap en sak langs die kombuistafel neer.

"Het jy lekker gerus, poplap?" vra tannie Maud simpatiek en streel liggies oor die skraal wit handjie wat slap op die tafel rus.

"Ja, dankie, tannie Maud. Julle moes my kom wakker maak het, want toe ek wakker skrik, sien ek net die mooiste mansmens in 'n bakkie klim en wegry. Wie was dit?" vra sy nuuskierig.

"Ugh!" sê Karlien met 'n vies trek op haar gesig en stap vinnig by die deur uit.

Anna sit vir hulle koppies reg en verduidelik geduldig aan Susan wie Johan Lindeque regtig is.

"Hy lyk darem nie vir my soos iemand wat ander mense sal kul nie, Mamma!"

"Vir my ook nie, hartjie, maar Karlien sal uitsnuffel wat aangaan. Julle ken haar mos; sy sal nie sommer dinge aanvaar nie. Ek wens net sy wil dit liewer laat soos dit is."

'n Halfuur later hou die wit bakkie weer op die werf stil. Johan en 'n ou Herero laai 'n rol ogiesdraad van die bakkie af en Johan stap toe sommer by die agterdeur in.

"Mevrou Joubert!" sê hy en ignoreer Karlien wat al weer styf en regop, oorgehaal vir enige woordewisseling, regop kom.

"Hier buite is 'n ou Herero, sy naam is Mossie. Hy het altyd hier gewerk. Sy huis staan op die grens tussen ons. U kan hom weer in diens neem as u wil. Hy is baie betroubaar en sy vrou is ook baie bekwaam. Sy help my baie in die huis en met die wasgoed."

"Baie dankie, meneer Lindeque. Ons het werklik hulp nodig. Ek weet net nie of ons dit sal kan bekostig nie. Hulle kry seker al hier ook redelik baie geld," sê Anna.

Johan stel 'n redelike bedrag voor as betaling vir die Herero en sê toe dat Anna met die vrou self moet onderhandel oor watter dae sy haar in die huis wil gebruik.

"Maar, meneer Lindeque . . ." protesteer Anna weer.

"Mevrou, noem my tog asseblief Johan. Ons Suidwesters is tog nie so gesteld op formaliteite nie."

"Ek weet . . . Johan. Ek is mos self 'n gebore Suidwester. Jy kan my dan tannie Anna noem en my dogters is Maryna, Susan, Karlien, Orpa en Ester," sê sy terwyl sy na elkeen van die meisies beduie.

"Maryna sê ons name moes liewer Sodom en Gomorra gewees het," giggel Orpa terwyl die ander haar aangluur.

Johan gooi sy kop agteroor en lag uit sy maag. Tannie Maud glimlag saam en knik goedkeurend.

"En ek, jong man, is tannie Maud."

"Dit sal vir my 'n voorreg wees om u so te noem, tannie Maud, baie dankie."

"Maar, Johan, om terug te keer tot die Herero hier buite. Is dit nie een van jou werksmense nie? Ek bedoel, kan jy hom afstaan, veral as die vrou by julle in die huis gewerk het? Sal jou vrou haar nie nodig kry nie?" vra Anna bekommerd.

Johan gaap haar eers onbegrypend aan en toe glimlag hy breed.

"Nee, tannie Anna, ek is nie getroud nie; daar is dus niemand wat haar sal nodig kry nie. Ek het vir Vytjie, wat jare lank by my tannie gewerk het. Ná my tannie se dood het ek haar as 't ware geërf."

Karlien onderskep die tweeling se geïnteresseerde blikke en trek vir hulle groot oë. Dit is net vir ingeval een van hulle weer 'n troustorie kwytraak.

"Ou Mossie sal solank alles wat nodig is, herstel. Môre sal ons dan die diere oorbring hiernatoe."

"Ek hoop net jy bring alles, meneer Lindeque. Ek sal baie graag die testament wil sien om te weet hoeveel diere in jou sorg gelaat is," sê Karlien skerp.

"Karlien!" roep Anna geskok uit.

"Skaam jy jou nie?" voltooi tannie Maud die sin vir Anna.

Johan voel hoe 'n rooi gloed stadig oor sy nek sprei. Hy maak sy groot hande stadig oop en toe en Anna sien hoe die spiere in sy nek bult. As hy nie nou tot tien tel nie, trek hy die sproetgesiggie oor sy skoot en klop haar sitvlak vuurwarm.

Karlien draai skaam-vererg om en stap na haar kamer.

"Sit tog, Johan, dan skink ek vir jou ook 'n bietjie tee," sê Anna en sy probeer so kalm moontlik klink, maar innerlik kook sy van woede oor Karlien se onbeskoftheid.

"Ek is jammer dat Karlien haar so sleg gedra. Jy moet haar tog maar verskoon. Sy . . . sy praat gewoonlik voordat sy dink en die plaas . . . Ek dink dit was vir haar die grootste teleurstelling van almal. Sy kon dit nog nie werklik verwerk nie."

"Ek verstaan, mevrou, maar sodra ons mekaar beter ken, is daar 'n paar sakies waaroor ons moet gesels," antwoord Johan kalm, maar die grimmige trek bly in sy oë.

Hulle gesels rustig verder en dit word 'n aangename kuiertjie, maar Karlien maak nie weer haar verskyning voordat Johan vertrek het nie.

3

Die sonbesies se skril geluid werk lui in op almal op die stoep. Die hitte tril behoorlik op die aarde en golf oor die veld.

Anna kyk dankbaar na die groot bome om die huis. Bome was altyd een van haar pa se groot liefdes. Hy het nie eens 'n kraal of 'n stal gebou wanneer daar nie groot bome naby was nie.

Die bome gooi groot skaduwees oor die vaal, dor grasperke. 'n Groot flambojant staan reg voor die deur en sprei sy takke soos 'n sambreel uit. Die boom se groot trosse bloedrooi blomme wat van naby soos orgideë lyk, verhelder die hele omgewing. 'n Bruin klipdam, ongeveer 'n honderd meter van die huis af, is begroei met rankplante, wat woes en wild daarteen oprank. Dit omskep die tuin tot 'n skilderagtige prentjie en gee 'n ouwêreldse atmosfeer aan die plaaswerf.

Hulle het werklik al wondere verrig gedurende die week wat hulle hier is. Ou Mossie is 'n voorslag en vat alles om die huis vinnig en netjies raak.

Die hoenderhokke is feitlik weer nuut en die stal spog met 'n nuwe dak. Die kraaltjie laer af is herstel en saans staan en herkou ses pragtige, gesonde ooitjies rustig in hul eie kraaltjie.

Anna kyk trots na haar koninkryk. Sy weet nie hoe voel die kinders nie, en sy gee ook nie om nie, maar sy het tuisgekom. Al is dit nou ook in die bywonershuis. Dit is haar land en haar mense dié!

Die huis is binne en buite pragtig skoon. Alles lyk skoon en vars. Die mure is met 'n goeie verf geverf en water en skuurseep het verder wondere verrig. Om die vloere weer skoon te kry het baie tyd in beslag geneem, maar hulle blink en glim nou en die matte waaraan tannie Maud jare geknoop het, vertoon ten beste daarop.

Haar swaar meubels skitter van jare se liefdevolle versorging en weerkaats die pragtige, ou geelkoper-erfstukke, wat sy nog destyds by haar ma gekry het.

Hulle moes party van die gordyne korter maak, maar dit was geen probleem nie. Sy is net vreeslik dankbaar dat hulle nie nodig gehad het om nuwe gordyne te koop nie.

Die lewe gaan hulle hier baie beter behandel as in die stad. Hulle het hul eie melk en die koei is so rojaal, hulle kan selfs botter en maaskaas ook maak. Die hoenders voorsien hulle van genoeg eiers en hulle het hul eie vleis. Sy wil darem eers die skape laat wei sodat hulle kan aanteel, voordat sy begin slag.

Die ou geel kombi staan blink gewas onder die boom. Mossie is besig om die ou skuurtjie se dak reg te maak sodat hulle hom ook onderdak kan kry.

Die hoë vervoerkoste wat hulle in die stad gehad het, is

darem nou ook iets van die verlede. Die tweeling sou met hul fietse skool toe ry, maar aangesien Maryna ook moet gaan, het hulle besluit dat sy maar soggens met die kombi moet ry.

Haar enigste probleem in hierdie stadium is Karlien.

Daar was destyds 'n paar polisse wat ná Pieter se dood uitbetaal is. Maryna se studie het baie daarvan ingesluk en Karlien wou, toe dit haar beurt was, nie verder gaan studeer nie. Sy het 'n kursus in blommerangskikking voltooi en toe in die stad by 'n bloemiste gaan werk.

Met Maryna, Karlien en tannie Maud wat maandeliks ruim bydra tot die huishouding, het dinge heeltemal vlot verloop. Daar was nooit 'n oorvloed nie, maar sy het die dogters se klere self gemaak en dit het gehelp om te bespaar.

Daar is nie halsoorkop besluit om hiernatoe te kom nie. Susan se siekte het die deurslag gegee. Die erfporsie het ook op 'n tydstip gekom toe sy gevoel het dat alle deure nou vir haar toegegaan het.

Dierbare ou Santjie is 'n dromer soos haar pa. Sy was al besig met haar eerste jaar in B.Mus. op universiteit, toe die ou sluimerende longkwaal van haar kinderjare haar skielik met mag en mening platgetrek het.

Die ou dokter se woorde klink nog helder in haar ore: "Anna, julle sal hierdie kind in 'n droër klimaat moet kry. Hierdie Kaapse weer is baie nadelig vir haar longe. Stuur haar maar so gou moontlik na die universiteit in Pretoria of Bloemfontein toe."

Sy het net geknik, maar haar verstand het in hoogste versnelling gewerk. Daar was net 'n klein bedrag oor van die geld wat Pieter nagelaat het. Hulle sou nie nog geld hê vir losies en die vervoerkoste elke maand huis toe nie . . . Dan was daar nog sakgeld en ekstra klere ook. Dit was net nie moontlik nie.

Karlien gee reeds meer as haar regmatige deel. Om die waarheid te sê, sy gee alles wat sy verdien. Elke maand het sy net haar busgeld gehou en die res het sy vir Anna gegee, wat dan weer gesorg het dat sy kry wat sy nodig het.

Maryna is anders. Sy gee net haar deel en dit is al. Sy steur haar nie eintlik aan hul probleme nie.

Daar was in daardie stadium net geen uitkoms nie. Susan moes vir eers maar in Kaapstad bly. Sy was gedurig siek en toe, net voor die eksamen, het die siekte haar plat in die bed gehad. Sy was so siek dat die ou dokter gesê het dat sy vir 'n volle jaar nie sal kan teruggaan universiteit toe nie.

Susan het alle belangstelling in die lewe verloor. Die afgelope drie maande het sy nog nie weer aan 'n klavier geraak nie. Sy vermy die klavier geheel en al; sy wil nie eens daar afstof nie.

As Karlien tog net hier op die dorp 'n werk kan kry, dink Anna bekommerd. Sy het ongelukkig geen ondervinding nie en hier is nie 'n blomwinkel nie.

Anna sit skielik regop. Hier is nie 'n blomwinkel of 'n bloemiste nie! Sy kou ingedagte aan haar onderlip. Hier is nie 'n bloemiste nie . . .

"Karlien! Karlientjie! Kom gou hier!" roep sy dringend.

Karlien storm by die voordeur uit. Haar oë soek benoud rond na iets wat verkeerd kan wees.

"Kom sit gou hier," sê Anna opgewonde en wys na die stoel langs haar.

"Sjoe, hoe laat Ma my skrik! Ek dog net dit is weer 'n muis."

"Karlientjie, hoekom begin jy nie met 'n blomwinkel hier op die dorp nie? Hier is glad nie een nie."

Anna sien die blye verwagting in die groen oë opspring.

"Maar, Ma, hoe? Ek bedoel, waar sal ons die geld vandaan kry? 'n Mens het tog voorraad en sulke goed nodig."

"Wel, nadat ons die vervoerkoste van die meubels betaal het, is daar nog so 'n ietsie van Susan se studiegeld oor. Sy sal nie vanjaar teruggaan nie en ek het gedink jy kan dit leen tot die einde van die jaar."

"Jislaaik, Ma! Maar dit is tog Susan se geld; ek kan dit mos nie neem nie."

"Jy leen dit net, Karlien. Jy sal ongelukkig baie hard moet werk, want jy sal dit moet teruggee voor Januarie volgende jaar."

207

"O, Mamma!" Karlien lag en huil deurmekaar. Sy spring op en druk 'n warm soen op Anna se mond.

"In my wildste, wildste drome het ek nooit gedink so iets sal waar word nie. O, Mamma, ek sal! Ek sal verskriklik hard werk en dit móét net 'n sukses wees."

Sy gaan sit weer op die punt van die stoel en knyp haar hande tussen haar knieë vas.

"Maar, Mamma, sê nou net dit is nie 'n sukses nie? Sê nou net ek kan nie die geld betyds teruggee nie? Wat dan van Susan?"

"Dan kan Susan maar 'n slag ook uitspring en help."

Hulle kyk verskrik om en sien Susan in die deuropening staan.

"Susan!" sê Anna verbaas en hou haar hand na haar uit.

"Dit is waar, Mamma, ek bedoel dit. Ek kan ook maar 'n slag uitspring en help. Ek loop met my kop in die wolke en Mamma en Karlien sukkel om liggaam en siel bymekaar te hou," sê sy beslis.

"Ag! Santjie, jy moenie nou allerhande gedagtes kry nie." Karlien staan op en plaas haar arm om Susan se skouer. "Die belangrikste vir ons is om vir jou en die tweeling goeie geleerdheid te gee. Ons is so trots op jou en ons is so jammer dat jy juis nou moes siek word."

Susan druk haar bleek wang teen Karlien se hand.

"Jy is 'n wonderlike mens, Karlien. Jy het nie gaan studeer nie, en tog is jy Mamma se slimste kind. Dit was om vir my 'n kans te gee, was dit nie?"

"Ag, bog! Ek was nie lus vir die universiteit nie en ek leef my uit tussen die blomme en plante."

"Ja, ek weet jy is lief daarvoor, maar 'n mens kry kursusse in so 'n rigting aan 'n universiteit. Al het jy net na 'n landboukollege toe gegaan," sê Susan.

"Ek sou my dood verlang het as ek so ver van die huis af moes weggaan. En basta nou met jou! Sorg jy nou net dat jy gesond word sodat jy jou studie kan voltooi. Dan trek ons ons mooiste rokke aan en ons gaan kyk na ons beroemde suster wat so statig oor die verhoog sweef en . . ."

Sy los Susan se skouer en beduie met groot gebare.

"En dan knik jy so liggies, net so effentjies, voordat jy na die klavier sweef. Dan moet jy jou rok so elegant onder jou invou en jou lang, slanke vingers 'n oomblik lank op die klawers laat rus voordat hulle soos wit vlinders saggies daaroor begin dartel.

"Wanneer die ander mense hande klap en histeries word, sal ek bo-op die stoel spring en my twee vingers in my mond sit en hard en skril fluit, soos ons altyd gemaak het met die Tarzan-flieks wanneer Tarzan op die toneel verskyn."

Susan skater dit uit van die lag, en Karlien bly verbaas stil. Sy voel die branderigheid van trane agter haar ooglede, maar dis trane van dankbaarheid!

Sy loer na Anna en haar oë is ook blink van die trane. Tannie Maud se verbaasde gesig loer om die voordeur.

"Ek kon sweer dit is Santjie wat gelag het!" sê sy.

Susan bly verleë stil. Sy het self geskrik vir haar eie lag wat vreemd in haar ore geklink het.

"Ek gaan maak gou vir ons tee," sê tannie Maud en verdwyn weer vinnig in die huis.

"Goeiemôre, buurvroue."

Die drie vroue op die stoep kyk verbaas na 'n glimlaggende Johan. "Daar is nie dalk vir 'n dorstige buurman ook 'n bietjie tee nie? Ek verbeel my ek het nou net iets van tee gehoor," skimp hy.

"Môre, Johan, kom sit." Anna skuif haar naaldwerk opsy om vir hom 'n plekkie langs haar op die bank te maak.

"Môre, Karlien," sê Johan en kyk reguit na Karlien wat hom nog nie geantwoord het nie.

Sy voel haar ma se oë waarskuwend op haar.

"Goeiemôre. Sal julle my asseblief verskoon?" vra sy styf en draai om.

Anna kyk haar fronsend agterna en draai dan na Johan.

Johan stap eers na Susan toe en steek sy hand na haar uit.

"Goeiemôre, Susan. Jy lyk werklik al beter as die eerste keer toe ek jou gesien het. Daar is sowaar al 'n bietjie kleur op jou wange."

Anna kyk vinnig na Susan. Noudat Johan dit noem: daar ís 'n bietjie kleur op Susan se bleek wange. Susan laat haar oë skaam sak en daar kom 'n beklemming om Anna se hart. Die kind moet tog nie gaan staan en verlief raak nie . . . nie op die buurman nie, nie nou nie!

"Ek en Karlien het nou net 'n sakie aangeroer . . . Ek wonder of jy ons nie dalk kan help nie?" vra Anna.

"As ek kan, sal ek met graagte help!" belowe Johan.

"Ons wil vir Karlien 'n blomwinkeltjie begin. Sy is 'n opgeleide bloemiste, en ons sien hier is nie so 'n winkel op die dorp nie."

"Die ou dorpie is altyd maar tog te bly oor nuwe sakeondernemings, tannie Anna, maar gaan dit nie 'n vreeslike probleem wees om die blomme in die hande te kry nie?" vra Johan en frons.

"Ek glo nie, Johan, die meeste bloemiste kry maar hul blomme met die vliegtuig van Johannesburg af, en dit word stewig verpak. Ons soek 'n plekkie, 'n winkeltjie waarvan die huur nie hemelhoog is nie, maar wat darem geskik is vir die doel. Jy weet nie dalk van so iets nie?" vra Anna hoopvol.

"Ek sal 'n bietjie met oom Jan gesels; hy ken al die dorp se hoekies en gaatjies," belowe Johan.

"Dit sal vreeslik gaaf wees, Johan, ons sal graag so gou moontlik wil begin. Ek is bevrees die verveeldheid is nie goed vir Karlien nie."

"Tannie Anna, ek dink nou net aan iets. Hierdie stukkie grond van julle . . . Weet julle van die fonteine op ons grens, net hier agter daardie bome?"

"Ja, ek weet van die fonteine. Hulle is sterk en die water is heerlik vars."

"Wel, daar by die fonteine – meer hier na julle kant van die fonteine – is daar 'n ideale plek waar julle kan plante kweek. Daar is groot bome en groot stukke grond wat gelyk is en die sagte grond is baie geskik vir dié doel."

"Dit is 'n wonderlike idee, Johan. Wag, ek moet vir Karlien daarvan gaan sê . . ." begin Anna opgewonde.

Johan keer haar vinnig toe sy na Karlien wil roep.

"Moenie vir haar sê die voorstel kom van my af nie, tannie Anna. Maak maar of die idee van tannie af kom, anders sal sy dit nie wil doen nie."

Anna kyk verbaas na die skewe, ongelukkige trek om sy mond en sy het baie lus en trek vir Karlien oor haar skoot en gee haar 'n ordentlike pak slae.

Sy sug. "Ek verstaan dié kind deesdae nie. Sy was nog nooit 'n onredelike mens nie, maar deesdae wil sy nie eens luister wanneer ek met haar wil praat nie."

"Sy sal eendag verstaan, tannie Anna. Eendag sal julle almal verstaan."

"Goeiemôre, Johan. Ek het gehoor jy is hier en het toe sommer 'n bietjie eetgoedjies saamgebring."

"Môre, tannie Maud. Hoe gaan dit hier?" vra Johan vriendelik.

"Ek kry net verskriklik warm. My vel voel al soos perkament," kla tannie Maud.

"Weet tannie wat het my ma altyd vir hierdie skurwe vel aan ons gesmeer toe ons nog klein was? Speensalf!" sê Johan en kyk ernstig na tannie Maud se vies gesig. "Ja, speensalf! Dié soort wat hulle aan die koeie se spene smeer, en dit het gehelp!" beduie hy.

Tannie Maud sug gelate en vra toe: "Waar koop 'n mens nogal speensalf?"

Johan kraai dit uit van die lag, want tannie Maud se gesig is vies op 'n plooi getrek.

"By die koöperasie, tannie Maud. Wanneer ek weer daar kom, sal ek vir tannie 'n blik vol saambring.

"'n Nuwe blik sal dit wees, tannie Maud, dit sal nog geseël ook wees," belowe Johan laggend.

Karlien snork van verontwaardiging in die huis toe sy Johan se vrolike lag hoor.

"Dikvellige renoster! Onderkruiper van weduwee en wese! Nou word daar saam tee gedrink op die stoep en die arme klomp simpel vroumense in hierdie huis kyk in sy blou ogies en hul knieë word soos jellie. Dis snaaks dat Ma en tannie Maud nie maar hierdie huis en hierdie ou flentertjie rooigrond ook vir hom present gee nie," brom sy hardop.

"Met wie praat jy?" vra Maryna en kom uit haar kamer gestap. Haar hare is beslis nou net gekam en sy het vars lipstiffie aan.

"Met myself," sê Karlien vererg.

"O! Is dit Johan wat hier buite is?" vra Maryna gemaak ongeërg.

"Asof jy dit nie weet nie! Waarom anders sou jy jou dan so gaan opkikker het?"

"Gmf, ek het my glad nie opgekikker nie; ek het my hare gekam. Ek is darem nie so stuurs en ongeskik soos jy nie."

"Hoor wie praat!" Ester loer oor die onderdeur.

Maryna gluur haar woedend aan.

"Jy moet uit my pad bly, snip!"

"En jy uit myne ook, oujongnooi!"

"Ag, julle twee maak my siek," sê Karlien en druk Maryna in die rigting van die voordeur. "Toe, gaan kyk in sy blou ogies en word lam. Kry sommer krampies op jou maag ook."

Maryna stap styf en regop uit op die stoep en Karlien luister verbaas na die vriendelikheid in Maryna se stem toe sy Johan groet.

Johan kuier heerlik, al langer as 'n uur. Karlien brand om die storie van die blomwinkel verder met haar ma te bespreek, maar Johan sit asof hy daar geplant is en sy weier om weer uit te gaan op die stoep.

Sy gaan haal later maar die gieter en gooi die tamatie-plantjies voor die agterdeur nat. Nadat sy die gieter gebêre het, stap sy maar af na die groentetuintjie wat ou Mossie pragtig reggemaak het. Die drade is weer styf en netjies en die hekkie swaai sommer vanself oop wanneer 'n mens sy knippie afhaak.

Vererg stap sy later huis toe. Sy gaan darem ook nie toe-laat dat hy haar uit haar eie huis verdryf nie. Sy sal eenvoudig net voortgaan met haar werk asof hy glad nie bestaan nie.

Sy hoor sy hartlike lag toe sy nader kom en haar bloed kook. Sy gaan staan botstil toe sy Maryna en sowaar ook Susan se vrolike stemme hoor.

Wel, dink sy vies, die lank begeerde seun het toe eindelik

gekom! Gelukkig het die tweeling hom vir Maryna uitge-
soek en nie vir haar nie, dink sy verlig.

Die tweeling is egter besig om hul eie plan te beraam om
Johan in die gesin te kry.

"Ester, ons kan maar van ou Maryna vergeet . . . Sy is te
verstok en sy sal nooit 'n ou soos ou Terence Hill kan . . ."

"Johan," help Ester vir Orpa reg.

"Ag, goed dan, Johan. Maar sy sal nie so 'n ou kan vang
nie; sy het net nie genoeg seksuele aantrekkingskrag nie."

"Wat is dit?" vra Ester verbaas.

"Ek weet nie, maar Wilma Viljoen het eendag so gesê by
die skool. Ek dink dit is wat met Maryna skort. Ons moet
liewer vir Karlien en Susan probeer."

"Susan? Ag nee, man, Susan kan net klavier speel. Sy sal
definitief nie 'n man kan vang nie. Sy het ook nie daai . . .
daai ding nie."

"Wel, dan bly net Karlien oor," sê Orpa beslis.

"En Karlien is goor!"

"Ek dink sy maak sommer net of sy nie van hom hou nie.
Dalk dink sy maar net ons kan nie sonder haar klaarkom
hier in die huis nie of . . ."

"Ja, sy is die een wat al die stukkende goed heelmaak en
. . . sonder haar kan ou Betta ook nie loop nie," val Ester vir
Orpa in die rede.

Hulle kyk moedeloos na die geel kombi wat gehawend,
maar blink gewas, onder die boom staan.

"Ja, ek dink ook Karlien moet maar hier bly. Miskien
moet ons haar maar uitlos. Ek en jy sal nie vir ou Betta aan
die gang kry nie en Susan . . . Susan sukkel om haarself aan
die gang te kry."

"Wag 'n bietjie! As ons vir Karlien 'n man kry, dan is daar
mos 'n man in die huis!" meen Ester.

Orpa spring regop en gryp Ester om die lyf.

"Dit is 'n uitstekende plan! Ons sal moet dink dat ons
ba- . . ."

"Jy moenie dat Ma jou hoor nie, dan kry ons weer albei
pak, want . . . want . . ."

" . . . want as een vloek, dan vloek julle albei!" sê hulle 'n rympie op en vou toe dubbel soos hulle lag.

Karlien stap by die agterdeur in net om geskok vas te steek.

Johan sit by die kombuistafel en die res van die vroumense is besig om kos op te sit vir middagete.

Johan het 'n mes en help Maryna aartappels skil.

Die vrolike, huislike atmosfeer, met 'n man in hul midde, bring onverwags trane in Karlien se oë.

Johan is die enigste een wat haar in die deur opmerk. Die ander is besig, of luister na tannie Maud wat weer een van haar talle stories vertel.

Die glimlag verdwyn stadig van sy gesig af en sy oë hou hare gevange. Niemand is bewus van die twee se afgetrokke gesigte nie. Vir Karlien voel dit asof Johan al die woede, frustrasie en agterdog stadig met sy reguit blik uit haar tap.

Anna sien haar raak en steek haar sommer dadelik in die werk.

"Kom, Karlien, kom maak jy solank vir ons 'n nagereg. Johan eet vanmiddag by ons." Anna druk die resepteboek in haar hand en buk by die kas om solank die bestanddele uit te haal.

Karlien neem die boek woordeloos en kyk waar haar ma dit oopgemaak het. Sy kry die mengbak en klitser en begin werktuiglik die bestanddele meng.

Johan en Maryna gesels opgewek en Karlien is verbaas omdat die stil, gewoonlik onvergenoegde Maryna so vrolik is.

Hulle gaan sit later weer op die stoep, terwyl hulle wag dat die kos gaar word. Tannie Maud het die vleis al vroegoggend in die oond gesteek en net die groente moet gaar word.

Karlien gaan sit saam met hulle op die stoep, maar sy neem nie juis aan die gesprek deel nie. Haar ma se verwytende blikke ontneem haar egter die moed om weer stil-stil te verdwyn.

"Ons hou oor twee weke vendusie op my plaas. Dit is

altyd baie interessant. Ná die vendusie die aand braai ons vleis en dans sommer 'n bietjie in die skuur. Julle is baie welkom! Dit is die eintlike rede hoekom ek vanoggend hier is . . . om . . . e . . . om julle te nooi."

"Baie dankie, Johan, e . . . maar ek weet nie of ons sal kom nie . . ." sê Anna huiwerig.

"Ag, asseblief, tannie Anna. As ek baie mooi vra, sal julle nie maar kom nie?" vra Johan pleitend.

"Maar ons ken nie eens die mense nie en . . ."

"Maar nou kan tannie-hulle juis die mense léér ken. Ek sal dit vreeslik waardeer, want . . . e . . . sien, ek wou eintlik 'n guns ook vra," kom dit onseker van Johan.

"Ja, boet?" vra tannie Maud dadelik hulpvaardig.

"Ek weet ek is seker nou vreeslik voor op die wa, maar ek . . . Dit is die eerste keer dat daar 'n vendusie op my plaas gehou word en ek wil graag hê alles moet baie goed verloop," verduidelik Johan onbeholpe.

"Nou wil jy hê ons moet kom help met iets?"

"Asseblief, tannie Maud. As julle net vir my kan omsien na die kos. Ek sal sorg dat alles daar is . . . as ek net betyds weet wat alles benodig word. Die huishulp op die plaas kan niks anders as rys, vleis en aartappels kook nie. Ek wil so graag hê ons moet lekker slaai en toebroodjies saam met die braaivleis voorsit en miskien . . ."

Karlien staan vererg regop. Hy wil hê hulle moet soos armblankes gaan werk in die huis wat eintlik aan hulle behoort. Hy wil seker hê die hele omgewing moet sien dat hy nou die heer en meester van Standersfontein is.

"Seker, my kind, ons doen dit met graagte!" Anna bedoel dit opreg, maar Karlien gee haar so 'n vernietigende kyk dat sy verskrik wonder wat nou skort.

"Ek sal nie daar wees nie, Ma!" sê Karlien parmantig en ignoreer Anna wat haar woordeloos met haar oë smeek om stil te bly.

Johan kyk verleë na Karlien. Hy het verwag dat sy iets daarteen sou hê, maar dit was die enigste manier om hulle op Standersfontein te kry.

"Ek sal nie soos 'n bedelaar in sy . . . daardie huis wat ons

215

s'n moes gewees het, gaan werk nie. Laat hy sy eie kok kry en betaal vir die spysenering. Hy het mos baie geld."

"Karlien! Ag nee, my kind! Dat ek die dag moet beleef dat ek my kop in skaamte vir een van my kinders moet laat sak," sê Anna verslae.

"Ek is jammer, tannie Anna. Dit is my eie skuld. Ek moes daaraan gedink het. Dit . . . e . . . dit is in elk geval nie so bedoel nie," sê Johan verleë en staan stadig op.

Anna staan skielik voor hom en druk hom in sy stoel terug.

"Sit, Johan! Ek dink ek moet nou praat terwyl ons almal hier bymekaar is.

"Karlien!" keer sy vinnig toe Karlien by die stoep wil afspring.

"Dit is juis vir jou ore ook bedoel. Kom sit!" sê sy met soveel gesag dat Karlien stil op die muurtjie neersak.

"My pa en ma was baie gelukkig getroud en ek was hul enigste kind. Ek was bederf en moedswillig en het my aan niemand gesteur nie. Ek moet vir hulle party dae 'n bittere teleurstelling gewees het." Sy sluk swaar, maar gaan dan moedig voort.

"Ek was in matriek toe ek vir Pieter Joubert ontmoet het. Ons was onmiddellik dolverlief. Pieter was 'n gewone bankklerk en hy het daardie jare 'n baie gemiddelde salaris gekry. Bedorwe soos ek was, wou ek na geen mens luister nie . . . nie eens na Pieter wat wou hê ons moet die volgende jaar eers trou nie. Ek wou Junie trou en daar was geen salf aan my te smeer nie.

"My ouers het gesoebat en geraas en toe eindelik gedreig dat ek nie 'n sent van hulle sou kry nie. Ek het dit weggelag. Ek het in my lewe nooit gebrek geken nie; ek het nie geweet wat dit is nie en ek het sommer net aangeneem dat Pieter my al die dinge sou kon gee waaraan ek gewoond was." Sy kyk ver uit oor die veld, haar oë mistig van die herinnering aan die verlede.

"En toe my sin gekry . . soos gewoonlik! Ek het vir Pieter gesê ons trou in Junie of glad nie en so is ons daardie Junie getroud. Ek het nie eens 'n matrieksertifikaat gehad nie.

216

Ek het niks gehad om op terug te val sodat ek kon help om iets te verdien nie; veral toe ek sonder sorg gelaat is met vyf jong dogters."

'n Doodse stilte heers op die stoep en dit laat haar sug hard klink.

"My pa was destyds woedend. Hy het reguit vir Pieter gesê dat hy net met my trou omdat hy wag vir my erfporsie. Pieter was bleek van woede en het gesweer dat hy nooit, al sterf ons ook van honger, 'n sent van my pa sal aanvaar nie. Ek . . . hy het ook nooit nie!

"Ons was twee jaar getroud toe Maryna haar opwagting maak. Ons het bitter swaargekry. Ons moes in die stad bly. Behuising was duur, die vervoer was duur, die kos was duur en ek . . . ek was duur, want ek het mos nooit geleer om te spaar nie.

"Ek het vir die eerste keer kom kuier toe Maryna 'n baba was. My ma was toe reeds baie siek. Ek en my pa het weer versoen geraak en dit was 'n wonderlike vakansie. My pa wou weet hoekom ons nooit die geld gebruik het wat hy vir ons gestuur het nie. Ek het nie daarvan geweet nie. Pieter het die tjeks vernietig sodat ek nooit eens van die geld bewus was nie. My pa het my lank stil aangekyk nadat ek vir hom gesê het ek het nog nooit 'n tjek van hom ontvang nie. Hy het net sy kop geskud en gesê: 'Die mannetjie hét meer murg in sy pype as wat ek gedink het.'"

Sy vee ongemerk 'n traan met haar sakdoek af en rol die sakdoek dan ingedagte tussen haar vingers rond.

"Kort ná die vakansie is my ma oorlede. Ek kon nie weer vir die begrafnis kom nie, want ek het toe vir Karlien verwag en was baie siek. Skaars 'n jaar ná my ma se dood is my pa weer getroud.

"Die vrou was nie veel ouer as ek nie, met 'n seuntjie van ongeveer ses jaar oud. Ek kon dit nie aanvaar nie, omdat sy soveel anders as my ma was. My ma was 'n statige, waardige vrou, maar hierdie vrou was sommer . . . goedkoop. Ek het nooit weer kom kuier nie. Ons het heeltemal vervreem geraak. Ek het so een of twee keer probeer skryf, maar ek het nie juis geweet wat om te sê nie.

217

"Toe Pieter agt jaar gelede dood is, het ek my pa laat weet, maar hy het net 'n telegram van meegevoel gestuur; dit was al.

"Twee jaar later is sy vrou oorlede en ek het omtrent drie maande daarna 'n kort briefie van hom ontvang. Dit was so 'n ou patetiese briefie dat ek dae lank gehuil het. Ek het gehuil omdat ek so koppig was en omdat ek hom so in die steek gelaat het. Hy was eensaam en alleen. Wie was ek om hom te verwerp omdat hy ná my ma se dood met 'n minderwaardige vrou getroud is? Hy was eensaam en sy eie dogter was so besig met haar eie probleme dat sy nie belang gestel het in sy eensaamheid nie."

Anna sluk swaar.

"My kind, daarom kan dit my nie skeel aan wie hy sy goed bemaak het nie. Ek is net innig dankbaar oor hierdie huis wat vir ons as 'n toevlugsoord gekom het toe ons eie wêreld om ons donker geword het. Ek het niks gedoen om selfs hierdie huis te verdien nie. Ek het ook eensaamheid geken ná Pappa se dood en ek verstaan nou eers hoe my pa moes gevoel het," sê sy en kyk pleitend na Karlien.

Karlien staar verwese voor haar uit. Anna trek haar aan haar hand nader en trek haar op haar skoot neer. Sy druk die bruin krulkop teen haar skouer vas.

"Ek was ook soos jy, opstandig oor alles, Lientjie. Ek weet hoe groot die teleurstelling vir jou was, veral nadat ek julle van die groot huis en die mooi plaas vertel het. Maar, as ons regtig eerlik met onsself wil wees, is hierdie huis en hierdie stukkie grond alles wat ons nodig het. Ons het soveel meer ruimte as in die beknopte woonstel."

Sy vryf liggies die skraal skouertjies onder die rooi geruite hempie.

"Ek waardeer alles wat jy al die jare opgeoffer het . . . wat julle almal opgeoffer het. Ek sou vir julle graag meer wou teruggee as hierdie huis en hierdie stukkie grond, maar dit is al wat ek het om aan julle te bied en ek bied dit uit die diepte van my hart aan!

"Maar ek wil nie hê dat jy onskuldige mense moet seermaak, net omdat jy dink iets kom jou toe nie, want dit is nie

218

so nie. Ek het niks gedoen om enige vergoeding van my pa te verdien nie."

Johan sluk swaar aan die branderigheid in sy keel. Hy wens hy kan die opstandige klein sproetneus vat en haar styf teen hom vasdruk totdat sy hyg na asem. Haar mond moet hier by sy gesig wees en hy wil haar warm asem in sy nek voel en die sagte vel van haar arms onder sy hande. Hy wil die sproete op haar neus tel en die sagte mond moet bewe onder syne . . .

Die wêreld draai skielik om Johan en hy skud sy kop om weer perspektief te kry. Raak hy nou skielik mal?

4

Karlien is kinderlik opgewonde oor die plan om haar eie kwekery by die fonteine te begin.

Sy en Mossie werk van soggens vroeg tot laat saans. Hulle maak houttafels en rakke waarop die plante kan staan. Hulle maak 'n kweekhuis om die plante te beskerm teen insekte en veral voëltjies en torre. Dit bied ook die nodige skaduwee aan die jong plantjies. Ou Mossie weet sommer net wat om te doen. Karlien het lankal in haar hart besluit dat ou Mossie die beste ding is wat nog met hulle gebeur het.

Sy blaai snags tot watter tyd deur tydskrifte om bolle en plantjies te bestel. Saad, struike en selfs vetplante word by die bestellings gevoeg.

Jan Visser het sommer net die dag nadat Johan by hulle was, kom kuier om vir Karlien te kom vertel van die winkeltjie wat ideaal geskik is vir die doel waarvoor sy dit wil hê. Ongelukkig sal die plekkie eers oor twee maande beskikbaar wees. Aanvanklik was sy teleurgesteld, totdat sy besef het dat dit ook maar 'n hele rukkie sal duur voordat haar voorraad hier kan uitkom, want alles moet in Suid-Afrika bestel word. Dit is nie soos in Kaapstad waar 'n mens sommer na die groothandelaars toe kan ry nie.

Sy beplan haar bestellings sorgvuldig. Daar moenie te veel

van 'n soort wees nie. Dit moet net genoeg wees vir twee maande; sy kan nie bekostig om te veel geld uit te gee nie.

Sy het dieselfde dag nog na die winkeltjie gaan kyk en dit was werklik ideaal geskik vir die doel waarvoor sy dit wil gebruik.

Sy en Mossie het ook mates geneem sodat hulle solank rakke kan maak wat net geïnstalleer kan word sodra die winkel ontruim is.

Tannie Maud kom met die briljante voorstel dat hulle speelgoed moet maak om ook in die winkeltjie te verkoop. Muise, honde, eendjies en paddas van allerhande kleure hoop op die eetkamerkas op.

Karlien kan nie soggens vroeg genoeg opstaan om in die grond te vroetel en te plant nie.

Anna hoor haar met 'n ligte hart soggens vroeg koffie maak. Haar kind is gelukkig. Vir die eerste keer is sy werklik gelukkig omdat sy naby die aarde is en kan plant en spit.

Maryna is ook meer tevrede en rustig. Sy kry nog haar buierige dae, en Anna weet dat sy dan weer tob oor die verlede. Die ontsierende frons is egter nie so gereeld meer op haar gesig nie.

Susan slaap haar dae om. Die verandering van die lug doen haar net goed! Sy is beslis baie beter as toe hulle hier aangekom het.

Dit is egter die tweeling wat Anna bekommerd maak. Sy hou hulle dop, want sy kan sommer sien dat hulle bose planne smee. Sy kan dit agterkom aan die manier waarop hulle tydig en ontydig verdwyn.

"Ester, julle moet gou vir Karlien gaan roep, ons wil ontbyt eet," beveel Anna die tweeling een oggend.

"Ja, Ma," kom dit gedienstig van die twee, terwyl hulle vinnig by die agterdeur uit verdwyn.

"Ek sê jou, ons moet vir tannie Maud aan ons kant kry. Sy sal 'n plan kan beraam sodat ons vir Karlien by Terence . . . by Johan kan kry. Hy is baie boos vir haar omdat sy so ongeskik was," sê Ester bekommerd.

"Ja, hy het daardie dag nie verder 'n woord met haar gepraat nie. Hy het net so stil-stil sy kos geëet en hy was nog nie weer hier nie," beaam Orpa.

"Hy het darem met die ou oom . . . watsenaam . . . gereël vir haar vir 'n winkeltjie!" sê Ester hoopvol.

"Ag, dit is ook maar net omdat Ma hom gevra het. Hy sal enigiets vir Ma doen," kom dit beterweterig van Orpa.

"Dit lyk vir my ons sal maar vir Ma 'n man moet soek."

"Is jy dan nou simpel? Wat wil ons met 'n pa maak?" vra Orpa verbaas.

"Alle kinders het pa's," antwoord Ester lakoniek.

"Ons nie, en ons wil ook nie een hê nie. Dan moet 'n mens altyd jou kamerjas aantrek wanneer jy van die badkamer af kom en ons mag ook nie ons klere in die badkamer hang nie," sê Orpa verontwaardig.

"Hmmm . . . ja-nee, dit sal goor wees. Ek dink ook nie ons moet lol met 'n pa nie," stem Ester in.

"Karlien, Ma sê jy moet kom eet!" skree Orpa hard.

"Hoesê?" roep Karlien van ver af.

"Ma sê jy moet kom eet!" gil Orpa weer terwyl sy haar hande soos 'n trompet voor haar mond hou.

"Orpa, kan jy nie maar 'n bietjie nader gaan en vir Karlien gaan roep nie?" vra Anna vies. "As ek wou skree, kon ek dit self gedoen het."

"Niemand anders kan my mos hoor nie, Ma. Ons het nie meer bure agter die muur nie."

Anna haal gelate haar skouers op. Dit is ook waar. Dit het al so 'n gewoonte geword om die bure in die woonstel langs jou in ag te neem, dat dit jare sal duur om dit af te leer.

Tannie Maud kom van die hoenderhok se kant af met haar kantsambreeltjie deftig oor haar skouer en 'n mandjie eiers in die ander hand.

"Tannie Maud, gaan tannie nou perderesies toe?" vra Orpa en kreun soos sy lag.

"Vir jou inligting, jonge dame, ek beskerm my vel. Jy gaan een van die dae net so vol plooie wees soos Mossie se vrou, en so bruin soos jou paar kerkskoene!"

"Dit is die mode om so bruin en lenig te wees, tannie Maud," sê Orpa wysneusig.

"Onsin! Julle is meisies en moet en sal wit wees, al moet ek julle self elke aand met varkvet en speensalf insmeer," dreig tannie Maud.

"Jig," ril Orpa.

"Tannie Maud," fluister Ester sag en sameswerend in haar oor, "kom stap gou so 'n entjie saam met ons, ons wil vir tannie iets vertel."

Tannie Maud loer skuldig oor haar skouer en verdwyn dan rats vir haar vol postuur saam met die kinders agter die skuur in.

Sy is 'n samesweerder soos min en die twee blondekoppe weet dit baie goed.

"Tannie Maud, ons wil hê Terence . . . ag, ek bedoel Johan moet sinnigheid kry in Karlien. Maar sy is muf, sy baklei net altyd met hom en nou is hy so boos vir haar!" verduidelik Orpa.

Tannie Maud gaan sit versigtig op 'n omgekeerde emmer en kyk toe vraend na die tweeling.

"Nou wat kan ons doen? Sy was vervlaks ongeskik nou die dag. As ek Johan is, praat ek nooit weer met haar nie," sê tannie Maud afkeurend.

"Tannie Maud, man, Karlien is ons enigste hoop! Ou Maryna is goor; sy het nie . . ." Ester het die woord vergeet en kyk hulpeloos na Orpa.

"Sy het nie seksuele aantrekkingskrag nie," sê Orpa ongeërg.

"Wat?" hyg tannie Maud en laat val amper die eiers.

Ester gaan vinnig voort: "Maak nie saak nie, tannie. Sy is in elk geval goor en suur en Susan is te deur die blare. As die man haar wil soen, sal sy daar in die verte staar en nie weet wat om te doen nie. Sy is net met Beethoven en al daardie ou spul gepla. Sy moet maar liewer bly klaviere speel."

"Ja-nee, ek verstaan wat julle bedoel. Dit is net Karlien . . ." sê tannie Maud en sug swaarmoedig. "Nou wat wil julle nou doen?" vra sy en kyk hulle ernstig aan.

"Ons wil haar op Johan se plaas kry, sodat hy kan dink sy is jammer omdat sy so ongeskik was."

"Maar ons gaan mos Saterdag," sê tannie Maud verlig.

"Sy sal nie gaan nie. Tannie Maud ken haar mos. Maar ons het gedink as hulle nou voor die tyd by mekaar kan uitkom, dan sal sy miskien gaan; veral as sy nou weet hy is nie meer kwaad nie."

"Hmmmm . . ." sê tannie Maud en vryf nadenkend oor haar voorkop.

"Ester! Orpa! Kom eet!" gil Anna wat skoon vergeet het dat sy oomblikke tevore met die kinders oor presies dieselfde ding geraas het.

Die drie staan vinnig op en stap kombuis toe.

Tannie Maud is diep ingedagte. Hulle sal iets moet doen. Hulle kan nie met vyf meisies in die huis so 'n aantreklike, vriendelike jong man deur hulle vingers laat glip nie.

Karlien is stralend en sy gesels aanmekaar.

"My kweekhuis en die aangrensende stukkie grond wat ons reggemaak het, is so te sê klaar. Nou moet die plantjies en kassies en goed net kom. Ek gaan solank die eerste saadjies sommer in tamatiekissies saai, dan kan hulle solank groei. Die plastiekhouers wat ek bestel het, sal seker nog 'n week of twee neem voordat dit hier is. Ek kan hier by die koöperasie heelwat saad kry," babbel sy opgewonde.

"Karlien," knip tannie Maud die eensydige gesprek kort, "gaan jy nie vanoggend dorp toe nie?"

"Ja, tannie Maud, ek gaan saad kry en die man by die winkel het vir my 'n paar kissies wat ek gou wil gaan haal."

"Ek wil saamry, asseblief!" sê tannie Maud ongeërg.

"Seker, tannie Maud. Sal tienuur vroeg genoeg wees?"

"Heeltemal, dankie."

Orpa loer vinnig na Ester. Hulle ken hul tannie Maud. Iets broei in haar kop! Orpa skop vir Ester stilletjies onder die tafel en hulle kyk ongeërg op hul borde.

"Ek wil net gou weer gaan kyk, want ou Mossie is besig om pype aan te lê van die fonteine af na my kweekhuis toe. Kan ek maar gaan, of moet ek eers help met die skottelgoed?" vra Karlien.

"Nee, hartjie, hier is oorgenoeg hulp. Draf gou sodat ons kan dorp toe gaan," verseker tannie Maud haar.

Toe Karlien agter die bome verdwyn, staan tannie Maud vinnig op en stap na die telefoon toe.

Sy draai die slinger vinnig en behendig asof sy haar hele lewe lank al hierdie plaastelefoon gebruik. Die tweeling hou haar bewonderend dop.

"Goeiemôre, is dit Johan wat praat?" vra sy vriendelik.

"Ja, dit is hy," antwoord Johan.

"Dit is tannie Maud hier, Johan."

"My aarde, tannie Maud, maar dit is 'n verrassing. Waarvandaan skakel tannie?" vra Johan verbaas.

"Ons het drie dae gelede al 'n telefoon gekry," vertel sy.

"Tannie Maud, skort daar iets?" vra Johan bekommerd.

"Nee, nee, glad nie. Ons gaan nou dorp toe en ek wou sommer daar by jou 'n draai kom maak sodat ek kan kyk wat ons alles nodig het vir Saterdag en of ons nie dalk borde of tafeldoeke of sulke goed moet saambring van die dorp af nie," verduidelik sy.

"Aarde, tannie Maud, dit is dierbaar van jou, maar ek dink regtig nie dit sal nodig wees nie. Julle is in elk geval baie welkom om te kom inloer. Ek sal julle vreeslik graag hier wil hê vir 'n koppie tee."

"Nou maar goed, Johan, ons maak dit elfuur se kant," sê tannie Maud ingenome.

Die twee blondekoppe glimlag sameswerend op na haar toe sy die gehoorstuk neersit.

"Jy is darem 'n ou doring van 'n planmaker, tannie Maud!"

"Julle sê net niks; nie eens vir jou ma of vir die ander nie. Julle ken vir Karlien. Sy kan so steeks soos 'n donkie raak!" sê tannie Maud streng.

"Nie 'n woord nie, tannie Maud. Maar . . . kan ons nie maar saamgaan nie?" vra Ester pleitend.

"Volstrek nie! Julle sal weer alles opbodder," sê tannie Maud streng.

Karlien is stiptelik tienuur gereed. Tannie Maud ook. Sy is netjies uitgevat met pêrels en oorkrabbertjies en 'n silwerskoon spierwit kantsambreeltjie. Daar is nie 'n grys haartjie uit sy plek nie.

Al die bestellings by die huis is geneem en Karlien neurie vrolik toe hulle op die teerpad indraai.

"Waar wil tannie Maud wees?" vra sy opgewek.

"Net gou by die dokter, asseblief, Karlien."

"Is dit weer die ou rug wat pla?" vra Karlien, haar groen oë skielik ernstig van kommer.

Tannie Maud knik.

"Dit is van al die swaar goed wat tannie help rondskuif het. Hoekom het tannie nie al eerder gesê nie?" verwyt Karlien.

"Ag, hy was nog nie so seer dat ek wou kla nie," skerm tannie Maud.

"Nee, maar tannie Maud kla mos nie, nie voordat dit dalk eendag te laat is nie."

Tannie Maud se oë word sag. "Ou moedertjie! Jy bekommer jou ook oor almal."

"Tannie Maud, jy is vir ons baie, baie dierbaar. Jy is die vrolikste iets wat nog in ons lewe gekom het."

Tannie Maud soek vinnig in haar handsak na 'n sakdoek en snuit haar neus hard.

"Ag nee, Karlien! My oë traan dan nou van die stof."

"Nare ou Suidwes-stof, nè?" sê Karlien laggend en vryf die wit handjie wat in haar skoot lê.

"Julle is vir my ook dierbaar, Karlien, almal van julle. Ek wens net . . ."

"Dat een van julle 'n seun was om die Jouberts se naam . . ." begin Karlien die reeds bekende sin.

Tannie Maud lag. "Ag, toe nou! 'n Mens sou sê ek het dit al vantevore gesê."

Die groen oë, wat so ernstig op tannie Maud rus, is sag. Sy is vir hulle soos 'n tweede moedertjie, want sy het nooit kinders van haar eie gehad nie. Sy is 'n vrolike mens. Sy is altyd so waardig en statig, maar sy kan dikwels met die kostelikste dinge en sêgoed vorendag kom.

Haar twee fyn wit handjies staan ook vir min dinge verkeerd. Sy het reeds vir elkeen van hulle 'n groot mat geknoop, wat hulle moet saamneem wanneer hulle die dag trou. Die tapisserieë wat sy al uitgewerk het, verfraai omtrent elke vertrek in die huis.

Voor die dokter se spreekkamer hou Karlien stil en tannie Maud klim waardig af.

"Jy hoef nie saam te stap nie. Kom kry my maar net wanneer jy klaar is."

Karlien se inkopies is sommer vinnig afgehandel. Sy het net gou 'n vinnige draaitjie by haar winkeltjie gaan maak om die vensters te meet.

Sy was skaars 'n halfuur weg, toe hou sy weer voor die spreekkamer stil.

Alles is kraakskoon binne-in die spreekkamer, maar anders as in die stede, is die spreekkamer heeltemal leeg. Daar is nie pasiënte wat in rye sit en wag nie. 'n Jong meisie sit agter die ontvangtoonbank.

"Goeiemôre, juffrou," groet die meisie vriendelik en haar tande glim in die oggendson.

"Goeiemôre, ek het net my tante kom haal, mevrou Crawford."

"Lord Crawford se vrou?" vra die meisie met 'n geamuseerde glimlag.

Karlien glimlag breed en knipoog vir die meisie.

"Ja, lord Crawford se vrou." Hulle lag skelm en knipoog vir mekaar toe tannie Maud die spreekkamer binnekom.

'n Ouerige dokter vergesel haar al geselsend tot by Karlien.

"Dit is my broerskind, dokter Vermaak," sê tannie Maud trots.

"Aangename kennis, juffrou." Die vriendelike blou oë kyk belangstellend na Karlien.

"Aangename kennis, dokter. U gaan nog heelwat van ons hoor en sien. Ons is 'n yslike groot gesin."

"Dit sal vir my 'n vreugde en 'n voorreg wees, juffrou." Hy buig liggies in haar rigting. Karlien bewonder sy sjarme en hy kruip sommer diep in haar hart.

Die dokter stap saam tot by die motor en help tannie Maud galant in.

"Wel, tannie Maud?" vra Karlien toe hulle wegry.

Tannie Maud wuif eers vir die dokter by die hek voordat sy antwoord.

"Dit is maar 'n ou storie. Ek moet glo oefeninge doen vir my rug."

"Watse oefeninge?" vra Karlien verbaas.

"Dit het niks met julle uit te waai nie, want dan boelie julle my weer en ek is nie van plan om soos 'n slang op die mat te lê en kriewel en kreun nie."

Karlien skater dit uit van die lag en elke keer wanneer sy na tannie Maud kyk, wat so styf en regop in haar sitplek sit, oorval 'n nuwe lagbui haar weer.

Karlien sien die stywe trek op tannie Maud se gesig en sy probeer haar lag bedwing.

"Ek is jammer, tannie Maud, ek wou nie regtig vir tannie lag nie," mompel sy.

"Nee. Lag maar vir 'n ou mens! Dit is baie mooi. Ons het julle mos so grootgemaak," sê tannie Maud gekrenk.

"Ag, tannie Maud, ek lag oor wat jy sê. Tannie kan altyd 'n ding so snaaks beskryf, soos nou net met 'n slang wat kriewel en kreun!" proes Karlien.

Tannie Maud antwoord haar nie, maar steek net haar hand uit toe sy wil afdraai huis toe.

"Nee, ry aan, Karlien. Ek moet net gou hier by Johan wees."

Karlien rem so vinnig dat die stof agter die voertuig op-slaan. "Hoekom?" vra sy met 'n kwaai frons.

Tannie Maud beskou haar uit die hoogte.

"As jy my nie wil neem nie, dan kan jy my maar hier af-laai. Dit is net twee kilometer ver. Ek sal sommer stap!" sê sy en maak die deur vinnig oop en probeer uitklim.

"Nee, wag, tannie Maud. Jy kan nie hierdie ent stap nie. Ek . . . ek wou maar net geweet het," sê Karlien, skakel die kombi aan en ry terug op die teerpad.

Die statige ou plaashuis op Standersfontein is werklik 'n droomhuis. Dit is groot en indrukwekkend. Die tuin is pragtig en baie goed versorg. Die huis wek die indruk van 'n outydse fort.

227

"Dit is mooi, nè, tannie Maud?" sê Karlien vol bewondering.

"Ja, dit is mooi!" sug tannie Maud en Karlien kyk bekommerd na haar. Sy is nooit swartgallig nie en daardie sug het diep uit haar siel gekom.

"Skort daar iets, tannie Maud?" vra sy bekommerd.

Sy skud net haar kop ontkennend.

"Dit . . . dit is maar net dat jou oom Charles, my man, werklik 'n lord was, al glo niemand my nie. Hul huis daar in Engeland het amper so gelyk. Dit was ook so indrukwekkend met die groen grasperke rondom en die mooi tuin.

"Ons was baie gelukkig, al was ons van twee verskillende volke. Sy mense was natuurlik baie ongelukkig daaroor, veral toe ek nie vir hulle 'n erfgenaam kon gee nie. Dis daarom dat hy moes afstand doen van die titel . . ."

"Sies tog, tannie Maud, 'n mens dink altyd dat tannie Maud net die sonskynkant van die lewe ken, omdat tannie altyd so vrolik en opgewek is . . ." sê Karlien en kyk haar ondersoekend aan.

"Ons het almal maar ons skadukolle, my kind."

Sy betrap Karlien se bekommerde blik op haar en stadig begin haar oë weer vonkel.

"'n Mens moet net nie die skaduwees 'n kans gee nie, dan maak dit mufkolle. Jy moet die vensters oopmaak sodat die son kan inkom."

Die honde kom blaffend nader toe hulle op die werf stilhou.

Johan praat gebiedend met die honde en hou die deur galant vir tannie Maud oop. Hy lyk groot en manlik en baie, baie aantreklik in sy geruite oopnekhemp en kakiebroek.

Karlien sit stil agter die stuurwiel. Sy weet nie wat nou van haar verwag word nie. Johan los tannie Maud se hand en stap om na haar kant van die motor om die deur vir haar oop te maak.

"Welkom op Standersfontein," sê hy vriendelik.

Karlien kyk strak voor haar. Tannie Maud hou haar afwagtend dop. Toe maak sy egter haar sambreeltjie ongeërg oop en begin aanstap huis toe.

"Wil jy nie maar afklim nie, Karlien? Ek belowe ek sal jou nie byt nie, ook niks vat wat joune is nie!" sê Johan tergend.

Karlien kyk vinnig op. Sy sien die tergliggies agterin sy helderblou oë en sy laat haar wimpers vinnig sak.

Sy klim haastig uit en ignoreer sy uitgestrekte hand.

Hy lag sag agter haar. "Jy is mooi wanneer jy kwaad is, weet jy? Ek het jou nog nie vriendelik gesien nie, maar . . ."

Haar oë blits.

"Maar jy is nog mooier wanneer jy 'n rok aanhet, soos nou. Ek het jou ook nog nie vantevore in 'n rok gesien nie," sê hy met 'n grinnik, maar daar is duidelike bewondering in sy oë.

Sy antwoord hom nie, maar stap net vinnig voor hom uit na die stoep toe.

Sy hand omvou haar elmboog toe hulle met die stoep- treetjies opstap. Sy probeer haar arm ongemerk wegtrek, maar toe sy tannie Maud se waaksame blik op haar betrap, hou sy net haar rug styf en regop en stap ongeërg verder.

Johan bestel vir hulle tee. Toe die huishulp die skinkbord bring, is dit duidelik dat die hand van 'n vrou ontbreek.

Die breekgoed is pragtige, fyn porselein en die silwer- teestel is duidelik antiek, maar alles is dof en leweloos en oninteressant gerangskik. Die pragtige silwerteepot is vol vlekke en Karlien se hande jeuk om dit te poets totdat dit sag glim en sy prag kan vertoon.

Die lappie op die skinkbord is vol teevlekke en selfs die koppies het vlekkies langs die ore in die uitgekerfde groe- fies.

Die tee is egter heerlik en die koekies is veerlig.

"Wie bak vir jou koek?" vra tannie Maud nuuskierig ter- wyl sy soos 'n fynproewer daaraan proe.

"Hierdie koekies het tante Renate-hulle gebak. Hulle boer so vyftig kilometer hiervandaan," verduidelik Johan.

"Is hulle familie van jou?" vra tannie Maud weer.

"Nee, dit is sommer net vriende. Ek en Gerda is al jare

229

lank groot vriende; dis nou tant Renate se dogter. Hulle twee boer alleen. Die oom is jare gelede al dood, maar ek wens tannie kan daardie plaas sien. Hier is nie 'n boer wat by hulle twee kan kers vashou nie."

"Seker min boervroue ook, te oordeel na hierdie koekies!" sê tannie Maud.

Die koekie in Karlien se mond proe skielik vir haar smaakloos en sy sit die helfte daarvan ongemerk in haar piering neer.

Die tuin met sy pragtige struike en blomme trek Karlien soos 'n magneet aan.

"Sal jy omgee as ek 'n bietjie in jou tuin rondstap?" vra sy vir Johan.

"Nee, glad nie. As tannie Maud wil saamstap, dan neem ek julle so 'n bietjie rond."

"Nee dankie, Johan, ek is nie baie lief vir oefening nie," maak tannie Maud vinnig verskoning.

"Sit gerus, ek wil net 'n paar van daardie struike van naderby gaan bekyk," sê Karlien koel vir Johan.

Johan staan galant op totdat sy van die stoep af is en gaan dan weer by tannie Maud sit.

Hulle gesels heerlik oor allerhande beuselagtighede en die gesprek gaan later oor die klompie vroue daar so alleen op die plaas. Tannie Maud verseker hom laggend dat hy hom glad nie oor hulle moet bekommer nie. Daar is min dinge wat hulle nie self kan doen nie. Karlien veral is maar die praktiese een.

Johan glimlag onskuldig. "Dit lyk vir my dit is net 'n muis wat julle op hol kan jaag."

Tannie Maud lag heerlik. "Maar . . . 'n muis is 'n grillerige ding, met sy lang stert wat so bewe wanneer hy hardloop!"

Johan skaterlag. "Wel, dit is die eerste keer dat ek hoor 'n mens is bang vir 'n muis se bewerige stert."

Sy gesig versomber skielik toe hy aan die dag dink toe hulle almal die muis van kant wou maak. Hy dink aan Susan met haar deurskynende vel en die donker kringe onder die oë.

"Wat makeer Susan, tannie Maud?" vra hy sag.

230

"Dit is haar longe. Ek ken nie die presiese mediese term nie, maar haar longe is swak. Sy het die kwaal al van haar kinderdae af. Sy is 'n begaafde pianiste. Sy het juis musiek gestudeer en aan die einde van haar eerste jaar, net voor die eksamen, het die ou kwaal haar heeltemal platgetrek.

"Die dokters het Anna al maande vantevore gewaarsku dat sy die kind na 'n ander universiteit in 'n droër klimaat moet stuur. Ons kon egter nie, want die losiesgeld en vervoerkoste was te hoog; ons het net genoeg geld gehad vir haar klasgeld en boeke."

Maud sug en kyk peinsend na Karlien waar sy deur die tuin dwaal.

"Arme Karlien . . . sy is die een wat die swaarste dra aan die laste van die familie."

"Hoe dan so, tannie Maud?" vra Johan nuuskierig. "Maryna is tog die oudste en die een wat klaar gestudeer het, soos ek kan aflei."

"Ja, sy is." Tannie Maud skud haar kop en byt haar onderlip ingedagte vas.

"Sy is net anders; nie soos Karlientjie nie. Ek weet nie wat het gebeur nie. Sy het in die eerste jaar toe sy begin skoolhou het, 'n kêrel gehad. Hulle twee het gepraat van trou. En toe, op 'n dag, het hy net nie meer kom kuier nie. Maryna het net maerder en stiller geword. Ons vermoed maar dat hy bang geword het dat hy dalk met die hele gesin opgeskeep sal sit." Sy sit onbewustelik meer regop en stoot haar ken uit.

"Asof ons nooit 'n sent van iemand anders sal aanneem," sê sy opnuut verontwaardig.

Sy bly eers 'n ruk stil terwyl sy oor die tuin uitkyk.

"In elk geval, ons weet tot vandag toe nie wat presies gebeur het nie. Maryna het geskiet vir 'n pos by 'n ander skool in die stad en nooit weer die man se naam genoem nie. Sy het net meer toegeskulp. Sy dra haar deel tot die huishouding by, maar dit is al. Maar Karlien is 'n ander soort meisie. Sy gee elke maand haar volle salaris net so vir Anna. Sy sal sonder klere loop solank daar vir Susan of vir die tweeling iets gekoop kan word."

231

Johan se oë volg die skraal postuurtjie wat kort-kort by 'n struik buk om beter te kan sien. Sy ruik aan die blomme en voel met haar vingers aan die blare. Sy hart gaan uit na die klein mensie wat soveel op haar skraal skouertjies gelaai het. Hy kan haar teleurstelling oor die plaas skielik baie beter begryp.

Tannie Maud kyk hom met 'n stil glimlaggie aan en haar grysblou oë vonkel ondeund.

"Ek . . . ek dink jy moet vir haar gaan vertel wat daardie struik se naam is. Ek is seker sy sal baie graag wil weet."

Johan kyk vinnig op en die vonkel in haar oog werk aansteeklik op sy helderblou oë.

"Dink tannie so? Dan moet ek gaan." Hy staan vinnig op en stap na haar toe, waar sy agter 'n struik met groot wit blomme sit.

"Dit word eintlik 'n boom; hulle noem dit die bruid-se-onderrok."

Karlien kyk vinnig op. Sy tergende blou oë rus ondeund op haar.

Sy slaan haar wimpers skaam neer. "Ek . . . ek het gewonder wat sy naam is, want ek ken dit glad nie."

"Dit kom uit Angola. Ek het die steggie so 'n jaar of wat gelede saamgebring toe ek daar gaan vakansie hou het."

"Weet jy nie wat die botaniese naam is nie?" vra sy.

"Ongelukkig nie, ons ken dit maar almal net op daardie naam."

"Dit is baie mooi!" sê Karlien waarderend.

"Kan ek vir jou 'n steggie gee? Dit groei baie maklik," bied hy aan.

Sy kyk verleë na hom. Sy voel skaam oor haar kinderagtige gedrag. Sy het haar kleinlik gedra en nog steeds is hy vriendelik met haar.

"Sal jy? Ek sal dit vreeslik graag wil hê," sê Karlien skaam.

Johan se oë hou hare 'n hele paar oomblikke gevange en Karlien ondervind 'n lam gevoel hier in die omgewing van haar maag. Sou dit die krampies wees waarvan die tweeling praat? wonder sy verskrik.

"Sal jy . . . e . . . kom jy ook Saterdag vendusie toe?" vra Johan.

"Ek weet nie, ek . . ."

"As ek baie mooi asseblief vra, sal jy dan?" val Johan haar pleitend in die rede.

'n Dowwe rooi gloed sprei stadig oor Karlien se wange en Johan kan sy oë nie van haar afhou nie. Sy is vir hom te pragtig met die verleë, blosende gesiggie.

Sy kyk vinnig af na die wit blom wat hy afgebreek het en nou haar hele hand vol lê, en toe knik sy net.

Johan buk af, sodat hy ook op sy hurke sit, om haar vierkant in die oë te kyk.

"Regtig? Jy sal nie weer kop uittrek nie?" vra hy tergend.

Sy glimlag verleë op in sy oë.

"Nee, ek sal nie . . . ek sal kom help."

"Jy hoef nie te kom werk nie," belowe Johan vinnig.

"Ek sal graag wil . . ." sê sy sag.

Johan staan op, trek haar aan haar hande op en hou hulle 'n oomblik lank in syne vas. Hulle is skurf en vol eelte en hy vryf ingedagte met sy duim daaroor. Sy probeer dit verleë uit syne trek.

Sy helderblou oë met die sagte lig wat hare gevange hou, maak haar lighoofdig. Skielik voel sy vies vir haarself omdat sy soos 'n bakvissie in sy oë staan en kyk en nog daaroor bloos ook. Sy trek haar hande vinnig uit syne.

Johan sê een van die werkers aan om vir haar 'n steggie van die bruid-se-onderrok af te steek en in die kombi te sit.

Hulle kuier nog 'n rukkie en tannie Maud belowe om die volgende oggend te kom kuier sodat sy alles in orde kan kry. Sy lig een van die teekoppies op en bestudeer dit teen die lig. Vir die eerste keer sien Johan die lelike teevlekke aan die koppies se ore en in die gleufies.

"Dankie, tannie Maud. Sien, 'n man weet nie waarna om te kyk nie."

Johan kyk reguit na Karlien en vra: "Kom jy môre saam met tannie Maud?"

233

"Ek twyfel . . . ek . . ." stamel sy onseker.

"In daardie geval sal ek tannie dan sommer vroeg kom haal en later terugneem," stel hy voor.

Karlien is vies vir haarself. Sy sal baie graag môre wil kom en daar is niks wat sy dringend by die huis moet doen nie. Sy wil net graag die huis van Standersfontein binne ook sien, probeer sy haarself oortuig.

5

Die voorskootbataljon, soos Johan stilletjies sy buurvroue gedoop het, is vroegdag al op die plaas om alles in gereedheid te bring vir die vendusie.

Die tafels is soos vir 'n kerkbasaar op die groot stoep gerangskik. Die glase en koppies word opgevryf en reggesit. Op die stoof is ou Vytjie se groot pot kerrie en rys vir middagete. Die braaivleis vir die aand is reeds vroegoggend gereed en in die vleiskamer weggepak.

Tannie Maud en Anna besluit om die toebroodjies en sommige van die slaaie eers in die namiddag te maak. Daar is egter al van die slaai wat hulle vroeg kon maak en in die yskas bere.

Die kombuis op Standersfontein is modern en groot en elke vrou se droom.

Anna staan verleë in die kombuis rond. "Dit lyk heeltemal anders. Dit is baie gemoderniseer," sê sy.

Die huis binne is ook net so pragtig soos Karlien haar dit voorgestel het. Hier en daar herken Anna van hul oorspronklike meubels. Daar is egter pragtige, antieke stukke wat seker van Johan se familie kom. Anna is egter te skaam om Johan daarna uit te vra, omdat sy bang is dat hy sal dink sy vra omdat sy dink dit behoort aan haar.

Die volvloertapyte is van karakoelwol en die meeste van die gordyne handgeweef, wat getuig van onverbeterlike smaak.

Die swaar, outydse meubels laat reg geskied aan die pragtige ou huis. Al wat nog hier kortkom, is 'n vrou se hand, net om aan dit daardie tikkie andersheid te verleen.

Die boere kom van vroeg af al aan. Die blink motors en bakkies kom soek koelte op die werf onder die bome.

Die tweeling het net verdwyn. Susan, Maryna en Karlien is egter druk besig by die koffietafel.

Johan kom stel elkeen van die aankomelinge eers aan hulle bekend voordat hulle na die krale verdaag. Hulle besef egter dat hulle nooit al die name sal onthou nie, dus glimlag hulle maar net vriendelik en kruip daarmee sommer diep in die Suidwesters se harte.

Susan staan haar plekkie bo verwagting goed vol. Anna beduie met 'n bly gevoel om haar hart vir tannie Maud dat Susan net vir kort rukkies in die stoel rus, voordat sy weer begin koppies was en aandra.

Die meeste vroue wat aankom vir die vendusie dra denim- of kakielangbroeke. Maryna, wat ook 'n langbroek-pakkie aanhet, stamp liggies aan Karlien en vestig haar aandag daarop, want Karlien, wat baie verknog aan haar denimlangbroeke is, was vanoggend koppig en het haarself in 'n ligte somerrokkie en spierwit sandale uitgevat.

"Sien jy nou, Karlien," sê Maryna en beduie na die vroue wat eenkant op die stoep staan en koffie drink, "daardie vroue het almal denims aan. Ek het jou mos gesê 'n vendusie is nie 'n ding waarheen 'n mens 'n rok aantrek nie."

"Ag, ek kry net te warm vir 'n langbroek vandag," sê Karlien terwyl sy ongeërg omdraai en nog koffie maak.

Sy kan self nie verklaar hoekom sy vanoggend juis 'n rok wou aantrek nie. Dit kan tog nie wees omdat Johan gesê het sy lyk mooi in 'n rok nie . . . natuurlik nie. So verspot sal sy tog darem nie wees nie. Sy kry net te warm, dis al!

Johan kom na hulle toe aangestap saam met 'n pragtige meisie. Haar roesrooi hare hang op haar skouers en glinster soos gepoetste koper in die oggendson. Sy lag na hom toe op en haar tande blink wit teen haar songebruinde vel.

"Kan ek julle dames voorstel? Dit is Gerda Schults en hierdie dames is almal my buurvroue," sê Johan en hy stel hulle elkeen voor. Toe neem hy vir Gerda aan die arm na

235

binne om haar aan Anna en tannie Maud ook te gaan bekend stel.

Niemand lewer kommentaar nie. Hulle kyk net die twee laggende mense wat so pragtig by mekaar pas, stil agterna totdat hulle in die kombuis verdwyn.

"Wel, hier is nou niemand om my aan die dames voor te stel nie, dus sal ek my maar self voorstel. Ek is Eben Retief en een van julle drie Jouberts is my nuwe onderwyseres. Watter een?" hoor hulle 'n manstem vra.

Drie gesigte staar hom eers ernstig aan en toe bars hulle uit van die lag.

"Ek is. Ek is Maryna en dit is my susters Karlien en Susan," sê Maryna met 'n breë glimlag.

"Aangename kennis, juffrou Maryna en haar susters."

Karlien voel die dankbaarheid deur haar spoel. Dit is duidelik dat Maryna se skoolhoof 'n dierbare, vriendelike mens is. Hy is so lank dat Karlien behoorlik haar nek agteroor moet buig om hom in die oë te kyk, en hy is so maer soos 'n garingbiltong. Sy bruin oë is lewendig en vriendelik en sy digte swart hare vertoon reeds effens grys langs die slape.

"Wel. Juffrou Maryna, ek dink ons moet elkeen 'n koppie koffie in die hande kry en dan ontvoer ek jou tot daar onder die groot koeltebome. Ek is seker dat jou twee mooi susters so 'n rukkie die fort kan hou. Ons het vreeslik baie dinge om te bespreek, aangesien die skool Dinsdag begin."

Maryna skink vir hulle elkeen 'n koppie koffie en hy dra dit al geselsend vir hulle tot by 'n bank onder die bome. Hulle gesels en lag asof hulle mekaar al jare ken.

"Wel, ou Maryna is nie te sleg af nie; ek verstaan hy is 'n oujongkêrel," kom dit droog van Susan.

"Haai, San, waar hoor jy dit?" vra Karlien verbaas.

"By die tweeling. Hulle het gister gaan swem en daar by die swembad maats ontmoet wat hulle goed ingelig het omtrent die dorp se mense."

"Hulle twee sal darem bly wees as hulle vir een van hul susters 'n man kan kry, sodat daar 'n man in die huis kan wees," sê Karlien spottend.

Susan lag en knik in die rigting van die groot flambojant waar die twee blondekoppe kort-kort om die stam van die boom verskyn.

"Hulle is reeds op die aanval. Kyk hoe hou hulle die arme Maryna dop," lag Susan.

"Wat sien julle twee wat so interessant is?" vra Johan, kom staan agter Karlien en loer oor haar skouer.

Dit is egter Susan wat hom vrolik inlig: "Ons kyk net waarmee daardie twee sussies van ons besig is. Hulle kan mos die onheiligste goed uitdink."

"Hulle is dierbaar; ek sou glad nie omgee om twee sulke pragtige sussies te hê nie," sê Johan verlangend.

"Oe," blaas Karlien haar asem hard uit, "laat ek jou 'n storie vertel, hulle kan die onmoontlikste goed uitdink!"

Johan lag. "Is dit nie maar 'n vroulike kwaal nie?" vra hy tergend.

Karlien kry nie die geleentheid om hom te antwoord nie, want 'n lang, aantreklike man, fyn uitgevat van die punte van sy skoene tot by die krawat wat netjies by sy oopnek-hemp pas, kom lui na hulle toe aangeslenter.

"Goeiemôre, dames. Ek verstaan dit is die room van ons dorpie wat hier voor my staan," sê hy terwyl sy oë oor Karlien en Susan gly.

Johan se gesig raak heeltemal geslote en Karlien kyk verbaas na hom. Nie eens die kere toe sy so ongeskik teenoor hom was, het hy so 'n ysige, geslote uitdrukking op sy gesig gekry nie.

"Môre, Bert. Kan ek jou voorstel? Dié twee dames is albei juffrouens Joubert."

Bert kyk na Johan en lig sy een wenkbrou.

"Ek kan myself voorstel, dankie, meneer Lindeque," sê hy sarkasties.

Karlien sien hoe Johan sy groot hande in vuiste bal, totdat sy kneukels wit skyn. Verbaas wonder sy wie die man kan wees wat soveel emosie in die oënskynlik goedgeaarde Johan kan ontketen.

Johan draai sonder 'n verdere woord om en stap vinnig weg.

Karlien en Susan staan verleë voor die vreemdeling.

"Ek is Bert Landman, dames; die wettige, of sal ek sê regmatige erfgenaam van Standersfontein as dit nie was vir . . ."

"Hoe dan so, meneer Landman? Het die grond dan nie aan ene meneer Joubert behoort nie?" val Karlien hom in die rede, want sy kan die verband tussen Bert Landman en Standersfontein glad nie insien nie.

"Heeltemal reg, juffrou Joubert, aan jou oupa." Hy lag geamuseerd vir die verbaasde uitdrukking op hul gesigte. "O, ek weet wie julle is en dat julle hier op die stukkie by-wonersgrond sit. Ek is baie bly om julle hier te sien, want as die grond my dan nie toekom nie, dan behoort dit beslis aan een van julle, maar nie aan 'n buitestaander, 'n onder-kruiper nie."

Die man gee Karlien koue rillings. Om die een of ander rede hou sy nie van hom nie. Sy sal egter graag wil vasstel op grond waarvan hy sulke aantygings maak. Hy moet tog 'n rede daarvoor hê.

"Hoe pas jy in die prentjie, meneer Landman?" vra sy.

"Ek? Ek, juffrou, is oom Jaap Stander se stiefseun en toe almal hom verlaat het, het my ma hom opgepas en ná haar dood het ek alles net so gelaat en plaas toe gekom. Toe hy . . ."

"Môre, Bert. Ons het dan gehoor jy is Europa toe," groet een van die jong boertjies vriendelik en staan nader vir kof-fie.

Bert draai vererg om en stap na die ander boere by die krale.

Karlien bewe van ingehoue woede. Wat sou die gladde mansmens nog van haar oupa sê? Maar sy sal die storie uit-snuffel. Miskien sal sy nou vasstel hoe Johan dit reggekry het om in besit van hierdie plaas te kom.

Die mans verdwyn almal na die krale toe en die vroue kom rustig by Karlien en Susan sit en gesels.

Die vendusie hou aan tot middagete. Van die boervroue help kos inskep en uitdeel en ná die middagete kom almal

238

eers op die heerlike, groot stoep byeen om gesellig saam te kuier. Hulle drink rustig koffie en sit stil agteroor en gesels totdat die ergste hitte verby is.

Vieruur verdwyn die mans weer. Gerda kom en gaan saam met die mans. Hulle gesels met haar oor boerdery-aangeleenthede sonder om ooit daaraan te dink dat sy 'n vrou is. Sy word eenvoudig aanvaar as een van hulle.

Karlien sien gelukkig nie weer vir Bert nie. Selfs Johan is skaars en die paar keer dat sy hom wel sien, is Gerda aan sy sy.

Die vroue het help opruim en slaai maak vir die vleis-braai. Anna en Maud is aan die stuur in die kombuis en die boervroue voer laggend en gewillig al hul opdragte uit.

Die son gooi lang skaduwees oor die pragtige tuin en 'n stille vrede kom nestel oor die plaaswerf.

Die vroue verdwyn een-een in die pragtige badkamers van die kasteelagtige ou huis en verskyn later vars en skoon op die stoep.

Karlien en Maryna gaan soek eers die tweeling om hulle ook badkamer toe te stuur voordat hulle en Susan hulle ook gaan verfris. Karlien is skielik baie dankbaar oor haar kreukeltrae rokkie wat nog netjies en vars daar uitsien. Sy borsel haar bruin hare totdat dit sag blink en daar nie meer 'n krieseltjie stof daarin te bespeur is nie. Sy lyk fris en vars toe hulle die mans op die groot grasperk inwag.

Johan dra 'n tafel, wat dien as 'n kroegtoonbank, op die stoep uit. Toe word almal met ligte drankies bedien.

Die reuk van die vleisbraaivure meng behaaglik met die reuk van die veld en sweef oor die rustige omgewing.

'n Stil vrede, soos sy nog nooit vantevore ervaar het nie, neem van Karlien besit. Sy rus met haar kop teen 'n pilaar en sluit haar oë. Haar hele menswees smelt saam met die rustigheid van die omgewing.

"Is jy moeg?" Johan se stem is sag en smelt saam met al-les wat so rustig en tevrede is hier binne-in haar.

Sy hou haar oë nog 'n rukkie gesluit om eers die gefladder van haar hart tot bedaring te bring voordat sy hulle stadig oopmaak.

239

Sy glimlag stil. "Nee, ek is sommer net rustig."

"Ek is bly," sê hy sag.

"Hoekom?" vra sy effens verbaas.

"Omdat jy rustig is hier en omdat jy ook die vrede van hierdie ou plaas kan aanvoel."

Sy blou oë hou hare 'n ademlose oomblik gevange. Hy maak sy mond oop om nog iets te sê, maar bedink hom dan, draai stil om en stap weg.

"Kan ek maar hier by jou sit?" vra Bert Landman.

'n Ligte rilling gaan deur Karlien en sy vryf ongemerk oor haar arms asof sy koud kry.

"Seker," antwoord sy egter kalm.

"Ek is natuurlik nie welkom hier op die plaas nie, maar na 'n vendusie word niemand genooi nie. As ek nie met so 'n geleentheid van my kans gebruik maak nie, sal ek my erfgrond nooit sien nie." Sy oë versomber en sy stem raak hees.

"En . . . dit is nou maar eenmaal so dat hierdie wêreld in jou bloed kruip. Jy kan jou nie hier wegskeur nie. Jy sal altyd maar terugkruip, al word jy ook soos 'n hond van jou eie grond af weggejaag."

Karlien kyk vinnig op en sy sluk swaar aan die weersin wat skielik in haar opstoot.

Verward wonder sy wat die waarheid is.

Sou Johan dalk regtig hierdie man van sy regmatige erfgrond beroof het? Sy kan dit amper nie glo nie, want ondanks alles hou sy nie van Bert Landman nie. Hy is net té glad met sy mond.

Haar sin vir regverdigheid kry egter die oorhand en sy kyk met meer simpatie na hom.

"Wat het dan gebeur?" vra sy reguit.

"Ek wil nie graag stories aandra nie . . . ek . . . ek wil liewer hê julle moet self die waarheid agterkom," sê hy, skielik huiwerig.

"Watter waarheid, meneer Landman?" por Karlien.

"Omtrent hierdie verband op Standersfontein. Nie net die verband nie, maar ook die verkoop van die plaas aan Johan Lindeque net voor oom Jaap se dood. Ek is seker daarvan dat iemand met baie geld Johan gehelp het. Ek glo geen oomblik dat hy as jong boertjie soveel gehad het om so 'n groot verband op hierdie plaas te neem nie. E . . . wat het van daardie geld geword? Oom Jaap kon dit onmoontlik uitgeleef het in vyf jaar. In sy toestand . . ."

"Was die palas dan oorspronklik aan jou bemaak, meneer Landman?" val Karlien hom in die rede.

"Aan wie anders sou oom Jaap dit bemaak het?" vra hy en klink opreg verbaas. "Ag, ekskuus, juffrou Joubert, ek het vergeet dat jy sy kleinkind is, maar vir soveel jare was ek al wat hy gehad het. Ek bedoel, jou ma of een van julle het tog nie werklik verwag om die plaas te erf nie?" vra Bert met 'n fyn nuanse van sarkasme, wat Karlien nie ontgaan nie, in sy stem.

Karlien staan vinnig op.

"Meneer Landman, ek is jammer, maar ek is nie bereid of bevoeg om hierdie familie-aangeleentheid met jou te bespreek nie," sê sy kortaf.

"Ag, kom, Karlien. Dit is tog óns familie, dan nie?" vra hy vriendelik.

"Nogtans verveel die gesprek my. Verskoon my, asseblief."

Karlien bewe soos 'n riet. Sy stap vinnig deur die huis na die kombuis toe en skink vir haar 'n glas water wat sy dorstig uitdrink om die bewing in haar te probeer stil.

Sy hou nie van Bert nie, maar die saadjie van agterdog wat die eerste dag by haar posgevat het, is vinnig besig om te ontkiem.

"Skort daar iets, Karlien?" vra Johan en kom staan agter haar.

"Ek het gesien Bert gaan sit by jou en dat jy ontsteld is," sê Johan en kan die woede nie uit sy stem hou nie. "Ek sal hom sowaar as wat ek leef, gee wat hy verdien as hy dit durf waag om jou of een van julle te ontstel."

"Nee, nee, dit is niks nie. Hy is ook maar net lief vir die grond; hy het hier grootgeword en hy sê hy verlang na die plaas, wat seker te verstane is," stamel Karlien.

Johan se hande sluit vas om haar skouers en hy draai haar om na hom toe.

241

"Is dit regtig so? Is dit wat jy ook glo, Karlien? Glo jy sy stories dat ek sy erfporsie op 'n slinkse manier van hom afgerokkel het?" vra Johan ernstig.

Sy het nie die moed om hom in die oë te kyk nie en hou dus net haar oë vasgenael op sy hempsknoop wat half-pad los is. Werktuiglik steek sy haar hand uit en maak die knoop vas.

Johan se hand sluit warm om haar vingers op sy bors en hy druk hulle daar vas.

"Kyk vir my, Karlien!" sê hy bevelend.

Sy kyk stadig op, en haar groen oë swem in die trane.

"Is dit wat jy dink, Karlien?" vra hy weer dringend.

"Ek . . . ek weet nie. Ek weet nie meer wat om te dink nie, alles is so deurmekaar. My ma sê . . ." 'n Droë snik glip sag uit.

Johan druk haar liggies teen hom vas en streel die bruin hare sag.

"Jou ma is 'n wonderlike en wyse mens en binnekort gaan ek vir julle die hele storie vertel. Vertrou my net, sal jy?" vra hy pleitend.

Sy knik liggies.

Johan haal sy sakdoek uit en vee baie teer die trane van haar wange af. Toe vat hy haar hand en stap saam met haar by die agterdeur uit.

"Kom ons gaan kyk na die vleis," sê hy gemaak opge-wek.

In stilte stap hulle tot by die vure. Karlien is dankbaar vir die donker sodat sy haar emosies onder beheer kan kry.

Die vleis is gaar en die ete word kort daarna voorgesit. Die braaivleis is heerlik en almal eet, soos gewoonlik, te veel.

Eben kom maak hom gedurende die ete weer langs Ma-ryna tuis en hulle gesels soos ou vriende.

Karlien beskou hulle onderlangs en sy voel diep dank-baar. Suidwes is vir hulle goed, baie goed!

Ou Susantjie is soveel beter en oor 'n paar maande, so sê dokter Vermaak, behoort sy nie meer te weet van haar probleem met haar longe nie.

Anna is so gelukkig vandat sy terug is hier op eie bodem en tannie Maud is ook buitengewoon vrolik. Karlien soek tussen die mense na tannie Maud. Haar oë word sag toe sy haar in gesprek met dokter Vermaak opmerk. Haar wit handjies fladder wanneer sy beduie en aan dokter Vermaak se growwe, aansteeklike lag kan sy aflei dat sy weer op dreef is met een van haar interessante stories.

Die tweeling is moeg en sit styf langs Anna wat haar arms beskermend om hulle het.

Karlien staan op en stap na hulle toe.

"Julle twee kan mos maar in die kombi gaan slaap as julle moeg is," stel sy voor.

"Dankie, sus, maar ons wil nog kyk hoe dans die mense. Hulle gaan glo nou begin," verseker Ester haar.

"Nou maar goed, maar as julle wil gaan slaap, kan julle maar. Ek sal julle dra wanneer ons by die huis kom," belowe sy.

Die musiek klink ook sommer dadelik ná hierdie aankondiging van Ester uit die skuur op.

Almal verskuif toe ook sommer na die skuur.

Die vloer is skoon gevee en vol meel gestrooi. Vir die Jouberts is hierdie outydse plaasdans in die skuur 'n hele belewenis.

Johan en Gerda open die dansbaan en die ander val sommer gou in. Die musiek is polsend en vol ritme en elkeen geniet elke oomblik.

Maryna en Eben dans ook en Karlien en die tweeling kyk met blink oë na hul ousus wat vanaand so straal. Die ousus van hulle met haar donker hare en oë, is mooi. Sy is skraal, maar tog vroulik en die langbroekpak wat sy dra, laat haar jonk en vrolik lyk en die ander Jouberts hou haar trots dop.

Tannie Maud sit styf en regop en waai haar liggies koel met 'n fyn waaiertjie. Haar oë volg Maryna en Eben deur die skuur. Sy wys Maryna vir dokter Vermaak wat bevestigend knik. Aan die trotse manier waarop tannie Maud agteroor sit, kan Karlien amper raai wat sy nou net gesê het.

'n Skraal, jong man met ernstige oë kom vra Susan om

243

te dans. Susan loer verleë na haar ma en weet nie wat om te doen nie.

Die man kyk half verward rond en dink toe dat hy eers Anna se toestemming moet kry.

"Mag ek met u dogter dans, tannie?" vra hy hoflik.

"Seker," sê Anna vriendelik, "ek dink net jy moet wag totdat daar 'n stadiger nommertjie speel. Sy was baie siek en is nog nie sterk nie. Sy moet haar nie vermoei nie," sê sy en glimlag vriendelik.

"Ek is baie jammer om dit te hoor; dan los ons dit maar liewer," sê hy teleurgestel.

Anna kyk na Susan se teleurgestelde gesig en trek toe die jong man op die stoel langs haar neer.

"Sit net so 'n oomblikkie. Ek dink sy sal baie graag met jou wil dans," verseker sy hom.

Die jong man se oë is nog steeds op Susan wat blosend probeer wegkyk.

"Ek is Werner Greeff. Ons het nog nie eens ontmoet nie, hoewel ek weet dat u mevrou Joubert is," sê hy glimlaggend.

"Ek is sommer net tannie Anna, en dit is Susan," stel Anna die twee aan mekaar voor.

Werner kan sy bewonderende blik net nie van Susan af hou nie.

"Boer julle ook in die omgewing?" probeer Anna die gesprek aan die gang hou toe sy sien hoe skaam Susan is.

"Nee, tannie, my pa is die bankbestuurder en ek studeer nog. Ek is in Bloemfontein op universiteit."

Die musiek verwissel na 'n stadige wals en Werner staan galant op en buig voor Susan.

Karlien kry lekker tot in haar tone toe haar twee mooi susters so wegdans. Albei glimlag stralend. Die hartseer kom roer stadig onder haar hart, maar sy onderdruk die gevoel. Sy was nog nooit selfsugtig nie, en sy sal dit ook nie nou wees nie. Al gevoel wat sy haar sal toelaat, is 'n diep gevoel van dankbaarheid omdat hulle almal hier gelukkig gaan wees.

'n Hand rus skielik warm op haar skouer en sy kyk vinnig op. Johan se blou oë lag vriendelik af in hare.

"Sal jy met my dans?" vra hy galant.

Karlien staan stil op en skuif in sy arms. Die wals is stadig en dromerig en sy gee haar heeltemal oor aan die ritme.

"Jy dans baie lekker, juffrou Joubert!" sê hy tergend.

"Jy ook, meneer Lindeque."

Johan lag en trek haar 'n bietjie stywer in sy arms.

"Baie dankie vir alles wat julle vandag vir my gedoen het." Hy buig af en fluister in haar oor: "Ek noem julle altyd my voorskootbataljon."

Karlien kyk verbaas op in sy oë voordat sy uitbars van die lag.

Johan kyk af na haar laggende gesiggie en hy voel lus om haar vrolike mondjie te soen.

Sy oë vonkel toe hy sê: "Maar met my voorskootbataljon sal ek nie sommer skoorsoek nie. Ek het so 'n vermoede dat hulle klompie kan saamstaan en dan het niemand 'n kans teen hulle nie."

"Dit kan jy weer sê. Ons is nie so sterk nie, maar ons is so baie," sê Karlien laggend.

Ester en Orpa pomp mekaar in die ribbes en beduie met hul koppie vir tannie Maud om die res van die verwikkelinge uit haar hoek te bespied aangesien hulle nou niks meer kan sien nie. Sy knik styf en die tweeling weet dat hul boodskap reg en duidelik ontvang is.

Johan hou Karlien op die baan vir nog twee danse. Karlien sien uit die hoek van haar oog die donker frons op Gerda se gesig, maar die rustigheid en vrede in Johan se arms laat haar anderpad kyk.

"Kom ons gaan soek 'n bietjie vars lug," sê Johan en stuur haar na die opening van die skuurdeur. Hy los nie haar hand nie, maar stap stil en rustig aan tot ver verby die ligkol van die stoep.

Die naggeluide klink stil en rustig om hulle. Die musiek klink ver en baie romanties. Die soel nagluggie waai verfrissend teen Karlien se kaal arms.

"Ek het nie netnou klaar gepraat nie. Ek wou net baie dankie sê vir alles wat julle vandag hier gedoen het. As ek weer eendag vir julle iets kan doen, sal dit vir my 'n groot

245

voorreg wees. Ek waardeer dit regtig vreeslik baie," sê Johan opreg.

"Ag, dit was 'n plesier!" antwoord Karlien verleë.

"Was dit regtig, Karlien, of het jy dit maar net gedoen omdat jou ma dit van jou verwag het?" vra Johan reguit.

"Johan, ek is jammer oor al die onaangename dinge wat ek al gesê het. Ek . . . ek hoop jy sal my vergewe."

"Hoekom, Karlien? Weer eens omdat jou ma verwag dat jy my om verskoning moet vra of omdat jy self besef dat dit valse aantygings was?" vra Johan.

"Ek weet nie. Ek weet nie wat hier aangaan nie; dit verwar my. Ek besef egter nou dat ek geen seggenskap het oor 'n ander se eiendom nie. As Oupa die grond wettig aan jou bemaak het, sou ek dit heeltemal aanvaar het, maar . . . ek wil nie hê dat jy dit op 'n oneerlike manier . . ."

"Dan is dit tog wat jy die hele tyd gedink het, Karlien?" val Johan haar gekrenk in die rede.

Karlien voel ellendig. Sy wil nie oneerlikheid aan hom koppel nie, maar wat moet sy glo? Niemand kom ook met die waarheid vorendag nie.

"Is dit wat jy dink, Karlien?" vra Johan weer.

"Ag, ek weet nie, Johan. Ja, dit is wat ek aan die begin gedink het, maar wil jy nie maar vir my vertel hoe die hele legkaart inmekaar pas nie?"

"Sal dit dan help as ék jou vertel? Sal jy my glo?" vra Johan en sy stem klink koud en onvriendelik en Karlien voel nog ongelukkiger.

"Jy het tog van die begin af gedink dat ek die plaas op 'n oneerlike manier in die hande gekry het . . . en niks wat ek sê, sal dit in jou oë verander nie."

"Johan!" sê Karlien sag en sy klink so verlore dat Johan gaan staan en na haar draai.

"Ja?" vra hy.

"Toe maar, ek sal seker wel die een of ander tyd agter die waarheid kom."

Johan draai om en los haar hand.

"Ek dink ons moet maar teruggaan," sê hy styf.

Karlien sluk aan die trane. Hierdie nare gewoonte wat sy

246

het om altyd die laaste woord te wil hê, laat haar deesdae gereeld in die moeilikheid beland. Kon sy nie maar stilgebly het nie? Nou is Johan weer van voor af vir haar kwaad, en dit maak dan nou so seer! In stilte stap hulle terug.

"Karlien!" roep Anna na haar. "Ek en tannie Maud wil maar huis toe gaan; die tweeling is ook doodmoeg en moet in die bed kom. Sal julle omgee om ons net gou terug te neem, dan kan julle mos weer kom?"

"Ek . . . ek wil ook nou gaan. Ek sal net gou vir Maryna gaan vra om ons te neem. Dan kan sy mos terugkom," sê Karlien en draai om.

"Dit is nie nodig nie. Ek kan tannie-hulle gou huis toe neem of ek kan later die meisies bring," bied Johan styf aan.

Hy draai na Karlien. "Jy kan maar nog dans. Hier kom Bert Landman juis aan." Hy buk oor en fluister in haar oor: "Jy glo hom mos eerder as vir my en . . . hy dans ook beter as ek."

Haar oë blits en sy verwerdig haar nie eens om hom te antwoord nie, maar stap net styf en regop na Maryna toe.

Eben wil niks van hul reëlings weet nie en bied aan om Maryna en Susan huis toe te neem.

Susan en Werner is in 'n wêreld van hul eie. Hulle sit stil en gesels en af en toe dans hulle wanneer daar stadige musiek speel.

"Susan, ons gaan nou huis toe, maar Eben Retief sal jou en Maryna netnou huis toe bring as jy nog 'n rukkie wil bly."

Werner staan vinnig op. "Mag ek haar maar sélf huis toe neem, juffrou Joubert?" vra hy hoflik.

Karlien glimlag vriendelik.

"My naam is Karlien, hoor. Ek dink dit sal jy gou vir my ma moet vra."

Werner laat hom ook nie twee maal nooi nie en kom met 'n breë glimlag terug toe Anna instem.

Hulle moet eers die skottels, bakke, tafeldoeke en nog heelwat ander goedjies in die kombuis kry voordat hulle kan vertrek.

247

Johan laai alles in die kombi en help toe die twee ouer vroue in die voertuig.

"Moet ek nie maar saamry sodat ek alles kan gaan help aflaai nie?" vra hy bekommerd.

"Nee dankie, Johan. Ons is al so gewoond daaraan om alles self te doen, dat ons al skoon verleer het om te wag dat iemand anders dit doen," wys Anna die aanbod laggend van die hand.

Johan sit sy hande onder Karlien se arms en tel haar vinnig in die kombi voordat sy kan teëstribbel. Sy kyk vererg na hom.

"Baie dankie!" sê sy sarkasties.

"Ag, dit is 'n plesier! Jy is so klein, ek dink nie jy het al geleer om alles vir jouself te doen of te besluit nie," sê hy gemaak ernstig.

Karlien skakel die enjin aan en trek met skreeuende bande weg.

Karlien sien woedend in die truspieël Johan se wit tande in die maanlig flits soos hy glimlag.

6

Die skool het reeds 'n week gelede begin en alles is stil en rustig by die huis. Karlien het soveel tyd tot haar beskikking dat sy nie weet wat om met haarself aan te vang nie. Sy wens al die tyd om sodat die voorraad kan kom en sy haar struike, plantjies en bolle kan begin plant.

Die saadjies wat sy in die kissies geplant het, het al opgekom en stoot hul derde stel blaartjies uit. Hulle kan al een van die dae uitgeplant word. Die grond is vrugbaar en die plantjies groei welig.

Susan begin weer klavier speel en die suiwer note vul die stil plaaslug. Daar is 'n vonkel in haar oë en haar wange kry elke dag 'n bietjie meer kleur. Karlien wonder of dit is omdat Werner deesdae so gereeld hier kuier dat Susan weer lus is vir die lewe. Sy is bekommerd, want Werner moet môre teruggaan universiteit toe en sy wonder of Susan dan nie weer in haar morbiede stiltes sal verval nie.

Maryna is 'n nuwe mens. Die liefde het so stil-stil weer na haar toe gekom. Sy is vrolik en dartelend en lyk jare jonger as haar vyf-en-twintig jaar. Sy dra haar hare weer los en nie meer in die groot bolla agter haar kop soos vroeër nie.

Elke slag wanneer Karlien in Maryna se blink bruin oë kyk, bid sy woordeloos: *Mag sy tog hierdie keer gelukkig wees.*

Karlien vroetel al van ligdag af in haar kweekhuis. 'n Benoude geblaas buite laat haar egter vinnig omspring en by die kweekhuis uithardloop.

Sy gaan staan verbysterd doodstil op een plek, nie gebore in staat om te beweeg nie.

Haar oë weier om te glo wat sy sien, en sy voel die histerie in haar opstoot.

Tannie Maud is op die grasperk, met 'n splinternuwe sweetpak aan. Sy het 'n paar gestreepte groen-en-oranje tekkies aan haar voete en sy draf al om die rand van die grasperk. Sy gee sulke stadige, kort treetjies en haar arms is soos twee suiers hoog opgetrek langs haar sye. Haar grys hare, gewoonlik pynlik netjies gekam, hang nou wanordelik oor haar hele voorkop.

Nadat sy die sirkel voltooi het, kom sy blasend tot stilstand. Toe spring sy vinnig om en hardloop hygend en blasend dieselfde paadjie al om die rand van die grasperk terug.

Karlien stap stadig nader. Haar mond hang nog oop van verbasing en haar oë is vasgenael op tannie Maud. Sy gaan staan eers weer onder die boom om seker te maak dat haar oë haar nie bedrieg nie.

Anna het intussen op die stoep uitgekom en prop haar voorskoot in haar mond om nie hardop uit te bars van die lag nie.

Tannie Maud kom hygend tot stilstand en probeer haar kop tussen haar knieë laat sak. Haar midderif laat egter nie soveel buiging toe nie en sy is toe genoodsaak om half kop onderstebo te staan.

Sy kyk stadig op en loer tussen haar grys haartjies deur

249

na Karlien wat nog steeds vasgenael onder die boom staan.

"Is . . . is jy nie bang . . . jy . . . skiet wortel wanneer jy so stil staan en ander mense . . . afloer nie?" hyg-vra sy.

"Tannie Maud?" vra Karlien en kom stadig nader.

Tannie Maud strek haar stadig tot haar volle lengte uit. Sy haal eers 'n paar keer diep asem en kyk haar toe uit die hoogte aan.

"Ja, Karlien?"

"Is tannie orraait? Ek bedoel . . ." stotter Karlien.

"Ja, Karlien?" vra tannie Maud weer uit die hoogte.

"Ek . . . e . . . ek bedoel, wat maak tannie Maud?" kry Karlien dit toe eindelik uit.

Tannie Maud bekyk haar asof die kat haar ingedra het. Haar stem drup van sarkasme toe sy haar eindelik verwerdig om Karlien te antwoord.

"Ek bad nie en ek bak ook nie 'n koek nie. Wat dink jy doen ek, Karlien?"

Karlien staar haar nog steeds onbegrypend aan en toe bars sy hardop uit van die lag.

Sy kraai dit uit en hou haar maag vas. Sy is genoodsaak om later plat op die grond te gaan sit, nie gebore in staat om regop te bly nie. Sy vee die trane uit haar oë met die agterkant van haar hand.

Tannie Maud beskou haar uit die hoogte.

"Mag ek weet wat so danig snaaks is, Karlien?" vra sy.

"Tannie Maud . . . jy . . . jy oefen nie dalk vir die Suid-Afrikaanse kampioenskapstoernooi nie?" hyg Karlien.

"Jy is nie snaaks nie, Karlien. Ek lag glad nie saam met jou nie!" sê tannie Maud verontwaardig.

Sy trek haar armpies weer hoog op en sonder om weer 'n keer in Karlien se rigting te kyk, draf sy al om die grasperk met kort, vinnige treetjies. Die paar gestreepte tekkies se tone is fyntjies gepunt.

Ná nog twee rondes kom sy hygend tot stilstand, haar gesig rooi van inspanning.

Karlien stap vinnig nader, vat haar arm en stap teen die trappie op. Sy probeer vererg wegruk, maar Karlien steur haar nie daaraan nie. Sy laat tannie Maud op die stoep sit en gaan haal vir haar 'n glas lemoensap wat sy sonder teë-stribbeling aanvaar.

Karlien kom sit op die stoep by haar voete.

"Tannie Maud, ek is jammer ek het gelag," sê sy verskonend en sukkel om die lag uit haar stem te hou.

Anna verskyn weer soos 'n skim in die voordeur en bekyk hulle nuuskierig.

"As jy weer lag, Karlien, klap ek jou!" sê tannie Maud gelykmatig, asof sy heeldag en aldag klappe uitdeel. Karlien druk omtrent haar hele vuis in haar mond om die lag te onderdruk.

"Ek . . . e . . ." Sy sluk vinnig voordat sy verder praat. "Ek is regtig jammer, tannie Maud. Ek was net verbaas om tannie so te sien draf. Oefen . . . oefen tannie vir iets? Tennis dalk?" vra sy nuuskierig.

"Moenie vir jou simpel hou nie, Karlien. Vir 'n meisie van byna drie-en-twintig jaar kan jy die onsinnigste goed kwytraak," sê tannie Maud afkeurend.

"Nou hoekom oefen tannie Maud dan?" vra Karlien nuuskierig.

"Dit is hierdie ou perdedokter op die dorp. Hy kom vertel mos kwansuis vir my as ek nie wil oefeninge doen nie, dan moet ek net draf. Maar nie op harde grond nie, net op gras, anders sal ek die rugwerwels seermaak. Nou moet ek soos 'n afkophoender hier al om die grasperk draf. Is dit nie die simpelste wat jy al gehoor het nie?"

"Haai, tannie Maud, dit klink vir my na 'n briljante idee," sê Karlien laggend.

"Ek gee nie om wat jy dink nie en ek gee ook nie om wat die dokter dink en sê nie. Hierdie grasperk sien my nooit weer nie!" kom dit beslis van tannie Maud.

"Ag nee, tannie Maud, dit sal môre sommer baie beter gaan, tannie sal sien. Hou net aan daarmee," sê Karlien bemoedigend.

"Gmf! Sodat jy jouself weer kan opvou soos jy lag! Jou boekie, juffroutjie, is bitter, bitter vol. Van al hierdie gelag vir ou mense sal jy moet gaan rekenskap gee en dan sal ek vir 'n verandering lag!" voorspel tannie Maud.

251

"Ag, tannie Maud, hoekom het jy ons nie net gewaarsku nie, dan het ons mos geweet! En . . . ag, ek was net verras, dit is al!" sê Karlien ernstig.

"Julle waarsku! Dink jy een oomblik lank daardie twee satanskinders sou vanoggend skool toe gegaan het as hulle van hierdie petalje moes weet?" brom tannie Maud.

"Tannie Maud, belowe my jy sal môre weer draf, toe?" pleit Karlien.

"Waarheen draf tannie Maud?" vra Johan en staan skielik lewensgroot voor hulle.

Tannie Maud gil hoog en onverfynd. Sy spring op en storm by hom verby soos 'n groot groen vlinder, terwyl die gestreepte tekkies gierts! gierts! in die gang.

Karlien voel die histeriese giggellaggie in haar keel opstoot. Sy gryp Johan wild aan die hand en hulle hardloop tot agter die dam waar sy in 'n histeriese lagbui neersak.

Johan staar haar eers verbaas aan en sak dan langs haar neer om die hele storie stukkie vir stukkie uit haar te trek. Hulle druk hul vuiste in hul monde om nie hardop te lag nie. Die trane loop later twee stroompies oor Karlien se wange en Johan druk haar kop teen sy skouer om die geluid te demp.

Geleidelik kom hulle tot bedaring. Karlien wikkel haar selfbewus uit Johan se greep terwyl sy die trane uit haar oë vee.

Johan se oë rus sag op haar. Hy lig haar gesiggie met sy vinger op en kyk diep in haar oë, voordat hy 'n soentjie op haar sproetneus plant. Sy laat haar oë skaam sak en staan vinnig op.

"Jammer dat ek jou hier moes insleep, maar as tannie Maud moes hoor dat ek weer lag, sal sy nooit weer met my praat nie," sê sy verskonend.

"Danksy tannie Maud het ek darem vanoggend 'n baie vriendelike verwelkoming gehad," grinnik Johan.

Sy kyk hom skaam aan. "Dit is nie ek wat vir jou kwaad is nie . . . Die vorige keer was jy vir my kwaad . . . Onthou jy nie?"

"Ek onthou nie, maar jy het my seker kwaad gemaak, jou groenoog-Delila!"

"Kom, ek gaan maak vir jou koffie," sê Karlien, verlig omdat die spanning tussen haar en Johan gebreek is.

"Ek gaan nou stasie toe. Ek wou net kom hoor of jy wil saamry, want ek sien Maryna ry soggens met die kombi. Daar is van jou goed op die stasie. Ek het gister gesien toe ek daar was. Ons kan dit sommer met die bakkie saambring," bied Johan aan.

"O, baie dankie, dit is dierbaar van jou," sê Karlien bly.

"Ek is bly jy dink ek is dierbaar," terg Johan haar weer.

Sy glimlag maar net oor haar skouer en draf voor hom uit huis toe.

Tannie Maud is weer haarself. Sy lyk netjies en deftig en daar is nie 'n haartjie uit sy plek nie. Sy groet Johan vriendelik asof sy hom die eerste keer die dag sien.

'n Stil kameraadskap ontstaan tussen Johan en Karlien ná die lekker saamlag van die oggend. Karlien konsentreer om nie weer die verkeerde dinge te sê nie. Sy besef dat sy niks daarvan hou wanneer hy vir haar kwaad is nie.

Hulle ry geselsend stasie toe en laai die pakkies op.

"Ek wil net gou hier by oom Jan ingaan; wil jy saamkom?" vra Johan toe hy voor die prokureur se kantoor stilhou.

"Ek wag sommer hier in die bakkie, dankie," antwoord Karlien. Hy is nie lank weg nie. Toe hy weer langs haar inskuif, is hy stil en lyk bekommerd. Die vrolikheid van die oggend is skielik nie meer daar nie.

Ongemaklik probeer sy om die geselskap weer te laat vlot.

"Is oom Jan Visser familie van jou? Julle lyk nogal na mekaar. Jul oë is dieselfde kleur," vis Karlien.

"Ja, oom Jan is my ma se broer. Hy en tannie Elsa het nie kinders gehad nie. Ná my ouers se dood – hulle is gelyktydig in 'n ongeluk dood – het ek by hulle kom bly. Ek was maar tien jaar oud. Hulle was baie goed en lief vir my. Tannie Elsa is ook al byna twaalf jaar oorlede. Ek en oom Jan is baie geheg aan mekaar. Hy is 'n wonderlike mens!"

By hul huis is Johan skielik haastig. Hy wil nie bly vir tee nie. Hy laai net Karlien se pakkies af en ry toe weer.

Karlien voel vreemd ongelukkig en hartseer. Waarom is

hy skielik weer stil en teruggetrokke? Sy wens sy kan die waarheid omtrent die plaas en die verband daarop weet. Bert Landman se stories krap aan haar. Sy was self aan die begin so agterdogtig, want sê nou maar net Johan is dalk nie onskuldig nie? Sy sug en druk moedeloos haar kop in haar hande.

Dan sit sy skielik regop. Oom Jan Visser? Sy moet na hom toe gaan en hom vra om vir haar die storie te vertel. Sy wil alles weet wat hier op Standersfontein gebeur het, en van Bert Landman.

'n Vreemde gedagte kom dring hom ongevraag op die voorgrond. Oom Jan Visser is Johan se oom. En ... hy was haar oupa se prokureur. Hy het van haar oupa se probleme geweet. Sy wonder wie het die verband op Standersfontein geneem. Volgens Bert kon Johan nie soveel geld gehad het nie, want hy was 'n jong boertjie wat toe net begin het. Dit moet 'n geweldige groot som geld gewees het. As Johan nie die geld gehad het nie, hoe het hy die plaas in die hande gekry?

Die suiwer note van Susan se klavierspel kom strelend oor die stil werf aangesweef. Die stilte van die veld en die reuk van vars grond meng met die musiek en kruip diep in Karlien se siel. 'n Innig dankbare gevoel teenoor haar Skepper kom nestel in haar binneste en maak haar stil en nederig. Vergete is al die agterdog en haat, die kleinlikheid en ontevredenheid van die afgelope tyd.

Sy sak op die omgespitte grond neer en druk haar kop in haar hande, terwyl sy saggies prewel: "Dankie, liewe Heer, vir hierdie stukkie aarde waar ons weer almal onsself kon vind. Dankie dat Maryna en Susan weer gelukkig is en dat die tweeling die eerste keer vryheid kan ken. Dankie dat Mamma weer so gelukkig is en sing en lag.

"Vir tannie Maud ook, liewe Heer. Ek wou nie vir haar lag nie, maar sy het so snaaks gelyk, maar ek weet U sal verstaan, Here, want U lag ook seker baie vir ons wat so verspot kan wees. Liewe Heer, moenie dat hy weer vir my kwaad wees nie. Liewe Heer, U weet beter wat ek voel en dink as ekself. Amen."

Karlien spoel haar gesig onder die kraan af en droog dit dan met die punt van haar hemp af. Sy draf vinnig huis toe. Al die opgekropte emosies is skielik weg en sy voel vry en lig.

"Ma!" roep sy, draf teen die trap op en roep weer: "Ma! Kry 'n mens nie tee in hierdie huis nie?"

Sy kom vinnig tot stilstand in die oop sitkamerdeur. Bert Landman sit breed in die diep gemakstoel. Sy arms rus ongeërg op die armleunings van die stoel.

Karlien het nie die motor gehoor nie en kyk verbaas na hom en toe weer na Anna.

"Ek gaan nou vir ons tee maak, Karlien. Kom gesels jy solank met meneer Landman. Julle ken mekaar mos?" sê Anna styf.

"Ons het al ontmoet, ja, maar ek sal gaan tee maak," bied Karlien aan.

Sy draai na Bert en knik styf. Toe verdwyn sy vinnig voordat Anna kan teëstribbel.

Tannie Maud staan en groente skil en hou haar vreeslik besig by die wasbak. Karlien draai onnodig lank toe sy die tee maak. Sy het nie nou lus vir Bert Landman nie.

"Wil tannie Maud nie asseblief die tee inneem nie? Ek wil weer tuin toe gaan," vra Karlien pleitend.

"Gmf! Hoekom dink jy hou ek my so skaars? Ek het niks om met hom te bespreek nie. Ek hou nie van sy twee slangogies nie," sê tannie Maud en pers haar lippe ferm saam.

Karlien is verplig om maar die tee self in te neem.

Bert spring galant op en neem die skinkbord by haar. Hy bedien hulle eers al drie en gaan sit dan weer met sy koppie tee, voordat hy sy gesprek hervat.

"Soos ek reeds gesê het, mevrou Joubert, ek voel ons kan dieper op hierdie saak ingaan. Hier is baie ongerymdhede aan die gang, glo my! Ek weet waarvan ek praat."

"Meneer Landman, ek wil met die hele aangeleentheid niks te doen hê nie. Ek besef nou dat ek my pa verwaarloos het toe hy my bitter nodig gehad het. Ek kan dus nie aanspraak maak op enige van sy besittings nie," sê Anna beslis.

255

"Mevrou Joubert," glimlag hy geduldig, "toe u pa en ook my pa hulp nodig gehad het, het ek en my ma dit vir hom gegee. Ons het alles gegee: ons tyd, ons krag, ons liefde. Tot die dag van haar dood was my ma lojaal en getrou aan hom; selfs al was sy jare jonger en al was hy meestal onredelik en iesegrimmig."

Karlien sien met genoegdoening hoe Anna tot op die punt van die stoel skuif en sy wag geduldig vir wat gaan kom. Bert merk egter niks nie, want hy is te besig om sy lojale ma lof toe te swaai.

"Die dag toe die testament gelees is, toe is daar skielik niks oor vir my of vir julle nie. Oom Jaap sou dit nooit aan my gedoen het nie. Ek was die seun wat hy al die jare so begeer het; die kind wat na hom omgesien het. Hy het dit honderde kere gesê. Dink u, en wees nou baie eerlik, dink u hy sou dit aan my gedoen het?"

Vir Karlien klink sy betoog soos 'n swak drama. Sy mik om op te staan en uit te stap, maar Anna keer haar vinnig en sy sak weer terug in die stoel.

"Oom Jaap het kort voor sy dood vir my gesê dat daar 'n verband op Standersfontein is. Maar dat dit so 'n grote was, is absoluut onmoontlik! Ek het hom geken; daar was nooit finansiële probleme nie. Hy was 'n ryk man. En toe, ná sy dood, is daar niks! Niks! Die verband sluk toe alles in. Die plase, die meubels. Daar het nie 'n sent oorgebly nie. Klink dit nie vir u ook verdag nie? Ruik u nie ook lont nie?" vra hy dramaties.

"Meneer Landman," val Anna hom onbeskof in die rede, "wat wil jy hê moet ek doen? Huil daaroor?" vra sy vies.

"Nee, mevrou, maar sal ek u sê watter afleiding ek gemaak het?" vra Bert.

"Nee, dankie, meneer Landman. Ek het jou reeds gesê dat ek met die aangeleentheid niks te doen wil hê nie. Ek weet nie wat jy van my wil hê nie, maar as dit hofsake en sulke dinge is, dan klop jy aan die verkeerde deur. As jy so ernstig oor die saak voel, hoekom ondersoek jy dit nie self nie?"

"Omdat ek nie geld het vir 'n lang, uitgerekte hofsaak nie," antwoord hy kortaf.

"Nou dink jy ek het geld vir 'n lang, uitgerekte hofsaak?" vra Anna vies.

Bert Landman beskou haar met 'n skewe, uittartende glimlag, sy een wenkbrou effens opgetrek.

"Ja, mevrou Joubert, ek dink u het," sê hy uitdagend.

"Maar jy moet seker simpel wees!" kan Karlien haarself nie keer nie. Bert beskou haar geduldig asof sy 'n kleuter is wat tussenin praat wanneer die grootmense gesels.

Anna lag ongelowig. "Meneer Landman, dink jy ek sal in hierdie huis woon, waarin daar nie eens 'n spoeltoilet is nie, as ek geld gehad het vir sulke onnodige dinge soos hofsake?"

"Mevrou Joubert, ek is nie onder 'n kalkoen uitgebroei nie. Jaap Stander was 'n ryk man. U weet dit en ek weet dit. As daar geen geld in die boedel was nie, net 'n plaas wat reeds so 'n groot verband dra dat dit vir die bedrag van die verband verkoop is, wat het van daardie geld geword? Mevrou Joubert, die gevolgtrekking waartoe ek gekom het, is dat Jaap Stander die geld wat hy vir die verband ontvang het, vyf jaar voor sy dood vir u gegee het."

Karlien sien met genoegdoening die woede rooi in Anna se nek opstoot. Sy sit vorentoe, bedag op enige aksie van haar ma af.

Anna staan beslis op. Haar skraal lyf is snaarstyf gespan.

Bert sit gemaklik agteroor en gaan voort met sy relaas asof Anna se woede hom geensins raak nie.

"Ek dink net iets daarvan kom my toe. Ná my ma se dood het ek hom soos 'n baba versorg. Toe hy moes rondgestoot en aangetrek word, toe was u nie daar nie," sê hy sarkasties, "maar die dag toe dankbaarheid 'n rol moet speel, toe ewe skielik kry ek niks nie. Toe het hy reeds klaar uitgedeel aan diegene wat hom soos 'n vuil lap eenkant toe gegooi . . ."

Karlien spring regop en kom staan langs sy stoel.

"Trap hier uit, jou lae, gemene vent! Sê ooit weer so iets vir my ma en ek gooi jou persoonlik hier uit!" sis sy.

Bert staan stadig op, geensins beïndruk deur haar bravade nie.

"Gaan speel, Karlien. Dit is 'n saak vir grootmense dié!" sê hy.

Karlien se oë soek wild na 'n wapen. Sy gryp 'n groot koperpot op die kaggelrak en storm op hom af. Sy mik na hom, maar hy vang haar hand gemaklik en hou dit styf vas.

"Jy mag maar gaan, meneer Landman," sê Anna met 'n stem so skerp soos 'n skeermeslem, "en jy is ook nooit weer welkom in my bywonershuis nie. Nooit nie! Met die eerste gemene aantyging wat jy ooit weer teenoor Johan Lindeque maak, sal ek jou persoonlik voor die hof laat daag vir laster. Ek is oor een ding die Vader baie dankbaar en dit is dat dit Johan is wat die eienaar van Standersfontein geword het en nie jy nie, want dan sou die selfverwyt soos 'n kanker aan my gevreet het."

"Dit is nie die laaste wat u van my hoor nie, mevrou Joubert. Ek sal my eis instel teen u, want dit was u plig om u pa te versorg en julle het dit op my afgeskuif!" sê Bert dreigend.

Anna hou die deur vir hom wyer oop. "Tot siens, meneer Landman!"

"Het julle hulp nodig, Anna?" vra tannie Maud. Sy staan in die deur met die stoofyster in haar hand.

"Nee dankie, Maud. Rotte vee ek sommer by die deur uit."

Bert los Karlien se hand en druk haar hard in die stoel terug, voordat hy lui by die deur uit slenter.

Karlien spring wil op en storm agter hom aan, maar tannie Maud gryp haar aan die arm en beduie na die blompot.

"Bêre die blompot, netnou breek dit. Vat liewer die yster," por sy Karlien aan.

Bert draf die treetjies af en wuif vir hulle.

Anna is doodsbleek en Karlien sit die blompot vinnig neer om haar in haar arms toe te vou.

"Ag, ou Mams! Moenie Mamma so ontstel nie. Hy is sommer 'n uitvaagsel. Van die eerste dag af kry ek koue rillings wanneer ek hom sien."

258

"Wat my die meeste ontstel, is om te dink dat my arme pa afhanklik was van sulke opdrifsels!" sê Anna bewend.

"Kom, Anna, kom ons maak vir ons vars tee, sodat 'n mens die bitter smaak uit jou mond kan kry," sê tannie Maud terwyl sy vinnig omdraai en kombuis toe stap.

"Waar is Susan?" vra Anna en kyk verskrik rond. Susan sal haar hewig ontstel as sy van hierdie petalje moet hoor.

"Sy het gaan stap toe die boomslang hier aankom," sê tannie Maud ongeërg en Karlien proes van die lag.

Ná die tweede koppie tee is die spanning verbreek en niemand praat meer van die onaangename voorval nie. Hulle gesels oor allerhande onbenullighede, maar hier diep binne-in worstel elkeen met sy eie stryd.

Iets wat Bert gesê het, hinder Karlien, maar sy kan die hele dag nie onthou wat dit was nie. Sy weet net dit was iets baie belangrik! Dit bly haar egter ontwyk en sy gee later moed op. Dit sal haar later wel byval.

Nie een van hulle haal Bert Landman se besoek op nie. Susan is diep ingedagte toe sy terugkom van haar wandeling af en het blykbaar skoon vergeet dat Bert Landman daar was.

Werner kom groet die aand. Susan is die volgende dag stil en tranerig, maar dit lyk tog asof sy die hartseer oor Werner se weggaan goed verwerk.

Dominee Muller besoek hulle gedurende die week. Hy kom vra Susan om 'n paar maande lank op te tree as orreliste. Susan is aanvanklik bang en onseker van haarself.

Die aanmoediging van Anna en tannie Maud en die ander susters, en dominee Muller se versekering dat daar niemand anders in die dorp is wat die orrel kan bespeel nie, laat haar inwillig.

Sy ry soggens saam met Maryna in en oefen dan 'n uur of twee. Daarna stap sy die kilometer terug.

Anna is innig dankbaar oor die afleiding vir Susan so kort ná Werner se vertrek. Susan het so pragtig aangesterk dat 'n terugslag nou baie ontydig sal wees.

Sondagoggend is Susan vroeg al op en sy jaag die ander

259

aan. Hulle moet tog asseblief gou maak, sodat sy nog 'n bietjie kan gaan oefen voordat die kerk begin.

Alles is egter deurmekaar. Die tweeling se hare is die vorige aand gewas en is sag en onhanteerbaar en die twee se humeurtjies vat vinnig vlam.

Maryna is stil en sit blinkoog met oop oë en droom.

Tannie Maud is egter vroeg gereed. Met haar Bybel en gesangeboek op haar skoot, sit sy op die stoep vir hulle en wag. Haar sakdoek is netjies opgevou en voor in haar Bybel geplaas; die kollektegeld is in 'n sakkie wat sy voor by haar rok insteek en twee spierwit handskoene is netjies langs mekaar bo-op die Bybel.

Almal is uiteindelik klaar en hulle bondel in die kombi. Karlien skakel dit aan. Al wat egter gebeur, is dat daar 'n nare geluid uit die enjin opklink.

"Asseblief, spaar my net dit!" sê Maryna en gooi haar hande dramaties in die lug.

Susan vryf liggies oor die gehawende bekleedsel en praat saggies met die ou kombi. "Asseblief, ou Betta, nie vanoggend nie!" sê sy pleitend."Ester, gaan haal gou vir my die vlieëgif!" roep Karlien terwyl sy vinnig uitwip en omdraf na die agterkant van die kombi. Sy ruk die kap oop.

"Met vlieëgif? Nee, Karlien, jy sal hom sowaar . . ." protesteer Ester.

"Ester!" sê Anna dreigend.

"Jy sal haar nie met vlieëgif dood kry nie! Vat liewers die stoofyster en moker haar oor haar kop!" kry sy nog die laaste woord in.

"Ester! Die ongeduld is duidelik hoorbaar in Anna se stem.

"Goed, Ma!" sê Ester vinnig en nael kombuis toe.

Karlien gryp die blik gif en spuit flink 'n paar hale oor die masjien. Sy wag 'n oomblikkie en oorhandig dan weer die blik aan Ester. "Dankie, gaan bêre net gou weer."

Hulle het al geleer om Karlien nie te ondervra in sulke krisistye nie. Karlien slaan die kap hard toe, draf om en spring in. Sy skakel weer aan. Die ou kombi sluk 'n paar keer en toe klink die bekende dreungeluid op.

"Ou Betta! Ou Betta!" juig tannie Maud en Anna net so hard saam met die kinders.

Susan se handpalms is klam van die sweet toe sy agter die orrel inskuif. Die res van die gesin het vanmôre in die bank wat die naaste aan die orrel is, kom sit vir morele ondersteuning.

Susan se vingers gly lig oor die toetse. Sy vergeet haar senuweeagtigheid en speel met al die gevoel wat binne-in haar is. Die kerk word voller en voller, maar sy merk dit nie eens op nie. Dit is net sy en die orrel. Haar skraal vingers beweeg geoefen heen en weer en sy geniet elke oomblik terwyl sy speel.

Karlien sien die vreugdegloed op Maryna se gesig toe Eben Retief se lang, skraal liggaam langs haar in die bank inskuif.

Orpa pomp vir Ester in die ribbes en dié stuur dit liggies aan na tannie Maud toe. Sy kyk egter stip voor haar en maak of sy van niks bewus is nie. Net Ester en Orpa sien die ligte knikkie.

Dominee Muller bestyg die preekstoel en die orrelklanke raak stil.

Die stilte en vrede van Sabbatdag kom lê warm om hulle en dit is met nuwe moed en milddadige gevoel wat hulle die kerk verlaat. Hulle voel dankbaar vir soveel seëninge wat elkeen so onverdiend ontvang.

"Wil jy nie kom tee drink nie?" vra Maryna en kyk skaam na Eben.

"Ek kan ongelukkig nie. Ek doen in die koshuis diens vanoggend, maar as jou uitnodiging nog staan, sal ek graag vanmiddag by julle kom koffie drink," sê hy, sy blik warm op haar.

"Goed, ons wag vir jou," sê sy en glimlag.

"So vieruur?" vra Eben en Maryna knik bevestigend.

Karlien bid stilweg dat die ou kombi hulle tog nie in die skande moet steek hier voor die kerk nie. Sy ken haar nukke; as sy eers so begin het, dan hou sy aan.

Susan vertoef nog in die kerk en die mense is almal reeds weg toe sy uitkom.

261

Sy klim haastig in die kombi.

"Dit was pragtig, Susan!" sê Anna waarderend en gee haar hand 'n drukkie.

"Ja, sus, dit was regtig mooi." Susan kyk verbaas na Orpa. Dit is nie aldag dat een van die tweeling 'n kompliment aan een van hul susters maak nie.

"Baie dankie!" sê Susan verras.

Toe Karlien ou Betta aanskakel, gebeur daar weer niks nie.

"Ag, nee!" koor almal gelyk.

Karlien skakel af en probeer weer. Daar is steeds geen reaksie nie.

"Ek skaam my morsdood," kreun Maryna.

"Wees dankbaar dat Susan so lank gedraai het, anders het die hele gemeente nou gestaan en lag," sê Karlien ongevoelig.

Party dae is ou Betta nes 'n donkie, dink Karlien. Sy het baie dae lus en moker haar met 'n moersleutel.

Sy spring uit en gaan maak die enjinkap agter oop. Die ou derduiwel kan mos nie nou meer nat wees nie! Wat is dit tog nou weer? Sy druk met 'n ou lap teen die drade, maar besef dan dat daar 'n ander fout moet wees. Sy krap in die gereedskapkis rond en kry 'n moersleutel in die hande waarmee sy die enjin 'n paar kappe gee.

"Skakel 'n bietjie aan, Maryna," roep sy.

Daar is steeds net 'n onheilspellende geluid, wat beteken dat die kombi nie aangeskakel het nie.

Karlien kap nog 'n goed gemikte hou. Almal luister gespanne toe Maryna aanskakel en glimlag breed toe hulle die brr-geluid hoor. Karlien slaan die enjinkap ongeërg toe en skuif weer agter die stuurwiel in.

"Eendag is eendag, dan verkoop ek jou en ek koop vir ons 'n donkiekar, jou . . . jou ou steeks merrie!"

"Karlien, jy kom nou net uit die kerk uit!" sê Anna geskok. Karlien sug oordrewe.

"As sy eers begin, Ma, dan is sy nes Orpa en Ester . . . dan het sy nie 'n einde nie."

Die tweeling giggel agter in die kombi.

"Asseblief. As julle twee nou nog begin giggel ook, dan kry ek 'n aanval van beroerte!" sê Karlien humeurig.

Hulle nader die motorhek en die kombi stamp deur 'n knik. Karlien rem skielik. Die enjin stol en die rooi liggie skakel aan, wat beteken dat daar geen krag is nie.

"En nou?" vra almal gelyk.

Karlien hou stil en klim uit. "Ek het haar seker te hard gekap!" Sy maak die enjinkap oop en vroetel hier en daar. Niemand waag dit om hard asem te haal nie, want Karlien se humeur dreig om handuit te ruk.

Sy kap 'n paar houe, maar die kombi maak geen geluid nie.

Tannie Maud sug en trek haar wit handskoene stadig uit.

"Wel . . ." sê sy en loer onderlangs na die ander.

"Ag, nee, tannie Maud, ons kan nie met ons kerkrokke aan die kombi stoot nie," protesteer Orpa.

"Julle kan dit uittrek as julle wil," sê sy ongeërg en die tweeling loer vererg na haar. Vandag is sy nie aan hul kant nie.

In doodse stilte klim hulle uit. Elkeen ken reeds sy plek. Hulle weet presies waar om te staan en waar om te vat.

Susan skuif agter die stuurwiel in.

"Tweede rat, Susan," roep Karlien, "en kyk asseblief dat die simpel ou donkie aangeskakel is! Dit moenie gaan soos verlede keer toe ons ons uitasem gestoot het en toe is sy nie eens aangeskakel nie," brom sy vies.

Karlien is so verontwaardig dat Anna dit nie eens waag om haar aan te spreek oor haar taal nie.

Hul fyn hoëhakskoentjies trap stewig vas en die maer armpies se spiere bult. Tannie Maud draai om en druk haar agterstewe vas teen die agterkant van die kombi en gebruik so haar volle gewig.

Ou Betta begin beweeg en sy loop vinniger en vinniger! Die gesykousde beentjies moet net draf om by te bly.

Tannie Maud leun teen die motor toe dit in beweging kom en gee toe drie, vier treë agterna. Sy gaan staan soos 'n generaal in die middel van die pad om die uitslag te aanskou.

Johan rem vinnig toe hy die geel kombi voor in die pad sien. Hy hou 'n entjie van hulle af stil en draf vinnig nader.

Die voorskootbataljon is egter goed op dreef en hulle drafstap langs die geel kombi.

Johan kom langs tannie Maud, wat hard en hygend asemhaal, tot stilstand.

Sy groet hom ongeërg, asof dit hul gewoonte is om die geel kombi die laaste entjie pad huis toe te stoot.

"Môre, Johan. Ek het jou in die kerk gesien en wou jou nooi vir tee, maar jy het so vinnig verdwyn," sê sy kalm.

"Kan ek help, tannie Maud?" vra Johan.

"Nee dankie, Johan. Hulle weet wat om te doen. Ons stoot maar gereeld."

Die optog voor in die pad kom tot stilstand en Karlien spring in die kombi. 'n Luide gebrul laat die res van die span hartlik juig. Hulle klouter almal in en Karlien draai die kombi in die pad om om vir tannie Maud te kom oplaai.

Sy sien Johan by tannie Maud staan. Sy gesig vertrek in 'n breë glimlag.

Skielik is Karlien woedend. Sy is kwaad omdat hulle so moet sukkel en omdat ou Betta hulle juis nou in die steek moes laat . . . noudat Johan kan sien hoe hulle sukkel! En dan staan hy nog en lag daaroor!

Sy hou langs hulle stil, maar pomp die brandstofpedaal sodat die enjin hard brul.

"Klim, tannie Maud, voordat ons weer moet stoot," sê sy kil.

"Kan ek nie help nie?" vra Johan en staan vinnig nader.

"Baie dankie, maar ons kom baie goed reg. Ons is gewoond daaraan om mekaar te help. Een gaan nie staan en wag totdat alles verby is en kom bied dan skynheilig hulp aan terwyl sy longe wil bars van die lag nie!" sê sy sarkasties.

Die glimlag verdwyn van Johan se gesig af.

"Ek . . ." probeer hy homself verdedig, maar tannie Maud val hom in die rede.

"Nou toe, ons wag vir jou by die huis vir tee. Daar sal Karlien jou om verskoning vra. Netnou vrek ou Betta weer."

Karlien trek so vinnig weg dat die stof en klippertjies teen Johan se bene vasslaan.

"Klein tierwyfie! Ek sal jou nog eendag . . ."

Hy lag hardop vir homself. Hy sal niks aan haar kan doen nie, want die astrante klein sproetneus het baie diep in sy hart kom kruip.

Hy fluit 'n vrolike deuntjie toe hy in sy motor klim. Hy gooi sy kop agteroor en lag kliphard.

Hulle is 'n oulike spannetjie bymekaar, hierdie voorskootbataljon. Hulle sien sowaar vir alles kans!

7

"Waar wil jy hierdie potte hê, Karlien?" vra Anna en hou die potte omhoog. Karlien beduie bo van die leer af waar hulle moet kom.

Tannie Maud beskou die rakke met haar hande in die sye. "Dit lyk goed, Karlien. Ek is bly ons het die speelgoed so vrolik en kleurryk gemaak; dit helder die hele winkel op."

"Ja, ek dink ook so, tannie. Ek wil nog net die gordyne ophang, dan kan ons maar uitspan vir vandag."

"Ek het solank vir ons tee gemaak. Ons drink net gou uit jou nuwe koppies," glimlag tannie Maud.

"Dit sal heerlik wees, tannie Maud," sê Karlien waarderend.

Karlien gaan bêre die leer en kom staan langs Anna.

"Dit lyk mooi, nè, Mamma?" sê-vra sy.

"Ja, my kind, en ek is so bly dat jy nou jou eie plekkie het."

Karlien het reeds 'n besending potplante ontvang en dit gee karakter aan die winkeltjie.

Die elektrisiën wat die koelkamertjie gebou het, het sommer 'n waterpoeletjie in die middel van die winkel gebou. Die water spuit vrolik uit die blink fonteintjie. Die groot sementpotte is helder geel geverf en is gereed vir die blomme wat met die bus moet kom.

Die rakke is ook helder geel geverf en vol snuisterye, wat sy self gemaak het, gepak. 'n Geel geruite valletjiesgordyntjie bedek net die boonste helfte van die venster en gee aan die winkeltjie 'n lieflike Switserse atmosfeer.

Moeg, maar tevrede, trek hulle later die winkel se deur agter hulle toe.

Karlien kan byna nie slaap van opgewondenheid nie en dit is nog sommer donker toe sy opstaan en solank gaan koffie maak.

Die eerste dag is uiters suksesvol. Die klante daag van vroeg af al op. Die meeste is seker maar net nuuskierig, maar elkeen koop darem iets.

Karlien bemerk die liefde van die dorpie se inwoners en bewaar dit diep in haar hart as 'n kosbare kleinood. Sy weet dat hulle waarskynlik die artikels sommer net koop om haar te ondersteun en te laat tuis voel, en dié mooi gebaar verskaf haar soveel vreugde. Hulle het haar eerste dag in die winkeltjie vir haar so aangenaam moontlik gemaak en sy besluit in haar hart dat sy hulle nooit sal teleurstel nie.

Die blomme is pragtig, ondanks die lang vlug van Johannesburg af. In Windhoek is hulle oorgelaai op die trein wat deur die nag tot in Otjiwarongo gery het en daarvandaan is die laaste honderd-en-sewentig kilometer per bus afgelê.

Johan kom loer later die oggend in.

"Dit lyk mooi en vrolik, Karlien!" sê hy glimlaggend.

"Dankie!" sê sy skaam en loer versigtig na hom. Sy het nooit om verskoning gevra vir haar katterigheid die dag toe ou Betta so steeks was nie. Sy het net nadat hulle by die huis gekom het, stil verdwyn. Hy het maar saam met die res van die gesin tee gedrink en sedertdien was hy nog nie weer daar by hulle nie.

Hy kyk ondeund na haar, asof hy haar gedagtes kan lees.

"Ek dink jy het nog iets wat jy vir my moet sê, juffroutjie! Ek het glad nie vir julle gestaan en lag nie. Ek het gekom so vinnig soos ek kon, maar net toe ek by tannie Maud kom, het ou Betta gevat . . ."

Sy kyk verleë na haar hande.

"Wel, Karlien, ek wag!" sê hy tergend.

Sy kyk ondeund na hom en haar oë begin vonkel. Johan loer agterdogtig na haar, want hy vertrou haar nie wanneer daardie groen oë so vonkel nie!

"Ek is jammer dat ek so ongeskik was," sê sy alles op een stemtoon soos 'n kind wat 'n gediggie voordra.

"Dit is nie goed genoeg nie!" terg hy.

"Ek is báie jammer dat ek so ongeskik was," sê sy steeds op dieselfde stemtoon.

"Jy kan maar weer probeer," sê hy ernstig.

Sy draai om en stap na die bak met rose. Sy knip 'n rooi rosie se stingel kort af en toe vat sy 'n speldjie op die toonbank voordat sy na hom terugdraai.

Sy kom staan voor hom. Hy is lank en dit dwing haar op haar tone om beter te kan werk.

Sy steek die rosie aan sy hemp vas en kyk dan op in sy helder blou oë. Haar hart bokspring 'n slag vinnig.

"Ek is jammer, Johan," glimlag sy skaam.

"Dit is baie beter," sê hy en vang haar twee hande voor sy bors vas en hou hulle daar. Dan bring hy dit stadig na sy lippe toe en druk 'n soentjie op die punte van haar vingers.

"Dankie vir die blommetjie," sê hy teer.

Sy probeer skaam haar hande uit syne trek terwyl haar hart wild in haar keel klop.

Sy oë is warm en tergend op haar toe hy haar hande stadig los. Dit maak haar heeltemal verbouereerd en Karlien kan aan niks dink om te sê nie.

"Wil jy nie 'n bietjie tee drink nie?" vra sy verleë.

"Dankie, dit sal lekker wees," glimlag Johan.

Hy kom maak hom eenkant op die tafel agter in die kombuisie tuis terwyl sy die ketel aanskakel.

"Wat gee 'n mens vir iemand wanneer jy haar geluk wil toewens met haar nuwe winkeltjie?" vra hy skertsend.

"Blomme!" giggel sy.

"Dit sal nie baie gepas wees nie, want sien, die dametjie het 'n blomwinkeltjie!"

267

"O, nee, dan weet ek regtig nie!" speel sy saam.

"Dink jy nie ek kan die dametjie nooi om saam met my te gaan eet nie? Dan kan ons dit mos vier," sê hy plaend.

"Maar, meneer Lindeque, hier is tog nie 'n eetplek op Otavi nie!" skerts sy.

"Sal jy, Karlien?" vra hy skielik ernstig.

Haar hart klop onstuimig. Sy wil so bitter graag, maar . . .

"Wanneer?" vra sy huiwerig.

"Môreaand is Saterdagaand. Sal dit jou pas?" vra hy.

"Ja, dankie, Johan, ek sal graag gaan," glimlag sy. Hy kyk haar verbaas aan en sy bars uit van die lag.

"Ja, ou matie! Jy het gedink jy kan altyd met my die gek skeer, nè!" lag sy.

"Dankie, meisiekind! Ons sal op Tsumeb gaan eet. Daar is 'n baie goeie hotel," sê Johan ingenome.

Johan kuier nog 'n paar minute nadat hy tee gedrink het en ry toe terug plaas toe.

Moeg, maar tevrede, gaan sy die aand terug huis toe.

Die ander wag haar op die stoep in en sy moet volledig verslag doen van alles wat by die winkel gebeur het. Selfs die rangskikkings moet in volle besonderhede beskryf word.

Al geselsend stap hulle tafel toe en terwyl hulle met hul koffie besig is, laat bars Karlien die bom.

"Ma, wat kan ek tog môreaand aantrek?" vra sy uit die bloute.

Almal sit skielik regop. Orpa loer na Ester en hulle skop gelyktydig onder die tafel na tannie Maud.

Daardie sinnetjie ken elke meisie bo tien jaar. Dit beteken net een ding: iemand gaan jou uitneem! Iemand wat 'n man is . . .

"Waarheen gaan jy?" vra Anna gewoonweg asof sy nie self wil bars van nuuskierigheid nie.

"Ons gaan op Tsumeb eet. Ek en Johan," sê sy gemaak ongeërg.

"Sjoe!" blaas Orpa haar asem stadig uit en tannie Maud trek vir haar groot oë.

"Is dit 'n spesiale geleentheid?" vra Anna ongeërg.

"Nee . . . nee, ek dink nie so nie!" sê Karlien onseker.

"Wanneer ons klaar huisgodsdiens gehou het, kan ons gaan kyk wat in jou kas is," belowe Anna.

Ná die huisgodsdiens loop almal saam na haar kamer. Sy haal die een rok ná die ander uit, maar nie een is na hul sin nie.

Susan lug eerste haar beskeie mening: "Daardie witte lyk die beste, maar daar kort iets."

"Ja, ek dink ook die witte, maar ek dink dit is tyd dat jy vir jou 'n paar nuwe rokke koop," sê Maryna en kyk verbaas na die paar rokkies wat op die bed oopgesprei lê. Toe skud sy haar kop asof sy dit die eerste keer raaksien.

Anna sluk swaar aan die knop in haar keel. Nie een van hulle het besef wat Karlien alles deur die jare opgeoffer het nie. Dierbare, onselfsugtige Karlien! Mag die liewe Vader gee dat daar ook vir haar nou 'n tyd aangebreek het dat sy aan haarself kan dink en net gelukkig kan wees!

"Ek dink ek het net die ding vir daardie wit rok," sê tannie Maud, staan op en stap na haar kamer. Sy kom terug met 'n pragtige pienk roos van fyn organza.

Hulle hou die roos teen die wit rokkie. "Ja, dit lyk pragtig!"

Susan se oë blink en sy sit haar arms om Karlien. "Jy gaan pragtig lyk! Jy kan my silwer aandsakkie, wat ek vir die matriekafskeid gekry het, leen," bied sy aan.

"Dankie, San, dit sal mooi lyk, want ek het darem nog silwer sandale wat ek daarby kan dra," glimlag Karlien.

Maryna verdwyn ook en kom sit 'n pragtige, fyn wit stola op Karlien se bed neer.

"Ons was so lank laas uit, ek het al amper hiervan vergeet," sê sy.

"O, julle is darem 'n dierbare klomp goed! Ek gaan môreaand soos 'n roos lyk!" sê Karlien bewoë en hou die wit rokkie voor haar terwyl sy 'n paar draaie deur die kamer maak.

"O, ek is vanaand so gelukkig! My winkeltjie het vandag 'n hand vol geld verdien . . . ag, alles is sommer mooi! Kom,

269

ou San, kom speel vir ons op die klavier, dan sing ons soos altyd wanneer ons gelukkig is."

Hulle bondel almal by die deur uit en drom om Susan saam by die klavier. Die suiwer stemme klink vrolik en opgewek oor die stil werf.

Tannie Maud gooi later vir hulle koeldrank in en haal tertjies uit. Anna wil nog raas oor die onnodige etery dié tyd van die aand, maar tannie Maud maak haar vinnig stil.

"Ag, ons is sommer gelukkig, Anna. Ons hou ons eie partytjie!" verduidelik sy laggend.

Die Saterdag is dit baie bedrywig in die winkel. Susan kom help om die klante voor te bedien terwyl Karlien die blommerangskikkings agter maak. Hulle twee moet soms sommer bontstaan om klaar te kry.

Karlien maak 'n vinnige voorraadopname met haar oë. Haar beker van geluk wil sommer oorloop toe sy sien dat sy elke week 'n gereelde bestelling vir potplante sal moet plaas totdat hare in die kweekhuis voldoende is.

Die blomme is alles uitverkoop toe Karlien die winkeltjie eenuur sluit. Met 'n hart wat lig en vol geluk is, sien sy uit na die res van die naweek.

Karlien was haar hare en bederf haarself met 'n heerlike skuimbad. Sy bedel by tannie Maud naellak en verf haar naels 'n sagte roospienk.

Die wit rokkie val sag en wyd om haar skraal bene. Die bostukkie pas netjies om haar dun middeltjie en die ronde hals vertoon haar slanke nek en skouers. Sy lyk jonk en pragtig. Die pienk roos steek sy astrant op haar middeltjie vas en dit helder die hele rokkie op.

Johan is stiptelik seweuur daar. Dit is nog omtrent veertig kilometer Tsumeb toe en hulle wil darem nie te laat daar aankom nie.

Hulle kom sien haar almal op die stoep weg en Johan kry 'n knop in sy keel om te sien met hoeveel liefde en toegeneentheid hulle mekaar se laste en vreugde dra.

"Nou toe, sproetjies, hoekom is jy so stil?" vra Johan tergend toe hulle reeds 'n ent gery het.

Karlien vee vinnig oor haar neus. "Hoekom noem jy my so?" vra sy.

"Moenie vir my sê jy weet nie dat daar 'n ry sproetjies oor jou neus is nie?" vra Johan en lag.

Sy vryf verleë oor haar neus asof sy dit wil afvee.

Hy vat haar hand en sit dit weer in haar skoot, sy oë tergend.

"Moenie hulle probeer afvee nie, hulle is vir my vreeslik mooi!"

"Ag, jy's verspot!" sê Karlien blosend.

"Nee, ek is nie verspot nie! Ek het 'n ander siekte onder lede, maar ek kan nie nou vir jou sê wat dit is nie. Eendag . . . eendag wanneer jy die skok kan verwerk, sal ek vir jou sê . . ." sê Johan geheimsinnig.

Sy lag net, want sy wil nie nou in een van sy dubbelsinnige gesprekke betrokke raak nie.

Die aand is alles waaroor Karlien gedroom het. Die kos is heerlik en hulle eet buite op die hotel se stoep. Die aandlug is warm en strelend en die gekriek van die krieke en die eentonige geraas van die paddas is soos musiek in Karlien se ore.

'n Orkes speel dromerige musiek en van die paartjies dans buite op die stoep.

Net nadat hulle hul voorgereg geëet het, vra Johan haar die eerste keer om te dans. Sy maak haar oë toe en leun liggies teen hom aan. Hy hou haar styf in sy arms en sy wang rus sag op haar hare. Sonder om te praat, weet hulle albei dat dit 'n baie spesiale aand is.

Karlien sien nie kans vir nagereg nie en protesteer laggend toe Johan daarop wil aandring. Hulle dans nog 'n paar keer en met 'n skok besef sy dat dit byna middernag is.

"Ons sal moet gaan, Johan. Dit is al amper twaalfuur en my ma sal onrustig raak," sê sy.

"Sy weet mos jy is by my," protesteer Johan.

"Dalk het sy vir wolf skaapwagter gemaak," terg Karlien hom.

"Sy weet ek sal jou met my lewe beskerm, sproetjies!" verseker Johan haar.

271

Karlien neem haar handsakkie en staan op.

"Dit was baie, baie aangenaam, Johan. Baie dankie, ek het dit geweldig geniet," sê sy skaam.

Hy stut haar elmboog toe hulle teen die trappe afgaan. 'n Donker gestalte doem skielik voor hulle op. 'n Rilling gaan deur Karlien en Johan se arm gaan beskermend om haar skouers.

Bert se wenkbroue lig geamuseer.

"Die brawe juffrou Joubert en die slinkse meneer Lindeque . . . Julle is 'n mooi paartjie," sê hy sarkasties.

Karlien voel hoe Johan se spiere saamtrek. Sy sit haar arm om sy lyf en druk hom by Bert verby.

Bert staan egter met een lang tree weer voor hulle.

"Hier is nie blompotte waarmee jy my kan bestorm nie, juffroutjie!" tart hy haar.

"Gee pad voor my, Bert. Ek wil nie graag my hande vuil smeer nie, maar jy moet liewer loop voordat ek vergeet dat ek 'n dame by my het," sis Johan woedend.

Bert lag hard en onsmaaklik. " 'n Dame? Sy? Sy is 'n tierwyfie!"

Karlien spring vinnig voor Johan in toe hy wild na Bert gryp.

"Kom ons loop, Johan. Moenie jou tyd met so 'n . . . 'n opdrifsel mors nie."

Hulle druk by Bert verby en stap na die motor. Bert skree nog iets agter hulle aan, maar gelukkig kan hulle nie hoor wat hy sê nie.

Johan sit 'n oomblik lank stil agter die stuurwiel voordat hy die motor aanskakel.

Karlien sit haar hand sag op sy arm. "Moenie jou aan hom steur nie," sê sy gerusstellend.

"Waar het julle dan 'n potjie geloop?" vra Johan en kyk nuuskierig na haar.

"Hy was een oggend by ons huis," antwoord Karlien ontwykend.

"Wat het hy daar kom soek?" vra Johan verbaas.

"Johan, ek wil nie daaroor praat nie. Dit gaan die hele aand bederf en ek het dit regtig vreeslik baie geniet. Vra

272

eendag vir my ma of vir tannie Maud; hulle sal jou die hele storie vertel."

"Goed, dit is beter dat ons nie van hom praat nie. Ek en hy kan mekaar nie verdra nie en hy sal enigiets doen om my swart te smeer en my naam te beswadder."

"Ek weet."

"Jy weet . . . Hy hét dus al? En . . . en nogtans gaan jy saam met my uit!" sê Johan verbaas.

"Ek het nie gesê dat ek sy stories glo nie!" kap Karlien terug.

"Wel, dit is 'n verrassing," grinnik Johan.

"Ag, Johan, ek gaan nie vanaand met jou rusie maak nie. Ek het die aand geniet, en ek waardeer dit so baie! Weet jy, dit is jare gelede dat ek alleen iewers heen was . . ."

Johan se hand rus warm op hare en hy glimlag stil af na haar voordat hy weer op die pad konsentreer.

"Kom sit 'n bietjie nader! Die ou bakkie is so groot," korswel hy en trek haar liggies aan haar arm nader.

Sy skuif nader en sy voel sy liggaam warm en gespierd teen hare. Johan haal sy hand van die stuurwiel af en druk haar kop teen sy skouer.

"Het jy 'n kêrel, Karlien? Iemand daar in die Kaap wat vir jou wag?" vra hy sag.

"Hmm . . ." fluister Karlien, asof sy nie gehoor het nie.

"Ek vra of jy 'n kêrel het?" herhaal Johan.

"Nee," sê Karlien sag.

Johan sug gemaak verlig. "Ek was net bang dit is so 'n groot ou wat my gaan foeter omdat ek so laat in die aand met sy ou meisietjie rondry."

"Ek is darem seker groot genoeg om na myself te kyk. Ons Jouberts sien vir enigiets kans," spot Karlien.

"Gmf! En wat van 'n muis?" troef Johan haar.

"'n Muis is nie sommer enigiets nie . . . dit is 'n muis!" lag Karlien.

Johan skaterlag. "Dit gaan my verstand te bowe! Julle sal motors regmaak en alles doen, maar wanneer daar 'n veld-muisie so groot soos my duim by die deur inkom, is julle almal hulpeloos!"

273

"Ja, maar 'n muis is 'n muis!" giggel sy en hou toe sommer aan lag.

"Wat is dit nou?" vra Johan verbaas.

"Jy moet ons saans sien," proes sy, "die . . . e . . . toilet is buite en wanneer dit donker raak, is ons maar almal skrikkerig. Net so voor slaaptyd stap ons in gelid daar teen die bultjie uit. Tannie Maud is die dapperste; sy loop voor met 'n flits, dan Maryna en Susan en dan kom ek, ook met 'n flits! Dan kom die tweeling en Mamma vorm die agterhoede, ook met 'n flits!" Haar oë glinster en sy sit regop om beter te kan beduie.

"Wanneer tannie Maud ingaan, moet Maryna die flits vashou, en sy moet in al die hoekies en gaatjies lig, want buiten vir 'n muis, is ons nog bang vir spinnekoppe ook. En . . . en so gaan ons op die ry af. Die een wat volgende aan die beurt is, hou die flits vas!" Karlien kraai van die lag, want die situasie word nou eers vir haar snaaks.

"Karlien!" sê Johan wat die storie nie so snaaks vind nie.

"Hmmm?" vra sy, nog steeds vol lag.

"Het julle dan nie 'n toilet in die huis nie?" vra Johan geskok.

"Ai, Johan, tannie Maud sou sê jy is darem toe! Dink jy nou een oomblik lank dat ons 'n optog teen die bult sou onderneem as daar een in die huis was? Maar ons gaan vir ons een laat insit net sodra die winkeltjie die onkoste kan dra," sê sy vasbeslote.

Hulle ry in stilte verder. By die huis hou Johan onder die boom stil en hou Karlien vas toe sy wil wegskuif. Hy trek haar sag in sy arms en sy lippe kom warm op hare neer. Die aarde draai en tol met haar en dit voel asof 'n duisend sterre meteens in haar brein ontplof.

Toe hy sy kop oplig, voel dit soos 'n wonderlike droom waaruit sy stadig wakker word.

"Dankie, Karlien. Dit was baie, baie aangenaam," prewel Johan sag.

Hy stap saam met haar na die deur toe en wag eers totdat hy die sleutel aan die binnekant hoor knars voordat hy terugstap na sy motor toe.

274

Die volgende oggend vroeg is Johan weer by die Jouberts.

Dit is net Anna en Maud wat by die huis is en hulle nooi hom vriendelik binne.

"Tannie Anna," val Johan sommer met die deur in die huis, "kan ek julle badkamer sien?"

"Aarde! Seker, Johan, maar hoekom?" vra Anna verbaas.

Hy stap by hulle verby en bekyk die badkamer vanuit alle hoeke.

"Wat gaan nou aan?" vra tannie Maud nuuskierig en staan nader.

"Ek wil vir julle hier 'n toilet laat insit en ek wil net kyk waar die beste plek is," verduidelik Johan.

"Nee, Johan, ons kan dit nie op die oomblik bekostig nie en ons kom heeltemal goed reg so. Dis in elk geval eerste op ons begroting, maar dit sal eers nog 'n maand of twee moet wag," sê Anna senuweeagtig. "Ons is net vreeslik dankbaar dat hier wel elektrisiteit is, want anders sou ons gesukkel het."

Johan steur hom nie aan die twee vroue nie en neem die mate met 'n meetband wat hy saamgebring het.

"Johan, hoor jy dan nie?" vra Anna en stoot ongeduldig aan sy skouer.

"Ek hoor, tannie Anna, maar ek steur my nie daaraan nie, want ek het nie gesê dat julle daarvoor moet betaal nie," sê hy ongeërg.

"Ons sal nooit toelaat dat jy daarvoor betaal nie, Johan, en ons redeneer ook nie verder daaroor nie," sê Anna vas-berade.

"Tannie Maud, ek is jammer dat ek nooit na hierdie huis kom kyk het nie. Ek het . . . ek het eerlik nie gedink dat julle hier sal kom bly nie, anders sou ek die huis van hoek tot kant laat regmaak en uitgeverf het," sê Johan spytig.

"My aarde, Johan, maar dit is mos nie jou verantwoorde-likheid nie!" sê Anna en kyk verbaas na hom.

"My gewete kla my aan, tannie Anna, en wanneer dit ge-beur, dan is dit my verantwoordelikheid."

Anna skud haar kop ongelowig, maar Johan praat voor-dat sy iets verder kan sê.

"Ek en oom Jaap was groot vriende en hy het vir my baie gedoen in my lewe. Hy sal in sy graf omdraai as hy moet weet dat ek sy voorskootbataljon in soveel ongerief laat woon . . ."

"Wat noem jy ons?" vra tannie Maud en staan nuuskierig nader.

Johan hou sy hande laggend omhoog toe tannie Maud vinnig op hom afkom. "Ag, dit is sommer my spesiale naampie vir my klomp oulike buurvroue, my voorskootbataljon."

Tannie Maud kraai dit uit van die lag. "Dit kon baie erger gewees het, jy kon ons die . . . onderrokbende of so iets genoem het. Ek hou nogal daarvan!" proes sy.

"Johan," probeer Anna weer, maar Johan druk vinnig 'n soen op haar wang.

"Nee, tannie Anna, dit gaan nie help nie. Ek wil dit vir julle doen en as ek nou gou 'n koppie koffie kry, dan doen ons dit sommer vandag nog," belowe hy en knipoog ondeund vir tannie Maud.

Anna haal gelate haar skouers op. 'n Salige gevoel van vroulikheid kom oor haar. Dit is lekker om 'n man in die huis te hê, een wat sy wil op jou afdwing en besluite neem.

Tannie Maud en Anna sê niks vir die dogters nie en die aand spog die badkamer met 'n nuwe toilet.

Karlien is vreemd ontroer toe sy die aand die hele storie hoor. Sy hoor ook van die soen op Anna se wang.

Sy verdwyn stil-stil in haar kamer. Sy voel skaam oor al die gemene dinge wat sy al gesê het. Sy is nog niks nader aan die waarheid as wat sy was nie, maar 'n stille berusting het oor haar gekom.

Dit maak nie saak op hoe 'n manier Johan die plaas in die hande gekry het nie; sy het geen seggenskap daaroor nie. Die feit dat hy die verband opgeroep het drie maande voordat haar oupa oorlede is, is nog geen bewys van oneerlikheid nie. Wat haar oupa aan hulle wou bemaak, het hy gedoen en sy gaan dit van nou af so aanvaar. Sy neem haar voor om Johan so gou moontlik om verskoning te vra vir al die lelike en nare dinge wat sy al gesê het.

276

Die dae snel verby. Karlien leef haar so uit in haar winkeltjie dat sy nie besef die dae word weke nie. Voordat sy haar kom kry, is dit die einde van die maand.

Sy vat dié aand ná ete haar boeke en gaan sit rustig by die eetkamertafel en werk.

"Ma! Kom gou hier!" gil sy.

"Wat is dit? Aarde, kind, hoe laat jy my skrik!" sê Anna en kom haastig die eetkamer binne waar Karlien sit en werk.

"Ma, tel Ma ook net gou hier op, dalk maak ek 'n fout," beduie Karlien.

Anna skuif langs haar in en tel die kolom syfers op.

"Nee, dit is reg," sê sy.

"En die ander kolom, Ma?" vra Karlien.

Anna tel weer op en knik bevestigend.

"Dit is ook reg, my kind," glimlag sy.

"Besef Ma wat dit beteken?" vra Karlien en druk vinnig 'n soen op Anna se wang. "Besef Mamma dat ek hierdie maand 'n amper ongehoorde wins vir 'n bloemiste gemaak het . . . Ek kan dit nie glo nie!" juig sy.

"Dit is baie mooi, Karlientjie. Jy moet nou net onthou dat dit dalk nie elke maand so goed sal gaan nie. Die mense ondersteun jou dalk net nou goed omdat dit 'n nuwe plekkie is," waarsku sy huiwerig.

"Ek dink nie so nie, Ma. Ek kry vreeslik baie bestellings en die plante wat ek self kweek, gaan my nog meer help sodra hulle groot genoeg is. Dit is winsgewend, hoor!"

"Ek is so bly, my kind," sê Anna en glimlag dankbaar.

Karlien babbel aanmekaar oor alles wat sy nog wil doen en Anna kyk glimlaggend na haar opgewonde gesiggie. Anna dank die Vader in haar hart omdat Hy so goed is vir haar en haar kinders.

"En . . . Mams, nou kan ons ook gemakliker leef. Mamma kan nou 'n vasgestelde bedrag elke maand vir die huishouding kry," belowe Karlien.

"Dit is nie nodig nie, my kind. Maryna en tannie Maud se deel is ook nog daar en ons lewe baie goedkoper hier as in die stad. Net die huurgeld alleen is al 'n redelike bedrag wat ons spaar."

"Dan wil ek die geld wat oor is, sommer dadelik afbetaal op die geld wat ek Mamma skuld," sê Karlien.

Anna lag vir die opgewonde mensie. "Nee, my kind, jy moet darem nou ook weer nuwe voorraad bestel en dit gaan weer geld kos. Ons kan so oor ses maande begin dink aan terugbetaling. Maar, Karlien, neem nou eers van die geld en koop vir jou iets nuuts; een of twee mooi rokkies! Of . . . wat jy ook al nodig het."

"Ag, nooit, Mamma, rokke is nie vir my nie!" lag sy.

Karlien klink vrolik, maar Anna kan die hunkering in haar oë sien.

"Toe, dit sal vir ons almal lekker wees wanneer jy ook weer 'n slag na jouself kan kyk," moedig Anna haar aan.

"Ek sal sien, Mamma!" belowe Karlien.

Anna dring nie verder daarop aan nie, want sy weet uit ondervinding dat daar nie te veel druk op Karlien uitgeoefen moet word nie.

Karlien bêre haar boeke en stap uit op die donker stoep. Die naggeluide het vanaand 'n hartseer klank en sy wonder verbaas wat haar nou so skielik ongelukkig laat voel. Sy was 'n rukkie gelede nog rasend opgewonde oor die sukses van haar winkeltjie.

Sy verstaan haarself ook nie deesdae nie. Sy is net so buierig soos die tweeling. Haar innerlike gevoelens laat haar deesdae heeltemal in die steek, hulle ry behoorlik wipplank met haar. Een oomblik is sy so vrolik en die volgende oomblik voel sy so hartseer soos nou.

Sy gaan sit op die stoepmuurtjie en tuur in die rigting van Standersfontein. Daar is 'n liggie tussen die bome deur sigbaar en onverklaarbaar wens sy innig dat sy nou baie naby aan daardie liggie kan wees . . .

8

"Ma, wat kom maak die dokter so baie hier by ons?" vra Ester.

Anna kyk gesteurd op. Haar gedagtes is ver in die verlede en die vraag dring nie dadelik tot haar deur nie.

"Ekskuus tog, Ester? Ek het nie nou gehoor wat jy sê nie," antwoord sy verstrooid.

"Hoe lyk dit vir my Ma het muisneste? Ek vra wat kom maak die dokter so baie hier? Is Susan weer sieker, want die ou dokter was al twee Sondae ná mekaar hier en gistermiddag, toe ons van die atletiek af kom, was hy ook hier."

"Nee, Susan makeer niks nie. Sy is gesonder as wat sy nog ooit was," verseker Anna haar.

"Maar, Ma, dan kom kuier die dokter mos vir Ma!" maak Ester haar eie gevolgtrekkings.

"Ag, Ester, moenie laf wees nie! Die dokter kom gesels sommer net en drink koffie," sê Anna en kyk vererg na Ester en Orpa wat haar fyn dophou.

"Ma . . ." sê hulle weer albei gelyktydig.

Anna loer oor haar bril en sit haar naaldwerk neer.

"Ma . . . ons wil nie . . . ons wil nie 'n pa hê nie!" sê Ester vinnig.

"Nou watse bog praat julle twee vanmiddag?" vra Anna verbaas.

"Die dokter, Ma . . . hy kom kuier hier en . . . ek sê vir Ma, sulke ou bokke, Ma moet vir hulle oppas, hulle hou van groen blare!" kom dit vol wysheid van Orpa.

Anna haal haar bril versigtig af en sukkel om haar lag te bedwing.

"Nou toe, uit daarmee!" sê Anna gemaak ernstig.

"Nee, Ma sien . . ." sê Orpa en sluk ongemaklik. Dit is nou een ding om vir jou susters man te soek, maar dit is deksels moeilik om die mans van jou ma af weg te hou.

"Ons het nou net gedink . . . Ma moenie nou gaan staan en sukkel met 'n man in die huis nie. Dit was sommer 'n ou grappie wat ons altyd gemaak het. Ons het nou gedink . . . wanneer Maryna en Karlien trou en San gaan universiteit toe en sy trou dalk ook, dan gaan bly hulle mos by hul mans. En netnou dink Ma ons wil gráág 'n man in die huis hê en om ons tevrede te stel, dan gaan staan en trou Ma met die ou dokter!" verduidelik Orpa.

Anna lag heerlik. "Ek dink glad nie dit is so 'n slegte plan nie. Julle twee kort 'n pa. Julle raak al meer soos twee wilde perde."

"Jislaaik, Ma! Kan Ma darem nie 'n ander plan maak nie? Ek bedoel, 'n pa is darem baie erg!"

"Nou wat is so vreeslik aan 'n pa?" vra Anna.

"Ag, dit is sommer lekker . . . net ons! Ons kan sommer sonder klere van die badkamer af hardloop en ons onderklere in die badkamer ophang en wanneer ons bang is, dan kan ons by Ma gaan inkruip. Die ander kinders met pa's kan nie sulke goed doen nie," verduidelik Orpa ernstig.

"Nou wat het julle teen die dokter?" vra Anna reguit.

"Ag, Ma, hy sal sommer 'n mens se mangels uithaal wanneer jy vloek!" voorspel Ester.

"Ma," neem Orpa die gesprek oor, "die dokter is te oud vir Ma. As ons dan 'n pa moet hê, dan liewer 'n jonger een," sê sy vasberade.

"Wel, slaan my dood! Julle twee moet dan maar jul bestelling plaas vir 'n pa. Ek sal dan kyk wat ek kan doen. Ek bedoel, ek sal seker na jul smaak ook moet kyk!" spot Anna.

Orpa en Ester is glad nie gelukkig met die verloop van die gesprek nie. Hulle het gehoop Anna sal sommer dadelik vir hulle sê hulle is skoon laf en moet loop speel. Maar . . . sy stry dan nie eens nie! Hulle stap skoorvoetend weg.

Anna tel haar naaldwerk op en begin ingedagte weer werk, 'n fyn glimlaggie om haar lippe.

"Middag, tannie Anna, dit is warm, nè?" groet Johan en sak op 'n stoel neer.

"Middag, Johan. Ja, dit is nogal, maar hier op die stoep is dit lekker koel," groet sy.

"Ja, hier trek 'n lekker koel luggie," beaam Johan.

"Ester! Orpa!" roep Anna na die tweeling.

"Ja, Ma?" antwoord hulle gelyktydig.

"Sê tog vir tannie Maud dat Johan hier is. Sy het gaan koffie haal, sy kan sommer vir hom dan ook 'n koppie inskink."

280

Die tweeling storm op die stoep uit nadat hulle die boodskap aan tannie Maud gegee het. Hulle kom sit langs Johan. Hy slaan sy arms om hulle en druk hulle styf teen hom vas.

"En hoe gaan dit met my meisies?" vra hy tergend.

Hulle bloos van pure lekkerkry, en loer skaam vir mekaar.

"Goeiemiddag, Johan," groet tannie Maud, wat met 'n skinkbord op die stoep uitgestap kom.

"Goeiemiddag, tannie Maud," groet Johan en staan vinnig op om die skinkbord by haar te neem.

"Hoekom is jy die afgelope tyd so skaars?" vra tannie Maud.

"Ek was vreeslik besig, tannie Maud. Ons het draad gespan en ek het nog daar op die agterste plaas laat boor ook. Die boormasjien is gelukkig darem vanoggend weg."

"Het jy water gekry?" vra Anna.

"Ja, tannie, nie vreeslik sterk nie, maar darem voldoende."

Johan kuier rustig by hulle op die stoep totdat die skaduwees lank word. Maryna en Susan kom sluit hulle ook gedurende die middag by hulle aan en dit is 'n gesellige, rustige groepie wat daar saamkuier.

Die geel kombi kom stampend om die bome gery en Karlien hou voor die huis stil. Sy wip uit en stap haastig aan huis toe. Sy is moeg en warm en 'n lekker bad en yslike glas koue koeldrank is al waarvoor sy nou lus het.

Johan het sommer na hulle gestap en daarom is Karlien glad nie eens daarvan bewus dat hy daar is nie.

"Haai!" groet sy almal op die stoep met 'n wuif van haar hand.

"Solank ek gaan bad, kan een van julle julle gerus oor my ontferm en vir my 'n yskoue glas koeldrank inskink," sê sy vir die tweeling.

Sy stap na die voordeur toe en steek dan verleë voor Johan vas.

"Hallo! Ek het nie geweet jy is hier nie. Hoe gaan dit?" groet sy skaam.

"Goeiemiddag, Karlien. Dit gaan baie goed, dankie. Dit lyk vir my jy is vandag die enigste hardwerkende een."

"Dit lyk vir my ook so. As julle my net 'n oomblik sal verskoon . . . ek wil net gou die ergste sweet en stof gaan afspoel."

Karlien bad vinnig. Sy is so bang Johan loop voordat sy 'n bietjie met hom kan gesels. Sy het na hom verlang! Haar hande wat haar bene vinnig droogvryf, verstil. Sy het verlang! Sy sal een van die dae moet gaan sit en haar gevoelens probeer ontleed.

Sy trek 'n groen rokkie met dun skouerbandjies aan en dit laat haar koel en fris lyk, en sy besluit om sommer kaalvoet te bly.

Hulle gesels rustig en die skemer sak stadig op die werf toe.

"Dit is darem heerlik rustig hier," sê Karlien impulsief.

"Is julle gelukkig hier?" vra Johan.

"Ons is baie gelukkig, Johan. Ek het al vergeet hoe gelukkig en tevrede 'n mens kan wees. Niemand is haastig nie, want môre is nog 'n dag. Die mense het tyd vir mekaar en jy weet, ek dink baiekeer dat dit is hoe God bedoel het die Skepping moet wees; soos hier!" antwoord Anna.

"Ek is baie bly dat julle gelukkig is hier, want ek voel so gemeen omdat ek op jul erfgrond sit met die enorme huis en julle . . . julle bly hier in hierdie ongerieflike huisie met net 'n sakdoekie grond om julle."

"Maar jy praat mos nou bog, Johan," sê tannie Maud beslis. "Het jy al in 'n woonstel op die vyfde verdieping gebly? Dit is nou ongerieflik, sê ek vir jou. Ek verruil hierdie huis van ons nie vir die spoggerigste huis in die Kaap nie. Ons sal nie eens ons koei en die hoenders daar kan aanhou nie."

Almal lag oor tannie Maud se stelling. Net Johan se oë bly ernstig en die glimlag om sy mond kom nie tot by sy oë nie.

"Johan," sê Anna so gewigtig dat almal stilbly, "jy moet dit nooit weer sê nie, hoor jy? Ek wil dit nooit weer hoor nie! Dit was nie ons erfgrond nie. As dit dan iemand anders moet toekom, dan seker vir Bert Landman wat na my pa gekyk het toe hy oud was, wat hom versorg het . . ."

"Waar kom tannie Anna aan so 'n storie?" val Johan haar geskok in die rede.

"Hy was een oggend hier en hy het so gesê. Hy sê my pa het altyd gesê dat hy die seun was wat hy so begeer het. Bert was die een wat na hom omgesien het," verduidelik Anna.

Johan bal sy vuiste en Karlien sien die kneukels wit skyn. Sy wonder wat skielik die woede in hom ontketen.

"As ek my hande op Bert Landman lê, sal iemand my moet keer. Ek . . . ek sal hom vermorsel!" kners hy.

'n Groot groen motor kom stadig in die grondpaadjie af gery en hou voor die deur stil.

Dokter Vermaak klim stram uit.

"Goeienaand, mense!" groet hy joviaal en klim stadig met die treetjies op.

Orpa vang Ester se oog en die uitdrukking op hul gesigte raak geslote en diep bekommerd.

"Goeienaand, dokter, wat 'n verrassing! Kom sit!" nooi Anna vriendelik en stuur vir Orpa om nog 'n stoel te gaan haal.

Die middag se gesprek is nog vars in haar geheue en Anna kyk bekommerd na die tweeling. Sy sal hulle moet dophou. As hulle eers iets in hul koppe het, is hulle tot enige onheil in staat.

Die meisies staan op om iets te gaan maak vir aandete. Tannie Maud, wat gewoonlik die voortou neem by die kosmakery, bly rustig sit en Karlien se oë vonkel ondeund.

Hulle maak sommer toebroodjies en sny koue vleis daarby.

Hulle is skaars buite met die kos toe hulle nog 'n motor se ligte gewaar.

Aan die blos op Maryna se wange lei almal dadelik af wie uit die afgeleefde ou blou Volksie gaan klim.

Eben Retief ontknoop sy lang liggaam uit die beknopte motortjie en groet van ver af.

"Dit is geen wonder die ou mense het geglo Vrydagaand

283

is opsitaand nie! Wat soek al hierdie klomp mans hier?" vra hy laggend.

"Wat kom soek jy?" vra Johan met 'n geamuseerde glimlag.

"Dieselfde as julle!" korswel hy.

Die ander lag en Maryna glimlag gelukkig. Eben maak vir homself plek op die muurtjie langs Maryna.

Hulle kuier heerlik op die groot stoep. Susan speel later vir hulle klavier en almal sing saam. Dit word 'n heerlike, gesellige aand.

Orpa en Ester weier om vaak te word en sit styf aan albei kante van Anna. Sy hou hulle net geamuseer dop.

Dokter Vermaak is die eerste een wat opstaan om te gaan slaap.

"Ek sê vir julle almal baie, baie dankie vir 'n uiters genoeglike aand," sê hy en buig galant in die vroue se rigting. "Julle sal maak dat ek van myself 'n oorlas maak hier, want dit is so stil en eensaam by my huis."

Orpa snork ongeskik en kry 'n geniepsige knyp van Anna.

Johan staan ook op en rek hom lui uit.

"Ek is ook nog met dapper en stapper hier . . . ek beter in die pad val," sê hy glimlaggend.

"Kan ek jou nie gou huis toe neem nie?" bied Karlien skaam aan.

"Nee, dankie, sproetjies! Ek stap sommer; dit is heerlik hierdie tyd van die nag in die veld," bedank hy vriendelik.

Sy is te skaam om 'n entjie saam met hom te stap. Sy is bang hulle dink dalk sy is opdringerig. Hy groet almal so in die bondel en sy kyk sy verdwynende gestalte met verlange en hunkering agterna.

Eben trek Maryna aan die hand op en nooi haar om 'n entjie saam met hom te gaan stap. Sy willig blosend in en Susan en Karlien kyk hulle jaloers agterna.

Eers die volgende oggend aan ontbyttafel onthou die ander weer van Eben en Maryna se wandeling toe sy dromerig van haar bord af opkyk en vra: "Ma, wat kan ek vanaand aantrek?"

"Whao!" gil Ester en storm om die tafel. Sy soen Maryna wat haar verleë teen haar vasdruk, skrams op die wang.

"Ou Orpa, ek dink sy het dit!" sê sy bly.

"Het wat?" vra Maryna en kyk hulle onbegrypend aan.

"Nee, los dit maar liewer!" keer tannie Maud vinnig.

"Waarheen gaan julle, hartjie?" vra Anna en haar oë rus sag op haar pragtige oudste dogter.

"Sommer Tsumeb toe. Ons gaan daar eet en miskien fliek; ek is nog nie seker nie."

Anna streel liggies oor haar donker hare.

"Is jy gelukkig, hartjie?" vra sy teer.

"Ja, Mamma, baie!" antwoord Maryna.

"Dan is ons bly, so baie bly! Almal van ons!" sê Anna.

"Wel, dit is iets om te vier! Wat van perskes en room?" vra tannie Maud.

"Ja, tannie Maud!" koor hulle almal saam.

"Maar ons eet dan ontbyt!" gooi Anna verslae wal.

"Perskes en room is net die ding om spek en eiers mee af te rond! Ons moet dit vier, Anna," sê tannie Maud beslis, voeg die daad by die woord en stap spens toe om 'n bottel ingelegde perskes uit te haal.

Anna skud verslae haar kop. "Hoe julle nog almal so rietskraal kan wees, gaan my verstand te bowe."

"Dit is nie my skuld nie, ek sukkel my dood om hulle 'n bietjie vet te voer," brom tannie Maud terwyl sy rojaal inskep en die room dik oor die perskes gooi.

Saterdagaand voel dit vir almal stil en eensaam ná die baie kuiergaste van Vrydagaand. Maryna begin vroeg klaarmaak en die ander gaan sien haar op die stoep weg.

Verbaas sien die tweeling net ná agtuur 'n motor se ligte in die grondpaadjie. Hulle dink dadelik dat dit dokter Vermaak is.

Orpa kyk na Ester en hulle frons. "Vanaand sal ons iets moet doen," fluister Orpa, "hy raak nou hans!"

Dit is toe gelukkig nie die dokter wat begin hans raak nie, maar Jan Visser van alle mense!

285

"Goeienaand, dames," groet hy.

"Goeienaand, meneer Visser. Ek hoop nie dit is slegte nuus wat jou hier na ons toe bring nie," sê Anna effens bekommerd.

"Nee, inteendeel, mevrou, ek het sommer kom geselskap soek," verseker Jan haar.

"Dan is u baie welkom. Kom sit. Gee u om om sommer hier op die stoep te sit? Dit is so warm binne," vra Anna.

Jan verseker haar dat hy ook die koel buitelug verkies en daar heers 'n gemeensame stilte tussen hulle. Toe hulle eers aan die gesels raak, voel dit asof hulle mekaar jare reeds ken.

Jan Visser gesels onderhoudend en interessant. Hy is al jare lank prokureur op die dorpie en ken die geskiedenis van almal en ook al die staaltjies. Vir Anna is dit heerlik om haar herinneringe van die dorpie, soos sy dit nog uit haar kinderjare onthou, met iemand te kan deel. Sy onthou skielik allerhande insidente en staaltjies. Hulle lag soos kinders en Karlien kyk verbaas na haar ma wat skielik tien jaar jonger lyk.

"Is julle van plan om nou permanent hier te bly?" vra Jan Visser vir Anna reguit uit oor haar toekomsplanne.

"Ja, meneer Vis-," begin Anna.

"Asseblief, almal noem my sommer Jan, kan julle nie maar ook nie?" val hy haar in die rede.

"Ons doen dit graag. Soos ek gesê het, ek wil nie weer teruggaan stad toe nie. Dit is my land en my mense dié en ek het eintlik weer tuisgekom. Ek was nog nooit so gelukkig soos nou nie."

"Ek is werklik bly om dit te hoor. Jou pa . . . hy sou baie gelukkig gewees het as hy dit kon hoor, Anna!" verseker Jan haar.

"Dink jy so? Vertel my van hom. Was hy baie verbitterd omdat . . . omdat ek nie kom kuier het nie? En was hy die laatste ruk baie siek?" vra Anna, die hartseer duidelik hoorbaar in haar stem.

"Ek sal graag met jou oor hom wil gesels. Om die waarheid te sê, daar is 'n paar dingetjies waaroor ons nog moet praat. Dit sal egter beter wees as julle eendag na my kantoor toe kom."

Anna skud haar kop ongelukkig. "Goed, ek sal so maak," belowe sy.

"Ek sal ook nou moet bieg hoekom ek eintlik vanaand hiernatoe gekom het. Dit was nie net oor die geselskap nie; ek is eintlik baie verleë," begin Jan met 'n huiwering in sy stem.

"Ja, Jan?" vra tannie Maud wat altyd gereed is om iemand te help.

"My ontvangsdame is vir drie maande oorsee. Sy het gister al vertrek. Ek het iemand in haar plek gekry en net vanoggend skakel sy om te sê sy kan nie meer kom nie. Nou wonder ek of Susan my nie dalk vir drie maande wil kom help nie?"

Susan kyk verskrik op. "Wie, ek?" vra sy verbaas.

Jan lag. "Nou hoekom klink jy so verbaas?"

"O, aarde, maar ek kan nie sulke werk doen nie. Ek . . . ek kan niks doen nie, ek kan eintlik net klavier speel."

Ester giggel en Orpa proes van die lag. "Ag, dit sal orraait wees. Ons dra net die klavier in die kantoor in en wanneer iemand iets wil hê, dan speel jy vir hom of haar 'n stukkie op die klavier. As die ouens met jou begin sukkel, sê jy net hulle moet vir Beethoven vra wat gaan vir wat," sê Ester verspot.

"Gedra jou, Ester!" sê Anna en sukkel om nie te lag nie, want die tweeling kan soms kostelik wees.

Jan kan homself egter nie bedwing nie en hy lag lank en lekker oor Ester se kwinkslag.

"Dit is regtig nie veeleisend nie, Susan. Jy beantwoord net die telefoon, neem boodskappe en maak vir my tee. As jy kan tik, sal dit natuurlik meer wees as waarop ek gehoop het, maar as jy nie kan tik nie, is dit ook nie 'n probleem nie, want hier is 'n vrou op die dorp wat altyd my tikwerk doen as ek vasdraai. Sy het egter 'n paar woelwaters en kan nie kantoor toe kom nie. Ek sal sommer die tikwerk alles vir haar neem."

"Ek kan tik, oom Jan," verseker Susan hom, "ek het tik tot in matriek gehad."

287

"Uitstekend!" sê hy en kyk haar pleitend aan. Sy woorde klink so opreg dat Susan net nie kan weier nie.

"Jy sal my regtig uit 'n groot verknorsing red as jy kan kom, Susan, want ek sit sedert Maandagoggend sonder hulp in die kantoor en ekself is hopeloos."

"Dink oom Jan regtig ek sal dit kan doen?" vra Susan onseker.

"Baie beslis! En . . . Susan, ek was darem eers by dokter Vermaak om seker te maak dat jy sterk genoeg is," verseker Jan haar.

Susan kyk verbaas na hom en bloos verleë.

"Hy sê jy is feitlik gesond en ek het belowe ek sal toesien dat jy jouself nie ooreis nie."

"Ek is darem nie so broos nie, oom Jan. Ek voel regtig baie goed. As oom dink ek kan dit doen, sal ek graag wil. Dan is die dae vir my ook nie so lank en vervelig nie," sê Susan glimlaggend.

Susan is kinderlik opgewonde oor die werk. Al haar goedjies is Sondagaand reeds reggesit vir Maandagoggend.

Hulle ry van die Maandagoggend af almal saam met die kombi dorp toe. Susan is 'n bietjie vroeg, want die kantoor maak eers negeuur oop. Karlien nooi haar dus vir 'n koppie koffie in haar winkeltjie.

Karlien sien dat Susan vreeslik senuweeagtig is en half-nege trek sy haar winkeltjie se deur toe en bied aan om saam met Susan tot by die kantoor te stap.

"Dit is darem nie nodig nie, Karlien!" verseker Susan haar.

"Ek is net so nuuskierig om jou kantoor te sien. Ek kan dan sommer vir oom Jan ook môresê. Ek hou nogal van hom; hy is so 'n rustige mens."

Susan is maar te dankbaar oor die morele ondersteuning en sy stribbel nie verder teë nie.

Jan Visser se kantoor is net om die hoek. Hy staan ver-lore in die middel van die kantoor toe hulle daar aankom. Hy beloer die telefoon en tikmasjien asof hulle hom elke oomblik kan bespring.

"Dankie tog! Weet jy hoe dankbaar is ek om julle te sien? Ek is so bang daardie ding lui! Ek sal nie eens weet hoe om 'n oproep deur te skakel na my kantoor toe nie."

Hy kyk hulpeloos na Susan. "Nog 'n probleem, ek weet ook nie waar om te begin soek na my eie goed nie. Jy sal maar moet rondloer en rondkrap om te sien waar alles is," beduie hy.

Susan sit haar handsak op die tafel neer en bekyk die kantoor. Karlien maak solank van die vensters oop en druk Jan in die rigting van sy eie kantoor. "Ek sal gou vir Susan help; ek het miskien so 'n klein bietjie meer ondervinding as sy. Oom Jan kan maar begin werk," stel sy voor.

"Baie dankie, Karlien!" sê hy en verdwyn vinnig in sy eie kantoor, dankbaar oor die hulp. Hy voel lomp en oorbodig en baie onnosel in die beknopte kantoortjie met sy baie lêers en telefone.

Jan Visser se verlorenheid is al wat Susan nodig het om vol selfvertroue in die stoel neer te sak.

Hulle trek laaie oop en vind alles netjies en sistematies. Dit is toe ook vir hulle duidelik hoekom Jan Visser so verlore is sonder sy sekretaresse. Sy blyk 'n baie presiese en netjiese werker te wees. Sy behoort haar hand in die nag op elke ding in haar kantoor te kan lê.

Karlien vertoef 'n paar minute net om vir Susan te wys hoe 'n paar goed werk en toe stap sy haastig na haar winkeltjie toe terug.

Dit duur net 'n week voordat Susan heeltemal vertroud is met die kantoor en haar nuwe pligte. Sy is dolgelukkig, want die dae snel verby en sy merk hulle geduldig op die kalender af. Juniemaand kom Werner weer huis toe vir die universiteitsvakansie en sy sien uit daarna.

Sy hoor gereeld van hom en sy kom agter dat hy ook verlang. Susan beplan om haar studie volgende jaar voort te sit aan die universiteit van Bloemfontein, maar sy sal die sakie eers met haar ma moet bespreek. Die lewe is egter vol en mooi en haar blou oë bly vol drome.

Aktes en testamente, dagvaardigings en koopbriewe word elke dag vir haar meer bekend. Veral wanneer sy by bekende name uitkom, raak sy so verdiep daarin asof dit 'n roman is.

Op 'n dag, terwyl sy op soek is na 'n spesifieke koopbrief, kom sy toevallig op 'n lêer van Standersfontein af.

Dit boei haar en sy gaan sit agteroor met die lêer. Sy voel nie skuldig toe sy dit begin lees nie, want die dokumente wat nie vir haar oë bedoel is nie, is in oom Jan se kantoor in 'n kluis toegesluit.

Haar oë rek en sy staar ongelowig na die koopsom wat Johan Lindeque aan Jan Johannes Visser betaal het. Sy lees dit weer. Dit staan swart op wit daar dat Johan Abraham Lindeque die plaas van Jan Johannes Visser gekoop het.

Sy sit die lêer voor haar op die tafel neer en lees dit sorgvuldig deur.

'n Verband vir die genoemde bedrag is op die plaas geneem deur Jan Johannes Visser op 'n datum byna vyf jaar voordat die koopkontrak opgestel is. Die verband is deur Jan Johannes Visser opgekoop net drie maande voor haar oupa se dood. Die plaas is vir die bedrag van die verband oorgemaak aan Jan Johannes Visser wat dit weer op sy beurt vir dieselfde bedrag verkoop het aan Johan Abraham Lindeque.

Susan sit nog met die lêer in haar hande en sukkel om te probeer verstaan wat daar staan, toe Karlien by die kantoor instap.

"En as jy so sit en droom?" terg sy.

Susan kyk verbaas op en skud haar kop ongelowig.

"Ek het nou net op die snaaksste ding afgekom. Kyk, hier is 'n lêer oor Standersfontein," sê sy en beduie na die lêer.

"Haai, nee! Susan, oom Jan sal jou nek omdraai as hy weet jy krap in sy lêers," sê Karlien geskok.

"Hy is nie hier nie, hy is vandag Otjiwarongo toe," sê Susan ongeërg.

"Ja, maar nogtans, ek het geen reg om dit te lees nie," protesteer Karlien.

"Dit is nie veronderstel om 'n geheim te wees nie. Die lêers met vertroulike inligting is in oom Jan se kantoor; hierdie kan jy maar lees," stel Susan haar gerus.

Karlien neem teësinnig die lêer. Haar verstand wil nie glo wat haar oë sien nie. Dit kan nie regtig waar wees nie. Nie oom Jan nie! Hy, wat alles van haar oupa se sake geweet het.

"Dit rym net nie, Susan!" sê sy verslae nadat sy klaar gelees het.

"Nee, vir my ook nie. Ek het darem al iets van plase geleer vandat ek hier is en . . . iets sê vir my dat hier 'n groot skroef los is. Aarde, Oupa kon drie keer soveel vir die plaas gekry het, selfs nog meer! Hoekom sou oom Jan die verband opgeroep het net drie maande voor Oupa se dood? Hy moes tog toe al siek gewees het," wonder Susan hardop en frons.

Karlien voel 'n doodsheid in haar ledemate.

"Omdat . . . omdat hy geweet het dat die plaas ná Oupa se dood op 'n vendusie verkoop moet word; of hy was bang die een wat die plaas erf, het genoeg geld om die verband af te los. Oupa het natuurlik nie die geld gehad om die verband af te los nie en hy het dit geweet, want hy was Oupa se prokureur."

Karlien druk die lêer in Susan se hande en strompel by die kantoor uit.

Wat sy nie vir Susan wil sê nie, is dat Jan Visser toevallig genoeg Johan Lindeque se peetoom is en al pa is wat Johan nog geken het en . . . dat hulle saam in hierdie bedrogspul is.

9

"Goeiemiddag!"

Karlien is so ingedagte dat sy wip soos sy skrik toe twee swart oë skielik om die deur van die kombuisie loer.

Sy het Bart Landman nie by die winkel hoor inkom nie en sy staar hom verslae aan. Haar hart klop vinnig en benoud. "M . . . middag!" stotter sy.

"Hoe lyk jy dan so bleek? Het jy dalk 'n skuldige gewete?" vra hy uittartend.

Karlien vererg haar. "Om watter rede nogal sal ek 'n skuldige gewete hê?" vra sy vies.

"Dit is iets wat ek baie graag sal wil vasstel," antwoord hy.

"Ek het niks om met jou te bespreek nie, meneer Landman. Ek sal bly wees as jy nou sal gaan."

Sy probeer by hom verbydruk sodat sy in die winkel kan kom. Sy wil nie agter alleen saam met hom wees nie.

"Nie so haastig nie; ek wil eers gesels," keer hy haar.

"Ek is jammer, meneer Landman, maar ek is besig en netnou kom hier klante in."

"Hier sal nou niemand inkom nie, juffrou Joubert, want dit is reeds sluitingstyd. Ek het sommer die deur op knip getrek toe ek ingekom het," antwoord hy ongeërg.

'n Lam gevoel styg stadig van haar knieë af op en kom lê op die krop van haar maag.

"Sit, juffrou!" beveel hy.

Karlien sorg dat sy aan die ander kant van die tafel sit en haar oë soek wild na iets om byderhand te hou vir 'n wapen, net ingeval sy dit nodig kry.

"Ek sal niks aan jou doen nie. Sit! Ek wil net gesels," verseker hy haar weer.

"Maar ek wil nie!" antwoord sy parmantig.

"Ek gee nie om nie, juffrou Joubert, jy gaan nogtans luister."

"Wel, praat dan en kry klaar," sê sy vies.

"Ek is nie 'n pampoen nie, verstaan my mooi! Ek sien dwarsdeur jul plan."

"Ons plan?" vra Karlien verbaas.

"Ja, jul plan! As daardie Johan Lindeque nie so 'n onderkruiper was nie, dan sou ek kon lag daaroor . . ." Sy oë blits woedend en hy slaan so hard met sy vuis op die tafel dat Karlien vinnig terugdeins.

"Maar julle is almal eenders, jy en jou ma en daardie lae onderkruiper van 'n Johan Lindeque en sy skelm oom," sis Bert.

Karlien voel hoe die naarheid in haar opstoot, want sy loop al hierdie afgelope week en worstel met dieselfde pro-

292

bleem. Sy het Susan gevra om niks vir haar ma te sê voordat hulle meer besonderhede het nie. Sy soek self naarstig na 'n oplossing.

"Waarvan praat jy?" hou sy haar dom

"Jan Visser het 'n verband op Standersfontein gehad. Hy het gewag, geduldig gewag, en toe op die regte oomblik toegeslaan toe 'n ou man siek en hulpeloos was. Die plase is net so op sy naam oorgedra. Ek het dit ná oom Jaap se dood probeer beveg, maar daar was 'n koopkontrak geteken net voor jou oupa se dood en ek het uitgestap sonder 'n sent!" sê Bert.

"Wel, ons het ook niks geërf nie, behalwe die huis en die tien hektaar grond," sê Karlien skouerophalend.

"Ja, ek sal dit nie juis 'n erfporsie noem nie. Ek wil dit nie eens present hê nie," sê Bert smalend. "Maar Johan Lindeque het toe op die ou end die grond gekry! Hy het jare lank sy tande geslyp vir daardie plaas. Hy en daardie skelm oom van hom het gekonkel. Jan Visser het die verband gehad en Johan kon toe die plaas inpalm."

"Nou wat het dit met my te doen? Wat kan ek daaraan doen?" vra Karlien en sy voel die prik van trane agter haar ooglede.

Die skok van die hele aangeleentheid is skielik vir haar net te veel. Toe sy dit nie meer van Johan kon en wou glo nie, het sy dit swart op wit gesien. Hoe sy ook al vir hom verskoning soek, kan sy die legkaart maar net nie kry dat dit pas nie.

Johan is 'n boer en 'n man met 'n landbougraad. Hy ken die waarde van 'n plaas, veral van 'n groot plaas wat so bewerk en versorg is soos Standersfontein. Selfs al het hy niks met die verband te doen gehad nie, moes hy tog die dag toe hy die plaas by Jan Visser gekoop het, geweet het dat hy nie betaal wat die plaas werd is nie. Hy het tog self die koopkontrak gesien en het dus geweet dat dit die bedrag van die verband was.

Hy het toegelaat dat 'n siek, ou man van sy plaas af weggaan en hy het sonder die minste gewetenswroeging ingestap en die eienaar van 'n spogplaas geword.

293

Sy draai haar sakdoek in 'n dun rolletjie op en staar Bert vreesbevange aan.

"Maar ek sal jou sê hoekom julle nie na my wil luister nie. Jan Visser het vyf jaar voor oom Jaap se dood daardie geld aan hom uitbetaal . . . En jou oupa het daardie klomp geld vir jou ma gestuur.

"Maar julle is slim, baie slim. Julle kruip toe terug soos armblankes en gee voor dat julle nie 'n sent het nie, sodat Johan Lindeque julle moet jammer kry. Julle sorg dan dat hy op een van julle verlief raak, sy trou met hom en dan het julle mos die plaas terug; dan behoort Standersfontein weer aan julle!" sis hy en sy oë blits.

"Ek gun hom dat julle hom uittrek en uitsuig, maar ek wil julle waarsku: Johan Lindeque weet ook nie wat Jaap Stander met al daardie geld gemaak het nie en hy vermoed ook maar soos ek dat julle dit het!" sê hy sarkasties.

Karlien onderdruk die histerie met mening. As Bert moet weet wat die regte toedrag van sake is, sal hy hierdie saak met alles tot sy beskikking beveg. As hy moet weet dat Jan Visser daardie pragtige plaas gekoop het vir 'n derde van sy waarde en dat Johan dit weer net so by hom oorgeneem het, vir dieselfde bedrag, omdat Johan vir hom soos 'n eie seun is, sal die saak in die hof besleg word.

Daardie bevrediging wil sy hom nie gee nie, want hy is 'n regte bloedsuier, daarvoor sal sy haar kop op 'n blok sit.

"Maar ek wat die hulpelose, buierige ou man moes versorg, word uitgeskop!" tier hy nog steeds voort.

Karlien sit skielik regop. Dit is wat hy die vorige keer ook gesê het, wat haar bly ontwyk het.

"Meneer Landman, hoekom sê jy hulpeloos?" vra sy.

"Omdat dit die waarheid is. Ek het ná die ongeluk, ná my ma se dood teruggekom plaas toe om hom te kom versorg!" antwoord hy.

"Moenie vir my sê jou ma het nooit vir julle gesê dat die hardkoppige ou mens aan 'n rolstoel gekluister was vir die laaste ses jaar van sy lewe nie?"

Karlien staar hom verslae aan. "Ek het dit nie geweet nie!" prewel sy.

294

Bert beskou haar peinsend. "Jou ma is slimmer as wat ek gedink het. Sy het geweet dat julle haar sou kwalik neem omdat sy hom eenkant toe gestoot het terwyl hy hulpeloos was," sê hy en druk sy lang, goed versorgde vinger omtrent onder haar neus.

"Ek moes hom bad en aantrek en soos 'n baba in die rolstoel tel en rondstoot," borduur hy voort.

"Maar hoe het dit dan gebeur dat hy 'n invalide geword het?" vra Karlien.

Bert skut sy kop in stomme ongeloof. Sy weet werklik nie!

"In die ongeluk waarin my ma dood is, is hy ook baie ernstig beseer en hy het die gebruik van sy bene heeltemal verloor."

Hy sien die verbaasde, hartseer trek in Karlien se oë en 'n nuwe gedagte skiet hom skielik te binne. Dit sal dalk 'n beter taktiek wees om haar simpatie te probeer wen.

"Verstaan jy nou hoekom ek nie vir Johan Lindeque en Jan Visser kan verdra nie? Hulle het nie 'n sieklike, verlamde ou mens ontsien nie. Hy het eensaam en alleen in 'n ouetehuis in Windhoek gesit. Hy het soos 'n baba gehuil die dag toe ons hom van die plaas af moes wegvat," sê Bert en laat sak sy wimpers vinnig sodat Karlien nie die trek van genoegdoening in sy oë moet sien nie.

Sy stem is laag en hees soos 'n stem vol ongestorte trane toe hy voortgaan: "Dit was net drie maande voor sy dood. Die ergste van alles is dat hulle dit geweet het . . . Dokter Vermaak het vir hulle gesê . . ."

Hy sien die ongeloof in Karlien se oë en gaan vinnig voort: "Jy kan hom gaan vra, dit is werklik so! Maar hulle het alles deeglik onder beheer gehad. Hul alibi is waterdig, want hulle is mos bekend met daardie soort ding!" sê hy verder.

Karlien skud verwese haar kop. As sy tog net nie die lêer met haar eie oë gesien het nie, sou sy nou hand en tand vir Johan en Jan Visser geveg het – soos haar ontroue hart haar smeek om te doen.

"Ek . . . ek weet nie wat om te sê nie, meneer Landman!" stamel sy verward.

Hy stap vinnig om die tafel en plaas sy hand op haar skouer.

"Ek verstaan. Julle is ook in die duister gehou. Maar gaan vra 'n bietjie vanaand vir jou ma hoekom sy nog nooit vir julle vertel het dat jou oupa 'n invalide was nie," sê hy.

Sy skud net haar kop terwyl die trane warm op haar hande drup.

Skielik voel alles leeg en dood binne-in haar. Die besef dring skielik tot haar deur dat sy nie langer haar kop in die grond kan druk soos 'n volstruis nie. Al die kaarte is nou op die tafel en al wil haar hart dit nie aanvaar nie, sal haar verstand net moet.

"Maar ek verstaan nog nie wat jy wil hê nie, meneer Landman. Volgens jou het my ma die geld en Johan Lindeque die plaas, wat wil jy dan hê?" vra sy onseker.

"Geld! Ek het hom versorg! Ek het alles net so gelos en plaas toe gekom toe jou ma dit nie wou doen nie. Ek het sy grille én sy beledigings verduur. Ek voel dat iets my ook toekom . . . minstens die helfte van dit wat jou ma reeds ontvang het!" antwoord hy.

"Maar ek verstaan nog nie. Die hele saak is vir my duister. Volgens jou het my oupa die geld vir my ma gestuur en nie vir jou daarvan gegee nie. Hy het tog nog beheer oor sy eie sake gehad. Hoekom sou hy dan nie vir jou van die geld gegee het as jy vir hom so baie gedoen het soos jy beweer nie? Jy sê tog dat hy baie lief was vir jou, nie waar nie?" vra Karlien moedswillig.

Bert ignoreer haar laaste stelling en verander skielik weer van taktiek.

"Juffrou Joubert, ek het spesiaal na jou toe gekom, want jou ma is blykbaar net so geldgierig en inhalig soos jou oupa. Maar jy is simpatiek en sag. Ek het dit al die eerste dag agtergekom. Ek weet jy sal nie toelaat dat ongeregtigheid seëvier nie," vlei hy haar.

Karlien vererg haar en staan vinnig op. Iets is nie pluis nie, want Bert praat hom kort-kort vas.

Bert besef egter dat Karlien nie dom is nie en vervolg vinnig: "Sê vir jou ma ek wil minstens 'n paar duisend rand

296

nou hê. Ek het dit dringend nodig en ek sal dit waardeer as ek dit so spoedig moontlik kan kry," sê hy kortaf.

Karlien is net te bang omdat sy so alleen saam met hom in die winkel is, anders sou sy hom darem goed die waarheid vertel het.

Sy is glad nie van plan om haar aan sy dreigemente te steur nie. Sy sal nie eens haar ma van hierdie gesprek vertel nie. Hy ken tog nie die Jouberts nie. Hulle laat hulle glad nie bang praat of intimideer nie.

Sy knik egter gelate en sien verlig hoe Bert omdraai en by die deur uitstap.

Sy sluit die deur vinnig agter hom en laai die blommerangskikkings wat afgelewer moet word in die kombi. Sy lewer alles vinnig af en ry toe huis toe terwyl haar gedagtes bly worstel met die probleem.

Hoe kon sy haar so misgis het met Johan? Sy het aan die begin gevoel iets is nie pluis nie, maar later was hy so dierbaar en al haar antagonisme het geleidelik verdwyn.

Sy was altyd so bly wanneer sy om die bome kom en die wit bakkie staan voor hul deur. Haar hart het die afgelope tyd al allerhande kaperjolle begin maak wanneer sy in sy helderblou oë kyk.

Die aand op Tsumeb het hy haar so styf vasgehou en soentjies op haar hare gedruk.

Daar was ook die oggend toe hulle agter die dam vir tannie Maud gelag het. En tog het hy met sy vriendelike glimlag en mooi maniere 'n ou man van sy plaas af weggedryf en dit gekoop vir 'n derde van die waarde.

Boonop was dit 'n hulpelose ou man wat ses jaar lank aan 'n rolstoel gekluister was en nie self na sy plaas kon omsien nie.

Dat Johan die plaas teen so 'n belaglike prys gekoop het, kan haar nie skeel nie, ook nie die feit dat hy haar oupa se erfgename verkul het met 'n klomp geld nie. Maar dat hy 'n arme ou man, wat met sy siel verknog was aan 'n stukkie grond, so genadeloos kon behandel, kan sy nie verstaan nie. Hoekom moes hy in 'n ouetehuis sterf, ver van alles wat vir hom dierbaar was? Kon Johan hom dit nie maar gegun het

297

om op sy geliefde Standersfontein te sterf nie? Kon hy nie maar vir hom 'n verpleegster gehuur het terwyl hy geweet het die ou man gaan sterf nie? Hy het tog duisende rande op die koopsom gespaar.

'n Snik ruk uit haar binneste en die trane loop oor haar wange.

"Ai, Oupa, ons kon sulke groot maats geword het! Ek kon vir jou kom boer het, want ek het jou liefde vir die grond geërf. Ek . . . sou vir jou net soveel werd gewees het as 'n seun," prewel sy hardop.

Sy trek die kombi onder 'n boom en probeer hard om haar emosies onder beheer te kry. Haar rou snikke klink hard in die stilte. Sy huil en wens dat sy nie nou huis toe hoef te gegaan het nie. Daar is nog te veel dinge wat sy moet probeer verwerk voordat sy haar ma kan konfronteer.

By die huis stap sy dadelik badkamer toe en spoel haar gesig met koue water af. Sy drink net koeldrank en sê dan dat sy 'n bietjie na die fonteine toe wil stap.

"Nie te laat terugkom nie, Karlientjie, ons wil vroeg eet," waarsku tannie Maud en bekyk haar bekommerd. Iets is vandag nie pluis nie.

Karlien stap vinnig en sy sak moeg op die gras by die fonteine neer. Sy sien nie die blink straal water wat borrel en raas nie.

Sy steek haar hande in die water sodat die koel water deur haar vingers spoel. Haar gedagtes kring steeds om die gebeure van die laaste paar jaar. Beelde van 'n siek, eensame ou man wat huil soos 'n baba toe hy weggedryf word van dit wat 'n deel van hom is, bring weer trane in haar oë.

Sy kyk verskrik om toe 'n klippie haar teen haar arm tref. Sy sien egter niemand nie en draai terug. Dan druk iemand haar oë van agter af toe.

Sy lig haar hande op en vat aan die groot hande met die sagte haartjies op die agterkant. Sy weet dadelik dat dit Johan is. Hy lag en kom sit langs haar.

"Dit is nou wat ek 'n verrassing noem. Ek stap 'n bietjie

298

af na my fonteine toe en hier sit die mooiste meermin!" spot hy.

Karlien lag nie, maar kyk hom net ernstig aan. Die spore van trane is nog op haar wange.

"Karlien, jy huil!" sê Johan verbaas.

Sy kyk nie na hom nie, maar knik net.

"Hoekom, Karlien?" vra hy dringend.

Haar oë vernou toe sy hom stip aankyk. Hy kan nou maar ophou voorgee. Hy het haar nou lank genoeg vir die gek gehou.

"Ek huil, Johan, omdat ek maande lank vir die gek gehou is. Ek huil omdat drome so maklik vernietig kan word. Een oomblik is dit nog daar en die volgende oomblik is daar net 'n vaal, dorre, leë kol waar daar eers 'n mooi droom was."

Johan besef dadelik dat daar nou 'n groot skroef los is. Hy kyk haar ernstig aan en wag geduldig dat sy moet voortgaan.

Sy bly lank stil en kyk hom dan vierkant in die oë. Hy swyg egter. Onmiddellik is Karlien woedend. Sy is kwaad omdat hy so 'n huigelaar is en omdat hy haar vir die gek probeer hou en omdat . . . omdat sy hom ten spyte van alles liefhet!

"Is dit iets wat ek gedoen of gesê het?" vra Johan en die onbegrip kom lê vlak in sy mooi oë.

'n Snik ruk deur haar.

"Ja, ek het nie van jou verwag om so oneerlik te wees nie en dan kom sit jy hier en huigel! Jy . . . jy draai my ma en tannie Maud om jou pinkie; hulle eet uit jou hand. Vir hulle is jy die lank begeerde seun en al die tyd . . ." Karlien snik so dat sy nie verder kan praat nie.

"En al die tyd . . . wat, Karlien?" vra Johan, sy stem stil en afgemete.

"En al die tyd is jy die een wat my oupa vermoor het! Ja, vermoor het! Moenie my so onnosel aankyk nie. Dink jy 'n ou mens wat gekluister is aan 'n rolstoel, sal langer as drie maande leef wanneer hy van sy geboortegrond weggejaag word om eensaam en verlate in 'n ouetehuis te gaan sterf?" vra sy ongenaakbaar.

Johan gryp haar aan haar skouers en skud haar wild heen en weer.

"Waarvan praat jy?" sis hy.

"Ek weet alles, Johan Lindeque, alles!" sê sy.

"Dan sal ek dit waardeer as jy my ook sal inlig," sê hy, sy stem koud en afgemete.

"Los my! Ek is nie 'n ou man wat jy en jou prokureur-oom kan manipuleer soos dit julle pas nie! Julle het in elk geval alles gevat wat daar was, behalwe . . . behalwe die stukkie bywonersgrond. Wil jy dit ook hê? Maar daarvoor sal julle betaal! Hoor jy my? Julle sal betaal! Daar sal nie weer 'n verband vir 'n derde van sy waarde wees wat julle kan gebruik as koopsom nie!"

Johan los haar en draai stil om.

"Ja, loop weg! Jy is mos nie mans genoeg om die waarheid te erken nie. Dit is seker hoekom jy altyd bang was dat Bert Landman by ons moet kom, want dan sou ons dalk te veel te wete kom van jou lae, agterbakse maniere!" tier sy voort.

Johan spring om, gryp haar weer aan haar skouers en skud haar wild heen en weer. Dit is duidelik dat hy woedend is.

"Bly stil! Onmiddellik!" kryt hy dit uit.

"Ek sal nie, hoor jy my? Ek sal nie, en al skud jy my tot môre toe, sal jy nie 'n sent uit my geskud kry nie. Ons het nie geld nie! Ek gee nie om wat jy of Bert Landman dink nie. Ons het nie geld nie! Oupa het nooit vir ons geld gestuur nie; nie vroeër nie en ook nie die bietjie wat julle hom vir die plaas betaal het nie!"

Johan klap haar hard teen die wang, maar dit het die teenoorgestelde uitwerking as wat dit veronderstel is om te hê. In plaas van om haar te kalmeer, vuur dit haar histerie aan.

Sy ruk los, gryp wild na 'n groot klip en storm op hom af. Johan gryp haar hande vas en buig haar vingers oop.

"Hou op, Karlien! Jy weet nie wat jy sê nie en jy weet ook nie wat jy doen nie!"

"Ek weet baie goed, jou . . . jou onderkruiper! Loop! Loop! Nou kan jy en Gerda lekker gaan bly in die huis wat julle van my oupa gesteel het! Ek hoop hy spook by julle!" gil sy.

Johan gryp haar vas en gaan sit plat op die grond met haar op sy skoot. Karlien spartel wild om haar uit sy knelgreep te bevry. Hy druk haar egter so styf teen hom vas dat sy eintlik na asem snak.

"Moet nooit weer sulke dinge sê nie! Hoor jy my?" beveel hy woedend.

"Los my, jou . . . jou ondier," hyg Karlien die woorde uit en soek wild na iets. Sy steek haar hand in die stroom water by haar kop en gryp 'n hand vol pap modder. Toe hy haar los, swaai sy vinnig om en tref hom vol in die gesig.

"Jou klein merrie!" roep hy verbaas uit, sy gesig bruin van die modder.

Sy spring op en hardloop weg, maar dit is te laat. Johan gryp haar om die enkels en sy slaan op die sagte, mosbegroeide grond neer.

Karlien en haar susters het al baiekeer handgemeen geraak. Sy wriemel, byt, krap en slaan met die vuis. Johan staan later magteloos regop met die skoppende, bytende, kappende bondel in sy arms. Toe stap hy met afgemete treë na die stroom helder fonteinwater en gooi haar in.

"Toe, koel af, jou klein vuurvreter!" sê hy.

Karlien is egter baie ver van afkoel af. Sy lê op haar maag in die vlak stroompie, kry hom skielik aan sy enkel beet en ruk met al haar krag. Johan verloor sy balans en val bo-oor haar binne-in die water.

Hy kyk verdwaas op. Hulle is albei sopnat.

'n Histeriese laggie borrel uit Karlien se keel en dit vuur Johan se woede aan. Hy gryp haar aan haar skouers en ruk haar wild teen hom vas.

Sy maak haar mond oop om te gil, maar Johan se mond kom warm en eisend op hare neer. Sy sit ongemaklik, half op haar knieë en het geen krag nie. Johan druk haar so styf teen hom vas dat haar arms ook nutteloos is.

Sy wriemel en vroetel met haar kop om haar mond onder syne weg te kry, maar sonder sukses. Sy is stewig vasgevang in sy greep.

Stadig verslap haar hele liggaam en sy hang slap en moeg teen hom. Sy lippe is nog steeds warm en eisend op hare.

Al die woede en frustrasie is skielik uit haar uit en sy is moeg en gedaan.

Johan los haar skielik en staan op. Sy skoene maak 'n slurpgeluid toe hy oor die gras wegstap.

"Johan!" roep sy.

Hy draai stadig om en sy skrik vir die koue lig in sy oë.

"Moet nooit eens weer my naam oor jou lippe laat kom nie. Ek en jy is finaal klaar met mekaar. Ek het jou gevra om my te vertrou, want ek was gebonde aan my woord, maar jy vertrou mos vir Bert Landman. Wel, doen dit maar, jy is baie welkom! Maar . . . vanaand om agtuur sal ek en oom Jan Visser by jul huis wees. Sorg dat jy daar is!" sê hy voordat hy omdraai en vinnig wegstap.

Karlien druk haar gesig in haar hande en huil geluidloos.

Wat het sy nou aangevang? Sy besef skielik dat sy bereid is om hom te neem met of sonder enige klad op sy naam, maar hy het gesê hy is finaal klaar met haar.

Sy staan verwese op toe sy Orpa se veraf geroep hoor. Sy stap stadig en moeisaam terug huis toe. Al die lus vir die lewe het haar meteens verlaat. Alles is meteens koud en dood binne-in haar . . .

10

"As ons geweet het julle eet nog, sou ons 'n bietjie later gekom het," sê Jan Visser en loer om die voordeur wat wyd oopstaan vir 'n bietjie koel aandlug.

"Ons is reeds klaar, ons gesels sommer net 'n bietjie," sê tannie Maud, staan vinnig op en sy en Anna stap saam met die mans na die sitkamer terwyl die meisies afdek.

"Kan ons nie maar op die stoep sit nie? Dit is so warm," kom die voorstel van Jan wat reeds nie 'n baadjie dra nie.

"Karlien, julle kan sommer die koffie stoep toe bring,"

roep Anna. "Ester, jy en Orpa moet gaan bad en gaan in-kruip, môre is skool."

"Ai, Ma," protesteer hulle gelyktydig, maar Anna steur haar glad nie aan hulle nie.

Johan is onnatuurlik stil. Anna en Maud het al 'n opmer-king daaroor gemaak, maar hy het dit probeer weglag.

Karlien bring die koffie en probeer weer by die deur in-glip, maar Jan keer haar beslis.

"Karlien, ek wil hê jy moet asseblief vir Maryna en Susan ook gaan roep. Daar is iets waaroor ek moet praat en dit is vir julle almal se ore bedoel."

"Ja, oom Jan," sê Karlien en loer in Johan se rigting. Haar hart word koud toe sy in sy ongenaakbare blou oë kyk.

Maryna en Susan kom sit verbaas en ook nuuskierig.

Jan Visser roer ingedagte met sy lepeltjie in sy koffie ter-wyl almal afwagtend na hom sit en kyk.

"Ek weet nie juis waar om te begin nie. Ek het gehoop dit kan nog 'n rukkie wag totdat julle almal meer aangepas het en ook die vrede van Suidwes in jul harte kan voel, want dit is eers dan wanneer 'n mens dinge kan aanvaar en ver-werk," sê hy peinsend.

Hy kyk na Anna en sy oë rus sag op haar.

"Ek wou vir jou, Anna, die hartseer en selfverwyt wat gaan kom, eers probeer sagter maak."

Anna staar hom verbaas aan en sê: "Jy maak my nou vrees-lik nuuskierig en vreeslik bang!"

Jan gaan voort asof sy nie gepraat het nie.

"Dinge het ongelukkig vandag 'n lelike wending geneem en Johan het gevra dat ek asseblief die volle verhaal en die waarheid aan julle moet vertel! Ek is seker daarvan dit is weer Bert Landman se werk." Hy kyk reguit na Karlien. "Was Bert Landman vandag by jou?" vra hy.

Sy laat haar kop skaam sak. "Ja, oom Jan," erken sy.

Anna sit dadelik regop in die stoel. "Hoekom het jy nie vir my daarvan vertel nie, Karlien?" vra sy en sy kyk na Jan. "Hy was een oggend hier en het allerhande aantygings ge-maak. Ek het hom die deur gewys en gesê dat hy nooit weer in my huis welkom is nie."

303

"Wat het hy gesê, Anna?" vra Jan.

"Hy het allerhande aantygings gemaak en 'n klomp onsin gepraat van verbande en koopkontrakte . . . Dit het in elk geval daarop neergekom dat Johan die plaas op 'n oneerlike wyse in die hande gekry het en dat dit die rede is waarom daar vir hom geen erfporsie was nie. Blykbaar is hy onder die indruk dat my pa die geld wat hy destyds gekry het, toe die verband op die plaas geneem is, vir my gestuur het.

"Hy wou toe van die geld hê om kastig 'n hofsaak teen Johan te maak, maar ek is seker daarvan hy wil dit vir homself hê. Hy sê hy het vir my pa gesorg en na hom omgesien en hy dink die geld kom hom toe."

Sy sug en maak 'n hulpelose gebaar met haar hande.

"As ek geld gehad het, sou ek vir hom daarvan gegee het, net omdat hy my pa versorg het toe hy siek was . . ." sug sy.

"Wel, ek dink ek moet liewer heel voor begin," sê Jan en sit gemaklik agteroor. Met sy diep, rustige stem begin hy vertel wat twintig jaar gelede gebeur het.

"Dinge het vir Jaap Stander begin skeefloop die dag toe hy met die Landman-vrou getroud is. Sy was 'n hele paar jaar jonger as hy en Bert was toe 'n seuntjie van so ses of sewe jaar, regtig 'n gevoelige ouderdom vir 'n kind.

"Die vrou was jonk en lief vir vermaak en het die lewe vir die rustige, hardwerkende Jaap baie moeilik gemaak.

"Sy was skaars terug van 'n oorsese reis, dan wou sy weer op 'n ander een gaan en Jaap moes maar net betaal. Sy het al Jaap se geld binne 'n paar jaar uitgemors.

"Jaap het begin suiniger raak, want hy het botweg geweier om 'n verband op die plaas te neem. Maar intussen het Bert grootgeword en hy en sy ma het saamgespan teen arme Jaap. Bert het die een sportmotor ná die ander gekoop en hier het stapels rekeninge aangekom wat betaal moes word.

"Jaap het gepraat en gedreig, maar niks het gehelp nie. Hy was 'n man wat doodbang was vir skuld en hy het maar die rekeninge betaal, want hy was altyd so bang vir sy goeie naam.

304

"Hy het later in 'n finansiële verknorsing beland en hy moes as gevolg daarvan een van sy plase verkoop."

Jan kyk reguit na Karlien wat haar kop skaam laat sak.

"Bultfontein, die verste een, grens aan my plaas en dié het ons omtrent tien jaar gelede al vir Johan gekoop. Dit was met geld wat sy ouers vir hom nagelaat het. Johan was toe in matriek en ek het maar na die plaas omgesien.

"Twee jaar later moes hy Elandsfontein verkoop. Johan het nie die geld gehad nie, maar aangesien hy my peetkind is, het ek vir hom die plaas gekoop. Ons het natuurlik 'n Landbank-lening ook aangegaan, want die twee plase grens aan mekaar en ons kon nie so 'n kans deur ons vingers laat glip nie.

"Toe Johan uit die universiteit kom, het hy maar by my op die plaas gebly, want daardie twee plase het nie 'n woonhuis op nie. Bert en sy ma was nooit eens bewus van die feit dat daardie plase reeds verkoop was nie. Hulle het nooit in die plaas belang gestel nie, net wat hulle daaruit kon kry.

"Jaap het 'n vermoede gehad dat sy vrou 'n kêrel in Windhoek het. Hy wou nooit daaroor praat nie, maar ek vermoed dat hulle eendag op pad Windhoek toe daaroor rusie gemaak het.

"Sy het die motor bestuur en die motor het teen 'n geweldige spoed teen 'n vragmotor gebots. Sy is op slag dood en Jaap het die gebruik van albei bene verloor."

Anna trek haar asem vinnig in en druk geskok haar hande voor haar gesig. Karlien kyk bekommerd na haar. Sy het dus ook nie geweet nie!

"Ek het vermoed jy was nie bewus daarvan nie, Anna! Ek het dit daardie eerste dag in die kantoor agtergekom."

Hy sug diep en verskuif sy bene voor hom.

"Hy was maande lank in die hospitaal en tot sy dood 'n invalide, gekluister aan 'n rolstoel. Julle kan dink wat dit vir die aktiewe Jaap beteken het. Skielik was hy afhanklik van ander mense se gunste en gawes.

"Bert Landman was by sy ma se begrafnis en is net daarna terug universiteit toe om Jaap se geld verder te mors.

"Terwyl Jaap in die hospitaal was, het ek my eie oordeel

305

gebruik en vir Bert laat weet dat hy van toe af 'n toelaag, gelykstaande aan ander studente s'n, sou ontvang. Daar sou ook geen verdere rekeninge van hom betaal word nie. Ek het saam met die tjeks briewe gestuur aan al die krediteure wat so gereeld hul rekeninge vir ons gestuur het, en hulle in kennis gestel dat ons geen rekeninge meer sou vereffen nie.

"Bert was natuurlik woedend, maar ek het my min aan hom gesteur. Ek het goed misbruik gemaak van die feit dat ek in beheer was van Jaap se geldsake solank hy in die hospitaal was.

"Bert het spesiaal huis toe gekom om vir Jaap te kom vertel wat hy van hom dink. Ek het egter die hospitaalpersoneel in Windhoek opdrag gegee dat Jaap geen besoekers mag ontvang nie en Bert uit my kantoor gejaag.

"Jaap het ná drie maande huis toe gekom. 'n Verpleegster het saamgekom en vir ou Mossie opgelei om hom te versorg. Julle ken vir ou Mossie. Hy is die getrouheid self. Hy het Jaap versorg asof hy sy enigste kind was. Intussen het Johan die plaas versorg. Hy het sy intrek by Jaap in die groot huis geneem sodat hy nie saans so alleen is nie en Johan het vir hom die seun geword na wie hy sy hele lewe lank verlang het.

"Ek het Jaap vertel wat ek met Bert se toelaag gedoen het, en hy het dit as die beste nuus van die jaar beskou.

"Johan het ses jaar lank daar gebly. Hy het soos 'n slaaf gewerk. Hy was maar nog 'n jong man wat net uit die universiteit gekom het en dit was 'n enorme klomp werk met Standersfontein ook daarby ingesluit.

"Jaap was maar 'n moeilike mens. Hy was pynlik netjies en sy plaas was nog al die jare 'n spogplaas. Terwyl hy aan sy rolstoel gekluister was, kon hy party dae omgekrap raak wanneer dinge nie gegaan het soos wat hy wou hê dit moes nie. Johan het sy eie boerdery ook gehad, maar daaraan het Jaap hom nie gesteur nie.

"Die een of twee keer dat Johan voorgestel het hulle moet 'n voorman kry om te help, het ou Jaap omtrent ontplof. Hy kon altyd al drie plase behartig en hoekom kon Johan dit nie doen nie?"

Jan hou sy koppie na Karlien uit. "Ek dink jy sal vir my nog koffie moet skink, want my keel is al kurkdroog gepraat."

Karlien staan op en skink sy koppie weer vol.

"Omtrent 'n jaar ná die ongeluk het Jaap weer eendag by my gekom. Bert het toe weer baie hard probeer om meer geld uit Jaap te kry, maar Jaap het nie meer omgegee vir sy goeie naam soos vroeër nie en het ongeërg al die briewe op my lessenaar kom gooi. In elk geval, daardie dag . . ."

Jan kyk vinnig in Anna se rigting voordat hy voortgaan.

"Daardie dag het hy 'n brief van jou ontvang, Anna. Hy was kinderlik opgewonde daaroor. Hy het my vertel van die dae toe jy nog 'n ou meisietjie was en hoe jy soggens vroeg met al jou honde en katte 'n bietjie by hom kom inkruip het!"

Anna laat sak haar kop in haar hande en huil saggies. Tannie Maud neem haar hand in hare en streel dit liggies.

"Wel, daardie dag het hy met die voorstel na my gekom dat ek 'n verband op Standersfontein moet neem. Hy het gesê dat hy lank daaroor nagedink het. Hy wou die plaas aan Johan bemaak omdat Johan hom so getrou versorg en na die plaas omgesien het. Volgens hom was daar net een mens vir wie hy Standersfontein sou wou gee en dit was Johan, omdat Johan ook soos hy opreg lief is vir die plaas. Ook omdat Johan nooit betaling vir sy dienste wou aanvaar nie.

"Hy het die dag nog vir my gesê: 'Ou Jan, wat kan ek anders met die grond maak? Ek kan tog nie verwag my ou dogtertjie met haar meisiekinders moet plaas toe kom nie. Hulle is gelukkig in die stad en ek wil hulle nie onder 'n verpligting plaas nie. Maar, Jan, ek weet my kind kry swaar. Sy sal nooit in 'n woonstel bly met haar kinders as sy geld gehad het om in 'n huis met 'n groot tuin te bly nie. Sy was te lief vir die veld en die oopte, vir ruimte om haar. Dit is wat my laat besluit het om vir haar ook iets na te laat.'

"Ek het hom probeer afraai, want sy plan was vir my lomp en onnodig omslagtig, maar hy was maar 'n hardekop! Ek moes 'n verband op Standersfontein neem. Hy

307

het geweet Johan het nie die geld nie, daarom het hy na my gekom."

Jan kyk na Anna en sy donker oë rus ernstig op haar.

"Jy weet, Anna, jy was heeltemal reg daardie eerste dag toe jy gesê het dat jou pa nooit aan Standersfontein sal laat sny of 'n verband op hom neem nie. Hy was baie beslis daaromtrent. Die oorspronklike Standersfontein moes bly soos hy is. As hy vir jou 'n gedeelte laat erf het, was die kans nog altyd daar dat jy dit dalk sal verkoop of dat een van jou dogters dit sal kry en met 'n vreemde man hier kom boer.

"Ek wou 'n deel by hom koop, maar dit sou tog later na Johan toe kom, maar dit wou hy ook nie doen nie. Die verband moes hoofsaaklik ook as afskrikmiddel vir Bert dien, want Jaap het geweet dat Bert nie sal rus as hy moet weet dat daar iewers geld is nie.

"Ek moes die geld op Anna se naam belê. Ek het self nie genoeg geld in daardie stadium gehad nie en ek moes toe my eie plaas verkoop."

Hy kyk na hul geskokte gesigte en lag verleë.

"Dit was darem nie so 'n groot opoffering nie. Ek was maar altyd net 'n naweekboer en my plaas kon nie by Standersfontein kers vashou nie. Johan sou dit in elk geval eendag erf en Standersfontein is 'n baie beter erfporsie.

"Niemand was egter veronderstel om van die geld te weet nie. Jaap was bang vir Bert. Hy het gesê Bert sal die geld op die een of ander manier uit Anna wurg. Ek moes die koopbrief opstel en in my kluis hou. Hy sou my sê as hy dink sy tydjie word min, dan kan ons dit teken. Alles sou dan op Johan se naam wees. Hy was so bekommerd dat iets tog nog skeef kon loop, dat ek die koopbrief waarin ek weer die plaas aan Johan verkoop, ook moes opstel.

"Nou wil ek hê julle moet almal baie mooi luister, veral jy, Karlien! Die bedrag waarvoor ek die verband geneem het, was net die helfte van die waarde van die oorspronklike Standersfontein. Julle moet onthou dat die ander twee plase wat ook onder Standersfontein geregistreer was, jare gelede alreeds verkoop was en daardie geld het Bert en sy ma uitgemors.

308

"Hierdie beslommernis met verbande en koopaktes was alles net om aan Anna 'n erfporsie na te laat sonder om Standersfontein te verdeel.

"Hy het gevoel hierdie stukkie grond en die huis kan julle maar kry. Hy het tog gehoop dat jy sou terugkom Suidwes toe, al was dit dan net om die grond te kom verkoop en net weer vir oulaas op jou geboortegrond rond te loop.

"Hy het altyd gevoel as jy net weer een keer hier kan kom, sal jy nie wil weggaan nie. Daar was egter 'n dringende versoek van sy kant af. Ek mag nie vir jou sê van die erfporsie voor ses maande ná sy dood nie. Hy . . ."

Jan loer ongemaklik na Anna. Dit is vir hom moeilik om nog meer verwyte op haar te laai.

"Hy het baie seergekry omdat . . . omdat jy nooit kom kuier het nie. Hy het gevoel dat jy ook 'n slag moes voel hoe dit voel om deur jou eie mense vergeet te word."

Karlien sit haar arm om haar ma se rukkende skouers en kyk verleë op die grys hare af. Sy is te bang om op te kyk en Johan se stil, geslote gesig voor haar te sien.

"Wel, die geld is dus soos volg aan julle bemaak," sê Jan, haal 'n stukkie papier uit sy sak en sit sy bril op.

Dit blyk toe dat Jaap Stander aan elkeen van hulle gedink het. Tannie Maud en elkeen van die dogters ontvang 'n gelyke bedrag en die res van die geld, wat nogal 'n aardige bedraggie beloop, is net so aan Anna bemaak.

Nadat die opgewondenheid bedaar het, vertel Jan verder wat tussen Jaap en Bert gebeur het.

"Intussen het Johan na Jaap omgesien terwyl Bert rondgerits het. Sy geld het toe opgeraak en twee jaar voor Jaap se dood, het hy weer hier op die plaas aangekom en ongevraag sy intrek in die groot huis geneem.

"Jy kan self dink hoe dit toe gegaan het, want hy kon nie vir Johan verdra nie. Jaap was siek en nie meer lus vir konfrontasies met Bert nie. Hy het net vir hom gesê daar is nie meer geld nie en dat die plaas 'n verband op het. Hy kon vir Bert niks meer gee nie.

"Bert het toe allerhande gemene stories omtrent Johan

309

en Jaap versprei. Gelukkig het niemand hulle daaraan ge-
steur nie, allermins Jaap en Johan. Hulle het net rustig hul
gang gegaan.

"Jaap en Johan was werklik lief vir mekaar . . . en ek wil
hê dat jy dit moet weet, Anna. Jaap was gelukkig die jare
wat Johan by hom gebly het. Die oggend toe Jaap moes
hospitaal toe gaan – dit was die dag toe ons die koopkon-
trak geteken het – daardie oggend het hy ook vir Johan
gesê dat hy Standersfontein in sy hande gee."

Jan sluk swaar aan die knop in sy keel en Karlien sien die
spanning op Johan se gesig en die spiertjie wat in sy wang
spring.

"Daardie oggend het hulle twee soos kinders gehuil. Jaap
het geweet hy sal nie weer terugkom nie en Johan het ge-
soebat dat hy moes bly. Hy sou vir hom 'n verpleegster kry
of dokter Vermaak kon by hulle op die plaas kom bly, maar
Jaap het geweet dit sou nie werk nie en dat hy maar hospi-
taal toe moes gaan."

Jan vryf oor sy oë asof hy die beeld wil wegvee.

"Ons het die ambulans gestaan en agterna kyk en Johan
en Mossie het onbeskaamd gestaan en huil. Ek het ook ge-
huil omdat iemand vir my kind so lief kon wees. Wel, dit
is die hele verhaal," sê Jan en staar toe lank voor hom uit
voordat hy stadig opkyk en met Anna praat.

"Wil julle nou teruggaan? Noudat julle vir julle 'n groot
huis kan gaan koop?" vra hy.

Anna skud beslis haar kop.

"Nee . . . nee, ek wil net hier bly. In hierdie huis wat my
pa vir my nagelaat het," sê sy beslis.

"Ek stem saam met Anna. Ons was nog nooit so gelukkig
soos hier nie. Ons kan net nog 'n paar kamers laat aanbou
en nog 'n badkamer!" sê tannie Maud beslis.

"Kry ons ook iets, Ma?" vra die tweeling en loer oor die
vensterbank van die sitkamervenster. Die twee asjasse het
sowaar gesit en afluister.

"Gelukkig eers wanneer julle een-en-twintig is en dit is
nog lank!" sê Anna en glimlag deur haar trane.

Hoe wonderlik het alles nie vir hulle gebeur nie, dink sy

dankbaar. Die kinders se toekoms is verseker en hulle kan gemakliker lewe.

"Ma," sê Ester en klim ongemerk op haar ma se skoot, "ons sal maar van ons geld moet vat en 'n nuwe kar koop, want wanneer Karlien trou, sal ons nie vir ou Betta aan die loop kry nie. Karlien is al een wat weet waar om haar te kap," sê sy.

Johan staan styf op. Hy het die hele aand nog nie 'n woord gesê nie.

"Ek dink ek sê maar nag. Julle ken mos nou die hele verhaal," groet hy styf.

"Johan," keer Anna hom toe hy wil loop, "ek dink nou net aan iets! Ou Mossie, die diere . . . die koei en hoenders en skape, dit was nie deel van ons erfporsie nie, nè?" vra sy.

Johan kyk haar net stil aan en Jan beantwoord vinnig haar vraag.

"Anna, nee, dit was 'n geskenk van my en Johan aan julle. En ou Mossie geniet dit hier by julle. Hy is al oud en kan nie meer gewone plaaswerk doen nie," verduidelik hy.

Johan knik net in Anna se rigting en stap toe stadig met die treetjies af.

"Johan," roep Karlien, spring op en draf agter hom aan. Johan maak of hy haar nie hoor nie en stap die donker in. Sy gryp hom aan sy arm en dwing hom tot stilstand.

"Johan, asseblief, ek . . ." stotter sy.

Sy oë is yskoud terwyl hy haar op en af bekyk. Hy maak haar hand stadig om sy arm los en stap toe van haar af weg sonder om om te kyk.

Karlien staar hom verwese agterna. As hy tog net na haar wil luister, net een keer! Sy sal voor hom kruip as hy haar net wil toelaat om vir hom te sê hoe jammer sy is. Sy sal hom smeek om haar tog asseblief te vergewe. Maar . . . maar hy het gesê dat hulle niks meer vir mekaar te sê het nie en hy het dit bedoel!

Soos 'n ou vrou stap sy terug huis toe. Sy is te skaam om Jan Visser weer in die oë te kyk, daarom stap sy agterom en glip by die kombuisdeur in.

311

Dat sy so min vertroue in 'n medemens kon hê, en dit iemand vir wie sy op hierdie oomblik enigiets sal doen om net weer 'n vonkel in daardie blou oë te kry.

Karlien huil haarself aan die slaap en niemand vra die volgende oggend vrae nie. Hulle besef dat daar 'n groot skroef los is, maar Karlien self sal praat wanneer sy gereed is daarvoor en dit self verwerk het.

Die dae kruip verby. Karlien het blou kringe onder haar oë en sy word elke dag maerder.

In teenstelling met haar, leef Maryna en Susan in 'n droomwêreld van geluk en die erfporsie maak hulle nog gelukkiger.

Tannie Maud en Anna gaan voort asof daar niks gebeur het nie. Die lewe het vir hulle nie verander omdat hulle skielik 'n paar rand ryker geword het nie.

Hulle twee koukus egter vreeslik en teken planne. Karlien besef vaagweg dat hulle seker aan die huis wil laat aanbou. Anna hou Karlien soms onderlangs dop. Haar simpatie is egter by Johan. Sy besef dat Karlien vir Johan in haar voortvarendheid baie seer moet gemaak het.

Tannie Maud nooi egter op 'n dag die tweeling saam toe sy gaan eiers uithaal.

Sy wag totdat hulle goed buite hoorafstand is voordat sy die sakie aanroer.

"Karlien is bitter ongelukkig. Sy is al net oë. Ons sal iets moet doen," sê sy gewigtig.

"Hmm," sê Orpa en sug oordrewe, "ek sal darem bly wees wanneer hulle drie getroud is! Dit raak nou harde werk!"

"Ja-nee," stem tannie Maud heelhartig saam, "maar ons kan darem ook nie vir ou Karlien net so in haar ellende los nie. Sy het ons nog nooit in die steek gelaat nie. Sy is maar die een wat alles regmaak. Kyk nou maar vir ou Betta!" beduie tannie Maud en sy sorg dat haar stem net gedemp genoeg is om die kinders se simpatie te wek.

"Maar, tannie, dit is haar eie skuld! Sy soek van die begin af skoor met Johan en hy is so spif!" meen Orpa.

Tannie Maud trek 'n gesig asof sy pyn het. "Waar hoor jy nou weer daardie woord?"

"Wel, hy is 'n bak ou! En sy wil net altyd met hom baklei!" sê Orpa weer.

"Dit is waar, tannie Maud," skaar Ester haar onmiddellik aan Orpa se kant. "Sy is net soos 'n skerpioen; haar angel is altyd reg vir steek wanneer Johan naby is."

"Wel, die kind is nou hartseer en ongelukkig en dit is nie nou die tyd om haar te kritiseer nie," sê tannie Maud ferm.

"Nou wat het tannie Maud in gedagte?" vra hulle gelyktydig.

"Ek weet nie . . . my verstand staan botstil. Dit is hoekom ek jul hulp nodig het!" verduidelik sy, haar gesig so ernstig dat die tweeling kan sien sy het lank oor hierdie saak gedink.

"Ons sal moet dink, want Johan gaan Saterdag weg," sê tannie Maud en sug.

"Weg? Waarheen?" vra die twee weer gelyktydig.

"Ek weet nie presies nie. Hy gaan na die een of ander seminaar toe. Dit klink mos vir my hy is 'n geleerde mannetjie! Hy het net gister vir my gesê hy gaan vir twee weke weg."

"Tannie Maud, dit is te gou. Ons sal nooit iets regkry voor Saterdag nie," sê Orpa en kou aan haar onderlip.

"Laat sy maar nog twee weke swaarkry, sy is mos altyd rammetjie-uitnek. Ons kan solank aan 'n plan dink vir wanneer hy terugkom," stel Ester ongevoelig voor.

"Ja, ek dink dit sal die beste wees. Dit sal 'n weldeurdagte plan moet wees, want Johan is baie kwaad. Hy vra nooit eens hoe dit met haar gaan nie," sê tannie Maud bekommerd.

"Ja, en ek het hom nou al twee keer in die kafee gesien saam met daardie Duitse vroumens met die mansklere," sê Ester vies en skop na 'n graspol in die grond voor haar.

"Ester, kind, wat vertel jy my nou?" vra tannie Maud hewig ontsteld.

"Ja, tannie Maud, ek het haar ook gesien en ek dink as

313

daar een vrou is wat dit het, dan is dit sy!" sê Orpa beslis.

"Wat het?" vra tannie Maud, te ontsteld om vinnig van begrip te wees.

"Daai sek- . . ." begin Orpa, maar tannie Maud mik 'n hou na haar met die mandjie.

"Julle is glad te groot vir jul skoene!" sê sy verontwaardig.

"Ja, tannie Maud, maar dit is omdat ons al ons susters se vrywerk moet doen!" sê Orpa.

"Gmf!" snork tannie Maud onvroulik, maar sy weerlê ook nie Orpa se stelling nie.

11

Die seer binne-in Karlien trek saam toe sy Johan saam met Gerda by die kafee sien ingaan.

Hy het nog nie weer 'n woord met haar gepraat of selfs in die winkel se rigting gekyk wanneer hy daar verbystap nie.

Al die vreugde het vir haar uit haar mooi winkeltjie verdwyn. Sy put geen genot meer uit die mooi blommerangskikkings wat sy nog steeds baie gereeld moet maak nie.

Sy werk so hard soos sy kan. Sodra sy saans by die huis kom, gaan sy dadelik na haar kweekhuis toe, al is daar nie veel wat nog gedoen moet word nie, want ou Mossie hou alles pragtig in stand.

Party oggende is dit nog donker wanneer sy opstaan en alleen op die werf ronddwaal. Die nagte is net so eindeloos lank, want dit is in die nag dat sy haarself martel met gedagtes aan hoe alles kon gewees het! As sy tog net nie haar ore uitgeleen het aan skinderstories en in ander mense se lêers gaan rondkrap en haar eie gevolgtrekkings gemaak het nie.

"Goeiemiddag, Karlien. Voel jy siek?" onderbreek Eben haar gedagtegang.

"Hallo, Eben. Nee, ek voel heel goed, dankie!" antwoord sy gemaak vrolik.

314

"Wat is dit, Karlien? Jy is so bleek deesdae en daar is donker kringe onder jou oë. Is die werk in die winkel nie te veel vir jou nie?" vra hy bekommerd.

"O, nee, dit is nie dit nie! Ek is bly dat dit so besig is, dan raak ek nie verveeld nie," protesteer sy.

"Kan ek nie help nie?" vra hy en kom sit eenkant by die tafel waar sy werk.

Karlien skud net haar kop ontkennend. Wanneer sy na Eben se vriendelike gesig kyk, wil sy sommer net teen sy skouer al haar hartseer uitsnik.

"Karlien, jy weet tog seker dat ek beoog om een van die dae jou ouboet te word? Jy moet net sê as ek kan help!" probeer hy weer.

Die trane begin stadig oor haar wange rol en sy snuif onvroulik. Eben gee sy sakdoek aan en druk haar kop teen sy skouer.

"Dis Johan, nè?" sê-vra hy.

Sy knik net.

"Vertel my!" sê hy geduldig, maar sy stem dra soveel gesag dat sy stotterend vir hom die hele verhaal vertel.

Eben is eers lank stil voordat hy haar antwoord.

"Arme Karlientjie wat altyd met 'n ontblote swaard haar standpunte beveg!" sê hy sag.

Sy huil nou kliphard. "Jy . . . jy moenie vir Maryna vertel nie. Hulle weet nie dat ek so vreeslik lelik was nie . . . Hulle vermoed iets, maar hulle weet nie wat ek alles gesê het nie. O, Eben, ek is so skaam!" snik sy.

"Ek weet nie wat om vir jou te sê nie, Karlien. Al wat ek vir jou kan sê, is dat jy nou maar eers uit sy pad moet bly. Soos ek vir Johan ken, sal dit baie lank duur voordat hy jou sal vergewe. Dit is altyd so met sulke mense. Hulle is goeie mense en verdra oneindig baie totdat hulle te ver gedryf word . . ." sê Eben en sug. "My ma het altyd gesê 'n mens moenie 'n goeie mens kwaad maak nie!"

"Maar, Eben, as hy net na my wil luister . . . Ek sal hom om verskoning vra . . ." sê Karlien en huil harder.

"Dit is darem vreeslike aantygings wat jy gemaak het," sê Eben.

"Ek weet, en hy sal nooit weer dieselfde teenoor my wees nie!" snik sy.

"Ek dink jy maak die winkel toe en dan gaan drink ons koffie by die kafee," stel Eben voor.

"Nee!" roep Karlien uit.

"Dit was net 'n voorstel!" sê Eben en kyk haar verbaas aan.

"Ag, Eben, ek bedoel dit nie so nie, maar Johan en Gerda is nou net daar by die kafee in," verduidelik Karlien.

"O, nou verstaan ek baie beter," sê Eben.

"As . . . as jy nog 'n bietjie hier by my bly, dan maak ek gou vir ons koffie. Ek wil nie nou alleen wees nie!" sê Karlien pleitend.

"Ek kuier met graagte nog by jou, kleinsus!" sê Eben en glimlag bemoedigend vir Karlien.

Karlien bedaar geleidelik en kry dit selfs reg om flou vir Eben te glimlag.

"Ek is genooi vir ete vanaand daar by julle, so ek sê eers net tot wederom!" groet Eben nadat hulle 'n rukkie lekker gesels het.

Dié aand bestee Karlien meer aandag aan haar voorkoms en grimeer haar gesig. Dit is nou tyd dat sy haar regruk, besef sy, want as buitestaanders nou al kan sien hoe sleg sy lyk, dan wonder sy wat dink die res van die gesin van haar.

Die ete verloop rustig en gesellig. Susan is deesdae die een met die meeste nuus. Sy het altyd 'n brokkie nuus.

"Volgende week gaan ek darem lekker rustig sit en lees," sê sy.

"Hoe dan so?" vra Anna wat haar kan verkyk aan Susan wat 'n bietjie gewig aangesit het en nou blosend lyk nadat sy al die jare deurskynend bleek was.

"Oom Jan gaan saam met Johan Bloemfontein toe. Hy gaan net 'n week weg wees, maar Johan bly nog 'n rukkie. Hulle gaan die een of ander seminaar bywoon en dan bly Johan daar agter. Hy moet nog 'n referaat op die een of ander landboukongres lewer."

Dit voel vir Karlien asof haar hart ophou klop het net by die aanhoor van sy naam en sy byt hard op haar onderlip. Die gedagte dat sy hom twee weke lank glad nie eens sal sien nie, is vir haar onuitstaanbaar.

Eben hou hom ongeërg, maar hy hou haar onderlangs dop. Foei tog, sy moet darem nou duur betaal vir haar oor-tredinge.

Eben is egter nie die enigste een wat die stywe trek om haar mond raaksien nie. Tannie Maud stoot liggies onder die tafel aan Orpa en beduie met haar oë.

Ná die ete onthou tannie Maud skielik van iets wat sy in die badkamer wil doen net toe die tweeling in die bad is.

"Ek sê julle, ons sal iets moet doen voordat Johan ry. Dalk bly hy langer as twee weke weg en Karlien lyk al klaar soos 'n spook," beduie sy ernstig.

"Tannie Maud, kan ons nie vir Johan bel en maak of dit Karlien is en dan sê ons ekskuus en sy is jammer, sy sal nie weer nie? Dan sal hy mos vriendeliker wees met haar," sê Ester.

Tannie Maud oorweeg dit, maar skud toe haar kop.

"Nee, Ester, dit sal nie werk nie. Hy sal sommer weet dit is een van ons," sê sy.

"Ons druk 'n sakdoek oor die gehoorstuk en ons krap met 'n ding daarop, dan sal hy dink die lyn is dof," stel Orpa voor.

"Ja, maar ons weet nie presies wat Karlien gesê het nie. Ek bedoel, ek kan raai, maar dit is nie goed genoeg nie . . . Netnou trap ons klei!" sê tannie Maud.

Sy sit 'n rukkie lank diep ingedagte op die bad se rand. Die twee kaal gestaltetjies sit roerloos en wag gespanne. Toe breek 'n glimlag stadig oor tannie Maud se gesig.

"Maar weet jy, Ester, dit laat my dink . . . Ons kan mos vir hom 'n kaartjie stuur! Ja, dit is wat ons kan doen! Sien, dan kan hy mos nie uitvra nie en as ek 'n bietjie oefen, behoort ek Karlien se handskrif te kan namaak," sê tannie Maud opgewonde.

"Jislaaik, tannie Maud, dit is 'n goeie plan! 'n Mens kry mos allerhande kaartjies wat sê ekskuus of geluk of sukses!

317

Dan kan ons net haar naam onderaan teken," sê Orpa opgewonde.

Sy staan vinnig op. "Ek sal vir julle geld gee, dan kyk julle môre wat julle kan kry." Op pad na die deur toe, draai sy eers weer om. "Maar sorg dat Maryna julle nie sien nie, gehoor?" waarsku sy.

"Orraait, tannie Maud!" belowe hulle.

Tannie Maud is die volgende dag nie baie gelukkig met die kaartjie nie. Die tweeling belowe egter met hand en mond dat dit al is wat enigsins aan die doel sal beantwoord, aangesien daar nie juis 'n wye keuse in die winkel is nie.

Op die kaartjie staan 'n beteuterde meisietjie met blink trane wat oor haar wange biggel. Binne-in staan net die woorde: *Ek is jammer dat ek so stout was. Vergewe my, asseblief.*

"Is dit darem nie 'n bietjie kinderagtig nie?" vra tannie Maud, skuif haar bril vorentoe en loer bo-oor na die twee sedige gesiggies. "Ek sou van iets meer romanties of ernstig gehou het."

"Wel, dit is al wat daar was, tannie Maud, tensy tannie natuurlik 'n kaartjie wou gehad het waarom geskryf staan: *Baie geluk met jou sukses*," troef Orpa haar.

"Gmf, jy kan altyd so ontydig probeer snaaks wees, Orpa!" brom tannie Maud en maak Karlien se handskrif na.

Hulle pos die kaartjie die volgende oggend en hou Karlien se gesig gespanne dop vir die uitslag.

Toe Karlien dus Vrydagmiddag uit die bakkie klim met die wit koevertjie soos 'n vuil lap tussen haar vingers, weet die drie samesweerders sommer dadelik hul plan was nie 'n reusesukses nie!

"O, griet, tannie Maud!" kreun die tweeling en skuif ongemerk nader aan haar.

"Wie het dit gedoen?" sis sy.

Almal staar haar oopmond aan en Anna is die eerste wat haar verbasing herwin.

"Wat gedoen, hartjie?" vra sy.

318

"Wie van julle het hierdie kaartjie met my naam onderaan vir Johan Lindeque gestuur?" vra Karlien afgemete.

Tannie Maud steek sedig haar hand uit en neem ewe skynheilig die kaartjie by Karlien. Sy is darem nou self nuuskierig om te weet hoe het Karlien dit in die hande gekry.

Sy maak haar brilhuisie tydsaam oop en sit haar bril op. Sy skuif dit eers 'n bietjie reg voordat sy die kaartjie so 'n entjie van haar af hou om beter te kan sien.

Onderaan die kaartjie is in 'n sterk handskrif met groot letters geskryf: *Gaan soek iemand anders vir jou onsmaaklike grappies! Ons het niks meer vir mekaar te sê nie!*

Tannie Maud haal haar skouers op en hou die kaartjie na die tweeling uit wat nuuskierig oor haar skouer kom loer.

"Is dit een van julle se werk?" vra sy streng.

"Nee, tannie Maud," belowe hulle sedig.

"Ek dink ook nie dit kan hulle twee wees nie, Karlien. Hulle kan nie so skryf nie. Dit lyk vir my baie eerder na 'n man se handskrif hierdie!" sê tannie Maud onskuldig.

"Tannie Maud, ek praat van die een wat my naam onderaan daardie kaartjie geteken het. Daardie onderste handskrif is Johan s'n," verduidelik Karlien ongeduldig.

"O," sê tannie Maud, gee ongeërg die kaartjie vir Anna aan en tel haar hekelwerk op.

Karlien se gesiggie is bleek van woede.

"Dit is een van julle! Ek weet dit! Wie anders kan dit wees?" vra sy vies.

Anna lees die kaartjie, bekyk toe die koevert en haal haar skouers op.

"Ag nee, Karlien! Ek dink regtig nie een van ons sal so kinderagtig wees nie," verseker Anna haar.

"Maar wie anders kan dit wees?" vra Karlien weer.

Maryna bekyk die kaartjie en gee dit toe vir Susan aan.

"Jy sal darem eers moet seker maak wie se idee van 'n grap dit is, voordat jy links en regs mense beskuldig. Ek was nie eens bewus daarvan dat jy en Johan kwaad is vir mekaar nie," sê sy.

Karlien kyk haar fronsend aan. Sou Eben nie dalk vir

319

haar vertel het nie? Maar sy kan so 'n handeling darem nie met Maryna assosieer nie. Sy sal nooit iets so kinderagtig doen nie.

"Susan," sê Karlien en stap met besliste treë op haar af. Susan kyk verskrik op en druk die kaartjie vinnig terug in Karlien se hande.

"Ag, jy is seker laf! Waarom sal ek nou so iets simpel aanvang?" vra sy verontwaardig.

Karlien kyk weer na die tweeling en tannie Maud.

"Dit is julle werk! Ek weet dit! Maar hoe julle daardie handskrif wat soos myne lyk op die kaartjie gekry het, weet ek nie!" sis sy woedend.

Tannie Maud kyk haar kwaai aan. "En totdat jy dit uitgevind het, gaan jy hulle twee glad nie beskuldig van enigiets nie! Nou toe, Sherlock Holmes, wat staan jy nog hier rond? Loop doen jou speurwerk!" tart sy Karlien.

Sy ignoreer haar verder en begin met Anna oor die aandete gesels.

Karlien kan bars van woede. Sy gryp die kaartjie en storm by die trap af. Die geel kombi kreun toe sy wegtrek en tol op twee wiele om die draai.

"O, genade! Sy gaan na Johan toe," kreun Anna dit uit. "Vanaand sê sy weer dinge wat nog tien jaar gaan duur om te vergewe!"

Karlien jaag op Standersfontein af. Sy móét daar kom voordat sy afgekoel het. In haar woede sien sy vir die duiwel ook kans.

Die stofwolke slaan wit agter die kombi uit toe sy voor die deur stilhou.

Johan sit op die stoep en kom verskrik orent toe hy die kombi gewaar. Hy gee 'n paar vinnige treë in die rigting van die kombi, bang dat daar dalk iets by hul huis verkeerd is.

Toe sien hy die wit koevertjie in haar hand en hy gaan staan met sy een voet op die lae muurtjie, sy elmboog gemaklik op sy knie en sy ken in sy handpalm gestut.

Sy beduie al van ver af en Johan sukkel om die glimlag van sy gesig af te hou.

Hy het 'n sterk vermoede dat dit die tweeling se werk is, maar hy kon die versoeking nie weerstaan om die kaartjie vir haar terug te stuur nie. 'n Bietjie straf vir al haar vreeslike aantygings sal haar die wêreld se goed doen. Die pyn en hartseer van haar wantroue is nog vars in sy geheue.

Sy moet darem 'n vreeslike lae dunk van hom gehad het om werklik sulke vreeslike dinge te glo. Die woede kom sommer vanself weer toe hy net daaraan dink.

"Luister, Johan Lindeque, dit . . ." en sy swaai die wit koevertjie onder sy neus, "dit was iemand se idee van 'n flou grappie, maar beslis nie myne nie, verstaan my mooi! Ek . . . ek sal liewer sterf voordat ek jou nou om verskoning vra. En . . . en jy kan gerus daardie lekkerkry-gryns van jou bakkies afvee. Jy het niks bewys nie, hoor jy!" tier sy woedend en sy smyt die kaartjie voor sy voete neer. Toe drafstap sy terug na die kombi toe.

Sy ruk die deur oop en spring in. Sy het baie lus en steek haar tong vir hom uit, maar sy kyk nie eens om nie, skakel net die voertuig aan en trap die brandstofpedaal diep weg. Sy wil net wegkom van hierdie plaas af. Haar moed sak in haar skoene toe sy die dooie geluid hoor wat uit die enjin kom.

Karlien onderdruk die histerie wat wild in haar opstoot. Sy skakel af en probeer weer. Steeds is daar geen reaksie nie.

"Ou Betta, as jy dit vanaand aan my doen, gaan ek . . . ek gaan jou van die kranse af stoot! Die aasvoëls kan in jou nes maak. Ek gaan jou fyn opkerf met 'n moersleutel," dreig sy hardop.

Sy probeer weer, maar daar is steeds geen reaksie nie.

Sy sien uit die hoek van haar oog hoe Johan stadig sy voet van die muurtjie afhaal en in haar rigting geslenter kom. Sy gesig is strak, maar Karlien het 'n vermoede dat hy al sy selfbeheersing nodig het om nie te lag nie.

Sy byt die binnekant van haar kieste vas en vryf met haar hand deur haar hare terwyl sy magteloos met haar hand op die stuurwiel kap.

Johan kom staan by die venster, sy oë net so uitdrukkingloos soos sy gesig. Sy sien die deining van sy bors toe hy diep sug. Hy staan doodstil en kyk na haar en wag dat sy hom om hulp moet vra.

Hy sal lank wag, besluit sy. Sy stap liewer huis toe! Vir hom sal sy nie iets vra nie. Die vermetelheid wat hy het om die kaartjie vir haar terug te stuur. Dit is ook wat hy sal doen as sy voor hom kom kruip om om vergifnis te smeek.

Sy probeer weer, maar sy weet wat gaan gebeur, want sy ken ou Betta. Sy kan so moedswillig soos 'n donkie wees.

"Vra net, en ek sal help," sê Johan ysig.

"Ek sterf liewer! Ek loop liewer huis toe!" stik sy.

"Jy is baie lus vir sterf vandag!" sê hy, draai om en gaan sit weer rustig op die stoep terwyl hy 'n sigaret aansteek.

Karlien kners op haar tande. Sy probeer nog een keer en toe daar niks gebeur nie, spring sy uit, klap die deur hard agter haar toe en toe klik-klak haar hoëhakskoentjies oor die ongelykte oppervlak van die plaaswerf. Haar rug is styf en regop toe sy in die pad val huis toe.

Is haar vernederings dan nog nie genoeg nie? Hoekom moes dit ook nog met haar gebeur? wonder sy.

Maar dit sal haar 'n les leer. Sy bereik nooit iets deur altyd die laaste sê te wil hê nie. Die Bybel sê: 'n Sagte antwoord keer die grimmigheid af, maar sy moet mos altyd die laaste woord hê.

"So, Karlien Joubert, betaal vir jou voortvarendheid!" raas sy hardop met haarself.

Toe sy by die eerste bome kom, huil sy onbeskaamd. Sy sak teen die stam van 'n groot maroelaboom neer en huil teen sy skurwe stam.

Op die een of ander manier sal sy die kombi voor môre-oggend by die huis moet kry. Sy het die hulp van die hele voorskootbataljon nodig om dit te stoot en wat gaan sy vir hulle sê?

Snikkend stap sy later met die plaaspad langs. Sy hoor 'n voertuig van agter af aankom, maar hou net aan stap sonder om om te kyk. Sy kan aan die dreuning hoor dat dit ou Betta is.

"Gemene ou merrie! Sy het natuurlik aangeskakel net toe Johan aan haar sleutel raak," sê Karlien hardop en kners op haar tande. "Ou Betta se dae is getel . . . Sy weet natuurlik nog nie van die erfporsie nie, anders sou sy haar al begin gedra het. Sy dink mos ons is verleë oor haar," praat Karlien kliphard met haarself.

Johan hou langs haar stil en hou die deur vir haar oop. Sy maak egter of sy hom nie sien nie en hou aan stap.

Johan trek die handrem vas en klim uit sonder om die kombi af te skakel.

"Hier is jou skedonk!" sê hy.

Sy loop om die kombi en klim in. Johan staan 'n entjie weg.

"Ek sou dankie gesê het!" tart hy haar.

Sy gluur hom net aan. Al die bravade van 'n rukkie gelede het egter verdwyn.

Johan sien die traanspore op haar wange en hy voel die vertedering binne-in hom, maar toe verhard hy weer sy hart. Iemand sal haar moet kortvat!

"Dit is hoog tyd dat jy 'n bietjie maniere geleer word. 'n Mens kan sien dat jy sonder die gesag van 'n man grootgeword het," sê hy streng.

Sy trek in 'n stofwolk weg sonder om hom te antwoord. Johan proes en vee vererg oor sy gesig.

"Ongeskikte tierwyfie!" skree hy agter haar aan.

Johan se woedende woorde gee haar egter geen bevrediging nie. Sy het al weer aan die kortste ent getrek en dit laat haar miserabel en hartseer voel.

Sy hou onder die boom stil en verdwyn toe vinnig na haar kamer. Eben en Maryna sit op die stoep en gesels en nou het sy darem die kamer vir haarself om na hartelus te huil.

Die tyd gaan stadig om. Dokter Vermaak kom kuier Sondag en die eerste keer is dit vir Karlien ook opvallend dat hy darem deesdae gereeld kom kuier. Met nuwe oë sit sy hom en bekyk.

Die tweeling onderskep haar blik en beskou haar dadelik

as 'n bondgenoot. Met hierdie saak wil tannie Maud hulle nie help nie.

Sy sê hulle net kort-kort aan om hul ma uit te los.

"Karlien! Pssst!" wink Ester haar deur die oop voordeur. Karlien vra verskoning om te gaan hoor wat hulle wil hê. Hulle lei haar egter by die agterdeur uit en weg van die huis af voordat hulle oor hul probleem begin praat.

"Lyk dit nie vir jou ook of die ou dokter by Ma aanlê nie?" vra Orpa reguit.

Karlien kyk hulle geskok aan. Sy het nou net daar op die stoep gedink dat hy darem baie gereeld deesdae hier kom.

"Ag nee," sê Karlien verontwaardig.

"Ja, maar as ek en Ester mos nie dinge in hierdie huis raaksien nie, sal julle almal sit en doodgaan totdat hy Ma voor die preekstoel het en dan sal dit te laat wees!" preek Ester.

"Maar . . . Ma!" sê Karlien en kyk ingedagte voor haar. "Maar wie sê hy kuier by Ma?"

"Wie sê? Ons sê! Hy kuier nie sommer vir spek en boontjies nie, o nee! Sulke ou bokke hou van jong blaartjies," sê Orpa wysneusig.

"Maar . . . maar wie sê hy kuier by Ma? Dalk kom kuier hy vir tannie Maud!"

"Tannie Maud!" hyg Ester en Orpa en kyk verbaas na mekaar.

"Jong," sê Ester en sy klink skepties, "hoekom sal hy vir tannie Maud wil hê wanneer Ma daar is?"

"Nou hoekom sal Eben vir Maryna wil hê wanneer Susan daar is?" troef Karlien hulle en toe sy sien die tweeling verstaan nog nie, haal sy haar skouers op.

"Dit is eintlik doodeenvoudig! Omdat Maryna sy ouderdom is en Susan is te jonk vir hom," verduidelik sy.

"Wel, hoe sê tannie Maud altyd? For crying out Moses!" sê Orpa en hulle lag al drie verlig. Om vir tannie Maud 'n man te kry is nie so erg nie, maar as 'n mens se ma begin man soek, dan lol dinge.

Die tweeling verdwyn vinnig om 'n ander plan te maak. Hulle wil nou nog eers besluit of daar voordele of nadele aan verbonde is as tannie Maud dalk met die dokter wil trou.

Karlien staan alleen buite onder die helder Suidwes-hemel. Die sterre flonker en skyn so helder dat sy voel asof sy haar hand kan uitsteek en hulle 'n oomblikkie kan vashou. Die naggeluide kom rustig aangesweef en die veld ruik na vars grond en blare.

Sy gaan sit op die agterstoep se trappie en staar ver oor die stil veld. Sy voel koud en moeg. Die lewe het vir haar al sy sprankel verloor. Haar ma en tannie Maud se stemme word kort-kort afgewissel deur die diep, growwe stem van dokter Vermaak en dit maak haar vreemd hartseer.

Sy wonder of haar ma ook so dood en leeg gevoel het ná haar pa se dood en skielik wonder sy of sy nie ook soms daarna verlang om weer 'n maat te hê nie. Iemand wat haar probleme kan help dra en saam met wie sy kan lag en huil.

Dit is 'n vreemde gedagte. Soveel jare lank al aanvaar hulle maar die feit dat hul ma altyd daar is. Hulle het nog nooit daaraan gedink dat wanneer hulle almal uit die huis is, sy weer alleen sal wees nie . . .

Sy sal met die tweeling moet praat. Hulle sal moet insien dat daar vir haar ma dalk ook 'n tweede kans op geluk is. Hulle moet haar nie aan bande lê nie.

Anna kom by die kombuis in om te kom tee maak.

"En as jy so alleen hier sit, Karlientjie?" vra sy teer.

"Dit is so lekker buite, Mams, so rustig!" antwoord Karlien.

"Ek neem net gou vir tannie Maud-hulle tee en dan kom drink ek myne hier buite by jou," belowe sy.

Toe sy terugkom, kom sit sy sommer by Karlien op die trappie.

"Die tweeling is so bekommerd oor dokter Vermaak se kuiertjies; hulle is so bang ek trou met hom," fluister Anna sodat die tweeling haar nie dalk hoor nie.

"Hulle het my nou eendag daarmee gekonfronteer en vir my van al die nadele van 'n pa in die huis vertel," sê sy en lag saggies. "Ek kon nie help om hulle so 'n bietjie te terg

325

nie. Ek het gemaak asof ek dit glad nie so onaanvaarbaar vind nie."

"Maar is dit so 'n slegte idee? Een van die dae is ons dalk almal uit die huis en dan is Mamma alleen!" sê Karlien en sit haar hand 'n oomblik lank op Anna s'n.

Anna lag. "Nee, dit is nie 'n slegte gedagte nie, maar darem nie dokter Vermaak nie. Hy is dierbaar, maar hy kuier eintlik by tannie Maud as ek die tekens reg lees. En . . . hulle pas by mekaar, dink jy nie so nie?"

Karlien knik. "Die tweeling het my ook vanaand onder hande gehad oor dieselfde storie en toe het ek ook vir hulle gesê ek dink hy kuier by tannie Maud. Ek praat nie net van dokter Vermaak nie, Mamma. Wat van enige ander man wat dalk hier wil kom vlerksleep?" vra Karlien.

"Julle klomp meisiekinders raak nou regtig laf. Julle het nou almal troukoors! Ek het altyd gedink die lente is die tyd vir liefde, maar hier by julle klomp Jouberts lyk dit vir my asof die herfs na jul koppe toe gaan," lag Anna verleë.

Hulle twee sit nog lank buite in die koelte. Eers toe ou dokter Vermaak met sy growwe stem hulle 'n geruste nag toewens, besef hulle dat dit al laat is.

"Ons sal seker ook moet gaan slaap. Môre is weer 'n vol dag," sê Karlien met 'n sug. Die week strek vaal en oninteressant voor haar uit.

12

Johan is net twee weke lank weg, maar vir Karlien voel dit soos maande.

Een oggend toe sy dit die minste verwag, sien sy hom weer. Hy is netjies aangetrek in 'n liggrys pak en ligblou hemp. Karlien vermoed dadelik dat hy net teruggekom het van Bloemfontein af. Haar hart klop wild in haar kuiltjie toe sy sy aantreklike gestalte gewaar.

Gerda is by hom. Sy lyk fraai in 'n liggroen rok. Dit is die eerste keer dat Karlien haar in 'n rok sien en sy wonder stilweg hoekom sy nie meer so aantrek nie, want dit laat haar uiters aantreklik en vroulik lyk.

Sy wonder jaloers of Gerda saam was Bloemfontein toe, want dan was hulle twee volle weke lank elke dag in mekaar se geselskap. Sy voel hartseer, maar ook vreemd rustig noudat hy weer in die omgewing is.

Sy sê niks toe sy by die huis kom nie. Susan roer die sakie aan die etenstafel aan.

"Johan is terug. Hy het vanmiddag vir my en oom Jan kom groet. Hy sê dit was baie aangenaam en die kongres was baie interessant," sê sy ongeërg.

"Ja, hy het ons ook vanoggend kom groet," sê tannie Maud en hou Karlien uit die hoek van haar oog dop.

Sy sien hoe seer hierdie woorde maak en sy sug verlig. Solank sy nog omgee, is die saak nog nie verlore nie.

Johan het wel nie die oggend omtrent Karlien uitgevra nie, maar sy oë is nie meer so dood en koud nie en hy het lekker met haar en Anna gesels.

Sy het hom vanoggend vertel van die keer toe Bert Landman hier was en Karlien hom met die blompot wou bykom. Sy het ook vir hom vertel dat Anna die dag vir Bert gesê het sy is bly Johan het die plaas gekry en nie hy nie.

Sy het haar kans goed afgewag. Johan het haar vertel dat hy Bert spesiaal gaan opsoek het terwyl hy in Windhoek was en hom toe goed die waarheid vertel het. Bert sal nie weer waag om sy voete op Otavi te sit nie. Dit is toe dat sy so ewe ongeërg vertel het van Bert se besoek. Johan moet darem ook nie dink dat hulle Bert se stories vir soetkoek opgeëet het nie.

Karlien stap ná die ete ver met die plaaspad af. Dit maak haar verskriklik seer dat Johan haar nie kom groet het nie.

Haar gewete maak dit ook nie vir haar juis makliker nie en kla haar gedurig aan.

Die aandwindjie waai die trane op haar wange droog en hulle voel styf en stram van die sout nattigheid.

Sy huil haar maar weer daardie aand aan die slaap omdat hy nie eens met haar wil praat nie. Hoe anders sal sy ooit vir hom kan sê hoe jammer sy is?

327

Karlien is die volgende week geweldig besig.

Die landbouskou is die eerskomende Saterdag en die vroue soek allerhande blomme en houers vir die blommerangskikkings wat hulle moet maak vir die verskillende kompetisies.

Die skou word afgesluit met 'n dinee en 'n dansparty en sy moet al die blomme vir die saal rangskik. Geld is duidelik nie 'n probleem nie, want Karlien kry opdrag om enorme blommerangskikkings te maak.

Sy werk van vroeg tot laat om al die houers en versierings wat by die blomme moet pas, gereed te kry.

Sy sien Johan gereeld op die dorp. Hy is ook 'n lid van die skoukomitee en moet dus baie van die skoureëlings help tref.

Anna en tannie Maud neem net so geesdriftig aan die skou deel.

Hulle bak koek en kook konfyt en maak selfs 'n paar stene seep.

Karlien is genoodsaak om die Vrydagaand voordat die skou begin, die meeste van haar werk in die saal te gaan doen. Sy moet al die ander versierings klaar kry sodat sy net Saterdagoggend die blomme kan rangskik.

Maryna en Susan bied aan om haar te help, maar daar is nie veel wat hulle kan doen nie.

Eben help haar die swaar potte aandra en op hul plekke skuif, terwyl Maryna en Susan arms vol van die ander benodigdhede help dra.

"Is daar nog iets wat ons vir jou kan doen, Karlien?" vra Eben nadat hulle die laaste vrag uit die kombi gelaai het.

"Ag, baie dankie, Eben, maar daar is regtig niks meer nie. Ek gaan nou alles hier regmaak, dan hoef ek nie môre so vreeslik te jaag nie. Die blomme gaan sommer vinnig as al die ander goed klaar en reg is."

"Dan gaan ons maar eers. Ons neem sommer vir Susan saam," groet hy.

"Ek sê solank vir julle baie dankie en goeienag!" sê Karlien. Sy begin vinnig werk. Geleidelik verander alles in 'n sprokieswêreld.

328

Sy wil 'n Spaanse atmosfeer aan die saal gee. Sy het uit wit polistireen groot stiervegters gesny en helderkleurig geverf. Daar is ook bulle wat woedend op die stiervegters afstorm, met gekromde nekke en horings wat lank voor hulle uitstaan. Sy het ook 'n vurige flamenko-danseres met kastanjette en 'n opgetrekte rooi valletjiesrok geverf.

Dit is egter ongemaklik om alles teen die mure vas te kry en sy is spyt sy het nie maar vir Eben gevra om haar te help nie. Sy moet op 'n leer staan en die polistireen-beelde uiters versigtig hanteer, anders breek dit.

Sy sit 'n beeld regop teen die muur, klim halfpad teen die leer op en dan moet sy afbuk, die beeld optel en gevaarlik vooroor buig om dit teen die muur vas te druk. Sy klim weer af om te kyk of dit nie skeef is nie.

Dit is tydrowend en sy verwens haarself omdat sy nie net iemand gevra het om dit vir haar aan te gee nie.

Sy buig weer vooroor en strek haar vingers om 'n bul raak te vat. Skielik tel 'n lang arm die bul op en hou dit na haar toe uit.

"O, baie dankie . . ." sê sy en swyg sommer toe sy in Johan se helder blou oë vaskyk. Sy staar hom aan, nie in staat om haar hand uit te steek en die beeld by hom te neem nie.

Johan sê niks nie, maar hou net die groot, kwaai bul na haar toe uit. Sy sluk en probeer iets sê, maar daar kom net 'n droë, skor geluid uit haar keel.

Johan lig sy wenkbroue en roer sy skouers in 'n effens ongeduldige gebaar.

Sy bloos en neem die bul by hom.

"Baie . . . dankie," stotter sy.

Hy sê nog steeds niks nie, maar wag net stil dat sy klaar-maak. Sy vroetel senuweeagtig met die bul en druk hom toe skeef teen die muur vas, sodat dit lyk asof hy op sy ag-terpote staan.

Johan beskou dit skewekop en tree nader. Hy skuif die bul se kop meer na onder en druk dit toe stewig teen die muur vas.

Karlien klim versigtig af. Johan neem die leer weg en wag dat sy moet sê waar sy dit wil hê.

Karlien stap voor hom uit. Haar bene bewe en sy is bang dat hy haar hart kan hoor klop.

"Net hierso. Dankie," sê sy sag.

Johan maak die leer oop, klim op en hou sy hand uit vir die stiervegter.

Hy hou die stiervegter eers teen die muur sodat sy dit kan regsit en druk dit stewig vas.

"Dit is al, dankie!" sê sy en kyk by hom verby, want as sy in sy oë kyk, sal hy die hartseer en liefde, die verlange en die pyn van die afgelope weke daarin kan lees.

Johan sit die leer teen die muur voordat hy uitstap. Karlien se bene knak onder haar en sy sak op 'n stoel neer. Haar hart klop vinnig. Hy het haar gehelp, juig dit in haar. Al het hy nie 'n woord gesê nie, hy het gehelp!

Haar verstand maan haar tot nugter denke, maar haar hart voel lig en opgewonde.

Die nagstilte hang nog rustig oor alles toe Karlien die volgende oggend opstaan. Sy het 'n sleutel vir die saal en sy sal moet wikkel, want agtuur moet alles gereed wees.

Toe sy klaar is, is die saal 'n towerwêreld en sy kyk tevrede na haar handewerk.

Sy besluit om net gou huis toe te gaan om vinnig te gaan bad en 'n koel rok aan te trek.

Anna en tannie Maud laai al hul bakke en skottels in die kombi terwyl Karlien haar aantrek. Daar heers 'n heerlike, opgewonde atmosfeer in die huis.

Die skou is vir hulle 'n belewenis, want behalwe Anna, was nie een van hulle al vantevore by so 'n geleentheid nie.

Karlien dwaal alleen tussen die hokke vol varke, hoenders en skape en die krale vol beeste. Sy stel nie belang in die afdelings vir handwerk en kookkuns nie, maar die diere trek haar soos 'n magneet aan.

Gerda ry op 'n pragtige perd rond. Sy is uitgedos in 'n denimbroek en geruite hemp. Sy het selfs al 'n paar keer van die pragtige stoetbeeste tydens die beoordeling rondgelei.

Karlien sit eenkant op die paviljoen. Sy lyk koel en vars.

330

'n Groot sonhoed bedek haar gesig teen die son. Iemand skuif langs haar in en dit voel skielik asof haar hart in haar keel klop.

Johan hou 'n glas koeldrank na haar uit.

"O, baie dankie!" sê sy en kyk verbaas daarna.

Hy antwoord nie, drink net sy koeldrank in stilte.

"Is . . . is hier van jou beeste by hierdie klompie?" vra sy huiwerig.

Hy knik net.

"Watter is . . . e . . . is joune?" probeer sy weer die gesprek aan die gang kry.

Hy wys met sy vinger na 'n groot bul wat deur 'n man gelei word.

"Johan!" sê sy dringend.

"Hmm?" brom hy net.

Die trane maak haar keel dik en haar stem klink ongewoon hees. "Praat met my!" fluister sy.

Hy kyk na haar, maar sy oë is uitdrukkingloos en vraend op haar gerig.

"Hoekom?" vra hy.

"Omdat . . ." Sy sluk en draai dan skielik na hom toe, haar oë mistig van ongestorte trane. "Omdat ek dit nie kan verdra dat . . . dat jy vir my so kwaad moet wees nie!" blaker sy dit skielik uit.

Hy kyk haar lank aan, toe sug hy en kyk weer voor hom.

"Soms is dit beter om liewer glad nie te praat nie, want dan sê 'n mens nie dinge wat iemand anders te diep seermaak om dit ooit te kan vergeet nie!"

Hy kyk weer na haar en sy oë is skielik meer genaakbaar. Hy steek sy hand uit om haar glas te neem.

"Johan!" roep Gerda hom van die heining af. Hy waai vir haar, staan toe op en stap sonder 'n verdere woord weg.

Die res van die dag gaan vir Karlien in 'n waas van ongelukkigheid en hartseer verby. Sy dwaal alleen rond en gaan help later vir Anna en Maud. Ná die middagete klop daar 'n hoofpyn agter haar ooglede.

Sy verdwyn stil-stil en gaan lê 'n bietjie by die huis en rus. Vyfuur staan sy op en ry weer skouterrein toe.

Eben en Maryna en Susan en Werner, wat die oggend gekom het, gaan die aand dans. Hulle soebat haar om saam met hulle te gaan en sy willig halfhartig in, maar in hierdie stadium sien sy regtig nie meer daarvoor kans nie.

Sy stap saam met Anna deur die verskillende afdelings en bewonder die vroue se blommerangskikkings, maar haar oë soek die hele tyd na 'n sekere dierbare, bekende gestalte.

Sy sien hom 'n paar keer op 'n afstand saam met Gerda en dit maak haar net nog ongelukkiger.

Anna en tannie Maud moet ook bly om met die dinee te help en sy het toe geen grondige verskoning om die dansparty nie by te woon nie.

Hulle gaan later terug huis toe om te gaan bad en aantrek. Karlien het vir haar 'n pragtige aandrok gekoop. Dit is 'n sagte ligroos, en so fyn soos die blare van 'n kosmos. Dit vou wyd en sag om haar skraal bene en laat haar groot groen oë soos twee smaragde lewe.

Sy lyk baie, baie mooi. Sy laat haar aan spookasem dink, sê Orpa met baie gevoel en liefde vir haar.

Karlien kan nie agterkom of Johan saam met Gerda na die dansparty toe gekom het nie. Hulle sit aan dieselfde tafel by 'n klomp ander jong mense.

Hy lyk baie aantreklik in sy donker pak en Karlien se hart krimp ineen toe hy voor die mikrofoon stelling inneem om die mense wat so hard gewerk het, te bedank.

Karlien staan stil op en stap uit. Sy sien nie kans dat hy haar dalk ook moet bedank vir die blomme nie en dit terwyl hy nie eens met haar wil praat nie.

Die dans is al langer as 'n uur aan die gang en Karlien voel sy het haar plig gedoen en lank genoeg gebly. Sy klim in die kombi en ry stadig terug huis toe.

Alles is stil en verlate. Sy sit op die donker stoep en die trane loop stadig oor haar wange.

As sy net aan 'n plan kan dink om weg te gaan waar sy hom nie gereeld sien nie. Sy moet maar aanvaar dat hy niks meer met haar te doen wil hê nie.

Sy kan egter nie haar ma hier los met die winkel nie. Die geld is nie nou meer 'n probleem nie, maar wat anders kan sy doen? Sy sal maar die een of ander tyd hierdie saak met Anna moet bespreek. Sy sal vir Johan 'n lang brief skryf en hom weer om verskoning vra, maar dan weet sy nie verder nie.

Sy sien Standersfontein se liggies tussen die bome deur en skielik het sy 'n vreeslike begeerte om net weer een keer op die stoep te sit en die rustigheid van die ou plaas deur haar te voel vloei. En om te voel en te weet haar eie mense het daar gebly en ook die man wat sy nou so oneindig lief-het!

Johan sal nog tot in die vroeë oggendure by die dansparty wees. Sy staan stadig op en stap na die kombi toe. Sy ry tot op Standersfontein en hou sommer voor die deur stil. Toe klim sy stadig uit en stap tot by die groot leunstoel waarin Johan altyd sit. Sy skop haar skoene uit en trek haar bene onder haar in sodat sy styf opgekrul in die groot stoel sit.

Sy staar onsiende voor haar uit. Sy kan nie meer huil nie. Vanaand gaan sy afskeid neem van alles wat vir haar dier-baar is en van môre af is hierdie deel van haar lewe verby.

Sy het die vorige nag tot byna twaalfuur gewerk en van-oggend vieruur was sy al weer op. Die afgelope maand se spanning en hartseer dryf soos 'n wolk van haar af weg en die rustigheid wat sy vantevore hier ondervind het, maak haar oë swaar. Haar asemhaling raak diep en rustig.

Karlien maak haar oë vervaard oop en staar verskrik na die donker gestalte voor haar.

"Dit is net ek, Karlien!" sê Johan vinnig toe hy die skrik op haar gesig sien.

Sy sit verleë regop en swaai haar bene van die stoel af.

"Ek . . . ek het sowaar aan die slaap geraak . . ." stotter sy.

"Karlien! Skort iets? Hoekom wag jy hier?" vra Johan bekommerd.

"Ek is jammer, ek moet nou gaan!" sê sy en soek vinnig onder die stoel na haar skoene. "Dit . . . dit is seker al vrees-lik laat! Ek was moeg . . . en . . ." prewel sy.

"Karlien!" sê Johan dringend.

Karlien kyk stadig op. Haar groot groen oë blink helder in die maanskyn en haar hart klop vinnig en benoud. Sy oë is nie meer so koud en hard nie. Haar keel is skielik droog en sy staan moeisaam op.

"Ek . . . moet nou gaan!" sê sy weer.

Sy staan reg voor Johan en probeer by hom verbydruk, maar hy keer haar liggies met sy hand.

"Hoekom het jy hiernatoe gekom?" vra hy, sy stem baie sag en teer en Karlien voel hoe haar weerstand verkrummel.

Sy gee skielik nie meer om nie. Hy kan haar nou wegjaag of haar aan haar nek van die stoep af gooi, maar sy moet nou met hom praat. Sy kan nie meer so voortgaan nie!

"O, Johan!" snik sy en druk haar kop teen sy bors vas. "Asseblief, Johan, vergewe my. Ek was so gemeen, maar moenie meer vir my so kwaad wees nie! Ek kan nie meer so voortgaan nie. Ek . . . ek is so jammer!" snik sy.

Hy druk haar krulkop met sy hand styf teen sy bors vas. Haar arms gaan om sy lyf en sy leun teen hom aan.

Hy vryf die rukkende skouertjies en sy hand skuif stadig op tot tussen haar hare. Hy lig die betraande gesiggie stadig met sy ander hand sodat sy opkyk na hom.

"Hoekom . . . hoekom het jy my verdink van sulke lae en gemene dinge, Karlien? Het jy dan nie ook van die eerste dag af gevoel dat daar iets tussen ons vonk nie?" vra hy teer.

"Ek weet nie hoekom ek dit gesê het nie, want van die eerste dag af het ek my gevoel probeer onderdruk omdat ek toe ook al geweet het, maar . . . ek het die koopbrief gesien en Bert Landman . . . Ag, alles was so deurmekaar . . ." fluister sy.

Hy sug en sy klou net stywer aan hom vas. Hy lig haar gesiggie hoër op sodat sy hom in die oë kan kyk.

"Ek . . . ek was so verward en teleurgestel, want toe het ek al geweet . . ." prewel sy.

"Wat geweet?" vra hy tergend.

"Dat . . . dat ek jou liefhet!" sê sy spontaan en bloos toe bloedrooi.

"Sproetjies!" sê hy teer en toe sak sy kop laer en sy lippe

rus sag en warm op hare. Hy druk haar so styf teen hom vas dat sy snak na asem. Hy soen haar oë en haar mond, die trane op haar wange en die ry fyn sproetjies op haar neus voordat sy mond weer besitlik op hare neerkom.

"Johan!" prewel sy.

"Ja?" vra hy.

"Ek het so na jou verlang . . . Dit was 'n vreeslike lang maand!" sê sy skaam.

"Ek weet, my meisie, ek weet! Dit was vir my net so verskriklik lank!" verseker hy haar.

Toe hou hy haar 'n entjie van hom af weg, net om haar weer styf in sy arms te trek, terwyl hy sag by haar oor fluister: "Het ek al vir jou gesê dat ek vir jou lief is?"

Sy skud haar kop heen en weer terwyl haar arms om sy nek kruip.

Baie later tel hy haar in sy arms op.

"Johan . . ." sê sy en plant 'n soentjie onder sy oor, "jy sal my nie weer in die water gooi nie?"

"Ek sal, as jy my weer kwaad maak," belowe hy, "maar Karlien, jy het nog nie vir my gesê hoekom jy hier is nie," terg hy haar weer.

"Ek het sommer kom afskeid neem van my drome en sommer van alles! Dit is eienaardig, maar hier is 'n stille vrede wat altyd in my siel inkruip. Maar . . . ek het gedink jy sal baie laat huis toe kom en . . ."

"Ek het jou sien loop en toe jy nie terugkom nie, het ek bekommerd geraak. Ek het na jul huis toe gery en toe die kombi nie daar is nie, het ek jou by die fonteine gaan soek. Toe jy ook nie daar is nie, het ek gewonder of jy nie dalk hier is nie. Ek het al agtergekom dat die ou plaas jou betower," val hy haar in die rede.

"Ons sal seker moet huis toe gaan. Kom ons gaan vertel vir Mamma en tannie Maud. Ek dink nog steeds dit is sy wat daardie briefie vir jou geskryf het," sê Karlien en sy lag gelukkig.

Johan kraai soos hy lag en sy druk skaam haar kop teen sy skouer toe sy aan die aand met die moedswillige ou Betta dink.

"Tannie Maud is darem 'n ou knoeier, sy en daardie skat-like sussies van jou!" skater Johan dit uit.

"Skatlik? Jy ken hulle twee maar sleg," brom Karlien.

"Met jou as voorbeeld, kan hulle seker nie anders nie!" terg hy haar.

"Skaam jou, Johan, ek is dan so sag en lieftallig!" verde-dig Karlien haarself.

"Hmm, so lieftallig soos 'n krimpvarkie," sê hy, maar die lig in sy oë en die sagte streling van sy lippe teen haar slaap weerspreek sy woorde.

"Karlientjie, jy sal die winkel moet verkoop, en sommer gou ook. Ons trou sommer volgende maand nog. En ons gaan ook so 'n klomp dogters hê en hulle gaan hul ma baie nodig hê," spot Johan.

"Ai, kan ons nie maar liewer vyf seuns hê nie? Dogters is vreeslike wilde goed!" sê Karlien en sy sug oordrewe.

"Nee, ons moet baie dogters hê en miskien een seun. Dink net hoe baie ouens se harte het hierdie voorskoot-bataljon kom bly maak. Myne, Eben s'n, Werner s'n en ou dokter . . ."

"By wie kuier dokter Vermaak, by Mamma of tannie Maud?" val Karlien hom in die rede.

"Oe, maar julle is darem toe! Oudokter laat sy huis op-knap en tannie Maud doen inspeksie, dan kan jy mos dink wat jy wil!"

"Die tweeling sal verlig wees, hulle wil glo nie 'n pa hê nie," lag Karlien.

Johan soen haar liggies op die punt van haar neus voordat hy antwoord: "Ek dink ons moet hulle solank aan die idee gewoond maak, want oom Jan loer met taamlike skaapoë na jou ma!"

Hulle ry met ou Betta huis toe, en Karlien lag gelukkig toe hulle hand aan hand met die treetjies opstap.

Tannie Maud en Anna is nog besig om die bakke en potte weg te pak en Karlien wonder verbaas hoe hulle by die huis gekom het. Hulle kyk verbaas na die twee wat so gelukkig en tevrede staan en hand vashou.

"Moet net nie vir my sê . . ." begin tannie Maud.

"Ja, tannie Maud . . ." sê Karlien en toe word sy styf teen die breë boesem vasgedruk.

Anna vee onbeskaamd 'n traan weg en druk Johan styf teen haar vas.

"Ons is so bly," sê Anna heeltemal bewoë.

"Hoog tyd ook, sou ek sê! Karlien is al net die helfte van wat sy was," raas tannie Maud en soen Johan ook. Haar oë rus teer op hulle toe sy hulle beurtelings aankyk.

"Dit is maar beter so, tannie Maud, want die hele een van haar was maar moeilik om te hanteer!" spot Johan en steek sy hand na Karlien uit. Die lig in sy oë weerspreek die tergende woorde en sy slaan onbeskaamd haar arms om sy lyf en druk haar kop teen sy bors.

"Nou waarmee kan ons dit nou vier?" vra tannie Maud en druk haar hand voor haar mond soos sy dink.

"Asseblief, net nie dit nie!" sê Anna en kyk moedeloos na Johan. "As hulle, wanneer iemand uitgeneem word, perskes en room eet vir ontbyt, dan weet ek nie wat nou gaan gebeur nie!"

Fort van die kappiedraers

1

"Dit is al wat ek nog gehoor het vandat ek vanoggend hier aangekom het. Elke tweede een wat hier instap, bring berigte oor aanvalle op die boere en handelaars. Hoeveel noodlottige gevalle is daar nou al, kaptein?"

"Dit was vyftig die laaste keer dat ek getel het, majoor."

"Almal mans?"

"Ja, majoor, met die uitsondering van een of twee."

"Ek kan dit nie begryp nie, kaptein! Wat word van die vroue en kinders? Die berigte lui dat die mans vermoor en die huise afgebrand word."

"Ons het al 'n hele klompie vroue en kinders in die veld gekry. Ons probeer maar die wêreld patrolleer, majoor."

"Ek is nog nie heeltemal op die hoogte met alles wat die afgelope veertien dae hier gebeur het nie, kaptein. Dis net te veel om so op 'n mens se nugter maag in te neem. Ons het net die berig gekry dat ons so gou moontlik moet terugkom. Sit, dan gesels ons 'n slag ordentlik."

"Majoor, sover ons kan uitmaak, het die Herero's alles haarfyn beplan. Hulle het net gewag dat die grootste gedeelte van die beskermingstroepe weg is Warmbad toe om die opstand onder die Bondelswarts te gaan onderdruk. Toe het hulle op 'n georganiseerde manier verskillende streke en vestings gelyktydig aangeval. Hulle het in groepe verdeel en daar was dus nie kans dat die storie kon versprei na 'n ander streek toe nie. Dit was dus vir die blankes oral 'n algehele verrassing."

"Ja! Ek moet erken dit was 'n slim stukkie werk van hulle. Ons is met die meerderheid van die troepe weg en al die forte is met die minimum mense agtergelaat."

Majoor Leutwein vee moeg oor sy rooi gesig. Hulle was

341

onder in die suide van Suidwes om 'n opstand daar te gaan onderdruk. Gelukkig was hulle al op pad terug toe hulle die dringende boodskap kry dat die Herero's hier in die sentrale en noordelike dele besig is om boere en handelaars, asook verskillende forte, aan te val.

'n Ligte kloppie aan die deur laat hulle hul gesprek vir eers onderbreek.

"Majoor, ons het die kerk ingerig as 'n hospitaal. Hier is nou twee dokters en vier verpleegsters."

Majoor Leutwein kyk fronsend na die soldaatjie. "Waar kom die ander dokter vandaan? Dit is tog net dokter Friedelingsdorf, die militêre dokter, wat hier is."

"Dokter Haan van die sendingstasie het hom ook kom aanmeld, majoor. Hy en die twee susters wat daar was."

"O! Wel, goed, Kurt, baie dankie. Sê eers vir my, wat maak al die boere vandag hier met hul ossewaens?"

"Ons het daarop gereken om hulle hier te kry sodat ons hulle kan werf as transportryers." Hiermee knik Hein Schultz vir die soldaatjie dat hy maar kan gaan en beantwoord hy self die majoor se vraag.

Toe die deur agter Kurt toegaan, kyk majoor Leutwein goedkeurend na hierdie knap kaptein wat hy hier in bevel gelaat het.

"Knap gedaan, Hein! Ek is dankbaar vir die inisiatief wat jy aan die dag gelê het terwyl ek weg was. Sake vlot nou sommer. Ek kan nou die manne aan die werk laat spring."

Hein Schultz skink vir hulle van die tee in wat op die lessenaar staan en sy hart gaan uit na die arme majoor Leutwein. Die man is doodmoeg! Hy het maar 'n uur of wat gelede hier aangekom. Hulle moet teen 'n moordende pas teruggejaag het, want hy kon nog nie behoorlik asemskep nie. Hy sit net vasgevang in 'n hele warboel van nuwe probleme.

Hy gee die majoor se tee aan en soek wild in sy gedagtes rond na waar hul laaste gesprek onderbreek is. "O! Ja! Majoor het nog gevra wat word van die vroue en kinders?"

Die ouer man vat die koppie tee aan en sit agteroor. Die moeë lyne om sy mond laat hom oud en siek lyk. "Ja! Vertel my meer. Die hele aangeleentheid slaan my dronk."

342

"Die paar boere wat die moordaanslae oorleef het, sê dat hulle vroegtydig deur hul getroue Hererowerkers gewaarsku is. Hulle het blykbaar nie kans gesien dat hul werkgewers mishandel en doodgemaak moet word nie. Die vroue . . ."

Majoor Leutwein val hom egter in die rede. "Waar is die boere nou? Dié wat die aanslae oorleef het?"

"Hier is 'n paar op Okahandja. By die ander forte ook. Hulle help sommer om die plekke te beman en te beskerm. Waar daar nie genoeg plek in die fort was nie, het ons sommer tente opgeslaan. Hulle vlug maar na die naaste fort vir beskerming."

"En die vroue en kinders? Waar is dié?"

"Die paar boere wat hier aangekom het, het hul gesinne by hulle gehad. Die boere wat wel omgekom het, se vroue en kinders word net eenvoudig die veld in gejaag en die huise word agter hulle afgebrand."

"Dis eienaardig. Hoekom sou hulle die vroue en kinders spaar?"

"Ja, majoor, dit is vreemd. Die vroue en kinders word net eenvoudig aan die natuur en die elemente oorgelewer."

"Ons probleem lê in die feit dat ons nie weet of hulle nou verder, ná die eerste aanval, nog in groepe gaan werk en of hulle 'n verenigde aanvalslinie gaan vorm nie." Majoor Leutwein klink moedeloos en bekommerd.

Hierdie land is so groot en uitgestrek en hulle is maar 'n handjie vol Duitse soldate op wie se skouers die veiligheid van die hele land rus.

"Majoor, die Habicht het in Swakopmund geland en kaptein Gudeman en kaptein Gygas het met hul manne aangekom."

"Ek weet reeds van hulle, Hein, maar hulle het 'n hulpkorps gevorm wat die treinspoor vanuit Swakopmund tot in die Karibib moet bewaak en die vernielde treinspoor oral moet regmaak. Ons het die ammunisie wat met die trein moet kom tot op Karibib so dringend nodig."

Kaptein Schultz sug en kyk deur die venster na die helder blou lug daar buite.

343

"Kaptein Schultz!" Majoor Leutwein se militêre verstand werk egter al weer in hoogste versnelling nadat hy die omvang van die situasie opgesom het. "Ons sal moet patrollies uitstuur sodat ons kan gaan kyk of daar nie nog van die vroue en kinders in die veld rondswerf nie."

"Ons manne is min, majoor."

"Ek besef dit maar te goed, kaptein. Ons sal in elk geval nie sommer blindelings kan opruk teen die Herero's nie. Die patrollies sal moet vasstel waar hul vestings is, en ook of hulle nog in groepe rondtrek."

Hein Schultz kom vinnig op aandag voor die lessenaar en wag op verdere opdragte.

"Gaan maak asseblief vir my 'n opname van al die bruikbare manne. Hier moet genoeg agterbly om hierdie fort te beman en ook om 'n magseenheid te vorm wat ons kan uitstuur sodra ons van 'n groep hoor."

"Ja, majoor."

"En kaptein . . . Nee, toe maar, ek sal die opdragte regstreeks aan die verskillende patrollies gee. My manne wat weg was Warmbad toe, moet almal hier bly. Hulle sal net eers vir 'n dag of wat moet rus voordat hulle weer op gereedheidsgrondslag kan kom."

"Ja, majoor!" Flink kap die kaptein sy hakke teen mekaar en stap styf en militêr by die deur uit.

Majoor Leutwein druk sy kop in sy hande. Sy arme manne! Hulle is al so moeg. Dis Januarie en kokend warm. Hulle kom nou net van 'n moordende tog uit die suide. Hierdie land is so groot en yl bevolk. Die blote gedagte aan die vroue en kinders wat dalk nog in die veld rondswerf te midde van 'n duisternis gevare, laat die kommersweet klam op sy voorkop uitslaan.

Hy trek 'n papier met 'n aantal name voor hom nader en kyk dan na die naam van kaptein Franke. Hy en sy manne beman die Omaruru-fort en hulle was ook in die suide om daar te help. Hulle behoort darem ook nou binnekort terug te wees by hul eie fort, dan is dit een plek minder waaroor hy hom moet kwel.

344

Sy groot kopseer op hierdie oomblik is die kleiner forte, waar daar net vier en vyf manne gestasioneer is.

Majoor Leutwein wens hy kan net slaap. Hy is so moeg! Om hierdie groot land met so min mense te probeer beskerm voel al meer na 'n onbegonne taak.

Sistematies sorteer hy egter die manne op die lys en doen indelings by die verskillende forte. Dit is 'n goeie twee uur later voordat Hein Schultz weer aan sy deur klop.

"Majoor!"

"Ja, Hein, kom maar binne. Ek gaan net gou al die verslae deur sodat ek 'n bietjie meer op die hoogte van sake kan kom."

"Ek het nie veel manne gekry nie, majoor."

"Hoeveel?"

"Twintig."

"Dis baie min, Hein."

"Ek weet, majoor. Ons sal maar vyf patrollies moet maak, met vier man elk."

"Ja! Waar is hulle?"

"Ek het hulle al hier voor laat aantree, majoor."

Majoor Leutwein staan op en sug swaar soos 'n ou man. Dit is gevaarlik om die manne in sulke klein groepies uit te stuur. Maar wat anders? Sy manne moet hier bly om die gevegseenheid te vorm wat sal aanval sodra daar van die bendes opgespoor is.

Die twintig manne kom vinnig op aandag toe hulle die majoor sien.

"Manne, ek wil hê julle moet gaan regmaak vir 'n patrollie van minstens agt dae. Kom meld julle dan oor twee uur by my aan vir verdere opdragte."

Die manne staan doodstil en wag op die bevel om te kan verdaag.

"Julle kan maar gaan."

Majoor Leutwein kyk hulle agterna. Die moegheid en dalk die feit dat hy begin oud word, maak hom week en opstandig. Hoekom moet daar tog altyd sulke onsinnige bloedvergieting plaasvind?

"Môre! Môre! Dit lyk vandag soos 'n slagveld hier op

345

Okahandja." 'n Groot, fris man kom vinnig nader en groet van ver af. "Hoe gaan dit, majoor?"

Vir die eerste keer vandag glimlag majoor Leutwein. "Sleg, Jaap, man! Hoe gaan dit met jou?"

"Altyd goed, majoortjie! Altyd goed!"

Majoor Leutwein wag vir hom op die stoep en nooi joviaal. "Kom in, Jaap! Kom ons gaan drink 'n bier. Ek is nou so moeg vir probleme!"

"Vir bier sê ek nooit nee nie. Om die waarheid te sê, dit is hoekom ek altyd hier kom groet. Ek weet hier is altyd koue bier."

"Dit is 'n skande, Jaap. Ek nooi jou sommer vir tee."

"Tee! Ag nee, majoor, dan drink ek liewer water."

Die majoor lag vir Jaap se bulderende verontwaardiging.

Jaap Venter pas by hierdie land van hom. Hy is groot en wild en ongetem. Maar daar is ook 'n diepgewortelde eerlikheid en goedheid diep onder in sy menswees, iets wat hom 'n eenheid laat vorm met die vlaktes en berge en die blou lug daarbo.

Jaap groet een van die soldate aan die ander kant van die fort luidrugtig en majoor Leutwein lag innerlik.

Hierdie groot Jaap Venter kan tog met die beste wil in die wêreld nie sag praat nie. 'n Komiese toneeltjie van 'n ruk gelede speel hom so helder weer in die majoor se geheue af, dat hy breed staan en glimlag.

Jaap was eendag by toe een van die manskappe begrawe is wat noodlottig in 'n ongeluk beseer is. Tussendeur die plegtige en emosiebelaaide begrafnisseremonie het Jaap die persoon langs hom op 'n harde fluistertoon uitgevra na die ongeluk.

Hulle het vir die kaptein beduie om Jaap stil te maak en dié het ook ewe saggies by Jaap se oor gefluister dat hy sagter moet praat.

Majoor Leutwein lag sommer kliphard as hy aan Jaap se harde, verleë fluisterstem dink toe hy vir die kaptein sê: "Kapteintjie, ek kán nie sag praat nie!"

"En as jy nou so met jouself loop en lag, majoor? Was die suideson te veel vir jou?"

"Nee, ek loop sommer aan een van jou skandes en dink en nou lag ek daaroor."

"Ek sal maar liewer nie vra watter een nie. Ek trap tog altyd in al die slaggate."

Hulle gaan sit in die ontspanningsvertrek waar 'n biervaatjie op 'n ruwe houttoonbank die vertrek gesellig laat vertoon.

Een van die soldate bring vir hulle twee bekers skuimende bier.

Jaap Venter blaas die wit skuimkop af en drink omtrent die helfte met die eerste teug uit.

"Lekker! Dit is darem een ding wat julle Duitsers goed kan doen. Julle kan bier maak!"

"En drink!"

Jaap lag bulderend, sodat die majoor saam glimlag vir sy eie grappie.

"Is jy op pad huis toe, Jaap?"

"Ja, ek is op pad terug. Ek het met vier waens gekom. Die mense daar in die noorde sukkel, man. Hulle sal darem nou maar die spoorlyn moet bou tot bo in die noorde. Niemand wil transport ry soontoe nie."

"Ja, dis maar 'n yslike probleem. Die ouens is nou bang om so diep in te gaan hier in die noorde. Ek wil juis by jou hoor, Jaap. Hoe lyk dinge vir jou?"

"Toe ek afgekom het, was alles rustig. Ek hoor nou maar eers van alles wat daar aangaan. Hulle het darem alles baie stil georganiseer."

"Is daar iemand op jou plaas?"

"Ja, ou Jakob is daar. My pa het hom destyds saamgebring uit die Karoo uit. Toe was hy sommer nog 'n kind. Toe ek na my eie plaas toe trek, het ek hom saamgevat. Hy is so betroubaar."

"Is jy nie bang om jou plaas so onbeskermd te laat lê nie?"

"Daar is nog nie te veel wat juis beskerming nodig het nie. Ek is nog besig om my huis te bou. Dis maar net my beeste en die krale en so aan."

"Maar jy weet tog hoe verdwyn die beeste net tussen hemel en aarde!"

347

Jaap Venter skud eintlik van sy growwe bulderlag. "Hulle sal dit nie sommer weer waag om my beeste te kom vat nie. Hulle het al geprobeer en ek het dit net eenvoudig gaan terughaal en sommer 'n goeie klomp van hulle s'n gevat vir skadevergoeding. Ek het hulle laat weet dat ek volgende keer myne dubbel sal terugvat."

"Jy kan tog nie alleen 'n hele bende van hulle aandurf nie?"

"Kan ek nie? Wie het so gesê?"

Die majoor kyk kopskuddend na Jaap. Hy is woes en gevrees, maar almal hou nogtans van hom. Hy sal geen mens kwaad aandoen nie; hulle moet net nie met hom sukkel nie. Die inboorlinge het 'n heilige ontsag vir hom. "Seun van die donder" noem hulle hom. Dit is vir majoor Leutwein altyd so 'n goeie beskrywing van Jaap met sy harde stem en sy vreeslose geaardheid.

"Het jy nog nie tot dusver moeilikheid met jou werkers op die pad gehad nie, Jaap?"

"Nee wat, ek het mos die Bergdamaras wat my help met die transportryery. Hulle beskou my as hul opperhoof."

"Dis mos die verarmde nasie wat as slawe vir die Herero's en die Namas gewerk het?"

"Ja. En hulle werk eerder vir my as vir die Herero's."

"Hulle voel natuurlik veiliger by jou en jy betaal hulle ook beter. Wanneer gaan jy terug?"

"Môreoggend vroeg. Ek wil my osse net vandag so 'n bietjie laat rus. Dis darem 'n moordende stuk pad vir 'n os hier van Swakopmund af. Party skofte is vier-en-twintig uur lank, voordat 'n mens weer water kry vir hulle. Wanneer ons hier kom, gee ek hulle altyd so 'n ou blaaskansie."

"Trek jy weer jou ou roete, hier om die Wilhelmsberg?"

"Ja! Die een wa het ek op Otjimbingwe gelos en een bly hier op Okahandja. Jul goed en ou Matty s'n daarin. Ek wil juis vir jou 'n guns vra."

"Ja, seker! Ek help graag as ek kan."

"Die een wa moet deurgaan Ovikokorero toe. Ek wil my een wa wat noorde toe moet gaan, so 'n rukkie hier los. Dis nou onveilig in die veld met so 'n lomp trek. Sal jy so gaaf

wees om volgende Donderdag vir my mense te sê om hier-
vandaan te begin trek? Dan sal ek hulle op pad kry nadat ek
die wa op Ovikokorero besorg het."

"Seker, Jaap. Jy kan die wa in die fort trek, dan is jou
goed sommer veilig ook."

"Dankie, majoortjie! Ek het gehoop jy sal dit aanbied.
Daar is belangrike goedjies in daardie wa. Ek het my huis
al so halfpad gebou en nou die laaste benodigdhede gaan
oplaai, sodat ek my blyplek kan begin klaarmaak."

"Jaap! Ek wonder . . . Kan 'n paar van my manne nie
sommer saam met jou ry nie? Ons wil 'n patrollie uitstuur
in daardie rigting ook. Dan kan ons mos daardie groep 'n
bietjie verminder?"

"Ja, natuurlik! Maar ek kan ook mos maar vir jou die pa-
trolliewerkie doen. Soek julle na die Herero-bendes?"

Majoor Leutwein verduidelik breedvoerig wat die hele
opset is en wat die patrollie alles behels.

Jaap luister diep ingedagte. "Jy kan net een man saam-
stuur, majoortjie. Dan kan hy vir jou die inligting terug-
bring. Ek het vier mense by my en hulle kan al vier skiet."

"Dankie, Jaap! Ek maak met graagte van die aanbod ge-
bruik. Ons verwag nie juis moeilikheid in daardie rigting
nie. Die fort daar is maar klein. Daar is mos nie veel plase
in daardie rigting nie. So! Daar is dus ook nie juis beeste
wat hulle kan buitmaak nie."

"Nee, reg! As jy my nog 'n bier aanbied, dan doen ek
sommer vir jou al die patrolliewerk tot bo in die noorde."

Die majoor lag en wink die soldaat nader.

2

"Luister, nou wil ek nie weer een woord van julle hoor
nie!"

Ouma Martha se stem is kwaai en gebiedend en dit maak
die groepie verskrikte, vreesbevange mense agter haar op
die wa onmiddelik stil.

"Skaam julle nie vir julle om so te sit en kerm nie? As dit nie vir ou Simon was nie, dan was ons nou almal dood! Nie een van julle was nog een oomblik dankbaar omdat hy ons vanoggend kom waarsku het nie."

"Maar, Ma!" Die plomp vroutjie druk haar sakdoek voor haar gesig. "Hulle gaan my huis afbrand! My pragtige huis! Daar gaan niks oorbly nie, net 'n hopie as! Wat gaan Piet sê as hy dit sien?"

"Wat gaan Piet sê?" Ouma Martha is sommer woedend. "Piet moet net oppas dat ek nie vir hom 'n paar dingetjies sê nie. As hy op die plaas was, sou dit nie gebeur het nie."

"Maar, Ma!"

"Ag! Stil tog, Anna! Jy maak my so moeg as jy so kerm. Wees dankbaar dat ons nog almal lewend is."

Stieneke Kitshoff kruip diep agter in die ossewa in. Die vrees laat haar keel toetrek.

Is dit hoe haar drome en ideale gaan eindig? Met 'n koeël in haar liggaam of dalk nog erger, 'n assegaai! Of gaan sy dalk 'n leeu of 'n giftige slang ten prooi val?

Hierdie groot uitgestrekte land met sy bome en gras en digte bosse maak haar bang! Dit jaag die vrees in golwe deur haar.

Sy kom uit 'n ryk en vooraanstaande familie van Stellenbosch, is 'n onderwyseres wat al 'n hele jaar lank onderwys gee. Tot 'n maand gelede was haar lewe een lang onbekommerde tydperk van sonskyn en lag.

Vir Teuns Marais het sy op 'n partytjie ontmoet toe sy net begin skoolhou het. Eers was dit net vriendskap, maar so ongemerk het dinge verander, totdat haar gevoel vir hom haar hele wese gevul het.

Verlede jaar het sy sommerso sonder aankondiging alles net so gelos en besluit om terug te kom Suidwes toe. Sy ouers is skielik oorlede en het vir hom 'n plaas hier in Suidwes nagelaat. Hy was haastig en ongeduldig om te kom boer. Die twee jaar aan die universiteit waar hy hom probeer bekwaam het as prokureur, het hy net so vaarwel toegeroep en dit afgeskryf as 'n lekker tydjie en goeie ondervinding.

Hy het haar gesoebat om saam met hom te kom. Dit was Junie en sy kon nie sommer alles net so los in die middel van die jaar nie.

'n Rukkie nadat hy weg is, het sy 'n brief van sy buurman, meneer Piet Coetzee, gekry. Hy het vier kinders en wou weet of sy nie dalk kans sien om as hul goewernante na die plaas te kom nie. Hy het genoem dat Teuns sy buurman is en hom van haar vertel het.

Die salaris was buitensporig hoog. Stieneke kon daaruit aflei dat hierdie meneer Coetzee 'n ryk man moet wees. Alles het so aantreklik en avontuurlik geklink.

Teuns se brief was ook met dieselfde pos daar. Hy het haar aangemoedig om dit aan te neem sodat sy naby hom kon wees. Hy het weer eens sy liefde vir haar verklaar. Hy was nog besig om sy plaas op te bou en hy wou vir haar 'n groot en gerieflike huis oprig voordat hy haar as sy bruid daarheen wou bring. Intussen sou hulle mekaar gereeld kon sien en ten minste net verloof raak.

Alles was net een groot heerlike droom! Die groot ongetemde Suidwes met die blouoog Teuns wat so ongeduldig in sy liefde vir haar wag, het haar hart telkens laat bons van vreugde.

Haar ouers was buite hulself van vrees. Hoe kon sy, hul enigste dogter, so iets oorweeg? Hoe kon sy weggaan en hulle alleen agterlaat? Hoe kon sy haar aan soveel gevare gaan blootstel?

Vir alles het sy in haar gelukkige toestand 'n antwoord gehad.

Haar vrees en die knaende onrus het eers begin die dag toe sy op Swakopmund se hawetjie aan wal gaan en daar niemand was om haar te verwelkom nie.

Sy het haarself getroos en probeer oortuig dat dit dalk die pos se skuld kon wees. Sy het egter vir Teuns baie lankal geskryf en ná haar eerste brief het sy selfs nog een van hom ontvang, waarin hy sy blydskap oor haar besluit uitgespreek het.

Daar was egter vir haar 'n briefie by die hotel op Swakopmund. Van Piet Coetzee.

Hy het haar gevra om tog asseblief met die treintjie tot op Karibib te kom, waar hy haar sou ontmoet.

Dit was 'n warm en vermoeiende rit met die ou treintjie. Piet Coetzee was egter op Karibib se stasietjie met sy perdekar en sy twee pragtige, vet-blink karperde.

Piet was 'n gawe maar stil man. Stieneke wou so graag uitvra oor Teuns, maar iets het haar gekeer.

Nadat hulle oor allerhande onbenullighede gesels het, het Piet onverwags self van Teuns Marais gepraat: "Juffrou ... Teuns Marais het my gevra ek moet tog vir jou sê dat hy jou ongelukkig nie kon kom haal nie. Hy sal egter alles self aan jou verduidelik."

'n Diep vrede het skielik in haar kom nestel. Dan was hy darem nog hier in Suidwes. Dan het daar net iets onvoorsiens voorgeval. Daar sal wel 'n goeie verskoning wees. Sy het haar verniet die afgelope paar dae so gemartel.

Sy het dankbaar geglimlag en nie eens die bekommerde trek op Piet se gesig raakgesien nie. "Is hy op die plaas? Hy is mos jou buurman."

"Nee, hy is nie op die oomblik op die plaas nie. Hy is in Ovamboland. Ek gaan ook môre juis daarheen. Ons jag vir ivoor en ons het 'n rukkie terug die berig gekry dat daar weer 'n groot trop olifante is."

"O!" Stieneke het so iets nie verwag nie en die wind was vir 'n oomblik heeltemal uit haar seile. "Het ... het u nou spesiaal gewag om my te kom haal?"

"Ja! Ons is u vreeslik baie dank verskuldig, juffrou. Ons het 'n onderwyseres so nodig! Ek wou u darem nie afskrik deur ongasvry te wees nie."

Hulle het laat daardie nag eers by die huis gekom. Ouma Martha het vir haar kom koffie maak en iets gegee om te eet.

Die volgende oggend is Piet Coetzee toe weg Ovamboland toe, waar Teuns al op hom gewag het. Sy wa was reeds gelaai en alles was in gereedheid.

Stieneke was baie dankbaar dat hy tog die moeite gedoen het om haar persoonlik te kom haal. Sy was vreemd ontsteld en hartseer omdat Teuns nie bereid was om die opoffering te maak nie.

Die Coetzee-kinders het egter dadelik haar hart gesteel. Anna, Piet se vrou, was 'n klaerige en onbeholpe soort mensie. Sy het al die reëlings in die bekwame hande van haar skoonma gelaat en haar heeltemal op die agtergrond gehou.

Die Coetzees het 'n pragtige huis gehad. Groot en prakties. Die een stoepvertrek is as klaskamer ingerig.

Stieneke was dankbaar vir die groot vertrek en ook omdat dit darem so 'n bietjie eenkant is. Piet het haar laat weet hoe ver elke kind se kennis strek; dit was ongelukkig nie juis baie ver nie en Stieneke kon dus die nodige boeke saambring.

Sy wou sommer dadelik met die lesse begin, maar ouma Martha het laggend gekeer. "Ag nee wat, my hartjie! Hulle kom al jare sonder geleerdheid klaar. Dis darem nou eers Januarie. Laat hulle eers aan jou gewoond raak en raak jy eers aan ons klimaat en omgewing gewoond. Julle kan so oor 'n week met die lesse begin."

Niemand het iets van Teuns gesê nie en Stieneke het trots geweier om uit te vra. Sy het telkens die ongemaklike gevoel gekry dat niemand bewus is van haar werklike verbintenis met Teuns nie.

Gisteroggend was Stieneke al 'n week op die plaas. Hulle het vanoggend net begin om die boeke uit te pak toe ouma Martha, asvaal geskrik, hulle almal in die eetkamer byeenroep.

Daar was nie tyd om doekies om te draai nie. Ouma Martha het net gewag totdat almal daar is voordat sy met die deur in die huis geval het. "Luister, mense! Daar is nie tyd om doekies om te draai of om histeries te word nie. Simon het my nou net kom waarsku. Die Herero's is besig om die plaashuise aan te val. Hulle het alles blykbaar tot in die fynste besonderhede uitgewerk. Hulle verdeel in groepe en val dan verskillende plase gelyktydig aan sodat die een nie die ander kan waarsku nie. Hulle het net gewag totdat die Beskermingstroepe weg is om die opstand op Warmbad te gaan onderdruk. Blykbaar is ons van die laastes om deur te loop.

353

"Simon sê hy het gehoop dat ons sou vryspring omdat hulle nog niks weer gehoor het nie. Maar hulle is nou op pad hiernatoe."

Anna het histeries aan die gil gegaan en was die situasie nie so swanger van vrees nie, sou Stieneke gelag het. Ouma Martha het, sonder om haar relaas te onderbreek, vir Anna 'n taai klap gegee en verder met die kinders gepraat.

"Ons moet die wa laai en voor sononder weg wees van die plaas af. Elkeen pak sy eie klere in. Julle kan goedjies wat vir julle belangrik is, ook inpak. Ons moet sorg dat die wa so gou moontlik gereed is. Ek sal sorg vir kos en eetgerei."

"Ouma!" Die kinders het in 'n stywe bondeltjie om haar kom saamdrom toe die implikasies van haar woorde tot hul verstandjies deurdring.

"Toe maar, hartjies! Ouma is mos hier!" Die kinders was vreemd gerusgestel deur hierdie woorde en het stil-stil verdwyn om hul goedjies in te pak.

"Anna, gaan kyk jy na die kinders se goed en kry vir ons medisyne ook. Ek sal die kombuis behartig."

"Maar, Ma! My huis! My pragtige huis!" Dit was asof Anna se verstand nie verder wou dink as die hier en nou nie.

"Anna, ons kan nie die huis op die wa kry nie!"

Anna het verwese omgedraai en agter die kinders aangeloop en Stieneke en ouma Martha het alleen agtergebly.

"Jy kan al jou goedjies inlaai, kind. Ons kan nie verwag dat jy van jou goed hier moet agterlaat nie."

"Nee wat, tannie. Ek sal net die nodige neem. Ek sal graag die kinders se boeke ook wil inpak."

"Luister!" Ouma Martha het haar lip ingedagte gekou. "Ons neem liewer kos en klere saam, dis belangriker. Ek sal Simon vra om vir ons 'n klompie waardevolle goed te gaan wegsteek. Anna! Antjie!" Ouma Martha is al klaar weer jammer vir arme Anna.

"Ja, Ma!"

"Kom ons pak vinnig van die kosbaarste goed in, dan stuur ons Simon met die donkiekar om dit daar agter die kop by die holkrans te gaan wegsteek."

354

Anna het skielik deur die trane geglimlag en haar arms om ouma Martha geslaan en haar styf vasgedruk.

"Dankie, Mamma!"

Simon het koorsagtig gehelp en twee vragte wegsteekgoed weggery terwyl hulle die wa gelaai het.

Hy het hulle aldeur aangejaag terwyl hy die omgewing soos 'n arend bespied het. Later het hy emmers en houers vol water oral in die huis kom neersit.

"En nou, Simon?" Ouma Martha het verbaas na hom gekyk.

"Wanneer ek sien hulle is naby, sal ek die goed in die huis natgooi, dan sal dit nie so maklik brand nie. Hulle vlug dadelik weer en dalk kry ek die vlamme sommer gou dood. Ek gaan hier naby wegkruip."

"Simon, jy is dan ook 'n Herero, hoekom vertel jy vir ons hiervan?" Ouma Martha het onbegrypend na Simon gekyk.

Simon het verleë voor hulle gestaan en daar was onverwags trane op sy verrimpelde wange. "Julle was goed vir my. Julle was goed vir my vrou en kinders. Ons het nog altyd genoeg gehad hier by julle. Piet moes net vir my geluister het toe ek hom gewaarsku het. Hy moes nie gedink het dit is sommer bangmaakstories nie! Hy het gesê ek moenie vir julle sê nie, want julle sal bang word, maar die moeilikheid is hier. Ek gaan nie langer wag nie."

Ouma Martha het verskrik na Anna gekyk. Stieneke kon die ongeloof op hul albei se gesigte sien. Ouma Martha het haar arm stil-stil om Anna se skouer geslaan en hulle het verdwaas na Simon gekyk.

Dit was al laatmiddag toe Simon hulle sonder ontsag op die wa kom bondel en hulle behoorlik van die werf af gedryf het. Dit is 'n gewone wa met 'n tentdak soos 'n ossewa, maar voor hierdie wa is vier perde ingespan, wat aansienlik vinniger beweeg as die osse.

Ouma Martha sit voor en het die leisels stewig in haar hande vas. Vandat die son gesak en die donker om hulle toegevou het, sak die vrees ook met klam vingers om die verskrikte groepie mense toe.

Anna het haar gekerm oor haar huis gestaak en sit nou net stil agter by die kinders. Sy druk Pietie, die jongste enetjie, styf teen haar vas en trek Annatjie, die naasjongste, met haar ander hand teen haar vas. Hierdie tweetjies is onderskeidelik ses en agt jaar oud. Daar is nog twee dogters. Martie is tien en Lettie behoort seker nou dertien of veertien te wees.

"Waarheen gaan ons, Ma?" Anna het 'n bietjie beheer oor haarself gekry en klink nie meer so verskrik nie.

"Ek dink nie ons moet Omaruru se kant toe gaan nie. Simon sê hulle konsentreer nou op hierdie kol – Omaruru, Okandjira, Oviombo . . ."

"Dink Ma nie ons moet maar probeer om by daardie klein fortjie op Ovikokorero uit te kom nie?"

"Ja, weet jy, Anna! Dis 'n briljante plan. Daar behoort darem 'n paar soldate te wees wat ons kan help."

Stieneke kan aanvoel hoe hierdie paar woorde Anna krag en selfvertroue gee.

"Stieneke!"

"Ja, tannie Martha?"

"Hoe voel jy?"

"Ek is bang, tannie."

"Ja, jy sal seker wees. Dis maar 'n wilde land en jy is dit nie gewoond nie. Moenie bang wees nie, my kind. Ons sal veilig hier uitkom."

"Ja, tannie." Stieneke se stemmetjie klink maar verlore en baie bang hier agter in die wa.

"Kom sit hier voor by my."

Die vrees maak Stieneke se keel droog. Sy wil nie daar voor op die bankie gaan sit nie. Daar is sy 'n teiken vir elke vyandige koeël of assegaai.

Sy skraap egter haar moed bymekaar en gaan sit voor op die bankie langs tannie Martha.

"Tannie Martha, die . . . Wat is die stamgroep se naam nou weer?"

"Herero's!"

"Het hulle gewere . . . of . . ."

"Ongelukkig, ja, my kind. Hier was 'n vreeslike gesmokkel met die goed. Hulle het heelwat gewere en ammunisie."

Lank ry hulle in doodse stilte, met net die geklap van die perdepote op die grondpad wat hoorbaar is.

Dis doodstil agter in die wa en Stieneke loer om. Die kinders het een vir een omgeval op die matrassies agter in die wa en lê styf ingeryg langs mekaar. Anna stut haar rug teen die kant van die wa en Stieneke sien hoe haar kop ook knik.

"Snaaks dat hulle aan die slaap kan raak." Stieneke leun oor sodat sy naby ouma Martha kan praat.

Ouma Martha loer oor haar skouer en 'n sagte glimlaggie speel om haar mond. "Ja, 'n kind is mos 'n vreeslike aanpasbare ding. Arme ou Antjie! Sies tog! Ek praat soms so hard met haar, maar in hierdie land kan 'n mens nie sag en pieperig wees nie. Sy kom reg. Sy luister altyd as ek praat en leer gou. Ek is net woedend vir my seun, Piet. Hy sal darem 'n paar dingetjies te verduidelik hê wanneer ek hom weer in die hande kry. Dis te sê as ons lewend hier uitkom."

Stieneke loer verskrik rond. Ouma Martha se woorde het weer al die vrees in haar wakker gemaak.

Die donker veld lê spookagtig en onheilspellend om hulle. Die hol geklap van die perdepote en die veraf naggeluide laat haar ril van angs.

Die bosse kraak skielik hier langs hulle. Stieneke versteen op die bankie en gooi haar lyf agtertoe.

Ouma Martha sit verskrik meer regop. Sy behou egter haar teenwoordigheid van gees en klap met die sweep terwyl sy die perde met 'n harde stem aanjaag.

Dan sien Stieneke hoe ouma Martha se hele liggaam weer ontspan saam met die harde uitblaas van haar asem.

"Dit was net 'n koedoe. Kyk, daar hardloop hy!"

Stieneke sien egter niks nie. Dis te donker en haar oë sal in elk geval eers aan die veld gewoond moet raak. Ouma Martha sal nou haar vinger in die koedoe se oog moet steek voordat sy hom sal sien.

Stieneke kyk na ouma Martha en sien die spanning op die maer, seningrige gesig. Ouma Martha is 'n lang, skraal

357

vrou met 'n stywe bolla agter haar nek. Dit laat haar streng en onverbiddellik lyk – en niks kan verder van die waarheid af wees nie. Sy is 'n steunpilaar en die spil waarom hierdie familie draai, maar daar skuil onmeetbare liefde en deernis agter die doelgerigte bekwaamheid.

Anna se stem klink sag agter haar. "Kom sit jy hier agter by die kinders. Hulle slaap nou. Probeer jy ook 'n bietjie slaap. Ek sal voor by my ma sit. As 'n mens slaap, vergeet 'n mens van die vrees en spanning."

Dankbaar skuif Stieneke agter by die kinders in. Sy druk haar kop op haar opgetrekte knieë en dan gee al die onse- kerheid, al die opgekropte frustrasies skielik pad sodat die warm trane hul walle oorstroom en in blink voortjies oor haar wange rol. Haar liggaam ruk en die snikke laat haar in 'n stywe bondeltjie opkrul.

"Ag, my hartjie!" Anna is langs haar en vryf liggies oor die blonde hare. "Wat is dit dan? Sies tog! Jy is so ver van jou mense af en dan gebeur hierdie vreeslike ding ook nog met jou."

"Dis goed as sy huil, Anna. Los haar maar so 'n bietjie. Huil maar, my kind! Weet net een ding. Tannie Martha sal sorg dat jy veilig hier uitkom."

Anna klim weer stil terug op die bankie langs ouma Martha. Stieneke kan met die beste wil in die wêreld nie die snikke keer nie. Sy huil haar moeg en leeg. Sy huil oor haar drome wat so in die lug hang soos 'n seepbel wat elke oomblik kan bars. Sy verlang na Teuns en sy wil hom hier by haar hê. As hy net hier was, dan sou sy gerus en tevrede gevoel het.

Sy moet tóg ingesluimer het, want toe sy wakker skrik, begin die dag al grys in die ooste breek.

Stieneke kyk bekommerd na ouma Martha, wat nog steeds met die leisels in haar hande sit.

Haar oë voel dik en sy is dankbaar dat niemand vanog- gend na hul voorkoms sal kyk nie. Die kinders lê nog stil, maar Stieneke weet dat hulle al wakker is. Elkeen worstel seker maar met sy eie vrese en bekommernis.

"Is tannie nie al baie moeg nie?" Stieneke vee die hare

wat wanordelik langs haar gesig hang agtertoe en probeer dit weer by die rol agter haar kop indruk.

"Ek kan hou, my kind. Die perde sal egter nou eers moet rus."

"Maar, Ma!"

"Ek weet, Anna. Dis hoekom ek maar aangehou het totdat dit lig is."

Stieneke kyk na die perde en sien die sweetskuim op hul lywe. Van hierdie soort goed weet sy niks nie. Dit het nog nie een keer by haar opgekom dat die diere ook moeg is nie. Haar pa is 'n professor in tale aan die universiteit. Hulle woon haar lewe lank nog op Stellenbosch. Sy ken nie eens die verskil tussen 'n perd en 'n muil nie.

Ouma Martha soek 'n plekkie uit waar hulle aan die een kant deur 'n klompie rotse beskut is en aan die ander kant oor 'n goeie uitsig voor hulle beskik.

Ouma Martha span dadelik die perde uit en roep Lettie en Martie nader. "Lei hulle solank koud, ek wil net gaan kyk of alles veilig is daar onder by die water."

Stieneke kyk in alle rigtings, maar sy sien geen water nie. Eers toe ouma Martha om 'n blinkerige kol 'n ent van hulle af stap, besef Stieneke dat dit die water is.

Ouma Martha kom met 'n lang tree nader. "Dit lyk heel veilig. Daar is nie vreemde spore nie. Anna, vat die een geweer en laai dit. Hou dit byderhand sodat jy vir jou en die kinders kan verdedig. Stieneke, kom saam met my sodat ons gou die perde kan laat suip."

Ouma Martha druk twee van die perde se halters in haar hande, en Stieneke staan verbouereerd rond. Dis die naaste wat sy nog ooit in haar lewe aan 'n perd was.

"Kom!"

Sy kyk egter vinnig wat ouma Martha doen, vat die halters stewig vas en stap met lang treë saam.

Haar rok swiep om haar enkels en haar fyn skoentjies trap skeef op die klippe en laat haar kort-kort swik.

Ouma Martha gee sulke lang treë dat sy elke nou en dan 'n paar vinnige drafpassies moet inkry om by te hou. Ouma Martha het nog 'n geweer ook oor haar skouer, maar dit lyk nie of dit haar beweeglikheid enigsins strem nie.

Toe hulle by die rotskoppie terugkom, het Anna al 'n vuurtjie aangesteek en vir hulle koffie gemaak.

Die koffie en beskuit smaak soos manna uit die hemel.

Lettie sit soos 'n brandwag-bobbejaan hoog bo-op 'n rots om die wêreld te kan bespied.

"Ouma! Ouma kom kyk!"

Met 'n paar lang treë is ouma Martha bo-op die rotse langs Lettie.

"Wat?"

"Daar, Ouma. Kyk!"

"Sowaar!" Ouma Martha hou haar hand voor haar oë om beter te kan sien.

"Anna! Daar anderkant kom 'n ossewa aan. Ons moet eers wag totdat hy nader is, sodat ons kan sien wie dit is. Die Herero's kon dit dalk buitgemaak het." Ouma Martha is dadelik weer prakties en Stieneke voel die blydskap wat so vinnig in haar opgespring het, stadig wegsypel soos water in droë sandgrond.

"Lettie, Martie! Maak julle solank die vuur dood. Stieneke, laai jy die ander gewere sodat jy en Lettie ook elkeen 'n geweer kan hê. Die wa staan agter die kop. Hulle sal dit nie dadelik sien nie. Kom, neem almal hier agter die klippe stelling in."

Stieneke staan verleë rond. Sy ken nie die verskil tussen 'n geweer se voor- en agterkant nie.

"Toe! Toe! Roer jou." Ouma Martha druk haastig die geweer in haar hand en hou een na Lettie uit.

Anna is besig om haar geweer oor te haal en die twee kleintjies word vinnig voor haar in 'n gleuf tussen die rotse ingedruk.

"Julle sit doodstil! Hoor!"

Ouma Martha glimlag en knik goedkeurend na Anna, wat nog steeds opdragte gee. "Martie, gaan staan by Ouma sodat sy jou kan beskerm. Lettie!"

"Ja, Ma!"

"Kom skuil hier by hierdie groot rots hier naby my, waar ek jou kan sien."

Ouma Martha druk goedkeurend Anna se skouer, toe sy by haar verbykom. "Ek het altyd geweet as die nood die dag druk, gaan jy jou eie krag leer ken, Antjie, my kind!"

"Dankie, Ma!" Anna glimlag skeefweg, maar tog ook met 'n bietjie trots in haar hele houding.

"Stieneke!" Ouma Martha druk vir klein Martie agter die rots plat en is met twee lang treë weer by Stieneke. "Jy kan nie so staan en ginnegaap nie. Daardie wa is nou hier. Laai die geweer en kom hier agter die rotse in. Waar is Lettie?"

"Hier is ek, Ouma!" Lettie loer agter die rots uit en hou die geweer effens in die lug.

"Tannie Martha, ek . . . kan nie 'n geweer laai nie!"

Stieneke wens die aarde wil onder haar oopgaan en haar insluk. Ses geskokte gesigte loer agter die rotse uit. Tot klein Pietie met sy haasbekkie gaap haar aan.

"My grote genugtig! Gaan jy nou oorlog toe en jy kan nie eens 'n geweer laai nie?" Ouma Martha gryp die geweer uit haar hande en voordat Stieneke behoorlik kon sien wat sy doen, is die geweer gelaai en terug in haar hande.

"Toe nou! Toe nou! Waarvoor wag jy?" Ouma Martha jaag haar agter die rotse in.

"Lettie, wys net gou vir die juffrou hoe sy moet skiet. Sy moet net anderkant toe skiet, nie hier na die kinders se kant toe nie."

Ouma Martha verdwyn agter 'n rots in en dan praat sy hier van onder af. "Stieneke, skiet net as dit absoluut nodig is. Dit kan dalk gevaarlik wees vir ons. Ek sal jou later leer."

"Goed, tannie Martha."

Stieneke bewe soos 'n riet met die groot geweer in haar hande. Wat haar betref, kon dit net sowel 'n pofadder gewees het. Sy is vir hulle ewe bang!

Tergend stadig kom die wa nader. Die sweet is klam in Stieneke se handpalms. Sy vee met die agterkant van haar arm oor haar voorkop. Die son is nog nie eens behoorlik op nie en tog is sy papnat gesweet.

Sy kan Lettie sien van waar sy skuil. Lettie lê met haar

bolyf oor die rots, haar arms gemaklik gestut met die geweer vas teen haar skouer.

Stieneke haal diep asem en gaan sit plat agter die lae rotsie. Sy stut haar arms soos Lettie s'n en druk die geweer teen haar skouer. Sy loer langs die loop af, maar waarna sy kyk, dit weet sy nie! Sy weet net een ding – as sy haar vinger om hierdie sneller gaan krul, dan gaan sy 'n skoot afvuur.

Ver agter die wa slaan 'n stoffie op en dan kom dit vinnig nader. 'n Groot man, met 'n groot bruin hoed op sy kop, sit gemaklik op die perd.

Wanneer hy naby die wa kom, weergalm sy stem bulderend oor die stil veld. "Komaan! Komaan! Hoe is dit dan vanmôre? Die son is nog nie eens op nie en jul koppe hang al. Komaan! Komaan!"

"Dis oom Jaap!" Lettie fluister hard hier agter die rots uit.

"Ouma!" Sy roep gedemp. "Dit klink soos oom Jaap!"

"Ja, dit klink so! Maar ek kan nog nie mooi sien nie. Wag maar eers totdat hy nader is."

Stieneke kan behoorlik aanvoel hoe die spanning verslap. Almal wag egter stil en geduldig dat die wa moet nader kom.

Asof 'n sesde sintuig hom waarsku, hou die groot man sy perd 'n entjie van die rotskoppie af in en bespied die wêreld behoedsaam.

Hy beduie iets aan die touleier en dié verdwyn stil agter die wa in.

Stieneke sien hoe hy sy geweer uithaal en oorhaal voordat hy versigtig nader kom.

Nou eers kan ouma Martha hom behoorlik sien. "Dit ís Jaap."

Stieneke hoor die verligting in Anna se stem wanneer die groot figuur hier naby die kop is.

Stieneke se oë is vasgenael op die naderende figuur. Skielik spring ouma Martha 'n entjie voor haar op en swaai wild met haar arms terwyl sy hard roep:

"Jaap! Jaap! Dit is ons!"

Stieneke skrik haar boeglam en al die spiere in haar lig-

362

gaam ruk styf. Sy ruk die geweer in die lug op en dan gaan die skoot donderend af en ruk haar heeltemal onderstebo.

Sy weet nie wat alles gebeur het nie. Eers toe Anna haar aan haar skouers gryp en haar wild heen en weer skud, kom sy regop en kyk verdwaas om haar rond.

"Is jy dan gek! Ons sê dan vir jou dis Jaap!" Anna besef nie eens dat sy nog steeds vir Stieneke skud nie.

"Het . . . ek hom doodgeskiet?" Stieneke stotter verbou-ereerd.

Sy loer versigtig oor die rots wanneer die groot man met sy donderende stem hard uit die weer uit vloek. Hy kyk half ongelowig na die wit gesiggie wat oor die rots loer.

"Jaap! Mens, maar ons is bly om jou te sien!" Tannie Martha staan op haar tone om hom met 'n klapsoen te groet.

"Dit lyk nie of julle bly is nie. Julle skiet dan na 'n mens."

"Dit was net 'n ongelukkig, Jaap . . ."

Jaap kyk weer oor sy skouer na Stieneke, wat nog steeds met groot verskrikte oë na hom staar.

"Wie is dié spektakel, tannie Martha?"

Die groot man praat so hard dat sy stem tussen die rotse vasslaan en koggelend na Stieneke toe terug weergalm.

Vir die tweede keer vanoggend bid sy dat die aarde tog asseblief moet oopgaan en haar heel moet insluk. Daar moet nie eens 'n haartjie of 'n toonnael oorbly nie.

3

Almal drom om Jaap saam. Stieneke bly egter alleen agter op die rotskoppie. Sy sit kwaad en gegrief op die klip. Sy sal nie ook daarheen gaan nie. Dis mos darem nie deur haar toedoen dat hulle in hierdie situasie beland het nie.

Dit was 'n blote ongeluk! Sy het geskrik en die skoot per ongeluk afgetrek. Nou maak almal asof sy die man moeds-willig wou doodskiet. Die vermetelheid wat hy het om haar nog 'n spektakel ook te noem!

"Juffrou, Ouma sê juffrou moet kom." Lettie loer om die rots.

Koppig maak sy of sy haar nie hoor nie.

"Juffrou moet maar liewer kom. Die slange is lief vir die klippe. Veral as die son uitkom."

Vinnig vlieg Stieneke op en kyk behoedsaam om haar rond. As sy egter die vonkel in Lettie se oog moes sien, sou sy baie meer gegrief gewees het.

Hulle het weer die vuurtjie nuwe lewe gegee en die koffiewater hang oor die vlammetjies.

Die groot man met sy growwe stem is aan die woord toe Stieneke nader kom. "Ek het nie gedink dis regtig so erg nie, tannie Martha. Ek het gedink die mense skrik maar gou. Julle sal in elk geval nie Okahandja se kant toe kan gaan nie. Dis goed dat julle in hierdie oostelike rigting beweeg."

"Hoekom, Jaap? Is dit dan gevaarliker daardie koers in?"

"Hulle het patrollies in alle rigtings uitgestuur. Majoor Leutwein het gevra ek moet die wêreld hierdie kant toe 'n bietjie dophou. Daar het 'n soldaat saam met my gekom. Hulle probeer vasstel of die Herero's nou verder 'n verenigde front gaan vorm en of hulle nog in groepe gaan aanval."

"Het julle iets gesien?"

"Ja, daar is 'n sterk groep op pad Omaruru toe. Hulle wil seker nou die fort gaan aanval. Ek het die soldaatjie teruggestuur om die ouens by die fort te gaan waarsku."

Ouma Martha sug en staar in die vuurtjie.

"Ja, ongelukkig het hulle nie besluit om een groot aanvalsmag te maak nie. Hulle het verdeel in groepe. Nou is dit 'n lollery. Die beskermingstroepe moet nou opdeel om die verskillende groepe te keer."

Dit is so 'n rukkie lank stil en dan praat ouma Martha weer. Vir die eerste keer kan Stieneke die onsekerheid in haar stem hoor. "Wat moet ons doen, Jaap?"

"Ek dink tannie-hulle moet saam met my ry tot by die fort op Ovikokorero. Daar behoort nog 'n paar soldate te wees. Dit is ook stiller hierdie koers in. Hier is te min plase."

Tannie Martha sien skielik vir Stieneke raak waar sy bot en ongelukkig eenkant staan.

Sy hou haar hand na haar uit en sê paaiend: "Sies tog! Ons raas toe sommer met jou. Ons het net geskrik. Jy kon vir ou Jaap doodgeskiet het. Kom, laat ek jou voorstel."

Stieneke staan nader, maar Jaap kan die onwilligheid op haar gesig sien. "Jaap, dis juffrou Kitshoff. Sy is mos nou die kinders se onderwyseres. Toe Teuns destyds op Stellenbosch was, het hy haar daar ontmoet en toe vir Piet van haar vertel. Ons is so dankbaar, want dit ontstel ons so dat die kinders so sonder geleerdheid grootword."

Stieneke knik styf en steek nie eens haar hand na Jaap uit nie.

Hy mompel iets en draai dan na Anna. "Maar ek kan net nie verstaan dat Piet nou kon gaan jag het nie. Hy moes tog iets agtergekom het."

Anna kyk op haar hande. "Hulle . . . het alles so goed beplan, Jaap. Ek . . . bedoel, hoe sou hy dit nou agtergekom het? Hy sou ons nooit alleen gelos het as hy so iets vermoed het nie."

Stieneke sien hoe ouma Martha vinnig na Anna kyk. Sy sit haar hardgewerkte hand op Anna s'n en verander meesterlik die gesprek.

Sy draai na Stieneke en gesels opgewek. "Jaap boer so drie plase van ons af. Meer noord. So een keer per jaar vat hy al die ivoor en velle en sulke goed wat hy deur die jaar bymekaargemaak het Walvisbaai toe. Hy vat altyd ons wa met ons goed ook saam. So oral langs die pad kry hy van die ouens se goed en vat dit saam. Dan bring hy weer die waens vol voorrade vir die mense terug."

Ouma Martha klink so dankbaar dat Jaap haar vinnig met sy harde stem in die rede val. "Tannie Martha laat my darem nou alte veel na 'n barmhartige Samaritaan voel. Die mense betaal my om dit te doen. Ek doen dit nie verniet nie."

"Nogtans, Jaap. Dit is darem nie 'n maklike werk nie. Jy is weke van jou plaas af weg."

"Piet het vanjaar niks gehad nie. Hy was verlede jaar te

besig om te gaan jag. Hy hét vir my gesê hulle wil nou gaan jag vir ivoor."

"Ja . . . maar dat dit juis nóú moes wees." Anna sug en draai vinnig weg dat hulle nie die trane in haar oë moet sien nie.

"Ja, Anna! Dis 'n lelike ding. Ek wonder wat het van die ander boere daar in die omtrek geword."

"Ja!" Ouma Martha sug. "Ek het verlede nag so baie aan die mense gedink, veral die Greylings."

"Ja, die ou vroutjie was nie juis gesond toe ek daar verby is nie." Jaap kyk na ouma Martha en wag dat sy moet vertel, sodat hy weet hoe dit nou met die vroutjie gaan.

"Sy verwag weer 'n baba. Arme ou Bertha, sy het reeds gesukkel om weer swanger te raak. Gelukkig was Karo nou daar by haar om so 'n bietjie te help sodat sy kan rus."

Jaap lag half sinies. "Wel, as sy daar was, hoef julle nie te bekommerd te wees nie. Want dan sal Marais ook daar wees en dan is daar darem twee mans om hulle te beskerm. Ek verstom my altyd hoe hy nog sy plaas aan die gang kan hou terwyl hy omtrent dag en nag by die vroumens kuier. Ek weet nie hoekom trou hulle nie maar en kry klaar nie."

Alles verstyf binne-in Stieneke. Marais! Kan dit nie dalk Teuns Marais wees nie? Dit word stil en waaksaam binne-in haar.

Gespanne wag sy vir tannie Martha se volgende woorde. "Nee, man! Die ergste van alles is dat Teuns saam met Piet gaan jag het. Of laat ek liewer sê, Piet het saam met Teuns gaan jag. Dit was net Bert wat daar op die plaas was. Hulle het ook nie iemand soos ou Simon nie. Ek twyfel of hulle ooit gewaarsku is."

Jaap frons bekommerd. "Dis 'n lollery! Hulle vermoor blykbaar die mans en jaag dan die vroue en kinders net so die veld in terwyl hulle die huise afbrand. Julle was geluk-kig dat julle die wa kon vat. Dit is darem vinniger en bied 'n bietjie skuiling."

Stieneke voel die histerie in haar opstoot. Sy luister nie verder na hul gesprek nie. Blykbaar is niemand bewus van haar verbintenis met Teuns nie. Vir hulle was sy sommer net 'n kennis wat Teuns ontmoet het toe hy op Stellenbosch was.

"Ons sal moet aanstoot, tannie Martha. Ek sal moet gou maak sodat ek nog 'n draai in daardie rigting kan ry en kyk of die mense nie dalk hulp nodig het nie."

"Ek sal bly wees, Jaap. Ons sal self regkom! Ons was op pad na die fort toe."

"Nee! Ek sal liewer saamgaan. Ons ry met jul perdewa. Hy is vinniger. My ossewa kan maar op sy tyd agterna kom. Ek het goed wat ek daar moet gaan aflaai."

Stieneke sien die verligting en dankbaarheid op ouma Martha en Anna se gesigte. Lettie kom ook nader en gooi dankbaar haar arms om Jaap se nek en gee hom 'n drukkie.

"O! Dankie, oom Jaap! As oom by ons is, sal ons nie meer bang wees nie."

Stieneke beweeg soos een in 'n dwaal. Dan het Teuns haar nie meer lief nie. Dan is hy verlief op 'n ander vrou! Een by wie hy dag en nag kuier. Hierdie mense verwag dat hy met daardie vrou gaan trou. Sy het haarself net kom verneder en aan ontberings kom blootstel.

Ouma Martha vat die leisels en Anna gaan sit langs haar op die bankie terwyl Stieneke saam met die kinders agterin die wa inbondel.

"Ek sal so 'n entjie vooruit ry met die perd om die wêreld te verken, tannie Martha. Kom julle maar so vinnig moontlik."

"Goed, Jaap!"

Stieneke kan die verandering in tannie Martha se houding net met verwondering waarneem. Sy wat nog die hele tyd die sterk een was, is skielik so gewillig en dankbaar om alles in Jaap se hande oor te laat.

Asof vanselfsprekend neem Jaap die hele organisasie oor. Stieneke is egter so verward en daar is soveel dinge wat nou verwerk moet word dat sy dit nie eens opmerk nie.

Jaap se groot gestalte verdwyn, om 'n rukkie later weer langs die wa te verskyn, en hy en tannie Martha gesels hard oor en weer.

367

"Dit lyk redelik veilig, tannie Martha. Julle sal maar die perde vandag moet moor. As ons aanstoot, behoort ons voor donker by die fort te wees."

"Goed, Jaap!"

Jaap verdwyn weer en ná 'n rukkie praat tannie Martha oor haar skouer terwyl sy die perde in dieselfde asem aanspoor. "Julle sal maar so in die ry moet eet, kinders. Ons sal nie vandag kan stilhou nie. Solank as die perde hou, moet ons aanstoot."

Dit raak ondraaglik warm agter in die watent. Stieneke rol haar rok se moue op tot bokant haar elmboë. Sy wens sy kan haar kouse uittrek sodat sy net nie so sweet nie. Haar lyf is seer van die geskommel van die wa en haar vel brand behoorlik van die hitte en stof.

"Stieneke, sal jy omgee om met my plekke te ruil?" Anna draai skuins op die bankie. "Ek wil net gou vir die kinders iets kom gee om te eet. Dit moet al omtrent middag wees."

"Sekerlik." Stieneke trek haar bene op sodat Anna eers agter in die tent kan kom en skuif dan versigtig vorentoe tot op die bankie.

Die koel lafenissie van die windjie wat daar trek, is soos helende vingers wat haar saggies streel. Nie eens die gevare wat in die digte bosse skuil, kan die heerlikheid daarvan wegneem nie.

Die effense koeligheid bring 'n rustigheid in haar gemoed. Sy skrik dus groot en skuif verskrik agtertoe toe Jaap skielik hard hier langs haar praat.

"Ek is jammer, Anna, maar julle sal maar so in die ry iets moet eet. Ons sal nie kan stilhou nie."

Hy kyk eers verbaas na die verskrikte bleek gesiggie hier langs hom en dan skater hy dit dawerend uit van die lag. "O! Dit is toe nie Anna nie. Dis toe die witmuis!"

Woedend gluur Stieneke die ongeskikte, luidrugtige mansmens aan en druk dan vererg die haarsliert wat teen haar wang hang agter haar oor in.

Ouma Martha loer om Stieneke na Jaap en praat dan hard bokant die geklap van die perdepote uit. "Ek het ook so gedink, Jaap. Anna is al besig om die kinders iets te gee om te eet. Wil jy nie ook iets eet nie?"

"Nee dankie, tannie Martha. Ons kan maar vanaand daar by die fort iets eet."

Anna gee vir hulle koekies en gekerfde biltong aan. Stieneke voel of dit in haar mond bly vassit, so dors is sy. Sy weier egter om water te vra. Dalk sal hulle dan stilhou om dit uit die vaatjie te tap en dan hou sy hulle op. Hoe gouer hulle in 'n meer beskutte plek kom, hoe beter gaan dit vir almal wees.

Die son begin al ver afsak in die weste wanneer hulle die bruin mure van die fort teen die grysblou lug gesilhoeëtteer sien.

"Daar is hy!"

Tannie Martha klink dankbaar en Stieneke voel die jammerte vir haar diep binne-in haar roer. Sy moet doodmoeg wees. Sy het nog nie vir 'n oomblik gerus nie.

Jaap kom trek langs tannie Martha in met sy perd en Stieneke kan aan sy bekommerde gesig sien dat daar iewers 'n groot skroef los is.

"Tannie Martha! Julle sal hier moet wag. Ek sal eers moet gaan ondersoek instel. Hier is iets nie reg nie."

"Hokaai! Honou!" Tannie Martha kry die perde tot stilstand en 'n gespanne stilte kom hang om hulle.

"Die hekke staan oop en dit is net té stil, tannie Martha. Ek wil net eers gou gaan kyk wat daar aangaan. Laai die gewere en wag hier." Hy draai egter half spottend terug. "Moet tog net nie weer vir die witmuis 'n geweer gee nie. Volgende keer is ek dalk nie so gelukkig nie."

Hy ry vinnig weg en Stieneke sluk aan die vernederende trane. Daar is egter nie tyd vir selfbejammering nie. Anna gee vir tannie Martha 'n geweer en patrone van agter af aan.

"Kom sit jy hier agter, Stieneke. Dan sal ek daar voor langs Ma kom sit."

Anna gaan sit braaf langs haar skoonma met die geweer gereed in haar hande.

369

Stieneke kan nie help om jaloers te voel nie. Hierdie vroue is so onverskrokke en seker van hulself. Selfs Anna, wat altyd 'n bietjie pieperig was, ontluik in 'n rots van krag noudat die nood druk.

Ná 'n halfuur wat soos 'n ewigheid gevoel het, kom Jaap terug. "Daar is niemand nie. Dit lyk ook nie of daar 'n geveg was nie. Dalk is hulle ook net op patrollie."

Stieneke kan egter aan Jaap se stem hoor dat hy homself nie oortuig nie.

"Kom!"

Jaap ry voor en versigtig benader hulle die fort.

Jaap maak self die hekke stewig agter hulle toe. Die vier mure vou stewig en vertroostend om die moeë groepie.

Die mure is sterk en stewig en rys hoog bokant hulle uit. Daar is oral skietgate en 'n hoë toring in die een muur. Die binneplein van die fort is ruim, sodat dit soos 'n ommuurde uitspanplek voel.

Aan die een muur is 'n ry vertrekkies wat met 'n stoepie op die plein uitkyk. Stieneke tel drie vertrekke wanneer sy nuuskierig om haar rondkyk.

Jaap verdwyn later in een van die vertrekkies in, wat blykbaar 'n soort kantoortjie is, en kom ná 'n rukkie te voorskyn met 'n stuk wit papier in sy hand.

"Hulle is almal opgeroep om te kom help by die fort op Grootfontein."

Tannie Martha sug en Stieneke sien die spanning terug op haar gesig.

"Wel, hier is ons darem meer beskut, Jaap. Ek sal bly wees as jy net vir die soldate, as julle hulle raakloop, sal sê dat ons hier skuil. As dit moontlik is, sal hulle ons dan kom help."

"Ek sal julle nie hier alleen los nie, tannie Martha."

"Maar Jaap! Jy kan mos nie . . ."

"Ek wil net so 'n entjie hier opry en kyk of ek nie vir Bertha-hulle kry nie. Sal julle vannag en dalk môre alleen regkom, tannie Martha?"

"Natuurlik, Jaap! Ek voel skoon skuldig . . . maar ek sal vreeslik bly wees as jy kan gaan kyk wat van Bertha-hulle geword het."

"Tannie Mart, jy is doodmoeg! Anna, jy en Lettie moet vannag om die beurt wagstaan. Laat tannie Martha so 'n bietjie slaap. 'n Mens sien baie mooi vanuit die uitkyktoring. Sodra julle iets gewaar, kan julle vir tannie Mart gaan roep."

"Ek sal ook help." Stieneke staan vasberade nader. Wie dink hy is hy dat hy haar kan ignoreer asof sy glad nie bestaan nie?

Jaap bekyk haar op en af en sy oë vonkel ondeund. Sy stem is vol lag toe hy eindelik praat.

"Wat kan jy doen, witmuis? Sal jy piep as die gevaar kom? Jy sal hulle nie eens sien voordat hulle jou keel klaar afgesny het nie."

"Ek het nie vir jóú hulp aangebied nie, ongeskikte ding! Ek het dit vir tannie Martha aangebied."

"My aarde! Die muis kan praat en kwaad word!" Jaap kyk met opgetrekte wenkbroue na die ander en Stieneke sien met verontwaardiging hoe ouma Martha en Anna sukkel om nie te lag nie.

Vererg draai sy om en stap weg.

"Onopgevoede klomp goed!" Sy kners die woorde saggies uit.

In een van die vertrekkies gaan sit sy op die hoë ysterbedjie met sy bruin kombers, en staar nors na die grond.

Jaap het gekyk dat daar genoeg hout in die fort is. Hulle het die perde uitgespan en in die kraaltjie langs die fort gejaag. Hy het net koffie gedrink en 'n paar beskuite geëet voordat hy weer sy perd opgesaal het.

Gelukkig is daar 'n put binne die fort se mure en sal water darem nie 'n probleem word nie.

Nadat Jaap weg is, inspekteer hulle die vertrekkies.

Twee dien as slaapvertrekke en het elkeen drie beddens in. Die ander een word blykbaar vir alles gebruik. Dit is kantoor, kombuis en eetkamer.

'n Swart stoof staan breed teen die een muur en oral staan sakke met koffie, suiker, rys en selfs aartappels en uie.

Ouma Martha kyk dankbaar na die kos. "Wel, hier was darem nog nie stropers nie. Hier is nog baie kos; ons sal 'n ruk lank kan uithou."

371

Hulle maak kos op die swart stoof en Anna bad die klei-ner kinders in 'n badjie wat buitekant teen die muur staan.

Daar is genoeg beddens vir hulle almal. Klein Pietie slaap sommer op een van die matrassies wat agter in die wa was.

"Lettie, ek dink jy moet die eerste wagbeurt vat. Dan is jy nog nie so vaak nie."

"Goed, Ouma!"

"Ek sal saam met Lettie wagstaan, Ouma," bied Martie braaf aan. "Dan kan ek vir Mamma kom roep as dit haar beurt is. Of ek kan vir Ouma kom roep as daar gevaar is."

"Dit sal gaaf wees, Martie!"

Ouma Martha vee liggies oor haar naamgenoot se haar-tjies en Stieneke sien die trots wat uit haar hele houding straal.

"E . . ." Stieneke sukkel om haar wankele selfvertroue te behou. "Ek sal ook graag wil help. As julle nie omgee nie, sal ek saam met Lettie wagstaan, dan kan Martie saam met haar ma wagstaan. Dan is daar mos darem 'n ekstra een wat kan kom hulp soek."

"Baie dankie, Stieneke. Dit sal baie gaaf wees. Dit is sommer 'n puik oplossing. Ek sal nou meer gerus wees." Ouma Martha klink opreg dankbaar en Stieneke voel som-mer meer bruikbaar.

"Ja, dankie, Stieneke. Nou sal ek ook meer gerus gaan slaap. Ek sal maar baie bekommerd wees as die twee kin-ders alleen moet wagstaan," sug Anna.

"Dan is dit reg so, mevrou."

Stieneke voel sommer beter. Sy sal daardie ongepoetste wilde mansmens wys dat sy ook iets kan doen.

"Ag nee, Stieneke! Hoe is ons dan al weer in die me-vrou-stadium. Ek het tog al vir jou gesê jy moet my net Anna noem." Anna slaan haar arm om Stieneke se middel en druk haar liggies. "'n Mens kan nie soveel gevare saam trotseer en dan nog formeel wees nie."

"Ja, kindjie!" Ouma Martha sug en vir die eerste keer klink sy soos 'n vrou van vyf-en-sestig. "Ek bekommer my siek oor jou. Dit is nie reg dat jy dit alles saam met ons moet deurmaak nie. Ons moes jou nooit hierheen laat kom het nie."

"Ag nee! Tannie Martha! Ek het dit mos self besluit. Dit was my keuse!"

"Wel . . . ja! Ek wonder nog van die begin af hoekom jy hierheen gekom het. Ons het eerlik gedink jy is al 'n oujongnooi. Verstok en suur! Ek wou neerslaan van verbasing toe ek jou sien."

Anna kyk na Stieneke se verleë gesiggie en lag saam. "Ek ook, Stieneke! Ons het nooit gedink jy is so jonk en pragtig nie! Die stoute Teuns het ons nooit gesê nie. Hy het net vir ons gesê hy weet van 'n baie bekwame onderwyseres wat dalk gewillig sou wees om hierheen te kom toe hy hoor ons soek iemand."

Stieneke staar verstom na hulle. Wat sou Teuns se doel hiermee gewees het? Toe hy Piet van haar vertel het, was hy tog nog tot oor sy ore verlief op haar. Of was hy? Dit raak net by die minuut onbegrypliker.

Lettie en Stieneke gesels fluisterend terwyl hulle op die uitkyktorinkie sit.

"Ek is maar ongeoefend in hierdie soort ding, Lettie. Jy sal baie fyn moet kyk."

"Juffrou moet net konsentreer op elke liewe beweging. Kyk byvoorbeeld stip in daardie rigting. Nou moet juffrou dié strook grond fynkam en kyk of juffrou daar iets sien beweeg." Sy beduie met 'n skraal handjie in 'n rigting effens links van waar hulle sit.

Stieneke kyk, maar sien net die donker skaduwees van bosse en bome in die laat skemerte.

"Kyk dieper, juffrou! So asof juffrou agter die bosse wil kyk."

Stieneke konsentreer op die groot bos. Haar oë brand later van stip kyk, maar nog steeds sien sy niks vreemds nie.

"Moenie wegkyk nie, juffrou. Dit sal nou weer beweeg. Later raak 'n mens so gekonfyt dat jy elke beweging onmiddellik raaksien."

"Kyk!" Opgewonde wys Stieneke na die bos.

"Het juffrou hom gesien?"

373

"Ja, ek het iets gesien roer, maar ek weet nie wat dit is nie."

"Dit is 'n koedoe, juffrou."

Opgewonde staar Stieneke na die plek waar sy die ligte beweging gesien het.

'n Groot koedoebul kom stadig en statig agter die bos uit gestap.

Stieneke lag van opgewondenheid. Sy het sowaar iets in die feitlik algehele donkerte raakgesien. Sy voel trots op haarself en glad nie meer so 'n vyfde wiel aan die wa nie.

Die moedelose vertwyfeling oor Teuns Marais lig ook sommer van haar beswaarde gemoed af. Sy sien sommer nou vir hom ook kans. Waar 'n wil is, is 'n weg en as sy al dinge kan doen wat vir haar tot nou toe absoluut vreemd was, dan moet Teuns Marais ook nou ligloop.

Teuns Marais het vir hom die verkeerde handperd uitge-soek. Sy gaan in elk geval huis toe sodra hulle hier uit die gevaar is. Haar enigste doel moet nou wees om lewend hier uit te kom.

Al manier waarop sy kan oorleef, is om na haarself om te sien. Die enigste beskerming wat hulle op hierdie oom-blik het, is hierdie groot wilde man en van hom sal sy nie veel kan verwag nie. Witmuis! Gmf! Hy sal hom darem wat verbeel!

Haar en Lettie se fluistergesprek droog stadig op. Stie-neke moet later haar oë ooprek om hulle oop te hou. Sy weier egter koppig om eerste te erken dat sy vaak is.

"Jislaaik! Juffrou! Nou is ek darem so vaak! My oom De Wet sê altyd hy is so vaak soos 'n mokkel. Ons kan nog nooit agterkom wat 'n mokkel is nie."

Stieneke lag effentjies en lig haar kennetjie meerder-waardig. "Slaap 'n bietjie, ek sal jou wakker maak as ek iets sien."

"Nee wat, juffrou! Dit is darem nie nodig nie. Ons be-hoort nou-nou vir Mamma te gaan roep."

Stieneke trek gelate haar skouers op. Nie een vertrou die witmuis nie. Hulle dink seker almal sy kan niks doen wat reg is nie.

"Hoe laat behoort dit al te wees, Lettie?"

Lettie kyk met 'n kennersoog na die maan en die lug. "Seker so twaalfuur se kant, juffrou. Ek gaan nou vir Mamma roep. Hulle het darem al agtuur gaan slaap. Ons is al sowaar ses uur lank hier."

Dankbaar sien Stieneke vir Anne en Martie aankom. Nog meer dankbaar sak sy op die bedjie met sy bruin kombers neer. Die kussings is vuil en stowwerig, maar vanaand kan dit haar min skeel.

Sy sluimer onmiddellik in en slaap soos 'n mens wat nie eens weet hoe spel jy bekommernis of vrees nie.

Die son is lankal op toe Stieneke eers wakker word. Sy hoor tannie Martha se stem buite en stap uit. "Môre, kind! Het jy lekker geslaap?"

"Ja, tannie Martha, soos 'n baba!"

"Luister, hartjie! Daardie deur daar aan die oorkant." Sy beduie na 'n deur aan die ander kant in die muur. "Dit is 'n soort badkamer en daar is darem 'n emmertoilet ook. Ons sal dit maar gebruik en dit later weer skoonmaak."

Stieneke ril liggies. Sal dit dalk nóg iets wees wat sy sal moet doen?

Hulle maak 'n groot pot mieliepap wat hulle met suiker en botter wat hulle saamgebring het, eet. Sy besef nou eers hoe honger sy regtig is. Nog nooit het pap vir haar so lekker gesmaak nie.

In die stilte van die fort bou die spanning weer ongemerk op. Selfs die kinders, andersins so lewendig en vol energie, is stil en speel lusteloos in die koelte van die fortmuur.

Lettie en Martie maak beurte op die uitkyktoring.

Anna en ouma Martha was die vuil skottelgoed en ouma Martha het al weer iets gekry om oor dankbaar te wees. "Dis darem 'n genade dat hier 'n put in die fort is. Nou kan 'n mens darem bad en selfs die wasgoedjies was."

Stieneke voel of die vrees 'n bietjie skiet gee ná die heerlike ontbyt. Vir die eerste keer die afgelope twee dae dink sy weer aan haar voorkoms.

Sy haal haar trommeltjie van die wa af en soek vir haar 'n

skoon rok. Gewapen met 'n handdoek, waslap en kam stap sy na die badkamertjie toe.

Die badkamer is 'n primitiewe eenheid. Daar is 'n stellasietjie met 'n gieterkonkoksie bo-op wat seker dien as 'n stortbad vir die mans.

Sy gaan haal dus maar liewer vir haar die badjie wat Anna gisteraand gebruik het.

Annatjie kom help haar om 'n paar emmers koue water aan te dra en gooi dit in die badjie.

"Sal ons nie eers vir jou 'n bietjie warm water maak nie, Stieneke?" Ouma Martha voel jammer vir die arme dorpskind wat nou so kop eerste in hierdie ruwe lewe ingegooi word. Sy het seker nog nooit in haar lewe vir haarself sulke dinge gedoen nie.

"Ag nee wat, dankie, tannie Martha. Die koue water is goed."

Stieneke voel fris en skoon ná die koue bad. Sy borsel haar hare totdat dit soos goud in die sonlig blink. Sy maak dit weer in 'n netjiese rol agter haar kop vas.

"Jy moet daardie warm kouse uittrek, Stieneke. Hier in Suidwes kan ons nie heeldag kouse dra nie. 'n Mens sal doodgaan van die hitte. Ons moes van die meisiekinders se oop skoene vir jou saamgebring het."

"Ek het 'n ekstra paar gebring, Ma." Lettie staan op en gaan haal 'n paar handgemaakte leersandale agter uit die wa. "Hulle is maar lelik, juffrou. Maar ons dra dit altyd op die plaas as ons nie kan kaalvoet loop nie."

"Ja, en jy word nou glad te groot om kaalvoet rond te loop." Ouma Martha raas sommer as sy die geleentheid kry, want die kaalvoetlopery steek haar dwars in die krop.

"Ouma!" Martie roep hard van die uitkyktoring af. "Kom kyk gou!"

Ouma Martha draf met haar maer seningrige lyf soos 'n tienderjarige teen die treetjies op, met Anna blasend agterna.

Toe Lettie opspring, is Stieneke by en hulle tou teen die trap op.

"Dis Jaap se wa!"

376

Ouma Martha wys in 'n rigting waar die wa al skommelend aankom. Stieneke lig haar neus effens en bekyk hulle uit die hoogte. Sy het dit reeds gesien. Hulle hoef darem nie vir haar 'n wit watent uit te wys nie.

"Kyk, Ouma, daar is oom Jaap ook!" Lettie wys na die groot gestalte wat nou sigbaar word agter die wa.

"Sowaar! Ag! Ek is so dankbaar. Ek hoop tog net hy het iets van Bertha-hulle gehoor."

"Kom laat ons vir hulle die hekke gaan oopmaak." Tannie Martha met haar haastige geaardheid moet egter eers geduldig wag totdat hulle almal van die trap af is, voordat sy kan afklim.

Hulle wag die wa in met breë glimlagte van verwelkoming.

Stieneke sorg egter dat sy so ver moontlik van die hek af is. Sy stap na die kombuis-kantoor toe en roer sommer met die stoofyster in die kole om haar besig te hou.

Hy sal hom darem wat verbeel as sy ook nog in die verwelkomingstoet gaan staan. Witmuis! Gmf! Sy spits egter haar ore wanneer die wa se gerammel stil word. Vreemde stemme wat lag en huil, dring skerp tot haar deur.

"Bertha!" Ouma Martha se stem weerklink bo dié van die ander.

"Ag! My hartjie! Kyk net hoe lyk julle! Waar kry julle hulle toe, Jaap?"

"Hulle was gelukkig ook op pad hierheen, tante. Ek het hulle vanoggend vroeg gekry."

"Was julle te voet?"

"Nee, tannie, ons het elkeen 'n perd gehad. Karo het vir klein Hildegard voor by haar op die perd geneem."

Stieneke hoor die moegheid in die vroutjie se stem en sy stap stadig uit.

Die vroutjie wat nou met soveel sorg deur die ander van die wa af gehelp word, lyk bleek en siek. Sy moet nog aan die begin van haar swangerskap wees, want 'n mens kan nog nie veel aan haar liggaam sien nie.

Stieneke stap nader en bekyk die deurmekaarspul. Foei tog! Die arme mense! Jammerte en meegevoel roer iets

377

baie teer hier binne-in haar aan en sy wens dat sy handiger was, sodat sy hulle kon help.

Die swanger vroutjie het nou almal se onverdeelde aandag, want sy huil bitterlik.

"O! Tannie Martha, dit was vreeslik! Bertie het net vir ons geskree ons moet vlug. Hy het nog iets probeer sê, maar toe sleep hulle hom weg. Karo het toe gesê dit het vir haar geklink asof hy skree dat ons hierheen moet vlug . . ."

"Toe maar! Moenie nou eers daaraan dink nie, my kind. Kom nou! Kom nou! Julle is nou veilig."

'n Langerige meisie, met 'n langbroek en rystewels aan, kom om die wa gestap. Haar ligbruin hare hang in 'n dik vlegsel agter haar rug. Sy is skraal en bruin van die son. Haar hele liggaam is lenig en Stieneke weet sommer, sonder dat iemand dit vir haar hoef te sê, dat hierdie meisie se hande vir niks verkeerd staan nie. Sy sal alles kan doen wat van haar verwag word. Sy het verrassend helder blou oë wat deur digte swart wimpers omsoom word.

Jaap Venter steur hom nie verder veel aan die vroue nie. Hy help die osse uitspan en jaag hulle dan in die kraaltjie wat aan die fortmuur grens.

Hy praat met sy werkers in 'n taal wat Stieneke nie verstaan nie en grendel dan weer die hek agter die swartman wat die osse uitvat.

Niemand het nog enigsins aandag aan Stieneke gegee nie. Almal drom om die swanger vroutjie saam. Tannie Martha is besig om haar baie versigtig en liefdevol na een van die kamers te neem. Anna het die klein meisietjie, Stieneke skat haar so vier jaar, opgetel en stap met haar na die kombuis toe om vir haar iets te ete te gee.

Stieneke staan nog steeds verleë rond wanneer Jaap terugkom.

"My aarde! Is Katie Veldmuis ook hier?"

"Nou waar moet ek anders wees?" Vererg wip sy haar en swaai om om weg te loop, maar loop haar dan vas teen die lenige meisie.

"Het julle al ontmoet, Karo?" Jaap se oë vier fees op die meisie met haar netjiese kurwes.

378

Sy kyk nuuskierig na Stieneke en skud haar kop ontkennend.

"Karo, dit is Katie . . ." Hy lag skeefweg en byt dan sy lip vas. "Nee! Nee . . . sy het 'n ander naam. Wat is jou naam nou weer?"

Stieneke maak of sy hom nie hoor nie en draai na die meisie. "Ek is Stieneke Kitshoff." Sy steek haar handjie uit en die meisie vat dit stewig vas.

"Ek is Karo Weiss. Dan is jy die nuwe juffrou wat Piet laat kom het. Snaaks, ek het gedink jy is baie ouer."

"Hoekom?" Stieneke kners op haar tande toe sy uit die hoek van haar oog die grinnik op Jaap se gesig sien.

"Ek weet nie . . . Dit . . . was sommer die indruk wat ek gekry het. Ek . . . ek meen, wie sal nou na dié uithoek van die aarde toe wil kom as sy mooi en jonk is?"

Stieneke het hierop geen antwoord nie.

"Die ander vroutjie, daar binne. Dit is jou suster, nie waar nie?"

"Ja! Ag! Ek is so bekommerd oor haar. Sy is so bitterlik ontsteld."

Stieneke kan nie haar vinger daarop lê nie, maar iets hinder haar. Hierdie meisie is net té goed om waar te wees.

So, dan is dít die meisie by wie Teuns kuier. Hy het haar seker ontmoet nadat hy van Stellenbosch af gekom het. Natuurlik, ja! Hy het mos toe eers hierdie plaas hier in die noorde kom bewoon. Dit is seker die rede hoekom hy die mense onder die indruk gebring het dat sy oud en verstok is. Hy wou nie hê hulle moet weet dat sy hiernatoe kom om met hom te trou nie. Die hele aangeleentheid slaan haar egter dronk. Hy kon haar mos maar net laat weet het dat hy nie meer belang stel nie.

'n Snaakse gedagtetjie dring hom egter op die voorgrond. Sou Teuns dalk sy brood aan albei kante gebotter wou hê? Was hy dalk nie so seker van Karo as wat hy graag wou wees nie? Dalk het hy gehoop om seker te maak voordat sy hier aankom, en dit toe nie reggekry nie. Is dit nie dalk die rede hoekom hy so skielik gaan jag het nie? Hy het sy tyd verspeel en nou sien hy nie kans om dit persoonlik vir haar te sê nie.

379

"Hoe lyk dit met 'n bietjie koffie, Katie? Of maak jy koffie soos wat jy skiet?"

Stieneke sien die nuuskierige vonkel in Karo se oë. Sy het lus en bespring Jaap en grawe haar naels in sy borskas in. O! Hy is 'n onmoontlike, moedswillige soort mens.

"Wag, ek sal gaan maak." Karo beweeg kombuis toe, maar sleep Jaap aan sy arm saam. "Maar dan moet jy saamkom."

Woedend kners Stieneke op haar tande. Sy wil hom natuurlik nou eenkant kry sodat hy haar die hele smaaklike storie kan vertel.

4

Stieneke het met die nuwe reëlings wat noodgedwonge moes intree, die kombuis as slaapkamer gekry.

Bertha en Karo, asook klein Hildegard, slaap in die een kamer en Anna, ouma Martha en die twee kleintjies in die ander een. Lettie en Martie moet agter in die wa nesskop en Jaap slaap sommer buite onder die sterbelaaide hemel.

Bertha is nou rustiger nadat ouma Martha vir haar 'n brouseltjie gekook het van die medisyne wat hulle genadiglik saamgebring het.

Jaap het teen skemeraand vir hulle 'n bokkie gaan skiet. Die vroue is juis nou besig om die lewer en vetdermpie gaar te maak.

Ouma Martha het van die rys en aartappels, asook droëboontjies, gekook en 'n heerlike geur dryf uit die kombuis.

Stieneke staan doelloos rond. Niemand vra haar om iets te doen nie en tussen so 'n klomp bekwame vroue is daar niks wat sy kan aanbied om te doen nie.

Karo vat net so raak soos ouma Martha en Anna. Stieneke is sommer jaloers. Wat help al haar geleerdheid haar in hierdie omstandighede? Sy sal nooit kan oorleef met 'n boek onder haar arm nie.

Stieneke slenter by Bertha se kamer verby en op die in-
gewing van die oomblik stap sy daar in.

"Het jy darem 'n bietjie geslaap?"

"Ja, dankie, ek voel sommer baie beter!"

"Jy is Bertha Greyling, nie waar nie?"

"Ja, en ek hoor jy is die nuwe juffrou. Jy is pragtig! Ek
wens ek kon so lig van vel wees soos jy."

Stieneke bloos van die lekkerkry. "Jy is die enigste een
wat so iets wens. Die ander noem my 'n witmuis!"

"Ag! Jy maak seker 'n grappie. Niemand sal so iets vir jou
sê nie. Jy lyk so sag en vroulik. Hierdie Suidwes-son is gif
vir ons velle. Buiten dat ons soos kaiings lyk, dor dit nog
ons velle en hare vreeslik uit."

"My ma is tog so gesteld daarop dat ek altyd 'n hoed
moet dra, hoewel ons son nie naastenby so kwaai is daar
in die Boland soos hier nie. Ek is darem ook nie juis die
buitelug-tipe nie."

"Jy moet dit ook nie word nie. Jy is pragtig soos jy is.
Vir hierdie klomp Suidwesters gaan jy 'n rariteit wees. Die
mans gaan oor hul voete val om by jou te kom kuier."

"Hoe gaan dit met die baba?"

Bertha frons bekommerd. "Ek weet nie! Ek was verlede
nag baie bang dat ek die baba sal verloor. Ek het omtrent
die hele nag deur gebid, solank ons daar in die veld op die
perde was."

"Toe maar, ouma Martha is hier! Sy is 'n ware steunpi-
laar!"

"Ja, sy is 'n wonderlike vrou. Het jy al vir Piet, haar seun,
ontmoet?"

"Ja, hy het my op die stasie kom haal, maar hy is die vol-
gende oggend weg om te gaan jag."

"Hy was ook altyd so 'n soort mens soos sy ma. Hy is eg-
ter deesdae met 'n jong man bevriend wat nie goed vir hom
is nie. Dit is . . . dit voel vir my hy raak so traak-my-nie-
agtig . . ." Sy bly skielik stil en glimlag dat twee diep kuil-
tjies in haar wange kom loer.

"Ek skinder mos nou! Dit is seker maar my antagonis-
me teenoor Piet se vriend. 'n Mens moenie so wees nie."

381

Onverwags skiet haar oë vol trane en Stieneke staan vinnig nader en vou haar skraal sonbruin handjie in hare toe.

"Toe maar, ek verstaan! Jy is bekommerd oor jou man. Wil jy daaroor praat?"

Stieneke byt haar lip vas om die trane te keer. Sy kom sit eenkant op die bed en vryf Bertha se hand stilweg.

Bertha se keel is dik van die trane en sy vertrou haar eie stem nie. Sy klou net krampagtig aan Stieneke se hand vas.

"Kom ons bid vir hom. Dit is tog al wat help."

"Sal jy?" Bertha se oë is vol vertrou en kinderlik opreg terwyl sy die trane met die agterkant van haar hand wegvee. "Ek sal so bly wees!"

Sy maak ook sommer haar oë toe en vleg haar vingers deur Stieneke s'n.

Stieneke sluit haar oë. Hoe praat 'n mens moed in, waar dinge so sleg lyk? Sy raak stil voor God, wagtend om te weet wat om nou te vra.

Haar gebed is kinderlik en opreg as sy net die Groot Beskermer vra om tog hierdie vroutjie se man veilig na haar terug te bring.

"Dankie, juffrou . . ."

"My naam is Stieneke!"

"Baie dankie, Stieneke. Jy is al een wat regtig verstaan hoe ek voel."

"Nee, jy kan nie so sê nie, Bertha. Jou suster en meneer Venter, ouma Martha en Anna . . . hulle almal verstaan en is vreeslik bekommerd oor jou."

"Ek weet hulle is. Maar . . . jy is al een wat verstaan hoe 'n vróú voel. Hulle is dierbaar, maar hulle het al hard geword. Hulle aanvaar dinge al sonder om daaroor te kla of te wil huil. Ek kan dit nog nie doen nie. Hier binne-in my is 'n kol wat nooit wil hard word nie. Dit is sag en vroulik en wil net liefhê en vertroetel."

"Ek is bly dat jy ook so is. Ek sal nooit anders kan wees nie!" Stieneke glimlag breed en knipoog vir Bertha.

Vir die eerste keer voel sy nie nutteloos en heeltemal uit

pas met die omgewing en sy mense nie. Dit het al aan haar geknaag, maar sy wil tog nie hard en mannietjiesrig word nie.

"A! Die vroutjie van die oomblik is wakker!" Jaap praat skielik met sy harde stem hier agter Stieneke en sy ruk soos sy skrik.

"Dag, Jaap!" Bertha glimlag breed met hom. "Ek wil net weer dankie sê. Baie, baie dankie dat jy ons kom soek het. Jy is so dierbaar!"

Stieneke kyk op haar hande. Dierbaar is nou nie juis 'n beskrywing wat sy aan hierdie man sal toedig nie. Jaap kom staan langs die bed en Stieneke kyk verbaas na die trek van teerheid op sy gesig.

"As hier net nog een of twee mans was, dan het ek gery en gaan kyk wat van Bertie geword het."

Bertha kyk op haar hande en Stieneke kan voel hoe sy ruk van ingehoue trane.

"Nee, ou Bertha, jong! Jy kan nie nou aan die huil gaan nie. Dit sal jou niks in die sak bring nie. Bertie is 'n groot man; hy sal na homself kan kyk. Ruk jou reg! Jy moet nou aan die baba dink."

Stieneke sien die spanning op Bertha se gesig en sy is sommer vies vir Jaap.

"Luister!" Stieneke staan regop sodat sy groter kan vertoon. Die blou oë flits waarskuwend in syne. "Los haar dat sy huil as sy wil huil. Dit is die beste medisyne. Dit is heeltemal te verstane dat sy oor haar man wil praat en huil. Sy was mos nou al klaar braaf genoeg gewees. Gee haar nou 'n kans om 'n slag net vrou te wees!"

"Kyk nou vir Katie!" Jaap lag ongelowig af in die ontstoke gesiggie.

Bertha druk haar gesig in haar hande – alles raak nou net te veel vir haar. Wilde snikke ruk haar liggaam en Jaap staan verbouereerd en rondtrap.

"Kyk nou net wat het jy aangevang!" Hy kyk vies na Stieneke. "Wat weet jy nou in elk geval van ons gevare en probleme af? Jy sit heeldag in 'n klaskamertjie en leer die kinders fyn maniertjies."

"Ek weet darem dat 'n vrou soms behoefte het aan huil!"

"Nie óns vroue nie! Hulle is nie sulke slap uitgewaste goedjies soos julle nie. Hulle is sterk en kan by hul mans staan en probleme die hoof bied."

Stieneke druk Bertha se kop teen haar heup vas en vryf die digte bruin hare.

"Gaan net hier uit." Stieneke sis behoorlik die paar woorde uit.

Jaap gluur haar egter net woedend aan sonder om 'n beweging te maak.

"Wat gaan hier aan?" Karo kom in en is hoogs ontsteld wanneer sy vir Bertha sien huil.

"Hoekom huil sy, Jaap?"

"Nee, vra vir Katie. Sy weet alles van vroumense af!"

"Loop net hier uit, voordat ek jou klap!"

Karo druk vir Stieneke weg en lig Bertha se gesig met haar hand op.

"Wat is dit dan, sus?"

Sy druk vir Bertha terug teen die kussings toe dié haar nie antwoord nie.

"Kom nou, sussie! Jy is mos sterk en ons ou grootnooi! Kyk net hoe goed het jy verlede nag se rit deurstaan."

Karo se stem is gebiedend en Stieneke sien hoe die pragtige vroutjie toeklap en haar gesig gelate maar ook meer geslote raak.

Stieneke draai om en stap by die deur uit. Sy stap direk kombuis toe waar ouma Martha en Anna besig is.

"Kan ek maar vir Bertha 'n bietjie tee maak, tannie Martha?"

"Seker, my kind. Gooi sommer vir haar baie suiker in. Sy het nou al die krag en energie wat sy kan kry, nodig."

Toe sy met die tee by Bertha se kamer inkom, is Karo en Jaap nog steeds daar en gesels hulle oor alledaagse dingetjies om Bertha se aandag van haarself en haar man af te trek.

Kan hulle dan nie verstaan dat sy oor hom wíl praat nie? Sy wil die vrese en bekommernis uit haar gestel kry. Dit vreet aan haar.

384

"Ek het vir jou 'n bietjie tee gebring. Ons het ongelukkig nie melk nie, maar hier is lekker baie suiker in."

Karo vat egter die tee by Stieneke en gee dit vir Bertha aan. Stieneke kan aan haar hele houding sien dat sy haar nie weer naby Bertha gaan toelaat nie.

Sy draai dus stil om en stap uit.

Jaap het drie werkers by sy wa gehad en een van hulle is nou in die uitkyktoring om wag te hou, anders sou sy nou daarheen gegaan het, net om 'n bietjie alleen te wees.

Jaap is skielik langs haar. Hy vat haar arm stewig vas en stap met haar agter sy wa in.

"Luister, wie is jy? Wat kom soek jy eintlik hier? Geen jong meisie sal haar op 'n plaas hier in Suidwes kom begrawe sonder 'n goeie rede nie. Wat wil jy hê?"

Stieneke kyk hom uit die hoogte aan. Sy verwerdig haar nie eens om hom te antwoord nie.

"Ek kry al hoe meer die gevoel dat Teuns Marais iets hiermee te doen het."

Hy wag dat sy iets hierop moet sê, maar sy kyk hom net onbevrees in die oë en pers haar lippe saam.

"Wel, laat ek jou net inlig. Teuns Marais loop soos 'n hondjie agter Karo aan. Sy is egter versigtig en kyk hom eers deur. Of sy hom wil hê, dit weet ek nie! Ek hoop nie sy vat hom nie, want hy is 'n pap swakkeling! Dit is egter vir haar om te besluit. Maar jý gaan nie hierdie mense se sake vir hulle kom deurmekaarkrap nie."

Woede maak haar sprakeloos. Sy staar hom net met blitsende blou oë aan.

Hy vat haar aan haar skouers en skud haar wild heen en weer. Haar kop voel of dit van haar skouers wil afruk.

"Hierdie mense het genoeg probleme! Jy gaan nie nog kom oplaai nie. En nog 'n ding! Solank as wat ons hier is, sorg elkeen vir homself. Tannie Martha en Anna het genoeg om te doen, hulle gaan nie nog vir jou ook bedien nie. Hier is jy nie 'n onderwyseres wat op 'n voetstukkie geplaas gaan word nie. Jy gaan help en jou deel doen."

"Wat moet ek doen! As ek iets wil doen, word ek opsy

gestoot. Ek het nog nooit geleer om die dinge te doen wat hierdie vroue doen nie. Julle wil nie hê ek moet iets doen nie!"

"Wel, hou dan net jou neus uit ons sake uit, as jy niks anders kan doen nie. As ek jy is, juffroutjie, gaan ek met die eerste die beste geleentheid terug. Dit is nie 'n plek vir jou soort dié nie."

"Dit sal ek met graagte doen! Dit kan ek jou belowe! Hoe gouer ek weer in die beskawing kom, hoe beter vir my!"

Sy ruk haar uit Jaap se greep los en stap kop in die lug by hom verby.

Hulle eet maar gewoonlik sommer buite. Die kombuisie is so vol met die ekstra bed wat ook nog daarin is. Elkeen sit dus maar met sy bord op sy skoot.

Jaap stoot sy bord terug en kyk na die kinders. "Ek wil hê julle kinders moet so 'n bietjie daar anderkant by die wa gaan speel. Wat ek te sê het, is nie vir klein muisies bedoel nie."

Die kinders laat hulle nie twee keer nooi nie en verdwyn vinnig.

Jaap vang egter vir Lettie aan haar hand wanneer sy ook opstaan. "Ek dink jy is al groot genoeg, ounooi!"

Hy beduie vir Anna en Karo om nader aan hom en ouma Martha te kom sit, maar ignoreer Stieneke geheel en al.

Ouma Martha, wat egter langs Jaap op die lae stoepie sit, skuif op en maak vir Stieneke tussen hulle plek. Karo gaan skuif styf aan die ander kant van Jaap in en Anna kom sit voor hulle op haar kampstoeltjie.

Jaap ignoreer vir Stieneke wat so styf tussen hom en ouma Martha vasgedruk sit en begin ongestoord te gesels wanneer hulle naby hom is.

"Dinge lyk sleg! Ek het gesien toe ek vir Karo en Bertha gaan soek het. Oral is spore en ek vrees dat hulle ook in hierdie rigting beweeg."

Die spanning wat effens verslap het toe Jaap vanmiddag teruggekom het, trek nou weer soos 'n vangtou styf om die groepie.

"Ek stuur môre een van my werkers met 'n boodskap na

386

die fort op Okahandja, dat hulle hulp hiernatoe moet stuur. Dit sal nie help ek probeer julle daarheen neem nie. Ons is te 'n swak groepie!"

"Ai, Jaap!" Ouma Martha sug hardop. "Ek is reeds so bekommerd oor Bertha."

"Ja, tannie Martha, ek dink ons almal is."

"Verwag jy 'n aanval op die fort, Jaap?"

"Ja, Anna. Hulle het groot oorwinnings behaal met hierdie aanvalle wat hulle so stil en goed op die boere en handelaars beplan het. Hulle het in groepe verdeel en elke groep het 'n streek aangeval. Gevolglik kon die een streek se mense nie die ander betyds waarsku nie. Hulle het nou baie moed en sal die forte aanval."

"Ek kan dit net nie verstaan nie. Hulle was altyd so tevrede en rustig."

"Ja, Anna! Ons het maar so gedink. Hulle is egter 'n nasie met hul eie gewoontes en dinge. Die groot probleem het blykbaar begin deurdat hulle vir die handelaars geld geskuld het en die handelaars toe van hul heilige beeste as betaling geneem heet. Dit is natuurlik vir hulle absoluut onaanvaarbaar! Aan die ander kant kan hulle ook nie oorheersing verdra nie. Eers was dit vir hulle lekker om die Schütztruppe se beskerming te kon hê, maar nou wil hulle weer vry wees."

"Ja, dit is natuurlik hoekom hulle nou die forte wil aanval. Hulle wil die oorheersing afskud." Karo krap met 'n stokkie in die grond en sy klink so koel en kalm dat Stieneke haar beny.

"Hulle sal natuurlik eers die groter forte probeer aanval, soos Omaruru, Otjimbingwe en Okahandja. Hulle sal ook nou in groter groepe moet saamsmelt. Ek verwag egter probleme, so oor 'n week of wat, hier by ons."

Dit is doodstil in die kringetjie en almal se gedagtes kring om die toekoms.

"Hier is genoeg ammunisie. Ek weet waar hulle dit berg en ek het gaan kyk." Jaap verbreek eerste die stilte en sy stem is ernstig en sonder versuikering van die probleme.

"Dit is darem een ligstraaltjie." Karo sit haar hand op

387

Jaap se arm. "Ons is darem so dankbaar dat jy hier is, Jaap." Sy glimlag stil na hom en Stieneke kan sien hoe dit die groot man gevlei laat voel. "Ek hoop net dat Piet en Teuns intussen hoor wat hier aan die gang is en terugkom om te help."

Anna kyk vinnig op en sy antwoord dadelik voordat iemand anders iets kan sê. "Hy sal! Hy sal rasend wees as hy moet weet ons is in gevaar."

"Wel! Hulle moet maar vinnig kom, anders sal hy en daardie . . . kêrel van jou . . ." Jaap kyk skalks na Karo, ". . . darem met my 'n potjie loop!"

"Wie sê hy is my kêrel?" Karo lag geheimsinnig. "Ek sóék nog 'n man. 'n Regte man! Een na wie ek kan opsien en op wie ek kan staatmaak!"

Stieneke vervies haar vir Karo. Dit is nie die tyd of die plek om te sit en ogies maak vir hierdie gorilla nie.

Tannie Martha kyk fronsend van Jaap na Karo en Stieneke kan die ongeduld in haar hele houding sien. "Ons sal 'n verdedigingsplan moet uitwerk, Jaap."

"Ja, tannie Martha, dit is wat ek nou met julle wil bespreek."

Ouma Martha draai skuins sodat sy sagter kan praat. "Jaap, kan ons nie probeer om Bertha hier weg te kry nie?"

"Hoe, tannie Martha? Die enigste plekke waar dokters is, is by die forte op Omaruru en Okahandja en ek verwag dat hulle daardie twee eerste sal aanval. As ek haar neem, sal óf jy óf Karo moet saamgaan, net ingeval iets met haar gebeur. Ons kan ook nie die ander hier so onbeskermd los nie."

Tannie Martha sug. "Ek is bekommerd oor haar. Sy gaan nie daardie baba behou nie."

Karo loer venynig na Stieneke en sy wonder geskok of sy haar nou wil verkwalik vir Bertha se toestand.

Jaap buk vooroor en teken 'n plan van die fort met 'n stokkie in die sand. "Ek het nog twee van my werkers oor. Twee moet pal by die beeste bly. Ek weet nie of julle dit opgemerk het nie, maar die kraal grens aan die fortmuur. Die muur vorm een kant van die omheining. Binne die fortmuur is 'n vertrekkie waar die beeswagters kan slaap en wat uitloop op die kraal. Sodra hulle iets by die beeste gewaar, trek hulle 'n tou wat dan 'n klok binne-in die fort lui."

Hy kyk ondersoekend na die kring gesigte om hom om uit hul onderskeie gesigsuitdrukkings af te lei of hulle verstaan voordat hy verder gaan. "Ek sal die toring beman. Tannie Martha, jy vat die skietgat heel aan die oostekant. Anna moet hierdie een neem aan die suidekant en Karo kan die een aan die westekant neem."

Jaap kyk na Anna en sy stem is egalig asof hy elke dag tien jaar oue kinders inspan om oorlog te voer.

"Kan Martie al skiet, Anna?"

"Ja, sy sal darem 'n teiken kan raakskiet."

"Goed! Lettie moet dan hierdie skietgat tussen Karo en Anna vat. Martie kan dan die een tussen Martha en Anna vat en daardie een moet dan daar onbeman bly. Hy het darem nog die kraal as buffer."

Stieneke kners op haar tande. Sy word net eenvoudig uitgelaat asof sy nie bestaan nie. Sy draai na tannie Martha en ignoreer Jaap en die grinnikende Karo heeltemal.

"Ek sal ook 'n skietgat beman, tannie Martha, as jy my van môre af sal leer."

"Ek sal dit met graagte doen, my kindjie! Maar is jy seker jy sien daarvoor kans?"

"Ek sien vir enigiets kans, tannie Martha. Ek kan darem nie hier sit en verwag dat Martie my moet beskerm nie."

Jaap gaap haar aan en lag dan ongelowig. "Nou wil jy meer! Waar dink jy nogal gaan jy oefen? Sommer op my?"

"Dis nie so 'n probleem nie, Jaap. Dit sal goed wees as sy kan skiet. 'n Mens weet nooit wat kan vorentoe gebeur nie. Ons het in elk geval al die hande nodig wat ons bymekaar kan kry."

Dankbaar kyk Stieneke na tannie Martha. Sy ignoreer Jaap en Karo, want sy sal nie verantwoordelik wees vir haar dade as sy nog één keer teen hul grynsende gesigte moet vaskyk nie.

Sonder om verskoning te vra, staan Stieneke op en stap na Bertha se kamer. Die arme ou mensie lê daar stoksielalleen met haar folterende gedagtes. Karo wil nie hê sy moet met haar gesels nie, maar sý sit buite en maak ogies vir Jaap.

Sy gaan nou met haar gesels en basta met hulle. Sy is nie 'n kind wat vir elke harde woord op loop sal gaan nie.

Sy loer versigtig om die deur. Die kers gooi 'n flikkerliggie oor die bleek gesig. Stieneke dink sy slaap, maar dan fladder die lang wimpers oop en sy glimlag vir Stieneke.

"Kom in! Ek is jammer dat ek vanmiddag aan die huil gegaan het en dat hulle jou toe daaroor verkwalik het. Ek wou nog vir hulle sê dat ek dit so gewaardeer het, maar sien jy nou! Ek het geen persoonlikheid van my eie nie. Alles word altyd vir my voorgesê."

Stieneke kom sit eenkant op die bedjie. "Ag, dit was niks nie! As daardie groot gorilla dink ek skrik vir hom, maak hy 'n fout."

Bertha giggel en Stieneke voel hoe dit warm word om haar hart.

"Hoe gaan dit met ons ou groot seun?"

"Ek . . . is bang, Stieneke. Ek dink nie ek gaan die baba behou nie. Dit . . . was 'n vreeslike skok."

"Ons moet probeer, Bertha. Ons twee moet net baie gesels sodat jy van al die ergste spanning en bekommernis ontslae kan raak, sodat jy kan skoonmaak daarbinne, waar dit nou so deurmekaar en verward is."

"Maar dit is juis die ding! Hulle wil nie hê ek moet daaroor praat nie. Ek is bekommerd oor my man! Rasend bekommerd! Dit is 'n groter spanning om dit alles so binne te hou."

"Ek weet! As jy wil huil, dan huil jy! Ek sal elke oggend en elke aand vir jou man bid en sommer deur die dag ook. Ek is seker daarvan die Here sal hom veilig terugbring. Jy moet net kalm word sodat jy hierdie baba kan behou."

"Dit is so moeilik om kalm te word met al my onstuimige gedagtes. Hulle bly net ál om Bertie kring."

"Ek sal jou sê wat. Ek gaan haal my Bybeltjie, dan kom lees ek vir jou 'n paar mooi Psalms. Dit kalmeer my altyd."

"Dit sal wonderlik wees, Stieneke."

"Ek is nou terug."

Sy verdwyn en stap so ver moontlik om die groepie wat nog steeds met hul koppe bymekaar sit en planne beraam. Bertha skuif hoër op teen die kussings wanneer sy met die Bybel terugkom, haar hele houding afwagtend soos dié van 'n kind.

"Ek wil jou nog gerusstel oor jou dogtertjie ook. Hildegard en Annatjie speel so lekker. Jy moenie oor haar bekommerd wees nie."

"Ek is nie oor haar bekommerd nie. Ouma Martha en Anna is twee dierbare mense en Karo is ook vreeslik lief vir haar."

Stieneke trek die kers nader sodat sy beter kan sien en in haar mooi soet stem lees sy vir Bertha van die vertroostende Psalms.

Bertha kan voel hoe die rus en vrede, die kalmte en vertroue stadig van haar besit neem. Haar oë sak toe en Stieneke hou op met lees. Sy sit egter haar hand op Stieneke s'n. "Lees nog. Dit is so mooi."

Stieneke blaai tot by Psalm een-en-negentig en lees dan die woorde wat deur die eeue so baie mense al getroos het.

Sy hoor 'n beweging by die deur, maar kyk nie om nie. Sy sal haar nie weer hier laat verwilder nie. Vir die eerste keer vandat sy in Suidwes aangekom het, is hier iemand wat haar nodig het. Nie Jaap of Karo gaan dit weer voor haar kom wegraap nie.

Haar stem is sterk en vol geloof wanneer sy die laaste paar reëls van die pragtige Psalm lees. "Hy sal my aanroep, en Ek sal hom verhoor; in die nood sal Ek by hom wees; Ek sal hom uitred en eer aan hom gee. Met lengte van dae sal Ek hom versadig, en Ek sal hom my heil laat sien."

"O! Baie dankie, Stieneke! Dit was so pragtig! Sal jy môreoggend weer vir my lees?"

"Ek sal. Jy moet lekker slaap."

Stieneke draai om en kyk vir Jaap, wat stil in die deur staan, uitdagend aan.

Nou eers sien Bertha hom raak.

391

"Jaap! Julle hoef nie meer oor my bekommerd te wees nie."

Sy steek haar hand uit en lê dit op Stieneke se arm. "Vir die eerste keer in baie jare is daar iemand wat soos ek dink en wat my verstaan. Stieneke het vandag sommer al die ou wonde oopgemaak en skoongemaak. Ek voel nou soveel beter, vandat ek besef ek is nie 'n frats nie. Ek het al so minderwaardig gevoel . . ."

Jaap staan vinnig nader en hy frons onbegrypend. "Minderwaardig! Maar jy is mos nou skoon verspot! Jy doen dan soveel en is so 'n goeie vrou vir Bertie. Hy spog altyd hoe hard jy kan werk en dat jy al so fluks kan boer."

"Jy sal nie verstaan nie, Jaap. Dit is iets anders, iets heel anders."

Bertha glimlag geheimsinnig met Stieneke. "Nogmaals baie dankie, Stieneke. Ek voel nou kalm en rustig. Dalk . . . behou ek tog die baba."

"Jy moet dit net glo! Jy moet probeer om nie een oomblik daaraan te twyfel nie."

"Ek sal nie! Ek sal my bes doen."

Stieneke stap by Jaap verby sonder om weer in sy rigting te kyk. Hy moet darem nie dink sy kan glad niks doen nie, net omdat sy nie kan skiet nie.

Die volgende oggend net ná ontbyt roep tannie Martha haar nader en druk 'n geweer in haar hande.

"Jy moet eers gewoond raak aan die gevoel van die geweer. 'n Mens is mos aan die begin bang vir die ding."

Stieneke voel die klammigheid van vrees in haar handpalms en vee dit aan haar heupe af. Sy is nie net bang vir 'n geweer nie. Sy het 'n doodse vrees vir die ding!

"Hy is nie gelaai nie, kind. Ontspan nou!"

Die kinders kom staan in 'n halfmaan om hulle en Stieneke raak al hoe meer verbouereerd. Rooi kolle slaan teen haar nek uit toe Jaap ook nog ewe grinnikend teen die wa kom leun.

"Nee, g'n mens sal ook kan skiet met soveel agies om jou nie. Kom, Stieneke!"

Tannie Martha tel die geweer op en stap na die toring toe. "Filemon! Kom af, ons sal so 'n rukkie daar kom sit."

Dankbaar laat Filemon hulle die uitkyktoring binnegaan.

"So ja!" Tannie Martha klink selfvoldaan toe hulle bo kom. "Almal gaap jou aan, netnou druk jy die loop teen jou skouer."

Stieneke glimlag net dankbaar en met meer selfvertroue neem sy die geweer by tannie Martha.

Sy moet eers dooierus vat oor die muurtjie van die toring. Met die wêreld se geduld verduidelik ouma Martha vir haar hoe om korrel te vat. Met genoegdoening kan sy later die visier kry waar tannie Martha verduidelik.

"Soek nou nog so 'n paar voorwerpe uit en korrel daarop. Ek kom nou."

Ouma Martha verdwyn teen die trap af en Stieneke sien hoe sy met Jaap staan en gesels. Jaap frons eers, maar skud dan sy kop bevestigend.

Wanneer tannie Martha terugkom, het sy 'n paar patrone in haar hand. "Nou, kindjie! Nou gaan jy 'n paar patrone afskiet."

Sy laai die geweer en onmiddellik span die vrees weer knellend in Stieneke.

"Sien jy daardie boom?" Ouma Martha beduie met 'n lang, maer vinger.

Stieneke skud haar kop, want haar keel is droog van die spanning.

"Omtrent so 'n vier tree van die grond af is daar so 'n witterige kol, 'n bas-af kol. Sien jy dit?"

"Ja, ek sien."

"Goed, nou korrel jy daarop. Onthou jy nog wat ek gesê het van hoe om die sneller af te trek? Jy maak net jou vuis toe, geleidelik en egalig. Onthou, die geweer gaan nou skop, jy moet hom styf teen jou skouer vasdruk en hom baie stewig vashou. Anders gaan jy bo-oor die kol skiet."

Stieneke konsentreer dat die sweet klam op haar uitslaan. Want net voordat sy die geweer by tannie Martha vat, sien sy hoe Jaap stap na die skietgat wat op hierdie

393

deel van die veld uitkyk. Gelukkig sal hy nie weet waarna sy mik nie.

Sy korrel fyn en so akkuraat moontlik, maar toe sy die skoot aftrek, ruk die slag haar onderstebo.

Sy hoor Jaap se bulderende lag. "Jy moet darem eers die voëls waarsku, tant Mart."

"Ag, Jaap! Gaan speel op 'n ander plek." Tannie Martha vererg haar sommer vir hom. Vir wat is hy so krapperig met die arme Stieneke? Hy weet tog sy is 'n dorpskind wat nie aan hierdie soort goed gewoond is nie.

Stieneke loer verbouereerd na tannie Martha. "Waar . . . het ek geskiet? Was dit raak?"

"Nee, hartjie, jy het die geweer opgelig en die skoot in die lug afgetrek. Kom ons probeer weer. Ek wil hê jy moet nou self laai."

Stieneke kners op haar tande toe Jaap se growwe lag en Karo se fyn giggeltjie na haar aangesweef kom.

Sy is mos darem nie verniet 'n onderwyseres nie! Sy gee darem nie onderwys op haar doopseel nie. 'n Mens kan haar net een keer 'n ding wys, dan onthou sy dit. Dom is sy beslis nie!

Met dodelike presiesheid laai sy die geweer en kyk dan selfvoldaan na tannie Martha.

"Dis reg, my kind! Wys hulle! Ons laat ons nie ondersit nie. Ek is baie seker daarvan dat jy vir hulle baie dinge kan leer wat hulle nie kan doen nie. Maar aangesien ons nou in Rome is, moet ons maak soos die Romeine."

"Nou moet tannie net vir my sê wat ek netnou verkeerd gedoen het."

Ouma Martha vat die geweer by haar en beduie dan breedvoerig wat sy moet doen. "Skuif jou bene so effens van mekaar af en gooi jou gewig teen die muurtjie. Jy is maar lig en die geweer skop te kwaai vir jou."

Stieneke korrel en span haar spiere saam. Hierdie keer verwag sy die skop. Sy trek die skoot egalig af. Nogtans, al haar voorsorg ten spyt, ruk sy agteruit. Dit voel of die geweer haar sleutelbeen afskop.

"Pragtig, Stieneke! Dit is nog 'n bietjie hoog, maar darem al teen die boom. Ek sal aanraai dat jy so 'n bietjie onder die teiken korrel, ten minste totdat jy aan die geweer gewoond is."

"Kom ons probeer nog een skoot."

"Goed."

Stieneke vat 'n entjie onder die wit kol korrel. Sy skiet egter nog steeds bo-oor. Tannie Martha is egter dood-tevrede.

"As dit die vyand was, sou jy hom beslis gekwes het. Ons oefen vanmiddag of môre weer. Ek het nie daaraan gedink nie, maar ons moes iets om jou skouer gedraai het. Jy gaan môre potblou daar wees."

Stieneke voel goed, so asof sy 'n geweldige oorwinning behaal het. Al het sy ook vandag net haar vrees vir die ge-weer oorwin, is dit nogtans 'n oorwinning!

Sy sal darem ook nou 'n geweer kan laai as dit van haar verwag word en nie weer spasties van vrees rondstaan nie.

Nadat sy die geweer gaan bêre het, gaan loer sy by Ber-tha in.

Daar is twee rooi koorskolle op Bertha se wange en Stie-neke se hart klop hier bo in haar kuiltjie. Wat gaan gebeur as Bertha sieker word?

Sy gesels 'n rukkie en lees dan vir haar uit die Bybel tot-dat sy sien hoe haar oë toesak.

Saggies sluip sy uit en gaan soek na tannie Martha.

"Tannie Martha, ek dink tannie moet na Bertha gaan kyk. Sy lyk nie vir my lekker nie."

Karo draai vererg na Stieneke wat bekommerd met tan-nie Martha gesels. "Sy makeer niks nie, tannie Martha. Sy is net nog moeg en moet soveel moontlik rus. As sy nie gister iets oorgekom het van al die ontsteltenis nie, dan sal sy ook nie nou iets oorkom nie."

Stieneke voel die venynigheid aan en kyk verbaas op. Karo skimp seker nou op haar omdat sy gister toegelaat het dat Bertha haar 'n bietjie uitpraat en uithuil.

Jaap staan arms gekruis en luister. Sy oë is opsommend. Hy wag natuurlik dat sy nou iets moet sê.

Tannie Martha voel die kragmeting tussen die jong mense aan en sy kyk verbaas na hulle. Met 'n onbegrypende frons vat sy Stieneke se arm.

"Ek hét haar afgeskeep met ons twee se les vanoggend. Kom ons gaan loer net gou daar in."

Sonder om haar aan Karo se giftige blik te steur, stap sy saam met ouma Martha na Bertha se kamer.

Stieneke sien die bekommernis op tannie Martha se gesig en haar hart klop moeisaam. Sy het tog diep binne-in gehoop dat sy haar net verbeel.

"Ek gaan vir haar iets soek vir koors. Bly so 'n rukkie hier by haar."

Tannie Martha verdwyn sag by die deur uit.

Stieneke sit stil langs die siek, koorsige vroutjie. Wat gaan nog alles hier in hierdie afgesonderde fort gebeur? Wat gaan sy nog alles in hierdie woeste land beleef?

Haar eie vroeëre bestaan en huidige probleme voel ver. Vir die hede is al haar bekommernis gefokus op hierdie mense – hierdie siek vroutjie en die kinders wat so stil en bang buite speel. Vir arme Anna, wat haar nog oor haar man ook bekommer en kort-kort haar kinders soos 'n hen om haar skaar.

Arme ouma Martha! Stieneke wil huil as sy aan haar dink. Sy is die spil waarom alles draai. Al die verantwoordelikheid rus op haar skouers en dan het sy nog die diepe teleurstelling oor haar seun wat sy gesin alleen kon los om te gaan jag, en dit nadat Simon hom gewaarsku het.

Vir Teuns Marais het sy baie diep in haar gedagtes weggebêre. Sy sal sy geval later uithaal en ontleed. Iewers is 'n groot fout. So groot, dat sy dit nie nou al sal kan ondersoek en verwerk nie. Daar is nie nou tyd daarvoor nie.

Sy hoor ouma Martha by die deur en draai nie dadelik om nie.

Sy praat egter net met 'n fluisterstem. "Ek sal gou 'n bietjie water gaan haal, dan was ons haar af, tannie Martha. Dit behoort ook te help."

Dit is egter Jaap se groot figuur wat stil langs haar verskyn en sy kyk verskrik na hom.

Hy moet tog nie nog ook kom moeilik wees nie. Hierdie

vrou is siek! As hy nou weer vir Bertha gaan probeer oortuig dat sy niks makeer nie, sal sy . . . sal sy hom sowaar te lyf gaan.

Jaap sien die botheid oor haar toetrek. Sy kom stadig regop tot sy in haar volle lengte voor hom staan. Met 'n besliste lig in haar blou oë daag sy hom vreesloos uit om haar diagnose in twyfel te trek.

Jaap kyk van haar na Bertha se rooi gesig. Hy buk vooroor en voel aan die klam voorkop.

"Sy ís siek!" Stieneke fluister die drie woorde afgemete.

Jaap kyk half verbaas, half geamuseer na die aggressiewe klein mensie hier voor hom. "Ja . . . sy is siek!"

Stieneke blaas haar asem stadig uit en Jaap kyk ongelowig na haar. Sy was nou soos 'n kapokhennetjie as jy dit te naby haar kuikens waag.

5

Van vanoggend af het hulle nog nie vir Bertha een oomblik alleen gelaat nie. Ouma Martha het 'n brouseltjie gekook wat sy vir haar ingee. Hulle was haar kort-kort af en het selfs klippe onder die voetenent van die bed gesit.

Ouma Martha is gelukkig die omgewing se vroedvrou en sy weet net wat om te doen. Daaroor is Stieneke baie dankbaar.

Karo het later, toe sy sien dat dinge werklik ernstig is, haar griewe teenoor Stieneke opsy gestoot en by haar suster kom sit. Sy het haar hand vasgehou en haar aanmekaar moed ingepraat.

Stieneke het later lus gehad en gooi haar by die siekekamer uit. Dit is beslis nie nou die tyd om vir Bertha 'n les oor braafheid te gee nie. As 'n baba wil kom, dan kom hy! Dan help woorde nie meer nie.

Stieneke het later gesien hoe die kinders verskrik saambondel. Arme goed! Hulle is al so verward. Almal se aandag is by Bertha en niemand dink aan hulle nie.

Dit moes al lank ná middagete gewees het, toe sy eers van hulle bewus word. Sy het hulle kombuis toe geneem en vir hulle gaan kos maak.

Daar is genoeg mense om na Bertha om te sien en Stieneke het van daardie oomblik af die verantwoordelikheid van die kinders op haar geneem.

Teen skemeraand het sy hulle laat bad en vir hulle nagkleertjies laat aantrek. Sy het hulle kos gegee en toe 'n kombers op die grond oopgegooi en vir hulle stories vertel.

Klein Annatjie het op haar skoot aan die slaap geraak en Hildegard het vas teen haar skouer kom skuif sodat Stieneke haar een arm beskermend om haar kon slaan.

Lettie en Martie luister net so aandagtig soos die kleintjies na die stories. Sy voel hoe Hildegard swaar word hier teen haar arm. Pietie gooi hom ook skuins op die kombers en sy ogies val sommer onmiddellik toe. Sy maak die storie klaar en praat dan saggies met Lettie.

"Lettie, kom vat net vir Hildegard hier weg van my arm af sodat ek kan opstaan, dan gaan lê ek hulle neer."

Lettie neem Hildegard weg en lê haar op die kombers neer. Stieneke sukkel steunend orent met Annatjie.

Jaap is skielik langs haar en vat die kind uit haar arms. "Jy is net so groot soos die kinders. Hoe wil jy hulle nou dra?"

Sy stem is ongewoon sag en vriendelik en Stieneke kyk verbaas na hom.

"Dankie, maar . . ."

"Kom wys net vir my waar haar bedjie is."

Sy stap voor hom uit en maak sommer die bedjie in die donker oop sodat hy die meisietjie kan neerlê. Sy trek die kombers oor haar en druk 'n soentjie op haar voorkoppie.

Jaap wag vir haar en saam stap hulle terug om Hildegard te gaan haal.

"Sy moet ook maar eers daar by Anna-hulle slaap. Ouma Martha sal seker die hele nag by Bertha bly."

"Ja, goed." Jaap tel Hildegard gemaklik op en stap weer met haar kamer toe.

Stieneke buk en probeer vir Pietie optel.

"Juffrou!"

"Ja, Lettie!"

"Moet ek vir juffrou kom help kos maak vir die ander, of kan ons ook maar gaan slaap?" Lettie gaap en probeer om dit agter haar hand weg te steek.

"Nee, julle kan maar gaan slaap."

Jaap kom met lang treë uit die kamer en neem Pietie by haar sonder om 'n woord te sê. Sy is skielik vreeslik bewus van die groot man hier saam met haar in die donkerte. Hy is so anders . . . so vriendelik.

Sy maak die kleintjies toe en druk 'n soentjie op hul voorkoppe.

"Nou kan ek vir julle iets gaan maak om te eet."

Sy skuur by hom verby, maar hy val langs haar in en stap saam met haar na die kombuis toe.

"Kan jy dan?"

"Wat?"

"Kosmaak."

"Ek het vanmiddag kosgemaak en niemand het doodge-gaan daarvan nie."

Jaap se stem is vol lag. "Ek het gedink dit was Lettie wat die kos gemaak het."

"Nee, meneer Venter, dit was ek. Ek kan kosmaak. Dit is deel van 'n vrou se pligte. Ek kan net nie manswerk doen nie." Sy wip haar en stoot haar kennetjie 'n bietjie voren-toe. "Dit word nie van ons vroue verwag nie. Daar waar ek vandaan kom, doen die mans sommer hul eie werk."

Jaap lag gedemp. "Nogal astrant. Dit lyk vir my daar steek nogal iets in die witmuis."

"As jy nog een keer vir my sê ek is 'n witmuis, dan klap ek jou! Verstaan jy my! By ons is dit absoluut ongehoord dat 'n vrou haar so laat verbrand deur die son. Ons doen moeite om ons velle so wit te hou. Sien, ons wil graag vroulik en mooi lyk vir óns mans, want hulle hou daarvan!"

Jaap grinnik vir haar vurige antwoord en kom hang een-kant teen die tafel terwyl sy haar rok se moue oprol om kos te maak.

Sy roer in die stoof met die stoofyster en Jaap kom staan teen haar en druk nog 'n paar stompe in die stoof.

Dit laat haar blosend wegdraai. Sy stap vinnig by die deur uit om die vleis in die klein koelertjie op die stoep te gaan haal.

Jaap neem die stuk vleis by haar en sit dit op die tafel neer.

"Hoe wil jy dit hê?"

"Ek kan dit self sny."

"Netnou sny jy jou vingers af, hierdie mes is skerp."

"Luister, ek is nie 'n kind nie. Al kan ek nie met 'n geweer skiet nie, kan ek verder alles doen wat ander vroue kan doen. Dalk nie so goed soos hulle nie, maar ek kan kosmaak."

Jaap vat egter die mes uit haar hande en wag dat sy moet sê hoe sy dit wil hê.

"Ek wil dit in blokkies sny, dan gaan ek dit saam met aartappels en uie gaarmaak. Anna het vroegoggend brood gebak. Hier is nie juis 'n wye keuse van kos nie."

"Ja, dit is seker nie die gerieflikste plek vir 'n stadsmens nie."

"Ek het nie gekla nie. Dis nie die Coetzees se skuld nie. Hulle is vir my baie goed. Ek aanvaar omstandighede."

"Het jy agter Teuns Marais aangekom?" Die vraag is so onverwags dat Stieneke vir 'n oomblik sprakeloos is.

"Dit het niks met jou te doen nie."

"Hmmm! Dan is dit so! Ek het gedink dat Karo sommer wilde veronderstellings maak."

"My lewe het niks met jou en Karo te doen nie. Ek sal bly wees as julle my nie agteraf bespreek nie."

Die trane is baie naby en Stieneke se stem is dik en laag.

Jaap gaan egter genadeloos voort. "Hy kuier in elk geval tot vervelens toe by Karo en belowe haar die son en die maan as sy met hom sal trou. Dit lyk vir my hulle is so half en half verloof."

"Wel, sy kan hom kry! Hoekom vertel jy dit vir my? Sodra ek hier uitkom, gaan ek terug huis toe dan is julle almal van my . . . my ontslae. As ons hier uitkom." Haar stem eindig in 'n sagte fluistering.

Jaap se hande verstil op die vleis en hy kyk na die bleek gesiggie in die flikkerlig van die lamp.

"Ons sal hier uitkom, Katie."

Verleë en sonder woorde draai Stieneke weg en hou haar besig met die uie op die stoof.

"Arme Jaap! Moet jy nou al glad help met die kosmakery?"

Karo staan in die kombuisdeur en bekyk die doenigheid baie skepties.

Jaap grinnik net en praat dan kop onderstebo. "Nee, ek sny net vir haar die vleis, ek is bang sy sny haar vingers raak."

Karo lag en knik dan sameswerend vir Jaap. Jaap kyk onbegrypend na haar en frons dan vir die venynigheid in die mooi gesig.

"Hoe gaan dit met Bertha?" Hy verander sommer die gesprek terwyl hy peinsend na die stywe ruggie voor die stoof kyk.

"Nie goed nie! Ouma Martha is baie bekommerd. Ons verwag dat sy tog maar die baba gaan verloor. As daar tog nou nie nog komplikasies ook intree nie."

Stieneke se hand verstil oor die pot. Haar hele houding is wagtend.

"Kom stap so 'n bietjie saam met my buite in die aandlug. Ek is so muf van heeldag in die kamer sit."

Karo se stem is uitnodigend en Jaap sny die laaste stukkie vleis en sit die mes neer.

"Ja, goed, ek kom."

Dankbaar sien Stieneke hulle gaan. Sy verstaan nie Karo se antagonisme teenoor haar nie. Dit het natuurlik met Teuns Marais te doen.

Die kos is gaar en Stieneke sit dit op die tafel neer. Sy gaan roep vir Jaap en Karo wat teen die wawiel sit en gesels.

"Die kos is gereed, julle kan maar kom eet."

"Dankie, Katie!" Jaap staan op en stof die sand van sy broek af.

"Hoekom sê jy vir haar Katie?" Karo lag nuuskierig. "Haar naam is tog Stieneke."

"Ek bly vergeet wat haar naam is. Ek het iemand geken met die naam van Katie wat net soos sy gelyk het."

Stieneke het lus en skop hom. Sy draai vinnig om en stap na Bertha se kamer toe.

"Ek het kos gemaak. Julle kan maar gaan eet, Anna. Ek sal so 'n bietjie hier sit."

"Dankie, kind. Gaan eet jy en Anna eers, dan bly ek nog so 'n rukkie hier. Ek sal later kom eet."

Anna vat Stieneke se arm en stap by die deur uit. "Baie dankie dat jy vandag so na die kinders omgesien het. Hulle is so tevrede by jou. Ek het julle gesien. Ek is so dankbaar dat hulle vir 'n ou rukkie van die gevare en probleme kon vergeet."

"Ag! Dit is 'n plesier. Ek wens net ek kan meer doen. Hoe gaan dit nou met Bertha?"

"So-so! Dit lyk nie goed nie."

Anna skuif agter die tafel in en skep vir haar van die geurige kos in. "Dit ruik lekker, Stieneke. Ek is rasend honger. Ons het nie juis vanmiddag geëet nie."

Stieneke het al geleer dat 'n mens moet eet as daar geëet word. Jy weet nooit wanneer die volgende maaltyd gaan wees nie. Sy skep dus vir haar ook van die kos in en begin tydsaam eet.

Jaap en Karo kom by die deur in en sak op die ander twee stoele neer.

Die lamp op die kas gooi skaduwees oor Jaap se gesig en dit laat hom jonger en sagter, vriendeliker lyk.

'n Dofrooi blos stoot in haar wange op toe hy sy bord na haar uithou.

"Sal die kok so vriendelik wees om vir my kos in te skep?"

Sy vat die bord by hom, maar kyk vinnig af om nie in sy vonkelende oë of Karo se geslote gesig te kyk nie.

"Skep dit sommer bo-op 'n sny brood, asseblief."

Stieneke se hand met die lepel verstil oor sy bord. Sy laat dit sak en sit eers 'n snytjie brood in die bord voordat sy 'n ruim porsie vleis daarop skep en dit aan hom teruggee.

Sy aanvaar sy skielike vriendelikheid baie skepties. Die ou spreekwoord sê mos: As die Grieke presente bring, moet julle hulle nie vertrou nie.

"Karo, jy moet maar eers op ouma Martha se bed gaan slaap. Ons sal nog so 'n rukkie by Bertha bly. Sodra dit beter gaan, sal ons beurte maak."

"Goed, dankie, Anna. Ek sal sommer nou-nou gaan inkruip. Ek is pootuit! Ek het verlede nag ook nie veel geslaap nie."

Stieneke was die paar vuil borde en ruim die vertrekkie 'n bietjie op.

Hulle het ná die eerste aand al vir haar ook 'n slaapplekkie agter in die wa by die meisies ingeruim. As hulle kos gemaak het, hang die kosreuk in die vertrek en saam met die hitte van die stoof maak dit 'n rustige nagrus hier onmoontlik.

Stieneke gaan loer eers by Bertha in.

Anna is doodmoeg en ouma Martha stuur haar om te gaan slaap.

Wanneer sy egter onwillig ronddraai, bied Stieneke aan om 'n rukkie daar te vertoef. "Ek sal so 'n bietjie hier bly, Anna. Ek sal help as ouma Martha hulp nodig het. Jy kan gerus maar gaan slaap. Ons moet ons kragte spaar . . . want . . ."

"Ja." Anna staan dankbaar op. "Julle moet my net kom roep as ek moet kom help."

Bertha glimlag flou na Stieneke. "Ek het regtig my bes gedoen, Stieneke, maar dis dalk beter so. As ons . . . as ons lewend hier uitkom en Bertie . . . hy het dalk iets oorgekom, dan . . . sal dit beter wees as daar nie nog 'n baba is nie."

Stieneke glimlag teer. "Dit is nie vir ons om oor sulke dinge te besluit nie. Ek is seker daarvan Bertie sal veilig terugkom."

Bertha glimlag bewerig. "Die skok was te veel. Ek was bevrees dat ek die baba nie sou behou nie. Ek is jou net baie dank verskuldig dat jy my gekalmeer het, voordat dit werklik gebeur. Want . . . nou sal ek dit kan verwerk en aanvaar."

"Dan is ek bly! Wil jy hê ek moet weer vir jou lees?"

"Asseblief."

Stieneke skuif die lamp en tel haar Bybeltjie, wat nog steeds eenkant op die ruwe houtkassie lê, op.

Ouma Martha gaan lê op die ander bed en maak haar oë toe.

Stieneke se stem is sag en gevoelvol en ouma Martha moet hard stry teen die trane wat sommer vanself wil loop.

Soveel jare al moet sy 'n kors van hardheid om haar bou. Hier in hierdie ongetemde land is nie plek vir swakkelinge nie. Hier moet 'n vrou kan dink en doen soos 'n man. Dit is nie altyd maklik nie. Nie as jou wese binne-in sag en ont-vanklik is vir die mooi en die goeie nie.

Sy is ook net 'n ma! Sy is bekommerd oor Piet. Sy is bekommerd oor sy vriendskap met die onstabiele Teuns Marais, wat hom oral heen saamsleep en hom sodoende sy familie laat afskeep en verwaarloos. Skielik is Piet soos 'n jong kind! Koppig en eiewys en kinderagtig. Hy wil net altyd eerste aan homself en sy eie plesier dink.

Wat gaan van hulle word? Al oorleef hulle hierdie episo-de en kom veilig by beskerming uit . . . Piet is bo in Ovam-boland. As hulle hom nie daar al vastrek en doodmaak nie, moet hy deur al die gevare weer huis toe kom. Hul huis is seker nou afgebrand tot op die fondament. Hoe gaan sy en Anna weer 'n huis . . . 'n hele plaas . . . opbou!

Bertha steun saggies en Stieneke sit dadelik die Bybel neer. "Wat is dit, Bertha?"

"Ek vrees dit . . . ek dink jy moet ouma Martha roep."

"Tannie Martha!" Stieneke druk liggies aan haar skouer.

Ouma Martha is dadelik helder wakker en spring ver-skrik regop.

'n Uur later strompel Stieneke soos 'n ou vrou buitentoe.

Bertha het haar baba verloor!

Ouma Martha meen dat daar nie verdere komplikasies sal wees nie. Dit het alles onder die omstandighede goed gegaan.

Arme Bertha! Dierbare mensie! Sy wat so graag 'n ou seuntjie wou hê!

Stieneke stap tot in die verste hoek van die binneplein waar die skaduwees haar heeltemal insluk.

Alles gee mee binne-in haar. Die hartseer is te groot en te seer om meer hokgeslaan te word.

Sy druk haar kop teen die skurwe muur en huil rukkend. Sy huil oor Bertha se baba, oor ouma Martha se oë vol pyn wanneer sy van haar seun praat. Sy huil oor Anna wat gedurig haar kinders so beskermend om haar laat saamskaar en wat altyd so gou is om haar man te verdedig. Sy huil oor Teuns Marais en sy huil omdat sy haar lewe hier in hierdie wilde land kom weggooi het.

'n Arm gaan beskermend om haar skouers en dan word sy saggies teen 'n groot liggaam vasgetrek.

Die droë snikke ruk wild deur die skraal lyfie en die onbeheerstheid daarvan laat haar haar gesig net vaster teen die muur druk.

Saggies word sy van die muur af weggetrek en styf toegevou teen 'n breë bors.

Hy ruik na tabak en stof. Sy bors is groot en veilig en Stieneke voel vir die eerste keer vanaand hoe warm trane oor haar wange loop. Dit was asof hierdie seer, hierdie pyn in haar binneste, te veel was vir trane.

Hy praat nie 'n woord nie, hou haar net beskermend vas. Ná 'n lang ruk bedaar die snikke en geleidelik voel Stieneke hoe die kalmte na haar terugkeer.

Sy is te bang om na hom te kyk, bang vir die spot en lag wat daar in sy oë gaan wees. Hy haat dit reeds as iemand enige teken van swakheid toon.

Sy staan verleë weg uit sy arms uit en frommel die deurweekte sakdoekie in haar hande op.

"Bertha . . . het haar baba verloor."

"Ja, ek weet." Jaap se stem is baie sag.

"En . . . ek . . . ek het . . . Dalk was dit my skuld. Ek ken nie julle manier van dinge doen nie. Ek moes nie . . ."

Jaap se groot hande rus sag op haar skouers. "Dit was nie jou skuld nie."

"Maar jy . . ." Sy kyk verbaas na hom, want sy het 'n skrobbering verwag, nie hierdie stille aanvaarding nie.

"Kom! Kom, dan gaan slaap jy. Dit is al lank ná middernag."

405

Jaap sit sy arm liggies om haar skouers en soos 'n kind laat sy haar na die wa toe lei.

Vreemd getroos en rustig raak sy aan die slaap.

Bertha is bleek en moeg, maar heeltemal rustig die volgende oggend toe Stieneke by haar inloer.

Sy hou Stieneke se hand vas en wil haar nie laat gaan nie.

Karo staan egter soos 'n generaal daar rond. Stieneke kan nie agterkom of dit egte bekommernis is en of sy haar maar net nie by Bertha wil hê nie.

"Ek sal na haar omsien, Stieneke, baie dankie. Jy kan maar na die kinders toe gaan."

Bertha soebat egter nog. "Ag, die kinders is tog versorg. Kuier so 'n bietjie hier by my. Ek het so gehoop jy sal vir my lees. Jy lees so mooi."

"Ek sal vir jou lees," bied Karo gulhartig aan. "Stieneke kan vir ons gaan tee maak, as jy nie omgee nie."

Stieneke glimlag vir Bertha. "Dit is 'n uitstekende plan, Karo. Ek sal graag vir ons tee gaan maak."

Sy neem haar egter baie beslis voor om so gou moontlik met Karo te gesels. Sy kan Teuns Marais kry, met al sy sjarmante maniere, blou ogies en kuiltjies, die lot! Sy stel nie meer belang nie. As daar nog liefde oor is, sal sy dit eenvoudig wortel en tak uit haar hart ruk. Sy is nie van plan om iemand anders se oorskiet te vat nie. Hoe gouer sy en Karo hierdie sakie uitmaak, hoe beter. Mense wat in soveel lewensgevaar soos hulle is, kan nie nog mekaar oor kleinighede aftakel nie.

"Hoe lyk Bertha vir tannie?" Stieneke vra die vraag vir tannie Martha.

"Nee wat, ek dink dit het goed afgeloop. Sy moet maar net 'n paar dae lê. Ek is altyd baie bang vir 'n miskraam. Dit kan soms lelik uitdraai."

"Tannie Martha, sy . . . Bertha het die dag nadat hulle hier aangekom het . . . toe . . . toe het sy vir my van haar man vertel. Ek wou haar laat uitpraat en huil en . . ." Stamelend en stotterend vertel Stieneke vir haar die hele storie.

"Dink tannie dit kan as gevolg daarvan wees dat sy die baba verloor het?"

"Ag nooit, my kind! Dit het haar die wêreld se goed gedoen. Ek het nooit daaraan gedink nie. 'n Mens raak so afgestomp hier waar ons die mans se verantwoordelikheid moet help dra. Jy het die regte ding gedoen. Dit is hoekom sy so kalm was. Ek was half onrustig omdat sy so kalm was. Nou verstaan ek beter!"

Stieneke sug van verligting.

"Hoekom vra jy dan so 'n snaakse ding, Stieneke? Het Karo of Jaap so iets geïnsinueer?"

"Ag! Ek verbeel my seker maar, tannie. Alles het gebeur net soos wat ek dit vir tannie vertel het. Ek lees seker maar onnodige dinge tussen die lyne. Dit voel net vir my of Karo my verkwalik."

"Jy moenie vir jou aan haar steur nie."

"Nee, ek sal ook nie meer nie. Ek was net bang dat ek tog gefouteer het." Stieneke voel sommer beter. "Sal tannie weer vir my kom help skiet? Of sal ons dit maar vandag los?"

Ouma Martha kyk na die kos op die tafel en dan na Jaap wat net by die deur ingeslenter kom.

"Japie-kind! Ek is nou so besig hier. Stieneke moet vandag nog 'n skietles kry. Wil jy dit dan nie vir jou ou tante doen nie?"

"Nee, dis nie nodig nie, tannie. Ons kan dit 'n ander keer doen." Stieneke kan sterf van verleentheid toe Jaap se oë ondeund begin vonkel.

"Nee, kindjie, dit is nodig! Hoe gouer ons jou vertroud kry met die gewere, hoe beter. Ons. . . ons is nou elke oomblik 'n aanval te wagte."

Jaap se stem is tergerig en die glimlag haak agter sy ore vas. "Ek sal maar net agter haar staan, tannie Martha. Dalk oorleef ek dit."

Stieneke druk by hom verby met die twee koppies tee wat sy vir Bertha en Karo gemaak het.

Karo sit gedetermineerd op Stieneke se plek en Stieneke kan aan haar hele houding sien dat sy haarself vir die dag daar geplant het.

Sy kan die glimlag met moeite onderdruk toe sy die alge-hele ongeloof op Karo se gesig sien wanneer Jaap met die geweer oor die skouer en 'n paar patrone in sy hand by die deur inloer. "Kom, Katie, dis tyd dat jy die voëltjies gaan skrikmaak."

Stieneke skaam haar vir die lekkerkry hier in haar binne-ste omdat Karo bekaf alleen by Bertha moet agterbly.

Jaap roep na die wag in die toring en wag totdat die Da-mara glimlaggend by hulle verbykom, voordat hy haar voor hom teen die trap laat opklim.

"Is daar iets wat ek vir jou weer moet wys? Onthou jy nog wat tannie Martha gister vir jou gewys het?"

"Ja, ek onthou nog."

"Waarheen het jy gister gekorrel?"

Stieneke beduie na die wit kol teen die boomstam. Sy is egter senuweeagtig en blosend bewus van sy groot liggaam wat so naby aan haar staan.

Sy dwing haar egter tot kalmte en hou haar hand uit vir die patroon.

Sy laai die geweer stadig, maar maak seker dat sy nie 'n fout maak nie.

"Jy sal moet vinniger laai as daar moeilikheid is."

Sy knik net haar kop en gaan leun dan oor die lae muur-tjie. Haar hande bewe liggies en sy sukkel om die visier op die teiken te kry.

Jaap buk oor haar. Sy groot hande vat albei hare vas en skuif hulle 'n fraksie weg van hul oorspronklike plek.

Hy trek haar arms in 'n gemakliker posisie en druk dan ewe astrant haar agterstewe 'n bietjie met sy plathand af sodat sy beter gebalanseer staan.

Die warm blos skuif teen haar nek langs op en sy loer vererg om in sy glimlaggende gesig.

"Jy kan nie so punt in die wind staan nie. Jy is heeltemal van balans af."

Vererg en nou weer heeltemal ontsenu, korrel sy en trek die skoot af. Die geweer skop haar agteruit sodat sy teen Jaap skuur.

"Jy moet die geweer stywer vasvat."

Hy neem die geweer en demonstreer dan vir haar wat om te doen. Sy sien die spiere op sy arms bult en hoe dit liggies onder die sonbruin vel beweeg. Sy sien die gemak waarmee hy die geweer teen sy skouer vasdruk en hoe sy groot hand om die sneller toevou.

Sy swart hare is effens lank, dig en vol om sy groot kop, terwyl die sonlig daarin blink.

Die blos stoot vinnig in haar wange op wanneer sy agterkom dat hy haar met een oog beloer.

"Het jy nou gekyk wat ek doen?"

"Ja, ek het."

Sy ontwyk sy oë en neem die geweer uit sy hand.

Sy haal diep asem en blaas dit dan stadig uit voordat sy haar posisie gaan inneem.

Gedetermineerd laai sy die geweer vinniger en lê aan. Die skoot klap en sy trap met mening vas sodat net haar bolyf ruk.

"Wel, dis darem al taamlik naby die kol."

"Was dit bo of onder die merk?" Stieneke hou haar professioneel. Sy gaan nie toelaat dat hy haar weer ontsenu nie.

"Bo-oor!"

"Hierdie keer sal ek onder die kol mik."

Jaap antwoord haar nie en sy laai en lê weer aan. Haar skouer is seer waar die geweer haar elke keer skop. Daar sit reeds 'n yslike blou kol van gister. Sy het vergeet om iets om haar skouer te draai. Sy sal dit liewer ook nie waag nie, want vir al die aanmerkings wat weer daarmee gepaard sal gaan, sien sy nie kans nie.

Hierdie keer klap die skoot op die rand van die wit kol.

"Dit is beter! Jy moet net leer om te skiet presies waar jy korrel."

Stieneke is so trots op haarself dat hierdie bietjie kritiek haar glad nie raak nie. Sy sit die geweer teen die muurtjie neer en vryf ingedagte haar seer skouer.

Jaap kyk stil na haar, dan steek hy sy hand uit en trek haar hand van haar skouer af. Hy trek die rok se lae halsie effens weg en kyk fronsend na die groot blou kol teen haar skouer.

Verleë probeer sy hom keer. Haar hand knel om syne om dit weg te rem. Hy voel dit blykbaar nie eens nie, want stil bestudeer hy die kneuskol.

Sy oë is onleesbaar en vreemd teer wanneer hy in haar blosende gesiggie afkyk. "Hoekom het jy my nie gesê nie?"

"Sodat jy vir my kan lag?"

"Ons kon iets om jou skouer gedraai het. Dit gaan môre vreeslik lyk."

"Ag, dit is nie so erg nie. Ek word maar gou blou. Dit is omdat . . . omdat ek so 'n . . . 'n witmuis is."

Sy trek hard aan haar rok se skouertjie en Jaap laat dit stadig gaan.

"Ek sê . . ." Karo roep hard van onder af. "Het sy haarself raakgeskiet?"

Stieneke draai vinnig weg sodat Jaap nie die seerkry in haar oë moet sien nie. Sy is egter net 'n fraksie te stadig en dit ontstel Jaap meer as wat hy kon droom.

Hy kyk fronsend na Karo se grynsende glimlaggie. "Ek sal 'n bietjie hier bly sit. Jy kan maar afgaan."

Hy gaan sit op die stoeltjie. Stieneke knik net en buk om die geweer op te tel. Jaap se hand sluit egter warm oor hare.

Sy kyk vinnig op en uit haar gebukkende posisie is hul oë op presies dieselfde hoogte.

"Los die geweer hier. Ek sal dit bring."

Onmagtig om iets te sê, kyk sy hom net stil aan. Jaap se hand is warm en talmend op hare en sy oë is vreemd sag en so anders! So heeltemal anders. Daar is geen spot en terg in hulle nie. Hulle is stil en ernstig.

Sy trek haar hand weg, draai stil om en stap die trap af.

Karo staan onder en wag en kyk haar dan met geligte wenkbroue aan wanneer sy alleen afkom.

"Gaan Jaap 'n rukkie daar bo bly?"

Stieneke knik net haar kop en skuur by Karo verby. Karo kyk haar ingedagte agterna voordat sy die trap bestyg na Jaap toe.

6

"Juffrou! Juffrou, word wakker!" Lettie skud haar liggies aan haar skouer.

"Wat, wat is dit?"

Jaap se groot gestalte staan die hele opening van die watent vol. "Kom! Hulle is rondom die fort. Elkeen op sy pos, so sag moontlik."

Stieneke gooi vinnig 'n rok oor haar kop en hardloop sommer kaalvoet na haar pos toe.

Die afgelope twee dae het Jaap hulle tot in die fynste besonderhede geoefen.

Al die kinders word na Bertha se kamer geneem. Sy is nog swak, maar sal darem die kinders kan hanteer. Sy het gister al 'n bietjie rondgeloop.

Hul gewere en patrone is reeds by hul verskillende skietgate reggesit. Van die vorige nag af hou Jaap persoonlik wag.

Stieneke loer deur die skietgat. Dit is helder maanlig en sy kyk angstig rond of sy iets kan sien.

Stip konsentreer sy op een plek, soos hulle haar geleer het. As sy seker is daar is niks, verskuif sy haar blik 'n entjie.

Sy sien 'n ligte beweging by 'n bos en hou haar oë stil op daardie plek vasgenael.

Haar hand wat die geweer vashou, is stil en kalm. Dankbaar besef sy dat die oefening tog gehelp het. Sy dink aan alles en enigiets, sodat haar gedagtes van angs vry kan wees.

Met dodelike kalmte kry sy die visier op die plek in die bos waar sy die beweging gesien het. Dan wag sy . . . wag vir die bevel van Jaap.

Dit is tergend stil. Stieneke sien iets dieper agter die bos inbeweeg en haar hand beweeg 'n fraksie totdat sy weer die donkerder kol reg in haar visier het.

"Skiet!"

Sewe skote klap gelyktydig en 'n hele paar gille klink in die stil nag op.

Vinnig laai Stieneke haar geweer terwyl haar oë die

wêreld fynkam. Agter die bos is dit nou doodstil en haar blik verskuif meer na regs om 'n ander beweging waar te neem.

Met 'n bloedstollende gil spring 'n figuur agter 'n bos op en storm reg op Stieneke se posisie af. Sy trek haar asem diep in en korrel laag.

Wanneer die aanstormende figuur mooi onder skoot is, sluit haar hand om die sneller toe. Eers wanneer hy half in die lug opspring en agteroorstort, besef sy sy het hom werklik raakgeskiet.

Sy wil naar word en histeries gil, maar sonder tydverkwisting laai sy weer terwyl skote oral om haar knal.

Skote klap nou ook van buitekant af en slaan singend hier by haar teen die muur vas.

Na 'n sarsie wat 'n hele paar minute aangehou het, is dit nou weer doodstil. Stieneke soek angstig vir 'n beweging.

Verder weg hoor sy iemand huil. Vrees slaan koud om haar toe.

Het Lettie of Martie dalk seergekry?

Niemand gaan stel egter ondersoek in nie, want almal wag net gespanne op hul verskillende poste. Skielik bars die rumoer angswekkend om hulle los.

Stieneke mik na 'n hardlopende figuur, maar wanneer die skoot klap, kan sy hoor dat dit mis is.

Die skote word met dodelike presiesheid deur die skietgate afgevuur. Na elke dowwe klapgeluid is daar 'n gil of 'n fyn kermgeluid.

Na hierdie stormloop is dit 'n ruk lank stil en dan klink 'n bevel in 'n vreemde taal luid in die nagstilte. Hulle hoor bosse kraak.

Stieneke vat haar geweer vaster en soek naarstiglik na 'n beweging.

Die stilte rek en rek.

Stieneke se oë brand van die stip kyk en dit voel of haar rug permanent so krom gebuig gaan bly.

Lettie druk saggies aan haar. "Oom Jaap het laat weet dat ek en juffrou en Martie maar kan gaan rus. Die ander sal nog 'n ruk waghou . Die dag behoort nou-nou te breek."

"Gaan rus julle maar. Ek kan nog hou."

"Ek los my gelaaide geweer hier by juffrou."

"Dankie, Lettie." Sy kyk weer terug na die stil veld. "Lettie!" Sy roep saggies agter die kind aan wat omdraai.

"Ja, juffrou?"

"Gaan kyk net of alles reg is by die kinders. Ek het net-nou iemand hoor huil."

"Dit was Martie, juffrou. Sy het bang geword."

"Waar is sy nou?"

"Sy is na tannie Bertha se kamer, by die ander kleintjies. Ouma het haar daarheen gestuur."

"O!"

Die dag breek grou in die ooste, maar nog steeds is daar 'n doodse stilte oor die veld. Meer voorwerpe word sigbaar.

Hier voor Stieneke, die gedeelte wat sy kan sien, lê drie figure in die lang gras. Weer eens moet sy sluk teen die naarheid wat in haar keel opstoot.

Sy druk haar kop teen die kolf van die geweer en bid prewelend. "Liewe Vader, vergewe my! Maar dit was hulle of ons, en ons het nie daarvoor gevra nie. Wat sou van al hierdie kinders geword het?"

'n Groot hand kom rus swaar op haar skouer. "Knap gedaan, Katie! Dit lyk my jy het twee gekry. Jy was baie dapper!"

Verdwaas kyk sy op na Jaap. Die spiere agter haar blaaie pyn toe sy regop kom. Haar hare hang los en wanordelik om haar skouers en haar kaal voete se tone krul verleë in die stof.

"Regtig? Ek weet van die een hier naby, maar die ander een?"

"Die een daar agter die bos ook!"

"O! Dit is vreeslik!" Sy ril en druk haar hande voor haar gesig.

"Ons het nie hiervoor gevra nie, Katie. Dit was óf hulle óf ons. Dit kon ons liggame gewees het wat nou hier rond-gelê het."

413

Sy skud net haar kop en haal diep asem. Dan glimlag sy bewerig.

"Ek het saam met Lettie laat weet dat julle kan gaan rus. Ek wou net seker maak dat hulle gevlug het."

"Nee, ek is net so 'n deel van hierdie fort soos julle. As julle dit kan doen, kan ek ook."

Sy lig haar kennetjie parmantig en Jaap glimlag goedkeurend.

"Gaan maak solank koffie. Ek gaan net gou vir die ander sê dat ons nou eers kan ontspan. Ek het een van die Damaras bo in die uitkyktoring."

Stieneke stap vinnig oor die oopte tot by die kombuis. Sy is onbewus van haar verwaarloosde figuurtjie met die fyn wit kaalvoetjies wat onder die rok uitloer. Sy hou haar kop trots in die lug. Haar hart is stil en vol vrede. Jaap het gesê sy was baie dapper. Hy aanvaar haar as 'n deel van hierdie groep mense.

Sy sukkel om die vuur aan die gang te kry. 'n Swart roetstreep oor haar wang verhoog geensins haar aantreklikheid nie. Sy lyk soos 'n weeskind uit 'n storieboek.

"Hoe het dit gegaan, Stieneke?" Tannie Mart kom by die deur in. Sy vat die stompe uit Stieneke se hand uit en maak die vuur van voor af op sonder om 'n woord te sê.

"Heel goed, dankie, tannie. Jaap . . . meneer Venter sê ek het twee raakgeskiet."

Sy is so diep ingedagte dat sy nie eens agterkom ouma Martha maak die vuur op nie.

Ouma Martha kan nie help om te lag vir die trotse houding en die vuil gesiggie nie.

"Die ou wêreld maak 'n mens darem gou hard, nè?"

"Ja, tannie!" Stieneke byt aan haar lip. "Ek moet egter bieg . . . ek . . . wou naar word toe ek die een hier naby die fort raakskiet. Dit . . . was vreeslik!"

"Ek weet, my kind. Dit is vir niemand maklik nie. Nie eens vir die mans nie, al hou hulle vir hulle so braaf."

Stieneke blaas haar asem hard uit van verligting. As tannie Martha, wat die hardste en amper mees gevoellose vrou hier is, so dink, dan vaar sy nie te sleg nie.

414

"Nee, Karo, jy gaan beslis nie saam nie. Ek sal dit nooit toelaat nie. Ek en die twee Damaras gaan alleen."

"Hoekom nie, Jaap?"

"Dit is nie 'n mooi gesig nie. Buitendien, hulle skuil dalk in die bosse en wag net vir ons om uit te kom."

"Jy weet tog ek is nie bang nie! As jy dit kan doen, kan ek ook."

"Wel, ek stry nie! Ek gaan in elk geval alleen. As ek daar buite iets oorkom, dan weet ek ten minste jy en tannie Martha is nog hier om die ander te beskerm."

"Jy het ook altyd 'n antwoord vir alles."

"Nog iets. Julle sal jul plekke moet inneem om ons 'n bietjie dekking te gee totdat ons terug is in die fort."

"Wel, ja! Dit kan ek darem insien. Ek sal die toring vat."

"Goed!"

Die twee redeneer kliphard hier voor die kombuisie se deur en Stieneke voel die droogheid in haar keel toe sy besef wat Jaap nou beplan om te doen.

Hy wil natuurlik die terrein buitekant gaan verken en inspekteer en kyk hoeveel in die slag gebly het.

Sy volgende woorde beaam ook hierdie gedagte van haar. "As daar dalk van hulle is wat net gewond is, sal ons hulle hier in hierdie sel gevange moet hou totdat hier van die soldate verbykom. As Daniel veilig by die fort aangekom het, behoort ons nou elke oomblik versterkings te kry."

Jaap drink koffie en eet 'n paar beskuite. Sodra die son mooi uit is, roep hy na sy twee werkers om hom te vergesel.

Die een dra 'n graaf oor sy skouer en Stieneke besef dat hulle seker die dooies wil begrawe.

Die vroue neem stil-stil hul stellings in, hul gelaaide gewere in hul hande.

Dit is maklik twee uur later voordat Jaap en sy mense eers terugkom.

"Ons het altesaam tien doodgeskiet. Daar is 'n paar bloedsleepsels. Hulle het hul gewondes saamgeneem."

Tannie Martha gee 'n diep beswaarde sug wat die ander

415

verwonderd na haar laat kyk. "Kan jy dalk skat hoe groot die groep was, Jaap?"

"Ek dink so dertig of dalk 'n bietjie minder. Hulle sal nou eers gaan versterkings kry voordat hulle terugkom. Hier dwaal nou baie sulke bendes rond."

"Ek hoop tog net die soldate is dan al hier."

"Ek ook, Anna."

Anna kyk dankbaar na Jaap. Dit voel altyd vir haar of sy die enigste een is wat bang en bekommerd is.

Anna sit haar hand op Jaap se arm. "Arme Jaap. Jy het jou darem kom vasloop teen 'n klomp probleme wat niks met jou te doen het nie. Ons is so diep in die skuld by jou. Ons sal 'n leeftyd nodig hê om dit af te betaal."

"Bog! Julle sou dit vir my ook gedoen het. Buitendien lyk dit seker op my plaas nou net so sleg."

Anna draai vinnig om sodat die ander nie die trane moet sien nie, en Stieneke weet dat sy nou aan haar man dink wat nie eens weet in watter gevaar hulle verkeer nie.

Die kinders is verskrik en verbouereerd ná verlede nag se skietery en wil nie eens in die plein uitkom nie.

Stieneke gaan was haar en maak haar netjies voordat sy na Bertha se kamer stap.

Anna het die kinders al iets gegee om te eet en laat hulle nou maar in haar kamer speel, sodat Bertha so 'n bietjie kan rus. Die kinders is egter vreesbevange en koek net almal om die bed saam.

Stieneke vertoef nie lank by Bertha nie. Sy lyk goed. Sy is nog bleek en pap, maar heeltemal gemoedelik en innig dankbaar omdat hulle die aanval kon afweer sonder enige verlies of selfs beserings.

"Ek wil Anna so 'n bietjie gaan aflos by die kleingoed. Die kinders is vanoggend heeltemal oorstuur."

"Ek wil ook opstaan en 'n bietjie daar buite by julle kom sit."

"Ek weet darem nie, Bertha . . . Ek sal liewer eers vir tannie Martha gaan vra. Tannie, Bertha wil weet of sy kan opstaan en 'n bietjie buite kom sit," roep sy.

Ouma Martha, wat op pad is kombuis toe, draai om en

glimlag vir Stieneke. "Ek sal gou na haar gaan kyk. Ek wil haar sommer gaan help dat sy gewas kom. Sy moet maar by Anna 'n rok leen."

"Sy kan een van myne ook leen, tannie Martha. Ek het al vir Karo ook van myne aangebied, maar sy het nog nie daarvan gebruik gemaak nie."

"Joune sal te klein wees vir Bertha. Ons het al Bertha se klere uitgewas, maar toe het Karo dit geleen om te dra terwyl sy hare uitwas."

Stieneke glimlag vir die omslagtigheid. Karo sal seker nie graag een van haar vroulike rokkies wil aantrek nie. Sy voel blykbaar meer tuis in 'n langbroek en hemp.

Sy sou darem self nie omgegee het om so gekleed te gaan nie. Die rok is lastig en warm. Sy dra Lettie se oop skoene sonder kouse en haar voete lyk wit en verspot in die ruwe bruin skoeisel.

Haar rokke se moue word gereeld opgerol sodat haar arms nou al 'n ligte heuningkleur het. Die hitte is net absoluut ondraaglik! Sy kan darem ook nou verstaan dat hierdie vroue hulle nie heeldag kan bedek net om 'n fyn wit vel te hê nie. Nie in hierdie hitte nie!

"Ek gaan 'n bietjie die kinders haal en met hulle speel."

"Anna sal bly wees, Stieneke. Sy voel glad nie lekker vanoggend nie."

Die kinders is eers onwillig, maar laat hulle darem later ompraat. Sy vertel eers vir hulle stories sodat hulle kan vergeet van die vorige nag se ondervindings.

Later speel hulle ringspeletjies en vroteier en kort voor lank skater die kinders hul plesier uit.

Moeg, maar baie meer ontspanne, gaan soek hulle later iets vir die dors.

"Nou kan julle mos met jul poppe daar in die koelte gaan speel.

"Pietie, jy kan mos maar saamspeel. Jy kan die pa wees."

"Ja, juffrou."

Die kinders verdwyn al geselsend na die wa om hul poppe te gaan soek en Lettie stap kombuis toe om ouma Martha te gaan help.

417

Stieneke besluit om Bertha te gaan geselskap hou, want Karo en Jaap is nêrens te sien nie.

Sy is so diep ingedagte dat sy eers van die stemme in Bertha se kamer bewus word toe sy al amper by die deur is.

"Ek sê jou, Bertha, dit is sy! Sy is die een wat so agter hom aangeloop het daar op Stellenbosch. Hy het my van haar vertel, maar ek het darem nie gedink sy sal so dikvellig wees om agter hom aan te loop hiernatoe nie."

"Skaam vir jou, Karo."

"Maar, sus, kan jy dink dat 'n mens so onbeskaamd kan wees? Teuns het my vertel hoe hy saans stilletjies by die agterdeur van sy losieshuis uitgeglip het sodat sy hom nie moes sien nie. Sy was glo soos klitsgras."

"Maar wie sê dit is sy? Het Teuns gesê dit is sy? Jy ken hom tog, en ek vat alles met 'n knippie sout wat hy sê."

"Nee, hy het nie gesê dit is sy nie. Hy . . . om die waarheid te sê, hy het juis nooit gepraat oor die onderwyseres wat hiernatoe kom nie. Ek . . . kan nie dink hoekom nie, maar ek was onder die indruk dat die onderwyseres oud behoort te wees."

"Teuns Marais kan 'n storie draai soos dit hom pas, Karo."

"Jy het nog nooit van Teuns gehou nie, sus. Jy maak daar geen geheim van nie."

"Wel, nee, ek maak daar geen geheim van nie, want dan sou ek nie eerlik wees nie."

"Teuns het vir my 'n ring bestel. Die grootste diamant wat hy in die hande kon kry. Ek hoop nie sy gaan moeilik wees as sy daarvan te hore kom nie. Sy sal dit maar net moet aanvaar en haar ry kry. Ek staan vir niemand terug nie."

"Wel, ek dink nog altyd jy maak 'n fout oor Stieneke, Karo. Sy is maar net 'n vriendin van Teuns. Iemand sou tog al iets gesê het as daar 'n ander verbintenis tussen hulle was."

"Bertha, ek sê jou, dit is sy! Ek kan dit aanvoel."

"Wil jy dan vir Teuns Marais hê? Dit het dan gelyk of jy nie juis kon besluit nie."

"Hy is tot oor sy ore verlief op my! Dit is my voorreg om daaroor te besluit."

"Nou is jy darem baie lelik en selfsugtig, Karo."

Stieneke kan haar amper verbeel dat sy skaamte in Karo se stem hoor. "Teuns is 'n baie ryk man, Bertha. Die vrou wat hom kry, sal nie nodig hê om ooit weer te sukkel nie. Ons kan oorsee gaan en vakansies in die Kaap gaan hou . . ."

"'n Mens moet baie dinge in die huwelik opoffer, my sussie. As jy nie vir liefde trou nie, dan gaan daardie opofferings baie, baie swaar wees. Geld kan nie daarvoor betaal nie."

"Ek is nie van plan om opofferings te maak nie."

Stieneke sluip saggies terug en gaan sit teen die wawiel in die koelte.

Haar gedagtes is in 'n warboel. Die afgelope twee dae het sy eerlik nog nie een keer aan Teuns Marais gedink nie. Nou vir die eerste keer is hy weer voor in haar gedagtes.

Sy sal tog met Karo moet gesels. Sy wil regtig nie vir Teuns hê nie. Sy weet nie meer of sy nog vir hom lief is nie. Sy sal hom eers weer van aangesig tot aangesig moet sien. Haar trots sal haar egter nooit toelaat om hom terug te neem nie. Al is die liefde dan ook nog daar, sal sy dit net eenvoudig moet doodsmoor.

Hierdie gevaar wat hulle so saamhok, het haar oë vir baie dinge oopgemaak. Sy besef nou vir die eerste keer met helderheid die nutteloosheid van haar bestaan. Sy het skool toe gegaan en smiddae huis toe, waar sy hand en voet bedien is. Saans kon dit nie gou genoeg donker word sodat hulle na die een of ander partytjie of konsert kon gaan nie. Nooit een dag is sy gekonfronteer met die ander sy van die lewe nie.

Sy is trots op haarself dat sy in hierdie toets geslaag het. Sy het haar krag bewys. Sy kan ook soos hierdie vroue 'n noodsituasie hanteer as dit op haar afgedwing word.

Bertha se probleme het ook vir haar gewys dat as jou bande Boontoe stewig en vas is, dan word jy gelei en beskerm deur donker dieptes en doodsgevare.

Haar oë skreef nou wanneer sy opkyk na die toring. Nou

419

eers sien sy Jaap se groot figuur stil en bewegingloos in die stoel sit.

Sy staan op en skud die stof van haar rok af. Sonder om te weet hoekom sy dit doen, klim sy stadig en ingedagte teen die trap op tot daar bo by Jaap.

"Ek kan jou 'n bietjie aflos as jy wil."

"Nee wat, dit is nie nodig nie."

Jaap roer nie, hy sit bewegingloos in dieselfde posisie. Net sy oë wat eers speurend oor die veld was, kyk nou half geamuseer na haar.

Sy draai afgehaal om en wil teruggaan, maar hy roep haar terug.

"Jy kan 'n bietjie kom gesels as jy wil."

Sy gaan sit plat op die boonste treetjie en stut haar rug teen die lae muurtjie.

"Waaroor het jy nou so ernstig gesit en dink daar onder teen die wawiel?"

Stieneke lag verleë. "Sommer aan alles en nog wat! Aan die vreemde dinge wat met my gebeur het."

"Dit het vir my gelyk of jy verlang."

"Dit ook! Ek is my ouers se enigste kind en ons is baie geheg aan mekaar."

"Dit verbaas my dat hulle jou toegelaat het om so ver weg te gaan."

"Hulle wou nie. Ek is egter 'n bedorwe brokkie en het gou my sin gekry."

"Is jy nou spyt dat jy gekom het?"

"Ja . . ." Sy kyk op haar hande en skud haar kop liggies op en af.

"As hulle moet weet waar jy nou is, sal hulle seker dood-gaan van angstigheid."

"Ja, veral my ma. Sy is ook maar so 'n onbeholpe soort mens soos ek. Sy skilder en skryf gedigte . . ."

"Hoekom het jy gekom? Was dit oor Marais?"

Stieneke sug en knik net liggies met haar kop. "Hy het my gevra om met hom te trou. Daar was 'n brief van hom af in dieselfde pos as dié waarmee Piet Coetzee se aanbod gekom het. Hy het my gesoebat om dit aan te neem sodat

420

ek naby hom kan wees. Hy was blykbaar besig om 'n groot huis te bou en ons sou trou sodra dit klaar was." Sy bly skielik stil en kyk dan na Jaap. "Jy . . . is die enigste een wat dit weet. Die ander weet nie. Hulle het gedink ek is 'n oujongnooi wat Teuns daar leer ken het. Selfs Anna het geen benul nie. Ek . . . het agtergekom iets skort toe ek hier aankom en toe maar niks gesê nie. Ek weet nie of Piet iets vermoed nie . . . hy het in elk geval niks laat blyk nie."

"En Karo . . ." Jaap klink half ongelowig.

"Sy vermoed iets. Ek het nou net gehoor toe sy dit vir Bertha vertel. Sy sê sy gaan verloof raak aan Teuns. Hy het vir haar 'n ring bestel. Ek dink dit is hoekom sy nie van my hou nie. Ek sal haar in elk geval gerusstel."

"Hoe wil jy haar gerusstel?"

"Ek sal hom nie van haar afvat nie. Ek sal dit nooit doen nie! Ek gaan terug huis toe sodra ons hier uitkom."

"En as jy hom weer sien en jy besef dat jy hom nog steeds liefhet, ten spyte van die feit dat hy jou bedrieg het?"

Sy glimlag stram. "Ek sal nog altyd teruggaan. Ek sal my nooit so verneder nie. Ek het ook my trots! Veral . . ."

"Veral wat?"

"Nee wat, vergeet dit! Ek het onbeskaamd afgeluister en dit raak nou 'n skinderstorie." Sy teken met haar vinger die gebarste patroontjie op die sement na.

"Omdat hy vir Karo gesê het jy het agter hom aangeloop daar op Stellenbosch." Jaap se stem is sag en ontstellend teer.

"Het . . . het sy dit vir jou gesê?"

Hy knik en die nare rooi bloos stoot in Stieneke se wange op.

"Dit is nie waar nie . . ."

Sy kyk nie op nie. Sy is bang vir wat sy dalk nou in sy oë gaan sien. As sy die sarkastiese liggie, wat gaan sê dat hy haar nie glo nie, moet sien . . . dan . . . dan gaan sy huil.

Dit is 'n rukkie lank stil en dan sit Jaap sy groot hand op haar skouer. "Ek het van die begin af geweet dit is nie waar nie."

Sy kyk stadig op, haar oë blink en mistig van die trane.

421

Daar is egter nog iets in die helder blou oë. Dit kan verbasing, ongeloof . . . blydskap wees. Hy weet nie!

Jaap kyk met verwondering na haar. Sy is so klein en wit, so sag. Hy wens hy kan haar weer teen hom vasdruk soos die nag toe sy so gehuil het oor Bertha se baba. Vir die eerste keer in sy lewe oorweldig sulke vreemde gevoelens hom. Dit neem beheer oor sy stem en verstand en hy voel lomp en onbeholpe.

"Dankie, Jaap. Baie dankie!"

Sy laat sak haar kop en 'n lokkie hare wat uit die rol losgekom het, hang sag en blink teen haar wang.

Jaap steek sy hand na haar uit, maar trek dit dan verleë terug.

Is hy dan nou gek! Wil hy dan nou sowaar die hare teen haar wang streel?

Haar stem is half gesmoord wanneer sy kop onderstebo verder gesels. "Ek hou nie daarvan dat Karo so . . . ongelukkig moet wees oor my koms hierheen nie. Ek . . . sal dit vir haar moet verduidelik. Dit is net vir my swaar! Ek het so gehoop niemand hoef uit te vind nie. Ek kon dan net stil-stil weer verdwyn het. Almal sal maar dink dit is oor hierdie ding wat met ons gebeur het. Hulle sal net sê ek het bang geword."

"Is dit dan vir jou beter dat die mense dink jy vlug omdat jy bang is?"

Sy trek haar skouers ongeërg op. "Hulle sal tog nie ver verkeerd wees nie. Ek sal nooit aan hierdie soort lewe gewoond raak nie."

"Dit gaan darem nie altyd so nie. Ons leef in vrede en harmonie saam. Dis darem 'n vreeslike toeval dat die eerste opstand juis nou moet plaasvind, net nadat jy hier aangekom het."

Sy glimlag wrang en praat nie verder nie.

Jaap sit skielik regop en tuur stip in 'n noordoostelike rigting. Hy staan op en kom staan teen die muurtjie en skerm met sy hand voor sy oë om beter te kan sien.

Stieneke staan nuuskierig op en kom langs hom staan. "Wat . . . is dit? Kom hulle terug?"

422

"Kyk daar!" Hy wys met sy vinger, maar sy sien nog steeds niks nie.

"Sien jy?"

"Nee . . . ek vrees ek sien niks nie."

Hy kom staan agter haar en draai haar gesig baie liggies meer na regs en beduie dan met sy arm oor haar skouer. "Daar! Perderuiters."

"Soldate!" Blydskap spring in haar stem.

"Nee. Dit lyk nie so nie. Dit lyk soos twee ruiters."

Hy tel die verkyker wat hy in die kantoor gekry het, op en stel dit in op die twee ruiters.

Dan laat sak hy dit stadig en sy stem is vreemd stil, so half sonder emosie. "Dit is Piet Coetzee en Teuns Marais."

Hy lig weer die verkyker na sy oë toe dit vir hom lyk of daar nog 'n ruiter binne sig verskyn.

"En . . . dit is Bertie!"

"Bertie! Bertha se man?"

"Ja."

"O! Jaap, dis wonderlik!"

Sy gryp hom aan sy arm vas en haar blou oë straal van blydskap om Bertha se onthalwe.

"Wag! Ek wil Bertha gaan vertel."

"Julle maak nie die hek oop voordat ek sê dit is veilig nie. Roep sommer asseblief vir Filemon ook dat hy hier kan kom oorneem."

Stieneke is al halfpad teen die trap af en Jaap roep die helfte van die opdragte agter haar aan.

"Bertha! Anna! Karo!"

Ouma Martha kom uitasem aangehardloop en die ander twee peul verskrik uit die kamers uit.

"Wat is dit?" Ouma Martha vee nog haar hande aan haar voorskoot af terwyl sy vinnig nader hardloop.

"Kom kyk! Kom kyk wie kom daar aan. Bertha . . . jou man lewe! Hy is daar!" Sy is kortasem van opgewonden-heid en beduie met haar hande wanneer woorde haar ver-der in die steek laat.

Bertha staan bleek geskrik teen die kosyn en dan gee haar bene stadig onder haar pad.

423

Karo hardloop die treetjies twee-twee op met ouma Martha agterna. Anna storm na die skietgat wat uitkyk in die rigting waarna Stieneke gewys het.

Stieneke help Bertha op en sleep-dra haar na die bed.

"Nee! Nee, ek wil uitgaan!"

Stieneke help haar regop en trek dan Bertha se arm om haar nek, sodat sy haar weer kan ondersteun tot by die deur.

"Is jy seker! Hoe . . . weet jy dit is hy?"

"Jaap sê so."

Bertha raak skielik histeries aan die huil en Stieneke paai soos 'n moedertjie.

"Kom nou, Berthatjie. Ons het mos geweet hy sal lewend hier uitkom. Ons het dan vir die Here gevra om hom te bewaar."

Bertha sukkel om haar selfbeheersing terug te kry, maar Stieneke kan aanvoel hoe gespanne haar hele liggaam is.

Anna sien die ruiters deur die skietgat en hardloop snikkend hek toe.

Stieneke sien haar en keer vinnig.

"Anna, nee! Jaap het gesê ons moenie oopmaak voordat hy sê dit is veilig nie."

Anna steur haar egter nie aan Stieneke nie en ouma Martha kom vinnig teen die trap af om vir Anna by die hek te keer.

"Filemon!" Stieneke onthou nou eers weer van hom.

"Jy moet boontoe gaan."

Hy staan opsy sodat Karo eers kan afkom voordat hy met die trap opklim.

Karo stap deur, gaan staan by ouma Martha en Anna en loer deur die opening van die hek.

"Piet! O, Piet!" Anna huil histeries en Bertha raak skielik so stil dat Stieneke vrees sy het weer flou geword.

"Bertha! Berthatjie, kyk daar is die ruiters nou by die hek." Stieneke waai Bertha koel met haar hand.

"Julle kan maar oopmaak." Jaap se stem bulder van bo af terwyl hy met lang treë teen die trap afgehardloop kom.

Ouma Martha sukkel met die swaar grendel, maar Jaap

kom lig dit gemaklik met sy gespierde arms af sodat die drie ruiters kan inkom.

Piet is al van sy perd af. Hy druk sy vrou styf teen hom vas terwyl sy groot liggaam ruk van ingehoue spanning. Stieneke kan nie hoor wat hulle alles sê nie, maar dat Piet vreeslik dankbaar en verlig is om sy gesin hier te kry, kan 'n blinde mens met 'n stok voel.

Hy maak sy een arm om Anna los en druk dan vir ouma Martha baie styf teen hom vas.

Alles gebeur so deurmekaar terwyl sy met Bertha aan-sukkel hek toe. Dit voel vir haar soos ligte wat net vir 'n oomblik flits, maar permanent in jou geheue inbrand.

Dan eers sien Bertie sy vrou. Met 'n snik wat skaamte-loos uit sy liggaam ruk, tel hy haar hoog in sy arms op en soen haar oë, haar gesig, haar hande, net waar sy lippe val. Hul trane meng en Bertha klou soos 'n drenkeling styf om sy nek vas.

Die kinders bondel buite om hul pa's saam en Piet se vier soek elkeen 'n stukkie om net aan te raak.

Stieneke staan terug. Bertie het nie eens besef dat hy vir Bertha uit haar arms geruk het nie. Sy beweeg tot styf teen die pilaar. Op hierdie oomblik is daar vir haar as buitestaan-der nie plek by hierdie ontmoeting nie.

Teuns het Karo vasgegryp en soen haar onbedaarlik. Sy kry nie kans om tot verhaal te kom of selfs vir Bertie te groet nie.

Jaap maak die hek toe en draai om om die manne te groet. Hulle is egter so besig om hulself te vergewis dat hul eie geliefdes veilig en lewend is, dat hulle hom nie eens sien nie.

Hy kyk op en sien hoe Bertie vir Bertha uit Stieneke se arms gryp en hoe sy verleë terugstaan tot teen die pilaar.

Hy sien hoe haar oë na Teuns en Karo draai en daar vas-haak. Met enkele lang treë is hy langs haar.

"Dit lyk vir my almal het nou maats, net ons twee nie!"

Sy glimlag stram na hom. Hy vat haar hand en sleep haar weg. Hy wil nie hê sy moet met soveel gevoel na die ander twee daar by die hek kyk nie. Sy lyk so hartseer en afgehaal.

"Kom ons twee gaan maak vir hulle koffie. Dit gaan nou 'n vreeslike gesels wees wanneer hulle tot hierdie aarde terugkeer."

Dankbaar vir Jaap se nabyheid, vleg sy haar vingers deur syne, wat warm om hare vou. Jaap kan die verlorenheid en spanning in hierdie gebaartjie aanvoel.

Vreemd geroer hou hy die skraal handjie, wat glad nie meer so wit is nie, styf in sy grote vas terwyl sy gewillig saam met hom kombuis toe loop.

In die kombuis trek sy verleë haar hand uit syne en maak die ketel vol water. Jaap roer in die kole met die stoofyster.

"Dit is darem wonderlik! Arme Bertha! Sy is so oorstelp, sy het gedink sy gaan haar man nooit weer sien nie." Stieneke praat gesmoord met haar rug na Jaap toe sodat hy nie die trane in haar oë kan sien nie.

Sy het haar gestaal daarteen, maar tog was dit 'n skok om Teuns lewensgroot te sien en te weet hy behoort aan iemand anders. Dit was nog 'n groter skok om te besef dat hy werklik op Karo verlief is. Sy weet nie wat op hierdie oomblik die oorhand voer in haar binneste nie. Is dit seerkry of gekrenkte trots, of is dit sommer net doodeenvoudig woede? Woede omdat hy haar so vir die gek gehou het en in so 'n netelige posisie geplaas het.

Sy skuif die waterketel oor die oop stoofplaat. Net om besig te bly, haal sy van die beskuite uit en praat sommer net wat in haar gedagtes kom om die ongemaklike stilte te verbreek.

"Nou is hier darem meer mans. As die Herero's terugkom, sal dit beter gaan. Julle is nou al net soveel soos die vroue . . ."

Jaap kom staan agter haar en sit sy hande op haar skouers. "Luister, Katie! Jy sal nou jou kop moet hoog lig en nie vir daardie luis wys hoe seer jy kry nie. Ek weet dit gaan moeilik wees, maar jy kan hom nie nog die bevrediging gee om te weet jy treur oor hom nie."

Sy snuif hard en soek dan vinnig na 'n sakdoek.

Jaap vat haar aan haar skouers en draai haar om sodat sy

na hom kan kyk. "Jy het verlede nag jou plek baie goed vol-
gestaan met die aanval. Jy was baie braaf. Jy is mos nie meer
bang nie. Veral nie vir 'n ou papperd soos hy nie."

Sy wil nie in sy oë kyk nie. Sy is bang hy sien hoe sal-
wend en lawend hierdie paar ou woordjies op 'n bang, rou
gemoed is.

"Ag! Ek . . . is sommer 'n ou . . . vaal veldmuis! Ek kruip
altyd weg as daar gevaar kom. Ek het geen selfvertroue nie.
Ek . . . ek is bang."

"Nee, jy is nie! Jy is ook glad nie 'n muis nie."

Stieneke vee die trane af en glimlag skeef met hom. "Jy
het self so gesê!"

"Ek is sommer 'n nare ou boelie."

"Ek is seker maar een van daardie vroue wat soms geboe-
lie moet word, anders kry ek baie dinge nie reg nie. Maar,
dankie, Jaap! Dankie vir jou morele ondersteuning. Ek . . .
waardeer dit."

Jaap vee die haartjies van haar voorkop af en sy oë is so
sag en teer dat 'n hol kol op Stieneke se maag kom nes
maak.

"Dit is beter! Sit jy nou al die bekers en holgoed wat jy
hier kry reg, dan maak ek vir ons koffie wanneer die water
kook."

'n Groot dankbaarheid golf oor haar. Hy is so anders. So
sag en dierbaar. Sy weet hy sê hierdie dinge sommer net om
haar beter te laat voel. Maar dit help tog! Net die feit dat hy
verstaan en haar nie veroordeel nie, help vreeslik baie!

7

Teen die tyd dat die klompie daarbuite tot verhaal kom, het
Stieneke ook darem al haar gevoelens goed onder beheer.

Jaap stap uit op die stoepie en praat dan hard met Stie-
neke oor sy skouer sodat die ander ook kan hoor. "Ek dink
hulle het nou klaar gegroet. Ons kan nou maar vir hulle
koffie vat."

Sy harde stem dra oor die oop pleintjie. Die klomp keer tot die werklikheid terug en staan half skaam nader.

Bertie dra sy vrou en sit haar op die treetjie neer. Hy kom vinnig nader en skud dankbaar Jaap se hand, maar vertrou nie sy stem om sy dankbaarheid in woorde om te sit nie.

"Alles in die haak, ou Bertie! Jy sou dit vir my vrou ook gedoen het."

Bertie sluk 'n paar keer en dan kom sy stem skor en hees. "Dankie, Jaap! Baie, baie dankie."

Piet Coetzee stap nader met Annatjie op sy een arm en sy ander arm styf om sy vrou se middel.

"Jaap, ek weet nie wat om te sê nie . . . ek . . ."

"Moet liewer niks sê nie, Piet. Ek sê weer – julle sou dieselfde vir my gedoen het."

Stieneke sien hoe Teuns fronsend na Karo luister waar sy nog steeds in die sirkel van sy arm staan. Haar kop is egter ver agteroor gegooi sodat sy in sy gesig kan kyk.

Hy kyk op en sien dan vir die eerste keer vir Stieneke raak. Hy vat Karo se hand en kom vinnig nader.

"Stieneke!" Sy stem is verleë en ongemaklik.

Stieneke lig egter haar kop hoog op en stoot haar kennetjie uit. "My aarde, Teuns! Dat ons mekaar nou op so 'n vreemde plek raakloop. Hoe gaan dit?"

Sy steek haar hand uit en skud syne sonder 'n greintjie selfbewustheid. Van die trane van netnou is niks te bespeur nie.

Jaap juig haar woordeloos in sy hart toe. Hy sien die trek van ongeloof in Teuns se oë en hy kry lekker vir die verbaasde, half gekrenkte trek op sy gesig, wat nou hang soos dié van 'n kind wat nie sy sin kon kry nie.

Stieneke draai ongeërg om. "Ek het koffie gemaak. Sal julle meisies asseblief vir my kom help, dan dra ons dit uit. Julle is seker nou almal vreeslik dors."

Eers wanneer elkeen met 'n koppie of 'n beker koffie sit, roep Jaap hulle tot orde en probeer vasstel hoe hulle al drie by mekaar uitgekom het.

Piet druk vir Anna styf teen hom vas en vat ouma Martha se hand met sy ander hand vas.

"Ek was maar die hele tyd onrustig," vertel hy. "Ek is nou vreeslik skaam daaroor en het myself al tot satwordens toe verwyt. Simon het my gewaarsku dat daar sulke stories in omloop is en dat ek nie moet weggaan nie. Ek wou egter so graag op hierdie jagtog gaan – ek en Teuns het ons al so opgewerk oor die groot trop olifante wat ons daar sou kry. Simon se vermanings het darem vir my so vergesog geklink dat ek hom nogal verbied het om dit vir die vroue te sê, want dit het vir my sommer na bangmaakstories geklink."

Hy sluk swaar.

"Ons het toe nie die trop olifante gekry nie en ná 'n week se soek het ons op 'n klompie Ovambo's afgekom wat ook vir ons die storie van die aanvalle vertel het. Hulle sê hulle het gehoor die Herero's gaan die witman uit die land uit verdrywe."

Anna sit haar hand op Piet se knie om hom te probeer troos, maar val hom nie in die rede nie.

"Ek was toe skielik gejaag en het dadelik opgepak. Ons is dieselfde dag nog terug. Ons was net by Tsumeb verby, toe kry ons die eerste afgebrande plaashuis. Ons was soos besetenes en het dwarsdeur die nag gery. Ons het ons egter teen bendes vasgeloop en moes die waens los. Ons is te voet verder en dit het ons vreeslik opgehou."

Piet bly eers 'n rukkie stil, maar die ander praat ook nie, wag net geduldig dat hy moet aangaan.

"Ek was byna van my kop af toe ek op die plaas aankom en sien dat hulle reeds daar was."

"Is die huis heeltemal afgebrand?" Anna kan haarself nie keer nie, die angstigheid slaan yl deur in haar stem.

"Nee! Snaaks genoeg nie. Dit lyk of iemand die vlamme geblus het. Die kombuis is taamlik verwoes en die dak is daar af, maar die res van die huis het nie veel skade aan nie."

Stieneke sien hoe Anna haar asem stadig uitblaas van verligting.

"Daar was niemand op die werf nie. Nie eens Simon nie. Daar was nog twee perde in die stalle, wat ook die vlamme vrygespring het. Dit het vir my half gelyk of hulle vreeslik

429

haastig was. Die perde was honger en dors – hulle moet seker twee of drie dae sonder kos en water gewees het."

"Foei tog!" Stieneke lewe haar so in die vertelling in dat sy nie eens agterkom dat sy saamgesels nie.

"Ons het die stomme diere net voer en water gegee en hulle maar met hul half verhongerde liggame opgesaal. Ons kon nêrens julle . . . jul liggame kry nie en het toe met hoop in ons harte deurgejaag na Bertie se plaas toe."

Piet sluk swaar en moet sy oë vinnig knip om die trane te keer. "Ons het die waspore net buitekant die plaas gekry en maar gehoop dat julle na Bertie toe gevlug het. Sy huis is egter afgebrand tot op die grond."

Ouma Martha vryf sy hand liggies en Stieneke wonder of sy hom nog die beloofde skrobbering gaan gee.

"Ons hoop toe maar dat al die vroue, Bertha en Karo ook, by julle op die wa was. Ons reken toe dat julle sal probeer deurgaan Omaruru toe om daar beskerming by die fort te kry."

Bertie vryf Bertha se skouers en druk haar kop teen sy skouer vas.

"'n Entjie voor Omaruru kry ons toe 'n groep Herero's se spore. Ons is baie versigtig verder en ook nie lank nie, of ons kry vir Bertie vasgemaak aan 'n boom, met drie jong Herero's om hom op te pas. Die ander deel van die groep is vooruit om die fort op Omaruru te gaan aanval."

"Hoekom het hulle jou dan gevange geneem en nie doodgemaak nie, Bertie?" Ouma Martha kan hierdie stukkie nie verwerk me.

"Hul een kaptein of soort leier is gevange geneem en hulle wou my uitruil vir hom."

Piet gaan vinnig aan met sy storie om dit so gou moontlik agter die rug te kry.

"Ons het Bertie maklik bevry, want teen daardie tyd sou ek 'n hele kommando stormgeloop het van vrees en angs oor julle. Van Bertie verneem ons toe dat Bertha-hulle moontlik na hierdie fort gevlug het omdat dit in 'n stiller deel lê. Hy sê toe ook dat hulle geen spore van die wa op pad Omaruru toe gekry het nie."

Tannie Martha neem die storie oor en sonder veel emosie vertel sy wat met hulle gebeur het. Sy vertel ook vlugtig van die aanval op hulle en dat die bende dan seker in 'n noordelike rigting gevlug het, as hulle nie op hulle afgekom het uit die rigting van Omaruru nie.

Dit is 'n lang ruk stil. Elkeen is besig met sy eie gedagtes. Dan verbreek Jaap die stilte.

"Wel, ek is dankbaar julle is hier. Ons verwag dat hulle sal terugkom. Hulle het net versterkings gaan haal."

Hy kyk glimlaggend na die vroue. "Nie dat ek kla oor my kommando nie. Hierdie klomp kappiedraers het hulle baie goed gekwyt van hul taak."

Stieneke glimlag dankbaar na hom toe hy speels oor haar neus vee. "Tot die juffrou het 'n paar doodskote geskiet."

Jaap staan op en rek hom uit. "Terwyl hier nou meer mans is om die fort te beskerm, wil ek gou so 'n bietjie buitekant langs gaan rondkyk."

Stieneke voel hoe haar keel onverwags toetrek van angs. Vir 'n oomblik is al haar vrese op hom saamgetrek. Hy kan mos nie so alleen in die veld gaan ronddwaal nie? Sê nou maar net hulle skiet hom daar?

Sy maak egter net stil die leë koppies bymekaar en vat dit kombuis toe.

Die kospotte staan eenkant op die stoof en nou eers raak Stieneke daarvan bewus dat hulle nog nie vandag geëet het nie. Dit is seker al drieuur.

Sy trek die potte weer oor die hitte en gaan roep dan die kinders, wat al asvaal van die hongerte is. "Kom, dan gee ek vir julle kos. Julle is seker al dood van die honger."

Die kinders eet hongerig en is al feitlik klaar toe Anna met Piet aan die hand by die kombuis instap.

"Ag, Stieneke!" Sy slaan verbaas haar hand voor haar mond. "Ek het skoon vergeet dat ons nog nie geëet het nie. Die arme kinders!"

Sy vee liggies oor Pietie se haartjies. "Dankie, Stieneke, jy raak nou 'n regte steunpilaar hier tussen ons klomp."

"Ag, nee! Ek is dan so hopeloos."

431

Anna is dadelik die ene besorgdheid. Sy skep vir die ander grootmense ook kos in en neem dit buitentoe.

"Besef Ma dat ons skandelik vergeet het dat dit al etenstyd is? Stieneke het gelukkig al vir die kinders kos gegee."

"Haai, my kind! Nou is die arme Jaap ook nog sonder kos weg."

Stieneke eet 'n bietjie en dwaal dan buite rond. Sy is oral in die pad, want elkeen het soveel om vir sy eie mense te vertel.

Sy klim met die trap op en gaan sê vir Filemon dat hy ook maar eers kan gaan eet. Sy sal 'n rukkie hier sit.

Stieneke fynkam die omgewing en eindelik sien sy hom daar in die verte raak. Haar oë maak kort-kort 'n draai in die ander rigtings, maar dan kom nestel dit weer op die kleiner wordende figuur, wat later heeltemal verdwyn.

Met 'n sug van verligting sien sy hom ure later uit 'n heeltemal ander rigting aankom. Sy sak op die stoel neer en tel die geweer op haar skoot, vreemd rustiger en nie meer so angstig nie.

Later hoor sy sy harde stem hier onder soos hy met die ander gesels, dan raak dit weer stil met net die gemurmel van stemme wat vaagweg opstyg.

"Filemon sê jy het hom kom aflos, ure gelede al."

Stieneke wip soos sy skrik toe Jaap se groot gestalte skielik verskyn.

"Ja. Ek het sommer kom stilte soek en kom dink."

"Waaroor?"

"Sommer oor alles. Ek wou nog vir jou sê dat jy jou knap gedra het voor Marais vanmiddag. Jy het hom 'n uitklophou gegee."

"Dink jy dit was oortuigend genoeg?"

"O ja! Jy sal net moet volhou daarmee. Hy sal dit nie kan verdra dat jy koel is en nie meer belang stel nie. Hy is 'n verwaande ou mannetjie."

Stieneke giggel en Jaap kyk verbaas na haar.

"Hy sal nie daarvan hou as hy hoor jy praat van hom as 'n ou mannetjie nie."

"Dalk nie! Maar tussen my en jou gesê: Ek is nie mal oor hom nie."

"Jy sê dit sommer net om my beter te laat voel. Dankie in elk geval. Ek het nou 'n vriend bitter nodig."

"Ek sal nou hier oorneem. Jy kan maar gaan."

"Ek sal Filemon gaan roep. Jy het nog nie vandag geëet nie."

Jaap vryf oor sy maag. "Sowaar! Ek kon nie verstaan wat grom die ou man so nie."

Stieneke lag en hardloop die trap af. Sy roep Filemon, wag dan tot Jaap onder kom en stap saam met hom kombuis toe, waar sy vir hom kos inskep en aangee.

"Sit hier by my. Ek haat dit om alleen te eet."

Sy sak op die stoel neer en weet nie juis waar om te kyk nie.

"Ons sal seker vannag moet wagstaan. Die ander mans is doodmoeg!"

"Ek sal wagstaan. Julle is almal doodmoeg! Julle was die grootste gedeelte van die nag aan die gang."

"Jy ook!"

"Ek is groot, Katie. Twee keer so groot soos jy."

Die ander mans wou egter niks van Jaap se plan weet nie. Hulle sou hom toelaat om die eerste skof te neem, maar daarna sal hulle hul deel doen. Almal is ewe moeg.

Dit is darem ook nog nie behoorlik donker nie, toe gaan kruip hulle in.

Dit kos 'n geweldige organisasie om vir elkeen 'n slaapplek te kry, maar dit werk darem op die end uit. Stieneke moet egter haar slaapplek prysgee sodat Anna en Piet agter in die wa by party van die kinders kan slaap.

Karo en ouma Martha en die meerderheid van die kinders deel die ander kamer, terwyl Bertie by Bertha en Hildegard intrek. Stieneke moet egter noodgedwonge terugtrek kombuis toe.

Jaap beskou die reëlings fronsend. "Stieneke kan in my wa slaap. Sy sal doodgaan van die hitte in hierdie vertrek waar die stoof nog saans warm is. Ek het die meeste van die goed uitgelaai; daar is genoeg slaapplek."

"Dankie, Jaap. Ek hou ook nie daarvan dat iemand by 'n stoof moet slaap nie." Ouma Martha neem die aanbod namens Stieneke aan sonder om verder hare te kloof.

Jaap gaan haal haar trommeltjie in die ander wa en sit dit in syne. Hy skuif van die kaste 'n bietjie agtertoe en trek die kampbedjie voor hulle in.

"Maar waarop gaan jy nou slaap?"

"Ek slaap meestal buitekant, sommer op 'n paar velle."

Die nag verloop stil en rustig. Die mans het mekaar elke twee uur afgelos, sodoende het elkeen 'n goeie slapie ingekry.

Die volgende aand is die manne egter gespanne. Hulle staan twee-twee wag. Nadat die kinders gaan slaap het, word die gewere en ammunisie weer op elkeen se pos reggesit.

"Verwag julle hulle vannag?" Stieneke kyk na Piet wat stilswyend die een geweer laai.

"Ja! Maar julle moenie bekommerd wees nie. Ons sal hulle kan afweer. Ek verwag ook dat die troepe van Omaruru ons binnekort sal kom help."

Stieneke kan egter nie aan die slaap raak nie. Dit is warm en benoud agter in die wa. Sy klim uit en stap so 'n draaitjie op die binneplein. Dit is stil en rustig – Jaap en Bertie het die eerste wag.

Sy beweeg agter haar wa langs sodat sy nie by die ander wa verby hoef te gaan waar Piet en Anna slaap nie. Dalk maak sy hulle wakker. Hierdie mense slaap soos voëltjies. Sy wil egter net 'n bietjie water gaan soek in die kombuis voordat sy haar gaan uittrek en slaap.

Sy skrik haar bewegingloos toe 'n hand skielik in die donker kombuis op haar skouer val.

Die gil stol in haar keel.

"Stieneke, dit is ek, Teuns."

"Hoekom bekruip jy my so? Ek het my nou uit my geloof uit geskrik."

"Ek wil met jou praat, Stieneke."

"My liewe aarde, ek is al die hele dag hier. Hoekom praat jy nie?"

"Ek kan nie met al hierdie mense om ons nie."

"Is dit dan 'n geheim?" Stieneke se stem is fyn sarkasties.

"Sit daar, dan gesels ons."

Stieneke sak behoedsaam op die stoel neer. Die maanlig gooi 'n blink streep oor die tafel en verander die vertrekkie in 'n vreemde omgewing wat Stieneke liggies laat ril.

"Ek is jammer, Stieneke . . . oor . . . oor alles."

"Hoekom, Teuns? Ek wens net ek kon jou doel verstaan. Hoekom het jy my nie laat weet dat jy iemand anders ontmoet het nie?"

"Ek . . . wou nie, ek . . . wou jou eers weer sien en seker maak. Nou ignoreer jy my en dit maak my seer . . . ek is nou heeltemal verward."

"Foei tog! Arme Teuns!" Stieneke kan die sarkasme net nie uit haar stem hou nie.

"Jy was nie vroeër so nie. Jy was inskiklik en dierbaar."

"Teuns, ek dink nie ons twee het iets om vir mekaar te sê nie. Ek gaan huis toe sodra ons hier uitkom. Julle het niks van my te vrese nie. Karo weet nie van ons twee se verbintenis nie, as dit is waaroor jy bekommerd is."

"Terug huis toe! Maar jy kan dit nie doen nie!"

"Nou hoekom op aarde nie?"

"Wel . . . wat . . . van Piet en Anna?"

"O! Hulle sal verstaan. Ek sal net vir hulle sê ek is bang vir hierdie wêreld."

"En ek dan?" Teuns klink so onvergenoeg en vol selfbejammering dat Stieneke met moeite die walging kan onderdruk. Kan een mens werklik so selfsugtig wees?

"Wat wil jy met my maak, Teuns? Jy en Karo gaan trou! Is dit nie genoeg vir jou nie?"

"Maar, Stieneke, wees tog redelik. Ek en Karo is groot vriende. Sy was al vriendin wat ek gehad het die afgelope jaar. Jy wou nie saam met my kom nie. En . . . ek wil nie hê jy moet teruggaan nie, ons kan weer begin . . ."

"Ag! Teuns, jy maak my siek!"

Stieneke staan op en stap na haar wa toe, die water skoon vergete in die kombuis.

Ongeveer drieuur skud iemand haar liggies aan die skouer. Jaap se bekommerde gesig is sommer hier naby hare wanneer sy verward en deurmekaar regop sit.

"Jy moet kom! Elkeen op sy pos. Gou! Daar is nie tyd vir aantrek nie. Hang sommer net iets om jou."

Jaap verdwyn en sy gryp 'n bruin kombers en hang dit om haar terwyl sy kaalvoet in haar wit nagrokkie wat om haar enkels wapper, vinnig na haar pos hardloop.

Die ander is reeds op hul plekke. Blykbaar word sy en Lettie gespaar vir laaste. Martie is by Bertha in die kamer saam met die ander kinders.

Sy het nog nie haar geweer behoorlik teen haar skouer nie, toe kom die bevel:

"Skiet!"

Stieneke staan eers vir 'n rukkie stil en probeer gewoond raak aan die donkerte. Dit gaan nie help sy skiet sommer hier in die donkerte in nie. Die maan is nie so helder soos die vorige keer nie en dit duur 'n rukkie om die bewegende figuur te sien wat sluipend nader kom.

Sy korrel en skiet en aan die gil kan sy hoor dat sy getref het.

Skote klap van alle kante af. Hulle skiet nie meer in sarsies nie, maar die een wat iets sien beweeg, skiet.

Dit voel vir Stieneke soos ure voordat die skote minder word. Dit moet 'n baie groter groep wees as die vorige keer.

Die dag breek gryserig en stadig word die omgewing helderder.

Stieneke bespied die wêreld, maar alles is onheilspellend stil. Skielik is Jaap hier agter haar en praat fluisterend. "Hulle is baie, Katie. Ons sal vandag moet veg soos nog nooit tevore nie. Jy moet sterk wees."

Sy kyk bang na hom en Jaap wens hy kan haar net vir 'n oomblik teen hom vasdruk en troos.

"Hoekom is dit nou so stil?"

"Hulle herorganiseer hul manskappe. Luister, Katie Veldmuis, ek sit hier by elkeen 'n houer met water neer. Ek verwag dat hulle binnekort brandende fakkels oor die muur sal begin gooi. As 'n fakkel naby jou land, moet jy dit so gou moontlik doodgooi."

Die vrees laat haar maagspiere byna spasties saamtrek. Sy skud dus net haar kop bevestigend.

Jaap beweeg sonder tydverspilling aan na die volgende een en 'n rukkie later sien sy hom weer na die toring hardloop.

'n Oorverdowende lawaai bars skielik los en oral kraak die bosse.

Jaap se bulderende stem ruk hulle almal tot aksie: "Skiet!"

Stieneke skiet en wanneer sy die figuur steeds sien nader storm, gryp sy die tweede geweer wat Jaap by elkeen neergesit het, korrel hier op sy knieë, en trek die skoot af.

Die vreemdeling gryp na sy bors en slaan agteroor, om dan doodstil in die gras te bly lê.

"Wanneer gaan hierdie nagmerrie 'n einde kry? Is dit dalk maar net die begin van ons einde?" Stieneke praat kliphard met haarself.

'n Brandende fakkel kom soos 'n verskietende ster oor die muur van die fort en land langs Piet se wa.

Stieneke spring om en verloor haar kombers. Sy hardloop egter in die swiepende wit nagrok sonder om haar te steur aan die verlies, gryp die emmer water en gooi die vuur dood. Sonder verposing nael sy terug na haar pos.

Daar is nie tyd om weer die kombers op te tel nie. Dit strem haar in elk geval. Dit is nou net laai en skiet, laai en skiet! Onverpoos gaan dit aan en aan, meer as 'n uur lank.

Die lawaai word minder, maar dit is asof daar nie 'n einde is aan die aanstormende en sluipende figure nie.

Skielik is daar weer 'n Babelse lawaai. Stieneke sien hoe die een wat reg op haar skietgat afstorm, skielik gaan stilstaan en dan omswaai en agtertoe kyk. Hy gryp voor sy bors en slaan dan agteroor.

Verstom staar Stieneke na die verskynsel. Nog skote klap van buite af en nou ook meer in sarsies. Die Herero's tol rond en weet nie watter kant toe om te beweeg nie.

'n Juigkreet van ouma Martha laat Stieneke besef dat

437

daar hulp moet opgedaag het. Seker die soldate! Ag! Baie dankie, dierbare Vader!

Jaap kom teen die trap van die toring afgestorm. "Dit is die troepe! Hulle val van agter af aan. Ons moet nou hier uitbreek en die Herero's van hierdie kant af jaag, terwyl hulle nou terugval."

Hy gooi 'n saal oor sy perd en die ander mans doen dieselfde.

Paniekerig staar die vroue die mans woordeloos aan.

"Julle vroue moet terug na jul poste toe. Katie, jy moet versigtig wees dat jy nie een van ons raakskiet nie."

"Gaan bars, Jaap Venter! Ek het nog nie een skoot vannag geskiet wat nie getref het waar dit moes nie!"

Jaap kyk ongelowig na die skraal mensie in die lang wit nagrok met die hare wat los om haar skouers hang. As die situasie nie so gelaai was van vrees nie, sou hy nou skaterend gelag het.

Die manne jaag op hul perde uit. Ouma Martha en Filemon sit weer die grendel op en elkeen gaan neem stelling in.

'n Rukkie later kom Martie met 'n beker koffie vir elkeen daar aan.

"Dankie, Martie! Het jy dit gemaak?" Stieneke druk die bang meisietjie styf teen haar vas.

"Nee, juffrou, tannie Bertha het. Ek neem dit maar net vir die mense, want tannie Bertha kan nie so baie loop nie. Tannie Bertha sê juffrou moet van die beskuit ook eet."

"Dankie, Martie, dit gaan heerlik wees."

Die skote klap nog steeds daar buitekant die fort. Daar is egter geen beweging na hierdie kant toe nie. Die skote raak dowwer en beweeg in 'n noordelike rigting.

Dit is seker al elfuur voordat tannie Martha hulle van hul poste terugroep.

"Filemon en Samuel is in die wagtoring. Julle kan nou eers 'n bietjie kom rus. Hulle sal ons betyds waarsku. Die Herero's vlug noordwaarts. Die skote is al amper nie meer hoorbaar nie."

Stieneke sak met haar wit nagrok teen die wawiel neer.

Sy is vuil en vol rooi stof, haar hande is vol kruit en roet. Sy is allermins 'n prentjie van netheid en fyn opvoeding.

Karo kom sak langs haar neer. Sy is darem aangetrek, maar haar hare is ook deurmekaar en sy lyk nie veel beter as Stieneke nie.

"Arme Stieneke! Suidwes werk maar rof met jou." Stieneke glimlag verras. Karo klink so opreg en vriendelik.

"Ja, as jy 'n maand gelede vir my gesê het ek sal sulke dinge doen, sou ek jou nooit geglo het nie."

"Stieneke, ek wil om verskoning vra."

"Hoekom?"

"Ek . . . het lelike dinge van jou gedink en gesê. Teuns het my vertel dat daar op Stellenbosch 'n jong onderwyseressie was wat hom so lastig geval het. Sy het glo agter hom aangeloop. Hy het ons onder die indruk gebring dat die een wat hier na Piet-hulle toe kom, oud en 'n regte suurknol was. Ek was egter tog onrustig en veral toe ek jou sien . . ."

"Ek het agtergekom dat almal onder die indruk was dat ek 'n ouerige dame moet wees. Ek kan nie verstaan hoekom hy dit gedoen het nie."

"Teuns is net so 'n soort mens, iemand met so 'n verdraaide innerlike. Ek dink hy wou ons teen mekaar afspeel, want ek het hom nog al die tyd aan 'n lyntjie gehou. As ek dan besluit ek wil hom nie hê nie, dan was jy mos hier na wie hy kon terughardloop. Teuns is 'n ryk man, Stieneke. Dit het hom vir my baie aanvaarbaar gemaak. Bertha hou natuurlik niks van hom nie."

"Ag, jy moenie jou daaroor bekommer nie, Karo. Sy sal hom aanvaar as jy gelukkig is. Sy is maar net baie lief vir jou."

"Jy is so 'n wonderlike mensie, Stieneke. Ek dink dit is wat my oë oopgemaak het. Ek ken darem ook al vir Teuns."

"Karo." Stieneke sit haar hand op Karo se arm. "Ek wag al lankal vir 'n geleentheid om die lug tussen ons te suiwer. Dit is soos jy vermoed het. Ek het Suidwes toe gekom om met Teuns te trou. Hy het my in die Kaap al gevra. Maar

439

ek het nooit agter hom aangeloop nie. Dit is nie waar nie! Ek moet egter redelik wees – dit was darem voordat hy jou ontmoet het. Die reëlings met Piet was deur sy bemiddeling. Ek is net kwaad omdat hy my nie gesê het nie. Ek sou mos verstaan het, dan het ek nie 'n yslike gek van my hier kom maak nie."

Karo kyk haar reguit aan en daar is soveel deernis in haar groot bruin oë dat Stieneke haar hand 'n oomblik styf vasdruk.

"Ek gaan terug sodra ons hier uitkom, Karo. Ek wil regtig nie in die weg van jul geluk staan nie."

"Maar Stieneke, jy verstaan nie."

"Karo, nee, ek wil eers hê dat jy na my moet luister. Ek het al agtergekom daar is iewers 'n fout toe ek hier aankom. Teuns was nie op Swakopmund of op Karibib om my te kom ontmoet nie. Niemand was bewus van die feit dat ons iets meer as kennisse was nie. Later het ek gehoor dat hy by jou kuier en dat julle beoog om te trou. Ek weet dit sal nou na suur druiwe klink, maar al kom hy vandag met sy hart in 'n skottel na my toe, sal ek nie met hom trou nie!"

"Hoekom nie, Stieneke?"

"Nee, Karo, dit is ek nie bereid om vir jou te sê nie. Jy is lief vir hom en gaan met hom trou. Dit sal jou seermaak."

"Jy is werklik 'n besonderse soort mensie! Ek het jou dan seergemaak. Ek het Jaap vertel dat jy . . . jy en Teuns . . . Ag! Jy weet . . . van die onderwyseres in die Kaap en dat ek dink dit is jy. Hier diep binne-in my het ek geweet dit is nie waar nie, want ek ken ook al vir Teuns Marais."

"Ek is bly dat ons vanoggend kon gesels, Karo. Ek wil hê jy moet gelukkig wees. Ons kan sulke lekker vriendinne wees. Daar is so oneindig baie wat jy vir my kan leer. Maar, nou ja! Ek dink my tyd is verstreke hier."

"Stieneke, is jy nog lief vir Teuns?"

"Karo, dit kan ek met 'n eerlike hart sê: Nee, ek is nie meer lief vir hom nie. Dit was seker maar net verliefdheid gewees, ek weet nie! Van dit wat daar eens was, is net mooi niks meer oor nie."

"Ek het ook nou eers vir Teuns gesien soos hy regtig is.

440

Hy is 'n bedorwe kind wat nog nooit grootgeword het nie. Ek het ook finaal besluit dat ek hom nie wil hê nie. Daar is baie stories omtrent sy rykdom. Mense beweer dat dit nie altyd so eerbaar verkry is nie. Ek het my maar altyd doof gehou daarvoor. Noudat ons almal saam hier in doodsgevaar is, besef ek dat geld die laagste op my prioriteitslys is."

Stieneke staar haar ongelowig aan. "Jy bedoel jy gaan nie meer met Teuns trou nie!"

"Nee, Stieneke. Ek was nog nooit regtig lief vir hom nie, daarom dat ek nog nie kon besluit nie. Dit is wat ek vanoggend vir jou wil sê. As jy nog lief is vir hom, dan is die pad vir jou oop. Jy sal heel moontlik iets heel bruikbaar van hom kan maak, met jou mooi geaardheid. Hoewel ek moet sê, ek voel dat jy darem beter verdien."

"Het jy al vir Teuns gesê hoe jy voel, Karo?"

"Ja, ek het hom laat verstaan dat ek nie bereid is om my lewe aan hom toe te vertrou nie. Ek dink sy gedrag teenoor jou is laakbaar. Hy is 'n bedorwe swakkeling!"

Stieneke kners op haar tande. Die duiwel! Dit is natuurlik hoekom hy gisteraand met haar wou gesels. Hy wou natuurlik vir Karo wys dat hy nie verleë is nie.

"Ek wil my gaan aantrek. Ek lyk soos 'n droster met my vuil nagrok."

Karo lag en staan op sodat sy Stieneke aan die hand kan optrek.

"Ek is so jaloers omdat jy so fyn en klein is, dan is jy nog so wit en vroulik ook. Ek sien mos hoe kan Jaap hom aan jou verkyk."

"Jaap! Nou is jy darem skoon verspot! Hy sê ek lyk soos 'n witmuis, of 'n vaal veldmuis."

"Hy sê maar net so! Jaap is my idee van 'n ideale man. So groot en sterk en betroubaar!"

Stieneke kyk na die sagte glans in Karo se oë en 'n fyn pyntjie trek haar keel vir 'n oomblik toe. Sy trek egter haar skouers ongeërg op en stap na haar wa toe. Karo sal 'n goeie vrou vir Jaap wees. Sy weet wat om te doen as die gevaar dreig. Sy sal hom nie per ongeluk doodskiet wanneer sy skrik nie.

Dit begin al skemer raak en die mans is nog steeds nie terug by die fort nie. Die vroue raak stiller en ouma Martha sorg dat al die gewere gelaai en reggesit is by die verskillende poste.

Stieneke en Karo het die twee Damaras gedurende die dag gaan aflos op die toring sodat hulle 'n bietjie kon gaan rus. Hulle het egter so pas weer kom oorneem.

"Daar kom mense aan!" Filemon skree hard en elkeen hardloop na sy pos, gereed vir elke gebeurlikheid.

Anna se pos kyk uit in die rigting van waar die perde kom en sy herken eerste die mans.

"Dit is die mans! Hulle is almal daar."

Stieneke sug van verligting en ontspan stadig.

Dit is egter eers wanneer hulle deur die hekke kom dat hulle die bloed sien aan Piet se arm, wat hy styf teen hom vasdruk.

"Piet! Ag, Piet!" Anna hardloop huilend na hom toe.

"Dit is net 'n skrams vleiswondjie, Anna." Jaap help Piet van sy perd af en Anna en ouma Martha skuif weerskante van hom in.

Eers nadat ouma Martha haar vergewis het daarvan dat Piet nie sal doodgaan nie, kom sluit sy haar by die ander aan.

"Hulle vlug Waterberg toe, tannie Martha." Jaap voer die woord. "Die troepe wat ons kom help het, is dié van die Omaruru-fort. Hulle is ook aangeval en toe het kaptein Franke en sy manne teruggekom van Warmbad af en hulle van buite af aangeval. Dokter Fritz het toe met 'n klompie manne uit die fort gebreek en hulle het die vyand verjaag. Ons vermoed dat dit die groep is wat hulle aangesluit het by die klomp wat ons die eerste keer aangeval het."

"Ag, ek is dankbaar vir hul hulp! Hoe sê hulle, hoe lyk die hele opset nou?" Ouma Martha se stem is ligter en nie meer so beswaard soos die afgelope paar dae nie.

"Hulle sê al die Herero's val nou terug Waterberg toe. Die troepe kan nou in 'n verenigde front optrek teen hulle. Kaptein Franke sê ons moet nog vir 'n dag of twee hier vertoef totdat hulle terugkom, dan sal hulle vir ons kan sê

442

hoe veilig die wêreld is. Hulle hoop om die Herero's se mag heeltemal te breek met die volgende aanval daar in die Waterberg."

"Dit is wonderlike nuus, Jaap. Reken hulle dat ons nog hier 'n aanval kan verwag?"

"Nee. Maar ons sal maar op ons hoede wees vir los groepies wat dalk nog hier ronddwaal. Daar is blykbaar al 'n hele paar van die Herero's se belhamels in hegtenis geneem en dit breek die ander se moed. Ek hoop net die probleme kan nou vinnig opgelos word sodat ek op my plaas kan kom." Jaap klink so ongeduldig dat Stieneke onwillekeurig glimlag.

Piet se wond is nie ernstig nie, maar taamlik pynlik. Ouma Martha dokter hom met alles tot haar beskikking. Anna bly pal by hom en verpleeg hom soos 'n baba.

Die manne staan die nag weer om die beurt wag, maar dit is stil en rustig. So ook die volgende twee dae.

Teuns is nors en onvriendelik. Hy probeer gedurig nader aan Stieneke skuif, veral as dit donker is. Dit maak haar vies en omgekrap. Hy ignoreer Karo ooglopend, sodat almal verbaas na hulle kyk, maar geen vrae vra nie.

Stieneke sien hoe Jaap die hele opset fronsend bekyk. Sy kry egter nie 'n geleentheid om hom omtrent die nuwe verwikkelinge in te lig nie. Anna is gedurig by Piet en sy probeer om die kinders besig te hou.

Stieneke gee die kinders hul aandete en kyk dat hulle gebad kom. Sy borsel Annatjie se haartjies en stoot haar dan laggend voor haar uit.

"Gaan sê nag vir Mamma en Pappa, dan kom julle dat ek vir julle 'n storie vertel voordat julle gaan slaap."

"Maar dit is dan nog lig, juffrou. Dis nog nie eens donker nie."

"Wanneer ek die storie klaar vertel het, is dit al donker."

Die kinders is gek na stories en is baie gou terug.

Teuns kom sit eenkant en luister en dit laat haar ver-erg frons. Hy moenie verder met haar sukkel nie. Sy klap hom sommer wild en wakker. Sy glimlag innerlik as sy dink hoe baie sy die afgelope ruk verander het. Vroeër sou sy dit as baie onopgevoed beskou het om net aan so iets te dink.

Wanneer die kinders in die bed is, stap Stieneke kombuis toe om iets te ete te gaan maak. Die vleis is op. Die mans sal weer iets moet gaan skiet, maar dis nou te gevaarlik buite in die veld.

Daar is ook nie meer brood nie, dus maak Stieneke deeg aan en bak vir hulle vetkoeke. Hier is geen botter of room nie, maar darem stroop. Dit behoort nie te sleg te smaak nie.

Wanneer sy die vetkoekies op die tafel neersit, vat Teuns haar skielik van agter af vas en soen haar in haar nek.

Stieneke staan vir 'n sekonde heeltemal uit die veld geslaan voordat sy besef wat aangaan. Sy trek haar rug styf en haar stem is ysig.

"Moenie vir jou kinderagtig hou nie, Teuns. Los my, asseblief!"

"Ek sal jou nooit weer laat los nie. Weet jy hoe het ek na jou verlang? Nou maak jy of jy my nie ken nie . . ."

Sy veg nie. Sy staan net ysig stil en dit maak Teuns rasend.

"Ek het jou lief! Ek het jou nog altyd liefgehad. Karo het agter my aangeloop en my vir 'n ruk bedwelm met haar aandag. Ek is maar net 'n man! Ek het reeds so vreeslik baie na jou verlang!"

Sy maak sy arms beslis om haar los en wil padgee, maar Teuns vat haar stewig aan haar skouers vas en draai haar om sodat sy voor hom staan.

"Asseblief, Stieneke! Ek verneder my voor jou. Ek sal kruip as jy dit wil hê. Moet my net nie van jou af wegstuur nie. Moenie van my af weggaan nie!"

"Ek gaan nie van jóú af weg nie, Teuns!"

"O! Ekskuus!" Jaap kom vinnig in die kombuisdeur tot stilstand en kyk fronsend na hulle. Teuns maak van die geleentheid gebruik om Stieneke vinnig teen hom vas te trek.

"Alles in die haak. Ons het baie dinge om uit te praat."

Hy kyk grinnikend na Jaap se verdwynende rug.

Woedend maak Stieneke haar uit Teuns se arms los. "Raak net weer aan my – ek sal jou klap dat jou ore sing!"

444

"Stieneke! Jy het . . . so barbaars geword, my liefling . . . is dit . . ."

"Ja, jy kan dit weer sê, Teuns. Ek het barbaars geword. Moet my dus nie verder toets nie."

"Luister, my skat, dinge is nie soos wat dit lyk nie."

"Teuns, ek wil jou liewer nooit weer sien nie. Ek wil jou nie eens as 'n vriend hê nie. Jy is agteraf en gemeen! En soos ek gesê het, ek gaan nie van jóú af weg nie. Ek gaan weg omdat ek nie in hierdie land met sy gevare wil bly nie. Jy het niks met my besluit te doen nie."

"Dit is hierdie Jaap Venter. Ek het al gesien met watter skaapoë jy hom aankyk."

"Jy maak my siek! Gaan hier uit voordat ek jou hier uitsmyt!"

Hy kom vinnig nader, maar soos blits gryp Stieneke die groot opskeplepel en slaan hom hard oor die hande en arms wat hy na haar uitsteek. Ongelowig trek hy sy hande terug en dan foeter sy hom met die lepel oor sy skouers en blaaie. 'n Hou tref hom teen sy agterkop.

"Uit! Uit! Raak net weer aan my!"

Karo loer laggend om die deur. "Het jy hulp nodig, Stieneke?"

Teuns gee woedend pad en Karo skater dit uit van die lag. "Mooi, Stieneke! Ek het gewonder wat gaan jy maak toe ek hom hier sien inkom!"

"Jy kon my darem al eerder kom help het."

"Ek kon! Maar ek wou darem graag sien waartoe jy in staat is."

8

Jaap dwaal buite op die stil plein rond. Hy voel vreemd ontsteld en teleurgesteld. Hoe kon sy so maklik weer in die slap ding se arms terugval? "Ek gaan nie van jóú af weg nie, Teuns!" Die woorde bly maal soos 'n bespotting in sy gedagtes.

Karo het hom vertel dat sy haar verhouding met Teuns verbreek het. Sy het ook haar gesprek met Stieneke herhaal. 'n Trots en respek vir die klein stadsjuffrou het diep binne-in hom begin groei.

En nou? Dit rym net nie vir hom nie. Hoe kon sy so maklik na hom toe terugdraai; hy het haar dan so skandelik behandel.

"Ag, basta met julle!" Hy praat gedemp met homself.

Hy bly nie 'n dag langer hier nie. Hier is nou genoeg mans om hul eie vroue te beskerm. Hy gaan môre ry, terug na sy plaas toe.

"Filemon!"

Filemon kom vinnig nader.

"Ons ry môreoggend. Ons sal net wag totdat dit behoorlik lig is. Sorg dat alles reg is."

"Reg so."

Bertie kom vinnig nader wanneer hy Jaap se woorde hoor. "Maar Jaap, kaptein Franke het tog gesê ons moet hier bly totdat hulle terugkom. Piet het ook nog baie pyn."

"Ek ry alleen. Julle is nou genoeg hier om die vroue en kinders te beskerm. Buitendien verwag ek nie meer moeilikheid nie."

"Maar dit is te gevaarlik, Jaap. So alleen! As ons nog 'n klomp bymekaar is, dan . . . wel, dan . . ."

"Wel, ek het klaar besluit. Hier is genoeg wapens en ammunisie. Ek sal vir julle wys waar dit weggesit word. Ek vat net my eie saam. Julle moet asseblief net vir die bevelvoerder van hierdie fort sê ek het al hul voorrade wat ek saamgebring het in die pakkamertjie afgelaai."

Ouma Martha hoor die gesprek en kom vinnig nader.

"Asseblief, Jaap. Bly net môre nog, dan behoort die troepe die wêreld taamlik skoongemaak te hê. Jy kan Donderdagoggend ry. Ons sal vir jou brood bak en kos maak. Asseblief!"

"Ai, tannie Martha! Ek is 'n groot man wat al jare lank na myself kyk. Ek is haastig om op my plaas te kom om te sien hoeveel skade daar aangerig is."

"Een dag later sal tog nie saak maak nie, Jaap."

"My ander wa is al van Okahandja af weg. Ek moes hom langs die pad kry. Hulle is nou so onbeskermd hier op."

"Ag! Japie, my kind! Jy weet tog jy maak sommer nou verskonings. Ek kan verstaan dat jy al moeg is vir ons klomp. Ons is jou egter soveel dank verskuldig. As . . . jy besluit om te ry, dan moet ons saamry. Ons kan jou nie nou alleen die gevaar laat ingaan nie!"

"Nou maak tannie Martha dit darem vir my baie moeilik."

"Ek sal saam met jou ry, Jaap." Karo knel haar hande styf om Jaap se arm.

"Moenie verspot wees nie, Karo. Dink jy vir een oomblik ek sal jou daar alleen op jou plaas gaan aflaai? Dalk is daar ook niks oor nie. Bertie!"

Jaap kyk vinnig na Bertie en probeer Stieneke se oë vermy. Hy wil nie na haar kyk nie, want hy is teleurgesteld in haar. Hy het soveel respek vir haar gekry en nou hierdie . . . ruggraatloosheid.

"Jy laat nie toe dat Karo alleen gaan bly nie. Jy hou haar vir eers by julle, totdat alles eers weer rustig en veilig is."

"Natuurlik, Jaap. Daar was nooit sprake daarvan nie. Maar wil jy nie maar wag nie? Dalk kom die troepe môre terug, dan kan ons almal saam ry. Ons sal jou hulp op die pad terug baie nodig hê."

"Wel, goed dan. Ek sal môre nog hier bly. Maar Donderdag, sodra dit lig word, ry ek!"

Filemon glimlag breed waar hy 'n entjie agter Jaap staan. Hy sal dit nooit waag om Jaap teë te gaan nie, maar hy is self skrikkerig om nou in die oop, gevaarlike veld te wees.

Jaap is egter stroef en eenkant. Hy neem ook die vroeë wag sodat hy nie nodig het om met iemand te gesels nie.

Die volgende oggend het Jaap sommer vir hulle vanaf die uitkyktoring 'n springbokkie, wat dit te naby aan die fort gewaag het, geskiet.

Knap ná middagete het kaptein Franke en sy manne, asook die oorspronklike inwoners van die fort, daar aangekom.

447

Hulle het die Herero's die Waterberg in gedryf en hulle omtrent heeltemal verslaan. Hulle vlug nou meer oos – dit wil sê, die klompie wat nog oorgebly het. Daar het nog van die troepe onder majoor Leutwein agtergebly, wat hul mag vir goed wil breek.

"Kaptein . . ." Ouma Martha staan soos 'n generaal in die kring om die kaptein. "Kan ons maar huis toe gaan?"

"Ja . . . Maar ek sal aanraai dat julle soveel en so lank moontlik eers bymekaar bly. Hier mag dalk nog klein groepies of enkelinge ronddwaal. Selfs op die plase moet julle maar vir eers bymekaar bly totdat julle die verwoeste huise weer reg het."

"Ja, ek het ook so gedink. Ons het juis gisteraand vir Bertie-hulle gesê hulle moet maar vir eers by ons kom intrek totdat ons die huise weer reggemaak het. My huis het darem nog 'n paar mure en 'n stuk dak oor."

Piet leun skeef-skeef teen die pilaar en hou sy skouer vas.

Dokter Fritz van die Omaruru-fort staan vinnig nader. "Is jy gewond? Laat ek daarna kyk. Ek het darem nog so 'n bietjie medisyne oor wat ek vir jou kan gee."

Dankbaar help Anna vir Piet terug kamer toe sodat die dokter na sy skouer kan kyk.

"Wel!" Ouma Martha neem die reëlings oor. "Dan ry ons almal môreoggend vroeg saam met Jaap."

Sy draai na die kaptein. "As julle nie omgee nie, want hier is nie genoeg slaapplek vir ons almal vannag nie."

"Ons is soldate, mevrou, ons slaap hier in die binne-plein."

"Ons wil darem net baie dankie sê vir die gebruik van hierdie fort." Ouma Martha glimlag verleë. "Ons het sommer eie reg gebruik en van jul kos ook geneem. Ons sal dit vir julle terugstuur sodra dinge weer normaal is."

"Ag! Vergeet dit, mevrou." Die kaptein lag lekker. "Ons is mos hier om julle te beskerm."

Jaap en die kaptein verdwyn in die kombuiskantoor en beraadslaag ure lank. Dit is al sterk skemer voordat hy daar uitkom.

Stieneke soek hom gedurig met haar oë tussen die ander uit. Sy wil nog met hom gesels. Hy sal binnekort uit haar lewe verdwyn en daar is nog dinge waaroor hulle moet gesels. Sy . . .

Sy gaan staan stil. Ja! Wat wil sy vir hom sê? Sy weet nie! Sy wil net nie hê hy moet so by haar verbykyk nie. Hy moenie maak asof sy nie bestaan nie. Dan moet hy haar liewer terg en haar 'n witmuis noem.

Dit is nog donker wanneer hulle begin inspan. Die osse en perde is gelukkig nog almal veilig, danksy die aangrensende kraal met sy hoë muur.

Die vroue het koffie gemaak en hulle het die laaste beskuit geëet. Al geselsend wag hulle in die fris oggendluggie dat dit behoorlik lig moet word voordat hulle by die forthek uitgaan.

Stieneke het reeds met Piet gesels. Hy verstaan dat sy nie kans sien om langer hier te bly nie. Hy sal haar terugneem sodra hy sy gesin alleen kan los.

Dit is maar 'n versigtige groepie mense wat die troepe teen sonop tot siens wuif.

Jaap ry heel voor op sy perd, dan kom die Coetzees se wa, en agter hulle is Jaap se ossewa.

Piet wou niks weet van in die wa ry nie. Hy het met sy arm, stewig deur die dokter verbind, sy plek in gelid van die optog ingeneem.

Piet en Bertie ry weerskante van die waens en Teuns kom agterna.

Karo weier botweg om in die wa te ry. Sy is op haar perd. Sy kuier meestal voor by Jaap, maar soms kom trek sy langs Bertie of Piet in.

Ouma Martha is weer voor op die bankie en het die leisels styf in haar hande. Anna en die kinders is agter in die wa.

Stieneke het saam met Bertha en Hildegard in Jaap se wa geklim. Arme Bertha, dit sal darem te eensaam vir haar wees so alleen in die wa met haar eie gedagtes. Sy voel darem al heelwat beter, veral noudat Bertie veilig is.

Met dankbaarheid kyk Stieneke na die stil optog hier

voor haar. Hoe goed was die Vader nie vir hulle nie! Hier is almal nog, nie een het iets oorgekom nie. Dit kon so anders gewees het.

Middagete roep Jaap die trek tot stilstand. "Ons kan nie nou uitspan nie. Julle moet maar net gou koffie maak en dan vinnig iets eet. Hier is die wêreld te onbeskut."

"Dink jy nie ons moet maar aanhou tot by daardie plaas van ou Fryers nie? Die een wat nou leeg staan. Daar is darem so 'n bietjie beskutting."

"Ja, ek het ook aan daardie plek gedink vir vannag, Piet. Dit is egter 'n baie lang skof. Die vroue en kinders sal dit nie hou nie. Ons hou maar net wag. Ek het tot dusver nog niks verdags opgemerk nie."

Jaap se gerusstellende woorde weerspreek sy houding. Hy is gespanne en sy oë fynkam gedurig die omgewing.

Stieneke gooi vir hom koffie in en hou die brood en biltong na hom uit.

Hy frons en grom 'n dankie in haar rigting. Wanneer sy opkyk, sien sy hoe Teuns se wenkbroue fyntjies, geamuseerd lig.

Sy bloos, draai om en hou haar besig met die kinders.

Teuns skuif ongemerk nader sodat hy teen haar sit terwyl hulle eet. Sy gee hom 'n vuil kyk, maar hy maak of hy dit nie sien nie.

Stieneke eet net klaar, dan staan sy vinnig op. Teuns Marais moenie nou meer met haar sukkel nie. Hier is genoeg ander probleme.

Hulle bereik die plaas waarvan die mans die oggend gepraat het sonder teespoed.

Die manne trek die waens teen 'n ou damwal sodat dit redelik beskut kan wees van die een kant af. Hulle hou dwarsdeur die nag in skofte wag.

Jaap is onrustig en wil ook nie hê dat hulle moet vuur maak nie. "Die waens bied nie veel skuiling nie. Veral nie teen gewere nie. Ons moet maar so onopsigtelik moontlik wees. Hier is gelukkig water vir die diere."

Almal aanvaar Jaap se besluit sonder enige teenspraak.

Stieneke staan die volgende oggend vroeg op terwyl die ander nog slaap. Die klomp vroue het gisteraand almal saam 'n draaitjie geloop en ouma Martha en Karo het hul gewere saamgeneem. Sy wil egter nie graag een van hulle nou wakker maak nie en sy sal noodgedwonge nou eers moet gaan. Die natuur wag vir niemand nie.

Alles is rustig en vreedsaam buitekant. Stieneke is nie meer bang nie. As daar verlede nag niks gebeur het nie, sal daar ook nie nou nie; dit begin dan al lig word.

Teuns staan wag en glimlag breed toe hy haar sien.

Sy maak egter of sy nie van hom bewus is nie en stap agter die groot plaat bosse in. Hy sal dit tog nie waag om haar hiernatoe te agtervolg nie. In die veld geld daar tog ongeskrewe reëls. Die mans weet dat hierdie kant die vroue se deel is.

Sy misreken haar egter baie lelik met Teuns Marais. Toe sy reken dat sy ver genoeg van die waens af is, vat twee arms haar stewig van agter af vas.

Sy gil hoog en benoud.

"Is jy gek! Wil jy almal wakker maak? Jy weet mos dit is net ek." Teuns kyk haar opreg verbaas aan.

"Hoe durf jy my hiernatoe volg? Jou . . ."

Asof hy uit die lug geval het, is Jaap skielik langs hulle. "Wat is dit?"

"Ek weet nie vir wat gil sy so nie. Ek dog sy verdwyn hiernatoe sodat ons alleen kan wees." Teuns klink opreg verbaas en dan verander hy sy stem meesterlik sodat dit heeltemal simpatiek klink. "Ek is jammer as ek jou laat skrik het, ek wuif dan vir jou om te wys ek kom."

Stieneke kan stik van woede.

"Dit is nie nou die tyd of die plek vir 'n gevryery nie! Hou julle in totdat die gevaar verby is. Julle . . . maak my siek!"

Jaap is woedend. Hy bal sy vuiste saam, want hy het lus en gryp vir Stieneke en skud 'n bietjie verstand in haar in.

"Maar ons kry nooit kans om alleen te wees nie." Teuns bly tokkel op dieselfde snaar en verlustig hom in Jaap se woede.

"Julle het nie nodig om agteraf te vry nie. Karo stel nie meer belang nie." Hy draai sissend na Stieneke. "Jy kan maar jou kêrel vir die mense wys, vir wie is jy skaam?"

Woedend en vernederd lig Stieneke haar rok effens op en hardloop in die teenoorgestelde rigting.

Jaap stap met lang treë voor Teuns uit. Teuns skop ver-erg na 'n graspol en kyk vies na Stieneke se verdwynende figuurtjie.

Jaap saal sy perd driftig op en stap na Piet, wat diep teue van die fris oggendlug staan en inasem. "Ek ry so 'n ent vooruit om die wêreld te verken. Julle moenie draai nie. Ons moet vandag voor donker so ver moontlik kom."

Stieneke draai onnodig lank. Sy is billik ontstoke en stap sommer 'n ekstra draaitjie weg van die waens af om haarself tot kalmte te dwing en haar gevoelens onder be-heer te kry.

'n Skilpad stap stadig onder 'n bos uit en Stieneke sak op haar hurke neer. 'n Skilpad het haar nog van haar kinderdae af gefassineer.

Die skurwe kop beweeg liggies van kant tot kant soos hy behoedsaam vorentoe beweeg. Die voete soek versigtig na 'n vastrapplek.

Iets tref haar met 'n geweldige hou teen haar agterkop en alles om haar word swart terwyl sy stadig vooroor tuimel.

Teuns is nors en onvriendelik toe hy by die waens terug-kom en steur hom nie juis aan die ander nie. Hy gaan was later sy hande en gesig by die dam en saal sy perd op.

Bertha neem maar aan dat Stieneke by Anna-hulle in die wa is, waar sy baiekeer met die kinders help, en Anna dink weer dat sy by Bertha is.

Daar is so 'n geskarrel om ingespan en weg te kom dat niemand haar afwesigheid opmerk nie.

Teuns ignoreer die waens. Hy wil haar glad nie weer sien nie. Sy moet darem nie dink sy gaan voor die mense van hom 'n gek maak nie.

Hulle maak vanoggend 'n vuurtjie, want dit is nie so op-vallend in die daglig nie. Die manne drink staan-staan kof-fie en die vroue druk die kleintjies iets in die hand om te eet. Hulle sal vanaand weer kosmaak. Hier is darem nog biltong, droëvrugte en brood waaraan die kinders kan peusel.

Hulle beweeg so stil moontlik. Die son word warmer en die diere traer.

Ongeveer tienuur sluit Jaap hom weer by die waens aan. Hy is stil en praat net die nodigste. Hy ry net regop en trots voor hulle in die pad.

Die vroue en kinders is stil in die waens. Die mans is elkeen behoedsaam op sy pos. Waaksaam bespied hul oë die omgewing, bedag op elke gevaar wat in die bosse kan skuil.

Die son sit reg bokant hulle wanneer Jaap die touleier wys om onder die groot boom in te trek.

"Ons kan maar probeer aanstoot, Jaap." Piet kyk bekommerd na die ruigtes om hulle.

"Ek dink ons moet net die vroue en kinders 'n slag so 'n bietjie laat bene rek en 'n draaitjie laat loop."

Dankbaar klouter hulle van die waens af. Ouma Martha vat haar geweer en maak die vroumense bymekaar.

"Ons gaan nie ver nie. Julle manne moet tog maar anderkant toe kyk, asseblief."

Ouma Martha kyk na Bertha wat vir Hildegard uit die wa uit help.

"Sê Stieneke moet kom!"

Bertha kyk verskrik na ouma Martha. "Sy is nie by my nie. Ek het haar nog nooit vanoggend gesien nie."

"Sy is ook nie hier by ons nie. Ek . . . Anna, het jy vanoggend al vir Stieneke gesien?"

"Nee, Ma!"

Jaap staan vinnig nader en die bekommernis trek die ander mans se gesigte maskeragtig styf.

Teuns is al een wat eenkant staan en aan 'n grassie kou. "Sy is kwaad! Sy kruip seker agter in een van die waens weg."

"Ag! Moenie simpel wees nie, Teuns. Stieneke is nie so kinderagtig soos jy nie." Karo is op die plek so kwaad dat sy nie dink wat sy sê nie.

Ouma Martha raak saaklik. "Het enigeen van julle haar vanoggend gesien? Karo . . . Bertha?"

"Dit het net begin lig word, toe het sy uitgeklim. Maar ek het seker weer ingesluimer, want dit het nie behoorlik by my geregistreer nie." Karo frons bekommerd.

"Ek het haar nie eens hoor uitklim nie." Bertha is baie na aan trane.

"Ek en Teuns het haar gesien." Jaap se stem klink ver en bekommerd.

"Het jy haar weer gesien nadat sy daar weg is, Teuns?"

"Nee, sy het mos daar agter die damwal verdwyn. Ek het later gaan was en maar aangeneem dat sy intussen terug-gekom en in een van die waens geklim het."

"Waar het julle haar gesien?"

Jaap verduidelik kort en bondig sonder om die prentjie in te kleur.

"Sy wou blykbaar 'n draaitjie gaan stap het. Teuns het agter haar aangegaan en sy het geskrik en gegil. Ek het dadelik daarheen gegaan en toe het sy by ons verbyge-hardloop agter die damwal in. Ek is toe weg om te gaan verken."

"Wel, niemand anders het haar gesien nie. Ons sal moet omdraai, julle." Ouma Martha druk die kinders terug na die wa toe.

"Nee, tannie Martha, wag! Een van ons moet omdraai en na haar gaan soek."

Jaap kyk direk na Teuns, maar hy ontwyk Jaap se oë en kyk anderpad.

"Ek sal gaan. Ek is verantwoordelik vir haar." Piet staan nader en vat sy perd se teuels vas.

"Nee, wag, Piet, jy kan nie! Jou arm is nog seer." Jaap kyk na die kring gesigte om hom. "Klim julle almal op die perdewa. Al die vroue en kinders. Ry huis toe! As dit nodig is, ry sommer deur die nag."

Hy wag nie vir iemand om hom te weerspreek nie, maar deel net verder bevele uit.

"Die ossewa kan eers hier bly. Hy is te stadig, dit hou julle te veel op. Filemon, kry vir julle 'n skuilplek sodat julle net die wa onder oë kan hou. Vat vir julle kos en water, asook jul gewere saam."

"Reg so!"

"Gaan jy saam, Teuns?" Jaap kyk hom reguit aan en dwing 'n antwoord van hom af.

"Ek gaan nie my lewe in gevaar stel vir haar befoeterdheid nie."

Jaap se kake klem styf saam en die woede span soos 'n vel oor sy gesig.

Hy sis die woorde stadig en afgemete uit. "Jy moet net sorg dat jy onder my oë uit bly. As ek ooit weer teen daardie pap bakkies van jou moet vaskyk, sal ek dit platvee."

Hy draai sy rug op Teuns en kyk na die ander. "As ons oor . . ." hy reken vinnig uit, ". . . so drie dae nog nie by julle is nie, moet julle die troepe laat weet. Maak dit liewer vier dae. Die ossewa is maar stadig en dit is seker nog twee dae se ry hiervandaan huis toe."

"Jaap, laat ek saamgaan." Bertie staan nader.

"Nee, Bertie, dan is hier nie genoeg mans om hierdie vroue en kinders te beskerm nie. Ry net en sorg dat julle op die plaas kom, waar daar skuiling is."

Ouma Martha is al weer prakties en druk solank brood en biltong, asook 'n fles met water, in Jaap se saalsak.

"Jaap, jy moet tog versigtig wees, my kind!" Sy soen hom op sy wang.

"Ek sal, tannie Martha. Julle moet ook nou ry. Sterkte!" Jaap spring in die saal en jaag donderend in die stofpad af.

Binne twee uur is hy weer by hul staanplek van die vorige nag. Hy spring van sy perd af en hardloop in die rigting waarheen sy die oggend gestap het.

Hy kry die spore sonder inspanning. Met 'n sug van verligting sien hy dat daar geen bloedmerke is nie. Hy kry ook net spore van twee aanvallers.

Hy vat sy perd se halter en stap met die spore langs. Hulle het 'n voorsprong van sowat ses uur. Dit jaag hom aan en hy stap vinniger. Wanneer hy sien die spore lei reguit na 'n klipkoppie in die verte, klim hy op sy perd en jaag daarheen. Hy sal die spoor moet behou sodat hy haar voor donker kan vind.

Kort-kort klim hy af om seker te maak dat die spore nog daar is.

Jaap kry egter nie Stieneke se spore nie. Te oordeel na die aanvallers se spore, word sy egter deur een van hulle gedra. Die een stel spore trap diep in die sanderige kolle in.

Onder 'n boom kry hy 'n plek waar hulle gerus het en hier sien hy duidelik waar hulle haar neergelê het.

Met dankbaarheid sien hy 'n uur later haar klein skoenspoortjies in die grond. Sy moes dus haar bewussyn herwin het. Sy is darem nie dood nie!

Die verligting maak hom lam. Hy sal haar hier moet uitkry. Sy is so klein en fyn en sag. Hulle sal haar baie seer kan maak. Sy sal sommer doodgaan net van vrees. Sy is nie gewoond aan hierdie gevare nie.

Dit begin skemer word en Jaap is nou in die klipperige koppe. Hy sal sy perd hier moet los. Hy maak vinnig 'n opsomming van die omgewing en die rigting en haak sy geweer oor sy skouer. Versigtig, elke sintuig tot die uiterste ingespan, sluip hy verder.

Op die ingewing van die oomblik swenk hy heeltemal sodat hy die deel waar hy meen hulle skuil, heeltemal uit 'n ander rigting benader. Hulle is net twee en sal net die ingang waarvandaan hulle moeilikheid verwag, kan dophou.

Stieneke voel hoe die newels stadig van haar wyk. Sy het nie die vaagste benul waar sy is nie. Sy lê doodstil en maak haar oë stadig oop.

Twee groot rooibruin mans, met baie min klere aan, sit 'n entjie van haar af en gesels in 'n vreemde taal.

Sy maak haar oë weer vinnig toe wanneer sy die los drade bymekaar begin kry. Sy was in die veld en het net die vreeslike slag agter haar kop gevoel.

Vrees verlam haar. Toe die Herero's opstaan en haar optel, hang sy slap en leweloos oor die bruin skouer.

Of hulle aan haar asemhaling gehoor het sy is nie meer bewusteloos nie, weet sy nie. 'n Entjie verder gooi haar draer haar van sy skouer af en gaan staan met 'n spiespunt teen haar keel. Sy oë is behoedsaam op haar.

Die ander een maak haar hande vas, ruk haar regop en stamp haar voor hulle uit.

Haar keel is rou van die dors en haar kop klop soos 'n tamboer.

Sy strompel en struikel, maar word elke keer net wild regop geruk.

Ure later druk hulle haar onder 'n oorhangende rots in en maak haar voete ook vas. 'n Vuil lap word om haar mond gebind sodat dit voel of sy versmoor. Al wat sy nog kan doen, is om te bid en te hoop!

Hulle het 'n entjie voor haar stelling ingeneem. Die een het 'n geweer en die ander een 'n spies. Hulle sit só dat hulle 'n smal ingang 'n entjie onderkant hulle kan dophou. Reg rondom hulle is rotse – dit is die enigste ingang.

Hulle praat sag in die vreemde taal. Al kon sy ook hoor wat hulle sê, sou sy buitendien nie 'n woord daarvan verstaan het nie.

Sy het alle tred met die tyd verloor. Dit staan vir haar absoluut stil. Haar kop pyn verskriklik en die dors wil haar binne-in aan die brand steek. Soms dommel sy weg in 'n deurmekaar soort beswyming of newelslaap.

Met dankbaarheid sien sy later hoe die son sak. Dit sal draagliker wees wanneer dit koeler is. Om darem 'n mens se dood in die bloedige hitte te sit en afwag, is vreeslik!

Dit raak heeltemal donker en sy hoor die veraf getjank van 'n jakkals en dan weer die fyn, skerp geluid van die krieke hier naby haar.

Duisende gedagtes maal deur haar verstand, maar dit is asof sy hulle nie in sinne kan formuleer nie.

Sy weet nie of sy droom nie en of sy weer in 'n deurmekaar halfwakker toestand is nie.

Skielik gly iets swarts, glad en geluidloos hier voor haar van die rots af. Alles gebeur so vinnig dat sy dit nie kan volg nie.

Die swart straal wat oor die rots gly, duik reg op die een Herero met die geweer af. Stieneke hoor 'n dowwe hou en

457

dan nog een. Die geweer trek met 'n boog deur die lug en kom land hier voor haar. Die swart figuur gooi die spies ook eenkant wanneer hy by die twee stil figure buk. Uit sy sak haal hy 'n stuk tou en maak een van hulle se hande vas.

Die een wat die geweer gehad het, lê baie, baie stil en Stieneke wonder deurmekaar of hy dood is.

Die swart figuur draai om en sy oë soek in die donkerte na iets. Sy maak fyn kermgeluidjies om sy aandag te trek waar sy diep in die skaduwees van die oorhangende rots sit.

Met twee lang treë is die donker figuur by haar en dan eers sien sy dat dit regtig Jaap is! Snaaks, in haar deurmekaar toestand vandag was sy naam soos 'n anker in haar gedagtes.

Sy het geweet hy sal na haar kom soek. Dit het hier agter in haar verstand vasgehaak. Hy sal! Hy sal kom, want haar hart roep na hom. Die hele tyd roep sy net een naam, oor en oor.

Hy trek haar onder die rots uit en haal die lap uit haar mond.

Sy wil huil en vir hom dankie sê, maar die droogheid in haar keel maak dat daar net 'n skor geluid uitkom.

"Die vuilgoed!"

Jaap ruk sy waterbottel van sy gordel af en trek die prop uit. Hy hou die waterbottel voor haar mond en stut haar kop agter met sy groot hand.

Gulsig drink sy en sy sou die hele bottel leegdrink, maar ná 'n paar slukke neem hy eers die bottel weg.

Hy sny die rieme om haar hande en voete met sy mes los. Nog steeds kan sy geen woorde uitspreek nie. Alles bly deurmekaar.

Hy vryf haar polse en toe sy opkyk en nog steeds sy dierbare figuur hier voor haar op sy hurke sien, dring die besef eindelik tot haar deur dat dit werklik nie 'n droom is nie.

Sy gooi haar arms om sy nek en nou ruk droë, harde snikke haar hele liggaam.

"Toe maar! Toe maar. Alles is nou reg." Jaap vryf onhandig oor die skraal skouertjies en dan druk hy haar net baie styf teen hom vas. "Kom, ons moet hier uitkom. Ek weet nie of daar nog van hulle is nie."

Hy vat die riem waarmee sy vasgemaak was en bind die ander een se hande ook stewig vas.

"Is hy . . . is hy dood?"

"Nee! Ek wil hulle net hier besig hou sodat ons kan wegkom."

Hy slaan sy arm om haar middel en help haar teen die rotse af. "Hoe voel jy?"

"My kop is net baie seer."

In stilte sukkel hulle teen die rotse af tot onder waar die perd nog geduldig op hulle wag. Hy tel haar op die perd en klim dan agter haar op.

"Jaap!"

"Hmmm?"

"Baie dankie. Ek . . . is jammer dat ek jou soveel probleme gee . . ."

Sy arm gaan styf om haar en hy trek haar teen hom vas sodat haar kop gemaklik in die holte van sy skouer kan rus.

"Kom, slaap 'n bietjie hier teen my. Ons sal oor 'n rukkie uitspan, iewers waar dit veiliger is."

Tevrede en rustig hier in die veiligheid van Jaap se arms raak sy vas aan die slaap. Sy sit dwars in die saal en haar gesig is so naby aan Jaap s'n dat hy net sy kop effens moet draai om haar sag op haar voorkop te soen.

9

By die plek waar hulle die vorige nag geslaap het, hou Jaap die perd in en maak haar wakker.

"Kom ons saal hier af sodat jy ordentlik kan rus."

Hongerig eet sy van die brood en biltong in Jaap se saalsak en haar hoofpyn voel ook sommer beter toe sy iets inkry.

"Jy moet 'n bietjie kom slaap." Jaap maak die grond gelyk sodat sy daar kan lê.

Sy strek haar uit en hy gaan sit so drie tree van haar af met die geweer oor sy knieë.

"Jaap!"

"Hmmm?"

"Ek is bang!"

"Maar ek is mos nou hier by jou, Katie."

"Kan . . . ek maar daar by jou kom lê?"

Jaap glimlag teer, staan op en kom sit langs haar. Hy gaan sit met sy rug teen die damwal en wikkel homself gemaklik reg. Dan steek hy sy hande onder haar blaaie in en trek haar hoër op sodat haar kop op sy skoot lê.

"Is dit beter?"

"Ja, dankie."

Jaap dink sy slaap al, dan kom haar stemmetjie weer hier uit die donkerte.

"Jaap!"

"Hmmm?"

"Wanneer het julle agtergekom ek is nie by julle nie?"

"Eers twaalfuur."

"Toe eers!" Sy klink so teleurgesteld en afgehaal dat Jaap nie kan help om stil in die donkerte te glimlag nie.

"Die een het maar gedink jy is by die ander een in die wa. Anders sou dit nie gebeur het nie."

"En jy? Het jy ook nie eens agtergekom ek is nie daar nie?"

'n Ongekende teleurstelling knyp haar keel toe en Jaap vryf die blonde hare sagkens uit haar gesig.

"Dit was eers toe ons uitspan, of liewer, stilhou vir middagete dat . . . dat ons agtergekom het jy is nie in een van die waens nie. Selfs Teuns het dit toe eers agtergekom."

Sy is lank stil en Jaap kan haar teleurstelling aanvoel.

"Wonder jy nie hoekom hy jou nie kom soek het nie?"

"Ek het nie een keer gedink dat hy so iets sal doen nie. Hy is in sy siel selfsugtig."

"En tog wil jy hier by hom bly."

"Ek het tog al vir jou gesê ek gaan nie meer met hom

460

trou nie. Ek gaan huis toe, so gou moontlik. Piet het belowe hy sal my terugneem Swakopmund toe sodra alles weer normaal is."

"Maar . . ."

"Maar wat, Jaap Venter?"

"Ek het dan self gehoor jy se vir hom dat jy nie van hom af weggaan nie."

"Haai, nou jok jy!"

"Jy het so gesê. Die aand daar in die kombuis, toe hy jou nog in sy arms geneem het."

"Wel, ek weet nie daarvan nie. Jy het seker maar net die helfte van 'n sin gehoor of verkeerd gehoor. Ek het hom daardie aand opgefoeter met die opskeplepel. Ek is skoon verbaas dat hy weer allerhande slimstreke met my probeer."

"Jy het wat gemaak?"

"Ek het hom met die lepel geslaan, oor sy hande en sy skouers en sy kop!"

Jaap lag saggies en hy kan die verligting wat so vinnig deur hom vloei, glad nie verklaar nie.

"Katie!"

"As ek nie so dankbaar was omdat jy my kom red het nie, sou ek jou ook nou 'n paar dingetjies gewys het."

"Hoekom?"

"Omdat jy my so 'n lelike naam gegee het."

"Katie Veldmuis! Ek dink dis pragtig."

"Ek haat muise. Hulle is grillerige goed!"

"Ek is dan so lief vir 'n witmuis. Myne se naam was Katie."

Stieneke giggel en Jaap het lus en druk haar weer styf teen hom vas. Hy wil haar soen totdat sy magteloos aan hom vasklou.

Sy draai op haar rug sodat sy in sy gesig kan kyk.

"Jaap!"

Sy vat die groot hand wat hier by haar lê en druk 'n soentjie in die palm. "Baie, baie dankie! Ek was vandag so deurmekaar, maar in my gedagtes en in my hart het ek net na jou geroep. Ek het geweet jy sou kom."

461

Jaap lag ongelowig. "Hoe het jy dit geweet?"

"Ek het dit sommer net geweet, dis al!" Sy druk sy hand teen haar wang vas en haar oë blink geheimsinnig in die maanlig.

"Dink jy nie jy kan my beter dankie sê as dit nie? Ons Suidwesters ken 'n baie beter manier."

"Wat is dit?"

Sy arms gly om haar en hy lig haar effens op sodat hy haar styf teen hom kan vasdruk. Sy kop sak af totdat sy lippe die wagtende mondjie opeis.

Hy soen haar sag en talmend, so asof hy bang is hy gaan haar seermaak. Daar is soveel teerheid in die soen dat Stieneke se arms vanself om sy gespierde nek vou.

Ná 'n eindelose paar sekondes wat haar ver weggedra het tot agter die dynserige wolkies, laat hy haar half onwillig los.

Sy sak terug op sy skoot en haar oë is groot en blink. "Ek was so bang! So verskriklik bang! Ek . . ."

"Ou witmuisie! Jy sal tog maar vir jou 'n man moet vat wat jou kan beskerm."

Sy glimlag stil. "Ja, ek sal seker maar moet."

"Jy moet nou slaap. Sodra die dag breek, ry ons."

"Nag, Jaap!"

"Nag, Katie."

Stieneke slaap droomloos totdat Jaap haar liggies skud. "Ons moet vort."

Hulle eet die orige brood en biltong en Jaap maak sy waterfles weer by die ou put vol.

'n Uur later trek Jaap agter 'n groot bos in en wag luisterend.

"Wat hoor jy?" Stieneke spits haar ore, maar sy hoor net die gewone veldgeluide.

"Perdepote!"

Hulle wag 'n rukkie, dan klim Jaap van die perd af en klim in 'n boom daar naby om beter te kan sien. "Dit is soldate! Beskermingstroepe. Ons kan maar gaan."

Jaap wuif van ver af.

462

Die manne is gehawend en moeg en Jaap en Stieneke kan sien dat hulle baie beslis nie piekniek gehou het in die veld nie.

"Môre, Jaap!" Die offisier in die vuil uniform ken blykbaar vir Jaap en groet joviaal.

"Môre, majoortjie. Waar kom julle vandaan?"

"Hamakari af! Ons het hulle nou vir goed verslaan."

"Regtig, majoor?"

"Ja, Jaap! Maar ons het ook gevoelige verliese gely. Ons moes baie manne afgee. Goeie manne!"

Die majoor klink so hartseer en ongelukkig dat Stieneke hom uit haar hart uit jammer kry.

"En julle?" Die majoor kyk nuuskierig na Stieneke.

"Dit is Stieneke . . . majoor Leutwein." Jaap kyk verleë na Stieneke. "Wat is jou van nou weer?"

"Kitshoff."

Die majoor kap sy hakke flink teen mekaar en steek dan sy hand na haar uit.

Hulle trek almal onder die boom in en die manne rek so 'n bietjie bene terwyl Jaap die majoor van hul wedervaringe die afgelope veertien dae vertel.

"Wel, ek is darem bly dat die juffrou veilig is, Jaap. Baie dankie, jong. Ons sal nou daarlangs ry en kyk of ons nie daardie twee in die hande kan kry nie. Hulle wou haar natuurlik gebruik as gyselaar om hul kaptein terug te kry, nadat die set met Bertie Greyling nie gewerk het nie."

"Ja, ek het ook so gedink, majoor."

Jaap kyk na Stieneke. Hy wou dit nie vir haar vertel nie, sy het groot genoeg geskrik.

"Ons het by jou wa verbygegaan. Dis doodstil daar, daar is nie 'n sterfling nie. Verder lyk dit alles nog redelik veilig."

"Ek het vir hulle gesê hulle moet iewers skuil en net die wa dophou."

"Ek het so vermoed en toe ook nie toegelaat dat die manne te naby gaan nie. Ek was bang hulle skiet op ons."

Die majoor steek sy hand na hulle uit en die ander soldate bestyg solank hul perde.

463

"Ons moet gaan. My manne verlang na 'n ordentlike bord kos en 'n bed."

Jaap wag totdat hulle om die draai in die pad verdwyn voordat hy Stieneke weer op die perd help.

Dankbaar sien Stieneke later die wit seil van die wa in die verte. Sy is rasend honger en daar behoort kos te wees.

Jaap lees seker haar gedagtes, want hy vryf oor sy maag. "Dit klink darem of die wêreld nou weer redelik veilig is, volgens die majoor. Ons gaan nou vuur maak en vir ons kos maak. Al is dit ook net pap. Ek is skreeuend honger."

Die koffie is vir Stieneke die lekkerste. Sy voel of sy van gister af heeltemal ontwater het.

Jaap keer later laggend. "Die koffie sal by jou ore uitloop, jong."

"Ek was darem gister dors! Daardie ou vuil lap in my mond, dit het later gevoel of my keel en bors uitbrand."

Jaap lag. "Ek sal glo dit was nie baie aangenaam nie."

Jaap skiet deur die middag vir hulle 'n bokkie en toe hulle die aand uitspan, kan hulle die lewer en vetdermpie braai, koningskos vir 'n honger klompie mense.

Stieneke sout solank die vleis in en hang dit in die boom op. Môreoggend kan hulle dit in die wa sit.

"Ek gaan net gou vir Filemon help om die osse te laat suip. Maak jy tog asseblief solank vir ons vuur op. Dit is al amper donker. Hier is vuurhoutjies. Agterin die wa is potte en goed wat jy dalk sal nodig kry."

Jaap verdwyn in die skemerte en Stieneke kyk onnosel om haar rond. Sy het nog nooit in haar lewe 'n vuur opgemaak nie.

Sy sleep van die droë takke en bossies nader en maak 'n hoop daarvan. Haar nugter verstand sê vir haar dat die groot stukke hout nie sommer sal brand nie.

Sy vat 'n hand vol droë gras, druk dit onder die hoop in wat sy opeengestapel het, en steek dit aan die brand.

Die grassies brand vrolik vir 'n minuut of twee en gaan dan vinnig dood terwyl die groot stukke hout net 'n swart roetlagie op kry.

Haar hare hang al slierterig teen haar gesig af en die

stowwerige gesiggie word net vuiler en vuiler van sukkel met die moedswillige ou vuurtjie.

Die helfte van die vuurhoutjies lê uitgebrand op die grond en dit voel vir haar of sy al ure sukkel.

"Liewe genade! Wat vang jy aan?"

"Ek maak vuur!"

Jaap staar haar sprakeloos aan.

"Kan jy waaragtig nie 'n vuur opmaak nie? Ek sou dit nooit geglo het as ek dit nie met my eie oë gesien het nie."

Stieneke staan verleë terug. Jaap pak die gras op 'n hopie, breek dan dun takkies wat hy daaroor sit en dan klein stukkies hout, wat hy netjies simmetries pak, sodat dit soos 'n toring lyk.

Hy trek die vuurhoutjie, die grassies vat vlam en lek-lek aan die dun takkies totdat dit 'n groot helder vlam is wat die groot stukke hout gulsig aandurf.

Sy kyk gefassineer na die vuur en dan stadig op in Jaap se spottende oë.

Hy skud weer sy kop ongelowig.

Stieneke voel die trane agter haar ooglede brand. Sy wil nie hê hy moet dink sy is sommer 'n sagte ou wit dingetjie wat niks kan doen nie. Sy sal leer! 'n Mens kan mos nie 'n ding doen wat jy nog nooit geleer het nie.

"Nee, kyk! Hierdie land is te hard vir jou! Jy sal maar vir jou 'n ryk stadsjapie moet vat, sodat jy bedien kan word en nie nodig sal hê om jou hande uit te steek nie."

Stieneke sluk aan die knop in haar keel wat die trane sommer ongevraag in haar oë laat opdam.

"Ek kan . . ."

Sy kom nie verder nie, want Jaap lag hard en luidrugtig. "Wat maak 'n mens met so 'n vrou?"

Stieneke druk skielik haar gesig in haar hande sodat hy nie die trane moet sien nie en dan begin haar hele lyf ruk.

Sy wil nie hê hy moet sulke dinge van haar dink en sê nie. Want dit maak skielik so baie saak wat hy van haar dink.

Gisteraand het haar hart wild aan die bons gegaan toe hy haar so sag en teer gesoen het. Sy . . . liewe genugtig! Sy wil nie meer weggaan nie. Sy wil hier bly! Hier by hom in hierdie wilde woeste land! Solank hy net naby is, sal sy vir alles kans sien!

Jaap staan verleë nader. "Ek . . . ek raas nie met jou nie! Dit was sommer net vir my ongelooflik!"

Sy antwoord hom nie. Skielik gee alles binne-in haar mee. Die afgelope ruk se vrees en gister se nagmerrie het alles opgehoop en opgedam. Sy huil net harder.

"Katietjie, dit is niks nie! As ek geweet het jy kan nie vuurmaak nie, sou ek dit self gedoen het. Ek raas nie met jou nie . . ."

Hy sit sy arm om haar en trek haar liggies teen sy bors vas. "Huil maar! Dit is sommer al die opgekropte vrees en bekommernis. Jy sê mos dit help as 'n vrou huil."

Sy simpatieke woorde trek die sluise net groter oop en sy huil groot nat kolle op sy kakiehemp.

Saggies vryf hy die skouertjies. Sy voel so sag en klein hier in sy arms. Hy wil haar optel en beskerm. Hy glimlag af op die blonde hare. Wat op aarde maak 'n mens met 'n vrou in hierdie land as sy nie eens 'n vuur kan opmaak nie?

Die snikke raak minder en Jaap hou haar 'n entjie van hom af weg. "Voel jy nou beter?"

"Ja, dankie."

Sy snuif hard en loer dan op na hom toe. Haar gesig is vuil en die trane het blink spore op haar wange gemaak. Haar hare hang slordig los en haar rok is op 'n hele paar plekke geskeur.

Jaap kyk af in die skaam, vuil gesiggie. Sy gesig trek skeef in 'n glimlag. "Sit daar teen die boom, dan maak ek gou vir ons kos."

"Ek kan kosmaak. Ek kan net nie vuurmaak nie."

"Jy is moeg. Sit jy nou."

"Maar ek wil nie, Jaap! Jy het verlede nag waggehou solank ek geslaap het. Ek wil kosmaak, asseblief!"

Jaap kyk verbaas na haar oor die skielike heftigheid. "Ek is nie regtig so . . . hulpeloos nie. Dit is net . . . ek het nooit hierdie soort goed geleer nie."

"Goed! Goed! Jy kan kosmaak. Ek glo jou."

Die kos is toe regtig lekker en Jaap kyk met 'n glinstering in die oog na haar. "Jy maak sowaar beter kos as vuur."

Stieneke glimlag dankbaar en Jaap se hart gaan wild te kere. Wat makeer hom? Hy raak oorbeskermend oor die mensie. Hy wil vir haar dinge doen en sorg dat sy nie seerkry nie. Sy is so vroulik, dit bedwelm 'n man se sinne. Hy sal hom moet regruk! Hy van alle mense het 'n vróú nodig, nie 'n hulpelose porseleinpoppie nie.

"Ek kan baie dinge doen. Ek kan klere maak en borduur . . ." Stieneke skaam haar vir haarself dat sy haar so uitveil aan hierdie groot, wilde man. Hy stel tog nie in haar belang as vrou nie. Sy vrou sal moet kan skiet en vuurmaak. Sy sal seker moet koeie melk en beeste brandmerk en hoenders se koppe afkap.

Sy kan nie een van daardie dinge doen nie. Sy kan nie eens perdry nie.

Iets ritsel agter hulle in die bos en Stieneke spring verskrik regop totdat sy teenaan Jaap staan. Jaap se beweging is glad en geruisloos. Toe sy sien, staan hy met sy geweer in sy hand.

Hy beweeg vorentoe. Stieneke skuif agter sy breë rug in en beweeg saam met hom. Liewer saam met hom die gevaar in as alleen hier in die donker.

'n Ystervarkie rol hom in 'n stekelrige bondeltjie toe Jaap die bos effens oplig.

Hy lag en kyk na die verskrikte gesiggie hier by sy skouer toe dit stadig ontspan en in 'n sagte glimlag vou.

"Ag, hy is fraai!"

"Hy het jou darem lekker laat skrik."

Jaap se stem is sag en tergerig, maar 'n warm, behaaglike gevoel het in sy binneste kom nes maak. Sy wil by hom wees as die gevaar dreig. Sy gaan liewer saam met hom die gevaar tegemoet as om alleen agter te bly. Sy vertrou hom! Sy voel veilig by hom.

Stieneke draai verleë om. Sy het al weer 'n gek van haar gemaak. Sy sal moet leer om meer braaf te wees. Sy sal net eenvoudig moet leer om die dinge te doen wat vir hierdie mense belangrik is.

467

Sy gaan sit op die kampstoeltjie en staar ingedagte in die kole. Sy wonder hoekom dit nou skielik vir haar so belangrik is. Sy gaan tog terug Kaap toe. Hier haak haar verstand vas. Maar sy wil nie weggaan nie! Sy wil hier bly! Hier naby Jaap. Sy wil weer die goedkeuring in sy oë sien en in sy stem hoor.

Sy moet haar beteuel om nie op te spring en haar arms om sy nek te slaan nie. Sy wil hom soebat, sy wil vir hom sê: Hou my hier by jou, ek kan nog baie ander dinge ook doen. Ek sal vir jou 'n goeie vrou wees. Ek sal alles leer wat jy van my verwag. Ek kan tog vir ons kinders self onderwys gee ook . . .

Jaap kyk na die stil, afgehaalde figuurtjie en hy soek in sy gedagtes rond na iets wat hy kon gesê het om haar so te laat lyk.

"Ek dink ons moet gaan slaap, Stieneke. Môreoggend vroeg met sonop moet ons al in die pad wees."

"Wanneer sal ons op die plaas wees?"

"Môremiddag se kant, as alles goed gaan."

"Hoe ver is jou plaas van die Coetzees af?"

"Daar is twee plase tussen ons. So . . . vier uur te perd."

"Dit is ook maar ver."

"Nie hier in Suidwes nie. Hier maak die mense niks van afstand nie. Ons kuier sommer vir 'n middag oor en weer."

Stieneke skud net haar kop ongelowig.

"Ons Kapenaars sal padkos saamneem as ons so lank op die pad moet wees. My mense sal dit nooit glo as ek dit vir hulle vertel nie."

Sy rek haar onvroulik uit en kyk vies na haar vuil klere. "'n Bad en skoon klere sal darem heerlik wees."

Jaap ruik aan sy opgerolde hempsmou. "Ja, dit kan jy weer 'n keer sê. Ek het darem skoon klere, maar hier is nie 'n badplek nie. Ek moes daaraan gedink het dat hulle jou goed uit die Coetzees se wa laai. Maar alles het ook so vinnig gebeur."

Stieneke lag net en haar tande glinster wit in die maanlig. "My pa sou sê, vuil is darem nie seer nie!"

Moeg en vuil kom hulle die volgende dag net voor skemer op die plaas aan.

Piet en Bertie, asook Simon wat al daar op die plaas gewag het, het die afgelope paar dae wondere verrig.

Die stuk dak bokant die kombuis is herstel en die vroue het met die hulp van Lena, Simon se vrou, die huis van hoek tot kant skoongemaak. Al die roet en stof is reeds afgewas. Die mure sal geverf moet word, maar andersins is die ergste skade herstel.

Hulle het al die goedjies wat in die koppe weggesteek was, gaan haal. Anna en ouma Martha gaan aan met die huishouding en versorg Bertie se gesin asof hulle al die jare deel van hierdie familie was.

Almal kom by die huis uitgehardloop en kom ontmoet die wa in die rooi stofpad.

Ouma Martha huil en druk Stieneke dankbaar teen haar vas. "Die hele tyd het ek net gewonder wat ek vir jou ma gaan sê."

"Ek is 'n ou kanniedood, tannie Martha." Sy kyk na Jaap en glimlag dankbaar. "Maar as dit nie vir Jaap was nie, het hulle sowaar van my 'n pastei gemaak."

Sy stap saam met hulle huis toe terwyl Lettie en Martie weerskante aan haar hande hang. Klein Annatjie soek naarstiglik na 'n plekkie waar sy 'n drukkie kan inkry.

Ná die ergste groetery verby is, soek Stieneke eerste 'n bad. "Anna, al wat ek nou wil hê, is 'n bad. Ek voel so vuil en behoorlik taai."

"Natuurlik, Stieneke. Hier is reeds lekker warm water in die donkie. Jy kan sommer dadelik gaan bad."

"Dit sal heerlik wees." Sy staan op om na haar kamer te stap waar haar skoon klere behoort te wees.

"Stieneke, ons het jou voorlopig by die meisies ingeskuif. Ek hoop nie jy gee om nie." Ouma Martha keer haar vinnig en glimlag dan verlig wanneer Stieneke heeltemal spontaan die nuwe reëlings aanvaar.

"Glad nie, ouma Mart. Ek sal graag saam met hulle wil slaap."

Lettie lag ingenome en Stieneke knyp haar blosende

wangetjie. Stieneke wens dit was nie so laat nie, dan het sy haar hare ook gewas. Sy borsel hulle egter totdat sy amper seker is daar is geen stof meer in nie.

Die skoon klere vou sag en syerig om haar liggaam. Die gevoel is hemels! Die ligblou rokkie weerkaats in haar oë en dit voel vir haar of sy al die moegheid van haar afgewas het.

"Mensig! Maar kyk hoe mooi is so 'n juffrou nou!" Dit is Piet wat so joviaal die kompliment uitdeel toe sy haar by hulle op die stoep aansluit.

"Dit is heerlik om weer skoon te wees."

Jaap vryf oor sy stoppelbaard en glimlag. "Mag ek ook maar jul badkamer gebruik, Anna? Ek dink nie dit is vir iemand 'n plesier om langs my te sit nie."

"Natuurlik, Jaap!" Anna staan vinnig op. "Kom ek gee vir jou 'n handdoek. Ek dink Simon het al van jou goed afgedra van die wa af. Dit sal daar in die stoepkamertjie wees."

"Dankie, Anna."

Hy het 'n skoon wit hemp aan by 'n lang kakiebroek. Sy hare is nog klam en sy gesig is kaal geskeer wanneer hy hom na 'n ruk weer by hulle aansluit. Hy is vir Stieneke ongelooflik aantreklik en sy voel hoe 'n ongemaklike blos in haar wange opstoot toe hy onverwags in haar oë kyk.

Terwyl sy gebad het, het hy vir die ander die hele storie van haar verdwyning vertel en sodoende spring sy die on-aangename herinneringe vry, sodat dit 'n heel gemoedelike groepie is wat nou op die stoep saamkuier.

Karo het van Jaap se afwesigheid gebruik gemaak om Stieneke gou in te lig oor die onderonsie tussen Teuns en Jaap toe hulle agtergekom het sy is nie by die waens nie.

"Waar is Teuns nou, Karo?" Stieneke kom agter dat sy hom nog nie een keer gesoek het vandat sy op die plaas aangekom het nie.

"Hy is sommer dadelik deur na sy eie plaas toe."

Stieneke se hart swel wanneer sy aan Jaap dink. Wonder-like, groot, sterk man! Hoe pateties steek Teuns nie af teen hom nie. Om te dink, toe sy vir Teuns daar op Stellenbosch

470

ontmoet het, het sy gedink hy is fris en sterk en betrou-
baar.

"Hoe lyk jou plaas, Karo?"

"My grond grens aan Bertie s'n. Alles is afgebrand tot
op die grond. Ek sal maar eers my intrek by Bertha-hulle
neem totdat . . ." Sy bly stil en Stieneke kyk haar vraend
aan. "Ek weet nie of ek kans sien om weer daar alleen te
gaan bly nie. My ouers het altyd by my gebly, maar hulle is
so ses maande gelede weg. Hulle kuier by my een suster in
Johannesburg en dan gaan hulle op die dorp kom bly. Ek
dink ek moet maar daar by Bertha bly totdat ek trou."

"Het jy dan sulke planne?" Stieneke kyk nuuskierig na
haar.

"Nie meer met Teuns nie. Hier is egter baie hubare
mans. Ek sal ernstig daaraan moet begin dink."

"Het jy iemand spesifiek in gedagte?" Stieneke vra die
vraag huiwerig, bang vir wat sy dalk kan hoor.

Karo lag egter net. "Nou raak jy mos nuuskierig. Maar
ek sal uitkyk vir iemand groot en sterk, wat bereid sal wees
om my te beskerm en te verdedig."

Stieneke kyk na Jaap wat by die deur inkom en haar hart
gaan wild te kere. Hoe sy dit ook al probeer ignoreer of on-
derdruk, hierdie man maak iets in haar wakker. Karo soek
egter ook 'n man met sy eienskappe. Het sy dit al raak-
gesien? As Jaap moet kies tussen haar en Karo, sal sy wat
Katie Veldmuis is beslis nie die wenner wees nie.

Jaap se woorde die aand toe sy probeer vuur maak het,
weerklink spottend in haar ore. "Wat gaan 'n man met 'n
vrou soos jy maak?"

Jaap draai na die mans en hulle raak in 'n ernstige ge-
sprek gewikkel.

"Het julle al iets van die beeste opgemerk?"

"Ons het 'n paar gekry hier na die Omatakokoppe se
kant toe. Ons vermoed dat die res daar iewers weggesteek
is. Dit sou die logiese ding wees om te doen: Hulle moes
dit daar weggesteek het en toe eers afgegaan het Omaruru
toe vir die aanval op die fort. Hulle sal dit op hul terugtog
kry en aanjaag na hul krale toe."

Piet is aan die woord en Jaap kan sy vertwyfeling aanvoel. Hy is in twee geskeur, want die beeste en die plaas is nou ewe belangrik.

"Ek dink ons moet môreoggend baie vroeg ry en gaan kyk, Piet. Dit was net een groep wat van Bertie-hulle se kant af gekom het hier na my en julle plaas toe. Ek dink dit is die rede hoekom Bertie soveel meer skade as jy het, Piet. Hulle was eerste by hom. Hier het hulle al begin haastig en bang word. Daardie groep is in die Waterberg in gedryf en ek dink ons beeste sal nog altyd op die wegsteekplek wees."

Hy vertel breedvoerig vir hulle van sy ontmoeting met majoor Leutwein en die oorwinning wat hulle daar aan die voet van die berg behaal het.

"Dit sal gaaf wees as ons kan gaan kyk waar die beeste is."

Bertie klink so verlig. Hy het goed besef dat hul veiligheid nou eerste kom, maar as by darem sy beeste kan terugkry, het hy weer 'n boerdery.

Dit was gelukkig 'n paar goeie jare vir hulle. Hulle is al drie sterk boere met 'n goeie klompie kontant in die bank. Dinge is darem nie so hopeloos as wat dit op die oog af lyk nie.

"Bertie, ek dink ek en jy moet gaan. Ons kry nog van jou werkers op jou plaas. Jy sê mos hulle is omtrent almal weer daar. Dan los ons Piet hier by die vroue. Hy het mos 'n ou skouertjie!"

Piet protesteer luid oor die verkleinering van sy wond. Hy is egter baie dankbaar dat een van hulle by die vroue kan bly om hulle te verdedig as daar weer probleme kom.

Jaap en Bertie is toe die volgende oggend weg en het eers ná drie dae teruggekom. Hulle was hoogs tevrede met hul sending. Hulle het die meeste van die beeste teruggekry. Daar was 'n hele klompie van Jaap s'n ook by.

Hulle twee het solank vooruit gery terwyl die plaaswerkers die beeste aanjaag. Daar is so baie werk op die plase dat hulle haastig was om te kom help.

"Luister, Piet, ek wil net eers oorry na my plaas toe. Ek wil net gaan kyk hoeveel skade ek gely het. Ek het nie gedink hulle sal dit waag nie en hulle het sowaar weer my bees gaan vat. Ek kom gou weer sodat ons Bertie kan help om 'n blyplek reg te kry. My huis was nog net halfpad gebou, so daar kon nie vreeslik baie skade kom nie. Die rondaweltjies waarin ek bly, sal ek nie juis reken as skade nie."

"Ai! Jaap, ons is reeds so baie aan jou verskuldig. Ons sal regkom. Gaan sien 'n slag na jou eie dinge om." Bertie voel skaam om Jaap nog langer van sy eie belange af weg te hou.

"Ek het nie 'n vrou en kinders nie. My werkers is gewoond daaraan dat ek lang rukke nie op die plaas is nie. Ou Jakob organiseer so, jy sal sweer dit is sy eie grond."

Stieneke val volstoom saam met die vroue in. Sodra dinge heeltemal normaal is, open sy haar klaskamer.

Die leerdery hou die kinders besig en onder die vroue se voete uit. Hulle kan dus ongestoord aangaan met hul duisend-en-een pligte. Selfs klein Hildegard, wat blyk 'n besonder intelligente kind te wees, kom sit soggens in die klaskamer.

Jaap is al drie dae lank weg, hy en Bertie. Die tyd stap vir haar op loodvoete aan.

Sy hoor die rumoer op die werf en sien deur die venster hoe Jaap en Bertie al geselsend van hul perde afklim en Piet inlig oor hul sending.

Sy sal dit nie waag om nou hier uit te gaan en te gaan groet nie. Sy hou streng by haar tye en as sy nou hier uitgaan, dan hardloop die kinders saam. Sy is ook vreemd skaam om sommer voor op die wa hier uit te hardloop en hom te gaan groet.

Sy neem dus net die griffie by Pietie en maak vir hom 'n twee op die lei.

"Hy moet darem 'n vetter magie hê, Pietie. Hierdie een is te maer. Probeer weer."

"Juffrou!" Lettie wys haar skoonskrif vir haar. "Hoe lyk dit vir juffrou ?"

"Goed, Lettie. Baie goed! Jy skryf al netjies vas. Ek dink ons moet nou eers so 'n bietjie met die geskiedenis en taalwerk aangaan. Kom sit hier by my by die tafel, sodat ons nie die kleintjies te veel hinder nie."

"Môre!" Jaap loer om die klaskamer se deur.

Die kinders storm almal op hom af. Hy vang vir Hildegard en gooi haar hoog in die lug in op. "Môre, julle klomp aspatatte, leer julle tog nie?"

"Ja, oom Jaap! Kom kyk!" Hulle sleep hom die klas in en wil almal gelyktydig vir hom hul werk wys.

"Môre, Stieneke! Hoe gaan dit hier?"

Sy staan voor hom en steek haar hand na hom toe uit. Hy buk egter af en soen haar sag op die mond, 'n gebaar wat haar dofrooi laat bloos.

"Ek het jou al gesê ons Suidwesters doen dinge op 'n beter manier."

"Môre, Jaap! Het julle die beeste versorg?"

"Ja, en ek het opdrag gekry om die kinders vakansie te kom gee en jou te nooi vir tee."

Die kinders laat hulle nie twee keer nooi nie en bondel by die deur uit.

Sy stap met 'n stywe ruggie voor hom by die deur uit. Sy is blosend bewus van sy nabyheid en die wilde bonsing van haar hart.

Karo kom sak moeg langs die tafel op die stoel neer nadat sy vir Jaap gesoengroet het.

"Wat maak jy?" Jaap kyk laggend na haar.

"Ek doen wat die hand vind om te doen. Dit is krale regmaak, hoenderhokke herstel . . . koeie melk . . . alles!"

"Jy is darem 'n voorslag, Karo! Die man wat jou kry, kry een van die bestes!"

Stieneke kyk op haar hande. Hoekom leer sy nie om dit te aanvaar nie? Sy het tog nie die eienskappe om hom gelukkig te maak of om met Karo mee te ding nie.

Jaap is net ná die middagete oor na sy eie plaas toe. Dit laat Stieneke hartseer en onrustig voel. Hy kon tog maar gebly het tot môreoggend toe.

Laatmiddag vat Karo haar hoed en staan op.

Stieneke kyk na die lenige, bruingebrande meisie en 'n ongevraagde jaloesie flits vinnig deur haar.

474

"Waarheen gaan jy?"

"Ek gaan gou help met die melkery."

"Ek wil saamgaan."

Karo glimlag bly. "Ja, kom gerus. Dit is tog geselskap. Die koeie wil nie teruggesels nie, hulle staan en herkou net."

Stieneke lag en sit Anna se kappie op, wat aan haar geleen is.

"Sal jy my leer melk?"

"Hoekom?" Karo kan die verbasing nie uit haar stem hou nie.

"Ag, sommer! Ek . . . wil ook die dinge doen wat julle kan doen."

Karo kyk haar ongelowig aan en skud dan haar kop. "Ek wil weer soos jy wees!"

"Soos ek?" Stieneke is grootoog van verbasing. "Ek is dan so hulpeloos, ek kan niks doen nie."

"Jy is vroulik en sag en doen dinge wat belangrik is vir 'n vróú."

"Wel! Dit sou ek nou nooit kon dink nie . . ."

Stieneke is so verbaas en uit die veld geslaan dat Karo hardop lag.

"Ek sal nogtans graag wil leer melk."

"Nou toe, kom."

Daar is 'n ligte gevoel in Stieneke se binneste toe sy saam met Karo stap. Sy wil darem net vir Jaap Venter wys dat sy ook hierdie dinge kan doen, as iemand haar net leer.

10

"Stieneke!" Piet vou sy hande gewigtig voor hom op die tafel saam.

"Ja, Piet." Sy glimlag, want Piet lyk so ernstig.

"Ek het gister toe Bertie-hulle terug is na hul eie plaas toe, vir die eerste keer besef dat ons sowaar al twee maande hier terug is. Ek het darem nie vergeet dat ek belowe het om jou terug te neem sodra alles weer normaal is nie."

Alles word stil binne-in Stieneke. Die kinders vorder so mooi met hul lesse; sy het werklik nog nie eens weer daaraan gedink dat sy wil teruggaan nie.

Alles is weer normaal. Die huis se mure is geverf en sy het al vergeet van wat hier gebeur het.

Jaap het die eerste keer toe hy na sy plaas toe is, al sy boumateriaal wat nog daar was, vir Bertie saamgebring. Intussen kon hulle dus aangaan met Bertie se huis en die wa instuur dorp toe om nog voorraad te gaan kry vir Jaap.

Bertie se huis is gister voltooi. Daar is nog heelwat verf- en houtwerk wat gedoen moet word, maar daar is darem mure en 'n dak. Twee vertrekke is heeltemal voltooi en leefbaar gemaak. Anna het gehelp met meubels so ver sy kon en hulle is toe die vorige week in dorp toe om nog 'n paar noodsaaklike goedjies te kry.

Bertie is glo 'n goeie skrynwerker en hy sal weer die meeste van die meubels self maak.

Jaap het meestal op die Coetzees se plaas gebly. Hy het so elke naweek na sy eie plaas gegaan. Hulle was egter van donker tot donker op Bertie se plaas besig met die huis.

Sy het nie veel kans gehad om met hom te gesels nie. Sy het darem geweet hy eet en slaap saans hier en dan het sy hom so vlugtig gesien en soms 'n paar woorde gewissel.

Maar nou is hy ook drie dae gelede na sy eie plaas toe. Sy sal hom nou seker baie selde sien. Sy werk het so agterweë gebly.

"Hoor jy wat ek sê, Stieneke?"

Stieneke lag verleë. "Ja, ek hoor jou, Piet. Maar weet jy . . . ek het al skoon daarvan vergeet."

'n Blye lig kom skyn in Anna se oë en sy sit haar hand op Stieneke s'n.

"Ag! Sal die Vader tog nie gee dat jy langer sal bly nie!"

Haar stem is so pleitend dat Stieneke weer eens, soos soveel keer die afgelope ruk, die warm gevoel van liefde in haar binneste voel. Hierdie mense het haar nodig!

"As julle kans sien vir die ou stadsjapie wat niks anders kan doen as om die kinders te leer nie, dan bly ek graag nog 'n rukkie."

Die vier kinders storm almal op haar af. Annatjie kom klim bo-op haar skoot en slaan haar armpies om haar nek. "O! Dankie, juffrou, baie dankie!"

Lettie, wat al jongmeisiedrome begin droom, probeer Stieneke op enige moontlike manier na-aap, tot groot vermaak van die ander. "O! Ek is so bly, juffrou! Daar is nog so baie dinge wat juffrou vir my moet vertel. Juffrou moet nog vir my leer klavier speel ook."

"Klavier speel!" Piet kyk verbaas na Lettie. "Maar ons het dan nie 'n klavier nie."

Sy gaan klim op Piet se skoot, sit haar arms om sy nek en soen hom op sy voorkop.

"Oom Bertie gaan een van die dae Windhoek toe om vir hulle nog meubels te koop en hy gaan sommer vir tannie Bertha dokter toe neem. Ek het net gewonder . . . of Pappa nie dalk . . . net dalkies vir ons 'n klavier wil koop nie."

"Julle klomp vroumense maak my bankrot!" Hy gee egter vir Lettie 'n stywe druk en soen haar op haar wang.

"Sal jy regtig?"

"Wat?"

"Die meisies leer klavier speel?"

"Ek sal dit graag wil doen, Piet. Ek het ook musiekles op Stellenbosch gegee. Ek moet julle darem waarsku dat dit 'n langtermynstorie is. Ek sal seker nie so lank hier wees nie."

"Dit maak nie saak nie, juffrou." Lettie gooi vinnig wal. "As ons net eers note kan lees, dan kan ons mos self oefen."

"Ja, goed! Maar onthou, 'n klavier is 'n duur ding. Julle gaan nie halfpad lui word nie," vermaan sy liggies.

"As oom Bertie nie een in Windhoek kan kry nie, sal ek vir julle een van die Kaap af bestel." Piet kyk glimlaggend na die opgewonde Lettie en Martie. "Julle moet nou gaan slaap."

Piet soen die kinders nag en wag eers totdat hulle uit die vertrek is, voordat hy weer na Stieneke draai.

"Het Teuns Marais se onverwagte besoek van gister iets met hierdie besluit van jou te doen, Stieneke?"

477

"Ag nee, Pappa! Jy kan darem nie vir Stieneke so 'n persoonlike vraag vra nie." Anna is hewig ontsteld.

"Ek moet, my vrou! Teuns was nog nie weer hier vandat ons op die plaas terug is nie. Gister was die eerste keer en hy het ook nie besonder lank gekuier nie."

"Nee, Piet, hy het niks met my besluit te doen nie. Ek dink ek moet julle 'n slag die hele storie vertel."

Stieneke vertel hulle van die begin af en sonder veel emosie sluit sy die relaas af.

"Hy het gistermiddag weer met my gepraat. Hy is soos 'n stout kind. Hy wou ons maar sommer kom vermaak. Hy het vir my en Karo kom sê dat hy binnekort aan ene Anna Viljoen gaan verloof raak. Ek weet nie wat hy verwag het nie, maar hy was beslis teleurgesteld oor die ongeërgde manier waarop ek en Karo die nuus aangehoor het. Ek . . . is jammer, maar ek dink nie ek wil hom eens meer as 'n vriend ken nie."

Piet blaas sy asem verlig uit. "Jammer oor die vraag, Stieneke. Ek het net gevoel dit is my plig om jou te waarsku as jy enige planne met hom het. Ek en Teuns was vriende en ek het my soos 'n kind deur hom laat lei. Nou is ek skaam daaroor. Bertie en Jaap vertel nou maar eers vir my al die stories wat hier rondlê omtrent Teuns. Hulle wou nie vantevore nie, omdat hulle gemeen het ons is vriende."

"Nou watse stories hoor jy?" Anna sit nuuskierig vorentoe.

"Julle het dit seker al gehoor. Die feit is dat hy nie sy geld altyd so eerbaar in die hande kry nie. Hy ruil beeste by die Herero's vir ivoor en diamante. Daar is selfs sprake dat die Herero's van die gesteelde beeste wat hulle so kort-kort buit, op sy plaas gaan wegsteek."

"Dit wás darem vir my eienaardig dat sy plaas niks oorgekom het nie." Ouma Martha praat half ingedagte met haarself.

"Wel, ek wil nie my medemens veroordeel en uitmekaartrek nie, maar ek wou net vir Stieneke waarsku. Ek kon nie toelaat dat sy oopoë in die ellende instap nie."

Met 'n ligte hart gaan Stieneke deur die volgende week.

478

Angstig hou sy die pad dop of Jaap nie dalk weer 'n bietjie sal oorkom nie, veral toe dit Saterdag raak. Die stofpad bly egter leeg, met net die son wat bewend op die rooi aarde neerbak.

Maandagoggend is alles deurmekaar. Ouma Martha is siek!

Sy is naar en koorsig. Dit moet die een of ander maag-aandoening wees, want teen die aand lyk sy soos 'n uitge-waste vadoek.

Anna hardloop heen en weer en gee medisyne in. Die volgende dag is ouma Martha egter nog nie beter nie en toe sak Anna ook inmekaar van dieselfde maagsiekte.

Stieneke besluit daar gaan nie vandag skool wees nie. "Julle kinders kan vandag speel. Julle kom nie naby jul ouma of mamma nie. Ons kan nie bekostig dat julle ook aansteek en siek word nie."

Sy kook en maak skoon en versorg die kinders. Sy maak bekers en bekers rooibostee en kook gortlym vir die siekes. Piet dwaal al om die huis rond, diep bekommerd.

Eers Donderdagoggend toe Stieneke in die kombuis kom om koffie te maak, is ouma Martha op haar pos.

"Nee, ouma Mart, jy moet gaan lê. Ek kom goed reg."

"Jy het alles pragtig behartig, my hartjie. Ek weet nie wat ons sonder jou sou gemaak het nie. Ek wil net so 'n bietjie opstaan. My bene is baie bewerig; ek sal nou-nou weer moet gaan lê, maar ek voel darem vandag beter. Ek sal vandag sop kook. Dit behoort al binne te bly."

Ouma Martha is egter verplig om teen tienuur weer die bed op te soek en Stieneke gaan maar al singend voort met haar pligte. Sy is dankbaar dat die kinders en sy nie aan-gesteek het nie en dat dit darem lyk asof hulle die siekte gekeer kry.

Anna is nog pap en siek. Die ellende neem ook maar net sy tyd om uit te woed. Sy mag dus ook nog nie van die sop eet nie en moet net gortwater en rooibostee drink.

Die kos kook sag eenkant op die swart stoof en Anna se gortlympies is al mooi dik. Vir ouma Martha het sy 'n lek-

479

ker pot sop opgesit, wat al 'n heerlike geur deur die kombuis laat versprei.

Sy skink vir haar 'n koppie tee in en gaan sit eenkant by die kombuistafel.

Sy luister. Dan hoor sy dit weer. Perdepote! Met 'n blye verwagting stap sy uit op die werf. Dit is seker Jaap! Hy was lank laas hier. Blosend druk sy haar hande teen haar warm wange. Sy het na hom verlang!

Dit is egter 'n swartman wat van die perd afspring. Hy kom vinnig nader as hy haar sien. "Waar is die oumies?"

"Sy is in die huis. Sy slaap 'n bietjie, sy is siek."

"Ouk! Dit is 'n lelike ding!"

"Wat is dit? Waar kom jy vandaan?"

"Ek is van Jaap Venter se plaas. Jaap is siek, baie siek. Ek het die ounooi kom haal."

Die angs knyp haar keel toe en sy kan aanvanklik geen woord uitkry nie. "Wat . . . wat makeer hom?" vra sy naderhand.

"Hy is warm en sy maag sny soos messe. Hy kan nie eet nie, alles kom uit! Hy lê sommer net daar. Ek het sommer net gekom, hy sal nie wil hê ons moet die ounooi kom roep nie. Maar hy sal doodgaan . . . daar is nie medisyne nie."

"Wag net hier."

Stieneke vee haar hande, wat klam is van die skrik, af aan Anna se wit voorskoot wat sy om haar dun middeltjie gebind het.

"Tannie Martha!" Stieneke skud liggies aan haar. Die ouer vrou moet 'n bietjie ingesluimer het, want sy sit verskrik regop en knip haar oë.

"Wat is dit?"

"Dit is Jaap. Hy is ook siek." Sy vertel vinnig wat die swartman gesê het.

Tannie Martha sukkel orent. "Ek sal na hom toe moet gaan. Hy moet medisyne kry en hy moet net die regte goed eet, anders begin die maag weer, en dan is dit klaarpraat. Hy sal homself verwaarloos."

"Nee, tannie Martha kan mos nie gaan nie. Tannie kan dan nie eens op tannie se voete bly nie. Ek sal gaan!"

"Maar my hartjie . . . jy . . ."

"Ek kan al bo-op 'n perd bly, tannie Martha. Karo het my geleer. Ek sal regkom. Maar sal tannie die mas opkom hier by die huis? Ek sal vir Lettie gaan roep dat sy die meeste van die pliggies kom oorneem."

"Ons sal regkom, kindjie! Dit is oor jou wat ek bekommerd is. Waar is Piet?"

"Hy is veld toe, hy sal vanaand eers terug wees. Tannie moenie oor my bekommerd wees nie. Ek gaan net gou vir my 'n paar stukkies klere in 'n sak gooi en dan moet tannie Martha asseblief vir my die medisyne gee. Kan ek maar van die gort en rooibostee saamneem? Dalk het hy nie sulke goed daar nie."

"Natuurlik, kind! Ek sal solank die medisyne inpak. Jy weet mos darem al hoe word dit gedrink. Jy dokter al die hele week vir ons."

Met al die benodigdhede in haar sak, bestyg sy die perd. 'n Bleek ouma Martha hou haar vanuit die kombuisdeur dop.

Ouma Martha het intussen opdrag gegee dat hulle vir die Ovambo 'n ander perd moet opsaal, want syne is al baie moeg. Hy glimlag dus breed en dankbaar wanneer Stieneke uitkom en die perd versigtig bestyg.

"Jy moet net nie te vinnig ry nie. Ek kan nie juis perdry nie."

"Nee, dis reg!"

Die Ovambo ry so twee tree voor haar en op 'n draffie pak hulle die langpad terug aan. Vir die eerste rukkie voel dit vir Stieneke of haar longe uitskud. Wanneer die ergste skrik en spanning haar stadig verlaat, ontspan sy en probeer alles onthou wat Karo haar geleer het. Haar liggaam kom meer in ritme met die perd s'n en dit gaan sommer beter.

Sy is egter dankbaar toe hulle Jaap se rondawels uiteindelik nader.

Dit is pragtig! Twee groot rondawels is met 'n kort gangetjie aan mekaar verbind. Dit lyk heerlik koel, met wit mure wat half verskuil onder 'n groot boom staan.

Trosse rooi bougainvillea rank teen die wit muur op en kleur die prentjie vrolik in.

Soos Jaap destyds voorspel het, het hulle net sy stalle afgebrand en 'n bietjie skade by die krale aangerig. Hulle was blykbaar maar skrikkerig vir hierdie groot seun van die donder, wat nie vir die duiwel stuit nie. Hul besoekie aan sy plaas was bra vinnig en halsoorkop.

Sy sukkel van die perd af. Elke spier in haar liggaam is styf en seer. Dit voel of elke lit en gewrig met 'n klip gekap is.

Die Ovambo neem die sak by haar en loop met lang treë voor haar uit na die rondawel toe. Hy stoot die deur oop en Stieneke moet 'n oomblik eers stil staan om aan die skemerte van die vertrek gewoond te raak.

Sy stoot ouma Martha se groot wit kappie van haar kop af en kom versigtig nader aan die stil figuur op die bed.

Jaap is gloeiend van die koors en papnat gesweet. Hy praat deurmekaar en klou telkens krampagtig sy maag vas.

"Sal jy asseblief vir my 'n skottel water en handdoeke gaan haal? Sommer 'n bietjie water om te drink ook, sodat ek vir hom van hierdie medisyne kan ingee."

Dit is egter 'n bruinman wat die goed bring en nie dieselfde swartman wat haar kom haal het nie.

Blykbaar is dit Jaap se regterhand, die een wat vir hom hier op die plaas sorg. "Wie is jy?"

"Jakob, juffrou."

Stieneke praat nie verder nie. Sy druk die punt van die handdoek in die koue water en vee Jaap se gesig af. Weer en weer herhaal sy hierdie proses. Sy knoop sy hemp oop sodat sy sy bors en arms ook met die koel water kan afvee.

Sy maak van die Jamaika-gemmer aan met 'n bietjie water en suiker en dwing lepels vol tussen sy lippe deur.

Jakob staan bekommerd rond. Stieneke haal die gort en rooibostee, asook 'n pakkie anys, uit haar sak. "Jakob, sal jy asseblief vir ons van hierdie rooibostee maak? Gooi 'n teelepel van hierdie anys daarby, dan sit jy so 'n klompie van die gort op met baie water sodat dit so 'n lympie kan kook. Hy mag niks eet nie, anders gaan ons hom nie gesond kry nie."

"Ja, juffrou." Dankbaar vir iemand wat die leiding neem, verdwyn Jakob na die ander rondawel.

Nou vir die eerste keer kyk sy in die vertrek rond.

Alles is baie mooi en manlik. Diervelle lê op die vloer en in die een hoek is 'n olifanttand. Die lamp is op gedraaide springbokhorings gemonteer en teen die mure is skilderye van diere. Twee opgestopte bokkoppe kyk van die muur af op haar neer.

Daar is ook 'n pragtige handgemaakte lessenaar, 'n groot massiewe ding. Buiten die bed is daar dan nog twee gemak-stoele en 'n tafeltjie in die een hoek.

Sy druk die handdoek in die water en begin van voor af om hom af te was met die koue water.

Ná 'n uur of twee – sy het lankal tred met die tyd verloor – voel hy tog vir haar koeler as toe sy hier gekom het.

Jakob kom loer weer oor haar skouer. "Hy lyk al beter, juffrou."

"Dink jy so, Jakob? Ek wil my ook so verbeel, maar ek is bang dat ek dit sommer net wil glo."

"Nee, hy is beslis beter! Wil juffrou nie iets eet of drink nie?"

Stieneke raak nou vir die eerste keer bewus van die hon-gerpyne op haar maag. "Dit sal lekker wees, Jakob. Ek het skoon vergeet dat ek nie vanmiddag geëet het nie."

Jakob wil omdraai, maar Stieneke keer hom en staan op. "Kom sit jy 'n bietjie hier by hom, dan kan ek vir myself iets gaan kry om te eet."

Die ander rondawel dien as kombuis en eetkamer.

'n Lang tafel met agt stoele staan eenkant in die vertrek. Verder is daar 'n kleiner tafeltjie en 'n kassie, asook 'n stoof en die ander benodigdhede wat 'n mens in 'n kombuis sal soek. Voor die agterdeur staan 'n koeler onder die boom. Hier kry Stieneke melk en eiers, asook groente en vleis.

Sy eet egter sommer net 'n toebroodjie en drink twee glase melk. Dit laat haar baie beter voel.

"Dankie, Jakob. Jy kan maar met jou ander werk aan-gaan. Ek sal jou roep as ek jou nodig het."

"Dankie, juffrou. Ek moet nou gaan melk."

483

Stieneke dwing weer van die medisyne deur Jaap se ge-
swelde lippe. Sy kan hoor dat sy asemhaling egaliger word.
Hy slaap nog vandat sy hier gekom het. Dit is egter 'n rus-
telose koorsslaap en hy klou so nou en dan krampagtig aan
sy maag vas.

Sy wens sy kan sy hemp heeltemal uittrek. Sy moes vir
Jakob gevra het om haar te help.

Jaap se oë flikker oop en hierdie keer kan sy sien dat hulle
beslis helderder is en iets registreer.

Hy skud sy groot kop effens en rek dan sy oë groot oop,
asof hy so beter sal kan sien. "Ek ... kon sweer dit is die wit-
muis!" Hy prewel die woorde en maak dan weer sy oë toe.

Stieneke het lus en lag kliphard van verligting en dank-
baarheid. Sy druk weer die handdoek in die water en vee
sy gesig en arms af. Sy maak egter eers weer die handdoek
goed nat voordat sy sy breë borskas afvee.

Toe sy opkyk, kyk sy vas in Jaap se bruin oë wat haar on-
begrypend, ongelowig aanstaar.

"Jaap . . . dit is ek! Stieneke! Ek het na jou kom kyk. Jy
is siek!"

Hy knyp sy een oog toe en loer vir haar met die ander
een.

"Jy lyk net soos sy!"

"Soos wie?"

"Die witmuis!"

Stieneke lag kliphard. Jaap rek sy oë groot oop en frons
onbegrypend.

"Kom, ek wil hê jy moet 'n bietjie van hierdie tee drink.
Jy moet omtrent heeltemal ontwater wees."

Sy stut hom agter sy blaaie en help hom effens orent.
Steunend sukkel sy met die groot, swaar man. Sy buig oor,
vat die bekertjie met die koue tee raak en hou dit voor sy
lippe.

Hy vat gedwee 'n slukkie en onthou dan skielik van sy
maag. "Nee! Alles laat my maag kramp."

"Dit is tee. Dit sal nie jou maag laat kramp nie. Kom!" Sy
hou die beker vir hom vas en praat sag en paaiend soos met
'n kind. "Daar's hy! Nou gaan jy sommer beter voel."

Hy sak terug en raak omtrent onmiddellik aan die slaap.

Stieneke sleep vir haar een van die gemakstoele nader en gaan sit voor die bed.

Haar lyf is seer en baie gevoelig van die perdry. Sy kan beswaarlik sit. Nou eers vandat sy 'n bietjie kan ontspan, kom sy agter hóé seer elke spier in haar liggaam is.

Dit word donker en Jakob kom in met 'n opgesteekte lamp. "Gaan juffrou vannag hier bly?"

"Ja, Jakob, ek sal hier bly totdat hy gesond is."

"Ek dra vir juffrou 'n kampbedjie in die ander rondawel en sal dit opmaak. Kan ek vir juffrou iets maak om te eet?"

"Nee dankie, Jakob. As ek honger word, sal ek sommer self vir my iets soek om te eet."

"Juffrou, hier is nog nie 'n badkamer nie. Hy swem winter en somer in die dam. Verder gebruik hy die wasskottel as hy net gesig wil was en skeer. Die ander plekkie is daar buitekant. Sal juffrou dit kry?"

"Ek sal regkom, Jakob. Baie dankie."

"Nag, juffrou. Ek is so bly juffrou is hier. Roep maar hard as juffrou my nodig het, my huis is net hier anderkant."

"Baie dankie, Jakob. Lekker slaap."

"Nag, juffrou."

"Ag, Jakob! Wil jy nie net eers vir my help om sy hemp uit te trek nie? Dan kan ek hom baie beter afspons."

Hulle trek Jaap se hemp uit en hy roer en loer na hulle, maar sy oë sak omtrent dadelik weer toe.

"Hou hom sommerso regop, dan dwing ek weer 'n bietjie van hierdie medisyne vir hom in. Hier is sommer iets in wat hom ook sal laat slaap."

Sy gee hom die medisyne in en Jakob laat hom weer versigtig sak.

Hy is baie rustiger en nie meer so koorsig nie. Hy klou ook nie meer sy maag so vas nie. Die krampe het seker nou bedaar.

Stieneke sluimer later effens in om dan met 'n ruk wakker te skrik. Iets het haar wakker gemaak!

Sy kom vinnig vorentoe en kyk vas in Jaap se verbaasde

bruin oë. Hy stut hom op sy elmboog en het oorgebuk en liggies aan haar geraak. Dit was seker wat haar wakker gemaak het.

"Droom ek? Is dit jy, Katie?"

"Jy droom nie. Dit is ek! Jy lyk baie beter." Sy voel aan sy voorkop. Dit is beslis koeler.

"Wat . . . maak jy hier?"

"Jy is siek. Ek het na jou kom kyk en jou versorg."

"Nee, ek moet nog droom! Maar ek . . . droom elke keer dieselfde droom . . ."

"Jy droom nie, ou grote!" Sy steek haar hand uit en vryf teer teen sy wang.

Hy het teruggesak teen die kussings. Onverwags vang hy haar hand in syne vas en bekyk dit hier by sy gesig.

"Hoekom het jy gekom? Hoe het jy geweet ek is siek?"

"Een van jou werkers het ouma Mart kom roep. Sy is egter ook siek. Sy en Anna het dieselfde siekte as jy."

"En toe kom jy!" Sy stem is sag en vol verwondering. "My hart het seker na jou geroep!"

"Jy raak weer deurmekaar. Kom sit regop, dan drink jy 'n bietjie van hierdie tee en ook 'n bietjie van die gortlympies."

Jaap laat haar gedwee toe om hom regop te help en sy druk die kussings styf agter sy rug in.

Sy hou vir hom die tee en sy hande sluit om hare wat die beker vashou.

Stieneke is dankbaar vir die flou liggie van die lamp, anders sou hy sekerlik die verraderlike blos op haar wange kon sien.

"Kom, nou 'n bietjie gort, sodat daar weer iets in jou maag kan kom."

Jaap drink dit alles soos 'n soet seuntjie uit, maar trek 'n vreeslike gesig toe hy die bekertjie teruggee.

"Jig! Maar dit is sleg!"

Stieneke lag. "Dit is darem nie my kookkuns nie. Dit is bevele van ouma Martha."

"Sal my maag nie weer daarvan pyn nie?" Jaap kreun soos 'n groot baba.

486

"Dit behoort nie. Dalk nog so een of twee keer floutjies, maar nie meer so erg nie. Dit behoort ook binne te bly."

"Is jy alleen hier?" Jaap kan nog nie haar teenwoordigheid heeltemal verwerk nie.

"Ja!"

"Het jy alleen met die perdekar gekom?"

"Nee, met die perd."

"Maar jy het dan gesê . . ."

"Karo het my al 'n bietjie geleer. Ek kan al bo bly as die nood druk."

Sy hou haar stem lig en skertsend. Jaap vat egter haar hand wat hier by hom op die bed lê. "Het die nood dan gedruk, Katie?"

Hy wonder of hy nie maar nog steeds droom nie. Sy is die afgelope tyd altyd in sy gedagtes, lankal deel van sy drome.

Vandat hy haar daar tussen die ontvoerders gaan uithaal het, eintlik vandat hy haar die aand gesoen het, wil sy net nie uit sy gedagtes en drome wyk nie. Sy verstand sê vir hom dit is malligheid! Sy is 'n stadskind; sy het self gesê sy wil teruggaan. Sy sal nooit eens 'n jaar hier in Suidwes uithou nie. Sy kan omtrent niks doen nie! Dit gaan egter baie, baie moeilik om sy hart te oortuig.

Stieneke voel die liefde deur haar galop soos 'n trop wilde perde. Haar hart klop hoog en wild in haar kuiltjie en sy gee nie eens meer om of hy dit sien nie.

"Jy het mý kom help toe ek jou nodig gehad het, Jaap. Ek doen maar net dieselfde."

"Maar jy was vier uur lank op 'n perd en jy kan nie eens behoorlik bo bly nie."

"Jy vertel my niks wat ek nie weet nie. Ek kan nie behoorlik sit of loop of staan nie. Ek dink elke lit en spier in my liggaam is aan flarde."

Jaap se oë is baie sag en teer toe hy haar hand oopmaak en 'n soentjie in die palm druk. "Piet het belowe om jou terug te neem sodra alles op die plaas reg is. Wanneer gaan jy?"

"Ek gaan nie meer nie. Ek bly voorlopig aan totdat hulle iemand anders kan kry."

487

As Stieneke nie so bang was dat dit wensdenkery is nie, sou sy nou geglo het dat dit blydskap was wat so vinnig in sy oë gespring het.

Sy val hom vinnig in die rede toe sy sien hy wil nog iets sê. "En . . . moet jy nie ook vir my vra of Teuns Marais iets met my besluit te doen het nie. Want dit het nie! Hy was een middag op die plaas om my en Karo te kom vertel dat hy binnekort aan 'n Viljoen-meisie van die dorp gaan verloof raak."

"Dis glad nie wat ek wou vra nie, ou Wippie!"

Stieneke lag verleë en maak haar hand uit syne los. "Ek wil jou net nog een keer afwas met koue water, dan kan ek ook maar gaan lê. Jakob het vir my 'n bed in die ander rondawel opgemaak."

"Is . . . dit nie baie verkeerd dat jy so alleen hier by my bly nie?"

Stieneke kyk verbaas na hom. Dit het nog nie een keer by haar opgekom nie. "Hinder dit jou? Ek is jammer, maar ek het werklik nie een keer daaraan gedink dat dit jou in die verleentheid kan stel nie. Ek was net bekommerd oor jy siek is."

Sy wil wegstap, maar Jaap gryp haar hand en trek haar langs hom op die bed neer. "Dit hinder my nie! Ek was net bekommerd oor jou. Baie dankie in elk geval, Katie."

Stieneke sluk aan die knop in haar keel. Sy staan vinnig op en gaan haal skoon water in die skotteltjie. "Jy moet nou weer plat lê sodat ek jou kan afwas."

"Ek is mos nie vuil nie."

"Dit is vir die koors, domkop! Ek doen dit al heeldag, dis hoekom jy al beter is."

Jaap hou haar met glinsterende oë dop, sodat sy lomp en verbouereerd raak. Sy vee met die koue lap oor sy breë borskas en nou eers merk Jaap dat hy nie 'n hemp aanhet nie.

"Wie het my hemp uitgetrek? Jy?"

"Jakob het my gehelp. Jy is so swaar soos 'n os, ek sou dit nooit alleen reggekry het nie."

"Jy doen verbasende dinge deesdae, dit sou my nie eens verbaas het nie."

Sy weet nie wat om hom te antwoord nie en hou haar baie besig met die afwassery.

"Stieneke, hierdie siekte is aansteeklik, nie waar nie?"

"Ouma Martha sê net aan die begin. Die eerste dag of twee. Dit is net sy en Anna wat siek geword het daar by ons."

"Dis darem al die vierde dag dat ek siek is."

"My aarde, Jaap! Ouma Martha sê 'n mens kan doodgaan as jy jou verwaarloos. En jy moet jou verwaarloos het, want jy het nou nog koors."

"Ek sal goed glo dat 'n mens kan doodgaan hiervan. Ek het partykeer gewens ek wil liewer doodgaan."

Haar glimlag is sag en teer toe sy die swart hare van sy voorkop af wegvee. "Vannag sal jy lekker slaap. Roep my as jy my nodig het, ek is net hier langsaan."

Sy gee vir hom nog van die maagmedisyne in, asook iets om hom lekker te laat slaap.

Deur die nag gaan loer sy kort-kort in, maar hy slaap rustig en teen die oggend is daar ook nie veel meer van die koors oor nie.

Jaap lê wakker wanneer sy teen ligdag weer oor hom buk.

"Ek het dus nie gedroom nie. Ek het my al honderd keer wysgemaak dat dit net 'n helder droom was."

Stieneke lag en help hom regop. "Ek hoop nie dit was 'n nagmerrie nie. Dit sou darem baie naar gewees het om een nagmerrie so oor en oor te kry."

"O! Nee! Inteendeel, dit was 'n baie aangename droom."

Stieneke bloos liggies en gee vir Jaap die rooibostee aan. "Kan ek nie maar koffie kry nie?"

"Nee! Vandag is dit nog rooibostee en gortlym. Jou maag is nou baie verswak. Môre sal ek vir jou sop kook."

Jaap is soos ouma Martha. Toe die koors wyk en die krampe ophou, toe staan hy op.

Stieneke kan sien dat hy nog moeg en pap is. Sy laat hom in die stoel sit, maar weier botweg dat hy buitekant toe gaan. Daar sal hy wel iets sien wat dringend gedoen moet word.

Sy het hom toegelaat om sy baard te skeer en sy tande te borsel en toe het sy hom eers weer in die bed gestop.

"Ek is 'n groot man! Ek lê al vier dae hier."

"Ek weet jy is 'n groot man. Maar as jy nie nou versigtig is nie, gaan die ding van voor af begin en dit sal jy tog nie wil hê nie."

Jaap sien hoe stram haar bewegings is as gevolg van die stywe perdryspiere. Sy hart swel van dankbaarheid en trots toe hy daaraan dink dat sy dit net vir hom gedoen het.

Jaap kla soos 'n kind van die honger en Stieneke kook dus maar 'n pot sop vir die aand. Sy sal hierdie groot man nie tevrede en versadig kry op gortlym nie.

Jaap weier laggend om verder in die bed te eet. Sy dek dus vir hulle in die kombuis aan die groot tafel.

Hy val hongerig weg aan die sop.

"Nie eers te veel nie, Jaap. Ons moet eers kyk hoe gedra daardie maag van jou hom."

"Goed, ek sal volstaan met een bord, maar as my maag oor 'n uur nog nie kramp nie, dan wil ek asseblief nog hê. Dit is baie lekker, Stieneke."

"Sien jy, Jaap! Daar is tog dingetjies wat ek ook kan doen."

"Ja, ek sien. Jy verras my elke dag meer en meer." Hulle eet klaar en toe hulle opstaan, vat Jaap haar hand en stap by die deur uit. "Kom ons stap so 'n draaitjie op die werf. Dit is so bedompig in die huis."

"Dit sal lekker wees."

Sy stap saam met hom en hy los nie haar hand nie, vou dit net warm en besitlik in syne toe.

Dit ruik so vars en lekker buite. Die nagluggie is soel en skoon en die krieke raas in harmonie saam met die ander plaasgeluide.

Jaap stap met haar na die halfvoltooide huis.

Hy beduie waar alles gaan kom en wys die verskillende vertrekke aan haar uit. Later stap hulle weer al kuierend en tevrede terug na die rondawels.

By die deur rem Jaap haar tot stilstand en draai haar aan haar skouers na hom toe.

"Verlede keer het jy vir my dankie gesê vir wat ek gedoen het. Nou wil ek graag vir jou dankie sê."

Sy arms sirkel om haar en hy trek haar liggies nader. Sy gaan gewillig. Sy het so na hom verlang! Wanneer sy groot kop nader kom en sy lippe warm oor hare sluit, gaan haar arms styf om sy lyf.

11

Stieneke kan nie rustig slaap nie. Dit was so 'n wonderlike oomblik netnou daar buite. Die herinnering aan Jaap se arm so sterk en veilig om haar en sy lippe wat so warm op hare gerus het, hou haar wakker.

Hy het nie veel gesê nie. Hy het haar net deeglik gesoen en toe gesê: "Dankie, Katie, dit was gaaf van jou om jou oor my te ontferm."

Sy rol rond op die smal kampbedjie. Jaap slaap vas en rustig van die medisyne wat sy hom laat drink het.

Die nag is warm en vir haar onrustig en vol drome en vraagtekens en sy is dankbaar toe die dag breek.

Sy staan op, trek haar aan en trek die bedjie reg.

Gisteroggend het sy vir Jakob goed dopgehou toe hy vuur in die swart stoof gemaak het. Sy sal dit ook kan doen.

Jakob kom egter gaap-gaap aangestap van sy huisie af en Stieneke wag hom in die oop deur in.

"Môre, juffrou."

"Môre, Jakob."

"Hoe gaan dit hier binne?" Hy beduie met sy duim na Jaap se rondawel.

"Baie beter, dankie, Jakob. Ek dink die siekte was in elk geval by die keerpunt. Vandat sy koors gebreek is, voel hy sommer weer gesond. Hy wou gister net kos hê."

"Gie! Gie!" Jakob lag trots. "Nee, hy is 'n anderse man, hierdie Jaap! Ek dink party dae dat die duiwel ook maar skrikkerig is vir hom."

Stieneke vat haar handdoek en gaan was haar gesig by

die dam. Sy asem die heerlike vars oggendlug diep in haar longe in.

Die vuur in die swart stoof brand vrolik toe sy terugkom. Die ketel is op die een plaat geskuif. Jakob is egter nêrens te sien nie.

Vanoggend wil sy darem nie sommer in Jaap se kamer gaan inloer nie. Hy is nou gesond, nou voel dit nie reg nie.

Dit is egter doodstil. Sy raak later onrustig en stap tog maar die kort gangetjie af en klop liggies aan sy deur.

Sy klop harder, maar toe daar nog steeds geen antwoord is nie, draai sy die deur oop en loer versigtig in.

Die kamer is leeg! Hy is natuurlik by die ander deur uit. O! Die onmoontlike mens! Sy moet maar vir hom 'n ontbyt gaan maak wat nie te swaar is vir sy maag nie. Hy is seker al rasend honger.

Sy kook 'n klompie eiers sag en rooster sommer van die brood op die stoof.

Sy haal die tafeldoek uit die laai en dek vir hulle tafel. Daar is egter nog geen teken van hom nie. Hy is natuurlik besig om te melk. Op die ingewing van die oomblik maak sy die onderdeur oop en stap na die krale toe.

Hy sit gemaklik op die melkstoeltjie en fluit 'n vrolike deuntjie terwyl die melk ritmies sjor, sjor in die blink emmer spuit.

Sy stoot die hek oop en maak dit weer stewig agter haar toe. Dit het sy darem ook al geleer.

"Môre! Wie het gesê jy mag al hier rondloop?"

"Môre, Katie! Wat soek jy hier? Is jy nie bang die koeie sal jou byt nie?"

"Ag! Jy is glad nie snaaks nie. Ek kan tog ook melk! Daar is niks aan nie."

"O! Nie?"

Jaap se oë vonkel ondeund en Stieneke kry lekker tot in haar tone. Dankbaar dink sy aan Karo wat haar so geduldig geleer melk het. Sy wil mos al lankal graag vir Jaap laat verstaan dat sy kan melk.

Sy lig haar kennetjie en kyk hom uitdagend aan. "Ek kan melk!"

"Dit wil ek sien."

Jaap staan van die stoeltjie af op en beduie vir haar om sy plek in te neem.

Stieneke stap ewe astrant en gaan sit op die stoeltjie. Sy voel-voel die spene en vat hulle dan vas in haar handpalm.

Jaap kom sit op sy hurke langs haar en leun effens voren-toe om beter te kan sien.

Behendig melk sy 'n wit straaltjie in die emmer en die trots hang soos 'n kleed om haar. Sy maak haar ruggie ver-naam stywer en sjor, en sjier, spuit die melk ritmies in die emmer.

Ongelowig en heeltemal sonder taal kyk Jaap na haar. Sy gesig vertrek in 'n breë glimlag, maar voordat hy iets kan sê, draai Stieneke die speen effens in haar hand en spuit 'n wit straal melk vol in sy gesig.

Hy is dit nie te wagte nie. Van pure skrik ruk hy agteroor en gaan sit plat in die sagte kraalmis.

"Jou klein duiwelskind! Jy het dit mos moedswillig ge-doen!"

Die besef dat dit nie 'n ongeluk is nie, dring opnuut tot hom deur toe Stieneke dit uitskater van die lag.

"Is nie! Dit was 'n ongelukkie."

Stieneke spring vinnig op en hardloop weg wanneer Jaap sy groot liggaam stadig regop hys.

Met 'n paar lang treë is hy agter haar aan.

Die hek is toe en Stieneke hardloop agter die klomp her-kouende koeie in. Die diere kyk hulle met groot bruin oë aan. Sulke verspottigheid so vroeg in die môre voordat jy nog gemelk is, is ver benede hul waardigheid.

Jaap druk haar teen die kraalmuur vas. "'n Mens mors nie met siek mense nie."

"Ek sê jou mos, dit was 'n ongelukkie, Jaap. Jy weet tog hoe dom en onhandig ek is. Ek kan niks reg doen nie . . ." Sy is egter so slap van die lag dat Jaap glad nie van plan is om hierdie stukkie onskuld te sluk nie.

Sy hande span styf om haar dun middeltjie en hy trek haar stadig nader.

Dit word stil en wagtend hier binne-in haar.

493

'n Koei bulk ongeduldig hier agter hulle en Jaap laat haar laggend gaan. "Ek sal jou nog kry, juffroutjie! Dis net nie nou die tyd of die plek nie." Jakob verdraai eintlik sy nek om beter te kan sien. Stieneke lag sodat die son flitsend op haar wit tande weerkaats.

"Ek het jou kom roep sodat jy kan kom eet."

"Mag ek darem vandag al eet?"

"Ja, wat. Ek het nie vetterige kos gemaak nie. Dit lyk of jy 'n gestel soos 'n bees het."

Jaap gee allerlei opdragte vir die werkers en maak dan die hek oop sodat sy kan uitstap.

Hulle eet in 'n vrolike en opgewekte luim en Jaap kan nie oor sy verbasing kom dat sy al so goed kan melk nie. "Wanneer het jy geleer?"

"Karo het my geleer. Sy probeer om my te leer perdry, maar ek kry maar swaar. Ek skud omtrent my longe uit."

"Maar het jy dan nie gesê jy het met die perd hiernatoe gekom nie? Of . . . het ek dit gedroom?"

"Ek hét! Maar ek was darem seer op plekke waar ander mense nie eens plekke het nie."

"Het ek al vir jou dankie gesê vir alles wat jy vir my opgeoffer het?"

Stieneke glimlag ondeund en Jaap kan hom verkyk aan haar. Haar vel is al bruiner as toe sy hier gekom het. Sy lyk gesond en glad nie meer so bleek en vaal nie. Haar hare is soos altyd netjies en blink agter haar kop in 'n rol vasgemaak.

Hy dink skielik aan die oggend in die fort toe hulle aangeval is, toe sy met haar lang wit nagrok en haar los hare haar plek so goed vol gestaan het.

"Dit is jammer! Anders kon ek weer vir jou dankie gesê het."

"Dit lyk vir my jy wil dit sommer 'n gewoonte maak."

Stieneke kyk egter vinnig op haar bord toe sy Jaap se oë half ernstig, half teer op haar betrap.

"Wat sê jou ouers omdat jy hier wil bly?"

"Hulle weet seker nog nie. Ek het maar 'n week gelede vir hulle 'n brief gepos. Die pos neem so lank Kaap toe."

"Vertel my 'n bietjie van hulle."

"My pa is 'n professor in tale aan die universiteit en my ma staan haar plek in die sosiale lewe baie deeglik vol. Ons drie is egter groot maats en kan baie lekker gesels. Ek kon nog altyd met al my probleme na hulle toe gaan. Veral my ma! Sy verstaan my en het altyd vir my raad."

"Het jy nie broers en susters nie?"

"Nee, dis net ek."

"Was hulle baie ongelukkig omdat jy Suidwes toe wou kom?"

"Ja, hulle was. My pa tree egter volgende jaar uit, dan sal hulle een keer per jaar Suidwes toe kom en vir my kom kuier en dan kan ek een keer per jaar na hulle toe gaan."

"Sal hulle hiernatoe kom? Ek bedoel ná . . . alles wat met jou gebeur het?"

"Ek het hulle nie alles vertel nie. Dit sal hulle net ontstel. Hulle sal vir my kom kuier. My pa hou daarvan om die wêreld te sien. Hy het 'n motor. Hulle kan dit op die boot laai en dan van Swakopmund af hierheen ry."

"Ek wil vir my ook een koop."

"'n Motor?"

"Ja, domkop, sekerlik nie 'n wa nie."

Stieneke lag magteloos. "Weet jy, jy maak my so kwaad."

"O ja! Van kwaad gepraat – ek is nog vir jou kwaad. Jy mors mos met my." Jaap onthou skielik van die melk in sy gesig en Stieneke spring vinnig op.

"Nee wag, meneertjie! As jy nou nog kwaad is, gaan ek nie vir jou middagete maak nie."

"Goed! Jy wen! Ek is rasend honger vir vleis en groente."

Sy sal sommer nou-nou die kos moet opsit sodat hulle vroeg kan eet. Sy moet vanmiddag huis toe gaan. Sy sal net alles hier regkry vir hom.

In die koeler het sy groente gesien, dus vat sy 'n skotteltjie en stap by die agterdeur uit.

"Waarheen gaan jy nou?"

"Ek gaan net gou groente kry vir jou middagete. Ek wil . . ."

Sy verdwyn in die koeler en kom dan 'n rukkie later met aartappels, uie en groenbone in die skotteltjie uit.

Sy druk die deur toe en balanseer die skottel met die groente in haar een hand om die knippie op te sit.

Jaap staan breed in die deur en kyk na haar met 'n vreemde erns. Sy is so tuis hier. Sy hoort hier! Hier op hierdie plaas . . . hier by hom! In sy arms, hier styf teen sy hart. Daar is haar plek! Nêrens anders nie!

Ou Kokkie, die hans kapokhaantjie, kom astrant oor die werf aangestap. Hy gaan staan eers en draai sy koppie effens skeef om na die vreemde verskynsel te kyk.

Stieneke se blou rokkie wapper liggies om haar enkels. Dit is mos toe dat Kokkie besluit dit lyk darem baie na gevaar en oortreding op sy heiligdom.

Met uitgestrekte vlerke en die skerp bekkie blasend oopgesper, storm hy op haar af. Hy maak 'n onaardse lawaai en pik haar hard op die voet wat by haar sandaal uitsteek.

Stieneke skrik al die verstand heeltemal uit haar kop uit. Sy gooi die bak groente dat jy net aartappels en boontjies sien trek. Sy lig haar rok met albei hande op en probeer weghardloop, maar die blasende, rasende, geveerde gedierte bly nog steeds hier onder haar voete.

Sy gil hoog en benoud en begin dan wild met haar fyn voetjies na die astrante, woedende haan skop. Dit is te veel vir ou Kokkie. Hy gaan maak 'n draai en dan haal hy uit en storm kop onderstebo op Stieneke af.

Stieneke sien die rooibruin gevaartetjie met hernieude woede aangestorm kom. Sy wag nie, maar storm gillend op die agterdeur af, haar rok tot by haar knieë opgelig.

Jaap vou dubbeld soos hy lag en moet aan die kosyn vashou om staande te bly.

Sy duik onder sy arm deur en druk die onderdeur vinnig toe.

Sy is kortasem geskrik en die trane loop vanself oor haar wange. Uit haar groottoon sypel 'n dun straaltjie bloed waar die ongeskikte ou ding haar gepik het.

Jaap hyg na asem en huil soos hy lag.

496

Op daardie oomblik verplaas sy al haar woede na hom toe. Hoe durf hy vir haar lag! Sy doen al hierdie onmoontlike dinge om hom te plesier en hy staan daar en hy lag haar uit! In sy oë sal sy net altyd 'n onnosele ou meisietjie wees . . . 'n witmuis!

"Man, lag vir jouself!"

Twee rooi kolle slaan hoog teen haar wangbene uit. Sy vlieg om en gryp haar sak wat in die hoek van die eetkamer staan.

Die paar goedjies van haar wat nog daar rondstaan, word wild in die sak gedruk.

"Wat . . . maak jy?" Jaap sukkel die woorde tussen die lagbuie uit.

"Ek gaan huis toe!"

Hy haal eers 'n paar keer diep asem voordat hy die onderdeur oopdruk en inkom.

"Maar jy kan mos nie nou gaan nie."

"Hoekom nie? Ek het nie gekom om jou te vermaak nie!"

Stieneke is so kwaad en verontwaardig dat sy nie dink wat sy sê nie. Dit borrel sommer net uit. Al die seer en vernedering kook hoog op uit haar gefrustreerde hart.

"Ek het so hard geprobeer om soos Karo en die ander vroue te wees. Ek probeer perdry en skiet. Ek het al geleer melk en vleis bewerk. Dit alles net . . . omdat ek wil hê jy moet tevrede wees."

Sy beduie met 'n skraal vingertjie na hom.

"Maar dit sê ek nou vir jou – ek sal nie 'n hoender se kop afkap nie en ek sal ook nie 'n muis vang nie! Nie . . . nie eens vir jou nie! Jy lag vir my! Lag as daardie simpel hoender van jou my aanval! Jy is net soos hy . . . simpel!"

Sy gryp haar sak en wil by hom verby hardloop, maar Jaap gryp haar aan haar arm. "Katie . . . ek . . ."

Sy kap wild met die sak na hom. Die woede blink in haar oë. "Sê dit weer! Sê dit nog net een keer!" Sy kom hygend voor hom tot stilstand. "Ek is nie jou witmuis nie. Kyk hoe lyk ek al van hierdie son! Kyk!"

Sy druk haar gesiggie omtrent teen syne. Sy staan op

haar tone en beduie met 'n skraal vinger na haar neus, waar daar beslis al 'n paar sproete bygekom het.

"Ek sien, jy is pragtig!"

"Simpel, eenvoudige ding!" Sy kap hom met haar vuis teen sy bors en hardloop dan by die agterdeur uit.

Jaap staan vir 'n minuut of twee doodstil teen die kosyn. Dit refrein en klop opgewonde in sy binneste. "Ek wou hê jy moes tevrede wees," en dan weer, "maar dit sê ek vir jou, nie eens vir jóú sal ek dit doen nie."

Sy gee mos om! Sy gee vir hom ook om! Hy worstel en stry nou al weke lank met hierdie teerheid, hierdie liefde wat sy hele wese vul. Sy verstand wou hom wysmaak dat sy nie hier sal aard nie. Dat sy ná 'n rukkie sal wil weggaan. Maar as sy dan bereid was om hierdie dinge te doen net omdat . . .

Hy hardloop met lang treë agter haar aan.

Sy sukkel steunend om die swaar saal oor haar perd se rug te kry.

Jaap kom staan langs haar en vat die saal uit haar hande. "Stieneke, ek is jammer. Ek het nie bedoel om vir jou te lag nie. Dit was net vreeslik snaaks."

"Alles wat ek doen, is vreeslik snaaks! Ek is nou moeg daarvoor. Los my net uit! Gee my saal terug."

"Jy kan my mos nie hier alleen los nie. Sê nou net ek gaan dood." Jaap se stem is vol terg, maar ook baie, baie teer.

"Dit sal jou verdiende loon wees. Gee my saal."

"Jy kan nie weer met die perd ry nie. Ek sal jou namiddag met die perdekar vat."

"Ek ry nou! Ek bly nie 'n oomblik langer hier nie."

"Maar ek sê mos ek is jammer! Bly nog by my, toe!"

Jaap se oë begin al weer vonkel en Stieneke sien hoe 'n spiertjie in sy wang spring.

"Jy is net so min jammer soos daardie verpestelike ou haan van jou! Jy sukkel om nie te lag nie!"

"Dit is nie waar nie." Hy sit die saal agter hom neer en vat haar stewig aan haar arms vas.

Sy ruk egter wild los en spring bo-op die baal lusern so-dat sy hoog genoeg is om haar been oor die perd se rug te swaai.

"Dan ry ek sonder 'n saal."

Hierdie gedoente raak egter vir die geduldige ou perd te veel en hy beweeg 'n treetjie vorentoe.

Stieneke, wat geen vashouplek het nie en nie eens in 'n saal behoorlik kan sit nie, gly van die perd af en val hard op die grond.

Jaap is dadelik langs haar op sy knieë en sy stem is angstig en verskrik. "Het jy seergekry, my skat?"

Die vernedering en frustrasie maak Stieneke doof vir die teerheid in sy stem.

Sy knyp net haar oë toe en lê doodstil.

Hy lig haar bolyf op en druk haar styf teen sy bors vas.

"Katie, praat met my! Het jy seergekry?"

Hy hou haar 'n entjie van hom af weg en vee dan teer die haartjies uit haar gesig uit.

"Asseblief, my liefling . . ."

Haar oë flikker stadig oop en met verwondering kyk sy na hom.

Hy sug van verligting en dan sluit sy lippe warm en teer oor hare. Hy soen haar eers sag, maar dan verslind hy haar lippe en haar oë, haar wange en selfs die punt van haar neus gretig, voordat hy haar effens agtertoe hou sodat hy in haar oë kan kyk.

"Jaap!" Haar stem is verwonderd, maar daar is tog 'n tikkie onsekerheid in.

"O! My liefling, bly by my . . . sommer vir altyd en altyd! Ek kan jou nie weer laat gaan nie. Ek het al so na jou verlang . . ."

"Jaap, maar . . ."

Hy gee haar nie kans om die sin klaar te maak nie, maar eis haar lippe wild en onbeheers op. Die hartstog maak 'n vuur in hom wakker wat vir hom vreemd is.

Sy druk hom liggies van haar af weg en kyk vol verwondering in sy oë. Haar oë is so vol liefde en teerheid dat Jaap haar aan haar hand saam met hom optrek om haar dan ordentlik in sy arms toe te vou.

"Sê jy is vir my ook lief! Toe, my skat! So vreeslik baie soos wat ek vir jou is." Jaap se stem is skor hier by haar oor en dit laat die hoendervleis op haar arms uitslaan terwyl haar hart wil sing van vreugde en geluk.

"Jy weet tog ek is, jou groot ou duiwel! Jy sien dan wat ek alles probeer doen sodat jy sal kans sien vir my."

"O! My skat! Jy is dan so pragtig net soos jy is! Jy het alles wat 'n vrou moet hê. Ek was net bang jy sou nie hier wou bly nie."

"Wat sê jy?" Sy kyk opreg verbaas na hom.

"Jy is so vroulik en sag. Jy laat 'n man se kop draai en krap sy hele wêreld deurmekaar. Ek wil jou net liefhê! Ek sal self die hoenders se koppe afkap en jy sal nooit nodig hê om 'n muis te vang nie."

"O! Jaap!" Sy skuif haar arms om sy nek en druk eers haar kop styf teen sy bors vas om beheer oor haarself te kry voordat sy opkyk en sy kop aftrek na haar wagtende lippe.

Hy soen haar sag en talmend en sy vryf liggies oor sy lippe met haar vinger wanneer hy sy mond van hare wegneem.

"Weet jy, ek het al so oor jou gevoel toe ons nog daar in die fort was. Toe was dit al vir my belangrik wat jy van my dink," mymer sy.

"Jy het nog nie vir my gesê hoe jý voel nie, my liefling."

"Ek het jou so baie, baie lief, Jaap. So vreeslik baie. Ek sal alles leer en vir jou 'n baie goeie vrou wees."

"Jy hoef niks te leer nie, my skat. Jy moet net altyd vir my lief wees."

Sy hande omskulp haar gesig en hy soen haar saggies en baie teer op haar mond.

"Het jy regtig al hierdie dinge probeer doen, net om my tevrede te probeer stel?"

Sy skud haar kop bevestigend en kyk skaam weg. "Ek . . . was so bang jy vat vir Karo. Sy sal 'n baie goeie boervrou wees."

"Daar was nooit so 'n moontlikheid nie. Vandat ek die eerste keer daardie witgesig-muisie aanskou het, die enetjie wat so verskrik met die geweer in die hand daar gesit het, was my ou hart nie meer wat dit was nie."

"Jy jok nou, Jaap. Jy het dan gesê ek is 'n spektakel."

"Ek sal nooit sulke dinge van my vrou sê nie." Hy soen haar wang en dan die sagtheid van haar nek en Stieneke kan die bewing van ingehoue hartstog in sy hande en lippe voel.

"Ek het nog nie één rustige nag gehad van daardie tyd af nie. Twee groot blou oë loer vir my om elke hoek en draai."

Dit is eers heelwat later dat Stieneke sy hand vat en huis toe begin stap.

"Ek moet vir jou gaan kos maak sodat ons vroeg kan eet en ry."

"Ja . . . ons moet vir die ander die wonderlike nuus gaan vertel. Maar . . ."

Jaap draai na haar en sy stem is baie ernstig. "Moet ons eers Kaap toe gaan en gaan ouers vra voordat ons kan trou? Dit gaan te lank wees."

Stieneke steek haar arm onder syne deur en slaan dit styf om sy middel.

"Jy kan maar net vir hulle skryf. Hulle sal verstaan, veral as ons belowe om Desember te kom kuier."

"Dankie tog!" Jaap tel haar op en swaai haar gemaklik in sy arms. "Dan trou ons sodra die huis klaar is. Ek begin net môre verder bou."

Sy druk haar gesig in sy nek en soen hom onder sy oor. "Ek kan mos maar by jou in die rondawel kom bly."

Jaap kyk met liefde en baie respek af in die blosende gesiggie hier naby syne. "Sal jy? Sal jy regtig nie omgee nie?"

"Ek wou baie erger dinge doen . . . vir jou!"

Sy lippe wat hare opsoek, is sag en warm en sy oë is so vol liefde dat dit vir Stieneke voel of die wêreld te klein geword het om haar vreugde te huisves.

"Dan kan ons mos maar oor 'n maand trou? Die huis sal nie so gou al klaar wees nie."

"Ons kan. Ek verlang te veel na jou as ek so ver van jou af is."

Sy druk verskrik haar hand voor haar mond. "Maar Jaap! Wat van Anna en die kinders?"

"Ou Piet sal verstaan. Hy moet maar iemand anders soek. Intussen kan jy maar net so 'n ogie hou as ons daar kom. Hy sal weet dat jy nie die roepsange van die hart kan ignoreer nie."

Stieneke lag gelukkig en vroetel haar neus in Jaap se nek toe hy met haar in sy arms aanstap huis toe.

Ook beskikbaar!

Sarah
du Pisanie

Omnibus 4

As die sweep klap · Fontein in die dorsland
Ver reis na die liefde

Ook beskikbaar!

www.ingramcontent.com/pod-product-compliance
Lightning Source LLC
Chambersburg PA
CBHW072014020726
47501CB00006B/1807